# Os Diários de Nick Twisp

# C. D. Payne

# Os Diários de Nick Twisp

Tradução
Ana Carolina Mesquita

GALERA RECORD
RIO DE JANEIRO • SÃO PAULO
2010

CIP-Brasil. Catalogação-na-fonte
Sindicato Nacional dos Editores de Livros, RJ

P367d    Payne, C. D. (C. Douglas), 1949-
       Os diários de Nick Twisp / C. D. Payne; tradução Ana
Carolina Mesquita. – Rio de Janeiro: Galera Record, 2010.

       Tradução de: Youth in revolt
       Conteúdo: Jovem revoltado – Jovem escravizado – Jovem
exilado
       ISBN 978-85-01-08885-7

       1. Adolescentes (Meninos) – Ficção. 2. Romance americano.
I. Mesquita, Ana Carolina de Carvalho. II. Título.

10-2227                                   CDD: 813
                                          CDU: 821.111(73)-3

Copyright © 1993, 1995 by C. D. Payne

Publicado mediante acordo com Broadway Books,
um selo de The Crown Publishing Group, divisão de Random House, Inc.

Todos os direitos reservados.
Proibida a reprodução, no todo ou
em parte, através de quaisquer meios.
Os direitos morais do autor foram assegurados.

Composição de miolo: Abreu's System

Texto revisado pelo novo Acordo Ortográfico da Língua Portuguesa.

Direitos exclusivos de publicação em língua portuguesa somente
para o Brasil adquiridos pela
EDITORA RECORD LTDA.
Rua Argentina 171 – Rio de Janeiro, RJ – 20921-380 – Tel.: 2585-2000
que se reserva a propriedade literária desta tradução

Impresso no Brasil

ISBN 978-85-01-08885-7

EDITORA AFILIADA

Seja um leitor preferencial Record.
Cadastre-se e receba informações sobre nossos lançamentos
e nossas promoções.

Atendimento e venda direta ao leitor:
mdireto@record.com.br ou (21) 2585-2002

Para Joy

Agradeço a Bob Warden, Larry London, Jan Pazdirek, John Hack, Karen Copstead, Judy Cress, Lisa Harper, Rick Reynolds, Willis Herr, COSMEP, Leslie Davisson, Melanie Curry, Cody's Bookstore, minha agente, Winifred Golden, e meu editor, Bruce Tracy.

# SUMÁRIO

Livro I
## Jovem Revoltado

Livro II
## Jovem Escravizado

Livro III
## Jovem Exilado

**LIVRO 1**

# JOVEM REVOLTADO

# JULHO

**QUARTA-FEIRA, 13 de julho** — Meu nome é Nick. Algum dia, se eu me tornar um gângster, quem sabe eu fique conhecido como Nickalho, o Caralho. Talvez isso cause certo constrangimento à minha família, mas, quando o chefão lhe dá sua alcunha mafiosa, é melhor não perguntar nada.

Tenho 14 anos (praticamente) e moro em Oakland, uma cidade grande e apática que fica em frente a São Francisco, do outro lado da baía. Escrevo estas palavras na tênue privacidade do meu quarto, em meu irritante e obsoleto computador AT genérico. Meu amigo Lefty me deu uma cópia pirata do WordPerfect, então estou escrevendo um pouco pra tentar aprender os códigos de comando. Minha ambição é conseguir um dia mover parágrafos inteiros de uma vez só.

Meu sobrenome, que eu odeio, é Twisp. Até John Wayne em cima de um cavalo pareceria afeminado pronunciando esse nome. Assim que fizer 21 anos, vou trocar por algo mais macho. Por ora, estou pendendo para Dillinger: "Nick Dillinger." Acho que tem o tom certo de virilidade peluda.

Sou filho único, sem contar minha irmã mais velha, Joanie, que deixou o seio da família pra viver em Los Angeles e trabalhar duro servindo gororobas a 10 mil metros de altitude.

Outra coisa que você precisa saber a meu respeito é que sou obcecado por sexo. Quando fecho os olhos, fileiras de coxas branquinhas lentamente se abrem como uma sofisticada obra pornográfica dirigida por Busby Berkeley. Nos últimos tempos, eu me tornei morbidamente consciente do meu pênis. Antes, apenas uma região remota, acessada com indiferença somente para uma micção eficiente, agora ela amadureceu (aparentemente de um dia para o outro) e se transformou em uma vistosa Las Vegas corporal, com tudo a que tem direito: luzes pulsantes, espetáculos de cabaré cheios de estrelas, apresentações de animais exóticos e multidões de bêbados participantes de convenções atrás de emoções baratas. Ando por aí em um estado de expectativa obcecada, sempre consciente de qualquer chamado imediato que venha dessa carne protuberante. Qualquer estímulo é capaz de desencadear o espetáculo: o ronco rítmico do radiador, a palavra "titular" em um editorial de jornal... ou até mesmo o cheiro de vinil velho no Toyota do Sr. Ferguson.

Por mais que eu pense tanto em sexo, só com muita dificuldade consigo me imaginar realmente executando o ato em si. E isso é outra coisa em que fico pensando: como é que você consegue olhar nos olhos de uma garota depois de colocar seu bilau na periquita dela? Quero dizer, isso não torna uma conversa normal impossível? Pelo jeito, não.

**QUINTA-FEIRA, 19 de julho** — Minha mãe acabou de sair pro trabalho. Ela aplica os testes de direção no Departamento de Trânsito. Como seria de se esperar, ela é extremamente bem informada sobre todas as misteriosas regras das estradas (como, por exemplo, quem deve dar a ré quando dois carros se encontram em uma ladeira de mão dupla e de faixa única). Ela costumava manter meu pai atualizado enquanto ele dirigia, violando todos os códigos de trânsito. Este é um dos motivos pelos quais os dois se divorciaram.

Não estou falando com ela agora. Na última segunda-feira, quando voltei pra casa depois de dois dias horríveis sob a custódia do meu pai, descobri que ela havia pintado meu quarto de um cor-de-rosa horripilante. Ela disse que leu que essa cor é bastante usada nos hospitais pra acalmar pacientes mentais. Expliquei que eu não era doente mental, só estava na adolescência. Por enquanto, estou com vergonha de convidar meus amigos pra virem aqui em casa. Quando você é um jovem franzino e nada atlético, que lê bastante e gosta de Frank Sinatra, definitivamente não quer que espalhem boatos que você bate punheta em um quarto que parece o *boudoir* da Dolly Parton.

**SEXTA-FEIRA, 20 de julho** — Fiquei com dor de cabeça de tanto ler, então pensei em digitar por um tempo. Ainda estou usando bastante a tecla F3 ("ajuda"). Que pena que a vida não tem uma tecla F3. Eu apertaria e mandaria trazer duas garotas — de 16 anos e mais tesudas do que o normal.

Este verão estou lendo Charles Dickens. Já li *David Coppertone*, *Grandes esfreganças*, *A pequena Dorito* e agora mergulhei em *Um conto de duas sacanagens*. Sydney Carton é bem legal. Se ele estivesse vivo hoje, acho que estaria anunciando uísques bacanas na quarta capa das revistas. Eu gosto bastante de Chuck, mas vamos falar sério: dava pra ler coisas dele por anos e nunca chegar a uma parte mais apimentada.

Estou mandando ver (desculpe a expressão) em Dickens, na esperança de ter aulas de literatura inglesa com a Srta. Satron no próximo semestre. Estarei na nona série da St. Vitus Academy. É a escola preparatória mais rigorosa e elitizada da região (pelo menos é o que dizem aos pais). Só quarenta babacas estudiosos são aceitos por ano entre, literalmente, dúzias de candidatos.

A encantadora Srta. Satron tem uma estrutura óssea maravilhosa e usa suéteres apertados. Também dizem que é bastante letrada. Não preciso nem dizer que ela assoma minhas fantasias masturbatórias como um titã.

Voltei a falar com minha mãe (meu aniversário está chegando). Ela disse que vai comprar outra tinta para o meu quarto, mas que vou ter de pintar sozinho. (Pessoalmente, eu preferiria uma decupagem de bom gosto com as fotos excluídas da *Hustler*.) Ela sugeriu branco desta vez, mas estou insistindo em um másculo cáqui.

DOMINGO, 22 de julho — Meu pai devia ter passado pra me pegar às 10h para termos alguns momentos a sós, pai e filho. Às 11h15, minha mãe ligou pro bangalô alugado de solteiro onde ele mora e ainda o surpreendeu na cama. (Sem dúvida alguma, com sua piriguete mais recente.) Minha mãe lhe passou um daqueles sermões ensaiados em voz alta. Às 12h10, o carro dele freou com tudo na frente da garagem, buzinando.

A viagem de carro até Marin foi bem do jeito que imaginei. Primeiro, você deve saber que meu pai dirige uma BMW 318i (a mais barata) financiada. Ele adoraria ter um modelo mais caro, mas, como sempre me lembra, é obrigado a pagar uma pensão alimentícia exorbitante. No trajeto de 25km, ele mudou de pista 82 vezes, buzinou sete e mostrou o dedo médio pra quatro motoristas (a maioria, velhinhas confusas). Hoje em dia, meu pai é mais cauteloso com os homens, depois de ter sido perseguido por 24km na rodovia de Nimitz por um carro cheio de iranianos balançando canos de chumbo pra fora das janelas.

Entre um momento assustador e outro, tentei conversar com Lacey, a atual piriguete do meu pai. Ela tem 19 anos, é recém-formada no Instituto de Cosmetologia de Stanfort (com "t") e voluptuosa ao extremo. Já que sou assustadoramente inarticulado perto de garotas, eu me forço a praticar com as namoradas do meu pai. Lacey, no entanto, parecia mais interessada em rir como uma maluca e encorajar meu pai: "Pise fundo, querido! Faça esse turbo gritar!"

Ao chegarmos a Kentfiel, descobri que meu pai não só não tinha qualquer programa planejado pra nós, como também queria que eu cortasse a grama. De graça!

— Por quê? Porque, meu chapa, gostaria de receber algo mais do que um cheque devolvido pelos 583 dólares que pago por mês de pensão alimentícia — explicou ele.

Que tal um relacionamento carinhoso com seu único filho, seu babaca?

Os diários de Nick Twisp

Finalmente, concordei em fazer o serviço por 5 dólares, observando que um jardineiro não teria cobrado menos do que 50.

— É — disse meu pai —, mas você não é japonês.

Quando eu estava ligando o cortador, Lacey veio até o pátio em um biquíni minúsculo pra se bronzear *al fresco*. Não precisa ser geólogo pra ver que o corpo dela tinha afloramentos mais dramáticos que o litoral da Albânia. Mais tarde, meu pai veio convidar Lacey pra um "cochilo". Como todas as piriguetes do meu pai, ela não precisou ser chamada duas vezes. Ao entrar na casa com ela, de braços dados, detectei o que parecia ser um olhar satisfeito do meu pai em minha direção. Que idiota competitivo! Talvez seja por isso que eu seja o contrário — contive minha agressividade em resposta à dele, que é tão impiedosa. Ainda bem que estou escrevendo todas essas revelações em um caderno que será útil um dia, quando eu fizer análise. Provavelmente esses cadernos ajudarão a economizar um tempão.

Acabei de me lembrar. Ele não me pagou meus 5 contos!

**SEGUNDA-FEIRA, 23 de julho** — Hoje terminei de ler *Um conto de duas viadagens*. Que sacrifício nobre e comovente! Será que eu conseguiria praticar um ato assim pela mulher que amo? Provavelmente não.

Já que minha pilha de material de leitura diminui perigosamente, fui até a biblioteca. Quando cheguei, encontrei o prédio cheio de gente suja falando sozinha. Por que os sem-teto têm um interesse tão ávido por literatura? Será que esse será meu destino algum dia? Ler Turguêniev morando no banco de trás de um Dodge Polara 1972?

Um camarada particularmente repugnante me pediu um trocado. Dei minha resposta padrão:

— Ouvi dizer que o McDanou'se abriu vagas.

Não foi um comentário muito piedoso, mas o que você espera da cria mimada de dois aspirantes a *yuppies*?

A atmosfera estava tão abominável que voltei pra casa sem livro algum. Eu iria até uma das livrarias em Berkeley, mas meu pai atrasou (como sempre) o pagamento da minha mesada — que já é mísera. Só tenho 63 centavos.

**TERÇA-FEIRA, 24 de julho** — Não tem nada em casa para ler, a não ser uma cópia da revista *Fazendeiro Californiano*. Recebemos essa porque meu pai é redator de uma obscura agência de publicidade em Martin que lida com clientes do ramo de suplementos agrícolas. Se ele não tivesse obrigações familiares, estaria em Paris, escrevendo uma Duradoura Obra de Ficção Importante. Em vez disso, ele incita fazendeiros com medo de pragas a envenenar a terra (e seus empregados mexicanos) com herbicidas ultramortais. Eu estava dando um tempo no escritório do meu pai um dia e descobri que seu dicionário de sinônimos abre naturalmente no verbete 360: "Morte — substantivo."

Escrevi este poema sobre seu problema:

Chamado pai, é um escritor de promissão
Tem um filho tão bem-dotado
Que fez dele um fracassado.
Nos anúncios de enlatado,
Agora o mentecapto encontra inspiração.

Ao perceber que eu estava entediado, minha mãe sugeriu que eu fosse até o parque e procurasse alguém pra jogar basquete. Ela, com certeza, está completamente maluca. Adolescentes branquelos e baixinhos não jogam basquete nas quadras públicas de Oakland.

**QUARTA-FEIRA, 25 de julho** — Falta uma semana pro meu aniversário. Até que enfim, minha mãe veio me perguntar o que eu queria ganhar.

— Uma placa-mãe 386 — respondi, com firmeza e decisão.

A maioria dos membros do Byte Backers (o clube de computação da St. V) já se atualizou. Alguns já têm até a 586!

Ela pareceu em dúvida.

— Isso pra mim é outra coisa pro seu computador. Você fica tempo demais na frente dessa máquina. Devia ir lá fora e tomar ar fresco. Se divertir.

— Fazendo o quê? — perguntei. — Roubando os rebotes dos futuros jogadores da NBA?

Ela disse pra eu tomar cuidado com essa minha língua. Já escutei isso antes.

**SEXTA-FEIRA, 27 de julho** — Meu amigo Lefty ligou pra dizer que tinha voltado das férias em Nice. (Se a gente for para Modesto nas nossas, será uma sorte.) Convidei-o pra vir até em casa, mas avisei que, se alguém ficasse sabendo do meu quarto cor-de-rosa, eu seria obrigado a contar pra Millie Filbert (a garota de quem ele é a fim há anos) por que ele se chama Lefty, embora seja um cara destro.

Os diários de Nick Twisp

Caso você não saiba, Lefty quer dizer "esquerdinho" em inglês. O membro ereto de Lefty faz uma curva repentina e dramática para a esquerda na metade do caminho. Embora isso o preocupe muito, ele nunca teve coragem de introduzir (por assim dizer) o assunto com seus pais.

— Eles morreriam só de saber que o meu negócio sobe — disse.

Lefty tem medo de que sua anormalidade gere erros de pontaria quando ficar mais velho.

— E se eu colocar no buraco errado?

O entendimento de Lefty sobre a anatomia feminina é um pouco precário; ele imagina que existam orifícios abundantes lá embaixo.

Enquanto isso, segue um tratamento que ele mesmo desenvolveu. Toda noite, antes de dormir, ele amarra o pau com fita adesiva na perna direita. Então, deitado na cama, ele mentalmente tira a roupa de Millie, criando, dessa forma, uma tensão contrarrotacional no membro. Até agora, isso não endireitou o arco.

Depois de me contar sobre sua viagem (comida estranha, nativos incompreensíveis, garotas bonitas sem a parte de cima do biquíni enfileiradas que nem lenha em praias ensolaradas), ele chegou à verdadeira novidade: achou o diário da irmã mais velha, Martha. Um daqueles que não dá pra parar de ler. Ela escreveu que "foi até o fim" com Carlo, um garçom italiano do hotel em que ficaram na França. E fez outras coisas semitaradas com ele também. Agora ela só consegue "pensar em um belo pau grosso". Logo abaixo dessa confissão quentíssima, Lefty escreveu: "Para uma noite divertida, ligue para Nick Twisp", seguido do meu número de telefone.

Estou pronto se ela ligar. Meu Duto do Conhecimento Carnal pode não ser particularmente "grosso", mas provavelmente se encaixa na mais ampla definição de "belo". E tenho certeza de que sou mais culto que esse tal de Carlo.

TERÇA-FEIRA, 31 de julho — Amanhã faço 14 anos, um marco na vida de qualquer homem. Hora de fazer uma séria avaliação. A questão não pode mais ser ignorada: ainda sou virgem. Pra ser sincero, nunca beijei uma mulher a quem não fosse ligado por sangue ou casamento. Aliás, nunca sequer segurei a mão de uma garota. Nem tenho previsão de quando terei a possibilidade de me unir com uma — manual, labial ou genitalmente.

Desde meu último aniversário, cresci um total de 8,5cm — 6,5 em altura e 2cm em comprimento de pênis ereto. Se meu DNA não se importasse, eu preferiria que estes números fossem invertidos. Ainda estou batalhando pra alcançar os 15cm, enquanto Lefty já ultrapassa os 17cm. Sem dúvida, uma parte menor de seu desenvolvimento vem sendo dedicada ao crescimento mental. Mesmo assim, se eu não estou destinado a ser alto ou bonito, é justo que me seja concedido um prolongamento fálico compensatório. No mínimo, eu deveria ser poupado das desgraças da acne adolescente. (Meu rosto tá começando a parecer uma pizza de pepperoni com ovos.) Acho que deveriam reservar um pouco dos bilhões que se jogam fora pesquisando a cura para a caspa e o câncer, e aplicar no que é realmente importante — tipo exterminar a praga da acne.

## AGOSTO

**QUARTA-FEIRA, 1º de agosto** — Feliz aniversário pra mim. Treze foi uma idade patética; vamos torcer para que 14 seja melhor. Por ora, tem sido um verdadeiro pé no saco.

Minha mãe me deu 20 dólares hoje de manhã para eu ir cortar o cabelo. Ela gosta que eu corte em um salão profissional em que tocam rock bem alto, para eu sair de lá parecendo um corretor de imóveis bem-sucedido — do departamento júnior. Só que, em vez disso, eu vou àqueles que cobram 9 mangos e embolso o troco. (Sinto que ainda sou muito novo para dar gorjeta.) Então lá estou eu, sentado, pensando na vida, quando o barbeiro diz:

— A propósito, alguém já lhe disse que você vai ficar careca antes dos 30?

O quê? Sim, parece que todos os sinais apontam para um diagnóstico claro de calvície iniciante de padrão masculino. Mas, protesto, meu pai ainda tem muito cabelo (bem, a maioria ainda está lá).

— Não importa — responde o sábio barbeiro. — A calvície é herdada pelo lado da mãe.

O terror me paralisa quando me lembro dos hectares de couro cabeludo bem definido do tio Al. Ao que tudo indica, quando eu crescer, vou ser um cara baixo, com o rosto esburacado e careca. Minha única chance de desfrutar qualquer tipo de companhia feminina é conseguindo uma grande fortuna — e o mais rápido possível. Chega de literatura. A partir de hoje, vou ler apenas livros que ensinem a ficar rico rápido.

Foi tudo tão deprimente que tive de ir até a loja de discos Rasputin Records e comprar dois álbuns do Frank Sinatra (ambos dos anos 60, quando ele ainda sabia cantar). Os funcionários são tão condescendentes quando você não compra o último produto do Moist Panties, Puking Libidos, ou qualquer outro grupo de heavy-metal viciado em heroína, que sempre digo que minha compra é um presente pra minha tia que mora em Cleveland. Pessoalmente, acredito que o mundo seria um lugar muito melhor se todas as estações de rádio tocassem a versão de Sinatra de "My One and Only Love", pelo menos uma vez a cada hora. Até parece que isso iria acontecer!

Então, depois do jantar, minha mãe apareceu com um pacote embrulhado num papel berrante que tinha o tamanho e a forma precisa de uma placa-mãe 486. Avidamente, rasguei o embrulho, depois a caixa, e encarei com espanto e descrença seu conteúdo: uma luva de beisebol oficial de Rodney "Butch" Bolicweigski! Valeu, mãe. Exatamente o que eu sempre quis. Outra luva pro meu armário. Agora tenho equipamentos esportivos suficientes para montar um time de nove jogadores.

Minha mãe insiste em acreditar que um dia vou trazer glória para a família nos campos esportivos de uma nação agradecida. Já confessei pra ela que sou sempre o último a ser escolhido quando eles separam os times? Sim. Já humilhei minha masculinidade admitindo que eu arremesso como uma garota? Sim. Ela escuta? Não! Simplesmente continua me dando luvas, achando que um dia vou me tornar Rollie Fingers. O que não consigo entender é: se ela queria gerar atletas, por que se juntou com um idiota como meu pai, que precisa de ajuda profissional até pra colocar um protetor de virilha direito?

23h50. Meu aniversário está quase no fim. Nenhum telefonema ou cartão do meu pai. Estou espremendo uma espinha no meu queixo do tamanho da área metropolitana de Fresno.

QUINTA-FEIRA, 2 de agosto — Nosso vizinho, o Sr. Ferguson, me trouxe três cartões de aniversário que haviam sido entregues na casa dele por engano. O carteiro deste bairro se arrasta pela sua rota em confusão mental induzida por drogas. Suspeito que ele cheire até o repelente de cachorro dele.

O Cartão Número Um, de um proeminente publicitário de Marin, continha um cheque de 15 dólares (sem dúvida, uma quantia impressionante na época em que ele era um adolescente problemático). O Cartão Número Dois, de uma cabeleireira voluptuosa de Marin, continha uma foto polaroide mostrando toda a parte da frente do corpo da remetente em seu mais revelador biquíni. Raras vezes, eu me senti tão comovido. Timidamente, fantasio que ela talvez sentisse atração por caras mais jovens. O Cartão Número Três, de uma aeromoça mundialmente viajada (minha irmã Joanie), continha uma nota novíssima de 100 dólares. Nada mau para uma correspondência, hein!

Eis a mensagem do cartão do meu pai: "Feliz aniversário, moleque. O aniversário que eu vou realmente comemorar é o de 18! Haha. Brincadeirinha. Atenciosamente, seu pai." Seria uma punição justa para aquele pão-duro se o Estado prolongasse a idade limite pra receber pensão alimentícia... para uns 35 anos.

Estou rico! Tomado pela febre do materialismo, vago feliz por horas no shopping center de minha mente. "Gastar, gastar! Comprar, comprar!", sussurra a música doce e subliminar.

**SEXTA-FEIRA, 3 de agosto** — Meus recursos monetários caíram para 87 dólares. E tudo o que ganhei foi dor de cabeça, dor de estômago, pés cansados, uma camiseta escrita ESTOU SOZINHO, QUER CARINHO?, um tubo de remédio pra espinhas extraforte e um livro: *Como faturei 1 milhão de dólares na escola e fui aceito em Yale*, de Herbert Roland Pennypacker.

Por que as pessoas são tão desconfiadas quando um garoto de 14 anos mostra uma nota de 100 dólares? Tá, talvez eu fosse um traficante. E isso é da conta deles? Eu me pergunto se o milionário adolescente Herbert Roland Pennypacker enfrentou o mesmo problema.

**SÁBADO, 4 de agosto** — Voltei da biblioteca e encontrei minha mãe no sofá agarrada com Jerry, seu namorado repugnante. Eles imediatamente se separaram e fingiram estar fascinados com o papel de parede. Não consigo entender por que minha mãe quer que eu ache que seu relacionamento com Jerry é platônico. Não importa de qual ponto de vista, eu já sou o campeão dos celibatos nesta família.

Jerry é um caminhoneiro que viaja longas distâncias, o que, graças aos céus, o faz ficar longe da cidade bastante tempo. Sua maior ambição é conseguir uma aposentadoria por invalidez. (Todo mundo precisa sonhar!) Ele preenche formulários e mais formulários (para uma invalidez diferente a cada vez), mas os burocratas conservadores de Sacramento continuam exigindo evidências sólidas de degeneração, com raio X. (Ele devia mandar uma chapa do cérebro.) Jerry diz que, se fosse afro-americano, já estaria "recebendo uma grana gorda do governo, sem ninguém lhe perguntar nada".

Após doze anos de casamento com meu pai, minha mãe aparentemente decidiu que precisava de um companheiro menos intelectual. Não que a demonstração de superioridade cultural inesgotável de meu pai o classifique como um grande pensador. A mente dele tem uma extensão muito grande: vai de árida

Os diários de Nick Twisp

a insípida, com paradas em banal, tediosa e superficial. Mas a massa cinzenta de Jerry nem é registrada no radar. O ponteiro fica ali parado em "Cretino" e nem se mexe.

Fisicamente, Jerry também é algo curioso. É totalmente desprovido de bunda. Suponho que ele se sente sobre a coluna. Suas calças caem completamente retas, enquanto na frente a barriga de cerveja, inchada e vermelha, surge como a parte da frente de um Studebaker ano 1951. Desde que minha mãe conheceu Jerry, eu me esforço pra pensar em algum elogio para dizer a ele. Sem chance. Ele deve ser o mais perfeito idiota criado por Deus.

23h30. Acordei com os sons de uma mulher berrando. Era minha mãe. Eu também gritaria se Jerry estivesse fazendo amor comigo. Por mais improvável que seja, o bestalhão parece ter algum talento nessa área. Minha mãe berrou muito com meu pai, mas que eu me lembre nunca foi de prazer. Será que todas as mulheres gritam no momento do êxtase? Por que não existe um 0800 para adolescentes que responda a perguntas desse tipo?

**DOMINGO, 5 de agosto** — Outra manhã típica da região: cinzenta, com neblina e extremamente fria. Iniciei esta manhã tão alegre sentando à mesa do café da manhã com Jerry. Depois de dez minutos o escutando chupar o leite dos Cheerios, eu estava prestes a ir buscar o cutelo do açougueiro. Ao servir o café dele, minha mãe comentou:

— Não é legal que o Jerry tenha vindo pra cá cedinho?

Essa mulher acha que eu sou um completo idiota.

Depois do café da manhã, minha mãe ligou o aquecedor e ficamos à toa, lendo o jornal de domingo. Jerry leu o caderno esportivo e os classificados de carros usados. Ele acredita que um homem nunca deve ter o mesmo carro por mais de dois meses. Dessa forma, ele diz, "você sempre terá o gostinho de ter um carro novo".

Não importa o quanto seu veículo atual seja estimulante, Jerry sempre tem um grande aviso escrito À VENDA grudado na janela de trás — pra não deixar passar nenhum comprador impulsivo. Até agora, só demonstraram um interesse morno pelo seu carro atual — um Chevy Nova ano 1976 bem decadente, pintado (por Jerry) em cores de camuflagem.

Lefty passou aqui e nós nos masturbamos vendo minha coleção da *Penthouse*. Ele já marcou (por assim dizer) todas as suas páginas favoritas, mas, em geral, escolhe a gata que lembra uma Millie Filbert mais madura. Depois que a gente se limpou, ele me disse que sua irmã descobriu o adendo no diário e que agora está em pé de guerra. Só que, por causa do conteúdo explosivo do diário, ela não pode dedurar Lefty aos pais. Por isso prometeu que vai fazer a vida dele "um inferno na Terra". Nós dois concordamos que não é sábio enfrentar uma mulher sexualmente frustrada. Fiquei decepcionado com sua reação, já que estava meio que esperando que ela me ligasse.

Meu pai deveria ter vindo me buscar para um jantar de aniversário atrasado, mas não deu as caras. Então eu, minha mãe e Jerry pedimos pizza. Ele bebeu seis latinhas de cerveja Colt 45. Até a sua adorável namorada ficou em choque.

SEGUNDA-FEIRA, 6 de agosto — Pintei meu quarto! Rosa horripilante, nunca mais. Que trabalho chato! Fico contente por ser um intelectual e não precisar antecipar uma vida inteira de trabalhos domésticos subalternos. Agrada-me muito mais ficar sentado na frente de um computador e deixar meu cérebro ser irradiado o dia inteiro por feixes de elétrons.

O cáqui estava ficando muito marrom, então misturei um pouco da tinta verde que encontrei na garagem. Pelo jeito, se você mistura tinta látex com tinta a óleo, as cores tendem a se separar na parede. Depois de um período de certa indecisão, decidi que gostava do efeito manchado.

Quando minha mãe chegou do trabalho, soltou um berro e disse que estava parecendo uma cela penitenciária de detentos do IRA em Ulster. Esses camaradas infelizes fazem coisas com suas paredes que não se veem na *Casa e Jardim*. Eu disse pra ela não se preocupar, porque esses falsos tratamentos de parede estavam na moda hoje em dia e que um decorador cobraria caro para criar o mesmo efeito.

Ela falou que nunca mais colocaria os pés no meu quarto. Foi a melhor notícia que eu ouvi nos últimos meses!

Lefty acabou de me ligar em pânico. Sua irmã contou que viu Millie no shopping de mãos dadas com um cara de faculdade. Eu disse pra ele ficar frio, que aquilo era apenas parte da estratégia de guerra psicológica criada por Martha. Naturalmente, Lefty está se sentindo vulnerável, já que não viu Millie o verão inteiro. Ele está desesperado pra ligar para ela, mas é muito covarde. Diz que o medo da separação "é quase suficiente pra fazer alguém querer voltar às aulas". Vindo de Lefty, é uma declaração admirável.

TERÇA-FEIRA, 7 de agosto — Meu pai ligou do escritório para pedir desculpas por ter faltado ao jantar que combinamos. Alguém havia roubado a bolsa de Lacey, que estava dentro da sua BMW. Já que nela estava tanto o endereço quanto a chave da porta da casa dela, meu pai teve de passar a noite no apartamento de Lacey, para protegê-la e aos seus bens preciosos até que trocassem a fechadura. Ótima história, mas acho que ele se esqueceu de que usou a mesma desculpa há uns seis meses. A única coisa que mudou foi a piriguete.

Perguntei se ele havia pensado no meu guarda-roupa de volta às aulas. Ele perguntou se eu tinha pensado em um emprego de verão. Com a conversa nesse impasse, desligamos.

Lefty veio pra cá, bastante deprimido. Sua irmã ouviu boatos sobre a excentricidade peniana dele e contou a seus pais. Óbvio que sua mãe ficou histérica e queria ver, mas, possesso, Lefty a impediu. Ele tem uma consulta marcada com um médico amanhã às 10 horas.

— Isso se eu não me matar primeiro — disse ele.

Para tentar animá-lo, sugeri que a gente ligasse pra Millie, para saber como ela estava. Lefty ficou meio indeciso, mas no fim a curiosidade o venceu. Disquei o número enquanto ele ouvia na extensão. Depois de vários toques, a mãe de Millie chiou um desanimado alô.

— Poderia falar com Millie, por favor? — perguntei, com educação.

— Quem é? — fungou a voz.

— Ah, um colega de escola — respondi.

— Não é aquele monstro do Willis, é? — reclamou ela.

— Não. É Nick. Nick Twisp.

— Desculpe, Nick — disse a Sra. Filbert. — Millie está indisposta. E vai continuar assim pelos próximos sete meses e meio. — *Clique.*

Isso deixou Lefty ainda mais deprimido. Não é fácil escutar que a sua paixão de infância provavelmente está esperando o filho de outro homem, ainda mais quando sua masculinidade está em jogo.

— Minha vida é um inferno na Terra — comentou Lefty ao ir embora.

QUARTA-FEIRA, 9 de agosto — Contei 39 fios de cabelo no ralo do banheiro essa manhã e mais 27 no pente. A longa e incapacitante jornada para uma calvície deformadora começou!

Também apertei 17 pústulas inchadas no meu rosto e sete carbúnculos enrubescidos no pescoço. Será um milagre se eu não tiver envenenamento no sangue. Mesmo assim, embora eu pareça uma vítima de uma praga medieval, o mundo espera que eu continue sendo um adolescente ocupado e feliz. Eu me desespero, sabendo que cada nova erupção coloca outra barreira gotejante entre mim e a macia e dócil carne feminina. Ou, para ser mais sucinto: espinhas adiam a transa. Talvez eu deva cortar as frituras.

Lefty talvez precise fazer uma cirurgia! Ele tem um negócio chamado doença de Peyronie. Se depois de três meses tomando vitaminas o problema não sumir, cirurgiões vão persegui-lo com facões. Ele se sente totalmente humilhado. O médico injetou algo que o deixou com um pau duro matador, depois ele teve de ficar deitado enquanto sua ereção era profissionalmente examinada. No início, sua mãe insistiu em ficar na sala, mas Lefty recusou-se a abaixar as calças até ela dar o fora. O mais constrangedor de tudo é que o médico na verdade era uma médica! E jovem e bonita, além de tudo.

— Foi a primeira vez que uma mulher mexeu no meu pinto — disse Lefty — e eu nem aproveitei nada. Espero que eu não seja gay.

Boas notícias. Jerry está na estrada de novo. Espero que esteja levando pepinos para a Bolívia. Ele vendeu o seu Chevy para um marinheiro da Base Aérea Naval de Alameda. A camuflagem deve combinar certinho com a base. Pelo menos um carro no estacionamento estará enganando nossos inimigos (quem quer que eles sejam).

Perguntei pra minha mãe durante o jantar se ela gostava mesmo de Jerry. A resposta dela foi:

— Não é da sua conta!

Depois de cinco minutos de um silêncio agressivo, ela continuou:

— Jerry é OK. Você devia ser mais legal com ele. Quantos homens você acha que se interessam por uma mulher de 41 anos, sem dinheiro, com dois filhos e estrias? Ele não é nenhum Cary Grant, mas é melhor do que nada.

Minha mãe é realista com relação a tudo, menos sua própria idade. Ela tem 43.

**QUINTA-FEIRA, 9 de agosto** — Eu e Lefty fomos fazer uma trilha no morro acima do campus da UC (Universidade da Califórnia). Não é algo que eu costume fazer, mas até o meu corpo precisa de um pouco de exercício de vez em quando. Lefty estava a fim de sair um pouco de casa. Ele cometeu o erro de dizer a Martha que não gostava do álbum de Joe Cocker, então agora ela o toca sem parar.

O dia estava ensolarado e fresco, com algumas nuvens fofas e brancas flutuando como zepelins calmos sobre a baía azul. (Talvez eu guarde essa frase pra ser reciclada e usada em um futuro romance.) Ao chegar à trilha, ficamos espantados ao dar de cara com um casal nu fazendo amor em uma clareira escondida na descida da ravina. Claro que chegamos mais perto pra ter uma visão melhor. Finalmente, as habilidades florestais aprendidas com os escoteiros teriam uso! Se ao menos eu tivesse me lembrado de trazer os binóculos. Os dois pareciam ser universitários — uma oriental bonitinha e seu namorado atleta branquelo, felizes e contentes de ficar se agarrando em cima da grama marrom. Eles chegaram ao clímax, descansaram um pouco, depois recomeçaram — enquanto eu e Lefty continuávamos a olhar sob um silêncio ofegante.

Após o espetáculo, saímos cambaleantes até encontrar outro lugar escondido para um pouco de alívio hidráulico manual. Minha descarga explosiva derrubou um bosque de eucaliptos maduros. A de Lefty desalojou uma dezena de pedras de três toneladas. No entanto, depois, ambos concordamos que os hormônios malucos da adolescência estavam nos prendendo com cada vez mais força em seus abraços ardentes. Meu corpo está transmitindo um sinal desesperado: precisa daquilo com urgência. Com urgência.

**DOMINGO, 12 de agosto** — Outro domingo cheio de alegria com meu pai e Lacey em Marin. Uma das consequências trágicas do divórcio é os filhos serem obrigados pela Justiça a passar uma quantidade fixa de horas com o pai. Nas famílias normais, pais e filhos ignoram uns aos outros na maior felicidade.

Era um dia extremamente quente. Embora o ar-condicionado na BMW do meu pai estivesse pifado, ele nos fez andar de janelas fechadas, para que os outros motoristas não pensassem que ele não tinha ar no carro. A única compensação foi uma gota de suor supersexy, consequência do calor abafado, no lábio superior de Lacy. Desejei muito enxugá-la — com a língua.

Ao chegarmos a Kentfield, meu pai disse que iria me comprar roupas para a escola se eu lavasse o carro dele. Concordei e fritei por causa do sol, enquanto removia a sujeira do bom e velho aço alemão. Meu pai ficou observando como um falcão, pro caso de eu derrubar a esponja e pegar areia para estragar a pintura. (Nós dois sofremos de uma extrema ansiedade com relação a imperfeições.)

Após o almoço (no McDanou'se), fomos às compras no reluzente BMW... no Mercado de Pulgas de Sebastopol! Ganhei três camisetas, duas calças, uma jaqueta e um cinto — pela bagatela de 8,65 dólares. Meu pai estava preparado para gastar mais, mas eu dei um basta em sapatos usados. Este outono vou aparecer na escola vestido com a última moda — do ano de 1973.

Lacey usava um biquíni de bolinhas amarelas de fazer a virilha inchar e óculos de sol do tipo alienígena invasor. Ela flertou com todos os motoqueiros que vendiam peças de moto e até conhecia dois dos mais sinistros pelo nome. Meu pai sentiu ciúmes e parecia ferver de raiva por dentro. Pra mim, ele está prestes a ter um ataque do coração; só espero que tenha plano de saúde.

Meu pai pagou dois cachorros-quentes no mercado, então não achou que depois seria necessário jantar. Levei minha fome e roupas novas de volta para Oakland. (Mas não vou deixá-lo escapar do jantar de aniversário que me prometeu!)

Enquanto eu fritava umas batatas congeladas (não acredito que a conexão entre comida frita e acne já tenha sido definida com certeza), o marinheiro passou em casa com dois de seus camaradas atrás de Jerry. Parece que o Chevy andou apenas 27km antes de o motor explodir. Eles também encontraram restos de uma banana na transmissão. Quando disse que Jerry estava viajando, eles pareceram muito desapontados e prometeram voltar outro dia. Também deixaram o Chevy pifado na entrada da garagem. No capô, alguém havia pintado com spray: "Pague ou morra!"

**SEGUNDA-FEIRA, 13 de agosto** — Millie Filbert vai se casar! Com Willis, o suposto pai da suposta criança. Ela tem 15 e ele, 20 anos. Martha ouviu os boatos e acordou Lefty esta manhã com a notícia. Ele exclamou:

— Este é um dia que viverá na infâmia!
Brincadeira. Na verdade, suas palavras exatas foram:
— Grande merda de pé no saco!

Lefty veio pra cá imediatamente, para receber uns conselhos amigos. Eu disse que Millie era uma piranha barata e que ele estava melhor sem ela. Lefty concordou e disse que esperava que ela tivesse um casamento longo e difícil com um cara que bate na esposa todos os dias. Depois comentou que, se soubesse que ela era assim tão fácil, com certeza teria reunido coragem de chamála para sair, mas, em vez disso, tinha perdido todos aqueles anos admirando-a de longe. Então, para concluir a catarse emocional, fiz Lefty rasgar a gostosa que lembrava a Millie, da revista *Penthouse*. Ele contou que se sentia melhor, então batemos uma punheta só pra levantar a moral. Embora ele tenha tomado umas doses extras de vitamina, ainda parece torto como sempre. Millie nunca vai saber o que perdeu.

Acho que a queimadura de sol melhorou a acne, então estou tentando passar mais tempo fora de casa. Mesmo que eu morra pelo melanoma daqui a vinte anos, sinto que vai valer a pena. Pedi um dinheiro à minha mãe para comprar óculos escuros e, no lugar disso, ela me deu os velhos dela. Levei 45 minutos pra retirar todos os brilhantes falsos, mas, mesmo assim, não parece algo que Tom Cruise usaria.

Como uma ereção matinal, o marinheiro voltou. (Estou tentando introduzir mais comparações na minha prosa.) Dessa vez minha mãe teve o prazer de conversar com ele. O marinheiro exigiu que ela fizesse um cheque! Ela explicou que seria impossível, mas que tentaria entrar em contato com Jerry. Enquanto o marinheiro esperava, nauticamente fervendo de raiva, ela ligou pro chefe de Jerry, que deu o número de um hotel de beira de estrada na cidade de Iowa. Quando ela ligou para o hotel e pediu pra falar com Jerry, quem atendeu ao telefone foi uma mulher! Ela disse que Jerry estava no banho e perguntou se minha mãe gostaria de deixar um recado. Minha mãe ficou vermelha, desligou e disse ao marinheiro que conseguiria os 900 dólares dele. Mesmo que fosse a última coisa que fizesse.

**TERÇA-FEIRA, 14 de agosto** — Minha mãe achou a foto polaroide de Lacey! Ela disse que a descobriu "enquanto guardava algumas meias limpas". Claro, como se eu guardasse minhas meias xadrez no fundo da última gaveta da escrivaninha. Com a Gestapo materna por aí, minha privacidade acaba na porta do banheiro. E nem sequer esse santuário é inviolável.

Minha mãe realmente subiu pelas paredes quando lhe contei sobre a nova namorada, de corpo escultural e semipraticante do nudismo, do meu pai. Ela olhou com horror pra foto, com o rosto contorcido de revolta e inveja. Aí enfrentei um interrogatório de 25 minutos sobre Lacey. Minha mãe tem um interesse mórbido pela vida amorosa do meu pai (e não temos todos?), então eu não me importo de inventar alguns detalhes ali e acolá pra vê-la ferver de raiva. Para suportar as revelações tórridas, minha mãe fumou um cigarro atrás do outro durante o inquérito.

Eu disse que não, Lacey pelo jeito não mora com meu pai, mas pendura calcinhas e sutiãs no banheiro dele. Falei que não sabia se era sério, mas que os dois passavam boas horas no quarto tirando um cochilo. Contei que Lacey gostava de se sentar no colo do meu pai enquanto assistia à série *Masterpiece Theatre* e assoprar na orelha dele. (Isso eu inventei.) Disse que ela o chamava de "Tigrão" e ele a chamava de "Boca de Mel". (Verdade, por incrível que pareça.) Que Lacey gostava de carros velozes, conhecia motoqueiros pelo nome e carregava um pequeno frasco de conhaque no decote. (Tudo verdade.) Falei que ela era de uma família importante de São Francisco, havia se formado em Stanford com 19 anos, tinha um QI de 163 e trabalhava para o governo em missões secretas que envolviam cabelo. (Mais ou menos sem base factual.) Por fim, contei que Lacey era divertida, tinha um ótimo senso de humor, embora fosse uma intelectual, e tinha uma visão madura sobre a beleza e a totalidade do corpo humano. Portanto, queria a foto dela de volta.

Minha mãe bufou:

— É o que você pensa, gracinha.

Ela informou que ficaria com a foto como prova e que tinha quase certeza de que iria processar Lacey por corrupção de menores.

— Você ainda é uma criança — explicou, dando lição de moral enquanto tragava várias vezes o cigarro. — Devia estar praticando esportes, não olhando fotos nojentas de meretrizes peladas.

Eu respondi que Millie Filbert jogava softbol havia anos, mas que isso não a impedira de ficar grávida.

Minha mãe disse pra eu parar de pensar em sexo. Desisto de tentar ser racional com uma mulher.

**QUARTA-FEIRA, 15 de agosto** — Hoje está um dia ensolarado, então coloquei meus óculos escuros e a minha camiseta escrito ESTOU SOZINHO, QUER CARINHO? e caminhei até a biblioteca no centro da cidade. Moramos a uns 5km do centro — naquela zona nervosa entre as colinas verdejantes e os apartamentos superlotados. As baguetes com gergelim ficam em uma direção, o churrasco na outra — o lugar fica a uma pequena distância de qualquer um dos dois.

Por causa do calor, a biblioteca fedia ainda mais do que o normal. Gostaria que algum rico filantropo criasse uma fundação para distribuir desodorantes pros sem-teto. No banheiro da biblioteca, um senhor de uns 30 anos com cara de estudioso deu uma olhada nos meus óculos e perguntou se eu queria sair e tomar um café. Eu disse que não, que era muito jovem pra isso. Ele pareceu desapontado. Fico feliz em saber que, apesar das minhas espinhas e calvície precoce, pelo menos uma pessoa no mundo me ache atraente. Se pelo menos ele fosse uma garota de 16 anos! Mas então o que ela estaria fazendo à toa no banheiro masculino de uma biblioteca?

Sentei na sala dos periódicos por algumas horas lendo revistas sobre computador. Isso sempre me deixa cheio de desejo por hardwares. Uma paixão platônica, claro, como todas as outras. Meus recursos financeiros diminuíram para 72 dólares e continuam caindo rapidamente. Do lado oposto da mesa, uma garota baixa e gorda da minha idade lia revistas sobre Atari. Ela não parava de me encarar. Por fim, moldou a gordura dela em uma expressão amigável e perguntou se eu tinha computador. Não queria encorajá-la, mas, por educação, respondi que sim, que tinha um IBM AT genérico. Ela comentou que tinha um Atari ST e adorava os gráficos coloridos próprios pra jogos e desenhos. Falei que usava meu IBM mais para processamento de textos e "outras tarefas sérias". Isso a deixou menos entusiasmada. Ela estava prestes a responder, mas por sorte a bibliotecária mandou a gente fazer silêncio. Quando a Srta. Atari levantou-se pra pegar outra revista, saí de fininho.

Após o jantar, ouvimos um caminhão freando alto na frente de casa. Era o Don Juan sem bunda, retornando do seu encontro amoroso em Iowa. Jerry fingiu que estava tudo bem e simulou surpresa quando minha mãe o atacou. Ele negou saber do acontecido e disse que, se uma mulher atendeu o seu telefone (o que ele duvidava), provavelmente tinha sido a camareira, que tinha ido levar mais papel higiênico. Que mentira fraca e óbvia! Para meu espanto, minha mãe acreditou. Ela até o beijou!

Enquanto ela preparava um jantar para ele, muito melhor que o meu, perguntou o que pretendia fazer com a carapaça camuflada pifada que estava na frente da garagem. Jerry encarou a pergunta com distanciamento frio. Disse que queria retirar o carro de lá, mas que não podia — porque, claro, agora ele era propriedade de outra pessoa. Sugeriu que minha mãe ligasse para a prefeitura e pedisse para que viessem rebocá-lo.

E o marinheiro irritado e seus 900 dólares?

Jerry disse que, se o marinheiro voltasse, minha mãe deveria simplesmente lembrar o sujeito de que ele havia comprado o carro sob a garantia padrão de Jerry: "Trinta dias ou 30 metros. O que vier primeiro."

— Eu é que tenho razão — anunciou Jerry, cortando o bife. — Já investi os 900 dólares em outro carro novo, que eu vou buscar amanhã.

— O que você comprou dessa vez, querido? — perguntou minha mãe.

— Um Lincoln — respondeu Jerry. — Conversível, tudo em cima, ano 1962. Igual àquele em que mataram Kennedy. Só que este é branco em vez de preto.

Em se tratando de Jerry, até faz sentido.

QUINTA-FEIRA, 16 de agosto — Quando me levantei, vi que o caminhão ainda estava estacionado na frente de casa. Imaginando que seria divertido ter uns convidados extras para o café da manhã, desci as escadas de fininho e liguei pro marinheiro em Alameda (achei o número na bolsa da minha mãe). Ele ficou felicíssimo ao saber que Jerry tinha voltado.

Às 8h12 três marinheiros estavam na porta de casa e dois na porta dos fundos. Quando a campainha tocou, Jerry estava largado em uma cadeira da cozinha, tentando acordar o suficiente para engolir o café. Ele acordou rapidinho quando minha mãe gritou que a frota estava ali. Ficou branco, sibilou para que minha mãe se livrasse deles e correu até o segundo andar. Os marinheiros o encurralaram no closet de Joanie. (Eles não pararam pra conversar com a minha mãe.) Quando o pegaram, Jerry ficou mole que nem um gatinho pego com o hamster da família. Dois caras grandões com cortes de cabelo feios o ergueram no ar enquanto o dono anterior do Chevy procurava dinheiro nos bolsos. Encontraram 63 dólares e uns trocados. Jerry disse que era todo o dinheiro que ele tinha. O marinheiro o cutucou com força na barriga de cerveja.

Minha mãe sussurrou:

— Não o machuquem!

Eu tremia de entusiasmo. Os marinheiros estavam ofegantes. Jerry parecia que estava tentando sair do próprio corpo.

— Sério, caras — disse Jerry —, é tudo o que tenho!

O marinheiro o socou de novo. Jerry vomitou o café na frente da camiseta. Minha mãe gritou. Eu queria gritar. Jerry começou a chorar. Eles o carregaram até o andar de baixo e o levaram pra fora, para vasculhar a cabine do caminhão. Minha mãe berrou para que eu ligasse para a emergência, mas um dos marinheiros avisou:

— Se você tocar no telefone, garoto, eu corto suas bolas fora.

Não precisou falar duas vezes. No caminhão eles encontraram a jaqueta de Jerry com os cartões de crédito e o talão de cheques. Então os cinco marinheiros e o motorista de caminhão desgrenhado se amontoaram em uma van da Marinha ("Para Uso Oficial Somente") e dirigiram até o banco, para esperá-lo abrir.

Minha mãe não foi trabalhar. Passou a manhã chorando na cozinha. Eu me senti péssimo por ter dedurado Jerry. Mas que jeito mais estimulante de começar o dia!

13h30. Nada de Jerry. Minha mãe está desesperada. A pergunta mais importante: se eles o mataram, eu sou cúmplice?

15h20. Jerry chegou em seu grande Lincoln branco. Ele tinha abaixado a capota, vestido roupas boas (para ele) e estava sorrindo de orelha a orelha. Depois nos levou para passear. Que carro! O interior é tão brega quanto o exterior — tudo em cromo, com tapetes felpudos e bancos de couro branco.

**Os diários de Nick Twisp**

Ao descer até a baía, Jerry nos contou que havia sido mais esperto que a Marinha americana. No banco, quando eles descobriram que ele não tinha nenhum centavo sequer na conta, os marinheiros o obrigaram a sacar 836 dólares com seu cartão de crédito Visa. Jerry concordou, mas pediu ao caixa que emitisse um cheque bancário em vez de dar dinheiro. O marinheiro ficou puto, mas aceitou de qualquer forma, já que era um cheque garantido pelo banco. Então, quando os marinheiros o soltaram, Jerry ligou para a Visa e relatou o roubo do seu cartão de crédito. Na noite anterior!

— Nossa — riu Jerry —, mas aquele marinheiro idiota vai ter uma surpresa quando tentar sacar o cheque!

**SEXTA-FEIRA, 17 de agosto** — Minha mãe e eu vamos fazer uma viagem de uma semana no lago Clear com Jerry. Partimos amanhã. Os preparativos estão sendo feitos meio de supetão. Não me pergunte por quê. Nunca sou consultado a respeito dessas coisas. Tudo o que me disseram é que, no lago, vamos ficar no chalé de um amigo de Jerry.

Arrumei minha mala. Estou levando meus óculos escuros, minha gaita, o remédio para espinhas, três livros — *A casa abandonada*, *Quem é John Galt?* e *A função do orgasmo* (de Wilhelm Reich) —, quatro álbuns do Sinatra, minha cópia favorita da *Penthouse* grudada dentro de uma pasta com sonatas para gaita e algumas roupas. Não conseguia decidir se levava meu calção largo ou minha sunga pequena e justa. O calção parece meio acabado, mas eu não tenho saliência suficiente pra preencher a sunga justa. Acabei decidindo levar os dois. Talvez o ar fresco do lago ajude meus hormônios do crescimento dormentes a acordar.

Deixei minha mãe empacotar as coisas de cozinha e os sacos de dormir. Isso sempre a deixa meio irritada. Um pouco antes de ela e meu pai se separarem, fizemos uma viagem de quatro dias pra pescar no lago Shasta, com os rapazes. Depois, quando minha mãe estava guardando os equipamentos de acampamento do meu pai, ela encontrou um sutiã (tamanho 48) no fundo do seu saco de dormir. Desde então, ver náilon que não desfia ou uma lanterna Coleman sempre deixa minha mãe de mau humor.

Lefty veio se despedir. Estava meio nervoso. Eu suspeito de envenenamento por vitaminas. Martha parou de atormentá-lo com o álbum do Joe Cocker e passou a usar as velhas gravações de Barry Coma, que pertencem a seus pais. Nós dois concordamos que isso é golpe baixo. Lefty ameaçou contar aos pais sobre as revelações no diário, mas Martha queimou as provas e disse que eles nunca iriam acreditar. Até ele ter uma carta na manga, sua vida continuará um inferno.

**SÁBADO, 13 de agosto** — Estou de férias! Acredite se quiser, estou escrevendo tudo isso à mão, em um bloquinho, para transcrever no computador depois. Que processo mais entediante! Acredito, no entanto, que, na época em que o lápis era uma invenção nova, as pessoas devem ter achado que era um dispositivo incrível que economizaria horas de trabalho. Então um gênio adicionou uma borracha e todos tiveram que se atualizar.

Caímos na estrada antes do café da manhã. O telefone começou a tocar às seis e não parou mais, mas minha mãe tinha ordens de Jerry para não atender. Liguei pra Lefty antes de sair para saber das baixas de guerra. Sua mãe atendeu o telefone e disse que ele ainda estava dormindo no quintal, onde havia montado uma barraca e estava acampando.

— Espero que o chão úmido não piore o problema dele — falou ela.

Eu respondi que provavelmente não, se ele dormisse de costas. Ela me desejou boa viagem e falou pra mandar um cartão-postal.

Fomos de Lincoln, claro. Jerry insistiu em dirigir com a capota baixa. Ele usava bermudas largas, uma camiseta escrita CAMINHONEIROS ULTRA-PASSAM QUALQUER COISA e um chapéu que ele fizera com latinhas de cerveja. Minha mãe estava usando uma frente-única que parecia propaganda de peitos caídos. Eu fui criado na mamadeira, então não me culpe. Ela também vestia um short bem curto pra mostrar as pernas, que até são bonitas, se você gosta de varizes.

Eu fiquei no banco de trás, bem no túnel de vento. Durante as quatro horas de viagem até Lakeport, fiquei esmagando insetos com o rosto a 113km/h. Dali a pouco, eu parecia Jeff Goldblum após uma hora e dez minutos daquele filme *A mosca*. Alguns espécimes não identificados se atiraram na minha boca e foram engolidos por reflexo, deixando um gostinho salgado de inseto. Eca!

Ao passarmos por caminhões e trailers, minha mãe acenava para eles como se fosse a Rainha da Farofa de 1954. Quando estávamos prestes a ultrapassar um ônibus da Greyhound, Jerry iniciou uma longa sessão de realinhamento da virilha. Mesmo coberto com meleca deixada pelos insetos, percebi os olhares curiosos dos passageiros.

Finalmente, as águas azuis do lago Clear surgiram. Jerry queria parar para o almoço, mas minha mãe preferiu ir direto para o chalé. Demoramos 15 minutos para encontrar o endereço certo — do que, no fim das contas, nem era uma residência particular, mas o estacionamento de trailers Restless Axles! A seis quadras (cheias de motéis e pessoas) do lago.

Nosso trailer é um veículo comprido e verde no formato de merda, que foi construído durante o governo Truman. Ele tem um pequeno quadrado de grama com uma roda de carroça e alguns anões de concreto, um toldo de lona sobre um pequeno pátio de cimento e uma cerca decrépita com uma placa escrita: "Meu Santuário Verde." Minha mãe parecia que ia chorar, mas Jerry disse que era "bem bonitinho" por dentro.

Ele tinha razão. A parte de dentro era meio escura e fria, cheia de coisas com cheiro de bolor, móveis de madeira escura envernizada e arte sacra em 3D. Tudo era em miniatura. Na frente, uma cozinha miniatura. Depois, uma sala de estar compacta seguida de um banheiro condensado, um closet comprido com beliches em lados opostos e um pequenino quarto principal com uma reduzida cama de casal entre mesinhas embutidas com abajures leitosos com cúpulas cor-de-rosa. Era bem bonitinho.

Minha mãe se animou logo ao abrir as janelas. Continuou seu reinado de Rainha da Farofa e acenou para todos os vizinhos curiosos enquanto descarregávamos o grande Lincoln. Após lavar o rosto na pia que parecia de brinquedo, desfiz a minha mala e coloquei Frank para tocar no toca-discos minúsculo enquanto minha mãe preparava o almoço. Após uma refeição de cachorro-quente, batata frita e chá gelado, Jerry coçou o saco, examinou a frente única da minha mãe e sugeriu que eu fosse dar uma olhada no lago. Captei a mensagem.

Levei meus óculos de sol, creme de espinhas, protetor solar, toalha de praia e o *Quem é John Galt?*. Esse livro pesa mais de 2kg e devia vir com uma alça dobrável e rodinhas. Carreguei-o na esperança de impressionar alguma garota erudita que encontrasse na praia.

Dei voltas pelo estacionamento a caminho do lago. A maior parte dos trailers era velha e parecia estar aposentada das estradas. Alguns adeptos do trailer estavam por ali, a maioria gente velha, de 30 ou 40 anos. Não havia ninguém da minha idade, a não ser que estivessem na praia.

Passei pelos drive-ins e motéis indo para o lago. Estava um calor terrível. Vi montes de caras de colégio em carros incrementados e garotas bonitas em trajes de banhos minúsculos. A praia estava barulhenta e lotada, mas encontrei um espaço livre sob a sombra de uma árvore. Uma brisa leve vinha do lago, que tem vários quilômetros de largura nesse ponto. Dava pra ver o monte Konocti na margem distante, marrom e bronzeado.

Li por um tempo, mas acabava sempre me distraindo com os biquínis que passavam. Que invenção mais fantástica! Todas aquelas curvas atrativas embrulhadas em pequenos pedaços de tecido colante. Aqui e ali, o contorno sedutor de um mamilo ou uma ideia de pelos naquele V levemente inchado abaixo do umbigo. Fiquei com uma E. T. (Ereção Trovejante) debaixo do meu pesado livro e podia sentir o calor pegajoso do lubrificante saindo esperançoso da extremidade. Nas águas rasas, casais bronzeados lutavam e se molhavam, parando a brincadeira barulhenta pra tocar os corpos e os lábios. Preciso de uma namorada!

Após minha E. T. diminuir, dei um passeio pela cidade no calor de final de tarde — os ociosos jovens locais me encararam com desconfiança. Nenhuma biblioteca ou cinema por aqui. O que vou fazer por seis dias?

Quando voltei para o "Meu Santuário Verde", Jerry estava ajoelhado no pátio de cimento sem camisa, tentando acender o aquecedor de água a gás. Sua barriga de cerveja sacudia e balançava a cada palavrão. Nenhum sucesso. Podíamos ouvir o barulho do gás, mas a chama-piloto se recusava a acender. Seis dias de água fria me esperavam.

A Rainha da Farofa aprendeu a domar a cozinha abreviada e fez um delicioso jantar de frango frito, salada de batata, milho cozido e bolo de frutas de sobremesa. Jerry se embebedou com cerveja Coors e falou com entusiasmo exagerado sobre a vida de nômade. Ele está doido pra comprar um trailer para acoplar ao Lincoln.

— Do tamanho certinho pra nós dois — disse ele à minha mãe.

Eles deram um beijo molhado, enquanto eu fiquei sentado ali, sentindo-me como uma visita inesperada na viagem de lua de mel.

Mas, para lavar a louça, *eu era* bem-vindo. Enquanto lutava contra a gordura de frango com água fria, minha mãe puxava os pelos da perna com uma pinça e Jerry procurava no jornal local classificados de trailer. Fomos interrompidos por alguém batendo à porta. Era uma senhora magra e anciã, usando luvas brancas e um vestido florido. Ela se apresentou como Sra. Herbert Clarkelson, nossa vizinha, e nos convidou para um culto religioso. Surpresa! Esse estacionamento é administrado pela igreja, que tem o próprio salão de reuniões. Eles fazem cultos todos os dias. Minha mãe rejeitou o convite, mas disse que talvez fôssemos amanhã. Mal posso esperar.

Fomos dormir ao som dos hinos religiosos a distância. Minha mãe fingiu que havia acabado de notar o problema da divisão dos quartos e sugeriu que eu dormisse no beliche enquanto os "adultos" ficavam com o outro quarto (como se eles não tivessem passado a tarde toda gastando aquele colchão). Concordei. Escovamos os dentes, passamos fio dental, urinamos e fomos para as minúsculas camas. O que os trailers não têm de espaço é compensado com a falta de privacidade. Assim que desliguei a luz, minha E.T. da tarde tornou a dar as caras. Estava mais do que preparado pra acabar com ela, mas qualquer movimento de braço mais vigoroso balançava todo o trailer. Resolvi prosseguir mesmo assim e, quando estava prestes a explodir um buraco no teto, Jerry chutou a parede e gritou:

— Ei, garoto, se você quer espancar o careca vá lá fora!

Eu respondi que estava coçando meu pé.

Espere só pra ver o que eu vou fazer quando esse idiota quiser um pouco de privacidade. Vou grudar nele. Enquanto isso, espero não morrer de dor nas bolas.

**DOMINGO, 19 de agosto** — Estas linhas podem não sair muito coerentes. Consegui dormir só umas duas horas ontem. As interrupções incluíram fiéis de igreja retornando e conversando sobre o calendário do Armagedon, cachorros latindo, Jerry roncando, minha mãe falando enquanto dormia e a Sra. Clarkelson batendo à porta às seis da manhã para anunciar que o culto começaria às 7h15 em ponto. Eles serviriam donuts.

Já que o chuveiro do nosso trailer não tinha água quente e, de qualquer forma, só serviria para um pinguim se banhar, coloquei um roupão e caminhei quase dormindo até o banheiro do parque — que se revelou um galpão de cimento austero com três chuveiros gotejando e nenhuma parede para alguma privacidade. Um careca gordo estava se enxugando quando eu cheguei. Escovei os dentes (por quase dez minutos!) enquanto ele se vestia sem pressa. Por fim, ele foi embora, eu tirei o roupão e liguei o chuveiro. Dez segundos depois, Jerry chegou, tirou a roupa e entrou debaixo do chuveiro ao lado do meu. Adivinhe só? O cara tem mais mangueira que um bombeiro nervoso. Não é à toa que as mulheres gostam dele. Se Jerry fosse meu pai, eu seria burro, feliz e meu comprimento peniano já estaria a 99%. Também herdaria um Lincoln conversível estiloso. Mesmo com tudo isso, será que eu faria a troca, se pudesse escolher? É algo a se pensar!

Jerry é um banhista bastante atlético. Ele pulou, espirrou água, gargarejou, cuspiu, arrotou e entoou canções de caminhoneiro com voz trêmula. Interrompi minha ablução mais cedo e saí de lá o mais rápido que pude. Ao deixar o local, vermelho e ainda molhado, passei por uma garota bonita mais ou menos da minha idade que entrava no banheiro feminino. Vestida com um roupão de flanela simples, mas ainda assim sedutor, ela tinha cabelos castanhos na altura dos ombros, belos olhos azuis e um nariz aristocrático. E sorriu para mim! Eu entrei em pânico e respondi com uma expressão filosoficamente mal-humorada. Ao cruzarmos, ela sussurrou baixinho:

— Seu roupão está aberto.

Atrapalhado, olhei para baixo. Nenhum bilau à mostra. Aquilo era uma mentira deslavada!

Após o café da manhã, rondei os trailers esperando encontrar a garota de novo. Nada. Concluí que ela devia estar comendo donuts com Deus, como o restante dos habitantes dali. Então, quando voltei pro nosso trailer, lá estava ela — sentada no pátio bebendo café com a minha mãe. Agora ela estava de sandálias, short amarelo e uma blusinha branca transparente apenas o bastante para mostrar o formato do seu sutiã. Era magra, mas um desenvolvimento interessante estava em andamento. Ao passar pela cerca, ela me encarou direto nos olhos e disse:

— Oi, metido.

Eu gaguejei uma resposta incoerente. Minha mãe falou:

— Nick, querido, essa é Sheeni.

Sheeni tinha de ir até o supermercado e me convidou para ir junto, como carregador. Para ela, eu teria carregado um Volkswagen. Ao caminharmos até a cidade, o pânico começou a diminuir. Até que consigo falar com garotas!

Ela tem 14 anos, é um dos dois intelectuais que vivem em Ukiah, Califórnia, e é ateísta. Isso gera brigas terríveis com seus pais biblicistas. Ela se recusa a frequentar a igreja e agora toda congregação de adeptos do trailer fica rezando pela sua salvação. O pai é um advogado importante em Ukiah. Contei que nunca ouvi falar em advogado convertido. Sheeni responde que não é só isso: além de tudo, ele está preparado pra mover qualquer processo em nome de Cristo.

Sheeni está lendo os existencialistas este verão — Camus, Sartre e outros caras de que nunca ouvi falar. Ela comentou que Ayn Rand é deplorável e que irá danificar minha "mente rudimentar". Prometeu que vai fazer uma lista de livros para mim. Quando ela fizer 18 anos e estiver livre da "escravidão dos pais", quer ir a Paris estudar filosofia. É a única pessoa em Ukiah que estuda francês por meio de fitas cassete.

No supermercado, Sheeni comprou uma melancia grande e deixou que eu lhe comprasse um picolé. Caminhamos devagar sob o sol, enquanto a melancia deslocava meu ombro a cada passo. Sheeni contou que a chegada do Lincoln despertou um interesse considerável no estacionamento de trailers. A maioria das pessoas ainda não sabe o que pensar, embora o *cooler* cheio de cerveja de Jerry no pátio tenha deixado algumas meio inquietas. Sheeni disse que gostou da minha mãe, mas achou meu pai "um pouco estúpido, talvez". Eu me apressei logo em dizer que Jerry era apenas o companheiro da minha mãe e que eu não tinha nenhum laço sanguíneo de qualquer tipo com ele. Isso pareceu deixá-la mais sossegada.

Ao passarmos pelo bloco de cimento que é o salão de reuniões, ouvimos a congregação gritando e batendo os pés. Sheeni falou que, mesmo não sendo mais uma fiel, tinha de admitir que as cerimônias eram "um exercício aeróbico admirável".

Eu me surpreendi ao falar:

— Dá pra dizer a mesma coisa sobre o sexo.

Sheeni parou e me olhou com intensidade.

— Espero, Nick — disse ela —, que você não seja igual a todos os garotos, que não têm nada na cabeça a não ser os prazeres carnais.

Garanti que não era o caso.

— Quase nem penso em sexo — menti.

— Eu penso nisso o tempo todo — comentou Sheeni. — São os hormônios, você sabe.

Caminhamos em silêncio. Eu me sentia confuso. Sheeni terminou de comer o picolé. Eu desejei com todas as forças provar o doce da laranja em seus lábios. Ela tem lábios adoráveis, cheios e que pedem pra ser beijados. Sheeni dirigiu-se até um trailer, antes que eu percebesse. Era um Pacemaker ano 1959 (não confundir com o dispositivo médico homônimo) e a única casa de dois andares em todo o estacionamento.

— Meu pai comprou esse pra poder olhar o mundo de cima — explicou Sheeni. — Pra ele, essa coisa da humildade cristã sempre foi difícil.

Eu carreguei a melancia de 3 toneladas e Sheeni me conduziu em um tour pelo trailer. No térreo, ficavam a cozinha, a sala de estar, o quarto principal e o banheiro, tudo com o costumeiro revestimento de madeira escura e arte sacra (esta talvez um pouco mais elegante). Após um lance curto de escadas, ficavam dois pequenos quartos e um banheiro em que não dava pra ficar de pé. Meu coração bateu acelerado quando Sheeni abriu a porta do seu quarto miniatura. Era lotado de livros, mas, fora isso, bem organizado. Na parede acima da pequena e feminina cama, havia um pôster de Jean-Paul Belmondo segurando um revólver em uma pose um tanto sugestiva.

— Você também adorou *Acossado*? — perguntou Sheeni, entusiasmada, sentando-se na cama.

— Sim — menti, curvando o corpo pra frente por causa do teto baixo como um Quasímodo adolescente nervoso.

— É o meu filme favorito — disse ela. — E o seu, qual é?

Tentei pensar em um filme suficientemente intelectual.

— *Contos de Tóquio* — respondi. — Acho Mizoguchi um grande diretor.

— *Contos de Tóquio* — repetiu Sheeni. — Ótimo filme. Mas não é dirigido por Ozu?

Sinto que essa competição eu vou perder.

Sheeni saltou da cama, checou o rosto no espelho minúsculo da penteadeira (ainda estava linda) e me levou até o andar de baixo. Extremamente ansioso, perguntei se ela gostaria de ir até a praia de tarde. Sheeni sorriu e respondeu que adoraria, mas que tinha de visitar um "indigente doente" que seu pai estava processando. Marcamos de nos encontrar na tarde seguinte, para nadar. Enquanto eu me afastava, Sheeni acenou da porta e disse:

— Adeus, Sr. Twisp.

Eu me forcei a rir. Ela pode pensar que a brincadeira com o livro *Adeus, Sr. Chips* é original, mas escuto isso desde os tempos do jardim de infância. Quando me perguntam qual escritor eu acho que é hipervalorizado, sempre respondo "James Hilton". Gostaria que o palerma tivesse contraído beribéri em Shangri-la.

Caminhei até em casa em um estado de euforia e suprema exaltação. Será que isso é igual ao êxtase religioso? Talvez eu deva perguntar à Sra. Clarkelson.

O resto do dia passou sem que eu notasse. Acho que comemos algum tipo de carne no jantar. Jerry bebeu cerveja demais e convidou a Sra. Clarkelson, quando ela passou em casa para nos convidar para a cerimônia da noite, a entrar e sentar sobre o seu rosto. Ela pareceu bastante chocada e foi embora, ofendida e com raiva. Minha mãe ficou brava. Ela conseguiu queimar boa parte do colo e está irritadiça ao extremo. Coloquei várias baladas de amor do Frank pra tocar e pensei na minha vida futura em Paris com Sheeni. Onde consigo comprar fitas cassete pra aprender francês?

SEGUNDA-FEIRA, 20 de agosto — Outro episódio vergonhoso no banheiro. Talvez seja melhor eu desistir de tomar banho durante essa viagem. A noite inteira dormi em um estado de leve tumescência (não sei por quê). Então, durante o banho, o pau tornou a ficar duro — bem na hora em que o careca

Os diários de Nick Twisp

gordo entrou no banheiro. Ele sorriu muito na minha direção e, enquanto ensaboava a barriga mole e branquela, ficava dando umas olhadas na minha pica empinada. A dele ficou um pouco empinada também. (Não que eu estivesse olhando!) Saí de lá o mais rápido que pude.

De volta ao trailer, tentava decidir que traje de banho usar quando minha mãe e Jerry saíram do quarto deles.

Jerry disse:

— Olha, Estelle, seu filho tá com o revólver carregado.

Minha mãe olhou.

— Melhor vestir algo — disse ela — se você for sair.

Não, eu ia mesmo dar uma volta na praia pelado!

Para o meu primeiro encontro parcialmente vestido com Sheeni, decidi que o calção largo seria melhor — especialmente por causa da minha atual resposta erétil sempre a postos. Para essa excursão na praia, levei uma toalha, óculos escuros, protetor solar, caderno, carteira, caneta e lápis, livro (*A função do orgasmo*) e uma camisinha (é preciso estar sempre preparado para crescer com velocidade, caso seja necessário).

Sheeni atendeu a porta usando um maiô amarelo arrasador que escondia e ao mesmo tempo paradoxalmente revelava sua florescente nubilidade. Estava linda de tirar o fôlego, tão linda que o prazer que senti ao ver suas curvas cor de narciso beirava uma angústia física. Sheeni me convidou a entrar e me apresentou o pai — um ogro imenso, descomunal, imponente, de cabelos grisalhos, rosto rosado, olhos castanho-esverdeados e voz alta, metido em um terno azul amarrotado.

— Soube que você convidou minha filha para ir à praia — soou a voz estrondosa.

— É... sim, Sr. Saunders — gaguejei.

— Ahá! — berrou ele, erguendo as grandes sobrancelhas. — Então, creio, senhor, que está ciente de que, ao fazê-lo, assinou um contrato verbal de realizar *locos parentis*, ou seja, propiciar a segurança e o bem-estar da menor anteriormente mencionada.

Sheeni mandou o pai calar a boca. Ele não pareceu se importar. Ela pegou uma grande sacola de praia feita de palha e me empurrou porta afora.

— Tchau, pai — disse ela.

— *Vaya con Dios!* — retumbou ele.

Caminhamos lado a lado sob o sol gostoso, em direção à praia. Eu queria pegar na mão de Sheeni, mas estava paralisado por uma indecisão adolescente. Minha companheira me analisou sem pudor.

— Você é pele e osso — comentou. — Seu corte de cabelo é terrível. Esses óculos são um insulto ótico. E acho que dava pra convidar meu pai para dividir esse calção horrível com você.

Aquela ideia era repugnante ao extremo.

— Não era o seu pai que eu estava pensando em convidar — respondi, de forma sugestiva.

Sheeni sorriu, franzindo o nariz e as poucas, mas adoráveis, sardas que ali estavam.

— Bem, acho que a minha mãe não estaria interessada.

— Também não estava pensando na sua mãe — respondi.

Cruzamos com a Sra. Clarkelson, que fingiu não nos reconhecer.

— E que tal a Sra. Clarkelson? — perguntou Sheeni. — Soube que ela é doida pelo seu corpão.

— Ela é uma gata — comentei. — Mas rugas não são bem a minha praia.

— Você prefere as mais novas? — indagou Sheeni.

— Com cerca de 14 anos.

— Isso é estupro oficial. Um delito grave, se não me engano.

— Não se você for casado.

— Deus do céu! — exclamou Sheeni. — Não me faça querer vomitar!

Já que era um dia de semana, a praia estava agradavelmente vazia. Ajeitamos as toalhas na areia e deitamos sob o sol. O livro de Sheeni era *O vermelho e o negro*, de um francês já bem morto chamado Stendhal. Ela inspecionou meu material de leitura e aprovou, dizendo que Wilhelm Reich foi um dos maiores pensadores do século XX.

— Sua morte em uma prisão federal americana foi trágica e ridícula — declarou Sheeni.

Fiquei chocado. Não sabia que era possível ser mandado para a prisão por escrever um manual de sexo.

Sheeni me passou o bronzeador e perguntou se eu aceitaria a árdua tarefa de aplicar a loção nas "áreas expostas" dela. Engoli em seco e concordei. Ela se virou de barriga pra baixo, exibindo as costas delicadas. Minhas mãos tremiam enquanto eu espalhava o doce óleo em sua pele bronzeada e macia. Na mesma hora, apareceu uma E.T. arrasadora, que eu tinha esperanças de que ficasse bem escondida no calção gigantesco.

— Nossa, mas você fica aceso fácil, hein? — observou Sheeni.

Minhas mãos congelaram em suas costas.

Os diários de Nick Twisp

— Ah, não pare, Nick — disse ela. — Todo mundo precisa lidar com seus hormônios. As garotas têm sorte de nada ficar aparecendo. Vai saber, talvez minha vagina esteja molhada de desejo agora mesmo.

— Ela está? — perguntei, fingindo indiferença.

— Não é algo que interesse a você, tenho certeza.

— Mas por que estamos discutindo sobre meu pênis, então? — indaguei.

— Creio que porque o assunto surgiu. Acho bastante entediante.

— O assunto ou o pênis? — questionei.

— Ambos — respondeu ela. — Pode passar na frente também?

Engoli em seco de novo.

— Tá. Pode ser.

Sheeni se virou; seus jovens seios tensionavam o elastano amarelo.

— Espero que você não ache isso tudo estimulante demais, Nick.

— Eu consigo lidar — falei.

Comecei com suas pernas perfeitas, espalhando o óleo até chegar a um dedo de distância do seu doce ápice. Pude sentir seus músculos contraírem enquanto minha mão escorregadia se aproximava, só pra desviar no último minuto possível antes de fazer contato. Com cada movimento ousado, um urro de aprovação surgia da minha virilha. Então, por fim, a mão impulsiva se desviou tarde demais, e um dedo esbarrou no V macio e flexível.

— Hã, Nick — falou Sheeni, olhando por cima dos óculos escuros. — Talvez você deva passar na parte de cima agora.

Subi, lubrificando seus braços bronzeados, ombros e pescoço. Deixei o peito por último, espalhando o óleo no contraforte levemente ondulado, parte do domínio público. Tão perto, mas inacessível (por enquanto!), estava a área montanhosa coberta pelo elastano. Para lá de estimulada, minha E.T. pulsava e minhas bolas pareciam que iam explodir.

— Obrigada, Nick — disse Sheeri, com uma decisão que me deixou doente.

Devolvi o bronzeador, esperando que ela se oferecesse para retribuir o favor. Ela não ofereceu nada. Abriu o livro e logo estava absorta em sua Literatura Importante. Fiz o mesmo. Sem acreditar que o alívio não estava à mão, minha ereção continuou ali com audácia, obrigando-me a deitar de barriga para baixo. Logo senti minhas costas virando churrasco. Li 27 páginas difíceis de *A função do orgasmo* e não encontrei nem uma dica de sexo irresistível sequer. Enquanto isso, Sheeni lia com entusiasmo, parando em intervalos regulares para fazer anotações longas nas margens.

15h00. Sheeni e eu estamos sentados em uma lanchonete, bebendo café e escrevendo em nossos diários. Se não fosse o cheiro de hambúrguer, o som da *jukebox* C&W e dois caminhoneiros grosseiros comendo torta de maçã, poderíamos estar em um bistrô de Paris. Sheeni mantém um diário desde os 8 anos e afirma já ter escrito mais de um milhão de palavras. Ela escreve a toda velocidade em uma caligrafia oval, parando de vez em quando pra erguer os olhos em concentração abstrata. Eu a vi escrever meu nome! Depois ela perguntou se "pueril" era com "u" ou "l".

Temos de ir. A garçonete desleixada arrastou os pés até nós e nos mandou ir embora. Ao que tudo indica, estamos violando a política da casa de "não vagabundear". Sheeni ficou possessa, as narinas do seu delicado nariz se abriram com dramaticidade. Ela respondeu dizendo que o café dali era "intragável", o recinto, "insípido", e a falta de educação, "absoluta". Sem se abalar, a garçonete berrou "rua!". Então saímos, mas antes Sheeni proclamou em alto e bom som seu desgosto pelos "Estados Unidos rurais e todos os seus habitantes".

20h15. Péssimas notícias! Sheeni tem namorado! Ela fez essa declaração destruidora no caminho de volta, quando tentei pegar a mão dela. Ele tem 15 anos e é o outro intelectual de Ukiah. Além disso, tem 1,80m, fala francês, toca piano, é campeão de natação e escreve poesia "Percussiva Futurista". O pateta afetado se chama Trent Preston. Sheeni recitou a obra mais recente dele:

RamDam 12
Esfregão quente
Processar
Rede de segurança
Quente! Quente! Quente!
Vazio.

Se isso é poesia, eu sou o saco escrotal de um peru. Ela diz que Trent tem uma mente brilhante e todo dia escreve pra ela uma carta "intelectualmente estimulante". Só espero que o intelecto dela seja a única coisa que ele estimule.

Temporariamente atordoado com essa revelação chocante, declarei que eu também recebo missivas diárias de natureza culturalmente esclarecida da minha querida namorada. Sheeni queria detalhes. Disse que seu nome era Martha, que tinha 16 anos e que tinha acabado de voltar de Nice, onde conduziu uma pesquisa sociológica sobre os problemas de adaptação dos trabalhadores imigrantes italianos. Pra completar, expliquei que era uma musicóloga experiente, ganhava muito bem como modelo profissional especializada em lingerie e seu QI estava registrado em Washington, no FBI, como recurso nacional.

Sheeni pareceu meio surpresa. Disse que Martha devia ser uma "pessoa maravilhosa" e que esperava um dia ter o prazer de conhecer essa "adolescente formidável".

Eu respondi que seria pouco provável, já que Martha raramente se aventurava a ir para "lugares pequenos e perdidos no mapa, como Ukiah".

— Com certeza não posso culpá-la por isso — comentou Sheeni, amarga. — Trent se sente ainda mais sufocado que eu.

Coitadinho!

Caminhamos em um silêncio irritadiço na direção do imponente trailer dos Saunders. Sheeni parecia pensativa. Eu me sentia péssimo. Ela parou no portão do pátio e me perguntou se minhas queimaduras de sol doíam. Respondi que não era nada pior do que tortura medieval. Ela agradeceu pelo passeio bacana. Eu disse que não tinha de quê. Ficamos parados por um tempo, sem falar nada, até que eu fui embora. Ao virar a esquina, eu a vi retirar uma carta da caixa de correio (no formato de um trailer de dois andares miniatura). Sem dúvida, a mais nova e grandiosa obra literária de Trent.

Estou péssimo. Despenquei da euforia até a depressão suicida em uma única tarde de sol. A única distração pra esse desespero terrível é imaginar cada vez mais mortes violentas e deformadoras para o torturado Poeta de Redwood. Como ele é mais velho, mais alto, mais bonito e mais talentoso que eu, deve morrer. Os deuses exigem.

As coisas estavam meio tensas no "Meu Santuário Verde". Minha mãe foi até a lavanderia do estacionamento de tarde e foi ignorada pelas outras mulheres, de propósito. Então Jerry voltou de uma ida ao supermercado pra comprar mais cerveja e descobriu que alguém tinha escrito "ENVERGONHEM-SE, PECADORES!" com batom vermelho no para-brisa do Lincoln. Minha mãe acredita que os boatos estão correndo de que ela e Jerry coabitam sem o benefício do matrimônio. Temo que a fonte dos boatos possa ser a jovem e bela sedutora que arrancou meu coração do peito e pisou em cima dele.

**TERÇA-FEIRA, 21 de agosto** — Aqui vai um cronograma hora a hora da pior noite da minha vida.

01h00. Decido que é tudo só uma paixonite e começo a imaginar todas as mulheres interessantes que vou conhecer no futuro.

02h00. Concluo que a única saída é o suicídio. Acendo a luz pra escrever um bilhete comovente. Sheeni vai perceber que Trent é um pedante superficial e se lembrar de mim para sempre. Jerry berra para eu desligar a luz.

03h00. Analisando minhas opções, decido que sou covarde demais para usar qualquer dos métodos de suicídio mais violentos e masculinos. Devo engolir pílulas para dormir. Só que onde vou consegui-las?

04h00. Decido que não posso morrer virgem. Ou eu acho um jeito de transar logo ou o suicídio fica adiado até eu terminar o ensino médio.

05h00. Decido que será doloroso demais ver Sheeni de novo. Vou perguntar para minha mãe e Jerry se podemos voltar mais cedo pra Oakland. Algum dia, Sheeni vai ler sobre mim no *The New York Review of Books* e se dar conta de que desperdiçou sua vida.

06h00. Pânico incontrolável! Preciso ver Sheeni de novo! Só temos mais três dias juntos! Talvez ela goste mais de mim do que de Trent. Mesmo que não goste e eu acabe totalmente humilhado, vai valer a pena. Por que perdi tanto tempo ontem à noite quando podia estar com ela? Mesmo que ela se case com Trent algum dia, ainda posso ser o amigo fiel (que nem Sydney Carton). Posso até salvar o filho deles de um cavalo descontrolado. Então, Trent sofrerá uma morte trágica ainda jovem (os poetas sofrem de alto índice de mortalidade) e Sheeni vai achar consolo nos meus braços. Tudo vai dar certo!

06h05. Arrasto meu corpo arrasado pra fora da cama e cambaleio até o banheiro masculino. Pelo menos assim vou conseguir evitar o cara gordo e careca. Errado! Ele entra de repente e tira o roupão com um olhar lascivo. Chega mais perto, repulsivamente pelado. Eu recuo embaixo da ducha quente.

— Você se incomoda de dividir o chuveiro? — pergunta ele, com timidez.

— Ouvi dizer que alguém pode estar na seca.

Enquanto a bolha corpulenta se aproxima cada vez mais, eu tateio até achar o registro. Finalmente minha mão encosta no metal e eu o giro. A ducha quente se transforma em uma explosão de gelo. A bolha pula para trás.

— Desculpe — digo, com os dentes batendo. — Gosto de banho gelado.

Dez minutos depois, vestido, com os dentes escovados, pronto para um dia cheio, bati à porta do trailer de Sheeni. Rezei para que o Sr. Saunders não viesse atender. Por incrível que pareça, Deus me escutou. Após vários minutos de tensão, a porta se abriu: Sheeni apareceu e me olhou sonolenta. Meu coração deu um pulo! Ah, poder rolar na cama uma manhã e me deparar com esses belos olhos azuis cheios de sono. Sheeni segurava o tecido felpudo não transparente contra seu corpo delicado.

**Os diários de Nick Twisp**

— Nick? Meu Deus, que horas são?

— Oi, Sheeni. Que bom te ver! Estava dando um passeio e resolvi dar uma passadinha. Desculpe ter ficado chateado por causa de Trent. Foi muito imaturo. Ele parece um cara bem legal. Gostaria de ouvir mais sobre a poesia maravilhosa dele. Você quer ir até a praia? E tomar café?

Sheeni me disse para voltar dali a duas horas. Falou que ia fazer uma trilha e que eu poderia ir junto "se quisesse". Só nós dois, juntos no meio da mata nativa. Êxtase total!

De repente, fui acometido de uma fome tremenda. Caminhei até a cidade, encontrei uma lanchonete aberta e comi seis donuts de chocolate recheados de creme. Quando o açúcar que concede a vida caiu na minha corrente sanguínea, eu me senti imediatamente renovado. Também calculei que já estaria de volta a Oakland, são e salvo, quando as espinhas começassem a aparecer.

Sheeni estava pronta quanto eu voltei pontualmente às 8h15. Ela usava botas grandes e pesadas de trilha, short cáqui, uma camisa marrom, uma bandana vermelha no pescoço e um chapéu australiano. Trazia uma mochila de lona grande apoiada em um dos ombros. Parecia a escoteira mais atraente do mundo.

— Nick, cadê suas botas, sua garrafa d'água, comida, mapa e bússola? — perguntou ela.

Respondi que não estava com fome, nem com sede, que tinha um senso de direção infalível e que preferia fazer trilhas com tênis de corrida.

— Como John Muir — comentei —, eu entro no mato apenas com meu diário e a curiosidade de uma criança.

Sheeni disse que tudo bem, mas que não iria pegar leve com "nenhum preguiçoso". Ela imprimiu um ritmo rápido ao caminhar para fora da cidade. Caminhamos por colinas marrons e onduladas que pareciam, na maioria das vezes, ondular para cima. Ela me perguntou se eu tinha notícias de Martha. Disse que sim. Martha avisou que está ocupada posando e que está prestes a terminar sua monografia sobre B. Coma, um cantor de blues das antigas. Perguntei se Trent estava bem. Sheeni respondeu que ele estava muito bem, obrigada, e que pretendia visitar Lakeport no fim de semana. Que canalha miserável! Respondi que era uma pena eu não poder conhecê-lo, porque ia embora na sexta-feira. Sheeni comentou que sim, era uma pena, já que com certeza nós dois iríamos "virar grande amigos". Respondi que qualquer amigo dela era um amigo meu.

— A recíproca é verdadeira, tenho certeza — disse ela.

46

Apesar do calor, Sheeni manteve um ritmo intenso. Todos aqueles exercícios aeróbicos na igreja a deixaram extremamente em forma. Segui da melhor maneira que pude, tentando me animar acompanhando o movimento rítmico da sua linda bunda dentro do short. Após um tempo, o esforço, o cansaço, a falta de sono, a excitação nervosa e seis donuts gordurosos começaram a pesar no meu trato digestivo inferior. Pedi licença e corri até um aglomerado de árvores. Algum tempo depois, voltei tropeçando pela trilha e encontrei Sheeni lendo meu diário!

Puxei-o com força da mão dela. A ladra insolente nem sequer estava envergonhada. Ela disse que eu tinha uma caligrafia chocante, um vocabulário bastante decente e que Trent não era um "pateta afetado". Respondi que meus pensamentos particulares não eram "da porra da conta dela". Você gostaria, reclamei, que eu lesse seu diário?

— Leia se quiser — disse ela, puxando o caderno azul da sua mochila. Abri na última entrada e conferi sua caligrafia elegante. Com exceção dos nomes (o meu apareceu várias vezes!), era tudo um monte de besteira ilegível.

— É uma abreviação inventada por mim mesma — respondeu Sheeni, presunçosa. — Uma necessidade para uma pessoa inteligente que vive na mesma casa que pais cristãos.

— O que está escrito? — reclamei.

— Bem que você gostaria de saber, não é? — provocou ela, pegando o caderno de volta. — E a última passagem seria de um interesse irresistível pra você, em particular.

Agarrei seu fino e delicado pulso e exigi que ela contasse tudo. Ela se recusou. Nós lutamos. Sheeni protestou. Segurei com mais força. O corpo dela, contorcendo-se e tentando fugir, esbarrou na minha E. T. instantânea! Ela percebeu.

— Pau duro! — cantarolou ela. — Nick tá de pau duro! De pau duro!

Meu rosto ficou vermelho igual à bunda de um babuíno e eu a deixei escapar. Ela continuou cantando. Mandei que parasse. Ela continou.

— Nick tá de pau duro!

Eu coloquei a mão sobre o zíper.

— Pare, senão vou mostrar — disse.

— Você não ousaria — exclamou Sheeni.

— Ousaria sim — afirmei.

— Você não tem coragem — provocou ela.

Abaixei o zíper e enfiei a mão dentro do short. Minha pica ereta piscou, surpresa, sob o sol brilhante. Sheeni a estudou com interesse.

**Os diários de Nick Twisp**

— É extremamente feia e meio pequena — disse ela.

De repente, fiquei muito tímido e guardei meu instrumento, que murchava.

— Não sei por que os garotos sempre querem mostrar essas coisas feias — comentou Sheeni, sentando-se no toco de uma árvore. — Trent é obcecado em me mostrar o dele. Ele deve acreditar que isso me deixa empolgada.

— Deduzo que o dele tenha um tamanho bom — disse.

— Ah, enorme — respondeu ela. — A Mãe Natureza com certeza é capaz de ser quixotescamente extravagante às vezes. (Eu odeio você, Trent.)

Eu precisava saber.

— Você e Trent já fizeram aquilo? — perguntei, sentando ao lado dela. Nossos corpos se encostaram, mas Sheeni não se afastou.

— Não fiz amor com Trent ainda, se é o que quer saber — respondeu ela. (Graças a Deus!) — Mas não sou mais virgem. (Droga!)

Sheeni contou que, quando fez 13 anos, resolveu se livrar do fardo esmagador de sua virgindade. Sem pensar duas vezes, ela a forneceu a um conveniente atleta que era seu vizinho e se chamava Bruno.

— Você gostou? — perguntei.

— De jeito nenhum — disse ela. — O besta era um desajeitado, mas por sorte tudo acabou em cinco minutos. Achei o ato bem menos erótico que um exame ginecológico. Mas, segundo os manuais de sexo que li, deve ficar melhor conforme se pratica mais.

— Por que não pratica com Trent? — perguntei. (Ou comigo!)

Ela explicou que queria uma "grande paixão em locais românticos da Europa", e não "amassos escondidos no banco de trás, no interior californiano".

Respondi que entendia o ponto de vista dela.

— Você ainda é virgem, eu sei — comentou Sheeni, sorrindo. (Dá pra perceber!) — Talvez seja por isso que eu gosto de você.

Sheeni ficou me olhando, na expectativa. Eu olhei de volta e engoli em seco.

— Me beija, seu bobalhão — falou ela.

Coloquei meus braços ao redor dela e com cuidado me aproximei da sua boca sedutora. Nossos narizes se evitaram com sucesso e os lábios se encontraram. Os dela eram macios, quentes e maravilhosos. Eles se abriram e eu pude provar sua língua doce. A experiência foi sensacional. Estamos falando de palpitações no coração quase fatais e de uma E.T. matadora e instantânea. Após um bom tempo, nós nos separamos.

— Estou de pau duro de novo — confessei.

— Era de se esperar — disse Sheeni, levantando-se em um pulo. — Tá, garanhão. Acabou o intervalo. Vamos continuar!

Caminhamos. Por mais uns 20km. Debaixo do sol. Sem parar. Meus pés nem tocaram no chão.

Mais tarde, voltando para a cidade de mãos dadas, passamos pelo gordo careca que se arrastava até a praia numa sunguinha minúscula. Ele fingiu não me ver. Sheeni sorriu na direção dele e disse:

— Olá, reverendo Knuddlesdopper.

Ele murmurou uma resposta incoerente e seguiu apressado.

O gordo pervertido é o ministro da congregação dos traileristas! Sheeni ficou chocada quando soube que eu tinha ficado no chuveiro ao lado do dele.

— Knuddy tem tara por garotos — explicou ela, com praticidade. — Todo mundo sabe. Ele diz que uma pedofilia extrema como a dele é prova irrefutável da existência do diabo. A congregação faz orações especiais por ele, principalmente os garotos mais novos.

— Bem, elas não ajudaram muito — comentei.

— Acorde cedo amanhã — falou Sheeni. — Aí você pode ir tomar banho comigo no banheiro feminino. — Ela me olhou bem nos olhos. — Se tiver coragem.

Eu disse que estava marcado.

20h45. Quente e cansado, o sol começa a se pôr detrás do monte Konocti. Sheeni e eu estamos sentados em uma pequena mesa verde de piquenique no pátio do meu trailer, escrevendo em nossos diários. Minha mãe, depois de mais um dia de ostracismo moralista, ficou feliz em ter a companhia alegre de Sheeni para o jantar. Durante a refeição, Sheeni foi amável, educada, madura e até tentou começar uma conversa inteligente sobre trailers com Jerry. Só o que ele fez foi olhar lascivamente na sua direção e não tirar o olho do peito dela. Talvez eu o mate mais tarde, quando ele estiver dormindo.

Não consigo mais escrever. Meu cérebro parou de funcionar. Estou ansioso pelo beijo de boa-noite (e possível amasso no escuro) com você-sabe-quem.

21h30. Voltei da pegação com Sheeni no escurinho agradável e encontrei esse bilhete no bolso de trás da minha calça (e eu que achei que ela estava acariciando minha bunda!):

Querido Nick,

Por favor, me desculpe por ter lido seu diário. Descobri que as pessoas que conseguem resistir à tentação invariavel-

**Os diários de Nick Twisp**

mente acabam vivendo no atraso e na depressão. Por sorte, qualquer força de vontade que eu tinha já murchou muito tempo atrás.

É claro que fiquei encantada com o que você escreveu a meu respeito. Pensar em suicídio e inventar Martha (sem dúvida, duas coisas estimuladas pela estima que sente por mim) evocam em meu peito uma resposta emocional forte.

Somos jovens. Pelo menos um de nós é inocente. O futuro é muito precário. Vamos apenas viver, e o que tiver de ser será.

Sua, com carinho,
Sheeni.

Estou deitado na cama, lendo e relendo esse bilhete maravilhoso sem parar. Minha primeira carta de amor! "... o que tiver de ser será". Espero que isso signifique o que eu acho que significa.

QUARTA-FEIRA, 22 de agosto — Outro amanhecer perfeito na Califórnia: uma brisa refrescante, com cheiro de grama marrom e eucalipto, um sol brilhante, uma lua pálida ainda visível no céu azul da manhã, pássaros cantando, cães latindo a distância. Uma bela manhã pra ficar na cama, pensando na vida e coçando o saco sem pensar em nada. Mas levantei às 5h45 — como homem compromissado que sou. Vesti um roupão sobre o corpo nu, tentei, pelo que pareceu horas, mijar com uma ereção antecipada, escovei os dentes e, em silêncio, escapei pela porta do trailer.

Com exceção dos pássaros cantando nas árvores, o estacionamento estava completamente quieto e parado. Ao me aproximar do prédio onde ficam os banheiros, ouvi o som de água corrente vindo do lado feminino — uma música sedutora para meus ouvidos. Fingi que ia entrar no banheiro masculino, depois dobrei a esquina bem rápido e entrei pela entrada proibida.

Para minha surpresa, o banheiro feminino tinha cubículos separados e portas, para maior privacidade. Sheeni, com sabedoria, tinha escolhido o último boxe, no canto. Caminhei através do vapor que cobria o antigo compensado verde, meu roupão se distendendo na frente como a proa de um navio romano. Com um movimento certeiro e suave, eu me despi, pendurei o roupão em um gancho, chutei os chinelos pra longe, abri a porta do boxe e entrei direto embaixo do chuveiro.

Sheeni levantou a cabeça assustada. Seios caídos! Pele flácida! Pelos brancos embaixo da barriga despencada! Rugas! Era a Sra. Clarkelson!

— Desculpe! — gaguejei.

Ela gritou e me acertou no olho com o sabonete. Cego, dei um passo para trás e escorreguei nele. Caí, derrubando a velha pelada em cima de mim. Ela tentou achar onde se apoiar, agarrou meu pinto e gritou:

— Estupro! Estupro!

Imobilizado no cimento molhado, a ducha bem sobre o meu rosto, eu tentava respirar, mas só conseguia engolir água. A Sra. Clarkelson não parava de socar minha barriga. Eu gemi e a empurrei, meus dedos fugindo do contato com aquela pele anciã. Então, a porta abriu e uma mão me puxou pra cima. Era Sheeni.

— Foge, rápido! — advertiu ela.

Apanhei meu roupão e corri, enquanto Sheeni (ainda de roupão) mergulhava sob a ducha quente para resgatar a vítima do meu desejo.

De volta ao trailer, vesti umas roupas de qualquer jeito e acordei a minha mãe.

— Vou tomar café na cidade — sussurrei. — Se alguém vier até aqui, diga que foi um engano. Um engano gigantesco.

Assustada, minha mãe quis saber mais, porém, saí antes que a inquisição começasse. Quando eu estava correndo pelo parque, alguns dos moradores em seus pátios me olharam desconfiados. Impulsionado pela adrenalina, corri até a cidade sem parar, até chegar à doceria. Sem fome, por causa do medo, engoli quatro pãezinhos doces, depois fiquei olhando indeciso para uma bomba de xarope de bordo. Um carro de polícia desceu a rua a toda velocidade (na direção do estacionamento), com a sirene berrando.

Sheeni me encontrou na praia, uma hora depois. Eu estava perto da água, tentando lavar o vômito (meu) da minha camiseta. Ela caminhou pela areia até mim — uma visão em lilás. Ela vestia uma blusa lilás, desabotoada, sobre um biquíni cor de berinjela. Algum dia, pensei, essa bela moça vai ficar parecida com a Sra. Clarkelson. Como o tempo pode ser cruel. Melhor morrer jovem do que ser testemunha de tamanha destruição.

Sheeni sorriu, debruçou-se sobre mim (pude ver seus seios delicados, seguros sob a cor roxa) e me beijou.

— Eca — disse ela —, que gosto ruim! O que você está fazendo?

— Vomitando donuts — respondi. — Eles têm um gosto melhor quando descem do que quando sobem. Preciso ir até a delegacia agora?

## Os diários de Nick Twisp

— Não dessa vez — falou Sheeni, desabando sobre a areia. — Eu salvei a sua pele.

— Ela não vai dar queixa?

— Acho que não. Consegui convencê-la de que foi um acidente. Expliquei a ela que você era meio retardado e que não conseguiu ler a placa. Engraçado que no começo ela não quis acreditar.

— Valeu mesmo! — comentei.

— Ela queria saber por que, se fora tudo um erro inocente, suas partes pudendas estavam elevadas.

— Minhas o quê? — perguntei.

— Foi essa a expressão que ela usou. É meio engraçadinha, até. Ela não sabe que suas partes pudendas sempre estão elevadas. Parecem um pouco elevadas agora, inclusive.

Olhei pra baixo. Ela tinha razão.

Sheeni continou:

— Pensando rápido, eu lhe disse que era óbvio que qualquer homem ficaria excitado ante a visão de suas curvas femininas, por mais inocentes que fossem suas intenções. Ela concordou com essa parte. Então, enfim, de agora em diante você precisa agir como se fosse retardado. Babe na camisa e cutuque o nariz... sabe, meio como você costuma sempre fazer.

— Ah, sim, claro!

Pulei em cima dela e tentei beijá-la. Enquanto ela se contorcia em meus braços, com uma mão agarrei um seio redondo e macio. Ela riu e me empurrou.

— Fora, fora, Sr. Vômito. Longe de mim com esse bafo gástrico!

Desisti e deitei sobre a areia quente. Sheeni curvou seu corpo sobre o meu e derrubou lentamente um pouco de areia sobre meu peito.

— Mas diga, onde você estava? — reclamei. — Combinamos de nos encontrar às cinco para as seis.

— As mulheres sempre se atrasam um pouquinho. É o que esperam de nós.

— Maravilha. E o cara pontual morre na cadeira elétrica, acusado de estupro.

— Não reclame. Pelo menos você tomou banho com uma mulher nua.

Sheeni sorriu com timidez e dobrou mais o corpo, pressionando seu peito quente contra o meu. Grãos de areia branca cobriam seus ombros bronzeados como açúcar.

— É, isso é verdade — disse. — Melhor a Sra. Clarkelson que o reverendo Knuddlesdopper. Mas preferia que tivesse sido você.

— Eu também — falou Sheeni.

Dessa vez, ela deixou que eu a beijasse.

Passamos o resto da manhã na praia. Sheeni entrou na água e nadou um pouco, depois saiu — tremendo, com os mamilos tentadores eretos por baixo do elastano roxo — para secar sob o sol. Ela me contou mais sobre a sua vida. Ela tem um irmão — bem mais velho, chamado Paul, que, enquanto experimenta drogas psicodélicas, toca jazz com um trompete. Ele ligou uma vez há uns seis anos para pedir que enviassem seu certificado de salva-vidas, que tirou na época da escola, a uma caixa postal em Winnemucca, Nevada.

— Uma região árida — observou Sheeni —, pouco conhecida por seus esportes aquáticos.

Foi a última vez que souberam dele.

Apesar da mente brilhante de Sheeni, ela frequenta a escola pública. Todos em Ukiah frequentam. Ela conhece Trent desde o jardim de infância, quando ele era um fascinante aluno do primeiro ano. Eles sempre foram mais inteligentes que o resto da escola (principalmente os professores) e, portanto, tiveram de lidar com ressentimento e inveja de sobra. Esse é um dos laços que os une. (Mas, espero eu, não por muito mais tempo!) Trent consegue se safar um pouco porque usa os esportes pra provar que ainda é da galera. Porém, Sheeni, desde que passou a ser tão bonita quanto esperta, tem de aguentar uma hostilidade declarada.

— Às vezes gostaria de ser comum e sem graça — lamentou a intelectual encantadora.

— Eu também — falei.

— Mas, querido, isso você já é — provocou ela.

Para fazê-la retirar o insulto, tive de partir para o combate corpo a corpo (com direito a encostar o corpo em outros lugares).

No final da tarde passeamos de carro ao redor do lago no Lincoln, com Jerry e a Rainha da Farofa. Ao sair do estacionamento de trailers, passamos pela Sra. Clarkelson, que regava o canteiro de petúnias (em formato de cruz) na frente do bloco de cimento que é a igreja. Ela me encarou com desconfiança violenta, por isso cruzei os olhos e comecei a procurar meleca. Do meu lado, no banco de trás, Sheeni mordeu a mão pra não rir. Minha mãe me mandou "tirar o dedo do nariz e me comportar como adulto".

Sheeni não pareceu se importar com o vento. Ela amarrou um lenço nos cabelos castanhos e se reclinou, pra aproveitar a brisa, casualmente colocando a mão na parte de dentro da minha coxa. Ao fazermos a curva a quase 100km/h,

Os diários de Nick Twisp

ela puxou os óculos escuros do meu rosto e os jogou, por cima do ombro, no lago.

Nosso destino era Middletown, onde Jerry detectara um trailer à venda. O lugar era remoto e isolado, mas, depois de algumas entradas erradas em estradas de terra, chegamos a um barracão pequeno e acabado, encarapitado sobre estacas em uma encosta íngreme. O pátio empoeirado estava cheio de carros pifados, ônibus escolares enferrujados, máquinas velhas de processamento de frutas e uma roda-gigante decrépita, de algum lugar extinto no meio do nada. No meio do ferro-velho, moravam dois cachorros malcuidados, gatos, galinhas, bodes e um ou dois porcos. O proprietário dessa mansão era um velhote desdentado com a maior barriga de cerveja no mundo. A barriga de terceiro trimestre de Jerry não era nem páreo para ele.

O velhote nos conduziu por um caminho empoeirado até um barracão de ferro corrugado. O trailer estava lá dentro. Parecia um veículo recreativo para anões: tinha uns 6 metros de comprimento e menos de 1,5 metro de altura. Minha mãe pareceu preocupada.

— Jerry, o que vamos fazer? — sussurrou ela. — Andar de quatro lá dentro?

O velhote deu risada.

— Prestem atenção — disse ele.

Ele abriu um pequeno compartimento acima do para-choque traseiro, girou um botão e começou a manipular uma alavanca de metal. A cada braçada, o trailer crescia um pouco, até que, como um milagre, ficou com o dobro de altura.

— Economiza gasolina — falou o velhote.

Sheeni explicou:

— A silhueta reduzida produz menos resistência ao vento na estrada.

Dava pra ver que Jerry estava encantado. Marchamos todos em grupo pra dentro da pequenina casa sobre rodas. Era mais nova que "Meu Santuário Verde", mas não muito. Na frente, ficava uma pequena sala de jantar pra quatro pessoas, depois vinha uma cozinha miniatura, seguida castamente por duas camas de solteiro separadas por um modesto corredor. No fundo, havia um banheiro compacto mas completo, com pia, vaso sanitário náutico (cheirando a mijo velho) e uma banheira de aço inoxidável reluzente e grande o suficiente para dois adultos. Minha mãe e Sheeni exaltaram as instalações, enquanto Jerry — sempre um pechincheiro sovina — apontou as falhas. Por exemplo, não estava contente com as camas de solteiro.

O velhote fez um som de sucção com a boca.

— É melhor, se você ronca — falou ele.

— Eu não tenho esse problema — retrucou Jerry. (Que mentiroso!)

— Bom, então talvez você molhe a cama.

— Não — respondeu Jerry. — Também não faço isso.

— Bom, talvez um dia você vá fazer — comentou o velhote. — Quando ficar mais velho. Às vezes eu deixo escapar uma gotinha ou outra. Ronco também. Não fazia isso antes.

Estremeci ao imaginar a vida que a companheira de cama do velhote deve ter. Olhei pra Sheeni, que inspecionava o armário. Sim, conseguia me imaginar em lua de mel com ela nesse trailer — com cama de solteiro ou não. Aposto que, se a gente tentasse, caberia juntos naquela banheira aconchegante. Com alegria, imaginei essa cena e tive de me sentar em uma das camas pra esconder uma E.T. repentina. O colchão era mole e cheirava a mofo. Jerry e o velhote partiram pra rodada final.

— Qual o preço à vista? — perguntou Jerry.

— O que está no anúncio — respondeu o velhote. — Mil dólares.

— Mil, é? — Jerry parecia incerto. — Com esse valor tem que ter garantia.

— Como é, onde está — falou o velhote.

— Não sei — disse Jerry. — Dá pra sentir o cheiro de madeira podre. O telhado com certeza precisa de conserto e eu não quero camas de solteiro. Não pago mais de 800 dólares.

O velhote refletiu sobre essa má notícia.

— Tem fezes de rato em todos os armários — comentou Sheeni. — E as tomadas não estão aterradas.

Jerry parecia impressionado com o meu tipo de mulher.

O velhote pigarreou:

— Talvez aceite uns 950.

— Novecentos — disse Jerry.

— Novecentos e vinte e cinco — retrucou o velhote.

Fecharam em 910. Enquanto os homens contavam as verdinhas e preparavam a papelada, Sheeni e eu fomos dar uma volta pelo terreno cheio de entulho, assustando as galinhas cacarejantes que cruzavam nosso caminho.

Sheeni se ajoelhou ao lado de uma caixa velha de papelão.

— Ah, olha isso, Nickie! — exclamou ela. — Não são bonitinhos?

Dentro da caixa havia meia dúzia de filhotes de cão se mexendo. Eles eram pretos com algumas manchas brancas espalhadas ali e acolá. Tinham orelhas curtas e caídas, rabos em espiral e carinhas de morcego. A mãe, estirada no chão ao lado por causa do calor, parecia ser meio pug. Ela tinha olhos pretos esbugalhados, um nariz achatado e o queixo protuberante. Era o segundo cachorro mais feio que eu já vi. O pai, latindo pra nós de onde estava amarrado a uma máquina de *pinball* amassada, era o número um.

Sheeni pegou o filhote com a maior quantidade de manchas brancas. Em êxtase por ter sido escolhido, ele mijou na blusa dela. Ela não pareceu se importar e deixou que ele lambesse sua linda boca.

— Ele não é fofo? — perguntou ela.

— Ele é lindo — menti. Eu não podia me esquecer de que só deveria beijá-la depois que ela escovasse os dentes e fizesse um bochecho.

— Será que eles estão à venda? — perguntou Sheeni. — O que você acha?

— Não me surpreenderia — respondi. — Mas seus pais vão deixar você ter um cachorro?

— Claro — disse Sheeni —, eles adoram animais.

O velhote disse que o cachorro valia exorbitantes 10 dólares. Era mais do que eu e Sheeni tínhamos juntos. Com o coração partido, a ponto de chorar, ela apertou o filhote contra o peito. Foi demais pro velhote. Ele encarou o peito de Sheeni por um tempo, depois disse que ela podia levar o filhote de graça. (Um preço quase igual ao valor real do cachorro, pensei.)

Sheeni ficou radiante. Por um momento tive medo de que ela fosse beijar o velhote. Seria preciso mais do que um simples antisséptico bucal para exterminar aqueles parasitas. Em vez disso, Sheeni lascou um beijão no filhote, a quem na hora batizou de Albert (pronuncia-se "Al-ber"), em homenagem ao existencialmente falecido escritor francês Albert Camus.

Albert percebeu que estava melhorando de vida e parecia contente por deixar para trás, finalmente, suas origens sórdidas. Ele olhou para trás, pra garantir que seus irmãos e irmãs o vissem sentado em um Lincoln Continental conversível. Para sorte da sua autoestima, não iríamos levar o trailer naquela tarde. Jerry planejava voltar no dia seguinte pra resgatar seu prêmio, depois de soldar um gancho no Lincoln. Então, no trajeto de volta, Albert sentou-se orgulhoso no colo de Sheeni, descendo apenas uma vez para fazer suas necessidades no tapete branco. Jerry ficou irado, mas Sheeni pôs seu charme para funcionar e o acalmou, prometendo que Nick "limparia tudinho".

Protestando enfaticamente, esqueci de me esquivar quando ela se aproximou e me lascou um beijo na boca. Eca. A mulher que eu amo tem bafo de cachorro.

De volta ao "Meu Santuário Verde", Sheeni saltou do carro e foi embora com o cachorro como se fosse uma bala saindo de um revólver. Jerry examinou as fezes em seu tapete e me deu dez minutos pra limpar tudo ou "tomar um tiro de 357 na cabeça". Coloquei mãos à obra com toalhas de papel, água fria e detergente. Enquanto estava abaixado completando a tarefa, a sempre desconfiada Sra. Clarkelson chegou perto pra bisbilhotar. Eu babei, ri do nada, e, de brincadeira, joguei a merda de cachorro na direção dela. Ela gritou e pulou pra trás. Isso fez minha mãe sair do trailer para investigar. A Sra. Clarkelson, com o rosto vermelho, disse pra minha mãe:

— Examine sua alma, pecadora, e verá por que Deus a puniu com essa criança.

— Vá tomar naquele lugar, vaca — respondeu minha mãe, com uma precisão convincente.

Chocada demais para responder, a Sra. Clarkelson foi embora, irritada.

— O que você disse pra essa mulher? — pressionou minha mãe.

Percebi que seria necessário uma mentira discreta.

— Ela me perguntou se você e Jerry eram casados — falei. — Eu respondi que isso não era da conta dela.

— Ótimo, Nick — falou minha mãe. — Que ousadia a dessas pessoas!

20h30. Sheeni e eu estamos sentados na pequena mesa verde no pátio, atualizando nossos diários. Albert dorme sobre os pés dela. Após um conflito violento, Sheeni convenceu os pais a deixarem-na ficar com o cachorro — apesar de sua mãe ter declarado que ele tem "a cara de Belzebu". (Ela tem razão.) Sheeni, porém, teve de concordar em ir à igreja "pelo menos duas vezes por semana". Ela não ficou nada contente de ser obrigada a ter de fazer essa concessão, mas percebeu que, no fim das contas, Albert valia o sacrifício.

— Mesmo porque — comentou ela — o exercício é sempre bem-vindo.

Fico atordoado em ver a atenção que Sheeni dispensa para essa besta repugnante e fedida. Se ao menos ela fosse assim tão atenciosa e amorosa comigo! Agora sinto ciúmes do odioso Trent *e* de um cachorro. Ficar apaixonado certamente não colaborou pra minha paz de espírito.

22h30. Sheeni me deu um beijo de boa-noite demorado e com língua, no escuro, e me deixou colocar a mão dentro do seu sutiã. Não consigo nem descrever o prazer tátil que sua nudez me trouxe: a plenitude redonda e macia, a pele quente e lisa, a firmeza do mamilo ereto sob meu polegar em movimento, o intoxicante cheiro feminino. Amanhã chego à terceira base.

**Os diários de Nick Twisp**

Quando voltei pro trailer (depois de esperar minha E.T. pulsante diminuir), descobri uma mancha na minha calça. Não; mais embaixo. O ciumento Albert tinha mijado na minha perna.

QUINTA-FEIRA, 23 de agosto — Acordei com um pensamento terrível. Hoje seria meu último dia com Sheeni. Amanhã voltamos para Oakland. Como posso existir sem ela? Logo ela estará de volta aos braços musculosos e bronzeados de Trent, sentindo a sua estrutura máscula contra seu corpo delicado. Esse pensamento é uma tortura física pra mim. Terei de matar Trent e aceitar as consequências. Não consigo encontrar alternativa. Será que Jerry realmente tem uma 357? E se não estiver carregada? Pela lei, garotos de 14 anos podem comprar balas? É possível que sim. Agradeço a Deus pela Associação Nacional de Rifles!

Minhas reflexões homicidas foram interrompidas por alguém batendo à porta. Coloquei o roupão e fui atender. Ali, sob a luz matinal — com os olhos vermelhos de pânico e de tanto chorar —, estava a minha amada. Era a chance de o jovem Sydney Carton realizar um ato corajoso pela mulher que ele ama.

Sheeni me contou toda a história desagradável enquanto caminhávamos até a doceria. Ela fora dormir, em seu pequenino quarto no segundo andar, com Albert nos braços. (Ah, Albert sortudo!) Durante a madrugada, enquanto dormia, sonhando os seus doces sonhos femininos, ele desceu sorrateiramente as escadas pra fazer umas travessuras de cachorro depois do expediente. Quando os pais de Sheeni acordaram de manhã, entraram na sala de estar e viram a preciosa Bíblia da família (na verdade, a cópia em brochura que fica na casa de férias) rasgada e espalhada pelo chão. Naquele momento, o cão sem deus ainda mastigava o restante dos Coríntios. Para a Sra. Saunders, esse único ato antirreligioso confirmou a origem diabólica de Albert. Ele foi banido, e nem as súplicas e adulações de Sheeni foram capazes de derrubar o decreto paterno. Albert está, por enquanto, preso no galpão de depósito no pátio da casa deles, até que seu destino seja decidido.

— O que é que eu vou fazer? — implorou Sheeni, mordendo um donut açucarado. Gostei do jeito como o açúcar grudou em seu lábio superior.

Mastiguei minha bomba de xarope de bordo e ponderei as opções dela.

— Vamos casar — disse. — Albert pode vir morar com a gente.

— Ah, Nickie, fala sério!

Eu nunca falei mais sério em toda a minha vida, mas percebi que Sheeni ainda não estava pronta pra seguir o mesmo caminho matrimonial de Millie Filbert. Uma pena!

Então percebi os sinais: Sheeni estava se preparando pra ligar seu charme no máximo. Eu me preparei para o massacre.

— Nickie, querido — ronronou ela —, por que você não fica com Albert? Ele poderia ser o nosso bebê.

— De jeito nenhum — respondi.

Lágrimas começaram a se juntar nos belos olhos azuis de Sheeni.

— Pelo menos pense a respeito, querido. Por mim. Nunca pedi nada a você antes.

Considerei a possibilidade. De um lado, havia um cachorro feio, fedido e idiota que já tinha provado ser um problema. Do outro, ficar com ele construiria um elo sólido (ou pelo menos canino) com Sheeni. Então tive um momento de inspiração, daqueles que só surgem uma ou duas vezes na vida. Albert era uma moeda de troca enviada pelos céus. (Ou talvez pelo inferno.)

— Talvez eu possa ficar com ele, não sei — disse eu, mordendo, de forma conservadora, um donut com cobertura.

Sheeni esperou ansiosa. Mastiguei o donut, perdido em pensamentos.

— Mas tenho algumas condições.

— Que tipo de condições? — perguntou ela, nervosa.

— Se Albert vai ser nosso bebê, então quero ser o único pai na jogada. Trent precisa cair fora.

Sheeni considerou isso.

— Está pedindo demais — disse ela, por fim.

— Estou? — perguntei.

— Somos muito unidos.

— Quero que a gente seja ainda mais unido.

— Trent tem uma mente brilhante — observou Sheeni.

— Eu não sou nenhum retardado.

— Ele é muito bonito.

— Beleza não é tudo.

— E tem um corpo maravilhoso.

— Tá, eu posso começar a fazer musculação.

Sheeni mordeu o lábio e pensou um pouco mais.

— Trent idolatra o chão em que eu piso.

Bem-vindo ao clube, Trent!

— A escolha é sua — comentei. — Ficar comigo e com o cachorro que você ama. Ou ter uma existência sem seu bichinho de estimação, ao lado de um poeta egoísta e superficial.

**Os diários de Nick Twisp**

Sheeni engoliu o resto do donut e lambeu seus dedos adoráveis.

— Tá bom, Nick. Acho que não tenho escolha. Vou terminar com Trent. Mas, se ele se matar, você vai se arrepender.

— Eu aceito a total responsabilidade — devolvi. — Pelo cachorro. E pelo amante abandonado.

Sheeni sorriu de alegria.

— Que bom. Está combinado, então.

— Ainda não, meu bem — falei. — Quero mais uma coisa.

— O quê?

Olhei fundo nos olhos de Sheeni.

— Você sabe — respondi.

— Ah, não — protestou Sheeni. — Isso não. Você é muito jovem. Não quero ser responsável por isso.

— Como assim? — falei. — Você tinha 13 anos!

— É diferente. As garotas amadurecem mais rápido.

— Mas como vou me sentir ligado ao nosso bebê, então? — reclamei.

Sheeni parecia começar a se arrepender de ter introduzido aquela frase na conversa.

— Você tem camisinha?

Agora estamos chegando a algum lugar!

— Claro — respondi.

— Qual marca?

Verifiquei na carteira.

— Hum, é da Sheik.

— Não vai dar — falou Sheeni. — Essas são feitas pros caras grandes. Pode escapar em você. E ter um filho definitivamente não está nos meus planos.

Para uma mulher com apenas uma experiência sexual, Sheeni parecia saber bastante sobre contraceptivos masculinos.

— Tá — falei —, eu compro de outra marca. Qualquer uma que você quiser.

Sheeni pensou mais um pouco.

— Tem que ser em um lugar seguro. Com uma cama confortável. Sem risco de interrupções. E, pra criar um clima e relaxar, quero um bom vinho tinto, de preferência, francês.

De repente tomei consciência de que a mulher que eu amava era definitivamente a filha de um advogado bem-sucedido.

— Certo — falei. — Algo mais?

— Quero uma camisinha nova. Não a que está na sua carteira há anos. A revista *Consumidor S.A.* fez uma avaliação um tempo atrás. Sugiro que compre a marca com melhor nota. Isso pode exigir uma pesquisa na biblioteca. Quero ver uma cópia do artigo. Além do mais, para proteção extra, quero um espermicida de marca boa.

— E que tal se eu fizer uma vasectomia rápida, só pra ser mais precavido? — perguntei.

O sarcasmo não encontrou eco nela.

— Bem, Nick... Isso, claro, é uma decisão sua — respondeu Sheeni.

— Você não quer ter filhos meus um dia? — perguntei.

Sheeni ficou chocada.

— Não seja bobo. Só quero me casar depois dos 30, pelo menos. E é muito provável que o pai dos meus futuros filhos esteja neste exato momento na Sorbonne, estudando filosofia.

Como eu odeio esse francês desconhecido arrogante!

Pensativo, fiquei observando Sheeni tomar goles de seu café. Eu tinha uma grande montanha a subir, com muitas geleiras traiçoeiras a ultrapassar, mas finalmente havia obtido um visto de entrada carimbado e assinado para o paraíso que estava à minha frente. Agora eu podia começar a acreditar que o conceito abstrato e tentador mais conhecido por "relação sexual" talvez se tornasse parte da minha realidade diária. Em resumo, eu tinha sérias perspectivas de conseguir uma transa.

— Bom — falei, tomando todo o meu café de um gole só. — Se é pra conseguir tudo isso antes de hoje à noite, é melhor começar logo. Você sabe a que horas a biblioteca abre?

— Não seja ridículo, Nickie — falou Sheeni. — Você jamais conseguiria preparar tudo hoje. Além do mais, não estou a fim.

— Então o que vamos fazer? — perguntei, com desânimo.

— Vamos salvar o nosso querido Albert!

A besta fedorenta ficou mais do que feliz quando o libertamos de sua cela no pátio. Enquanto Sheeni lhe dava vários beijos, ele lançou um olhar convencido na minha direção — igual ao do meu pai com suas piriguetes. Nossa, como esse cachorro feio vai ficar surpreso quando descobrir quem é que vai exercer domínio sobre a sua tigela de comida! Nessa hora espero ver esse cão pedindo perdão e se humilhando muito.

Os diários de Nick Twisp

Quando estávamos indo embora, notei um rosto pálido e fantasmagórico nos olhando de trás da cortina no trailer. A mulher parecia Sheeni no ano 2.174 d.C.

— Era a sua avó? — perguntei.

— Não, minha mãe.

Sheeni apertou mais o filhote e não falou mais nada.

Percebi que um segredo sombrio se escondia atrás daquelas grandes paredes de alumínio. Meu coração se encheu de emoção e senti uma vontade urgente de proteger a minha *inamorata* das adversidades da vida. Só posso esperar que isso não leve um futuro terapeuta a me rotular de "salvador".

Voltamos ao "Meu Santuário Verde" pra discutir a adoção canina com a minha mãe, mas ela e Jerry não estavam lá. Sem dúvida, estavam comprando ganchos para trailers. Com apenas nós dois (e Albert) sozinhos no trailer, a atmosfera rapidamente ficou carregada de intensa energia erótica.

Logo estávamos um nos braços do outro no pequeno sofá — nossas bocas unidas, misturando o persistente sabor amargo do café com a doçura do desejo. Encorajado pela paixão, levantei a parte de cima do biquíni de Sheeni. Sob a luz intensa do dia, finalmente pude ver seus seios fabulosos — que se tornaram ainda mais deliciosos com o contraste da pele branca e virginal que surgia no meio do bronzeado. Sheeni gemeu quando minha boca ávida cobriu seu mamilo quente. Ela desceu a mão pelo meu corpo e encontrou minha E.T. pulsando dentro da calça. Eu baixei o zíper e Sheeni puxou minha ferramenta, dura como granito, no mesmo instante em que o Lincoln fez um barulhão ao estacionar lá fora.

Droga!

Albert latiu com violência. Sheeni na hora se desconectou e colocou o biquíni no lugar, guardando cheia de propriedade seus encantos incomparáveis. Eu me levantei rápido e, sem querer, pisei em Albert, que começou a ganir. Sheeni abaixou-se para pegá-lo e consolá-lo, enquanto eu andava com passos pesados até o banheiro, com a minha E.T. projetada vários metros para frente.

De dentro do banheiro minúsculo e mal iluminado, escutei Sheeni cumprimentar minha mãe e Jerry.

— Qual o problema desse maldito cachorro? — perguntou Jerry.

— Talvez seja o medo da separação — respondeu Sheeni.

Jerry não disse nada.

— Cadê o Nick? — perguntou minha mãe.

Sheeni respondeu sem se abalar:

— Ah, está no banheiro colocando o calção. Nós vamos pra praia.

Contemplei minha E.T. recordista. Sem alívio, essa ereção gigante levaria vários meses pra diminuir. Não dava para esperar. Nove movimentos rápidos (um pra cada 2 centímetros?) e um jato monumental se espalhou pelas paredes como uma munição leitosa. Meu sistema nervoso inteiro parecia pulsar dentro da minha uretra. Se umas passadas bobas de mão eram assim tão intensas, será que eu conseguiria sobreviver a uma relação sexual completa? Só o tempo vai dizer.

Depois de limpar as paredes e o teto, vesti rapidamente meu calção de banho, peguei os acessórios de praia e, com calma, andei até a sala de estar. Sheeni estava agarrada com o nosso bebê.

— Sra. Twisp — disse Sheeni —, Nick tem algo pra lhe perguntar.

Minha mãe assumiu uma postura maternal. Lancei um olhar curioso na direção de Sheeni.

— Hã... — falei, pensando rápido. — Tudo bem se Sheeni for jantar com a gente? É a nossa última noite juntos.

Minha mãe sorriu.

— Claro, seria ótimo. Sheeni, nossa reserva está marcada para as sete.

— Use algo com decote — sugeriu Jerry, com um olhar tarado. Minha mãe respondeu com outro fulminante. — Brincadeirinha, boneca — disse ele, batendo a mão na bunda da minha mãe. A mão dele permaneceu sobre o short dela.

— Vocês vão sair agora ou não? — perguntou ele.

Fomos embora rapidinho. Sheeni prendeu uma correia em Albert e nós três caminhamos até o lago, aproveitando o sol.

— Desculpe por ter sido apressada com a sua mãe, querendo perguntar sobre o Albert — disse Sheeni. — Você não vai ter problema pra ficar com ele, vai?

— Nada que seja insuperável — respondi. — Claro que um pedido desses precisa de um planejamento cuidadoso. Não dá pra sair perguntando de cara. Isso leva a um Grande Não. E, depois que o ego dos pais responde um "não", fica mais difícil inventar uma mentira convincente que leve até o "sim".

— Pelo menos você não tem de lidar com a interferência constante de Deus, Nickie. Agradeça por isso.

— Eu agradeço!

Cruzamos com a Sra. Clarkelson, que estava no pátio minúsculo dobrando jornais em formato de mata-moscas para os missionários na África espantarem tsé-tsés. Enfiei um dedo no nariz.

**Os diários de Nick Twisp**

— Sheeni, por que você está de mãos dadas com esse rapaz? — insistiu em saber a velha senhora.

— Estou levando Nick até o lago, Sra. Clarkelson — respondeu Sheeni, sorridente. — Para fazer hidroterapia.

— Ah, entendo. Bom, tudo bem então.

Mostrei o dedo.

— Quer uma meleca? — grunhi. — Tenho muitas.

A Sra. Clarkelson estremeceu.

— Não, obrigada, meu jovem. Isso é sujo e nojento.

— Seja bonzinho, Nickie — repreendeu Sheeni —, senão não vai ganhar um picolé.

Comecei a babar e puxá-la, continuando assim até que a Sra. Clarkelson estivesse fora de vista.

— Você faz esse papel maravilhosamente — comentou Sheeni.

— Obrigado, minha querida — disse. — Espero um dia estudar com Stanislavski.

— Isso vai ser um pouco difícil — falou Sheeni. — Ele morreu há cinquenta anos.

Amar Sheeni, eu decidi, às vezes era igual a estar envolvido romanticamente com a *Enciclopédia Britânica*.

Caminhamos até a cidade. As ruas cheias de motéis estavam mais agitadas, agora que o fim de semana estava chegando. Um desfile vagaroso de trailers superaquecidos, acampantes e grandes caminhonetes puxando lanchas se movia centímetro a centímetro em direção à água. Três caipiras se debruçaram na janela pra assobiar para Sheeni, e duas mulheres gordas fizeram comentários mal-educados sobre a feiura do nosso cachorro. Sheeni e Albert fingiram não perceber.

Na praia, grandes placas anunciavam "Cães Não São Permitidos", mas Sheeni as ignorou com bom humor. Colocamos as toalhas sobre a areia quente e começamos a nos bronzear. Albert logo foi dormir na sombra, dentro da bolsa de palha de Sheeni, que havia parado de ponta-cabeça — e roncou incessantemente pelo seu nariz amassado. Eu passei óleo na minha garota e fiquei com uma E.T. que podia ser vista a uns 5km da praia.

— Talvez, querido, você devesse examinar a sua hipófise — comentou Sheeni. — Nunca vi ninguém com hormônios tão ativos.

Garanti que o tratamento que eu precisava era um procedimento simples, realizado em casa e sem supervisão médica.

— Em breve — falou Sheeni. — Tenha paciência, Nickie. Vou descobrir um jeito de visitar você e Albert.

— Nossa, espero que sim!

O resto da tarde (a última com Sheeni até Deus sabe quando) passou em um piscar de olhos. Eu me lembro do cheiro de loção bronzeadora e cachorros-quentes, do calor do sol em minhas costas, do toque de sua mão escorregando pra dentro do meu calção quando estávamos na água verde, do mistério de uma fenda macia sentida apenas um instante por cima do elastano molhado.

Quando, cansados e molhados, voltamos ao trailer de Sheeni, ela parou pra recolher a correspondência. Uma carta, eu vi, estava endereçada a ela, com letra masculina e ousada.

— Devo rasgar isso pra você, querida? — perguntei.

— Ah, não, querido. Não seria justo com o remetente, seria?

— Não estou interessado em justiça para essa pessoa — respondi.

— Por que não? — pressionou ela.

Porque ele a beijou, apalpou e sabe-se lá o que mais!

— Porque não — disse. — Espero que respeite minha posição quanto a esse assunto.

— Sua posição não tem nada a ver com destruição de correspondência americana — falou Sheeni, teimosa. — Vandalismo sob qualquer pretexto é imperdoável. Além disso, nunca pedi pra você rasgar as cartas de Martha.

— Eu não recebo cartas dela — respondi. — E você sabe disso!

— Bem, quando receber então, querido — disse Sheeni, atravessando a cerca e me passando a guia —, traga até aqui e juntos faremos confete de nossas cartas de amor.

Ela se debruçou no portão e me beijou.

— Vejo você às 6h30, amado. Tchauzinho, Albert!

Segurando o envelope ofensivo, ela desapareceu dentro do trailer. Choramingando, Albert puxou a guia, tentando acompanhá-la.

Eu me virei, irritado, e o arrastei comigo. Albert derrapou atrás de mim, como um cachorro feio e pequeno tentando fazer esqui aquático no asfalto. Por fim, peguei o canino relutante e o carreguei até em casa.

Minha mãe, ainda um pouco vermelha por ter passado a tarde se atracando com o caminhoneiro, estava com um sutiã e uma combinação, se maquiando. Pelo que pude observar, os pequenos frascos cheios de melecas se multiplicam exponencialmente a cada ano que ela vive depois dos 35.

## Os diários de Nick Twisp

— Ah, até que enfim — disse ela. — Melhor se aprontar. E o que esse cachorro está fazendo aqui?

— Sheeni pediu para eu cuidar dele enquanto ela troca de roupa — menti. — Cadê Jerry?

Com grande concentração, minha mãe desenhou uma sobrancelha artificial.

— Está tomando banho. Você precisa de um?

Tive a visão de um ministro porcino pelado me espreitando.

— Não, eu me lavei no lago — respondi.

Fechei a fina cortina que separava meu quarto da frente do trailer e abaixei o calção ainda molhado. Meu membro úmido e cheio de areia havia murchado até ficar do tamanho de um amendoim pequeno descascado. Difícil acreditar que esse mesmo órgão foi um órgão robusto que uma mão feminina apalpou debaixo d'água há apenas algumas horas. Ciente de que minha privacidade era temporária, eu me vesti rapidamente. Albert deitou-se sobre o linóleo e ficou me olhando, emburrado.

Ao terminar, abri a cortina; minha mãe ainda estava se maquiando. Ela me lançou um olhar rápido de cima a baixo.

— Está bonito, Nick.

Ela sempre diz isso. Eu posso estar com 47 pústulas no rosto (e algum dia provavelmente vou estar), mas, desde que minha calça esteja passada, minha mãe vai dizer que eu "estou bonito".

— Obrigado, mãe. Você também — menti.

Decidi que anteciparia uma parte da tarefa com relação à adoção canina.

— Descobri que tipo de cachorro Albert é — comentei, casualmente.

— Ah. Que tipo?

Minha mãe estava passando a camada de arremate, que parecia goma-laca.

— O homem da loja de animais na cidade disse que ele é um tonzello espanhol com pedigree.

Albert, cético, ergueu a cabeça.

— Tonzello? Nunca ouvi falar dessa raça.

— Sheeni também não. Aí fomos até a biblioteca e procuramos mais informações. Ao que tudo indica, é uma famosa raça espanhola de cães esportivos.

Isso despertou o interesse em minha mãe. Ela abaixou o pincel.

— Que tipo de esporte?

— Bom, lá na Espanha eles têm uma competição chamada tonzellatona. Cada time é composto por um atleta e um cachorro. É um tipo de combinação de corrida, acrobacia e ginástica artística. Um espetáculo enorme, de acordo com a enciclopédia.

— Jogam isso por aqui? — perguntou minha mãe.

— Não muito — respondi. — Mas a Espanha sempre pede pra que se torne um esporte olímpico. Se conseguirem, vai ser bem fácil eu entrar na equipe americana, porque existem poucos tonzellos no país.

— As Olimpíadas! Nossa!

Perdida em pensamentos, minha mãe voltou a se maquiar. Eu torcia pra que ela estivesse imaginando sua vida como mãe do ganhador de uma medalha de ouro olímpica.

Peguei o jovem tonzello no colo e o apertei com carinho.

— Ouvi dizer que são fáceis de treinar também. — Albert se contorceu, mordendo minha mão e babando na minha camisa. Com pressa, coloquei-o no chão.

Naquele momento, a porta se abriu e Jerry entrou. Rosado e úmido, ele estava vestindo um roupão que mostrava os ombros e denunciava os pelos abundantes das costas.

— Oi, Nick — disse Jerry, secando o cabelo. — E aí, já conseguiu arrancar uma lasquinha do seu doce de coco?

— Jerry, isso não tem graça — falou minha mãe, caminhando em direção ao quarto. Jerry olhou ávido para o sutiã e a combinação dela.

— Tava só brincando, Estelle — respondeu ele, seguindo-a.

Eles fecharam a porta do quarto. Eu ouvi minha mãe reclamar:

— Agora não, Jerry. Acabei de fazer a maquiagem.

Então veio o som de uma briga seguida de um tapa. Estava tentando lembrar se esse município tinha um número de emergência quando surgiu um silêncio sinistro.

— Tudo bem aí? — gritei.

Depois de uma pausa, minha mãe respondeu:

— Tudo bem.

Enojado com a ideia do desejo sexual materno, coloquei um disco pra tocar.

— Albert — comentei —, esse é Frank Sinatra. Você ainda vai ouvir bastante as músicas dele.

Meia hora depois, todos, com exceção de Albert, estavam no pátio, esperando Sheeni. O tonzello estava trancado dentro do trailer praticando sua habilidade de choramingar. Minha mãe usava um vestido decotado vermelho

*Os diários de Nick Twisp*

sangue que parecia ter sido enviado direto do Inferno, Divisão dos Pecados Carnais. Jerry, ao que tudo indica, havia se vestido pra combinar com o seu carro: terno de linho branco, sapatos e cinto brancos, camisa verde-limão e gravata-borboleta amarela. Eu usava minha combinação-para-ficar-invisível de sempre: calça de flanela, camisa bege, gravata conservadora tricotada e uma jaqueta genérica de tweed. Parecia um voluntário dos Young Americans for Freedom, esperando o comboio liderado por Dan Quayle passar.

Erguemos a cabeça e avistamos uma bela mulher se aproximando. Surpreendentemente, ela falou conosco:

— Oi, Nickie. Boa-noite, Sra. Twisp. Olá, Jerry.

Era Sheeni. A maquiagem, o colar de pérolas, os brincos e o cabelo castanho preso para cima haviam acrescentado dez maravilhosos anos à sua idade. Ela parecia a universitária mais bonita do mundo. Seu delicado bronzeado brilhava como ouro 24 quilates contrastando com o azul profundo do seu vestido de seda. Meu coração bateu acelerado. Perdi a fala.

— Boa-noite, Sheeni — disse minha mãe. — Você está bonita.

Bonita! Bonita! Como violamos nossa língua!

— Você está linda — respondeu Sheeni, completando a humilhação linguística. — E esse terno é demais, Jerry.

— Obrigado, boneca — falou Jerry.

Minha paralisia continuou. Sheeni me olhou interrogativamente.

— Algum problema, Nickie? — perguntou ela, tomando a minha mão.

— Você... você... está mais do que extasiante — gaguejei.

Sheeni franziu a testa.

— Não, Nickie. Êxtase é um estado mental. Não creio que o adjetivo extasiante possa ser usado pra descrever a aparência física de alguém. Esse uso é incorreto.

Jerry me socorreu desse enigma gramatical.

— Tá, vamos nessa — disse ele.

Entramos todos no grande Lincoln — agora equipado com uma bola de cromo nova e brilhante no para-choque traseiro. Preso embaixo do volante, havia um mecanismo de freio do trailer. Toda vez que Jerry pisava no freio, uma alavanca desse mecanismo apontava obscenamente para a sua virilha.

Minha mãe insistiu que Jerry subisse a capota, pra não estragar os "penteados das damas". Ele aceitou meio relutante, então tivemos um passeio relativamente sem vento até o restaurante. Segurei a mão quente de Sheeni e tentei recuperar o controle da minha fala. Eu me sentia como Quasímodo em um encontro com Esmeralda. A qualquer minuto, Trent e os soldados do rei poderiam parar o carro e me mandar de volta para a torre do sino por causa da minha ousadia. Enquanto isso, um aroma fabuloso exalava de Esmeralda.

— É... é perfume? — indaguei.

— Sim — respondeu Sheeni. — Você gostou? Chama Joy, é meu preferido. Ganhei de presente de...

Ela parou bem a tempo.

— Ah — disse eu. — Mesmo assim, eu gosto.

Sheeni se aproximou e me beijou.

— Também gosto de você.

Aproveitei a oportunidade pra olhar dentro do vestido dela — e vi Jerry me lançando um olhar malicioso pelo espelho retrovisor. Naquele momento, eu me senti o velhote tarado mais jovem do mundo.

Jerry estacionou o carro em um grande restaurante ao lado do lago, chamado Biff's Bosun's Barge. Em um dos cantos do estacionamento lotado, estava um barco de desembarque da Segunda Guerra Mundial, montado sobre um grande poste de aço. Servindo de âncora, do outro lado, havia um imenso recorte da fotografia dos americanos erguendo a bandeira em Iwo Jima, montado em compensado de madeira. No meio disso, ficava o restaurante, com um andar e a estrutura irregular de madeira coberta de vidro azulado, de frente para o lago. Em cima das janelas, nadava um cardume de peixes azuis de néon.

Como de costume, nossa mesa ficava bem nos limites da seção para fumantes. Jerry sempre reservava esse lugar, pra poder jogar fumaça no rosto de qualquer um que ele suspeitasse ser antitabagista. Ele acreditava firmemente que a liberdade para fumar era um direito protegido por lei. Enquanto acendia o primeiro Camel sem filtro, vi como ele examinava as mesas próximas da seção de não fumantes, procurando algum fascista em potencial. Mas, como estávamos no meio do nada, e não em Berkeley, ninguém parecia se importar com a fumaça venenosa indo em sua direção.

— Não é um lugar legal? — perguntou minha mãe.

Todos concordaram que sim. O sol estava se pondo no lado oposto da praia, pintando o céu e a água em tons de rosa, azul e laranja fluorescentes. Lanchas passavam a toda velocidade e as pessoas dentro delas riam e erguiam suas latas de cerveja.

Jerry fez o pedido de três margaritas e um refrigerante para a garçonete — uma dona de casa caipira de uns 50 anos usando o uniforme padrão do restaurante, minissaia e sutiã *push-up*. (Pergunta de marketing: será que peitos de vovó preenchendo espartilhos decotados vendem jantares? Pelo tamanho do diamante brilhando no mindinho dessa garçonete, acho que sim.) Ela bateu o olho em Sheeni e nem sequer pediu sua identidade! Então eu bebi meu refrigerante, enquanto os três "adultos" tomavam seus aperitivos. Sheeni me ofereceu um gole da bebida dela. Era intoxicante e delicioso. Até hoje, gostei de todas as bebidas alcoólicas que já experimentei. Talvez isso signifique que, quando eu crescer, vou virar um escritor alcoólatra viciado em sexo.

Estudamos o cardápio. *Nouvelle cuisine* o lugar não era. O que não fosse frito em imersão era atirado — cru e sanguinolento — na grelha. Minha mãe escolheu vieiras, Sheeni pediu perca e os homens ficaram com bife.

Todos, menos a criança, pediram nova rodada de bebida e logo a conversa ficou alta e barulhenta. Sheeni contou histórias engraçadas sobre sua vida em Ukiah e minha mãe relatou casos dolorosamente constrangedores sobre minha infância, desde as primeiras tentativas e erros no penico até a breve mas humilhante paixonite que senti no jardim de infância pela Srta. Romper Room. Minha mãe passou por todas elas sem esquecer detalhe algum, encorajada pelo motorista bêbado e pela Mulher Que Eu Amo. Eu sorria e tentava pensar naquilo como um daqueles programas de televisão em que tiram sarro de celebridades.

Eu me senti ainda pior quando Sheeni pegou um cigarro de Jerry. Era doloroso pensar como o alcatrão cancerígeno macularia seus pulmões rosados e perfeitos. Fiquei ainda mais triste ao imaginar seu futuro parisiense no meio daqueles franceses pervertidos e podres de tanta nicotina. Pelo menos eu vou estar lá pra defender a sua honra e insistir que a gente se sente na seção dos não fumantes nos cafés estilosos da Rive Gauche.

Para a sobremesa, decidimos provar a especialidade da casa: cheesecake de chocolate. Estava gostoso, mas meio pesado. Apenas os homens terminaram a fatia gigante e grossa de 3 mil calorias. Jerry também arrematou o que sobrou das fatias de Sheeni e da minha mãe. Mas, claro, ele tem aquela barriga pra manter em forma.

Nesse momento, eu já estava praticamente em coma, mas os outros três se animaram quando a banda começou a tocar. Era um quarteto de música country: Ginny and the Country Caballeros. Ginny tinha 50 anos, era gorda e desafinada. Ela cantava e tocava violão. Como apoio, havia três caras magrelos de meia-idade que pareciam trabalhar no posto Shell mais próximo no turno da manhã. Eles comandavam o acordeão, bateria e rabeca.

Para meu espanto, os casais das mesas ao lado começaram a se levantar para ir até a pista de dança. Como a maioria dos jovens brancos de 14 anos, tenho um medo absurdo de dançar em público. Rezei pra Sheeni compartilhar o mesmo sentimento. Infelizmente, não era o caso. Primeiro, minha mãe e Jerry se levantaram. Depois, Sheeni pegou minha mão e me conduziu até a temida Plataforma de Humilhação Pública.

Com exceção da sensação extremamente agradável dos seios firmes de Sheeni contra meu peito, a experiência foi um pesadelo. Em se tratando de dançar, eu não tenho talento, nem treinamento, tampouco ritmo. Também estava sóbrio ao extremo (ao contrário de minha parceira) e bastante ciente de que meu rival no amor já havia, sem dúvida, demonstrado sua aptidão na área da dança. Em nada ajudou minha concentração imaginá-los dançando de rosto colado (e, pior ainda, de corpo colado), deslizando com elegância por um salão de baile de Ukiah.

Então dançamos: Sheeni, como uma Paris gay do pré-guerra; eu, como o exército alemão batendo em retirada de Stalingrado. E então, ainda bem, o conflito chegou ao fim. Agora estávamos lá fora, na brisa noturna refrescante, caminhando de braços dados até o Lincoln que nos aguardava. Jerry cantava, a Rainha da Farofa assobiava, Sheeni cantarolava e eu me sentia imensamente aliviado.

No escuro do banco traseiro, Sheeni me tascou um beijo longo e adulto na boca, com gosto de tequila, cigarros e chocolate — uma mistura volátil e provocativa que pôs fogo no meu sistema nervoso. Desejei tê-la ali mesmo, mesmo com a minha camisinha vencida e minha mãe sentada a um metro de distância. Ofeguei quando sua mão exploradora encontrou a saliência na minha calça.

— E Albert? — sussurrou ela.

— Apenas concorde com o que eu falar — sussurrei de volta.

Ela deu um aperto de concordância na minha E.T. pulsante. Eu afastei sua mão com certa relutância e me inclinei para frente.

— Mãe — disse —, Sheeni e eu conversamos, e ela está disposta a se desfazer de Albert se for pra me ajudar a participar das Olimpíadas.

— Jura? — exclamou a Rainha da Farofa, embriagada. — Você faria isso por Nick, Sheeni querida?

— Hã... sim, Sra. Twisp. Acho que sim — respondeu Sheeni.

— Oh, que maravilha, Nickie — comentou minha mãe. — Sheeni, vamos cuidar direitinho do seu cachorro.

— Obrigada, Sra. Twisp — disse Sheeni.

Os diários de Nick Twisp

Ela olhou para mim com admiração. Eu sorri e a beijei. Trent, pensei, você já era.

Jerry não tinha condições de dirigir nada maior que uma bola de golfe, mas, apesar disso, logo chegamos sacolejando em segurança em frente ao "Meu Santuário Verde". Sheeni disse boa-noite, e deu um abraço em minha mãe e em Jerry. Este também roubou-lhe um beijo, que ela, surpresa, depois me confirmou ter sido de língua e dos mais íntimos. Adicionei mais essa à minha longa lista de injustiças a serem vingadas.

Acompanhei Sheeni até seu trailer. Marcamos um encontro pra comer donuts no dia seguinte de manhã, mas aquele seria nosso último momento de (relativa) privacidade. Ao caminharmos de braços dados, passando pelos trailers que brilhavam sob o luar, expliquei sobre a metamorfose de Albert, de um vira-lata genérico e feio a um glamouroso tonzello, um cão esportista de calibre olímpico.

— Você é um gênio — exclamou Sheeni, rindo. — Definitivamente um gênio!

Respondi que não era nada, mas, na realidade, eram essas as palavras que eu sempre esperei ouvir dos lábios de uma mulher bonita. E olhe que eu tinha apenas 14 anos! Alguns homens esperam a vida inteira e morrem sem nunca ouvir essas doces palavras.

Na escuridão embaixo do toldo do trailer, nossos corpos ansiosos se uniram com paixão desenfreada. Com cuidado, experimentei seus lábios quentes, felizmente sem detectar um traço sequer deixado pelo caminhoneiro desprezível. Logo, estávamos explorando os limites eróticos de um beijo humano. Minha língua encontrou a dela, os dentes, os molares, a gengiva, a úvula, e até deslocou um pedaço intacto de peixe. Quando eu tentava colocar minha mão direita dentro do seu vestido, uma luz se acendeu no trailer e a porta se abriu. Pairando na entrada, estava a mãe de 5 mil anos de Sheeni.

— Sheeni — grasnou ela —, é você?

Sheeni arrumou os cabelos e caminhou até o pedaço iluminado.

— Sim, mãe — respondeu ela, calmamente. — Estou aqui com Nick.

— Vejamos esse jovem selvagem.

Sheeni gesticulou para que eu me aproximasse. Engoli em seco e me aproximei da luz.

— Olá, Sra. Saunders. Prazer em conhecê-la.

— Duvido muito — disse a velha de roupão. — Conversei sobre seu caso com a Sra. Clarkelson. As informações que ela me passou são muito perturbadoras. Temo pela sua alma imortal, meu jovem.

— Nick é um garoto muito legal, mãe — falou Sheeni. — Ele aceitou adotar Albert.

— Isso não é nenhum passo em direção à redenção espiritual. Aquele cachorro deveria ser apunhalado no coração com uma adaga de prata uma hora antes de o galo cantar em uma noite sem luar.

Até mesmo para Albert aquilo parecia um pouco radical. Fiquei sem resposta.

Sheeni apertou minha mão.

— Boa-noite, Nick. Obrigada pelo jantar. Vejo você amanhã.

— Hã, boa-noite, Sheeni — falei. — Boa-noite, Sra. Saunders.

— Examine sua alma, jovem. Antes que seja tarde demais!

— Certo, examinarei — respondi, andando lentamente até o portão. Acenei para Sheeni enquanto ela entrava no trailer imponente. Pálida e sem expressão, ela não acenou de volta.

Quando cheguei a meu trailer, fiquei surpreso ao ver Albert amarrado ao galpão do pátio. Ele puxava com tristeza a guia e latia. Dentro, havia outra surpresa. Minha mãe ainda estava limpando a bagunça. Alguém havia sistematicamente rasgado e destruído toda a arte sacra do trailer. Espalhados pelo chão estavam cacos de vidro, pedaços mordidos de molduras de plástico e fragmentos de apóstolos tridimensionais destruídos. Por mais estranho que pareça, o vândalo poupara uma peça de arte secular: um retrato 3D de um pálido e superalimentado Elvis.

— Olhe o que seu cão horroroso fez! — exclamou minha mãe, retirando cacos de vidro do tapete de retalhos com cuidado.

Tentei não entrar em pânico.

— Como Albert pode ter feito isso? Estava tudo na parede! Ele precisaria de uma escada.

— As portas e janelas estavam trancadas — declarou Jerry.

— Vamos devolver o cachorro a Sheeni de manhã — anunciou minha mãe. Sirenes tocaram.

— Ah, mãe, ele é só um filhotinho. Vai aprender. Eu tomo conta dele!

— Não! — disse minha mãe.

Droga, o temido "não" materno. Debati-me pra encontrar onde me agarrar.

— Ele fica fora de casa. Eu faço uma casinha pra ele no quintal!

— Não — falou minha mãe, encerrando o assunto. — Esse cachorro me assusta. Tem algo esquisito nele.

Os diários de Nick Twisp

— Mas e minha carreira no esporte?

Jerry riu baixinho. Minha mãe pinçou um caco de vidro do tapete e fez uma cara de dor quando cortou seu dedo.

— Você vai ter de ficar com o beisebol mesmo, Nick. Você já tem todo o equipamento.

Nisso, não havia nem o que discutir.

— Ótimo! — falei. — Acabe com a minha vida amorosa! Mas lembre-se de que, se eu virar gay, é tudo culpa sua!

Bati os pés até o meu quarto e puxei com força a cortina até fechar.

— Eu acho, Estelle, que esse garoto já é no mínimo "semigay", mesmo — observou Jerry.

— Ah, cale a boca, Jerry — falou minha mãe. — Você não está ajudando.

Jerry respondeu com um arroto sonoro e longo. Resolvi matá-lo naquela noite mesmo, enquanto ele dormia.

**SEXTA-FEIRA, 24 de agosto** — Perdi a coragem. Fiquei com a faca de açougueiro fora da gaveta até as duas da manhã, mas não consegui ir adiante. Pensei em usá-la em mim mesmo, mas não gostaria que Sheeni se consumisse de tristeza e morresse de coração partido. Então voltei pra cama e fiquei me revirando até o amanhecer.

Não parava de pensar no que minha mãe dissera: "Esse cachorro me assusta. Tem algo esquisito nele." Ele realmente parece um pouco estranho, pensando melhor. Por que essa tendência compulsiva de profanação? E o estranho controle que ele exerce sobre Sheeni? Por que ela iria desistir do Sr. Maravilha (T___) por um simplório como eu só pra ficar com um cachorrinho feio e fedorento? Não fazia sentido às duas da manhã. Não fez sentido às cinco.

E às seis, quando eu me arrastei pra fora da cama, continuou não fazendo sentido. Mas eu havia decidido uma coisa: a adoção de Albert, embora problemática, ainda estaria de pé. Eu não abriria mão do nosso bebê sem luta.

Vesti meu roupão e fui até o pátio. Outra bela manhã de verão começava. Albert dormia sobre o concreto ao lado de uma poça de arte sacra vomitada. Ele acordou assustado e rosnou. Eu o ignorei e parti em direção a meu último banho, arrastando os pés. Queria estar limpíssimo para meu encontro de despedida, na doceria.

Para minha surpresa, encontrei minha amada à espreita nos arbustos, na frente da entrada do banheiro masculino. Ela estava usando seu roupão fabulosamente modesto e (esperava eu) nada mais. Acenou pra mim e gesticulou para que me aproximasse.

— Sheeni! — exclamei. — O que você...

— Shhh-h-h! — sussurrou ela. — Abaixe!

Enquanto engatinhava a seu lado para dentro dos arbustos, o nó do meu roupão se desfez. Nenhum de nós ficou surpreso ao descobrir que uma enorme E.T. já havia surgido. Sheeni me beijou e apertou meu pinto. Um das (muitas) coisas que gosto em Sheeni é sua falta de cerimônia com meu pênis.

— Bom-dia, amor — sussurrei, tentando colocar a mão dentro do seu roupão.

Ela empurrou minha mão e fechou meu roupão.

— Agora não, querido — respondeu ela. — Você chegou bem na hora. A Sra. Clarkelson acabou de entrar no banheiro feminino.

— De jeito nenhum! — falei. — Eu não...

— Shh-h-h! Rápido, pendure esse aviso no banheiro masculino — instruiu ela, sussurrando o resto do seu plano audacioso.

— Mas não posso sair assim, nesse estado — protestei.

— Besteira — disse Sheeni —, isso só o deixa ainda mais atraente.

Fiquei contente por ela pensar assim. Suspirei. O amor cego forçava minha obediência.

Engatinhei para fora dos arbustos e pendurei o aviso na maçaneta. Em letra caprichada, estava escrito: "Fechado para Conserto. Homens devem usar o banheiro feminino das 6h às 7h, apenas." Depois dei uma volta pelo estacionamento — tentando da melhor maneira possível, com uma toalha, esconder a monstruosa protuberância dentro do meu roupão. Ao passar pelo trailer do reverendo Knuddlesdopper, dobrei o corpo de maneira provocativa (assim esperava) e cocei minha perna nua. Caminhando de volta ao banheiro, ouvi a porta de seu trailer abrir e fechar. Quando ele apareceu na esquina do prédio, corri até os arbustos e me agachei ao lado de Sheeni. Dez segundos depois, o pastor apareceu de roupão. Ele parou, leu o aviso, e continuou caminhando até o som convidativo da água.

Sheeni olhou pra mim e começou a contar baixinho:

— Um, dois, três, quatro...

Quando ela chegou a 14, escutamos um grito horripilante, seguido de um berro em tom grave, e depois o barulho de algo desabando. Sheeni continuou contando. Entre 15 e 23 segundos, ouvimos mais gritos, uns uivos abafados e um baque seco. Aos 27, surgiu o som da porta abrindo com força. Aos 28, o

**Os diários de Nick Twisp**

reverendo Knuddlesdopper reapareceu, virando a esquina em velocidade máxima. Ele estava vermelho, molhado e nu. Aos 32, a porta se abriu novamente. Aos 34, a Sra. Clarkelson apareceu, andando a passos rápidos para sua idade. Ela estava um pouco menos vermelha, igualmente molhada e também pelada. Gritava de um jeito meio incoerente, mas consegui ouvir "pervertido", "estupro" e "emergência".

Sheeni parou de contar, saiu a passos firmes dos arbustos e colocou o aviso dentro de seu roupão. Eu a segui.

— Bom trabalho, Nick — disse ela. — Passe pra me pegar daqui a dez minutos.

Concordei, enquanto ela ia embora. Caminhei casualmente na direção oposta, nadando contra a corrente de gente agitada e perturbada. Fingi desinteresse em meio à confusão. Dez minutos foi apenas o suficiente para eu tomar banho de esponja no minúsculo banheiro do trailer. Tinha de me arrumar para a mulher dos meus sonhos.

Na cozinha condensada, minha mãe olhava a chaleira esquentando no fogão miniatura com a cara amarrada.

— O que é essa gritaria toda lá fora? — perguntou ela, sonolenta e irritada. — Dá pra acordar os mortos.

— Não sei — menti. — As pessoas estão correndo por aí molhadas. Talvez seja algum tipo de cerimônia religiosa.

— Que bom que vamos embora hoje — disse ela, despejando água quente em uma caneca. — Esse lugar me dá arrepios. — Ela jogou uma colherada de café instantâneo na água e experimentou, emitindo um som alto. Imaginei Jerry acordando todos os dias e vendo essa aparição e senti uma pontada pequena e passageira de pena.

Após um banho vigoroso de esponja, seguido de uma passada extracaprichada de desodorante, eu me vesti rapidamente e contei o resto do dinheiro que eu tinha: 43 dólares e 12 centavos. Esperava que fosse suficiente. Ao sair, minha mãe ergueu a cabeça do pacote de donuts.

— A gente sai às nove — anunciou.

Restavam menos de duas horas com a minha amada!

— Mas Jerry ainda nem se levantou — protestei.

— Ele vai se levantar — respondeu minha mãe. — Não se atrase, senão você volta a pé.

— Tá, tá — falei, fechando a porta com força. Soltei o cachorro e o arrastei comigo.

Sheeni estava aguardando no pátio do trailer dela. Colocara um tomara que caia amarelo-brilhante (sem sutiã!) e um short curtíssimo feito de uma calça jeans cortada, cujos fios soltos terminavam apenas milímetros acima dos seus órgãos reprodutores. Ela e Albert ficaram emocionados por estarem juntos de novo. Se ao menos ela mostrasse essa paixão desenfreada por mim! Fiquei olhando os dois com ciúmes e fantasiando em puxar o tomara que caia para baixo — com os dentes.

Para evitar a multidão empolgada na frente do trailer da Sra. Clarkelson, cortamos caminho por um beco. Enquanto caminhávamos até a cidade, Sheeni carregava Albert como um bebê, levantando-o de vez em quando para lhe dar um beijo no focinho (eca!). Fiquei pensando se ela se oporia a fazer bochecho com um antisséptico bucal bem forte antes de me dar o beijo de adeus.

Por sorte, pensando na saúde, a doceria não permitia a entrada de cachorros. Preso a um rack de jornais, Albert esperou desolado na calçada, enquanto nós, seres humanos, entrávamos pra tomar café. Pedimos 12 donuts variados, pra começar, e sentamos à "nossa mesa" no canto. Sheeni bebericou seu café e atacou uma bomba de xarope de bordo. Eu provei a especialidade da casa: um enroladinho com recheio de blueberry, coberto com manteiga de amendoim e pedaços de chocolate. Era gostoso, mas faltava certo foco.

Fiquei animado por causa do amor e do excesso de açúcar, mas também em pânico, meio amedrontado com a iminência de nossa separação. Sheeni me garantiu que seu pai ia com frequência a São Francisco cuidar de assuntos legais e que ela acharia um jeito de ir junto.

— Meu pai é muito mais dócil que a minha mãe — observou ela. — É a diferença entre pragmatismo e zelo. Eu herdei estas características na mesma medida, o que explica a dicotomia do meu temperamento.

— E que dicotomia seria essa? — perguntei, mastigando um enroladinho de canela.

Sheeni pegou um donut com cobertura de laranja e lambeu a cobertura.

— Com certeza, você já percebeu, querido. Eu abordo todos os aspectos da minha vida com a intensidade de um fanático, embora também seja capaz de fazer concessões dramáticas. Minha decisão de renunciar ao amor de Trent é um exemplo considerável da minha capacidade de sacrifício.

Não gostei muito de ouvir aquilo. Decidi mudar o assunto.

— Então, a mulher que conheci ontem à noite era sua mãe biológica?

Sheeni franziu a testa.

— Claro. Por que não seria?

**Os diários de Nick Twisp**

— Ela ficou grávida em idade avançada?

— De certa forma. Ela tinha mais de 40.

Comemos nossos donuts em silêncio. Quando está emocionalmente confusa, Sheeni é ainda mais adorável que o normal. Por fim, ela levantou a cabeça.

— Minha mãe, Nick, é uma mulher brilhante. Uma mulher muito brilhante. Já passou por uns momentos complicados na vida. Tomou decisões que talvez nós não tivéssemos tomado. Mas já conheceu muitos lugares e viu coisas que não podemos nem começar a imaginar. Ou compreender. Essas jornadas foram difíceis e tiveram um preço físico imenso. Agora você entende?

Não consegui entender nada.

— Claro — respondi. — Tudo bem. Ela me pareceu uma pessoa legal.

— Ela foi abominável com você. E você sabe disso. Vamos sempre ser honestos um com o outro, Nick querido.

— Tá, eu prometo. — Decidi até tentar naquele momento mesmo. — Sheeni, acho que amo você.

Sheeni sorriu. Um resto de cobertura de laranja em seus lábios tornava-os ainda mais irresistíveis a serem beijados.

— Claro que sim, Nick. Bem, seus hormônios com certeza. E, por incrível que pareça, meus hormônios também gostam de você.

Não tenho certeza, mas acho que isso foi uma declaração de amor.

Após o café da manhã, andamos de mãos dadas até o ponto de ônibus, onde gastei meu último centavo enviando um cachorrinho preto para Oakland. Não desejando colocar meu relacionamento em risco (e sabendo que o repulsivo Trent chegaria naquela tarde), fui forçado a quebrar minha promessa de honestidade. Contei a Sheeni que Jerry se recusava terminantemente a transportar Albert no Lincoln. Não mencionei, claro, que seu cachorro profano fora, outra vez, expulso. Nem comentei que agora enfrentava a árdua tarefa de revogar um "não" materno enquanto tentava esconder minha resistência aberta a ele.

Sheeni, como sempre muito confiante em seu charme irresistível, se ofereceu pra convencer Jerry a mudar de ideia. Mas eu, por fim, consegui convencê-la de que Albert teria uma viagem mais segura e feliz no ônibus. Enquanto uma família de hippies de Berkeley dos anos 1960 observava (qual o problema dessa década estranha, afinal?), mamãe e bebê tiveram uma despedida chorosa e comovente. Então, Albert foi colocado em uma gaiola e levado embora, uivando com tristeza. Torci pra que tivesse uma viagem longa e miserável. E se, Deus me livre, o ônibus tombasse, pelo menos Albert morreria feliz, sabendo que sua vida tinha seguro — de 500 dólares (pagáveis a mim).

Meia hora depois, Sheeni não derramou sequer uma lágrima ao se despedir de mim. Nem o presente de última hora que eu lhe dei, meu álbum preferido de F. S. (*Songs for Lonely Lovers*), ativou suas glândulas lacrimais. Ela abraçou a Rainha da Farofa, apertou a mão de Jerry e me deu uma bitoca fraternal na bochecha. Depois sussurrou no meu ouvido:

— Não se esqueça, querido. Vinho tinto e *Revista do Consumidor S.A.*

Foram as palavras mais sexies que eu já tinha ouvido. Eu a agarrei e a beijei. Ela tinha gosto de donuts e de cachorro. Então, Jerry ligou o grande V-8 e, de repente, Sheeni virou uma figurinha desaparecendo com a distância. Depois fizemos a curva e ela sumiu. Eu me senti sozinho. Sozinho e entorpecido.

Feliz por estar na estrada de novo puxando algo (seria esse o objetivo de vida dos caminhoneiros?), Jerry pôs uma fita de Hank Williams no som e pisou fundo. Fomos pela estrada fazendo barulho, deixando tudo pra trás (inclusive um comovente aviso de retorno para Ukiah). Não é preciso dizer que a capota estava abaixada. Fiquei sentado no banco de trás dentro do túnel de vento, esquivando-me dos insetos e tentando não pensar em Sheeni, que estava se preparando para a chegada de Trent. (Embora eu, com toda certeza, estivesse torcendo pra que ela tivesse a decência de tirar aquele tomara que caia amarelo.)

Minha mãe, notei, estava sendo educada, mas fria com Jerry. As mulheres fazem isso quando querem levar os homens à insanidade. Ela e Jerry discutiram pela manhã por causa do tópico controverso: "Onde vamos deixar o trailer?" Já que o apartamento de Jerry (a menor quitinete do mundo) não tem vaga na garagem (nem qualquer outra coisa), ele sugeriu guardar o Carro do Amor em nossa garagem. Minha mãe disse que esse espaço valioso já estava preenchido pelo Chevy pifado. Jerry respondeu que ele não era dono de um Chevy e a batalha começou. Não tenho certeza como terminou, mas nenhum dos dois apresentou hematomas visíveis.

Para nossa surpresa, quando chegamos a Oakland (que parecia ainda mais medonha depois de passarmos uma semana no campo arejando nossa estética), descobrimos que o problema não existia mais. O Chevy camuflado havia sumido. Ao que tudo indica, o marinheiro mudara de ideia e readotara o carro nojento. Então, minha mãe cometeu um erro tático. Enquanto ela pensava em algum comentário frio, mas educado para o evento, Jerry, sem pensar duas vezes e cheio de propriedade, estacionou o trailer em nossa garagem — deixando apenas alguns milímetros de vão entre nossa casa e a garagem caindo aos pedaços do Sr. Ferguson. Ao ver o *fait accompli*, minha mãe só conseguiu dizer:

— Jerry, isso é apenas temporário.

## Os diários de Nick Twisp

— Claro, boneca — foi sua resposta convencida. Ele saiu do carro e começou a retirar a bagagem enquanto minha mãe entrava em casa com alvoroço.

Com o rosto cheio de restos de insetos, saí com o corpo todo duro e olhei ao redor. Este era o local onde eu vivera antes de conhecer o doce sabor dos lábios de uma mulher. Ou o sabor especial de um mamilo quente. Tinha saído daqui um menino e voltava um homem — um homem com marcas de chicote no coração e digitais femininas em suas partes íntimas. Esses pensamentos profundos foram interrompidos de repente por um grito feminino. Larguei as malas no chão e corri pra dentro de casa. Minha mãe estava na entrada da sala de estar, com o rosto contorcido em um olhar feio de choque e horror. Olhei mais para a frente. Ali, dentro da sala de estar, cercado pelos móveis empurrados contra a parede, estava o velho Chevy camuflado de Jerry.

Jerry se juntou a nós e ficou encarando a cena com espanto e descrença.

— Puta merda! Mas como foi que isso aconteceu? — murmurou ele.

— Como? — exclamou minha mãe. — E por quê?

Ela lançou um olhar acusador na direção do amante.

— Você devia ter devolvido o dinheiro daquele homem!

— De jeito nenhum, boneca — respondeu Jerry, com teimosia. — Isso não faz parte do código.

Minha mãe pareceu confusa.

— O Código de Trânsito da Califórnia?

— Não, boneca, o Código das Ruas.

Jerry ergueu o capô e assobiou.

— Nossa, mas está tudo completo. Tem até água no limpador de para-brisa.

— Como eles colocaram isso aqui dentro? — pressionou minha mãe. — A porta da frente não tem nem 1 metro de largura.

— Parece que eles trouxeram pedaço por pedaço, boneca. Depois montaram tudo. Veja, todos os parafusos têm marcas recentes de chave de fenda.

Minha mãe pareceu incrédula.

— Mas seria preciso um exército de mecânicos pra fazer tudo isso!

Jerry fechou o capô com força, fazendo um barulho alto e explosivo na sala.

— Ou uma esquadra, boneca — disse ele. — Ou uma esquadra.

— Rápido, Nick! — gritou minha mãe com voz aguda. — Pegue uma panela na cozinha. Está caindo óleo no meu carpete novo!

Após guardar as coisas da viagem e almoçar, minha mãe fez Jerry ligar pro marinheiro em Alameda. Péssimas notícias. Seu navio partira e ele só voltaria dali a dez meses. Minha mãe ficou possessa.

— Jerry, o que você vai fazer pra resolver isso? — reclamou ela.

Jerry bebeu sua cerveja e pensou a respeito.

— Bem, Estelle. Você disse que queria um sofá novo. Agora tem dois. E um baú.

— Isso não tem graça. Quero esse carro fora daqui!

Minha mãe parecia que ia logo "perder as estribeiras" (como meu pai costumava dizer) — o que nunca era uma experiência agradável para sua família querida.

Jerry também percebeu os sinais.

— Certo, boneca. Brincadeira. Acho que vou ter que vir todas as noites e desmontar aos poucos. Mas eu não vou montar de novo.

— Faça o que quiser com os pedaços — disse minha mãe. — Só não deixe nada aqui!

— Você é quem manda — respondeu Jerry, bebericando a cerveja. — Eu só obedeço. — Ele olhou para mim. — Ei, garoto. Quer aprender como funciona um carro?

— Não, obrigado — respondi. — Mecânica não me interessa.

— Viu, Estelle? — comentou Jerry. — Eu disse que o garoto era veado.

Mais uma vez, Jerry subiu ao topo da minha lista negra. Só o detestável Trent estava em uma posição superior.

Depois de guardar minhas coisas, fui andar de bicicleta e encontrei Lefty ainda acampando. O quintal dele parecia a Cidade da Guatemala depois do grande terremoto. O refugiado adolescente estava sentado em um banco de dobrar, no meio de pilhas de latas de Coca-Cola vazias e caixas de biscoito. Ele me cumprimentou com um "oi" desanimado e reclamou que não recebera nenhum cartão-postal. Eu menti e disse que mandara três, inclusive um com uma mulher pelada deitada na areia branca com as pernas abertas.

— Aposto que o carteiro maldito roubou esse! — disse ele, amargo.

Lefty me contou que agora estava usando roupas velhas deixadas em caixas de coleta para doação. Dava pra notar. Alguns dias atrás, Martha entrara sorrateiramente em seu quarto e derramara óleo pra motor no gancho de suas calças. As manchas não saíam nem lavando e agora todas as suas calças têm manchas de esperma permanentes.

— Minha vida é um inferno na Terra, Nick — disse Lefty, desesperado. — Um inferno na Terra.

Essa era a oportunidade que eu esperava. Contei a Lefty tudo sobre Sheeni e Albert. Ele ficou boquiaberto com meu progresso romântico e exigiu um

Os diários de Nick Twisp

relatório completo. Contei todos os detalhes tórridos. Como era de se esperar, ele não acreditou (eu também não acreditaria) e exigiu provas fotográficas. Um choque completo! Eu me esquecera de pedir uma foto de Sheeni. Mas eu tinha seu bilhete pedindo desculpas por ter lido meu diário, que Lefty aceitou de má vontade como prova temporária.

Eu expliquei minha proposta:

— Certo, você toma conta do cachorro de Sheeni por mais ou menos uma semana, enquanto eu convenço minha mãe. Em troca, faço Martha parar de encher você.

Lefty não pareceu convencido.

— Como você vai fazer isso?

— Não se preocupe, tenho um plano. (Eu não tinha, mas, droga, essa mesma estratégia tinha servido para Nixon em 1968.)

— Mas eu tenho alergia a cachorro. Fico todo inchado.

— Não estou pedindo para levar o cachorro pra dentro de casa. Você o amarra aqui fora. Os alérgenos se espalham em lugares abertos, então não vai ter problema nenhum, acredite em mim.

Lefty imaginou sua vida sem manchas de esperma e cantores das antigas enchendo sua paciência o dia inteiro.

— Tá bom — falou ele. — Negócio fechado.

Então, apertamos as mãos.

Eu perguntei se as vitaminas estavam ajudando com o problema dele. Lefty pareceu ainda mais triste.

— Não sei, Nick. Estou tão traumatizado com tudo que ele nem sobe mais. Acho que estou impotente.

Ele pronunciou a palavra com ênfase na segunda sílaba.

— Não seja retardado — respondi. — Você não tá impotente. Você tem apenas 14 anos. Isso só acontece com caras depois dos 30, e, mesmo assim, só se eles baterem punheta demais.

— Fale isso pro meu pinto — disse Lefty. — Virou a Cidade Mole lá embaixo já faz uma semana.

— Você precisa sair deste quintal deprimente — falei. — Esse lugar é uma favela.

Então, pra variar, pegamos nossas bicicletas e fomos até o terminal rodoviário no bairro pobre de Oakland. Infelizmente, o ônibus não tinha tombado e Albert nos esperava no guarda-bagagens. A viagem não havia melhorado o humor dele. Ele ergueu a cabeça e me olhou, rosnando.

— Que cachorro mais feio — comentou Lefty. — Qual é o nome dele mesmo?

Eu decidi que, para sua nova vida em Oakland, Albert precisava de um nome mais macho.

— É Al — respondi. — E o sobrenome é Bear. Colocamos esse nome porque ele tem cara de urso, que é *bear*, em inglês.

— Parece mais um morcego pra mim — observou Lefty. — Ou então um... qual o nome daqueles monstros nas igrejas?

— Gárgulas?

— É, gárgula. Ele parece uma gárgula.

Isso foi demais pra Albert. Ele cheirou a perna da calça de Lefty, com aroma de roupa de doação, e lhe aplicou uma nova camada de perfume.

— Merda! — gritou Lefty.

— Ele gosta de você, Lefty — falei. — Está fazendo uma marcação de território.

— Vá se foder — respondeu Lefty. — Foda-se seu cachorro. E a sua namorada também.

Eu sabia que ele estava só blefando.

— E Martha?

— Não fodemos com ela. Caçamos e matamos.

Enfiamos Al dentro da minha mochila e voltamos pra casa. No caminho, paramos no Safeway. Eu comprei um pacote de ração para cães genérica e Lefty roubou uma revista *Motor*. Por uma questão de vaidade, ele tenta roubar pelo menos um item de cada loja em que entra. De volta à Favela City, amarramos Al atrás da garagem de Lefty e o deixamos com comida, água e uma cama (uma pilha do que restou de calças pós-guerra fraternal). Al olhou ao redor meio atordoado, bebeu água, virou a vasilha de comida de ponta-cabeça e mijou na cama.

— Que cachorro retardado — comentou Lefty. — Sua namorada gosta dele de verdade?

— Sabe como são as mulheres — expliquei.

— É — respondeu Lefty. — Sei o que você quer dizer.

Ao chegar em casa, Jerry estava sentado no banco da frente do Chevy, bebendo cerveja. Sua caixa de ferramentas estava aberta sobre o tapete. O para-choque de trás amassado (com um adesivo escrito CAMINHONEIROS DÃO O GÁS) estava meio caído. Notei que minha mãe colocara alguns livros em cima do capô, pra cobrir o aviso pintado com spray de "Pague ou Morra!". Ela também tinha rearranjado os móveis para integrar o carro no esquema da decoração. Agora o Chevy parecia a maior mesa de centro do mundo.

— Como está indo a demolição? — perguntei.

— Não muito bem — respondeu Jerry, desanimado. — Aqueles malucos usaram um tipo de cola industrial nas porcas. Além disso, espanaram todas elas. Estou trabalhando como uma mula já tem horas. Só consegui tirar duas, e tive de usar minha serra. Isso vai demorar uma eternidade.

Bem feito!, pensei.

Jerry arrotou bem alto.

— E esse carro nem é meu. Nem a casa.

— Mas minha mãe é sua namorada — observei.

— Talvez. — Jerry torceu o nariz. — Ela gosta de achar que é.

Eu já disse isso antes, milhões de vezes: ele deve ser o idiota mais perfeito já criado por Deus.

21h30. Passei duas horas escrevendo minha primeira carta intelectual para Sheeni. Consegui mencionar Nietzsche, Clausewitz e John Stuart Mill, tudo na mesma sentença. Quanto esforço! É de admirar que o sempre arrogante Trent consiga fazer isso todos os dias. Eu daria minha bola esquerda pela cópia de uma de suas cartas, só pra saber o que estou enfrentando.

Após praticar um pouco de gaita (eu queria mesmo um clarinete, igual ao do meu ídolo Artie Shaw, mas minha mãe disse que não tinha dinheiro para comprar um), desci as escadas e peguei minha mãe e Jerry no flagra, dando uns amassos no banco de trás do Chevy. Eles tinham apagado a luz e sintonizado na estação de rádio de rock dos anos 1950. Gostaria muito que eles crescessem. É desconcertante para um garoto ver suas figuras paternas tentando reviver a adolescência.

Eu queria ligar pra Sheeni desesperadamente, mas estou com as mãos amarradas devido a restrições econômicas. Preciso descobrir em que horário os interurbanos são mais baratos. Provavelmente, a gente só vai poder conversar às quatro da manhã.

**DOMINGO, 26 de agosto** — Quarenta e oito horas sem o toque quente ou o sabor de cachorro dos lábios de Sheeni. Tenho medo de ficar maluco antes de vê-la novamente. Esses romances a distância são terríveis para o sistema nervoso. Agora tudo me faz lembrar dela — o cheiro de donuts, o som dos sinos da igreja, até mesmo a cor amarela (aquele tomara que caia vai ficar gravado na minha memória por toda a eternidade).

Contei 28 fios de cabelo no ralo do banheiro. Percebo agora que estou em uma corrida contra o tempo. Tenho de ficar noivo de Sheeni antes que minha testa aumente de vez, senão não terei chance contra esses intelectuais franceses peludos.

Meu pai e Lacey chegaram com duas horas de atraso. Enfrentamos o trânsito na ponte e passamos a tarde pulando de museu em museu em São Francisco. Meu pai faz isso de vez em quando, a fim de estocar munição para as conversas competitivas que ocorrem durante os coquetéis. Lacey vestia um macacão verde de tricô que abraçava todas as suas curvas, o que atraiu mais olhares de admiração do que todos os neossurrealistas juntos.

Meu pai descontou um certificado de depósito (para consertar uns problemas caros em sua BMW), então resolveu esbanjar e nos levou pra jantar na Ghiradelli Square. Sentamos ao ar livre, no terraço, e ficamos observando Sausalito se tingir de 64 tons diferentes de violeta. Uma bela vista, mas a conversa deixou a desejar. Não tenho o que conversar com esse homem. Eu sabia que, se contasse sobre Sheeni, seria ridicularizado. Então comi meu camarão laconicamente e tentei não ficar encarando o corpo fabuloso de Lacey.

23h30. Desesperado pra ouvir a voz de Sheeni, acabei de ligar para o trailer dela. Minha mão tremia ao discar o número. A cada toque do telefone, as batidas do meu coração se duplicavam. Por fim, ouvi o tom do telefone sendo atendido e a voz do Sr. Saunders retumbou um sonolento "alô, droga". Pedi pra falar com Sheeni. Ele disse que sentia muito, mas ela ainda estava no lago... com Trent! Gostaria de deixar um recado? Considerei perguntar qual punição, em sua opinião profissional, um garoto de 14 anos poderia esperar do Estado da Califórnia por cometer um duplo homicídio premeditado. Mas não perguntei e desliguei o telefone.

Senti como se meu sistema emocional tivesse acabado de ser processado por uma ceifeira-debulhadora: eu fora arrancado pela raiz, debulhado, descarregado, triturado, prensado, centrifugado, filtrado, separado em compostos e assado em uma fornalha a 5 mil graus.

**SEGUNDA-FEIRA, 27 de agosto** — Após uma noite sem dormir, acordei com o barulho das molas do colchão do quarto ao lado gemendo ritmicamente. Não estou dizendo que os pais de uma pessoa não podem ter vida sexual. Isso seria injusto. Estou apenas propondo que eles não vivam essa vida sexual depois que os filhos alcançam a idade da razão. Aí, quando os filhos deixarem o lar, eles podem continuar de onde pararam.

Os diários de Nick Twisp

Jerry, se eu puder acreditar na prova auditiva, parece ter um poder notável de fazer "repetecos". Aliás, eu ficaria muito surpreso se minha mãe conseguisse chegar ao trabalho no horário hoje. Fiquei na cama, sentindo-me a esmegma de ontem, até que eles finalmente saíram de casa. Graças a Deus, Jerry viaja hoje para levar outra carga.

Aí, enquanto eu mastigava meu Cheerios meio desanimado, tentando terminar uma tigela, o Sr. Fergunson, da casa ao lado, veio me informar que havia "um pequeno problema" com o trailer. Na verdade, eu não achava que isso fosse problema meu, mas abandonei meu café da manhã solitário e o segui até a garagem. O quintal fedia como uma estação de tratamento de esgoto do Terceiro Mundo em um dia úmido e quente.

Segurando um lenço sobre o nariz, o Sr. Ferguson apontou para a fonte do mau cheiro. Uma válvula do tanque de detritos estava vazando. Pelo visto, o velhote não se dera ao trabalho de esvaziar o tanque. Só Deus sabe quantos anos aquele treco tinha ficado de molho ali dentro. Cada gota marrom pingando continha o aroma destilado de 112 banheiros de paradas de caminhões.

— Talvez você consiga apertar a válvula — sugeriu o Sr. Ferguson.

Apertando meu nariz, eu me abaixei e girei a válvula. O gotejamento odioso se intensificou.

— Pro outro lado! Pro outro lado! — gritou ele.

Girei a válvula para a outra direção e uma onda marrom caiu sobre minhas pantufas.

— Ai, meu Deus! — berrou o Sr. Ferguson.

Estupefato demais para me mexer, marrom dos joelhos para baixo, fiquei parado dentro da piscina cheirosa, contemplando em vão os pedacinhos de papel que estavam grudados em meu pijama. A vida, assim parecia, chegara ao seu nadir.

— Merda! — exclamou meu vizinho, perplexo.

Pura verdade. A mais pura, puríssima verdade, pensei.

Mesmo assim, a vida é maravilhosa. Porque, 45 minutos depois, o telefone tocou e uma voz maravilhosa, encantadora e extraordinariamente desejável disse:

— Oi, Nickie.

Era a minha querida Sheeni. Ela tinha oficialmente dado o pé na bunda de Trent!

— Claro que ele ficou inconsolável — explicou ela. — Mas conversamos muito esse fim de semana e ele passou a encarar isso como uma oportunidade para seu crescimento. Nós dois choramos quando ele foi embora pra Ukiah, esta manhã. Eu fiquei pasma como a aparência dele mudou. Como amadureceu. Ele disse que tentaria transformar sua dor em poesia.

Espero que ele a transforme em tumores cancerígenos malignos!

— Ah, e Nick — completou Sheeni. — Trent pediu pra dizer que ele não guarda nenhuma mágoa de você.

— Nem eu dele — menti. — Desejo a ele o melhor.

Então, Sheeni pediu para que eu colocasse Albert ao telefone. Como eu não ousei contar que Albert estava vivendo como um fugitivo no quintal de Lefty, tive de imitar um cachorro choramingando enquanto Sheeni fazia barulhos fofos no telefone. Nunca pensei que se apaixonar envolvesse tanta mentira.

Conversamos por mais alguns intensos momentos, prometemos escrever, declaramos nosso amor infinito (eu, pelo menos) e desligamos. Inexplicavelmente, durante essa conversa tão curta, o relógio da cozinha dera uma volta e um quarto. Torci para que os pais de Sheeni não se importassem com o custo. Então, eu me lembrei: ela havia ligado a cobrar!

Já que meu bairro ainda fedia a Calcutá durante uma greve dos funcionários da higiene pública, passei a tarde na casa de Lefty, tramando estratégias para o abatimento de Martha. Ficamos deitados sobre camas de campanha na velha tenda de lona do pai dele, matando moscas com as mãos e discutindo métodos de tortura.

— Não quero que ela fique aleijada ou mutilada pra sempre — disse Lefty. — Só quero que ela chegue o mais próximo possível do seu limite máximo para dor.

Eu o aconselhei seguir por um caminho mais moderado.

— A dor é boa enquanto dura, Lefty, mas depois ela termina. O que você quer é algo mais permanente. Algo que continue doendo.

— Como o quê? — perguntou Lefty, encostando o nariz contra o de Albert. O cachorro ainda rosnava pra mim, mas parecia estar se enturmando com Lefty. Fiquei surpreso em ver que o afeto era recíproco. A cama manchada de urina havia sido movida para dentro da tenda — uma proximidade bastante imprudente, pensei, para um jovem que alegou ser alérgico a cachorro.

— Como ser humilhada na frente dos amigos — respondi. — Isso é bom para um sofrimento longo e intenso. Ou culpa. Provocar o sentimento de culpa pode atrapalhar a vida de uma pessoa por anos.

— Seria ótimo! — exclamou Lefty. — Você consegue fazer isso, Nick?

— Estou na fase de planejamento — expliquei. E acho que uma ideia, talvez até um plano, esteja brotando.

Quando cheguei em casa, minha mãe estava no quintal despejando garrafas gigantescas de água sanitária na grama. O Sr. Ferguson havia ligado para ela no Departamento de Trânsito, e ela saiu mais cedo do serviço (depois de chegar atrasada). Por sorte, ela trabalha para o governo, que sempre fica agradavelmente surpreso quando seus muitos funcionários vão trabalhar de verdade. A menos que ela assassine o governador (ou declarem carros ilegais), minha mãe tem emprego garantido para o resto da vida.

Ela estava furiosa.

— Espere só até aquele caminhoneiro desgraçado voltar! — exclamou ela, salpicando uma chuva tóxica com a Deusa da Morte nas ervas daninhas, antes verdes. — Estou cansada dessa confusão! Tem um esgoto no meu jardim. Um maldito Lincoln na garagem. Uma droga de um Chevrolet na sala de estar. Ele que leve as suas companheiras de motel junto com ele direto pro inferno! Eu cansei!

Finalmente, minha mãe havia recobrado o juízo. Mas por que ela não consegue dizer "foda-se"?

— Que droga é isso?

Minha mãe estava cutucando com uma vareta algo morto e feio no meio da sujeira.

Era minha antiga pantufa. Fingi estudá-la com interesse.

— Parece um rato afogado.

Minha mãe gritou e correu pra dentro de casa.

**TERÇA-FEIRA, 29 de agosto** — Ainda não recebi carta alguma de Sheeni. Nem mesmo um cartão-postal para seu bebê. Para uma pessoa erudita que alega ter escrito um milhão de palavras, ela é bastante econômica com sua prosa epistolar. Desse jeito, a *Coletânea de Cartas de Sheeni Dillinger* (suponho que ela vá querer adotar meu nome depois que nos casarmos) será de fato um volume fino.

Consegui expelir outra missiva intelectualmente cintilante para ela, ontem à noite. Essa tarefa espantosa acabou com meu cérebro! Tenho medo de haver esgotado as reservas conhecidas de alusões acadêmicas. Talvez o próximo capítulo de nossa correspondência tenha de ser copiado direto de uma enciclopédia. É impossível competir nessa categoria quando você tem apenas 14 anos.

Da forma como eu encaro as coisas, durante um quarto da minha vida fui um vegetal preconsciente babão. Durante outro quarto, fui um analfabeto funcional. Certo, aí eu era um garoto de 7 anos inteligente e minha ideia de literatura importante se resumia a *Bucky, o Castor, constrói uma represa*. Então digamos que eu tenha levado mais três anos para sair da seção infantil. Restam quatro anos. Agora subtraia um terço, que eu usarei para dormir. Nos poucos meses restantes, tenho de ir para a escola, aparar a grama, ter momentos pai-filho intermináveis, apertar espinhas e refletir sobre os mistérios do sexo. Não é de se esperar que eu ainda tenha de ler Dostoiévski. Graças a Deus eu não sou do tipo atlético, senão, ainda por cima, seria um idiota completo.

Mesmo assim, considere o exemplo de Trent: acadêmico perspicaz, nadador brilhante. Claro, ele teve a vantagem de crescer sob a luz ofuscante da professora mais culta. Falo aqui da Minha Amada. Se todo jovem tivesse uma Sheeni atrás de si, nossa nação seria composta por titãs intelectuais.

Bolei um plano para lidar com Martha. É bastante extremo, mas a situação exige. Às quatro da manhã de ontem, a tenda de Lefty se desmontou com um vento leve — o que o prendeu e também a Albert na lona mole e bolorenta. Havia evidências de que alguém havia mexido nas cordas. Então, durante o café da manhã, Martha reclamou de Albert para seus pais. Ela disse que uma pulga mordeu seu nariz e que agora ele estava infectado. Lefty respondeu que aquilo era apenas uma espinha feia, nojenta e grande, e ela o chutou com força por baixo da mesa. Então, ele despejou a tigela de cereal inteira dentro do sutiã dela. Agora os dois estão de castigo, e seus pais mandaram Lefty limpar todo o quintal e se livrar do cachorro em 24 horas. Ele está de coração partido porque diz que, se não puder ficar com Albert, sua vida será um "inferno na Terra" ainda maior do que o normal. Não preciso nem dizer que eu também estou seriamente preocupado.

QUARTA-FEIRA, 29 de agosto — O Sr. Ferguson acabou de me trazer um grande envelope pardo. Finalmente, uma carta de Sheeni! Eu o troquei pela cópia mais recente da *National Geographic* que foi entregue aqui por engano. O Sr. Ferguson disse que vai ler e depois levar para o destinatário correto. Se o nosso carteiro tem de ser assim tão incompetente, ele podia ao menos errar e entregar de vez em quando uma cópia da *Playboy* ou da *Hustler*.

O envelope grosso e pesado continha não uma carta de múltiplas páginas demonstrando o grande e profundo afeto e a saudade arrebatadora de Sheeni, mas sim várias brochuras sobre cuidados caninos e um bilhete curto e prático.

Os diários de Nick Twisp

Sheeni conta que está muito preocupada por estar separada de nosso cachorro durante os "anos de desenvolvimento". Ela quer que eu faça um diário registrando as "experiências, o crescimento e o desenvolvimento de personalidade" do cachorro. Eu preferia comer as cabeças das lesmas do jardim. Ela também quer que eu compre uma câmera e tire várias fotos do "querido Albert brincando". Em vez disso, acho que enviarei fotos do "querido Nick brincando" (consigo mesmo).

Sheeni também relata que o caso do reverendo Knuddlesdopper dividiu a congregação dos traileristas em facções distintas que estão em guerra. Um grupo, liderado pela Sra. Clarkelson, considera o pastor um pecador além da redenção. Eles estão agitando uma expulsão imediata. O grupo oposto concorda que o reverendo pecou, mas acredita que ele está "caminhando na direção correta". Eles são a favor de mantê-lo como líder espiritual, mas somente se ele "arrumar uma esposa o mais rápido possível". Várias solteironas se ofereceram para a tarefa árdua. Os dois grupos não entram em acordo e o ressentimento se torna mais amargo a cada dia que passa. Enquanto as facções começam a reivindicar direitos territoriais, alguns trailers já mudaram de lugar. Pior ainda, os pais de Sheeni estão divididos: sua mãe apoia a Sra. Clarkelson, enquanto seu pai favorece os moderados.

"A vida está cheia de confusão", observa Sheeni, "e é tudo muito estimulante".

Ela conclui essa tórrida carta de amor com um morno "todo meu amor para você e Albert. Como sempre, Sheeni". Isso é que é uma grande paixão. E nem sequer uma alusão erudita e intelectualmente desafiadora!

Espere um minuto. Acabei de chacoalhar o envelope e dele caiu uma pequena fotografia de uma jovem mulher impossivelmente linda. Em letra ovalada, está escrito: "Para o meu querido Twispy — todo meu amor, Sheeni." Mais uma vez, meu coração se enche de alegria!

6h00. Minha mãe está deprimida. Jerry devia ter ligado de Dallas, mas o telefone se recusa a tocar. Acho que ela está ansiosa pra mandá-lo pastar. Enquanto isso, estou tentando ficar na minha, já que sou a única válvula de escape para a frustração viva e pulsante dentro desta residência nervosa. Como será que as pessoas sem filhos desopilam?

8h30. Lefty escreveu o bilhete e fez as malas. A Operação Punição da Irmã terá início amanhã, ao amanhecer. A propósito, ele disse que Sheeni é uma "gata gostosa" que tem um "bom gosto para cachorros". Acho que só posso concordar com metade dessa declaração.

QUINTA-FEIRA, 30 de agosto — Um dia cheio de intrigas. Acordei às cinco da manhã e fui encontrar Lefty e Albert na doceria às 5h30. Lefty estava em dúvida com relação ao plano, mas, depois de manipulá-lo com Pepsi (sua bebida matinal preferida) e donuts recheados de marshmallow, consegui mantê-lo firme e forte. Apesar de eu lhe ter dito pra trazer o bilhete consigo, ele disse que o deixou na mesa de acampamento da tenda.

— Com certeza, eles vão ver — explicou ele.

Respondi que tudo bem, mas, no futuro, era melhor que ele deixasse o trabalho mental por minha conta.

Às 6h15, Lefty e Albert estavam escondidos dentro do trailer de Jerry em meu quintal. Lógico que, se a presença deles tinha de ser ocultada, não deu para erguer o teto. Isso não foi um problema para Albert, mas Lefty teve de engatinhar ao entrar. Eu disse pra ele continuar pensando em todo o sofrimento que causaria a Martha. Isso pareceu animá-lo.

— Que cheiro horrível é esse? — perguntou ele.

O quintal agora cheirava a uma explosão de fossa séptica em uma fábrica de cloro. Eu disse pra ele não se preocupar, que aquele "leve odor" encobriria o cheiro de Lefty se seus pais aparecessem com cães farejadores.

Com Lefty e Albert escondidos, fui de bicicleta até a casa de Lefty e achei o bilhete na tenda. Era obviamente o garrancho infantil de meu amigo: "Queridos pai e mãe, sinto muito, mas vou fugir para sempre. Não aguento mais. Digam para Martha que eu a perdoo. Espero que ela consiga viver com esse peso na consciência. Seu filho desesperado, Leroy." (Que bom para os pais que os filhos não possam processá-los pelos incômodos emocionais gerados por nomes de batismo detestáveis.)

Dobrei o bilhete e o coloquei dentro da mochila suja de Lefty (veterana de vários furtos em lojas e ela mesma adquirida por mãos rápidas). Também enfiei dentro dela a camiseta dele escrito QUEM PEIDOU? e algumas outras roupas de fácil identificação. Escondendo a mochila dentro do meu suéter, saí sorrateiro do quintal e voltei para casa, para o café da manhã.

Minha mãe ainda estava em pé de guerra. Nenhuma notícia do caminhoneiro voluntarioso. Olhou para mim de cara amarrada enquanto eu comia meus Cheerios. Ela estava tomando o café dos legionários: café preto e cigarros. Mandou eu limpar meu quarto. Eu disse tá, tudo bem. Ela me mandou limpar a casa. Eu disse tá, tudo bem. Ela me mandou lavar as roupas. Eu disse tá, tudo bem. Ela me mandou tomar cuidado com essa minha língua. Eu respondi tudo bem. Não conseguindo começar uma briga, minha mãe apagou o

Os diários de Nick Twisp

cigarro no café e saiu para o trabalho. Se Jerry não ligar hoje à noite, talvez eu tenha de fugir de casa também.

Depois de ver como Lefty estava (ele e Albert estavam tirando um cochilo no chão do trailer), fui de bicicleta até a zona portuária de Berkeley. Apenas alguns pescadores estavam no porto. Estacionei a bicicleta e — esforçando-me ao máximo pra ser discreto — caminhei até o fim do porto segurando a mochila. A neblina matinal ainda estava fria e cinzenta sobre a água verde agitada. Do outro lado da baía, viam-se as torres brilhantes de São Francisco.

Mas não parei para apreciar a vista. Abri a mochila, coloquei o bilhete de despedida no bolso de cima, joguei as roupas na água, encostei a mochila em uma das estruturas do cais e caminhei lentamente até um orelhão do lado dos banheiros. Inseri uma moeda e disquei para a emergência. Quando atenderam, imitei um sotaque latino.

— Ei, cara. Acabei de ver um garoto cair do píer de Berkeley!

A policial preocupada queria saber mais, porém, desliguei, peguei minha fiel bicicleta e pedalei intensamente. Após alguns quarteirões, ouvi o barulho de sirenes a distância.

Claro, devo admitir que, quando Lefty escreveu o bilhete como eu ditei, não percebeu que logo estaria tomando a atitude extrema de se suicidar. Para sua própria paz de espírito, eu o deixei acreditar que estava apenas fugindo de casa. Só que hoje em dia os filhos fogem de casa o tempo todo e os pais parecem nem notar. Acho que eles já esperam coisas assim. Mas suicídio, mesmo nestes tempos sombrios, ainda é um golpe emocional considerável. Acho que até Martha não vai conseguir levar essa na boa.

13h30. Preparei pra Lefty um sanduíche de salada de atum e levei em uma bandeja. Ele engatinhou para fora das sombras e piscou com a luz do sol que entrava pela porta.

— Isso aqui é um tédio, Nick — disse ele, pegando o sanduíche. — Não tem o que fazer aqui. O ar está meio fedido. Eu preciso ir ao banheiro. E acho que Al também.

Albert ergueu a cabeça e rosnou pra mim.

— Sem problemas — respondi, com alegria. — Aproveite o seu almoço que eu vou ver o que posso fazer.

Encontrei tudo que precisava na garagem. Depois de cinco minutos eu estava de volta com uma TV portátil em preto e branco, três extensões e um pote de maionese vazio. Lefty aceitou o pote com gratidão.

— Mas e Al? — perguntou ele. — Acho que ele não consegue fazer nesse pote.

Respondi que Albert teria de se segurar até eu poder levá-lo pra passear, bem depois de anoitecer. Juntei todas as extensões, mas, ainda assim, ficou faltando 1,5 metro pra alcançar a tomada perto da porta dos fundos. Então, cruzei os arbustos sorrateiramente e liguei a extensão na tomada do pátio do Sr. Ferguson. No trailer, Lefty zapeou pelos canais da televisão.

— Não pega nada além do Canal 2 — reclamou ele.

Eu olhei. Até o Canal 2 estava pegando mal.

— Deve ser interferência das paredes de alumínio — falei. — Vamos fazer o seguinte. Você assiste à televisão por um tempo. Depois eu lhe trago uma lanterna e algumas revistas da minha coleção da *Penthouse*.

— Tá bom — respondeu Lefty, mais animado. Ele e Albert se sentaram pra assistir a um programa chamado *O jogo do amor para a terceira idade*.

15h00. Acabei de passar pela casa de Lefty. Três carros de polícia estavam parados na frente. E uma van de notícias do Canal 2!

17h30. Maldita Kate Cruikshank! Maldito Mitch Malloy! Malditos todos da equipe de notícias do EyeSocket-2-You! Como eu poderia ter adivinhado que a Edição Esclarecedora dessa semana seria sobre suicídio de adolescentes? Isso é que o se chama cair nas graças dos jornalistas. Eles estão cobrindo a história de Lefty como se ele fosse o irmão mais novo do Elvis!

Graças a Deus que eu tive a perspicácia de distrair Lefty com as *Penthouse* antes de o noticiário começar. Tentei confiscar a tevê, mas ele ameaçou fazer Albert me atacar. Por sorte, Lefty nunca manifestou qualquer interesse em notícias, atualidades ou assuntos de interesse público. Ele provavelmente nem pararia para assistir a um noticiário.

Pelo menos o "desenrolar desta tragédia" (nas palavras de Kate Cruikshank) exerceu efeito salutar sobre minha mãe. Depois de chegar em casa e me amolar por eu não ter limpado o meu quarto, passado o aspirador de pó na casa nem lavado as roupas, ela ficou extremamente quieta quando o Canal 2 iniciou seu sensacionalismo piegas. Principalmente quando uma psicóloga de Berkeley, entrevistada ao vivo no quintal de Lefty, disse que qualquer adolescente era "um suicida em potencial". Minha mãe me olhou como se estivesse tentando ver se eu havia escondido giletes nos meus bolsos.

— Lefty... Lefty parecia deprimido? — perguntou ela.

— Bom, não sei — respondi, pensativo. — Os pais dele vinham lhe causando muito sofrimento. Sempre enchendo para ele ir limpar o quarto.

Os diários de Nick Twisp

Minha mãe engoliu em seco.

— Sei que você deve estar chateado, querido — disse ela. — Que tal se eu lhe fizer um belo bife para o jantar?

— Legal, achou — respondi. — Lefty sempre gostou de bife.

— Encontraram o corpo dele? — quis saber minha mãe.

— Ainda não — falei. — Segundo Mitch Malloy, a guarda costeira ainda está esquadrinhando a baía atrás dele. Mas encontraram sua camiseta. Mitch disse que o corpo pode ter sido arrastado para o mar.

— Ah, que horrível para os coitados dos pais! — exclamou minha mãe. — Eles já deram alguma declaração?

— Ainda não. Mas, de tempos em tempos, Kate Cruikshank bate à porta deles. Eles mostraram a irmã de Lefty, Martha, chegando em casa de uma partida de tênis. Ela parecia meio triste, mas ameaçou a câmera com a raquete e se recusou a comentar alguma coisa.

— Pobre Lefty — comentou minha mãe. — Por que será que ele fez isso?

— Ele era um adolescente problemático — respondi, com tristeza. — Os pais dele não o deixaram ficar com um cachorro legal que ele encontrou.

O rosto da minha mãe estava cheio de culpa.

— Vou começar a preparar o jantar — disse ela. — Você fique sentado aí e descanse, Nickie.

20h45. Após um gostoso bife para o jantar, saí sorrateiramente pra levar para Lefty outro sanduíche de salada de atum. Alguém sussurrou meu nome. Era o Sr. Ferguson, à espreita nos arbustos.

— Nick! — chamou ele, em voz baixa. — Acho que tem alguém no seu trailer. Eles ligaram algo na minha tomada.

Pensei rápido.

— Hã... Eu sei, Sr. Ferguson. São, hã, refugiados. Da América Central.

— Fugindo da opressão política, suspeito — disse o Sr. Ferguson, com simpatia. Embora não pareça particularmente subversivo, o Sr. Ferguson já figurou na lista dos anarquistas comunistas radicais criada por J. Edgar Hoover. Em termos de política, ele estava um pouco mais à esquerda de Fidel Castro.

— O que posso fazer para ajudar, Nick?

— Bem, Sr. Ferguson. Eu não sou um cozinheiro muito bom...

— Não precisa dizer mais nada, Nick. Vou trazer um pouco de comida. Quantos são?

— Um só — respondi — e seu cachorro.

— Vou preparar um pouco de chili e arroz — falou o Sr. Ferguson. — E algumas tortillas gostosas.

— Bem, na verdade, acho que ele preferiria um cachorro-quente e batata frita. Talvez um bolo de chocolate de sobremesa.

O Sr. Ferguson pareceu confuso.

— Hã... Manuel está tentando se acostumar com a nossa cultura — comentei.

— Claro — falou o Sr. Ferguson. — Trago tudo daqui a meia hora.

Avisei ao Sr. Ferguson que, pelo fato de Manuel ser muito paranoico com relação ao departamento de Imigração, ele deveria colocar a comida no chão, bater de leve à porta do trailer e depois ir embora rapidamente.

— Claro — falou o Sr. Ferguson. — E a que horas o rapaz corajoso quer o café da manhã?

— Cedo — respondi. — Que tal às seis?

— Tudo bem — disse o Sr. Ferguson, voltando para os arbustos.

Que vizinho maravilhoso!

Quando eu abri a porta e entrei no trailer, Lefty ainda estava bastante entretido com as *Penthouse*.

— Boas notícias, Nick — comentou ele. — Meu pau voltou a ficar duro!

— Ótimo — falei. — Como vai a curvatura?

Lefty franziu a testa e apalpou a saliência na calça.

— Como sempre, acho. Droga! Esqueci de trazer as vitaminas.

Dei a Lefty o sanduíche e comentei que ele deveria aguardar uma refeição gostosa dali a alguns minutos.

— Mas, não importa o que aconteça — avisei —, não deixe o Sr. Ferguson ver você. E se ele tentar falar algo pela porta, responda em espanhol.

— Mas eu não sei falar espanhol — reclamou Lefty.

— Faça o melhor que puder — disse eu. — Imite Carlos.

Carlos era o vizinho de Lefty, descendente de mexicanos.

— Aquele garoto fala espanhol a jato para um criança de 3 anos — observou ele. Lefty mordeu seu sanduíche e arrancou um pedaço para Albert, que o devorou com voracidade. Ele parecia pensativo.

— Fico pensando, Nick, se eles já encontraram o meu bilhete.

— Ah, acredito que sim — falei.

— Será que Martha está sofrendo?

— Suspeito que mais do que você poderia imaginar.

Isso animou Lefty tremendamente.

## Os diários de Nick Twisp

— As coisas finalmente estão melhorando! — exclamou ele.

Apresentei Albert rapidamente à vegetação do quintal, joguei-o de volta no trailer e desejei boa-noite a ambos.

— Vai ver mais tevê? — perguntei, como quem não quer nada.

— Talvez — respondeu Lefty. — Por quê?

— É que o Sr. Ferguson pediu pra maneirar na eletricidade. Ele vive de pensão, sabe?

— Ah, está bem — reclamou Lefty. — Que mão de vaca!

21h45. Acabei de receber uma ligação. Era Mitch Malloy em pessoa! De alguma forma ele descobriu que eu era amigo de Lefty e queria mandar uma equipe de gravação pra me entrevistar. Respondi que estava muito triste e perguntei se eles não tinham outras histórias mais importantes para cobrir. Aí perguntei se era verdade que ele estava traçando Kate Cruikshank. Ele respondeu que não era da minha conta e desligou. Esses jornalistas são todos uns hipócritas. Sempre expõem a sujeira de todo mundo, menos as suas.

23h30. O noticiário Eyesocket-2-You acabou de chegar ao fundo do poço. A única desculpa para isso em que consigo pensar é que deve ser a semana de avaliar os índices de audiência. Primeiro, eles destrincharam a vida inteira de Lefty — uma reportagem cheia de erros chocantes, como, por exemplo, chamá-lo de estudante de destaque. Depois passaram, ao vivo, para Kate Cruikshank na frente da casa, lendo um pronunciamento feito pelos pais de Lefty. Eles diziam que Lefty estava desanimado porque tinha sido diagnosticado recentemente com doença de Peyronie. Será que os idiotas não sabem nem mesmo ler um bilhete suicida? Ou será que eles estavam tentando poupar a filha, cheia de culpa? Depois Mitch Malloy, de volta ao estúdio, explicou com detalhes a doença — inclusive com diagramas obscenos. Espero, por Kate, que não tenha sido Mitch quem posou para os desenhos. (Também rezo para Lefty não ter visto nada. Senão é agora que ele vai se matar, com certeza.)

Minha mãe, não é preciso nem dizer, ficou grudada na televisão com uma concentração mórbida.

— Querido, se você tiver qualquer problema desse tipo — comentou ela —, não vai ter medo de falar pra mim, não é?

— Ah, claro que não, mãe — menti.

**SEXTA-FEIRA, 31 de agosto** — Duas e meia da manhã! O toque do telefone nos fez levantar a essa hora horripilante. Tive medo de que fosse Mitch Malloy, na pista quente de um suicídio falsificado. Mas era para minha mãe.

Era o chefe de Jerry ligando pra dar notícias chocantes. Jerry tivera um ataque do coração em um bar de Dallas e não deu outra: ele morreu!

Como a vida pode ser imprevisível! Em uma hora, você está enchendo a cara de cerveja e se comportando como uma pessoa detestável. No outro, está na frente de São Pedro, respondendo por uma vida de machismo, adultério e alteração de odômetro. Que lição!

Atordoada, minha mãe perguntou quando o corpo iria chegar. O chefe disse que já havia sido enviado. Para Los Angeles. Para a esposa de Jerry!

Minha mãe desligou o telefone, abalada demais pra falar.

Esse é mesmo Jerry, pensei. Um rato até o final.

6h00. Ouvi minha mãe chorando no quarto ontem à noite. Acho que ela deve estar chateada por Jerry ter batido as botas antes de ela poder mandá-lo pastar. Espero que isso não a faça se atrasar no serviço. Quero levar Lefty pra dar uma volta no quintal essa manhã. Precisamos manter o bravo rapaz animado. Acredito que vai levar pelo menos uma semana para infectar Martha com culpa suficiente. Que sorte o Sr. Ferguson ter-se oferecido para prestar serviços de bufê. Acabei de vê-lo levar uma deliciosa bandeja de café da manhã — que tinha até margaridas em um vaso.

O jornal *Chronicle* publicou uma reportagem sobre Lefty na página três, com a manchete "Pênis Problemático Estimula Aparente Suicídio de Jovem". Mais diagramas (dessa vez, o rapaz era bem mais dotado). De novo, nenhuma menção a irmãs atormentadoras. Quando é que a mídia vai parar de pegar leve e dar a Martha a surra que ela merece? Graças a Deus, a guarda costeira interrompeu as buscas pelo corpo de Lefty. Eu estava começando a ficar nervoso com o desperdício de dólares dos impostos federais.

9h30. Desastre triplo! Minha mãe decidiu que estava muito abalada pra ir trabalhar. Depois ela deixou cair a bomba de que Joanie concordou em vir de Los Angeles pra ficar com ela alguns dias. E agora Lefty parece uma daquelas fotografias de "antes" em propagandas para clínicas de emagrecimento.

Ele disse que sentiu o corpo inchando durante a madrugada.

— É como se todo meu corpo estivesse virando uma grande ereção — resmungou Lefty, por entre lábios inchados. — Só que a sensação é ruim, e não boa. Eu me sinto mal, porque o Al é um cachorro tão bacana.

Albert choramingou a um canto, cheio de culpa. Ao que tudo indica, no espaço apertado do trailer, os pelos de cachorro se acumularam até alcançar um volume crítico. Pior ainda: de acordo com Lefty, o inchaço só vai diminuir depois que todos os sinais de cachorro forem removidos.

Os diários de Nick Twisp

Lefty esticou um braço gordo e ligou a tevê. Kate Cruikshank estava apresentando uma reportagem ao vivo. Na mesma hora, apertei o botão para desligar.

— Ei — falou Lefty. — Aquela parecia ser minha casa.

— Não seja retardado — respondi. — Não temos tempo pra assistir à tevê. Temos de fazer planos.

— Por que Al e eu não podemos ficar aqui? — perguntou Lefty. — A comida é ótima. E eu não ligo muito de ficar inchado.

Seu rosto pneumático, notei, lhe dava uma aparência vagamente oriental.

— Porque minha irmã Joanie chega hoje à noite — respondi.

— E daí? — perguntou o jovem rotundo.

— E daí que Joanie — expliquei — é a Rainha da Futrica. Basta olhar pra mim e ela vai saber que estou escondendo algo. Depois, olhando pra minha sobrancelha esquerda, vai saber que é no quintal, e, olhando pra minha narina esquerda, que tem um fugitivo escondido no trailer. Depois, pela pele tremida da minha orelha esquerda, vai deduzir que é um garoto gordo de 14 anos, com uma curvatura no pau e alergia a caninos. Não dá pra esconder nada de Joanie.

— Ela podia ser detetive — observou Lefty.

— Acho que não — comentei. — Pelo tanto de fracassados com quem ela já saiu, parece que eu sou o único homem que ela consegue decifrar.

Deitamos no chão frio do trailer, inalando poeira e pensando em qual seria nosso próximo passo.

— Lefty — falei por fim. — O que você acha de visitar Sheeni em Lakeport?

— Lá no lago Clear? Beleza! — respondeu ele. — Posso levar Al?

— Não. Mas você pode levar a cama dele.

15h30. Acabei de colocar Lefty, sua bagagem e a cama manchada de mijo de Albert em um ônibus pra Lakeport. Peguei emprestado o dinheiro para as passagens com o Sr. Ferguson, que até contribuiu com 40 dólares a mais "para o rapaz corajoso" (que eu, não é preciso nem dizer, embolsei sem pensar duas vezes).

Sheeni não foi nada menos que magnífica quando telefonei. Ela disse até que sentia muito pela morte de Jerry. (As mulheres podem ser criaturas muito piedosas!) Sheeni imediatamente entendeu o dilema de Lefty e propôs uma solução brilhante. Os pais dela ficaram felicíssimos de saber que logo mais receberiam a visita de um ex-estudante da Bíblia vindo da Birmânia chamado

Leff Ti. Ela escolheu a Birmânia, segundo explicou, "porque ninguém tem o menor conhecimento ou interesse nesse país". Ela me prometeu que manteria Lefty inchado de alergia a cachorro e longe da tevê e dos jornais.

— Ele vai ter de frequentar todos os cultos, claro — observou Sheeni. — Por sorte, como a congregação ainda está dividida, estão oferecendo o dobro de antes.

De sua parte, Lefty prometeu falar em inglês macarrônico, demonstrar pelo menos um pouquinho de devoção e manter as mãos gorduchas longe da minha namorada.

Enquanto isso, mais uma vez eu seguro, literalmente, a guia do cachorro.

16h30. Minha mãe me disse que eu posso ficar com Albert! Ela até me ajudou a montar uma cama pra ele no banco traseiro do Chevy pifado de Jerry. Tenho medo de que ela ainda esteja tão abalada que nem saiba direito o que está fazendo. A cara dela, pelo menos, está, com certeza, péssima. Aliás, ela nem mesmo perguntou como foi que Albert apareceu aqui. (Eu ia sugerir que havia sido o instinto milagroso de voltar para casa que o guiara nessa incrível jornada do lago Clear pra cá.) Enfim, seja como for, o vira-lata repulsivo vai ficar aqui por enquanto. Como medida preventiva, já retirei da casa todos os itens de natureza religiosa, por mais vaga que seja.

18h30. A história trágica de Lefty já está se tornando notícia velha. Tudo o que Mitch Malloy disse hoje foi uma frase curta, explicando que o corpo ainda não foi encontrado. Enquanto isso, Kate Cruikshank fez uma reportagem elegante ao vivo direto de um cemitério local, concluindo solenemente a Edição Esclarecedora sobre suicídio adolescente (que durou toda a semana) com um movimento panorâmico da câmera sobre as lápides enquanto um solitário clarim tocava *Taps*. Isso levou minha mãe aos prantos. Nunca pensei que ela gostasse tanto assim de Lefty.

Oh-oh, Joanie acabou de chegar de táxi. Preciso tentar me manter insondável.

22h05. Joanie e minha mãe estão conversando no quarto. Por sorte, elas estão juntas desde que Joanie chegou, o que me poupa da inquisição de minha irmã. Joanie está com um novo corte de cabelo, uma nova cor e um novo corpo (enchimento? cirurgia plástica?). Não sei o que é, mas ela está ótima. Só espero que seu novo visual atraia um tipo melhor de homem.

Enquanto escrevo isso, meu melhor amigo vai dormir debaixo do mesmo teto d'A Mulher Que Eu Amo. Eu sacrificaria, com prazer, minha bola esquerda pra trocar de lugar com ele. Sei que é uma expressão comum, mas neste caso eu falo realmente sério. Minha bola esquerda!

## Os diários de Nick Twisp

# SETEMBRO

**SÁBADO, 1º de setembro** — Para onde foi o verão? Você tem 14 anos apenas durante um verão de sua vida e, pra mim, ele está quase acabando. Já até sinto saudades da minha juventude efêmera. Lógico que outra parte de mim preferiria logo saltar para os 21 anos. Eu teria dinheiro no bolso, liberdade pra fazer o que eu quisesse e uma bela e jovem esposa. O melhor de tudo: já teria espremido minha última espinha melequenta. Tem um furúnculo agora saindo do meu queixo que parece até potencialmente letal. Contra minha vontade, a cada cinco minutos, eu me sinto atraído para o banheiro — só pra tornar a ficar revoltado com o horror que vejo no espelho.

Mesmo assim, a vida (e a morte) continua. Acabei de voltar do triste e comovente funeral de Lefty. Fiquei desejando que ele pudesse estar lá. Ele teria gostado muito. (Por sorte, porém, foi tudo gravado em vídeo.)

Antes da cerimônia, minha mãe, Joanie e eu saímos pra tomar café da manhã. Minha mãe nos levou em alto estilo, no Lincoln do Jerry. Ao ligar o motor poderoso, ela anunciou:

— Não vou devolver esse carro para aquela mulher.

(É assim que ela se refere à surpreendente viúva de Jerry.) Joanie a aconselhou a ficar com o trailer também.

— É essa a minha intenção — falou minha mãe. — Jerry comprou o trailer pra nós dois. Aquela mulher que compre seu próprio veículo recreativo.

Perguntei pra minha mãe se eu poderia dirigir o Lincoln quando fizesse 16 anos.

Ela respondeu que tinha pensado no assunto e decidiu que, quando eu tirasse minha carteira de motorista, se continuasse com notas boas na escola e até lá não tivesse virado um viciado em crack, ela me daria o antigo Chevrolet de Jerry.

Maravilha! Se eu conseguir fazê-lo funcionar, posso brincar de carrinho de bate-bate com o sofá.

— Nossa, mãe — comentei com ironia —, estou realmente emocionado.

Joanie se virou em minha direção com raiva e disse que, se eu realmente queria ajudar nossa mãe nesse momento difícil, era melhor eu começar desmontando "aquela coisa feia".

— Não, obrigado — respondi. — Ser mecânico não é bem minha ambição de vida. Acho que você está me confundindo com Phil Polsetta e seus outros namorados de escola.

Joanie ia responder, mas decidiu, pelo bem da minha mãe, engolir a raiva. Então, no restaurante, ela começou a me olhar com suspeita por cima dos seus waffles.

— Você tá aprontando algo, Nickie — falou ela. — Dá pra ver. O que você anda fazendo?

Eu decidi que a melhor defesa era um bom ataque.

— Eu é que digo. O que *você* anda fazendo? — pressionei.

— Como assim? — perguntou Joanie, nervosa.

Inchei o peito. Joanie ficou vermelha.

— Nada que seja da sua conta — respondeu ela. — Mas eu andei tendo umas aulas pra melhorar a minha postura.

Nem a minha mãe acreditou naquela mentira.

— Acho que Joanie está bem bonita — comentou minha mãe. — Ela está com um namorado novo também.

— Ah, e em que fábrica de carros ele trabalha? — perguntei.

— Acontece que ele trabalha com aceleradores de partículas — respondeu Joanie. — É um físico nuclear.

— E você conheceu esse cara durante as aulas de postura?

Joanie parecia estar muito a fim de me socar. Ela havia passado boa parte da infância me batendo e provavelmente sentia falta dessa válvula de escape tão terapêutica.

— Você ainda tem a pior língua da cidade — observou ela.

— Igualzinho ao pai — completou minha mãe.

Isso foi golpe baixo, pensei.

Mais de cento e cinquenta pessoas se apertaram dentro da capela para o funeral de Lefty, inclusive (para minha surpresa) Millie Filbert em pessoa. Notavelmente ausente, estava seu suposto noivo, Willis. Uma vez que o próprio corpo do falecido também estava ausente, os coveiros, metidos em seus ternos escuros, ficaram parados parecendo sem jeito e sem ter o que fazer. As pessoas de luto, sem ter com o que se distrair, ficavam sentadas nas cadeiras dobráveis analisando a abundância de coroas de flores. Isso era até um pouco irônico, pensei, considerando que o único interesse que Lefty tinha em flores era pedalar com sua mountain bike sobre o jardim do vizinho.

Como Martha estava? Seu rosto inchado apresentava marcas visíveis de um remorso fora de controle. E daí que os pais dela se recusavam a encarar os fatos? Ela sabia que havia matado seu irmão infeliz. A culpa a consumia.

**Os diários de Nick Twisp**

Os pais de Lefty também pareciam estar péssimos. Eu me arrependo, claro, de ter de fazê-los sofrer assim, mas acredito que seja somente temporário. E, de qualquer forma, é tudo por um bom motivo.

Além de sua câmera de vídeo sempre presente, o pai de Lefty também trouxe o videocassete da família. Uma grande tevê foi montada no saguão e mostrava alguns vídeos de seu descendente quando mais novo e em dias mais felizes. Alguns, eu identifiquei como da viagem recente a Nice.

Após um silêncio respeitoso, o pastor de Lefty se levantou e leu o que parecia um discurso fúnebre genérico sobre a morte de um adolescente. Ele nem se deu ao trabalho de preencher os espaços em branco de forma correta. Duas vezes, ele se referiu a Lefty como "querida Nerine", o que levou uma senhora de idade atrás de mim a sussurrar:

— Quem é Nerine? Ela se afogou também?

Quando o pastor terminou suas banalidades melancólicas, foi a vez de os familiares e amigos se levantarem para compartilhar o que mais se recordavam sobre o querido e falecido Leroy. Essas lembranças eram tão sentimentais e comoventes que todos na capela (inclusive eu) logo estavam segurando o choro. Algumas vezes, Joanie me cutucou para eu me levantar e falar algo, mas, não querendo ser completamente hipócrita, eu me neguei.

Entre os oradores, estava Millie Filbert, que confessou com tristeza que, embora não conhecesse Leroy muito bem, sempre sentira a presença de um laço invisível entre eles.

— Gostaria apenas de ter tido coragem de me aproximar dele — disse ela, melancólica.

E eu gostaria apenas de repassar essa notícia fabulosa para Lefty. Mas, já que ele não sabe da própria morte, revelar o contexto da confissão de Millie pode acabar sendo uma coisa problemática. Só espero que ela não se case com Willis antes de Lefty ressuscitar oficialmente.

Para minha extrema vergonha, minha mãe se levantou e disse que ela também havia passado por uma perda dolorosa recentemente e que por isso sabia o quanto a família de Leroy e seus amigos estavam sofrendo.

— Estamos todos juntos nisso — declarou minha mãe. — A vida é às vezes o fundo do poço.

Depois dessa observação profunda, ela se sentou.

**DOMINGO, 2 de setembro** — As coisas andam tensas, muito tensas por aqui. Hoje seria o dia em que Jerry iria voltar, por isso minha mãe está com o humor ainda pior do que antes. Além do mais, o período de tolerância de 24 horas entre Joanie e minha mãe já expirou, então as duas retomaram seu hábito costumeiro: brigar. Ainda estou pra ver as duas passarem dois dias juntas sem gritar uma com a outra. Então, meu pai ligou querendo saber se eu desejava passar alguns momentos obrigados pela lei junto com ele. Joanie atendeu o telefone e, depois de apenas noventa segundos, já estava berrando obscenidades no telefone. Ela não sente nada além de desprezo pelo meu pai (e quem não sente?) e é extremamente sincera ao expressar isso. Após Joanie esquentar o telefone, retomei a ligação e disse ao meu pai que não gostava de "propostas vagas" para atividades dominicais, porque elas sempre acabavam comigo lavando o carro dele ou aparando a grama.

— Tudo bem — disse meu pai. Mesmo no telefone dava para perceber que ele estava segurando a raiva. — Você gostaria de vir até aqui e me ajudar a limpar a garagem?

— Não, acho que não — respondi. — Mas obrigado pela proposta concreta.

— Não tem de quê — falou meu pai, desligando.

Enquanto isso, mesmo defendendo seu estilo de vida pra minha mãe, Joanie continua me olhando com suspeita. Eu me esforcei para continuar insondável.

Joanie cometeu o erro de revelar que seu novo namorado Philip, além de um doutorado do Massachusetts Institute of Technology, tem uma esposa e três filhos em Santa Monica. Joanie o conheceu porque ele voa frequentemente entre locais de aceleradores variados.

— Foi amor à primeira vista — falou ela. — Eu perguntei se ele queria uma revista, e ele perguntou se eu tinha a *Bulletin of the Atomic Scientists*.

Chocada, minha mãe perdeu as estribeiras e chamou Joanie de "destruidora de lares".

Joanie ficou furiosa e disse:

— Ah, é mesmo? Que eu saiba, seu último namorado também não se qualificaria como o solteirão do mês!

Bela tentativa de consolar nossa mãe nesse momento tão triste.

Todo esse turbilhão emocional acabou fazendo minha espinha entrar em erupção. Meu queixo parece uma explosão em uma fazenda de minhocas. Será que existe algo parecido com acne maligna?

Perdi o interesse na minha coleção de revistas *Penthouse*. Agora estou apenas interessado na coisa em si. Penso em Sheeni sem parar. Ela é a única estrela

Os diários de Nick Twisp

clara e ofuscante no meu mundo cinzento. Isso me faz lembrar que tenho de levar o cachorro idiota dela para passear.

**SEGUNDA-FEIRA, 3 de setembro** — Dia do Trabalho. Imagine, se eu tivesse um emprego, estaria sendo pago pra passar o dia entediado com a bunda sentada na cadeira. Agora faço isso de graça. Que feriado mais cansativo, com todas essas propagandas sinistras de volta às aulas no jornal.

Minha mãe e Joanie não estão se falando. Isso é melhor que a gritaria, mas, ainda assim, palpavelmente tenso. Minha mãe ficou brava com Joanie por ela não ajudar a lavar os pratos do café da manhã.

— Eu não entendo — falou minha mãe, atirando um prato na parede pra dar ênfase. — Depois de 18 anos sem levantar um dedo sequer nessa casa, você arranja um emprego pra paparicar estranhos. Por quê?

— Porque — respondeu Joanie, batendo seu livro na mesa (*Física de partículas para curiosos*) — de vez em quando um desses estranhos demonstra uma pequena partícula de gratidão.

— Sua destruidora de lares, bocuda e preguiçosa! — ralhou minha mãe.

— Sua bruxa autoritária que nunca está satisfeita! — devolveu Joanie.

Não é à toa que as pessoas fogem das famílias usando drogas. Só espero que Sheeni e eu tenhamos mais afinidade com nossos filhos brilhantes.

A mãe de Lefty acabou de telefonar pra me perguntar se eu queria ficar com a coleção de cartões de beisebol ou o computador de Lefty. Eles estão doando todas as coisas dele! Eu sugeri que era melhor ela esperar mais alguns dias, já que o corpo não havia sido encontrado ainda. Mas ela respondeu que não, que tinha convicção absoluta de que seu filho havia "deixado seu corpo deformado para trás e partido desse mundo". (Isso é que é intuição de mãe!) Ela quer doar os objetos para "jovens carentes" o mais rápido possível. (Isso é que é ficar paralisada pela dor!) Ela já deu a bicicleta, o rádio e maior parte das roupas. Então, eu disse que ficaria com os cartões *e* o computador. Só espero que o resto dos legatários concorde em se desfazer de seus legados.

Minha mãe e Joanie fizeram as pazes e estão organizando um "piquenique de feriado". Eu fui intimado a ir ao 7-Eleven comprar batata frita e carvão. Será que é possível esse dia ficar ainda mais sinistro?

19h30. Sim, por mais improvável que pareça, é possível. Quando Albert e eu voltamos com as compras, encontramos minha mãe e Joanie no quintal. Elas tiraram a churrasqueira da garagem e trouxeram as cadeiras de plástico. Infelizmente, minha mãe, querendo criar um clima mais campestre, também ergueu o teto do trailer — e assim descobriu a tevê, os restos de sanduíche e uma grande parcela das minhas revistas *Penthouse*. Quando o interrogatório começou, propus como uma explicação possível a visita de um sem-teto. Minha mãe, porém, se recusou a cair nessa.

— Você é nojento — gritou ela. — Um tarado doente e nojento.

— Ah, mãe! — interrompeu Joanie. — Todos os garotos dessa idade se interessam por revistas desse tipo. Você devia agradecer; pelo menos, as fotos são de mulheres.

— Obrigada, Destruidora de Lares Mor — respondeu minha mãe. — Quando eu quiser a sua opinião de como criar o meu filho, eu peço.

Joanie suspirou, sentou-se na cadeira de plástico e pegou seu livro. Eu suspirei, sentei-me na cadeira de plástico e peguei uma revista. Minha mãe arrancou a revista da minha mão e a atirou para o outro lado do quintal. Albert disparou para pegá-la e a trouxe de volta para minha mãe. Minha mãe pegou a revista, bateu com ela no focinho de Albert, jogou-a em mim e entrou em casa batendo os pés. Joanie me olhou por cima do seu livro.

— Quando você vai embora? — perguntei.

— Escapo amanhã de manhã às seis.

— Queria ir com você — comentei.

— O seu dia chegará — disse Joanie. — Nunca pensei que o meu fosse chegar, mas ele chegou. — Joanie me analisou por um momento. — Posso fazer uma pergunta?

— Tá — falei.

— Lefty morreu mesmo?

— Não tanto quanto Jerry — respondi. — Você realmente teve aulas pra melhorar a postura?

— Implantes — falou Joanie. — A vida inteira eu quis colocar.

Minha mãe saiu pela porta da cozinha carregando uma bandeja com uma pilha de hambúrgueres.

— Certo — falou ela, toda alegre —, vamos acender esse carvão!

Mais tarde, quando a gente estava guardando os restos do piquenique de gala, a campainha tocou. Eram os pais de Lefty, que tinham vindo entregar o computador e a famosa coleção de cartões de beisebol. Quando fui ajudá-los a descarregar, fiquei espantado ao ver que a perua deles estava lotada até o teto com os pertences materiais de Lefty (vários deles, claro, obtidos ilegalmente).

— Ei — comentei. — Posso ficar com tudo isso, se ninguém mais quiser.

— Que amigo mais interesseiro — observou Martha.

**Os diários de Nick Twisp**

O pai de Lefty me mostrou sua lista de entregas.

— Desculpe, Nick — disse ele. — Todos querem algo para se lembrar de Leroy.

A lista devia ter pelo menos uns vinte nomes e endereços!

— Acho que seria legal manter uma cópia dessa lista — sugeri. — Pro caso de Leroy aparecer.

— Isso não será necessário — falou o pai de Lefty. — Se meu filho estiver vivo, compro tudo o que ele quiser. Tudo novo.

Que generosidade mais admirável! Agora eu tenho dois computadores, e posso conseguir uma boa grana com a coleção de cartões também.

22h30. Sheeni aproveitou as tarifas de feriado e ligou a cobrar. Graças a Deus, fui eu quem atendeu o telefone. Só o som da voz dela já me dá uma descarga de adrenalina — e uma E.T. imediata. Parece incrível que logo, logo, eu e ela experimentaremos (como seres passionais) a maior expressão de união humana. (Isso me faz lembrar que preciso ir à biblioteca e à farmácia.)

Sheeni conta que Lefty é a maior sensação no estacionamento de trailers. Todos querem conhecer o jovem devoto da Birmânia.

— Ele esteve com a agenda social cheia hoje — comentou Sheeni. — Começou às sete com um café da manhã religioso oferecido pela facção da Sra. Clarkelson. Todos estão maravilhados com o seu domínio da língua inglesa e sua ignorância em teologia.

— Ele continua inchado? — perguntei.

— Certamente — respondeu Sheeni. — Ele dorme com o cobertor do querido Albert e assim se mantém bastante inchado. Ele é uma visão quando está de calção de banho. Meu pai emprestou um de seus calções antigos e eles foram nadar entre os cultos na igreja e a oração da tarde.

— Ele não deu em cima de você, deu? — perguntei. — Quero dizer, quando vocês estavam na praia juntos, com roupas de banho. Espero que você não tenha usado o biquíni roxo.

— Na verdade, eu usei — respondeu Sheeni. — E, pra sua informação, Lefty foi um perfeito cavalheiro. Ele é muito legal, embora seja meio bobo. Claro, ficou um pouco excitado quando passou bronzeador em mim, mas isso era de se esperar. Estranho é que ele parecia meio torto, mas talvez seja apenas por causa das dobras no calção do meu pai.

Sugeri que no futuro Sheeni considerasse passar o bronzeador ela mesma.

— Vou me lembrar disso, querido — disse Sheeni —, da próxima vez em que estivermos juntos na praia.

— Não estava falando de mim — retruquei. — Tudo bem eu passar, mas Lefty não.

— Ah, entendi — falou Sheeni. — Você é a favor da discriminação. E contra os asiáticos, ainda por cima. E eu que pensava que a era do preconceito reacionário já fosse coisa do passado.

Eu mudei de assunto.

— O seu cachorro vai bem.

— Ah, Albert! — exclamou Sheeni. — Sinto tanta falta dele. Conte tudo sobre o meu lindinho!

Já que eu não ia aumentar ainda mais a conta de telefone da minha mãe falando sobre Albert, fui breve, e logo ouvi a doce voz de Sheeni dizer:

— Tchau, querido. Eu te amo.

Então coloquei Albert no chão e ela se despediu de mim.

Assim acaba mais um cansativo e trabalhoso Dia do Trabalho. Resta apenas uma tarefa a ser feita antes de dormir, que envolve um trabalho manual preciso na minha E.T.

**TERÇA-FEIRA, 4 de setembro** — Joanie partiu para a liberdade dos céus horas antes de eu acordar. Ela me deixou um envelope na mesa da cozinha com um bilhete de despedida e 50 dólares em notas de 10 e de 20. Meu maço agora voltou aos 90 dólares! E isso sem contar minha coleção de cartões de beisebol, que agora sofre revalorização.

Comemorei saindo pra comer donuts. Quando voltei, minha mãe estava no quarto de Joanie pintando as paredes. De um tom rosinha claro horroroso. Espero que ela tenha escolhido aquela cor com minha irmã. Eu aprendi do pior jeito possível, quando pequeno, que nunca se deve aprontar com o quarto de Joanie. As feridas levam tempo demais para cicatrizar. Minha mãe pediu uma semana inteira de dispensa por luto no trabalho. Desnecessário dizer que sua presença constante por aqui vai tolher ainda mais meu já tolhido estilo de vida.

11h30. Desastre total e absoluto! Acabo de receber uma ligação da mãe de Lefty. Ela me perguntou (toda animada) se eu sabia onde estava Leroy. Eu disse que bem, levando-se em conta a natureza das correntes marítimas, ele provavelmente deve estar a meio caminho do Havaí.

— Que interessante — respondeu ela. — Porque acabei de receber um cartão-postal dele. Com data de sábado. E carimbo de Lakeport, Califórnia! Vocês dois não estavam no lago Clear?

**Os diários de Nick Twisp**

— Não, eu fui pra Tahoe — menti. — O que é que diz o postal?

A mãe de Lefty leu a breve nota: "Queridos mãe, pai e Aberração. Estou curtindo a minha nova vida de ex-filho e/ou irmão. Que pena que não trouxe o meu calção de banho, o lago é lindo! Volto a escrever quando arrumar um emprego e me casar. Atenciosamente, Leroy."

— Você acha que ele fugiu com alguma mulher? — quis saber a mãe de Lefty. Ela parecia bem arrasada.

— Isso me surpreenderia — respondi. — Lefty sempre foi bastante tímido com as garotas.

— Bem, se você receber notícias dele, Nick, por favor peça para ele me ligar imediatamente.

Eu disse que tudo bem e desliguei. Maldito débil retardado!

Liguei imediatamente para Sheeni. Sua mãe anciã atendeu e disse que Sheeni e Leff Ti tinham ido ler a Bíblia perto do lago. Tive vontade de perguntar se Sheeni também havia levado o bronzeador, mas, em vez disso, pedi para que Sheeni me ligasse imediatamente assim que voltasse. Sem falta!

— A que, posso saber, deve-se isso, meu jovem? — perguntou a bruxa velha intrometida.

— Só posso dizer que envolve ramificações internacionais — respondi.

— Minha nossa! — exclamou ela. — Eu sabia que tinha algo de estranho nesse rapaz. Eu sempre sei das coisas. Enxerguei isso em você imediatamente.

Eu disse:

— Obrigado, Sra. Saunders.

E desliguei. Espero que, quando a gente se casar, Sheeni não espere que eu vá socializar muito com seus pais. Acho que eu não conseguiria suportar isso.

14h00. Nada de Sheeni me ligar! Sinto a tensão se transformar diretamente em espinhas. Minha mãe ficou 42 minutos matraqueando ao telefone sobre seu falecido amante com alguma amiga. Mal consegui me segurar pra não estrangulá-la.

15h45. Finalmente, Sheeni me ligou (a cobrar, é claro). Eu expliquei o que aconteceu e pedi pra falar com o birmanês idiota. Lefty, óbvio, ficou bastante surpreso ao saber que o postal tinha sido um erro tático.

— Sempre mando postais quando viajo — observou ele. — Eu mandei dois da França pra você este ano. Os selos me custaram mais de um mango.

— Sim, mas você não estava fugindo de casa! — respondi. — Quem foge de casa não fica mandando cartões-postais para os pais!

— Ah, bom, eu não sabia dessa regra — respondeu Lefty. — Só não queria que eles ficassem megapreocupados.

Comecei a explicar que era esse o sentido da coisa toda, mas desisti, exasperado.

— Tá bom, Lefty. Fim das férias. Você precisa pegar o próximo ônibus pra casa hoje mesmo.

— Mas o que eu vou dizer para os Saunders? — protestou Lefty. — Sheeni e eu íamos alugar um filme pra assistir hoje à noite. Um filme francês chamado *Acossado*.

Que ótimo! Só os dois, juntinhos, passando a noite no mesmo sofá.

— Desculpe interromper seus planos, Romeu — falei, gélido. — Mas você precisa voltar pra casa o mais rápido possível. Sheeni pensa numa desculpa pra dar aos pais dela. Vou explicar o que você precisa fazer; preste atenção.

— Tô ouvindo — resmungou Lefty.

— Tá. Você caiu do píer de Berkeley...

— Caí? — perguntou Lefty, surpreso. — Quando?

— No dia em que você sumiu.

— Por que eu faria uma coisa dessas? — perguntou Lefty. — Eu nem sei nadar.

— Escute e pare de interromper! Você caiu do píer. Você nadou... Tá, você nadou cachorrinho até o porto. Saiu da água. Ficou com medo demais de voltar pra casa, daí pediu carona até o lago Clear.

— Não dá pra dizer que fui andando até o lago Clear, não? — perguntou Lefty, preocupado. — Se meus pais souberem que pedi carona, vão descer o cacete em mim, com certeza.

— Eles não vão estar nem aí dessa vez. Eu garanto. Bom, pode dizer o que quiser, só não mencione o meu nome, nem o de Sheeni ou o dos Saunders. Você fez tudo sozinho.

— Eu fiz tudo sozinho — repetiu Lefty, incerto. — Mas a ideia foi sua, Nick!

— É verdade — admiti. — E estava dando certo até você detonar tudo. Mas ainda tem jeito de dar certo. É só você ir pra casa... e rápido!

— Ah, tudo bem — disse Lefty. — Eu já tava me cansando de ter de me arrumar todo e ir pra igreja o tempo inteiro, mesmo.

— Se você fizer o que eu lhe disse para fazer, manter meu nome fora dessa história, eu vou lhe contar um belo de um segredo.

— Que tipo de segredo? — perguntou Lefty, desconfiado.

Os diários de Nick Twisp

— Não vou lhe contar agora — respondi. — Mas você vai gostar pra caramba. É só não mencionar meu nome.

— Isso eu já sei — tornou Lefty.

— Ninguém gosta de gente dedo-duro.

— Eu não sou dedo-duro — disse Lefty.

Eu precisava de mais garantias do que aquilo.

— Que bom — disse eu —, porque tenho certeza de que você não quer que seus pais descubram como você conseguiu todas as suas revistas *Motor*, cartões de beisebol e tudo o mais.

— Não sou dedo-duro! — insistiu Lefty. — Meus lábios são um túmulo.

Mais oito horas de inferno. Acho que tudo deve acabar (de um jeito ou de outro) até a meia-noite. Só espero que a tensão não deixe marcas de acne eternas no meu rosto.

05h00. Cansada de pintar, minha mãe preparou uma refeição rápida de fígado de boi frito, beterraba cozida e fava no vapor — as três substâncias alimentícias que considero mais detestáveis. Encarei meu prato com horror.

— É melhor você comer — disse minha mãe, mandando aquilo para dentro com rapidez. — Senão, tudo isso vai voltar amanhã em um ensopado.

Será que não existem limites para o sadismo dos pais? Apanhei o garfo. A cada mordida, meu corpo estremecia de nojo. As favas e as fatias de beterraba, eu engoli inteiras, como se fossem comprimidos cavalares. O fígado — duro, áspero e cheio de veias de boi — necessitou de mastigação verdadeira. Meu palato se encolhia de choque a cada vez que eu mastigava. O subsequente ato de engolir era um alívio horrível.

06h05. Ligação preocupada de Sheeni! O pai dela foi levar Lefty até a rodoviária há mais de uma hora e ainda não voltou!

— Talvez ele tenha parado num bar pra tomar uma dosezinha — sugeri, esperançoso.

— Como se ele fosse fazer algo assim normal — respondeu Sheeni. — Meus pais são abstêmios ferrenhos, embora o que eles mais precisem seja de uma bebedeira daquelas. Acho que isso faria um bem tremendo a eles.

— Bom, onde ele pode estar? — perguntei.

— Temo pelo pior — tornou Sheeni. — Ops, minha mãe tá vindo.

Sheeni desligou. Em pânico, meu estômago contemplou seus conteúdos vis e decidiu se rebelar. Corri até o banheiro e reexperimentei minha refeição — ao contrário. Vieram o fígado áspero, as favas inteiras e bolinhas de beterraba cozida, vermelhas como sangue coagulado. Uma onda ácida quente vinha atrás da outra; cada espasmo bilioso era tão horrível que tenho medo de que meu senso estético nunca se recupere completamente. De um canto embaixo da pia, Albert me olhava com deleite diabólico.

Minha mãe invadiu o banheiro e exigiu saber o que estava acontecendo.

— Intoxicação alimentar! — exclamei, ainda com o rosto nos azulejos frios.

— Não seja bobo — respondeu minha mãe, entregando uma toalha para mim. — Intoxicação alimentar, ora vejam só! Aquela foi uma refeição boa e nutritiva. Melhor do que a que os sem-teto tiveram hoje. Você devia agradecer.

— Agradeço por ainda estar vivo — respondi, lutando para me levantar. — Agora posso ir me matar.

— Não diga esse tipo de coisa! — exclamou minha mãe. — É desrespeitoso para com os mortos. Pense no pobre Jerry e no pobre Lefty.

— Eles estão em situação melhor que a gente — afirmei. — Pelo menos nunca mais vão ter de comer fígado de novo.

— Jerry adorava fígado — cortou minha mãe. — Eu preparava esse prato pra ele o tempo inteiro.

— É — respondi —, e olhe só o que aconteceu com ele.

Minha mãe se preparou pra me acertar uma, mas decidiu (uma vez na vida) resistir ao seu impulso profundo de cometer abuso infantil.

— Já pra cama! — gritou ela.

— Posso pegar uma gilete primeiro? — perguntei.

— Já pra cama, seu gracinha! — berrou minha mãe, empurrando-me pra fora do banheiro. Empolgadíssimo com esse show de violência, Albert começou a latir animado. — E não se esqueça de levar esse cachorro para passear — acrescentou ela.

— Como é que posso levar o cachorro pra passear, se vou estar na cama? — perguntei. Foi um erro. Minha mãe perdeu oficialmente as estribeiras e acertou um tapa de mão aberta doído na minha bochecha esquerda. Albert a incentivou com outro latido cheio de luxúria.

— Certo, gracinha! — gritou ela com voz rouca. — *Eu* levo o cachorro pra passear. E você vai já pra cama!

— Tudo bem — respondi, em tom conciliatório. — Só estava perguntando.

— E eu só estou lhe dizendo! — berrou minha mãe.

As veias de sua testa estavam começando a saltar e ficar roxas — o que é sempre um sinal de advertência. Eu me virei e andei rápido pelo corredor até o meu quarto.

Os diários de Nick Twisp

— Como é que eu aguento esse garoto? — perguntou minha mãe a Albert. — Como?

O canino traiçoeiro olhou na minha direção e sorriu. Dava pra ver que ele queria acrescentar algumas difamações, mas as palavras, como sempre, lhe escaparam.

09h30. Escutei o telefone tocar lá embaixo e minha mãe atender. Abri a porta do meu quarto e saí em silêncio; fui até o corredor e fiquei na beira da escada. O que ouvi fez meu sangue gelar.

— Sinto muito, Sheeni — disse minha mãe. — Nick não pode atender agora, porque está de castigo... Desculpe, não estou nem aí se é uma emergência... Certo, acho que um recado curto eu posso lhe dar... Não diga! Tudo bem, eu conto a ele. E, por favor, não ligue de novo a cobrar. Não posso arcar com essa despesa. Sinto muito pelo seu pai... Não, Nick não vai ligar para você amanhã. Ele está proibido de fazer ligações interurbanas. Sugiro que você mande uma carta. Boa-noite, Sheeni.

Eu corri de volta para a cama enquanto minha mãe subia as escadas. Do corredor, ela olhou para o quarto de forma ameaçadora.

— Nem adianta fingir que está dormindo. Era aquela menina, Sheeni. Ela me pediu para lhe contar que o pai dela foi preso na rodoviária da Greyhound, em Lakeport.

Fiquei paralisado de terror.

— Por quê? — rouquejei.

— Por raptar um garoto — disse minha mãe. — Isso tudo me parece bem sórdido, se quer saber.

— Ela... ela disse mais alguma coisa? — gaguejei.

— Só isso — respondeu minha mãe. — Enfim, nem sei por que isso teria de ser de nosso interesse. Agora vá dormir. Você está de castigo.

— Até quando?

— Até eu ver uma mudança de atitude da sua parte — disse minha mãe, batendo a porta.

Que ótimo! Uma sentença indeterminada, o pior tipo. Mas não acho que o fato de eu estar de castigo vai importar pro FBI quando eles vierem me prender.

QUARTA-FEIRA, 5 de setembro — 00h30. Mal consigo digitar por causa do tremor nos meus dedos. Graças a Deus, corrigir erros é muito fácil em um computador. Como sinto pena daqueles adolescentes literatos perturbados do passado, que eram obrigados a datilografar seus diários em máquinas de escrever!

Depois que minha mãe deu seu recado apocalíptico, fiquei deitado na cama, ouvindo os sons abafados da tevê lá embaixo e imaginando meus anos à frente sob a custódia do Juizado de Menores da Califórnia. Eu me pergunto: será que alguém já passou de ex-aluno de instituto de recuperação de menores a celebridade literária? Provavelmente não.

Já passava das onze da noite quando minha mãe desligou a tevê e subiu as escadas para ir se deitar. Esperei até ouvir seus roncos (todo mundo na minha família ronca, inclusive — para incômodo futuro de Sheeni — eu), depois desci sorrateiramente as escadas e fui até o telefone. Um ronco do Chevy pifado me fez dar um pulo. Era meu cachorro repulsivo, dormindo no escuro em sua cama com emblema da Body By Fisher. Sussurrei para ele sair dali e disquei o número de Sheeni. Depois de dois toques, um homem estranho atendeu.

— Delegado Riffman — disse ele.

Desliguei. Será que estão prendendo Sheeni como cúmplice? Será que estou arrastando a mulher que eu amo para uma estrada infeliz e sórdida de perdição? O que significa exatamente "perdição"? Essas perguntas me atormentam.

Decidi dormir (como se eu fosse conseguir!) ao lado do telefone. Preciso saber o que está acontecendo. Esta incerteza é um tormento constante.

04h20. O tinido do telefone me trouxe de volta à consciência. Eu havia diminuído o volume do toque, pra não acordar minha mãe. Como sempre, era a telefonista perguntando se eu aceitava uma chamada a cobrar de...

— Sim, sim! — interrompi, com um sussurro ansioso.

— Nickie, meu querido. É você?

Era A Voz da Mulher que Eu Amo. Ela parecia muito distante.

— Sim, sou eu, Sheeni. O que está acontecendo? Você está bem?

— Estou bem. Meio com frio. Saí escondida pra ligar de um orelhão. É um pouco assustador. Espero que os estupradores da região tenham se retirado para dormir. Estou só de short e tomara que caia.

— Não aquele amarelo, espero — disse, alarmado.

— Esse mesmo — respondeu Sheeni. — Como é que você sabia?

— Por que você tinha de usar uma roupa tão sedutora? — exigi saber. — Principalmente quando está saindo escondida no meio da noite!

— É da minha natureza, acho — filosofou Sheeni. — Embora os acontecimentos desta noite, acredito, possam desculpar pelo menos em parte esse lapso específico de vestuário.

Os diários de Nick Twisp

— O que está acontecendo? — perguntei.

— O que não está acontecendo talvez seja uma pergunta mais apropriada — disse Sheeni. — Essa tem sido uma noite memorável. Meu pai voltou, até que enfim. Acho que não vão acusá-lo de nada, embora eu ainda ache que ele não devesse ter se metido com aquele delegado.

— Por que ele foi preso? — perguntei, ansioso.

— Os pais de Lefty notificaram a polícia daqui, que estava vigiando a rodoviária. Meu pai, você se lembra, estava meio no escuro a esse respeito. Primeiro, ele achou que era alguma espécie de questão de imigração, depois, quando a polícia informou que ele estava sendo preso por rapto, ele achou que era uma piada. Que eles eram algum tipo de trupe contratada pelos seus colegas advogados. Daí, quando os policiais insistiram, ele ficou bravo. Papai, como talvez você saiba, está preparado para fazer qualquer coisa quando fica bravo.

— E Lefty?

— Voltou pra casa com os pais dele. Provavelmente, a essa altura, já devem estar em Oakland.

— Ele disse alguma coisa?

— Como se fosse ZaSu Pitts depois de tomar Ecstasy. Primeiro ele fechou a boca, depois ficou atiçado com os uniformes. O fato de a mãe dele ficar gritando histericamente também não o ajudou a manter a compostura. Acho, Nick querido, que seu amigo entregou tudo.

— Tudo? — gaguejei, sem forças.

— Pelo jeito, sim — suspirou Sheeni. — Seu nome veio à tona de uma maneira um tanto proeminente. Meus pais me proibiram de falar com você.

— O quê?

— É — disse Sheeni. — Isso mesmo. Você foi banido da minha vida. Claro, você sabe que esse édito paterno o torna ainda mais desejável aos meus olhos.

— Torna, é? — perguntei, sonhador.

— Bom, é — respondeu Sheeni. — Sinceramente, Nick, eu sempre fiquei meio horrorizada com o fato de meus pais aprovarem Trent. De certo modo, essa era a única rachadura na armadura de perfeição dele.

— Isso quer dizer que eu vou ver você de novo, Sheeni?

— Mas claro, meu querido. Só que vai ser difícil. A gente vai ter de se ver escondido e mentir pros nossos pais. Você consegue fazer isso?

— É o que eu faço o tempo inteiro — foi minha resposta.

— Que bom — disse Sheeni. — Esperava que você fosse responder isso. Tinha medo de que você fosse meio bonzinho demais.

— Que nada — falei. — Estou em estado de rebelião aberta permanente por aqui. É por isso que minha mãe não me deixa nem chegar perto do telefone.

— Então, querido, vou obter forças de sua condição de fora da lei. Nós nos rebelaremos juntos. Será o laço de nosso amor. Isso e o Albert querido. Você precisa imitar uma caligrafia de menina, Nickie, e se comunicar por carta todos os dias. Assine como "Debbie Grumfeld" no remetente. Ela é uma amiga minha que se mudou para Oakland no ano passado. Vamos voltar pra Ukiah amanhã, por isso envie as cartas para o meu endereço de lá.

— E você, vai me escrever, querida? — perguntei.

— Tanto quanto você quiser — disse Sheeni. — Infelizmente, esse episódio não podia ter acontecido em uma época pior. As aulas começam na segunda e ainda tenho de terminar minhas compras de roupas pro outono. Por isso, será necessária certa dose de agrado aos meus pais, pelo menos temporariamente.

— Tenho certeza de que você vai ficar linda — afirmei, melancólico, desejando de todo coração poder andar de mãos dadas com meu amor pelos corredores da Redwood High School, em Ukiah.

— Obrigada, querido — disse Sheeni. — Bom, estou tremendo de frio e não gosto do jeito como meus mamilos duros estão aparecendo contra o tecido fino. Então, beijos e abraços. A gente se fala em breve. Mande um oi para Lefty por mim. Tchau, querido.

— Tchau, meu amor — sussurrei.

Naquele momento, a luz do abajur se acendeu, cegando-me. Deixei o fone cair e me virei. Era minha mãe, de roupão, perto do interruptor. Se olhar matasse, eu com certeza estaria no noticiário do Canal 2.

— Que diabos você acha que está fazendo? — pressionou ela.

Albert rosnou para mim de seu camarote.

— Eu... eu não tava conseguindo dormir. Por isso liguei pro serviço de hora certa.

— É melhor que seja verdade — disse minha mãe. — Porque amanhã eu vou ligar para a companhia telefônica, e é melhor que não tenha mais nenhuma ligação a cobrar nessa linha.

Adivinhe só, Lefty (onde quer que você esteja)? Minha vida é o inferno na Terra.

10h15. Não voltei a dormir. Fiquei deitado na cama, sentindo-me como um animal atropelado mofado, desejando poder apertar o botão de *fast forward* até a semana que vem. O dia nasceu apropriadamente cinzento, sombrio e frio.

**Os diários de Nick Twisp**

Pensei em me lançar a um prazer breve e transitório, mas, de alguma maneira, minha libido está retraída.

O fígado também se vingou de minha mãe. Eu a ouvi colocar os bofes pra fora no banheiro. Nem os sons de seu violento incômodo corporal me causaram prazer.

Com medo de mais um confronto, não desci para tomar o café da manhã. Minha mãe não me chamou. Depois de um tempo, ela entrou no meu quarto (sem bater) e disse que eu lhe devia 83 dólares e 12 centavos de ligações interurbanas. Para surpresa dela, abri a carteira e paguei à vista.

— Onde você arrumou todo esse dinheiro? — quis saber minha mãe.

— Traficando drogas — balbuciei.

— O que foi que você disse?

— São minhas economias — respondi. — Todo o meu fundo para a faculdade, menos 7 dólares.

Minha mãe, porém, é alguém imune à culpa.

— Aquele telefone já passou dos limites para você — disse ela, embolsando as verdinhas. — Se quiser falar com alguém, mande uma carta.

— Não vou falar com ninguém — respondi. — Vou ficar no meu quarto e me tornar um ermitão desajustado e antissocial.

— Ótimo — disse minha mãe. — Isso me parece uma melhora. Mas primeiro leve esse cachorro pra passear.

Albert estava todo animado e pronto para se exercitar, mesmo que fosse ao meu lado. Nós caminhamos até a doceria, onde torrei quatro dos meus últimos 7 dólares no café da manhã mais deprimente do mundo: um café grande, duas barras de cereal, um enroladinho de canela, um folhado de mirtilo, um donut de chocolate e uma dúzia de minidonuts. Até mesmo a atendente (uma negra gigante de meia-idade), que, sem dúvida, lida todos os dias com pessoas profundamente viciadas em açúcar, pareceu ficar impressionada.

Na volta, precisei resgatar Albert de um doberman gigante que trotou ameaçadoramente pra vir cheirar seu traseiro. A defesa de Albert foi rosnar de nervoso, sentar-se e olhar para mim em busca de proteção. Tive vontade de me manter estritamente neutro, mas, em nome de Sheeni, levantei Albert para afastá-lo do perigo. Ele me agradeceu respingando mijo na minha camiseta.

Quando cheguei em casa, minha mãe estava no quarto de Joanie pendurando cortinas vaporosas azul-bebê nas janelas. O efeito é impressionantemente infantil. Joanie, tenho certeza, vai ficar fula. Albert entrou saltitante e pulou na cama para observar minha mãe. Ela não fez objeção e o cumprimentou com carinho — enquanto atirava um olhar terrível na minha direção. Sinceramente, acho que esses dois se merecem.

Fui pro meu quarto e me sentei na frente do computador, esperando que o telefone tocasse a qualquer segundo e que o próximo estágio da minha vida (a de delinquente juvenil) começasse.

00h45. O telefone não tocou. Às 22h30, os pais de Lefty apareceram sem avisar. Ouvi o carro parar guinchando na frente de casa e observei tudo da janela de meu quarto. Lefty estava no banco de trás com olhos vermelhos, derrotado e parecendo apenas levemente inchado. Ele me viu à janela e rapidamente desviou o olhar. Não saiu do carro.

Quando a campainha tocou, senti uma pontada esquisita na base do escroto. Isso, eu me dei conta, é a sensação física do extremo terror. Provavelmente é o que os nobres da França sentiam antes de a lâmina da guilhotina descer em seu pescoço.

Ouvi minha mãe abrir a porta da frente e gritar ao ver Lefty no carro. Cinco segundos depois, ouvi os pais de Lefty gritarem ao ver o Chevrolet pifado na sala. Houve então sons de conversa abafados interrompidos de vez em quando por protestos em voz alta de minha mãe. Depois veio o som de passos pesados subindo as escadas e o da porta do meu quarto sendo escancarada com toda a força. Minha mãe, vários estados emocionais após a fúria, estava ali de pé.

— Já... já pra baixo! — urrou ela.

Disparei pelo vulcão em erupção e desci correndo as escadas. Minha mãe veio em disparada atrás de mim. No sofá ao lado do Chevy, os pais de Lefty olharam para mim com indignação reprobatória. Os 15 minutos seguintes são agora uma névoa excruciante. Eu só me lembro de gritos histéricos (das duas mães), lágrimas (minhas), urros irritados (do pai de Lefty), expressões de remorso sincero (minhas), ameaças e recriminações (de minha mãe) e covardia abjeta (minha). Por fim, com minhas emoções em pedaços e minha autoestima em frangalhos, fui mandado para o meu quarto para aguardar o castigo. (E que nome então eles dão ao que acabaram de me fazer passar?)

Graças a Deus, parece que os pais de Lefty não estão planejando ligar para a polícia (embora a mãe dele tenha dito que mandaria para cá a conta do "aconselhamento psicológico" da sua filha). Acho que assumi demais o papel de culpado. Espero que Martha recupere seu equilíbrio mental logo. Deus sabe que aconselhamento psicológico é um luxo com que não podemos arcar.

Então, eu tive de suportar ainda mais abusos, ao carregar o computador e os cartões de beisebol para o carro de Lefty. (O pai dele se mostrou tanto um mentiroso quanto um presenteador de araque.) Lefty nem olhou para minha cara enquanto eu colocava seu computador no banco de trás. Espere só pra ver se um dia eu ajudo um camarada em apuros de novo. Por mim, ele pode andar por aí com marcas de esperma permanentes e fosforescentes nas calças.

Minha mãe não para de ligar procurando meu pai. Sempre que um abuso sério (ops, disciplina) deve ser levado a cabo, ela gosta de envolver meu pai para encenar a ilusão de consenso entre os pais. Assim, o abuso de poder tirânico é encoberto por um revestimento de legitimação artificial. Óbvio que estou tentando imaginar as formas que os decretos paternos poderão assumir. Se bem conheço meu pai, posso esperar uma diminuição radical da minha mesada. Também posso ter de aparar a grama de seu jardim de graça pelos próximos dois mil anos. Já minha mãe é mais difícil de prever. Ela tem um lado sádico que urge por ferimentos emocionais profundos através de criativos atos disciplinares. Meu pior pesadelo é ela resolver banir Albert: se ela usar essa espada contra mim, não sei o que sou capaz de fazer.

14h15. Minha mãe acaba de entrar de um jeito intempestivo em meu quarto.

— Seu pai está caindo de bêbado! — exclamou ela, em tom acusatório.

— Ah — respondi. Não via como eu podia ser o culpado nessa história.

— Vou pra Marin — continuou minha mãe. — Não se atreva a sair desta casa.

— Certo.

— Enquanto estiver fora, quero que você desmonte a cama de Joanie e a coloque na garagem.

— Certo — respondi, timidamente. Não observei que, para realizar essa tarefa, eu teria de sair da casa.

— O motivo não é da sua conta! — disse minha mãe.

— Certo — respondi. — Eu não perguntei.

— Bom, então não pergunte! — acrescentou ela. — Simplesmente faça o que estou mandando e acabou!

17h30. A cama de Joanie foi desmontada com enorme relutância. Trata-se de uma monstruosidade gigantesca de carvalho feita sob medida para recém-casados atléticos. (Joanie a herdou aos 7 anos, quando meus pais começaram a dormir em camas separadas.) Tive de bater com um martelo gigantesco para soltar as guardas da cama e acabei destruindo parte da madeira de lei nesse processo. Depois o colchão me escapou nas escadas, quase acertando em cheio um certo cachorrinho feio.

Mais tarde, quando eu já estava fechando as portas da garagem, o Sr. Ferguson chamou meu nome de uns arbustos.

— Ótimas notícias, Nick — disse ele, espiando por entre a folhagem. — Acabei de ouvir no noticiário do Canal 2 que seu amigo Leroy está vivo. Ele não morreu afogado, no fim das contas!

— Que bom — disse eu, andando rapidamente na direção de casa. Não estava muito a fim de conversar com o Sr. Ferguson.

Então, quando eu estava vendo Kate Cruikshank em uma matéria ao vivo exclusiva diretamente do jardim em frente à casa de Lefty, o telefone tocou.

— Odeio você com todas as minhas forças — declarou uma voz familiar.

— Lefty, acho que você não está sendo completamente justo — respondi.

— Deram fim em todas as minhas coisas. Meus pais acham que sou maluco. E agora o mundo inteiro sabe que eu tenho um pau torto. Valeu mesmo, Nick.

— E Millie Filbert? — perguntei. — Você ouviu o que ela disse em seu funeral?

— Ouvi, eu vi a fita. E daí? Nunca mais vou ter coragem de falar com ela, mesmo. Você chegou a ver aquele artigo sobre mim no *Chronicle*?

— Como foi que você conseguiu uma cópia disso? — quis saber.

— Martha guardou todos os jornais. Ela também gravou todos os noticiários de tevê. Meu Deus, sem chance de conseguir ir pra escola na segunda. Agora eu me mato com certeza.

— Não seja retardado, Lefty — disse eu. — Sabe o que você é agora?

— O quê? — perguntou ele, desconfiado.

— Uma celebridade daquelas. Uma personalidade famosa. E o que as superestrelas da mídia têm, saindo pelas orelhas?

— O quê?

— Namoradas. Pense nisso, cara. Agora você pode pedir qualquer gata da escola pra sair.

— E a doença do meu cacete? — perguntou Lefty, na dúvida.

— Isso só é um ponto negativo se você fizer com que seja — respondi. — Por que não encarar isso como um bem? Gabe-se, cara! Você tem uma coisa que é fora do comum. Algo único. Aposto que existem montes de gatinhas curiosas por aí agora mesmo morrendo de vontade de pôr as mãos na sua braguilha.

— Você acha mesmo, Nick?

— Eu tenho certeza, cara.

## Os diários de Nick Twisp

Lefty ponderou aquilo por um instante.

— O que foi que a sua mãe disse? — perguntou ele.

— Ela ainda tá pensando nos termos do meu castigo. Foi pra Marin conversar com meu pai.

— Que droga — disse Lefty.

— Acho que a coisa vai ficar bem horrível — falei. — O que seus pais lhe fizeram?

— Tô de castigo por duas semanas.

— Só isso?

— É, e eu estou proibido de jogar videogame por um mês.

— E só isso justificaria uma tentativa de suicídio? — perguntei. — Nossa, Lefty, seus pais são bem compreensivos.

— É... bom, eles também queriam que eu fizesse acompanhamento psicológico, que nem a Martha, mas eu os convenci de que não precisava.

— De que jeito? — perguntei.

— Disse que a ideia tinha sido sua. Que na verdade eu nunca quis fugir, nem cometer suicídio.

— Valeu!

— Foi mal — disse Lefty. — Desculpe ter dedurado você, Nick. Obrigado por não me dedurar.

— Tudo bem.

— Bom, preciso ir nessa — disse ele. — Não posso falar com você.

— Por que não?

— Meus pais disseram que você é má influência. E Martha também não quer ver você nem pintado de ouro. Mas é engraçado.

— O que é engraçado?

— A atitude de Martha — respondeu Lefty. — Que mudança! Ela tem sido muito legal comigo desde que voltei.

09h30. Desastre pra superar todos os desastres! Meu pai ficou bebendo sem parar por três dias. Ele tentou bater no carro de um velho na estrada depois de este ter-lhe dado uma fechada. Acontece que o velho era o Sr. Flagonphuel, o presidente da Agrocide Chemicals, o maior cliente da agência de propaganda em que meu pai trabalha. Então, na segunda-feira, o Sr. Flagonphuel exigiu a cabeça de meu pai servida em uma bandeja de prata (e conseguiu). Deram o pé na bunda dele!

Meu pai não tem nenhum emprego em vista e nenhuma verba para a pensão do filho no mês que vem. O que isso significa exatamente? Significa que (informou-me minha mãe com deleite maldoso) não há verba para me matricularem na St. Vitus Academy. SIGNIFICA QUE EU VOU TER DE FREQUENTAR AS ESCOLAS PÚBLICAS DE OAKLAND!

O show de horrores não termina aí. Minha mesada foi reduzida a 90 centavos por dia, para o almoço. Estou de castigo por dois meses. É proibido de ligar ou escrever para Sheeni — não por uma semana, nem por um mês, nem por um ano: para sempre! (Mas vou poder ficar com o cachorro idiota e fedido dela.)

— Por quê? — quis saber, estupefato e incrédulo.

— Porque seu pai e eu achamos que ela não tem sido uma boa influência para você — explicou minha mãe.

— Meu pai nunca nem viu Sheeni — objetei. — Além disso, ele é um bêbado desempregado.

— Está vendo? Foi exatamente isso o que eu quis dizer — disse minha mãe. — Responder desse jeito! Você tem sido desobediente de forma proposital desde que conheceu essa menina.

Desobediência proposital? Desobediência proposital? Minha senhora, ainda não começaste a experimentar o que é a desobediência proposital. Mas fique de olho bem aberto. E se prepare.

QUINTA-FEIRA, 6 de setembro — Outra noite insone e atormentada. Aposto que, se medissem meus hormônios do estresse, eles ultrapassariam as medidas da tabela de referência. Espero que não haja qualquer aneurisma insuspeito no meu cérebro, senão a qualquer minuto eu poderia cair duro, vítima de um derrame.

Ser uma disciplinadora de ferro deve estar sobrecarregando minha mãe. Ela botou os bofes pra fora de novo hoje de manhã. Ao me levantar, senti o aroma revigorante de vômito morno flutuando pelo corredor. Felizmente, não estamos falando um com o outro, por isso não precisei oferecer qualquer comiseração filial ridícula. Ela saiu logo depois do café da manhã sabe-se lá para onde.

Então, enquanto eu comia meus Cheerios, o Sr. Ferguson bateu à porta dos fundos. Ele havia conversado com minha mãe e pediu tanto o dinheiro da passagem de ônibus quanto seus 40 dólares de volta. Por isso, eu o convidei pra entrar e contei toda a história terrível. Ele foi tão compreensivo que cancelou a dívida e, ainda por cima, me deu uma nota de 20 novinha! É um alívio saber que existem alguns adultos decentes neste mundo, mesmo que sejam esquerdistas simpatizantes do comunismo.

Os diários de Nick Twisp

Depois do café da manhã, levei Albert para fazer um passeio executivo de cachorro (condensado, para eu economizar tempo) e — com desobediência proposital — liguei para Sheeni em Ukiah. Graças a Deus, foi sua voz incomparavelmente desejável que atendeu o telefone. Eu logo a atualizei de tudo o que aconteceu. Ela ficou alarmada (e indignada) ao saber que havia sido banida da minha vida.

— Eu sabia que meus pais eram intrometidos e de visão curta — disse Sheeni —, mas os seus, Nick, pareciam determinados a perseguir a iluminação em regiões até então insuspeitas.

— O que a gente deve fazer? — perguntei. — Tô desesperado.

— Bom — disse Sheeni, sem perder a pose. — Podemos encarar a demissão do seu pai como uma bênção disfarçada.

— Como assim?

— Porque, Nicky, se nós dois estamos destinados a receber educação pública de segunda categoria, pelo menos agora talvez possamos adquiri-la no mesmo sistema escolar.

— Você quer dizer que vai pedir transferência para as escolas de Oakland? — perguntei, impressionado. Será que Sheeni me amava tanto assim?

— Não seja ridículo — respondeu Sheeni. — Estou propondo que você se mude pra cá. Vamos conseguir um emprego pro seu pai em Ukiah e aí você pode ir morar com ele.

— Não sei se eu conseguiria morar com meu pai — falei, incerto. — Meu pai é um idiota.

— Bom, sua mãe não me parece extremamente sociável no momento também — observou Sheeni. — Se você morasse aqui, pelo menos nós poderíamos ficar juntos. E eu poderia ver o Albert querido também. Sim, acho que a gente deveria encontrar um trabalho pro seu pai. O que é que ele faz?

— Ele é escritor... mais ou menos. Redator. Escreve textos de anúncios de propaganda.

— Que droga — disse Sheeni. — As oportunidades de emprego pra escritores por aqui são bastante remotas. Será que ele não estaria interessado em mudar de ramo?

— Talvez. Que tipo de emprego tem por aí?

— Que tal cozinheiro de restaurante fast-food?

— Não — respondi. — Meu pai não se interessa por emprego nenhum que envolva trabalho de verdade. Acho que um emprego pra ele deve envolver alguma espécie de arremedo de trabalho mental, e de preferência bem pago.

— Certo — disse Sheeni. — Vou ver o que posso fazer. Acha que ele estaria disposto a se mudar?

— Talvez, se os aluguéis forem baratos. Ele está sempre reclamando dos aluguéis caros no condado de Marin. E, se eu morasse com ele em Ukiah, ele não teria de pagar pensão. Além disso, teria seu próprio escravo 24 horas por dia.

— Isso pode ser um incentivo e tanto — concordou Sheeni. — E o custo de moradia aqui é relativamente baixo; ainda mais quando se está disposto a morar em uma casa móvel.

— Eu moraria em um cano de drenagem se fosse pra ficar com você — confessei.

— Esperemos que isso não seja necessário, querido — disse Sheeni. — Principalmente se um dia você quiser que eu vá visitá-lo. Sim, Dolores, também vou fazer a aula de matemática avançada.

Dava pra perceber que os pais abomináveis de Sheeni haviam entrado no quarto. Prometi enviar o currículo de meu pai para ela e depois me despedi com relutância.

— Tchau, Dolores — disse Sheeni. — Espero que a gente se veja na aula logo mais.

Ah, se esse milagre acontecesse mesmo! Sim, para estar perto d'A Mulher que Eu Amo, eu viveria no interiorzão com um canalha insensível, competitivo e mão fechada de bom grado.

16h30. Acabei de enviar o currículo de meu pai para Ukiah via Fedex. Espero que os pais de Sheeni não perguntem por que a ex-colega de escola da filha, Debbie Grumfled, começou de repente a escrever "extremamente urgente" na correspondência.

Encontrei um dos currículos velhos de meu pai na gaveta da escrivaninha e o adulterei de leve (agora ele é formado em Yale). Uma vez que a própria versão de meu pai não era totalmente fiel à realidade, o documento agora é praticamente uma obra de ficção. Bom, se os candidatos a vice-presidente fazem isso, por que não os meros copidesques? Eu até inseri umas amostras de texto bacanas de edições passadas da *Fazendeiro californiano*.

Minha mãe voltou com o Lincoln lotado de sacolas e caixas. Já que não estamos nos falando, não vi por que me oferecer a ajudar. Ela despejou os pacotes no quarto de Joanie (que agora ela mantém trancado). Talvez esteja começando um pequeno negócio caseiro de acondicionamento de mercadorias roubadas. Eu espero, de verdade, que ela não tenha comprado tudo aquilo. Ela devia estar economizando pra pagar minha escola.

## Os diários de Nick Twisp

19h15. Fígado, beterraba e favas de novo para jantar. Minha mãe deve me odiar pra valer. Comemos em silêncio; ela mastigando e eu engasgando. Depois lavei os pratos e voltei pro meu quarto. Essas quatro paredes estão começando a parecer familiares, sem dúvida. Acho que esse cativeiro forçado deve ser bom, para o caso de eu ser condenado a muitos anos de prisão (por cometer matricídio?).

21h30. Lefty acabou de me ligar com uma novidade surpreendente. (Minha mãe me deixou atender, mas me limitou a falar por três minutos, com medo de que minha vida parecesse normal demais.) Meu camarada tem um encontro marcado com Millie Filbert!

— Como foi que você reuniu coragem pra ligar pra ela? — foi o que eu quis saber.

— Não foi muito difícil — respondeu Lefty. — Ela que me ligou.

— E Willis?

— Ah, isso já era — disse Lefty. — Ela já esqueceu essa história.

— E a criança?

— Não sei — disse Lefty. — Pelo jeito, ela cuidou disso.

— Quer dizer que ela fez um aborto?

— De jeito nenhum. Ela nunca faria algo assim. Provavelmente ela sofreu um aborto espontâneo.

— Então ela não tá grávida, com certeza? — perguntei.

— De jeito nenhum — disse Lefty, ofendido. — Também não acho que ela esteve um dia. Se quer saber, pra mim isso tudo foi um boato maldoso.

— Bom, o que foi que ela disse? Você perguntou?

— De jeito nenhum — disse Lefty. — Não posso perguntar isso pra uma garota. Eu simplesmente sei que ela não tá grávida.

— Quando vocês dois vão sair?

— Daqui a duas semanas. Assim que o meu castigo acabar.

— Uau, Lefty, você vai sair com uma mulher experiente — comentei.

— Pois é, Nick. Isso pode ser o início de algo grande.

— Só espero que não seja algo que chupe o dedo e lhe chame de "papá".

— Você é nojento — disse Lefty. — Seja como for, vou descolar umas camisinhas. Só por precaução.

— Boa ideia — falei. — Você vai precisar. Cara, os dias do seu hímen estão contados.

— Você acha mesmo?

Minha mãe, envergando sua melhor cara feia alimentada de fígado, voltou para a sala.

— Sim, Lefty — disse eu. — Não vou ver você na segunda na St. V., porque meus pais são pobres demais para prover seu filho com uma educação de qualidade.

Um dos carcereiros de Lefty deve ter entrado no quarto dele.

— Falou, Jim — disse ele. — Troco um Stan Musial por um Bob Feller.

**SEXTA-FEIRA, 7 de setembro** — Último dia das férias de verão. Acordei um adolescente de castigo, filho de pais separados, doente de amor, literalmente sem um centavo sequer no bolso, com cabelos rareando e cheio de espinhas. Logo serei mais uma vítima mortal da trágica negligência de nosso sistema público educacional.

Essa é a terceira vez seguida que minha mãe repete a mesma operação: catapulta o balde como um relógio às 7h06. Será que o fígado lhe foi tão deleitável agora, em seu voo de retorno? Espero que ela vá logo ao médico; estou começando a sentir culpa pela regurgitação materna. Claro, ninguém disse que é fácil criar um filho adolescente.

No café da manhã, minha mãe quebrou seu voto de silêncio por tempo o bastante pra me mandar até a escola pública local para efetivar minha matrícula.

— Mas volte para casa logo em seguida — acrescentou ela com sua voz mais dura de carcereiro.

Ela foi farfalhante até o fogão fazer um refil da sua xícara de café. Notei com certa trepidação que seus tornozelos estão inchados de uma forma nojenta. Meu Deus, espero que Jerry não lhe tenha passado gonorreia! E eu, que todo esse tempo fiz meu trabalho costumeiro de lavar os pratos, na maior inocência! De agora em diante, tudo o que minha mãe toca será esterilizado com água sanitária.

A escola local é um conjunto decadente de edifícios de tijolos autografados abundantemente com tinta spray pelas associações locais de barras-pesadas. Avisos parcamente literários dispostos nas portas de entrada indicavam aos novos alunos o caminho do refeitório — um lugar grande com teto baixo, lotado dos Futuros Alunos Desistentes dos Estados Unidos. Assinei meu nome em um papel e fui me sentar. Eu devia ter trazido um livro, não havia nem sinal de alguma novidade como material de leitura por ali. Então, fiquei sentado, observando meus companheiros se matricularem. O caldeirão de culturas, pelo jeito, estava fervendo. Muitas línguas diferentes eram faladas, porém o inglês estava claramente ausente.

**Os diários de Nick Twisp**

Depois de 94 minutos de relógio, um homem magro de óculos com aparência de perturbado chamou meu nome. Disse que se chamava Sr. Orfteazle e que era o meu coordenador pedagógico. Sentei-me na cadeirinha minúscula (excedente das usadas no primário?), de frente pra mesa lotada e detonada do Sr. Orfteazle.

— Então, você quer pedir transferência da St. Vitus? — perguntou ele, analisando-me com interesse óbvio por cima das lentes dos óculos. Nem sinal de aliança nos seus dedos peludos. Ele provavelmente assina alguma revista gay, concluí.

— Sim, senhor.

— Não recebemos muita gente transferida aqui. Seu pai perdeu dinheiro na bolsa?

— Ele foi demitido do emprego — respondi.

— Em geral, é algo desse tipo — comentou ele. — Bem, Nick, você me parece um menino inteligente. Que pena que não veio no mês passado; talvez eu pudesse colocar você em algumas das aulas mais avançadas. Mas, a essa altura, elas já não têm vagas.

— O que isso quer dizer? — perguntei.

— Quer dizer que vamos ter de matricular você nas aulas normais, pelo menos no primeiro semestre. O ritmo pode ser um pouquinho mais lento do que o que você está acostumado.

— Lento como?

— Traga um bom livro para ler — disse o Sr. Orfteazle com uma piscadela cúmplice. — Brincadeira, claro. Temos uma excelente equipe de professores aqui. Você vai ficar bem.

Ele digitou algumas teclas no terminal de computador preso à mesa com o que parecia ser um chaveiro em forma de âncora.

— Agora vejamos quais aulas ainda têm vagas — disse.

Meia hora depois, saí com uma carteirinha da escola (para passar pelos guardas armados) e uma folha impressa com meu horário escolar. Supondo que meu pai não se mude pra Ukiah e que eu não fuja de casa, vou ter aulas de educação física, inglês, história americana e biologia, depois estudos na biblioteca, almoço, espanhol I, tecnologia madeireira e técnicas básicas de secretariado. Como é que têm coragem de dizer que os diretores das faculdades mais destacadas da Costa Leste admiram esse currículo escolar?

Enquanto eu caminhava pelo corredor comprido e sombrio até a saída, alguém me disse: "Oi!" Eu me virei: era a gorda Srta. Atari, da biblioteca. Ela trazia um crachá de papelão no qual se lia "voluntaria" (sic) pregado em seu já matronal busto.

— Você vai estudar na nossa escola?

Ela lançou a pergunta com tanta alegria que fiquei pensando se não estaria loucona com alguma droga. Não, provavelmente era apenas a sua repelente personalidade feliz de gorda.

— Talvez — respondi. — Quero dizer, espero que não.

— Se você vier — disse ela —, espero que entre no nosso clube de computação. Sou a presidente!

— Que legal — falei, indo devagar na direção da porta. — Mas acho que não vou ter tempo pra atividades extracurriculares.

— Por que não? — quis saber ela, vindo atrás de mim.

Tentei pensar em um motivo suficientemente irrefutável.

— Porque estou em condicional.

— Oh! — disse a Srta. Atari, ainda mais feliz e interessada. — Não me diga!

— Sim — respondi, por fim chegando até a porta. — E estou atrasado para um encontro com minha gangue.

A Srta. Atari tinha uma última pergunta.

— Qual o seu nome?

— Nick.

— O meu é Rhonda — gritou ela, ainda toda feliz.

Eu devia ter imaginado. Ela tinha mesmo cara de Rhonda.

Quando cheguei em casa, minha mãe estava martelando no quarto de Joanie com a porta fechada. Talvez ela esteja construindo uma câmara de tortura para adolescentes. Bem que ela seria capaz. Quando abri a geladeira para arrumar algo pra almoçar, tive o maior choque da minha vida: minha mãe tinha ido fazer compras. Agora nós temos 70 litros de *frost-free* repletos de potes de beterraba, pacotes de favas congeladas e bandejas de fígado de boi. A guerra alimentícia foi declarada!

Extraí a nota de 20 dólares que o Sr. Ferguson me deu do esconderijo onde a guardei (a cavidade do dedão da minha luva de beisebol oficial de Rodney "Butch" Bolicweigski) e saí de mansinho de casa pra ir ao McDanou'se. Comi devagar, saboreando os hambúrgueres e as fritas. Essa podia ser a minha última refeição decente e gordurosa em muito tempo.

Quando voltei, minha mãe havia saído. Deixou apenas um bilhete preso à câmara de refrigeração de fígado com um ímã de geladeira, onde se lia com grande simplicidade: "Você está frito, gracinha!"

**Os diários de Nick Twisp**

**SÁBADO, 9 de setembro** — Estou escrevendo essa passagem a lápis. Minha mãe confiscou o teclado de meu computador por uma semana por eu ter violado a minha sentença de prisão. Se meu pau fosse atarraxado, tenho certeza também de que ela o esconderia em algum lugar pra evitar meu acesso não autorizado aos prazeres da carne.

Minha mãe foi conversar de novo com a privada hoje de manhã. Às 7h12, ela atirou fora os nutrientes de seu estômago. Atribuí esse pequeno atraso a um ritmo mais sossegado de fim de semana.

Mais tarde, enquanto ela martelava no quarto de Joanie, o telefone tocou. Sem fôlego de tanta expectativa, aceitei com desobediência proposital outra chamada a cobrar de Sheeni. Ótimas notícias! Ela conseguiu descolar um emprego de redator em Ukiah.

— A *Compensado Avançado* está atrás de um editor assistente — informou A Mulher dos Meus Sonhos. — É perfeito pro seu pai.

— O que é a *Compensado Avançado* e quanto eles pagam? — perguntei.

— É uma revista especializada — explicou Sheeni. — Sobre as maravilhas do compensado de madeira, com digressões ocasionais sobre aglomerados. O salário começa em 32 dólares a hora.

— Nossa, é meio baixo — falei, indeciso. — E meu pai não é bem do tipo marceneiro. Tenho certeza de que nem deve saber o que é compensado de madeira.

— Tudo bem — disse Sheeni. — Eles só precisam de gente com conhecimentos básicos de redação. O salário é bem generoso para a região. Além do mais, tive de mexer os pauzinhos pra conseguir até mesmo isso.

— Ah — falei, desconfiado. — Você tem influência com editores de revista?

— Indiretamente, sim — respondeu Sheeni. — O dono é pai de um amigo meu.

— Alguém que eu conheça?

— Tá bom, é o pai de Trent. E daí?

— Por que Trent iria querer ajudar o meu pai a se mudar pra Ukiah?

— Eu já lhe disse, querido. Trent não lhe deseja nenhum mal. Na verdade, está louco para conhecer você.

Não acreditei naquilo por um segundo sequer.

— E eu estou louco para conhecê-lo — menti.

— Você poderia passar a informação pro seu pai ainda hoje? — quis saber Sheeni. — Eles estão ansiosos para preencher logo essa vaga.

— Não posso. Meu pai nunca aceitaria um emprego que eu tivesse arranjado pra ele. Isso violaria seus padrões competitivos de personalidade do tipo A.

— Você provavelmente tem razão — disse Sheeni. — Certo, vou fingir que sou uma *headhunter* e ligar.

— Massageie o ego dele — aconselhei. — Ele vai cair nessa.

— Boa ideia.

— Jogue todo o seu charme — acrescentei.

— Como assim, Nick? — disse Sheeni, na maior inocência. — Não sei o que você quer dizer com isso.

Depois do almoço, Lefty veio para cá com um osso para Albert. Tanto o cão quanto o presenteador de osso ficaram felizes de se ver. O corpo de Lefty voltou ao que passa por normal para os padrões dele. Ainda está de castigo (e não estamos todos?), mas, já que os dois pais trabalham, pode exercitar sua desobediência proposital durante o dia. Às 16h45, entretanto, tem de estar de volta ao seu quarto — fingindo tédio e mau humor por mais um dia chato de confinamento.

Minha mãe estava na cozinha assando bolinhos quando Lefty chegou. Ela o cumprimentou com frieza educada. Talvez esteja com inveja por Lefty ter-se erguido dos mortos, ao passo que Jerry ainda não.

— Nossa, isso tá com um cheiro bom — comentou Lefty, depois que a gente subiu para o meu quarto. — O que a sua mãe tá fazendo?

— Bolinhos, biscoitos, *brownies*, tortas. Tudo. O pacote completo.

— Vai ter algum evento? — quis saber Lefty.

— Não sei. Ela não fala comigo. Minha teoria é que ela está preparando uma festa surpresa gigante pra mim, para me contar que fui perdoado e se desculpar por me fazer frequentar a escola pública.

— Bom, eu não recebi nenhum convite — reclamou Lefty.

— Claro que não; você tá de castigo.

— E você também.

— É. Mas não tenho de sair de casa pra ir à festa.

Lefty, eu notei, trazia algo chato e retangular escondido embaixo da camiseta.

— Não me diga que você foi à biblioteca — disse.

— Não, a uma livraria — respondeu ele, puxando um volume grande de capa dura. — Comprei isso pro meu encontro com Millie.

O livro se chamava *Fazer amor para gourmets avançados*.

**Os diários de Nick Twisp**

— Eu estava lendo ontem de noite. Cara, transar é muito mais complicado do que eu pensava. Você sabia que a gente tem de meter o mindinho no fiofó delas?

— Você tá de sacanagem!

— De jeito nenhum, cara — disse Lefty, indignado. — Pode ver, eu marquei a página. Leia aí!

Li o parágrafo em questão. Embora a coisa estivesse redigida de um jeito mais delicado do que o resumo nu e cru de Lefty, não havia dúvida de que isso era exatamente o que pregavam os autores.

— Bom — falei, lendo a passagem mais uma vez sem acreditar. — Acho que isso deve ser pra pessoas que estão casadas há tanto tempo que já estão meio enjoadas uma da cara da outra. Tipo seus pais. Eu com certeza não tentaria fazer isso num primeiro encontro.

— Nem está nos meus planos — afirmou Lefty com convicção. — Se Millie tá a fim desse tipo de ação, ela que volte pro Willie. Não tô nem aí.

Folheei o livro com interesse. Cada página era ilustrada com desenhos deliciosos de casais jovens participando de transas sofisticadas.

— Dá uma olhada no capítulo sobre chupar pau — sugeriu Lefty.

— Parece bem picante — concordei. Meu pinto estava latejando nas calças.

— Você acha que as nossas namoradas vão fazer isso de verdade um dia com a gente? — perguntou-se Lefty, ajeitando a virilha.

— Com certeza — respondi. — Diz aqui que a maioria das mulheres gosta de executar felação... Depois que superam seus sentimentos de nojo e o impulso de vomitar.

Lefty abriu a braguilha.

— Quer tentar? — perguntou ele, timidamente.

— Talvez a gente devesse — respondi do jeito mais natural do mundo. — Só pra saber o que as nossas namoradas vão sentir.

Eu fui primeiro. Apesar do fedor de virilha, o pau de Lefty era surpreendentemente sem gosto — exceto por certa salinidade na ponta. A experiência era parecida com chupar um dedo sem unha, grande e meio torto. Achei que eu poderia aguentar mais ou menos três quartos do jorro morno antes de engasgar. Lefty gemeu de prazer quando eu passei a língua pela glande sensível. Ainda bem que ele tirou bem na hora de gozar e terminou o serviço com a mão.

Aí, quando Lefty estava fazendo o mesmo comigo, minha mãe entrou no quarto com dois bolinhos de chocolate. Ela gritou, Lefty se levantou de um pulo, eu subi o zíper. *Zuuuum.* O primeiro bolinho passou de raspão pela minha orelha esquerda e se destroçou na parede. O segundo foi arremessado bem no lado da cabeça de Lefty.

— Seus pervertidos! — gritou minha mãe. — Seus pervertidos malditos de m.!

Em pânico, semicego, Lefty disparou na direção da porta e trombou com minha mãe. Ela o atirou para o lado como uma mulher insandecida e rumou até a cama com olhar mortífero. Assumi a Posição Básica de Defesa da criança vítima de abusos de violência (joelhos contra o peito, braços protegendo a cabeça) enquanto minha mãe agarrava o objeto mais próximo (certo volume pesado sobre fazer amor) e começava a me espancar com ele.

— Na minha casa! Como você se atreve! — gritava ela. — Pervertido! Pervertido de m.!

Depois do que pareceram uns dez minutos, ela fez uma pausa, examinou sua arma agora em frangalhos, gritou e a arremessou do outro lado do quarto. Olhou ao redor, fora de si.

— Cadê? Cadê aquele outro degenerado? — exigiu saber, sem fôlego. Mas Lefty já tinha dado o fora faz tempo. — Ele não vai escapar dessa! — gritou ela. — Vou ligar para os pais dele!

Eu implorei em vão por compaixão.

— Ah, a gente não fez por mal, mãe. Não conte aos pais dele!

Minha mãe não estava caindo naquela.

— Não quero ouvir nem mais uma palavra! — berrou. — Espere só até o seu pai saber disso!

Decidi partir para a agressão.

— Bom, é tudo culpa sua! Você me disse que eu estava proibido de ver minha namorada!

— Cale a boca! — berrou ela. (Mas acho que o golpe acertou em cheio.) Nem se atreva a sair deste quarto! Vou deixar você trancado!

Minha mãe saiu e bateu a porta. Eu me sentei, meio tonto ainda, e limpei a cobertura de chocolate do meu cabelo. Todo esse episódio desagradável poderia ter sido evitado, pensei, se apenas essa mulher aprendesse a bater antes de entrar.

17h15. Minha mãe está lá embaixo tendo uma conversa animada ao telefone com alguém. Temo que seja a mãe de Lefty. Também sinto o odor inconfundível de fígado fritando. Fugir de casa nunca me pareceu tão atraente quanto neste exato momento.

## Os diários de Nick Twisp

20h05. Minha mãe está entretendo cerca de 45 motoristas de caminhão barulhentos lá embaixo. Ela teve o péssimo gosto de fazer um velório para Jerry. Mal consigo pensar, por causa dessa música country horrorosa. Quem diria que apenas algumas horas antes ela estava espancando seu único filho por comunhão sexual ilícita? Por que os adultos são tão fingidos?

Eu? Estou surpreendentemente *blasé* com tudo isso. Acabo de pensar que existe um limite pras encrencas de um adolescente; depois disso, atinge-se um patamar de constância. Não importa quais atos hediondos você tenha cometido, você vai continuar na mesmíssima merda profunda. Então, sendo esse o caso, por que não colocar o nariz pra fora, deixá-la me atacar e curtir a vida? Essa é a minha filosofia.

Estou lendo o livro de Lefty e fazendo anotações. Aqui estão os indicadores práticos do tipo "inserir a aba A na fenda B" que eu procurava (e não encontrava) nas obras daquele suposto gênio falecido Wilhelm Reich. Mal posso esperar pra experimentar algumas dessas improváveis manobras com a Minha Futura Esposa. Será que estou errado em supor que nossa vida sexual será nada mais, nada menos que fervente? Acho que não.

**DOMINGO, 9 de setembro** — Imaginando que minha mãe estivesse dormindo, graças a suas festividades funéreas que vararam a noite, desci escondido as escadas junto com as galinhas pra ligar para Sheeni. A sala estava um lixo total, com direito a restos de comida do farto bufê espalhados pelo capô do Chevy pifado de Jerry. Tirei cinza de cigarro de um *brownie* e o mandei pra dentro, enquanto discava o número de Sheeni. Como esperava, seus pais carolas estavam na igreja, por isso ela podia falar à vontade sem medo de interrupções. Ela tinha más notícias.

— Ah, querido — disse ela. — Seu pai ouviu a minha proposta de emprego com simpatia, mas recusou-se a comparecer a uma entrevista.

— Recusou-se! — exclamei. — Por quê?

— Ele me disse que acha que esta é uma oportunidade maravilhosa para retomar o trabalho em seu romance.

— Seu romance! Ele tá trabalhando nesse lixo desde antes de Joanie nascer. Acho que ele nem passou da página cinco!

— Ele disse que agora já está na página 12.

— E ele planeja viver de quê? — eu quis saber.

— Eu perguntei isso, claro — respondeu Sheeni. — Ele disse que vai se mudar para um apartamento mais barato e viver de seguro-desemprego. Disse que o cheque vai dar pra cobrir o aluguel, a comida e as parcelas da BMW. Ah, e acha que a namorada pode ir morar com ele, pra dividirem as despesas. Ele também sugeriu que, caso contrário, talvez eu possa ir jantar com ele um dia desses.

— Aquele libertino! — exclamei. — Libertino, preguiçoso e parasita!

— Ele me pareceu bastante meigo — observou Sheeni.

— E ele mencionou como se propõe a cumprir suas obrigações legais de prover a pensão do filho?

— Não — admitiu Sheeni. — Não acho que essa questão esteja pesando muito para ele.

— Bom, não por muito tempo — falei. — Não vou tolerar essa negligência transgressora.

— Que bom, Nickie — disse Sheeni. — Os pais devem ser lembrados periodicamente de suas responsabilidades. Na verdade, meu pai recebeu um lembrete bastante sério ontem. Minha mãe e eu fomos até Santa Rosa e gastamos 2.683 dólares no meu guarda-roupa de outono. Foi um dia bastante animador.

— Santa Rosa! — exclamei. — Isso fica na metade do caminho daqui.

— Sim — respondeu ela. — Pensei em você, Nickie, na seção de lingeries. Tão perto, ao mesmo tempo, tão inesquecivelmente fora de alcance.

— Você comprou umas lingeries bacanas? — perguntei, quase desmaiando de excitação.

— Ah, sim! Uma coisa transparente, rendada e maravilhosa. Não vou lhe dizer exatamente o que é, prefiro que seja surpresa. Mas, pra ser sincera, fiquei surpresa por minha mãe ter consentido em comprá-la.

Ouvi um barulho que parecia vômito feminino lá em cima.

— Opa, melhor desligar agora — falei. — As forças da escuridão estão se agitando. Mal posso esperar pra explorar essa sua surpresa.

— Em breve, querido, em breve — prometeu Sheeni. — Tchauzinho, e mande um beijo pro Albert querido por mim.

Dois segundos depois de eu desligar, minha mãe desceu as escadas se arrastando.

— O que você está fazendo? — exigiu saber.

— Esperando o jornal — respondi. — Tá atrasado de novo.

— Tenho um aviso para você, Nick — disse ela, destilando um aroma familiar de evacuação gástrica.

— Hã-hã — disse eu.

**Os diários de Nick Twisp**

— Resolvi aceitar — disse minha mãe. — Não me importo que você seja gay.

— O quê?

— Mas, por favor, tome cuidado. Não vá pegar nenhuma... você sabe... doença.

Agora é a hora de você falar alguma coisa, pensei.

— Obrigado. Vou me lembrar disso.

Pensei em me esforçar em convencê-la de que eu era um heterossexual de carteirinha, mas pra quê? Ela vai acreditar no que quiser, mesmo. Discutir com os pais é como explorar um cano de esgoto: é escuro, amedrontador e, quase sempre, o resultado é um monte de merda caindo na sua cabeça.

Eu, na verdade, tive uma manhã bem boa. Li o jornal de domingo, comi restos de comida da festa até meus olhos não aguentarem mais focar por causa do turbilhão de açúcar no meu sangue (mas boicotei de propósito os bolinhos de chocolate). Minha mãe preparou um belo prato de ovos mexidos e fígado frito para ela. Enquanto mandava aquilo para dentro, olhou para mim e se desculpou por ter mudado o cardápio de forma tão pesada a favor da carne de órgãos de animais.

— Estou com um desejo inacreditável por fígado — comentou. — Nunca é o suficiente.

— Ah — falei. — Que pena que seu desejo não seja por filé com fritas!

— Não, nunca tive desejo de comer filé com fritas quando eu estava... — Minha mãe se interrompeu. — Quando eu estava com desejo antes.

Essa mulher com certeza está agindo de modo estranho. Talvez seja a temível menopausa. Ouvi falar que ela pode ser um inferno para os membros familiares inocentes.

Exatamente quando minha mãe estava terminando sua segunda rodada de fígado, a campainha tocou. Ela saiu saltitante como um coelho para ir atender.

— Bom-dia — ouvi-a dizer a alguém. — Ah, então você veio, no fim das contas. Que bom ver você!

Um minuto depois, minha mãe entrou na cozinha seguida por um gigante imenso de 2 metros de altura, camisa xadrez e macacão de lona. O gigante teve de abaixar a cabeça pra passar pela porta.

— Ah, Wally — disse minha mãe. — Esse é meu filho, Nick. Nick, este é o Sr. Rumpkin, amigo de Jerry.

O gigante se inclinou e estendeu a mão assustadoramente grande. Com timidez, ofereci a minha, e dedos Brobdingnianos envolveram-na em um aperto surpreendentemente gentil. O gigante corou, olhou pros seus sapatos e murmurou:

— Como vai?

— Bem, obrigado — respondi.

Notei que, em vez de ser completamente careca, como eu havia de início suposto, a cabeça rosada imensa do Sr. Wally Rumpkin era coberta de um cabelo loiro encaracolado tão fino que seria capaz de deixar a mais delicada das crianças verde de inveja. Seus traços também eram infantis, com um narizinho arrebitado e olhos azuis bem claros formando um oásis solitário em um vasto deserto de pele inchada e rosada.

— Wally se ofereceu para me ajudar a limpar a bagunça de ontem — disse minha mãe, radiante. — Não foi gentil da parte dele?

Wally corou e olhou para o teto. Com aquela altura, nenhuma falha no gesso escaparia à sua observação.

Minha mãe e Wally começaram a limpeza e eu ajudei ficando fora do caminho. O gigante cor-de-rosa lacônico carregava bandejas e mais bandejas com pratos cheios de restos de comida para a cozinha, mas às vezes olhava na minha direção e corava intensamente. Duas vezes olhei pra baixo para ter certeza de que meu roupão estava fechado. Não, nenhum sinal de pinto à vista. O motivo do intenso constrangimento do Sr. Rumpkin permanecia um mistério.

Albert ficou mais intimidado do que eu com o ajudante de minha mãe e correu pra se esconder dentro do Chevy, embaixo do banco da frente, de modo que apenas seu nariz preto e seus dois olhos pretos assustados ficassem visíveis. Talvez Albert estivesse com medo de acabar sendo esmagado sob as botas de trabalho tamanho 50 de Wally.

Mesmo com a gigantesca ajuda de Wally, a limpeza levou quase duas horas. Minha mãe conversava alegremente o tempo todo, enquanto Wally murmurava respostas semi-incoerentes com sua voz profunda de gigante. David Sussekind é que ele não é.

Mais tarde, enquanto Wally mostrava à minha mãe seu novo caminhão estacionado na frente de casa, o telefone tocou. Era meu pai, fazendo o telefonema semanal exigido pelo juiz. Ele disse que havia pensado em me levar ao Pier 39 para uma tarde divertida jogando videogame, mas que não ia dar, porque eu estava de castigo.

— E essa história de você ser gay, hein?

— E essa história de você estar desempregado, hein?

Os diários de Nick Twisp

— Sim — respondeu meu pai de forma competitiva —, mas meu estado é apenas temporário. Eu posso mudá-lo.

— Espero que sim — disse eu. — Precisamos do dinheiro.

— Nick, existem coisas mais importantes na vida do que dinheiro.

— Eu sei, pai. Tipo uma boa educação. E respeito aos pais.

— Veja por mim, filho, não existe experiência melhor para um homem do que o amor de uma boa mulher.

Eu estava me sentindo inquieto.

— E que tal o amor de uma dúzia de boas mulheres... Todas com menos de 20 anos?

— Vejo que você não quer discutir esse assunto — disse meu pai, fervendo por dentro.

— O que é que eu posso dizer?

— Então tenho duas palavrinhas de conselho pra você — continuou ele.

— Certo.

— Sexo seguro.

— Valeu, pai.

Agora eu sei por que odeio tanto os domingos.

13h30. Estou escrevendo estas palavras no meu computador! Minha mãe me devolveu o teclado. Talvez sinta pena por eu ser gay. Ela e Wally foram até Berkeley no Lincoln de Jerry. Os dois iam a uma feira de livros antigos. Wally, acredite se quiser, coleciona livros. É claro que os livros que ele coleciona são sobre caminhões, mas, ainda assim, são livros.

18h15. O Sr. Rumpkin ficou para jantar. Como era de se esperar, ele tem um apetite colossal. Ainda bem que Wally não aprecia fígado, portanto, em vez disso, comemos frango assado, batata frita e milho cozido. Descobri que qualquer contato visual o faz corar, por isso a gente precisa manter o olhar fixo em outra coisa quando fala com ele.

— O Sr. Rumpkin é muito inteligente — disse minha mãe, oferecendo-lhe outro pedaço de frango. Ele corou e segurou o frango na altura do rosto, como se tentasse se esconder atrás dele. — Pode perguntar qualquer coisa a ele, Nick.

— Tá — disse eu. Olhei para o teto. — Sr. Rumpkin, que famosa atriz foi casada com Frank Sinatra, Artie Shaw e Mickey Rooney?

— Ava Gardner — balbuciou o gigante.

— Correto — falei, impressionado.

— Não; faça uma pergunta de verdade — insistiu minha mãe.

— Tá. — Tentei pensar em algo. — Sr. Rumpkin — disse, observando meu copo de água —, consegue me dizer o nome da primeira mulher americana a conquistar o Prêmio Nobel de Literatura?

— Essa é fácil — balbuciou Wally. — Pearl S. Buck.

— E o que quer dizer o S.? — inquiri.

Wally engoliu.

— Hã... ah, eu sei, Sydenstricker.

O homem é um gênio absoluto. Talvez ele possa vir a ser uma ótima fonte de alusões acadêmicas para minha correspondência intelectual com Sheeni.

20h30. Wally e minha mãe ainda estão lavando os pratos — ou, pelo menos, estão lá embaixo na cozinha, terrivelmente quietos. Lefty acabou de ligar com uma boa e uma má notícia. A má é que seus pais vão mandá-lo a um psicólogo para que ele reveja sua orientação sexual. A boa é que houve um cancelamento emergencial de seu castigo, portanto seu encontro com Millie Filbert pôde ser adiantado para a próxima sexta. A outra má notícia é que seus pais gritaram com ele por duas horas inteiras por ter violado a proibição de andar comigo.

— É deprimente — disse Lefty. — A única coisa que meu pai fez hoje foi me importunar pra ir fazer umas cestas de basquete com ele ou ir pescar. Tá na cara que ele acha que sou veado. Bem que sua mãe podia ter ficado de boca fechada só dessa vez.

— Também acho — respondi. — O mais estranho é que, desde que ela me disse que não tinha problema eu ser gay, tem sido toda legal comigo.

— Os pais realmente são um pé no saco — disse Lefty.

— E põe pé no saco nisso — concordei. — Você vai ver Millie amanhã na escola?

—Vou, e estou supernervoso.

— Simplesmente aja de forma natural — falei. — Você vai se dar bem. Ela gosta muito de você.

— Certo, Jim — respondeu Lefty. — Troco um Juan Marichal por um Pee Wee Reese.

— Mande um alô pro pessoal da St. V por mim, Lefty.

— Certo, Jim — respondeu ele. — É uma pena mesmo que você não vai estar lá.

22h30. Acabei de ouvir o caminhão de Wally indo embora. Espero vê-lo de novo. Talvez ele consiga distrair minha mãe e ela pare de pegar no meu pé.

Os diários de Nick Twisp

Separei o melhor do meu guarda-roupa 1973 pra usar na escola amanhã. A questão que me persegue é: será que calças boca de sino estão totalmente por fora?

**SEGUNDA-FEIRA, 10 de setembro** — Hoje entrei no gulag das Escolas Públicas de Oakland.

Não fui vítima nem de esfaqueamento nem de tiro, embora, quando me aproximei dos limites da escola esta manhã, tenha sido obrigado a entregar meus 90 centavos do almoço a dois brutamontes de 12 anos com bips pendurados no cinto. E eu que achava que eles só roubassem gente da idade deles!

Depois de passar pelos guardas mal-encarados dos portões, eu me senti um pouco mais seguro, embora ainda exposto. Quando se é um entre meia dúzia de caras brancos (e o único com calças boca de sino) em uma escola grande da periferia, dá para justificar certo grau de acanhamento.

A sempre feliz e sempre rotunda Rhonda Atari estava na minha sala de aula. Ela me cumprimentou efusivamente.

— Gostei das suas boca de sino, Nick — cantarolou.

— Valeu. Gostei da sua bata.

— Não é uma bata — disse ela, ofendida. — É um vestido. Minha mãe que fez.

— Ela é muito talentosa — menti.

Rhonda abriu um sorriso gigante.

— Como foi a reunião com sua gangue, Nick?

Respondi que não podia falar a respeito por causa do meu voto de silêncio.

— Quais são os princípios da sua gangue? — ela quis saber.

— Os de sempre — respondi. — Roubo e desordem.

— Uau! — exclamou ela. — Coisa da pesada.

Não tão pesada quanto você, pensei.

A primeira aula era educação física, ensinada por um cara branco grisalho que talvez tenha sido um vigia de fazenda numa vida passada.

— Certo, seus vagabas! — berrou ele. — Já pra pista!

O resto da manhã foi uma névoa. Recebi meus livros de inglês, história e biologia — todos belamente quebrados na lombada por gerações anteriores a mim. Em todas as aulas, os professores fizeram a chamada, mas sempre que chegavam no "T", meu nome não era mencionado. Estou matriculado ou não?

Como eu tinha estudos na biblioteca logo antes do almoço, matei a aula e fui pra casa fazer um sanduba e tirar água do joelho. (Eu havia me aventurado a ir ao banheiro na escola, mas, como não queria fumar baseado, comprar drogas nem conversar com vinte camaradas robustos metidos em jaquetas dos Raiders e munidos de canivetes, rapidinho me virei e dei o fora.)

Minha mãe não estava em casa. Sua dispensa por luto expirou e ela voltou a trabalhar, deixando para trás o solitário Albert. Ele estava deitado no Chevy pifado, ansiando por um livro de orações.

Enquanto estava em casa, liguei para a Secretaria Estadual de Recursos Humanos em Marin e pedi pra falar com a responsável pelo caso de meu pai. Depois de muita música festiva na espera, enfim fui conectado à burocrata apropriada. Estranhamente, não consegui pensar em qualquer estratégia melhor que a verdade. A mulher pareceu bastante interessada e compreensiva. Eu disse que meu pai estava em atraso com o pagamento das pensões de seu filho, não estava preocupado em arrumar trabalho e recusara uma oferta muito boa de emprego. Por conseguinte, eu não tinha nenhuma roupa nova pra usar na escola (o que é tecnicamente verdade) e estava sendo obrigado a frequentar a escola pública de Oakland.

— Não! A escola pública de Oakland! — exclamou a mulher, chocada.

— Sim — respondi. — E roubaram o dinheiro do meu almoço hoje de manhã.

— Não se preocupe, meu jovem — disse ela. — Vou cuidar disso.

— Você não vai contar a ele que fui eu quem o dedurou, não é? — perguntei. — Ele tem um temperamento violento.

— Claro que não — foi a resposta dela. — Não se preocupe. Vamos dar um jeito nesse espertinho.

Minha primeira aula depois do almoço era de espanhol básico. Eu solicitara francês (pra me preparar para a vida em Paris ao lado de Sheeni), mas não havia mais vaga. Para minha surpresa, mais ou menos três quartos de meus colegas de classe eram de origem hispânica. Eles conversaram entre si durante 45 minutos em sua língua nativa, contando piadas e tirando sarro do sotaque da professora. A Srta. Talmadge, soldado da paz dos anos 1960, aprendeu espanhol desviando-se de balas no Corpo da Paz em El Salvador. Talvez tenha sido por isso que ela escolheu dar aula em Oakland.

Tecnologia madeireira era a aula seguinte. No fim das contas, era apenas marcenaria com um nome pomposo. Nosso primeiro projeto era transformar um bloco grande de pinho em uma pequena soleira. Isso poderia ser feito

Os diários de Nick Twisp

de forma precisa com uma serra de bancada em mais ou menos dez segundos. Nós recebemos uma plaina manual não muito afiada e duas semanas. Acho que deveriam mudar o nome da aula para tecnologia madeireira para servos.

Técnicas básicas de secretariado era a última aula do dia. Que alívio alimentar o cérebro com pelo menos uma carne verdadeiramente intelectual! Em 45 minutos, aprendemos todas as classificações por tamanho, tipo, estilo e uso do clipe de papel. Amanhã vamos nos dedicar a tachinhas e alfinetes de quadro de cortiça. Mal posso esperar!

Minha mãe estava se sentindo satisfeita consigo mesma quando chegou do trabalho. Acessara o computador do Departamento de Trânsito e alterara o registro do Lincoln e do trailer de Jerry pro nome dela.

— Aquela mulher pode até ter o corpo de Jerry — gabou-se minha mãe —, mas eu tenho sua frota inteira.

(Definitivamente para mim, a melhor das duas opções.)

Para não deixar vestígios, minha mãe registrou os carros com seu nome de solteira (Biddulph, que soa como "Birof") no endereço do Sr. Ferguson. Nem a KGB seria capaz de rastrear esses maravilhosos veículos.

19h30. Lefty acabou de ligar. Disse que a encantadora Srta. Satron expressou seu desapontamento por eu já não estar matriculado na St. V e, portanto, não poder comparecer às suas aulas de literatura inglesa.

— Você devia ver o suéter que ela estava usando hoje — exclamou Lefty. — Era como os dois bicos de um caça F-16.

— Os caras o importunaram por causa de sua tentativa de suicídio? — perguntei.

— Não muito — respondeu ele. — Dinky Stevens quis saber se eu tentaria participar da equipe de natação. Daí a idiota da Tatar Collins me perguntou se era verdade que eu podia estacionar nas vagas reservadas pra aleijados. Eu disse que qualquer um que estacione na vaga dela tem de ser um aleijado.

— Boa! Falou com Millie?

— Lógico — respondeu ele. — A gente almoçou junto. Cara, como Millie é sexy mordendo um sanduíche de presunto. Tive de colocar a lancheira no meu colo.

— Vocês conversaram sobre o quê?

— Basicamente, sobre a minha coleção de cartões de beisebol. Tenho certeza de que ela não ficou muito interessada. Pô, sobre o que a gente fala com garotas, Nick?

— Bom, dá pra falar sobre filmes, livros e atualidades. Você sabe; os assuntos do dia.

— Quer dizer que esses caras que eu vejo dirigindo por aí com picapes alongadas e gatas abraçadinhas a eles falam sobre livros e filmes?

— Espero que sim — respondi. — É sobre isso que eu e Sheeni conversamos.

— É, tá bom, mas vocês dois são intelectuais. Durante metade do tempo em que eu estava no lago Clear, não tinha a menor ideia do que a sua namorada estava falando. Mas não fico muito surpreso, considerando os pais malucos que ela tem.

Achei que essa crítica a seus ex-anfitriões fora bastante indelicada. O Sr. e a Sra. Saunders podem ser meio excêntricos, mas não vamos nos esquecer de que eles contribuirão com metade dos cromossomos dos meus futuros filhos.

— Falando em doença mental — disse eu —, quando é a sua consulta com o psicólogo?

— Amanhã, depois da aula — respondeu Lefty, sombrio. — Será que ele vai me aplicar um teste?

— Que tipo de teste?

— Você sabe, me mostrar uma *Playboy*, depois uma *Playgirl*. Pra ver qual das duas me deixa de pau duro. Ouvi dizer que eles fazem esse tipo de coisa, e aí, se você reage às fotos erradas, lhe dão uns choques elétricos.

— Parece que isso pode ser eficiente.

— É — disse Lefty. — Ouvi dizer que dói como o inferno. É por isso que não vou bater uma hoje de noite. A primeira olhada num peito amanhã e eu pimba, vou provar pra esse psicólogo que sou espada.

— Uma espada meio torta — observei.

— Dane-se essas vitaminas de merda — respondeu Lefty. — Elas não ajudaram em nada.

**TERÇA-FEIRA, 11 de setembro** — Tive um dia agradável na escola hoje: faltei. A mais ou menos meio quarteirão daquelas paredes sombrias, não fui mais capaz de prosseguir — quase como se uma força invisível tivesse grudado meus Reeboks no asfalto. O fato de aqueles artistas da ladroagem voltada a estudantes da escola particular estarem na entrada não ajudou. Por isso, atravessei a rua e continuei andando. Passei o dia no centro, na biblioteca. Primeiro fiquei preocupado com a possibilidade de que alguém viesse me perguntar por que eu não estava na aula, mas ninguém prestou a menor atenção em mim.

Os diários de Nick Twisp

Minha mãe continua animada, apesar do luto e dos vômitos matinais diários. Teve outra conversa telefônica longa com Wally; a próxima conta de telefone deve ser um assalto. (Nossa família só se apaixona por gente que liga a cobrar. Eu me pergunto se o físico de Joanie liga a cobrar quando faz seus telefonemas amorosos sub-reptícios.) Wally, informa minha mãe, está no caminho de volta de Salt Lake — com uma carga de artigos religiosos. Quem sabe ele não separa um pra Albert?

20h15. Mais comunicações telefônicas com Lefty. Ele informa que, enquanto andava da aula de inglês para a de matemática, conseguiu pegar na mão de Millie.

— Ela tem uma mão sexy — disse Lefty. — Quente e macia. Não é muito pegajosa.

Lefty disse que mencionou isso na hora ao Dr. Browerly, seu psicólogo, mas o cara não ficou particularmente interessado.

— Por que não? — perguntei.

— Ele disse que eu não precisava provar nada. Que ele queria me ajudar a aceitar melhor minhas tendências latentes.

— Isso não parece bom — disse eu. — Ele lhe mostrou alguma foto?

— Não, a gente só ficou conversando. Ele me perguntou se eu pensava muito em suicídio e em tocar as partes íntimas dos caras.

— E você, o que disse?

— Eu disse que tudo em que eu pensava era em cartões de beisebol, no ódio à minha irmã e em consertar meu pau. Claro que eu disse "pênis" pra ele.

— E ele?

— Ele me perguntou o que eu achava de minha mãe. Então eu disse que achava que ela podia perder uns quilos e parar de tingir o cabelo de laranja.

— Ele perguntou o que você achava de seu pai?

— Não. Ele estava mais interessado na minha mãe. Talvez ele esteja a fim dela.

— Ele perguntou sobre Martha?

— Perguntou. Isso foi ruim. Ele me perguntou se eu tinha pensamentos sexuais em relação à minha irmã. Então eu contei que uma vez eu bati uma punheta com o sutiã dela.

— Por que você foi contar isso pra ele? — inquiri.

— Você não sabe como é — respondeu Lefty. — Esses caras soltam umas substâncias químicas no consultório que fazem você contar a verdade. Não dá pra esconder nada.

— O que ele disse?

— Não muita coisa, só anotou tudo. Talvez ele vá me chantagear quando eu cresçer e tiver um emprego que pague bem. O cara tem um Porsche dourado. Só espero que ele não conte nada a Martha.

— Por que ele faria uma coisa dessas?

— Sei lá. Ele é o psicólogo dela também.

— Vocês dois vão ao mesmo psicólogo?

— Lógico — respondeu Lefty. — Minha mãe fez um pacote. Cinquenta mangos a sessão, e a conta vai pra sua casa.

— Quer dizer que minha mãe vai ter de pagar sua análise também?

— Acho que sim; era o seu pinto que eu estava chupando.

— É, mas a ideia foi sua! — respondi.

— É verdade — admitiu ele. — Cara, talvez eu seja gay.

— Não seja retardado — disse eu. — A gente estava fazendo pesquisa pras nossas namoradas.

— Ah é. Esqueci. Que alívio!

— Você precisa se consultar com o Dr. Browerly de novo?

— Semana que vem — respondeu Lefty. — Sim, Jim, semana que vem posso trocar um Joe Jackson por um Bob Feller.

— Talvez até lá você já tenha traçado Millie Filbert.

— Sim, Jim — disse Lefty. — Isso com certeza seria um dia e tanto para a liga profissional de beisebol.

22h30. Minha mãe estava assistindo à tevê no quarto dela quando o telefone tocou lá embaixo. Graças a Deus que eu tive a presença de espírito de sabotar a extensão ao lado da cama dela. Era Sheeni, ligando a cobrar com uma notícia maravilhosa: meu pai vai pra Ukiah amanhã fazer uma entrevista de emprego!

— Agora ele parece bastante ansioso em aceitar a vaga — disse Sheeni. — Não vejo a que atribuir essa completa mudança de ideia.

— Mas eu sim — respondi. — Ao medo extremo.

— Medo extremo de quê, querido?

— De apreenderem sua BMW — respondi. — Meu pai não conseguiria sobreviver se sua queridinha fosse apreendida. O choque *yuppie* o mataria. Vamos rezar apenas pra que ele consiga o emprego.

— Quanto a isso, ele não deve ter muitos problemas. O único outro candidato é meu irmão Paul.

— Seu irmão voltou? — perguntei, surpreso.

## Os diários de Nick Twisp

— Sim — respondeu Sheeni. — Eu não contei? Ele apareceu aqui na semana passada. Seis anos sem uma palavra sequer e aí ele entra em casa enquanto a gente tomava o café da manhã e pede uma torrada mais ou menos escura. Ele está morando no estúdio em cima da garagem.

— Onde é que ele estava esse tempo todo?

— Talvez no Tibet. Ou no Nepal. Ele não anda muito coerente no momento. Na maior parte do tempo, fala em uma língua que parece mandarim, mas não é. Que pena que o Leff Ti não está aqui; talvez seja birmanês.

— Você acha que ele não vai conseguir a vaga?

— Provavelmente não — disse Sheeni. — Meu pai, claro, está fazendo a maior pressão, inclusive sobre Paul. Paul foi fazer uma entrevista com o pai de Trent e disse que estava mais interessado em compensados de madeira do que qualquer coisa no mundo, a não ser o nirvana espiritual. Seu currículo também exibe algumas lacunas empregatícias problemáticas. Portanto, sou obrigada a considerá-lo o candidato mais fraco, apesar de ele estar me oferecendo alguns psicodélicos maravilhosos.

— Você está usando drogas? — exclamei, alarmado.

— Só uns cogumelozinhos, querido — respondeu Sheeni. — Nada pesado. Eles expandem a mente de forma maravilhosa. Separei alguns pra gente tomar juntos. Neste meio tempo, sugiro que leia *As portas da percepção*, de Aldous Huxley.

— Certo — respondi, indeciso. — Só me prometa que você não vai ficar viciada em crack antes de eu me mudar pra Ukiah.

— Prometo — disse Sheeni, rindo. — Sabe por que eu gosto de você, Nick?

— Por quê?

— Porque você é um adorável retorno ao passado. Uma relíquia de uma época anterior.

— Sou mais descolado que uma etiqueta — protestei.

Sheeni riu. Aquela risada maravilhosa e lírica. (A droga mais viciante que eu conheço.)

QUARTA-FEIRA, 12 de setembro — Outro dia estimulante na biblioteca. Encontrei o livro de Huxley e o li durante a maior parte da manhã. Suas páginas estavam anotadas de alto a baixo por gerações de drogados. Al pode até ter tido uns insights brilhantes por meio da química, mas as evidências deixadas por seus acólitos sugerem que isso nem sempre acontece. Seja como for, ele é convincente, portanto vou manter a minha mente aberta (embora ainda não expandida).

De tarde, xeroquei o artigo da *Revista do Consumidor* sobre camisinhas e escrevi uma missiva longa e profunda para Sheeni. Contar com a ajuda do departamento de referências da biblioteca de certa forma facilitou esta tarefa. A certa altura, todos os cinco funcionários estavam com a mão na massa, pesquisando alusões para mim. Anexei a página com o ranking profilático à carta e me lembrei de endereçar o envelope com a letra manuscrita excêntrica de Debbie Grumfeld. Aí já era hora de ir pra casa, para mais uma noite de castigo opressor com minha mãe e Albert.

Depois do jantar, enquanto eu assistia à tevê, minha mãe entrou e exigiu saber por que eu não estava lá em cima fazendo o dever de casa. Respondi que não havia dever de casa algum pra fazer.

— Por quê? — perguntou minha mãe.

— As escolas públicas não passam dever de casa — respondi.

— Não passam? — perguntou ela, surpresa.

— Não. Tinha professor demais sendo espancado. Por isso eles pararam de passar lição.

— Mas então como é que você vai aprender alguma coisa? — inquiriu minha mãe.

— E o que há pra aprender? — respondi. — Não precisa saber álgebra pra vender crack.

— Cuidado com essa língua — respondeu minha mãe. Mas teria sido culpa o que eu vi em seu semblante?

**QUINTA-FEIRA, 13 de setembro** — Meu pai conseguiu o emprego em Ukiah! Sheeni ligou a cobrar de manhã enquanto minha mãe estava lá em cima em meio a mais uma sessão de vômitos.

— Tudo está funcionando lindamente — disse Sheeni. — Claro, meu pai está furioso. Mas Paul aceitou a rejeição de forma filosófica.

— Quando meu pai começa?

— Segunda que vem, acredite se quiser. O pai de Trent vai ajudá-lo a procurar moradia hoje. E deram a ele umas amostras de compensado pra ele estudar durante o fim de semana.

— Uau, que ótimo! Agora eu só preciso conseguir que ele concorde em que eu vá morar com ele.

— Você e o Albert querido — lembrou Sheeni.

— Ah, claro.

— Seu pai gosta de cachorros? — perguntou ela.

Tentei pensar rápido. Para mim, meu pai odiava qualquer forma de vida, exceto fêmeas humanas menores de 20 anos, sem sutiã e sexualmente desinibidas.

— Acho que ele não gosta muito — admiti.

— Droga — disse Sheeni. — Se eu soubesse, teria pedido para o pai de Trent especificar como uma das condições de emprego possuir um cão.

— Bom, provavelmente eu consigo convencê-lo a ter um cachorro. Vou dizer que ele precisa de um pra se proteger no interior.

— Boa ideia — disse ela. — Sim, Dolores. O teste de francês promete ser bastante desafiador. Talvez a gente consiga se encontrar semana que vem para estudarmos juntas.

— Essa é a minha maior esperança — sussurrei.

— Tchau, Dolores — disse Sheeni. — Mande um oi a seu querido amigo negro por mim.

Assim que desliguei, o telefone tocou. Era Lefty. Ele estava se preparando pro grande encontro do dia seguinte e queria uns conselhos em relação a que marca de camisinha roubar depois da aula. Eu lhe disse o nome daquela recomendada pela *Revista do Consumidor* e pedi pra ele apanhar uma ou duas dúzias pra mim também. Ele disse que, para se preparar para o encontro, tinha pedido para a irmã descrever as técnicas de sedução que Carlo usou com ela, mas ela se recusou, dizendo que Lefty era "um verdadeiro nerd depravado".

Tive outro dia agradável e sem percalços na biblioteca até as três e meia da tarde, quando então a gorda Rhonda Atari entrou pesadamente. Ela me viu, sorriu de um jeito bobo e desviou sua massa flácida na minha direção.

— Oi, Nick! — disse, radiante, estacionando de encontro à mesa. — Você tava doente?

Respondi que minha saúde andava às mil maravilhas, muito obrigado.

— Fiquei preocupada quando não vi você na escola — disse Rhonda. — Principalmente depois que a Sra. Tiffin não chamou seu nome na sala. Tive medo de que você tivesse sido transferido. Só que, no fim das contas, foi tudo um erro de computador.

— O quê? — perguntei, espantado.

— É — sorriu Rhonda. — Pedi para a Sra. Tiffin checar e ela descobriu que o Sr. Orfteazle apertou a tecla F5 em vez da F7. Quase que você não foi matriculado! Mas agora está tudo certo.

— Valeu mesmo — murmurei, notando com alarme que alguém tinha escrito "Nick" dentro de grandes corações vermelhos em todo lugar no caderno que Rhonda abraçava de encontro a seu grande colo. Rezei para eu não ser o único Nick que ela conhecia.

— A gente se vê na aula amanhã, Nick? — perguntou Rhonda, toda coquete.

— Se meu tumor cerebral permitir... — suspirei.

— Tumor cerebral! — exclamou ela. — Achei que você tinha dito que estava bem.

— E estou — respondi. — A não ser por esse tumor cerebral maligno. É do tamanho de uma laranja.

Rhonda gritou. As gordas conseguem gritar muito alto. Deve ser por causa daquela câmara de ressonância extragrande.

17h30. Wally Rumpkin está de volta. Ao chegar em casa, eu o vi estirado no chão debaixo do Chevy pifado de Jerry com uma chave inglesa. O otário se ofereceu pra fazer o desmonte automotivo. Não dá pra acreditar que ele se dá a todo esse trabalho só pelo privilégio de sair com a minha mãe.

— Oi, Wally. E aí? — perguntei, espiando embaixo do Nova enferrujado.

Wally olhou pra cima, corou e depois examinou o silencioso como se nunca tivesse visto um na vida.

— Tudo bem, Nick — murmurou. — É um difícil...

Ele foi interrompido por Albert, que deu um bote vindo da semiescuridão e plantou um beijo molhado na boca de Wally. Pelo visto, Albert conseguiu trabalhar sua timidez em relação a Wally.

Wally pôs de lado a chave inglesa e empurrou Albert para longe, com educação.

— Pronto, cachorrinho; eu já pedi para não fazer isso.

— Aqui, Albert! — chamei.

Como sempre, o canino repelente me ignorou e, desviando para a direita, depois para a esquerda, tascou outro beijo profundo e intenso no motorista de caminhão, que estava com o corpo voltado para cima. Mais uma vez, Wally empurrou-o com educação.

— Cachorrinho, você tem de parar com isso.

Albert beijou-o de novo.

— Pelo jeito, ele gosta de você — observei.

Wally deslizou de baixo do carro, sentou-se e observou o trinco da porta.

Os diários de Nick Twisp

— Acho que vou trabalhar de cima pra baixo — disse ele. — Não ando tendo muita sorte aí embaixo, mesmo.

— As porcas estão engripadas?

— Todas, sem exceção — suspirou ele.

Nesse instante, um torpedo canino catapultou-se da janela do passageiro e tascou um beijo de língua bem no alvo. Wally recuou do ataque salivar.

Se eu não odiasse tanto aquele vira-lata, eu me perguntaria por que ele parece gostar de todo mundo, menos de mim.

21h45. Minha mãe e Wally estão lá embaixo ouvindo uma estação de rádio que só toca música anos 1950 e dando uns amassos no Chevy de Jerry. Bota reciclar seu *déja vu* nisso. Desci pra pegar um livro há um tempinho e todas as janelas do carro estavam embaçadas. Por que eles simplesmente não sobem, vão pro quarto e transam? Com certeza, é o que eu faria.

Falando em comunhão sexual, pela primeira vez estou me permitindo acreditar que talvez logo eu vá morar em Ukiah. Minha breve semana com Sheeni parece agora quase ter sido um sonho. Aos poucos, a "concretude" de nossos dias juntos vai se escoando. Ah, se ela apenas me escrevesse! É uma das maiores escritoras adolescentes de hoje, mas a única coisa que consegue fazer é rabiscar uma carta miserável (embora magistral).

E, enquanto milhões de pessoas dessa grande metrópole copulam alegremente, eu tenho de me contentar com diferentes apertos de mão, lubrificantes manuais e velocidades de esfregação. Assim, o adolescente solitário aos poucos se perde na Cordilheira Chamada Desejo.

**SEXTA-FEIRA, 14 de setembro** — Fui ao banheiro hoje de manhã e lá estava Wally Rumpkin nu em pelo, penteando seu fino escalpo de bebê. Não, seus curiosos, nem todas as partes de seu corpo são proporcionais. Flacidamente falando, eu diria que tenho no mínimo uma vantagem de 2 centímetros em relação àquele gigante. Não admira que o cara não consiga olhar ninguém no olho.

Wally ficou vermelho, soltou um guincho e mergulhou atrás da cortina do banheiro. Pedi desculpas e fechei a porta correndo. Por que tamanha modéstia feminina? Talvez minha mãe tenha dito que eu era gay.

Ao voltar para o meu quarto, passei por minha mãe no corredor.

— Oh, Nick — disse ela. — O Sr. Rumpkin talvez fique para o café da manhã hoje.

— Por mim, tudo bem — respondi. — Desde que ele coloque umas roupas antes.

Sorri, inocente. Afinal, o fato de ela ser uma transa fácil não é da minha conta.

Aí, no café da manhã, Wally provou que podia comer uma tigela inteira de Cheerios sem tirar os olhos do teto nem uma vez. Pelo menos ele não faz barulho de forma hedionda como Jerry. Em sua felicidade pós-coito, minha mãe foi legal comigo. Até sacou a máquina de waffle (coisa que nunca faz num dia de semana) e preparou waffles com pecã. Claro que o sempre lacônico Wally comeu alguns também. Enquanto comíamos, Albert se esfregava nos tornozelos de Wally embaixo da mesa, puxando-lhe as meias para poder lamber sua carne nua rosada. Ou esse cachorro está completamente apaixonado ou prestes a se tornar um comedor de homens.

18h30. A merda bateu no ventilador. Minha mãe recebeu a conta de telefone hoje. O valor: 107 dólares e 36 centavos de chamadas a cobrar propositadamente desobedientes daquele número suspeito de Ukiah. Além disso, o Dr. Browerly enviou sua primeira conta — no valor de 350 dólares. Aí, em meio à arenga de minha mãe, o telefone toca. Era a Sra. Tiffin, minha atual coordenadora pedagógica, perguntando à minha mãe como estava meu tumor cerebral e se ela queria que enviassem o dever de casa para nossa casa ou para o hospital, já que eu tinha faltado quatro dias de aula. (Valeu, Rhonda, a Rotunda!)

Com esse último escândalo, minha mãe perdeu a cabeça completamente. Ela PERDEU AS ESTRIBEIRAS como nunca na vida. Achei que algum órgão dela iria se romper. Ela com certeza teria rompido um dos meus, mas fugi da casa quando ela apanhou um abajur de pé e começou a rodá-lo.

Quando os gritos se acalmaram, subi pro meu quarto. Aqui estou, aguardando minha sentença capital e a execução. No meu atual estado (de castigo, desprovido de privilégios e sem um tostão), o que mais é possível tirar? Esse é o grande dilema que enfrentam os pais modernos. Depois que se transforma a vida do seu filho em um inferno na Terra, o que mais se pode fazer? O que pode vir em seguida: ritual de desfiguração?

20h15. Minha mãe acaba de vir aqui impor a sua sentença. Além do meu castigo de dois meses, agora terei de enfrentar um mês de confinamento em meu quarto. (Ainda não está muito claro se essas sentenças hão de correr concomitantemente; estava com medo demais para perguntar.) Por trinta dias inteiros, começando a partir de hoje, não posso sair do meu quarto, a não ser para ir ao banheiro ou à escola. Todo e qualquer dinheiro está congelado. Vou levar meu almoço pra escola e ganhar 25 centavos para comprar o leite. Além

**Os diários de Nick Twisp**

disso, não posso receber nem cartas, nem telefonemas. Meu isolamento deverá ser total. Sim, mundo, Hitler não morreu.

22h30. O telefone tocou lá embaixo e ouvi minha mãe atender. Alguns minutos depois, ela entrou em meu quarto. Para minha mãe, bater é algo que se faz na cabeça do filho, não à porta do seu quarto.

— Tenho um recado de Lefty pra você — rosnou ela. — Ele disse pra lhe contar que Honus Wagner está seguro na segunda base.

Uau! Lefty foi pra segunda base com Millie Filbert já no primeiro encontro.

**SÁBADO, 15 de setembro** — Wally passou a noite aqui de novo. Ainda nenhum grito da parte de minha mãe. Espero que isso não seja sinal de performance sexual fraca. Deu para perceber que Wally dormiu aqui porque Albert passou a noite ganindo pelo seu amigo na frente da porta do quarto de minha mãe. Talvez, contudo, seja apenas um caso de amor de cão.

Ao impor uma sentença tão tirânica, minha mãe ironicamente se transformou em minha serva. Às 8h15 da manhã, ela foi obrigada a me trazer Cheerios, um donut esmigalhado e suco de laranja em uma bandeja. Ela me olhou, colocou o goró com um estrondo e marchou em silêncio porta afora. Que megera! Até em San Quentin os guardas pelo menos lhe dão um "oi" relutante.

11h15. Com o ouvido colado no chão, ouvi Wally lá embaixo sugerir à minha mãe que eles fossem a uma feira de picapes customizadas no Cow Palace. Dito e feito: cinco minutos depois, minha mãe colou aqui e disse que ia "sair por alguns minutos". (Mentira! O Cow Palace fica do outro lado da baía.)

— Nem se atreva a sair desse quarto — ameaçou minha mãe.

— E o almoço? — perguntei.

— Você mesmo pode fazer — respondeu ela. — Aproveite pra lavar a louça, passar um pano no chão da cozinha e limpar o banheiro.

— Achei que eu não pudesse sair do meu quarto para nada.

— Não faça perguntas! — berrou ela. — Obedeça!

Essa mulher é uma nazista total.

Assim que ouvi Wally e minha mãe se afastarem no Lincoln de Jerry, desci as escadas. Na lixeira embaixo da pia da cozinha, encontrei uma carta de Sheeni. Em pedacinhos! Minha mãe vai se arrepender dessa atrocidade.

Depois de resgatar os pedacinhos minúsculos para montá-los mais tarde, liguei pro meu pai em Marin. Quem atendeu foi a sua piriguete. Ela disse que meu pai ainda estava em Ukiah, procurando um lugar para morar.

150

— Não é demais? — perguntou Lacey. — Vou me mudar também. Vamos viver em um chalezinho fofo no bosque e vou conseguir emprego em um salão de beleza de lá.

— Nossa, Lacey, será que não tem um espacinho pra mim e pro meu cachorro, não?

— As coisas não andam bem na sua casa, Nickie? — perguntou Lacey, solícita.

— Uma droga — respondi. — E sinto muita saudade de papai — acrescentei, insinceramente.

— Um garoto deve estar sempre próximo do pai — declarou ela. — Bom, vou sugerir isso pro Tigrão quando ele voltar. Ele deve vir hoje à noite. Temos de fazer a mudança amanhã. Ah, estou tão empolgada!

Imaginei Lacey empolgada e achei o pensamento bastante animador. Ter aquela piriguete maravilhosa morando debaixo do mesmo teto definitivamente tornava a perspectiva de viver com meu pai mais palatável. Talvez meu pai encontrasse um chalé com banheira e fosse obrigado a fazer hora extra no escritório nas noites quentes de verão, quando o ar está pegajoso de desejo. Enquanto o sol se põe por trás das sequoias, Lacey tirará inocentemente suas roupas e sugerirá um mergulho nas águas refrescantes. Eu vou segui-la, óbvio — não esquecendo que meu coração é só de Sheeni, mas sem medo de provar profundamente todas as experiências que a vida me apresentar. Afinal, devo isso à minha arte.

Depois que Lacey desligou o telefone, liguei pra Lefty. Quem atendeu foi sua mãe gorda. Imitei a voz abafada de uma mulher.

— Gostaria de falar com Leroy, por favor — ronronei.

— Quem gostaria? — quis saber a mãe intrometida.

— A Srta. Satron, sua professora de literatura inglesa. Gostaria de discutir um assunto relativo a William Blake, o poeta.

— Ah, sim, Srta. Satron — disse ela, subitamente respeitosa. — Vou correr para chamá-lo. Ele está lá fora jogando basquete com o pai.

Um minuto depois, Lefty atendeu.

— Alô, Srta. Satron — disse ele.

— Meu jovem, soube que teve um encontro ontem à noite com Millie Filbert.

— Sim, Srta. Satron, eu tive — disse ele, intrigado. — Como soube?

— Não importa. O que eu quero saber é: você retirou suas calcinhas e chupou seus pelos vibrantes?

Os diários de Nick Twisp

— Claro que n... Ei, quem está falando?

— Quem você acha que é? — disse eu, voltando à minha voz normal. — Vá me encontrar no parque daqui a cinco minutos. Ou você tá a fim de fazer mais cestas com seu pai?

— Srta. Satron — disse Lefty —, a senhorita não podia ter ligado em uma hora melhor.

Levei Albert pro parque. Assim, se por algum motivo minha mãe chegasse mais cedo do que eu em casa, eu poderia dizer que Albert quis passear de todo jeito. Lefty estava felicíssimo em ver seu velho companheiro, mas o cachorro foi bastante frio. Está na cara que seu coração agora é de outra pessoa. Ainda bem que Lefty não pareceu perceber.

— Então, me conte do encontro — pedi. — Você foi até a segunda base?

— Ambas — respondeu ele, afagando as orelhas de Albert.

— Em cima ou embaixo?

— Embaixo, claro — disse Lefty, ofendido. — A segunda base só vale se sua mão estiver embaixo do sutiã. Pelo menos na minha liga.

— Então, desembuche logo!

— Foi demais — disse ele. — Fomos para Berkeley. Meu pai se ofereceu para nos levar, mas eu não quis. A gente pegou o BART.

— Vocês foram ver um filme?

— Não, a gente foi até a Telegraph Avenue dar uma olhada nas lojas de discos. Millie tinha uma lista imensa de fitas que ela queria. Foi difícil, porque os caras tinham câmeras escondidas e aqueles detectores magnéticos, mas consegui a maior parte do que ela queria. Ela ficou bastante impressionada.

— Você é demais — concordei. — E onde vocês jantaram?

— A gente comprou fatias de pizza e comeu na rua. Cara, como a Millie fica sexy mandando um pepperoni pra dentro!

— E depois, o que vocês fizeram?

— Depois a gente voltou pra casa dela e ficamos em uma espécie de balanço que tem no quintal. Foi bom, escuro e reservado.

— Vocês deram uns amassos? — perguntei.

— Eventualmente — respondeu Lefty. — Demorei um pouco pra reunir coragem. Mas foi demais. Ela tem lábios incríveis.

— Pau duro instantâneo?

— Tá brincando? Fiquei de pau duro na hora em que a gente se sentou.

— Ela se importou quando você colocou a mão no peito dela?

— Se importou? Foi ela que pôs minha mão lá! Cara, foi demais. Era quase como estar em um sonho.

— E os peitos dela são legais? — perguntei.

— Fabulosos — disse Lefty. — Totalmente fabulosos. Melhores que os de Sheeni, eu diria.

— Fala sério — disse eu.

— Sério — disse Lefty. — Na minha opinião, são maiores.

— É, se você gosta de peito caído.

— Eles não são caídos, são duros como bolas de beisebol.

— Bom, um dia eles vão cair — argumentei. — Os grandes sempre caem. É só olhar pra sua mãe.

— Deixe minha mãe fora disso — disse Lefty. — Eu não olho os peitos da sua mãe e você não olha os da minha.

— Fechado. E aí, quando é que você e Millie vão se encontrar de novo?

— Amanhã de tarde. Ela vem para minha casa pra gente estudar junto.

— Vocês vão tentar a terceira base?

— Terceira, nada — respondeu ele. — Eu vou direto pros finalmentes. Aliás, trouxe suas camisinhas.

Lefty extraiu de sua mochila uma caixa com 12 preservativos surrupiados. Nervoso, deslizei aquela mercadoria roubada por baixo da minha camiseta.

— Valeu, cara — disse eu. — Não vou desfalcar você, né?

— Relaxe — disse Lefty. — Tenho o suficiente para algumas semanas. Só por precaução, apanhei uma caixa inteira com cem.

14h15. Quando cheguei em casa, a porta da frente estava aberta. Tinha sido arrombada. A casa estava uma zona. Fomos roubados!

16h30. Acabo de voltar para o meu quarto depois de ser interrogado pela minha mãe, por Wally e pelo policial Lance Wescott, da Polícia Municipal de Oakland. O policial era uma figura enorme, grandalhona e autoritária de uns 45 anos, com olhos vermelhos lacrimosos e uma variedade de armas à vista — lanternas, cassetetes, latas de gás lacrimejante, rádios e granadas de mão. Pra mim, ele também estava usando um colete à prova de bala.

Minha mãe beirava a histeria porque o ladrão (ou os ladrões), além de roubar a tevê, o videocassete, 46 dólares em dinheiro e sua caixa de joias, também surrupiou o rádio do Chevy de Jerry. É o fim das excursões musicais amorosas com Wally. Quanto a Wally, ele esforçava-se ao máximo (embora ineficiente-

Os diários de Nick Twisp

mente) para tranquilizar minha mãe, ao mesmo tempo em que despertava a desconfiança do policial por não parar de encarar fixamente o teto.

— Que tipo de rádio estava no carro, senhora? — perguntou o policial Wescott, fazendo anotações em um caderninho azul.

— Era um rádio de Chevrolet, lógico — respondeu minha mãe.

— Tinha toca-fitas? — quis saber ele.

— Não, era só um rádio AM. Mas tinha um tom excelente — acrescentou ela.

— Por que exatamente o carro está estacionado aqui, senhora?

Minha mãe deu a entender que aquela era uma pergunta incrivelmente impertinente.

— O carro era de um amigo meu que faleceu. Ele o deixou aqui.

— Hã-hã. E a senhora escuta rádio aí dentro?

— Às vezes — devolveu minha mãe. — Existe alguma lei contra isso?

— Assim de pronto não consigo me lembrar de nenhuma — respondeu o polícia. Seu olhar lacrimoso se desviou para Wally. — E o senhor, quem é?

Wally corou.

— Eu... eu sou um amigo — balbuciou, passando o peso do corpo de um pé para o outro. Albert lambia-lhe os tornozelos.

O tira olhou desconfiado para o cão, depois para Wally e, por último, para o teto. Aí então olhou pra mim.

— Onde você estava na hora do crime? — inquiriu ele.

— Eu... eu estava lá em cima, no meu quarto — menti.

— Então você deve ter escutado quando arrombaram a casa.

— Hã... sim. Claro — gaguejei.

— O que você fez?

— Eu... eu fiquei no quarto.

O policial ficou perplexo.

— Por que você não ligou para a polícia? Nem saiu da casa?

— Eu não posso sair do meu quarto — expliquei.

— Ele está de castigo — completou minha mãe. — Mas devia ter fugido. Nickie, você podia ter morrido!

Como se você desse a mínima!

— Bom — disse eu —, imaginei que, com Albert, eu estaria protegido.

— Quem é Albert? — inquiriu o policial.

— Meu cachorro — respondi, apontando para o importunador de tornozelos.

Um rosnado maligno foi dirigido para o rosto inchado do policial Wescott.

— Você viu os suspeitos? — quis saber ele.

— Não — respondi. — A porta do quarto estava fechada.

— Eles entraram no seu quarto? — perguntou ele, farejando algo estranho.

— Não — menti. Não me atrevi a confessar que os ladrões tinham levado toda a minha coleção de equipamentos esportivos, incluindo uma luva de beisebol oficial de Rodney "Butch" Bolicweigski em condições perfeitas. Graças a Deus, os infratores preferiam beisebol à computação.

O policial Wescott me encarou. Dava pra ver que ele estava pensando que para arrancar a verdade toda de mim bastaria uma surra com uma mangueira de borracha. Que pena ele ter deixado a dele no carro! Ele virou-se para minha mãe.

— Certo, senhora. Se der falta de mais algum item, ligue para mim.

— Vocês irão apanhar os criminosos? — perguntou minha mãe.

— Provavelmente não — confessou o tira. — Mas vamos informar a senhora de quaisquer desdobramentos.

19h05. Em honra da minha escapada por um triz dos maníacos homicidas, minha mãe me deixou descer para jantar "só dessa vez". Enquanto comíamos macarrão com atum, ela anunciou a Wally e a mim que achava que o roubo era "um sinal de Jerry".

— Agora eu vejo por que Jerry não quer que ninguém mexa nesse automóvel — disse minha mãe. — Wally, a gente vai ter de colocar de volta as peças que você tirou.

Wally corou.

— Mas, Estelle, eu não cheguei a tirar nenhuma peça. As porcas estavam apertadas demais.

— Ótimo — respondeu ela. — Amanhã a gente sai e compra um rádio novo... Isso é, se, Wally querido, você for um amor e o colocar para mim...

— Você sabe que eu vou, boneca — disse Wally.

Esse cara é um otário mesmo.

22h30. Depois de duas horas frustrantes e tediosas, consegui remontar a carta de Sheeni — menos alguns pedacinhos estratégicos aqui e ali. Talvez minha mãe tenha engolido esses. Graças a Deus que ela ainda não tem um fragmentador de papel.

Sheeni informa que está cursando todas as aulas avançadas e que seus professores já estão "extremamente intimidados". Na verdade, diz ela, depois de corrigir mais de uma dúzia de erros cometidos pelo Sr. Perkins, seu professor de inglês, ele agora está literalmente de "língua presa" na aula. Sheeni também informa que seu fabuloso guarda-roupa novo inspirou tanta "inveja maligna flagrante" em suas colegas de classe que acredita que "uma conspiração sinistra" está se formando contra ela. "Por que, querido Nick", escreveu Sheeni, "na presença da moda, do estilo e da beleza, as pessoas reagem não com admiração, mas com um impulso destruidor? Por que os seres humanos são tão determinados a praticar o lugar-comum em aparência, pensamento e conduta? Mais do que nunca, querido, acredito que devemos fugir para Paris com Albert o mais rápido possível."

Sheeni está pronta para emigrar, enquanto eu ainda não sei uma palavra sequer de francês. Devo iniciar meus estudos em língua estrangeira imediatamente, não importa o quê!

**DOMINGO, 16 de setembro** — Também nenhum grito na noite passada, nem o denunciador barulho das molas. Terá a brilhante flor da paixão murchado assim tão rápido?

Às 7h06, minha mãe se enfiou no banheiro e colocou as tripas para fora. Ela devia ir fazer um exame de sangue, é sério. Talvez fosse isso o que Jerry estivesse tentando comunicar por meio do roubo.

Dessa vez, quem trouxe minha bandeja com o café da manhã foi Wally. Eu sabia que era ele porque bateu à porta.

— Bom-dia, Wally — cumprimentei. — Dormiu bem?

Wally pousou a bandeja e corou de um dos seus tons mais carmesins. Talvez ele tenha pensado que eu estava fazendo uma alusão velada à sua noite de celibato. Será que eu estava mesmo?

— Muito bem — balbuciou o gigante.

Ele se virou pra sair, depois parou.

— Eu... eu falei bem de você para sua mãe — disse ele, dirigindo-se à lâmpada do teto.

— Valeu, Wally — disse eu, com sinceridade.

Wally Rumpkin pode ser um otário completo, mas é um cara muito mais legal do que minha mãe merece.

11h30. Depois que minha mãe e Wally saíram para comprar um rádio, desci de fininho as escadas pra dar uns telefonemas. Mais propositadamente desobediente do que nunca, disquei o número de Sheeni em Ukiah.

— Quem vai pagar a conta é você –– atendeu uma voz masculina estranha.

— Hã... gostaria de falar com Sheeni — pedi.

— Você gostaria de falar com Sheeni? O mundo gostaria de falar com Sheeni. Por que você é tão especial?

— Hã... quem está falando? É Paul? — perguntei.

— Se o nome entedia, tente outro — respondeu ele. — Pode me chamar de Nick.

— Hã... esse nome é meu — falei.

— Então me chame de Rick. E aí, Nick?

— Posso falar com Sheeni, por favor?

— Sheeni saiu, Rick. Ela deixou um recado pra Nick. Pego daqui a um *sic*-undo.

Ouvi os sons de papel sendo remexido e depois a voz voltou.

— Pelas mãos do pajem, move-se o gênio da mensagem: "Nick, tudo está acertado. Seu pai achou um lugar para morar que aceita cachorros. Um beijo para Albert." O que você acha, Rick? Pra mim, isso parece código.

— Hã... Paul — disse eu —, você poderia dar um recado a ela?

— Só se eu não precisar anotar nada — respondeu ele. — Hoje é Shabat.

— Tá. Diga a ela que estou completamente trancado por um mês e que ligo assim que der.

— Trinta dias de trancamento total — repetiu Paul. — E você vai dar assim que ligar pro que der e vier.

— Hã... diga só que Nick ligou.

— Falou, Trent — disse Paul. — Obrigado pela sua ligação.

Ou será que ele falou "libação"? Ou foi "lixação"? E por que ele me chamou de Trent?

Ainda confuso, disquei o número de meu pai em Marin. Depois de seis toques, meu pai atendeu, parecendo importunado.

— Oi, pai. É Nick — disse eu, tentando incutir alguma afeição artificial na minha voz.

— Nick, tô com um caminhão de mudança aqui fora que me custa 39 dólares e 50 a hora. O que você quer?

— Hã... ouvi falar que você e Lacey estão indo morar em Ukiah — disse eu, animado.

— Estamos tentando, com certeza — respondeu ele, irritado.

Essa conversa estava sendo ainda mais dolorosa do que eu havia imaginado em meus piores momentos de antecipação do horror.

**Os diários de Nick Twisp**

— Bom, Lacey mencionou que eu gostaria de ir morar com você por uns tempos?

— Nossa, não sei, não — disse meu pai. — Isso é muita responsabilidade.

— Eu sei, pai. Mas você não teria mais de pagar pensão. Minha mãe talvez até tivesse de *lhe* pagar pensão. E eu ficaria feliz de frequentar a escola pública, conseguir um emprego e fazer montes de tarefas em casa... de graça.

— Bom, não sei — repetiu meu pai. — Não quero nenhum boiola circulando por aqui.

— Não sou gay, pai.

— Desde quando? — perguntou ele, surpreso.

— Desde sempre.

Pensei em falar de Sheeni, mas tive medo de que a menção de outra mulher pudesse despertar seus instintos competitivos.

— Bom — suspirou meu pai. — Acho que a gente podia fazer isso em um esquema de experiência. Mas não traga muita coisa, pro caso de não dar certo. E preciso do OK da sua mãe também.

— Legal! Pai, você não vai se arrepender.

— Duvido — disse ele. — Já estou arrependido.

Que bundão! Seja como for, ele aceitou. Mas de uma forma tão relutante que nem me atrevi a falar em Albert. Vou simplesmente tentar fazê-lo engolir aquele canino. Pelo menos o consentimento de minha mãe não deve ser uma coisa difícil de conseguir. Do jeito que as coisas andam, ela vai ficar empolgadíssima por se livrar de um gazeteiro tão incorrigível.

14h30. ERRADO! ERRADO! ERRADO! Fui apunhalado pelas costas pela abundante luxúria materna! Aqui vai a conversa chocante:

— Mãe, ótimas notícias. Meu pai vai se mudar pra Ukiah e disse que eu posso ir morar com ele.

Minha mãe bate a caixa com o novo rádio com toda a força.

— Ah, é? Bom, pode esquecer, seu gracinha!

— Mas, mãe! Por quê?

— Não vou passar por isso sozinha. Você vai me ajudar!

Nick coça a cabeça, na maior confusão.

— Ajudar no quê, mãe?

Minha mãe remexe na bolsa; Wally encara o teto.

— Vá pra cima e dê uma olhada no quarto de Joanie! — berra minha mãe.

— A chave está aqui.

Inquieto, alarmado, intrigado, Nick sobe as escadas correndo e olha o quarto cheio de horror. Paredes cor-de-rosa, quadros de coelhinhos e cordeirinhos, brinquedos por toda parte, um berço enorme no centro. Apenas uma conclusão possível: Joanie ESTÁ GRÁVIDA DE UM HOMEM CASADO! Ah, que vergonha! Que inconveniência!

Nick desce as escadas correndo.

— Mãe, quando Joanie vai ter o bebê?

— Não seja idiota — declara minha mãe. — Joanie não está grávida. Ela toma pílula desde os 12 anos.

— Então, quem...

Nick para, quando a compreensão terrível o assoma.

— Mãe! Não pode ser... você!

— Quem mais, seu gracinha?

— Mas, mas... você é... velha!

— Ah, é? Bom, não é o que alguns homens pensam. Certo, Wally?

— Hã... correto — afirma o gigante.

Nick desaba nas escadas, em estado de choque.

Segunda compreensão temível: PROVAVELMENTE O PAI É JERRY, O FALECIDO REI DOS IDIOTAS!

Terceira compreensão alarmante: NOME DO PUTATIVO EMPREGADO DOMÉSTICO, BABÁ E ESCRAVO DE CUIDADOS INFANTIS: NICK TWISP!

Quarta compreensão horripilante: PERSPECTIVAS FUTURAS PARA O RELACIONAMENTO NICK/SHEENI: LITERALMENTE NENHUMA!

Quinta compreensão paralisante: A VIDA DE NICK AGORA, PELO JEITO, DEVERÁ CONTINUAR UM INFERNO NA TERRA!

22h30. Tudo é negro. Estou deprimido demais pra escrever. A odiosa mãe gestante acaba de entrar no meu quarto com uma mensagem telefônica de Lefty: "A Sra. Honus Wagner acaba de triscar na terceira base." — Fico feliz porque pelo menos esse amigo está progredindo no amor.

**SEGUNDA-FEIRA, 17 de setembro** — Fiquei em casa o dia inteiro. Não me matei ainda.

**TERÇA-FEIRA, 19 de setembro** — Fiquei em casa o dia inteiro. Recusa em falar com a mãe detestável. Nenhum progresso no campo do suicídio.

Os diários de Nick Twisp

**QUARTA-FEIRA, 19 de setembro** — Fiquei em casa o dia inteiro, exceto por uma consulta ao médico instigada pela odiosa mãe. O médico diz que o jovem está deprimido, recomenda análise psicoterapêutica. Odiosa mãe diz: "Ele vai sair dessa."

**QUINTA-FEIRA, 20 de setembro** — Fiquei em casa o dia inteiro. Odiosa mãe suspende o trancamento de trinta dias; o castigo de sessenta dias permanece vigente. Continuo no quarto, exceto quando importunado pela odiosa mãe, que vem nos horários das refeições. Não como. Pareço anguloso, mas ausência de comida melhora o estado da pele. Ouço vozes lá embaixo. Desço para investigar. Odiosa mãe toma chá com biscoitos na companhia do policial Lance Wescott da Polícia Municipal de Oakland! Nem sinal de Wally Rumpkin.

**SEXTA-FEIRA, 21 de setembro** — Fiquei em casa o dia inteiro, ainda sendo importunado pela detestável mãe. Tento escrever uma carta de despedida para Sheeni, mas não consigo achar as palavras. Odiosa mãe volta do trabalho de bom humor, arruma-se e sai para um encontro com alguém surpreendente: o policial Lance Wescott, da Polícia Municipal de Oakland. Desafortunado Wally a caminho de Iowa.

**SÁBADO, 22 de setembro** — Madrugada: acordo com gritos da odiosa mãe. Atribuo vociferação ao êxtase sexual. Pergunto-me se coito enérgico será saudável para o feto. Espero que não.

Horas depois: surpreendo policial gigante pelado gargarejando no banheiro. Ele parece um touro parcialmente depilado. Dava pra alimentar uma família de seis por um longo inverno. Testículos murchos pendem até metade da coxas. Policial não tem vergonha, diz apenas:

— Oi, Nick. Sabe do que você precisa, rapaz? Um belo chute no traseiro. E sou o camarada certo pra isso.

Penso em furtar o revólver do policial pelado e atirar em todo mundo à vista (a começar por ele). Cruzo com detestável mãe no corredor. Ela diz:

— Oh, Nick. O policial Wescott talvez dê uma passadinha aqui hoje cedo para nos fazer mais algumas perguntas sobre o crime.

Que crime seria esse? Fornicação? Traição a Wally? Corrupção de moral de um menor?

Meia hora depois: feio cãozinho preto morde tornozelo esquerdo do policial Lance Wescott. Possível motivo: vingança por atos malignos cometidos contra Wally. Apenas um leve sangramento. Odiosa mãe bate no cão com um jornal e convida o policial, aos gritos, para tomarem um *brunch* fora. Convite não é estendido ao filho.

10h15. O telefone toca, atendo, e Deus torna a fazer o sol brilhar. Era Sheeni. Ela está em São Francisco com os pais!

— Querido, eu estava morta de preocupação! — exclama Sheeni. — Não aconteceu nada com Albert, aconteceu?

— Não — respondi. — Fui apunhalado pelas costas. Pela minha mãe. Ela disse que não posso me mudar pra Ukiah.

— Mas por quê, querido?

— Ela tá grávida.

— Ela quem?

— Minha mãe.

— Sua mãe! Mas sua mãe é velha!

— Ela é anciã — concordei. — Mas, mesmo assim, tá de bucho.

— Que isso sirva de lição a todos nós — disse Sheeni. — E quem é o papai?

— O velho e mofado Jerry, suponho. Enquanto isso, seu novo namorado está viajando, por isso ela atraiu outro cara pra sua cama, um policial fascista. Até mesmo para essa família, é tudo surpreendentemente sórdido.

— Não diga, Debbie — disse Sheeni. — Sim, adoraria encontrar você hoje à tarde. Por que a gente não pega o BART e se encontra no centro de Oakland por volta da uma da tarde? Poderíamos almoçar juntas.

— Seria maravilhoso — disse eu. — Encontro você na frente da prefeitura.

— Ótimo, Debbie — disse Sheni. — E não se esqueça de levar aquele seu querido amigo negro.

Almoço com Sheeni! De repente, fiquei exultante. Cinco dias sem comer. No que eu estava pensando? Ah, mas que pele macia e quase sem espinhas levarei para esses abraços íntimos. Opa, lá vem vindo uma E.T. instantânea!

19h30. Uma tarde inteira e parte de uma noite com A Mulher Que Eu Amo. Que dia fantástico (mesmo que tudo tenha virado um inferno ao chegar em casa). Minha mãe não acreditou que eu fui passear com Albert durante seis horas. Ela chegou perigosamente perto de perder as estribeiras de novo. Será que ela não percebe como esses ataques são prejudiciais ao pequeno Jerry Júnior? Claro, esse guri vai enfrentar muitos e muitos anos de convivência com minha mãe, então talvez seja mesmo melhor que ele venha a este mundo com a primeira camada de cicatriz emocional já formada.

## Os diários de Nick Twisp

Cheguei meia hora adiantado, e Sheeni, 15 minutos atrasada — mais do que tempo para eu entrar em um estado de quase colapso nervoso. Quando ela, por fim, apareceu, a adrenalina quase me matou. Eu havia esquecido o quanto ela é excruciantemente linda. Ela deslizou até mim à luz do sol metida em um vestido sem mangas azul-claro, do tom de seus olhos. Trazia um suéter branco de cashmere jogado nos ombros bronzeados e uma bolsa grande de lona a tiracolo. Também trazia seu sorriso Sheeni patenteado: misterioso, irônico, levemente divertido.

Ainda bem que Albert enlouqueceu quando a viu, portanto tive alguns segundos para me recompor antes de ela transferir aqueles germes caninos aos meus lábios famintos.

— Oi, Nickie — disse Sheeni. — Sentiu saudades?

— Parece que faz anos — gaguejei.

— Décadas — respondeu ela.

— Séculos.

Sheeni franziu a testa.

— Ao dizer séculos, acho que estamos nos transportando para o reino das hipérboles.

Almoçamos em um pequeno café tailandês escolhido pela sua autêntica atmosfera de Terceiro Mundo, limpeza e preços. Sheeni escolheu uma mesa perto da janela, para que pudesse dizer gracinhas e acenar para o solitário Albert, amarrado lá fora.

— Venha se sentar aqui do meu lado, Nickie — disse Meu Amor, deslizando no banco minúsculo. Eu me apertei ao lado dela. Lentamente, a timidez inesperada que senti na sua presença começava a se derreter.

Enquanto tomávamos café temperado e comíamos frango com capim-santo, contamos as novidades um pro outro.

— Por quanto tempo vocês vão ficar em São Francisco? — eu quis saber.

— Só hoje, infelizmente — disse Sheeni. — Meus pais estão aqui pra entrevistar um novo pastor para a congregação.

— O que aconteceu com o reverendo Knuddlesdopper?

— Foi preso, acredito — respondeu ela. — Houve outro incidente no vestiário masculino. A facção da Sra. Clarkelson empreendeu uma campanha intensiva de abaixo-assinado entre a hierarquia da igreja que, por fim, surtiu resultados. Knuddy caiu em desgraça.

— Acontece com todo mundo, mais cedo ou mais tarde — falei, olhando de soslaio.

— Ah, muito mais tarde do que algumas pessoas esperam — respondeu Sheeni.

Suspirei.

— Maldito seja esse Jerry. Devia haver leis de esterilização obrigatória para idiotas como ele.

— Estou surpresa por sua mãe querer levar essa gravidez até o fim na idade dela — disse Sheeni. — Para mim, um aborto espontâneo a essa altura dos acontecimentos seria extremamente benéfico para todas as partes.

— Bom, eu pensei em afrouxar alguns degraus no topo da escada.

— Hitckcockiano demais — disse Sheeni. — Estratégias assim nunca dão certo na vida real. É mais provável que outra pessoa caia e aí você vai se corroer a vida inteira de remorso. Ou então vai se esquecer e um belo dia cair, e terminar paralítico, provavelmente da cintura pra baixo.

— Isso com certeza seria inconveniente — concordei. — Bom, o que a gente pode fazer?

— Que tal uma reconciliação entre seus pais? — propôs Sheeni. — A família inteira reunida e feliz em Ukiah.

— Fora de questão — suspirei. — Eles se odeiam, como bem deveriam. Além do mais, meu pai só gosta de mulheres mais jovens.

— É — disse Sheeni. — Ouvi falar que a redação inteira da *Compensado Avançado* parou quando a amiga Lacey do seu pai foi até lá. Ela, com certeza, causou uma impressão e tanto em Trent.

Não gostei da forma melancólica como Sheeni alongou aquele nome detestável.

— Parece que você tá com ciúmes — observei.

— Ninguém gosta de ser substituído afetivamente pelos ex-amados, Nickie. Pense em como você vai se sentir quando eu me casar com François.

— Quem é François? — inquiri.

— Meu futuro marido francês — respondeu ela. — Tenho um pressentimento de que ele vai se chamar François. Isso me veio à mente quando eu tava na viagem de cogumelo.

Como eu odeio esse francês etéreo induzido pelas drogas!

Depois do almoço, Sheeni, Albert e eu fizemos um longo passeio pelo lago Merritt. Segurei sua mão esbelta e me perguntei se eu poderia adotar o nome François Dillinger. Era melhor do que Nick Twisp, mas não muito.

Chegamos a um morrinho agradável em frente e nos deitamos na grama morna. Corredores suados trotavam na pista acima de nós; abaixo, alguns pe-

Os diários de Nick Twisp

dalinhos se agitavam na água verde poluída. Em questão de minutos, Albert estava dormindo ruidosamente. Eu me inclinei e beijei a futura esposa de François. Minha memória confirmou que aqueles eram os mesmos doces lábios que eu tinha experimentado em Lakeport.

— Ah, Nickie — suspirou Sheeni. — O que vamos fazer?

Deitados de lado, de frente um para o outro, era possível espiar por baixo do decote de seu vestido e ver um mamilo rosado abrigado em renda branca. Eu já provei essa parte do corpo dela também, pensei, e senti uma gratidão profunda por conta de o mundo permitir tais milagres.

— Não sei — respondi. — Mas tô ficando bem desesperado. Na semana passada, minha mãe rasgou uma de suas cartas.

— Isso é horrível — disse Sheeni. — E meus pais estão querendo saber o porquê desse súbito reaparecimento de correspondência de Debbie Grumfeld. Estão extremamente desconfiados. Tive de jurar de pés juntos que era ela que eu ia encontrar hoje, não você.

Sheeni se deitou de costas e olhou melancólica para o céu.

— Ah, Nick, se você fosse só um pouquinho mais rebelde!

Eu me sentei.

— Como assim!? — disse eu. — Sou extremamente rebelde! Faltei todos os dias na escola até agora, menos um. Estou enfiado até aqui na merda com minha mãe o tempo todo. Minha mesada e meus privilégios foram suspensos. Sempre aceito suas chamadas a cobrar. O que mais você quer? Um grande roubo? Tráfico de drogas? Assassinatos políticos?

— Nickie, você está parecendo meu pai.

— Bom, achei que a gente ia se rebelar juntos. Não estou vendo você empilhar nenhuma chamada proibida na conta telefônica dos seus pais!

— Você está completamente certo, Nickie — disse Sheeni, colocando a mão com suavidade no meu ombro. — Tenho demonstrado uma falta inconsciente de contumácia. Talvez seja minha criação burguesa. Vou melhorar. Só acho que, se seu comportamento fosse loucamente insubordinado (e eu sei que isso é pedir demais de alguém tão virtuoso quanto você), sua mãe talvez se convencesse de que é melhor viver sem você.

Tive de admitir que nesse ponto Sheeni tinha razão.

— O que exatamente preciso fazer? — perguntei.

— Nickie, querido — disse Sheeni. — Você precisa se tornar um rebelde. Sim, até mesmo um fora da lei. Eu proponho que você alugue *Acossado* assim que possível. Você precisa imitar Jean-Paul Belmondo.

— Mas roubaram o nosso videocassete — observei.

— Então roube um pra você! — respondeu Sheeni.

Claro. Que conceito mais libertador!

Enquanto o sol poente tingia o céu de magenta vivo, continuamos nosso passeio ao redor do lago. Sheeni tinha recebido ordens rigorosas dos pais de não voltar depois das cinco, mas (em um auto de rebelião filial proposital) ela adiou sua partida até depois das seis. Ao nos despedirmos na frente da estação do BART, Sheeni me beijou quase tão fervorosamente quanto beijou Albert.

— Seja bonzinho, Albert — gritou ela. — E você, Nickie, seja mau. Seja muito, muito mau.

— Serei, querida — respondi, engolindo as lágrimas, enquanto A Mulher Que Eu Amo descia as escadas rolantes e desaparecia de novo da minha vida. — Serei!

**DOMINGO, 23 de setembro** — Outra noite interrompida pela ginástica das molas ouvida através das paredes. O policial Lance deve ser ainda mais frenético em sua cópula de coelho do que o ninfomaníaco Jerry. Só posso rezar pra que ele seja igualmente predisposto a doenças cardíacas fatais.

Ali, deitado no escuro, cheguei à conclusão de que uma das primeiras tarefas de François será livrar essa casa de todo e qualquer policial uniformizado. Para superar as inibições que me compelem a seguir a lei, ser educado com os mais velhos e excessivamente "bacana", resolvi criar uma *persona* suplementar chamada François. Ousado, inquieto, desprezador da autoridade e irresistível para as mulheres, François é o tipo de sociopata atávico capaz de começar e vencer uma guerra de nervos. Em minha nova dupla personalidade, François é o lado com a inteligência calculada, o dedo rápido no gatilho e *cojones grandes*.

Esta manhã, François levantou-se da cama sentindo-se mais perigoso do que o normal. Ao passar pela porta do banheiro, ouviu vozes masculina e feminina.

— Merda! — balbuciou. — Esses sacanas estão tomando banho juntos. Que nojento!

Então, François desceu devagar as escadas e fechou o registro da água quente, o que resultou em gritos agudos lá em cima. Depois, François desamarrou Albert, que farejou o ar, rosnou e disparou escadaria acima, salivando por sangue policial. Mais gritos e urros seguiram-se.

Durante o café da manhã, François não fez esforço algum para esconder seu desprezo pelo policial chupador de Cheerios.

*Os diários de Nick Twisp*

— O que foi aquela zona ontem à noite? — inquiriu ele com frieza.

Minha mãe pousou a colher com cereal e corou.

— Des... desculpe, Nickie, se incomodamos você.

François não ficou satisfeito.

— Você sabe que essa também é minha casa. Do nada, aparecem esses estranhos que passam a noite aqui, e eu não sou sequer consultado.

François estava impressionando Nick com sua audácia. Ele também estava claramente impressionando a mãe deles.

— Qual é a sua, rapaz? — inquiriu o policial. — Isso não é da sua maldita conta.

— Não; isso não é da *sua* conta, Lance! — disse minha mãe. — Ele é meu filho. Eu converso com ele. Nickie, você tem razão. Eu devia ter avisado que o policial Wescott iria passar a noite aqui. Desculpe.

Minha mãe pediu desculpas pra mim! François, porém, estava decidido a derramar sangue.

— Achei que havia leis nessa cidade contra a coabitação ilícita. Ou seriam elas apenas outra grande piada policial, como as leis contra roubo?

O policial de cara vermelha estava fervendo agora.

— Cuidado, garoto, você está procurando encrenca...

— O que você vai fazer, atirar em mim? — provocou François.

— Ah, seu vermezinho, eu vou...

O policial arremeteu-se contra François, mas minha mãe se atirou em seu enorme braço peludo.

— Não, Lance — berrou ela. — Nickie, já pro quarto!

François se levantou friamente, atirou o guardanapo na mesa e andou em direção à porta dos fundos.

— Aonde você vai? — inquiriu minha mãe.

— Sair — respondeu François.

— Você está de castigo, seu gracinha! — gritou ela.

— Não estou mais — disse François, batendo a porta telada ao sair. Ele andou pelo gramado, esperando que dois adultos raivosos voassem atrás dele. Mas, curiosamente, não foi o que aconteceu.

— Mostrei a esses sacanas como se faz — murmurou François.

— Com certeza — concordei.

Andei até a esquina e liguei para Lefty do orelhão. Quem atendeu foi sua irmã, Martha.

— Oi, Martha — disse. — Como vai a psicoterapia?

— Não é da sua conta — respondeu ela. — E por que a sua mãe não pagou a conta do Dr. Browerly?

— Sei lá. Talvez ela tenha um bloqueio emocional contra isso. Posso falar com Lefty?

— Diga a ela que o Dr. Browerly mandou avisar que, se não for pago essa semana, será obrigado a suspender as sessões.

— Isso seria uma tragédia — concordei. — Lefty tá aí?

— O nerd foi pro Parque Tilden — respondeu ela, e desligou.

Lefty não estava sozinho no parque. Quando ele me viu se aproximando pela trilha, soltou a mão de Millie Filbert como se ela fosse um boletim cheio de notas vermelhas.

— E aí, Nick? — disse ele, casualmente. — Quanto tempo!

— Oi, Lefty. Oi, Millie — disse eu.

— Oi, Nick — respondeu Millie. Ela estava tremendamente provocante com short cor de pêssego e uma camiseta de algodão fino. Talvez, para maior conveniência do encontro, tenha deixado o sutiã em casa. Lefty tinha razão. Por incrível que pareça, eles não são caídos.

— O que vocês estão fazendo? — perguntei.

Péssima escolha de palavras. Os dois ficaram vermelhos.

— Só estamos de bobeira — disse Lefty. — Quer dar um passeio com a gente, Nick?

François sabia o que ele queria: dar uma porrada na cabeça de Lefty e arrastar Millie Filbert para os arbustos. Mas o sempre cheio de tato Nick estava no comando.

— Desculpem, não vai dar — disse eu. — Tô resolvendo algumas coisas para minha mãe. Me ligue de noite, falou, Lefty?

— Falou — disse Lefty.

— Tchau, Nick — disse Millie, toda sexy.

Lefty e Millie foram andando pela trilha. Naquela direção, eu sabia, ficava o vale remoto que Lefty e eu descobrimos há algumas semanas. Depois de lutar para subjugar a minha consciência (com a ajuda de François), decidi seguir os dois escondido. Lefty não iria se importar, pensei. Como camaradas, nossas vidas sexuais são livros abertos um pro outro.

Como esperado, Lefty e Millie logo se desviaram da trilha principal e rumaram ravina abaixo. Caminhei mais alguns metros e depois fui descendo na direção do vale, vindo do sul do desfiladeiro. Abrindo caminho em silêncio pelo mato cerrado, alcancei um monte de arbustos em um morrinho, a mais

Os diários de Nick Twisp

ou menos 100 metros de altura de onde os dois amantes estavam se sentindo à vontade na minúscula clareira enclausurada. Espiei para baixo, por entre a folhagem. Dali, eu podia facilmente escutar a conversa dos dois.

— Tem certeza de que não tem ninguém por aqui, meu amor? — perguntou Millie, olhando ao redor.

— Certeza, linda — disse Lefty, abrindo o zíper da mochila. — Ninguém vem pra cá. E, se alguém vier, a gente vai escutar a tempo de se preparar.

Da mochila anciã, ele extraiu um lençol (novo em folha, ainda na embalagem de plástico), uma garrafinha de champanhe, dois copos de plástico e uma caixa de camisinhas. Apesar de suas deficiências na arte da conversação, Lefty com certeza sabia como ser um bom provedor.

Millie ajudou Lefty a forrar o chão com o lençol, depois se aninhou ao lado dele e se preparou para receber um beijo tórrido. Lefty, em vez disso, estendeu-lhe um copo e derramou um pouco do champanhe. Sua mão, notei, estava tremendo. (E as minhas também!) Lefty esvaziou o champanhe no copo dele, brindou com o de Millie, disse "A muitos retornos felizes" e deu um gole explanatório. Millie tomou o dela de uma vez só.

— Adoro um bom champanhe — disse Millie, aconchegando-se ao lado do copo vazio. Ela ergueu a camiseta, tirou-a, dobrou-a com cuidado e se deitou de costas no lençol. Seus seios fabulosos balançaram, brancos, à luz do sol entre as folhas. Sem dúvida alguma, ela havia passado por grandes transformações neste verão.

Lefty continuou a beber o champanhe.

— Acho que falta corpo a esse aqui — comentou, com a voz trêmula.

— E o meu, amor? — fez Millie, tirando o short. Um trecho preto vívido entre as coxas cor de creme confirmou que seu boicote à lingerie havia sido completo. Senti o sangue me faltar na cabeça. A maioria estava se dirigindo, notei, direto pro meu pinto. Enquanto Millie casualmente tirava folhinhas do umbigo, sua sexualidade em chamas por fim superou o medo de Lefty. Ele pulou em cima dela. Depois de um breve corpo a corpo (o que exatamente ele estava tentando fazer?), ela o ajudou a tirar as roupas, depois pegou seu pau duro (embora não reto).

Lefty gemeu quando os lábios cheios de luxúria de Millie se fecharam sobre sua espada em forma de cimitarra. Aí foi a vez dele de retribuir, enquanto Millie abria as pernas e ele lambia ardentemente seu centro rosado. Observei com espanto enquanto meu camarada de infância me superava em experiências sexuais. Enquanto eu estava de escanteio, Lefty dirigia o expresso para fora do território da virgindade.

— Vamos até o fim, meu amor? — perguntou Millie.

— Ah, vamos! — sussurrou Lefty.

Quando Millie estava deslizando uma camisinha de forma experiente no bilau retorcido de Lefty, meu pé esquerdo escorregou. Tentei agarrar um galho, não consegui e caí rolando de lá de cima. Enquanto o céu, a terra e a floresta giravam ao meu redor, senti uma explosão de dor nas costas e ouvi um grito feminino. O resto foi uma névoa. Eu me lembro de bater a cabeça em uma pedra logo antes de parar de rolar, seguida de mais gritos, depois acho que alguém me chutou. Aí veio um longo silêncio. Aí eu tive um sonho (acho que era um sonho) em que uma Millie Filbert nua andava por cima do meu corpo. Eu me lembro de perceber com surpresa, à medida que seus dedos dos pés nus talhavam minhas partes íntimas, que a agonia pode ser divertida. Então acordei e, de algum jeito, consegui sair do desfiladeiro e voltar para a minha bicicleta. Mas meu ombro doía muito para eu poder dirigi-la, por isso carreguei a bicicleta até em casa, o tempo todo tendo a impressão de que eu iria desmaiar, vomitar ou cair morto. Aí me lembro de minha mãe gritando comigo enquanto me levava até o hospital no Lincoln de Jerry. Aí um médico careca velho disse "isso pode doer um pouquinho" logo antes de recolocar meu ombro deslocado no lugar. Doeu como o diabo. Aí uma enfermeira bonita lavou todas as minhas feridas e colocou mais ou menos 6km de esparadrapo na parte superior de meu torso. Aí voltei pra casa (ouvindo um pouco menos de gritos dessa vez) e dei um cochilo comprido. Será que foi o comprimido que a enfermeira me deu?

21h30. Se meu corpo destruído pela dor estivesse um pouco mais endurecido, digitar seria fisicamente impossível. Acabei de receber um telefonema alarmante de Lefty. Millie Filbert terminou o relacionamento dos dois. Meu amigo me culpa por isso, injustamente.

— Grande amigo você é — reclamou Lefty. — Millie acha que eu combinei tudo com você pra ir nos espiar. Ela acha que nós dois somos uns doentes!

— Como é que vocês me deixam ali? — inquiri, mudando estrategicamente o assunto. — Eu podia ter morrido!

— Dane-se — disse Lefty. — Você tem noção de como eu tava perto?

— Eu sei — falei. — Nossa, foi mal. Não se preocupe, vou escrever uma carta pra ela e dizer que você não sabia de nada.

— Assine com sangue! — exigiu ele.

— Tá — disse eu. — E que tal se eu grampear meu testículo direito também?

**Os diários de Nick Twisp**

— Por mim, ótimo — respondeu Lefty. — Escreva hoje mesmo que eu apanho a caminho da escola amanhã. Quero entregar a carta pra Millie antes que algum outro cara arraste as asinhas pro lado dela.

— Entendo você — falei. — Com um corpo daqueles, ela está destinada a ser popular.

— Não fale do corpo da minha namorada!

23h15. Hora de ir pra cama. Acabei de compor esta carta para absolver Lefty:

Querida Millie,

Desculpe por ter violado sua privacidade de forma tão intrusiva. Por favor, aceite minhas desculpas de coração. Garanto que minha presença no desfiladeiro foi uma surpresa tão horrorosa para Leroy quanto foi para você. Eu com certeza não estava lá a convite dele, nem a cargo de uma conspiração premeditada. Fui intensamente censurado por meu amigo pelo meu voyeurismo odioso e depravado. Estou corroído de remorso. Sou abjeto. Perdoe-me!

Seu amigo,
Nick Twisp

Espero que isso seja servil o bastante para Lefty. Que dia! François com certeza tem muita culpa no cartório. Sou uma massa de cortes e hematomas, meu corpo parece algo saído da Sala Egípcia do Museu Britânico e a maciez do meu ombro impede qualquer tipo de aliviadores movimentos de braço rítmicos. Não devo pensar em sexo. Não devo deixar minha mente pensar sobre os seios de alabastro de M.F.

Ah, não! Barulho de molas rangendo. O que eu não daria pra cozinhar aquele Lance!

**SEGUNDA-FEIRA, 24 de setembro** — Meu corpo está me deixando louco! Acordei às três da manhã com uma coceira incontrolável. Por baixo do esparadrapo cirúrgico e das faixas, todos os meus poros gritavam raivosamente. Urtiga! Pulei da cama e puxei um dos esparadrapos. Que agonia! A cada puxão, parecia que eu estava me despelando vivo com um descamador de peixe enferrujado. Sem me atrever a tirar o esparadrapo, cocei furiosamente, depois corri pro banheiro, enchi a banheira de água fria e pulei pra dentro. O incêndio de coceiras diminuiu um pouco.

Passei o resto da noite na banheira. Só quando ouvi minha mãe e Lance se agitando foi que voltei pro meu quarto. Praticamente na mesma hora, minha pele se incendiou com uma falta de controle inédita, sendo que o esparadrapo molhado continuava preso de um jeito teimoso à minha epiderme torturada.

— Mãe! — gritei, com fraqueza. — Mãe, socorro!

Sem parecer muito animada, minha mãe eventualmente veio atender a meus pedidos de ajuda.

— O que foi agora? — exigiu saber.

— Urtiga! — grasnei.

Então minha mãe e Lance arrancaram o esparadrapo de minha carne irritada. Foi difícil dizer qual dos dois gostou mais daquilo. Quanto a mim, não acreditei que um ser humano pudesse conservar a razão em meio a tanta agonia. Quando finalmente o último pedaço de esparadrapo foi puxado de meu torso irritado, inflamado e agora quase sem pelos, minha mãe passou uma pomada calmante. Aos poucos, o tormento começou a passar.

— Obrigado, mãe — falei.

— Pela forma como você anda se comportando, eu devia ter deixado você sofrer — respondeu minha mãe. — Ia lhe ensinar a me desobedecer.

— Isso, eu já sei fazer — murmurou François.

— O que você disse, gracinha?

— Eu disse que sei que isso não posso fazer.

17h30. Fiquei em casa e não fui pra escola, claro. Enquanto a coceira diminuía, meu sistema nervoso retomava a capacidade de registrar o latejamento cruel no meu ombro.

19h45. O odioso Lance ficou de novo pro jantar (eu comi o meu no quarto, em uma bandeja). Seu carro de polícia ainda está estacionado lá fora. Enquanto isso, estacionado do outro lado da rua e encarando deprimido a casa, está o antigo amante de minha mãe, Wally Rumpkin. Acho que ela o avisou de que seus serviços já não serão mais solicitados. Só espero que, se Wally estiver armado, tenha boa mira. Odiaria ser alvo de uma bala dirigida a certo policial gordo.

**TERÇA-FEIRA, 25 de setembro** — Outro dia sozinho no meu quarto. Mais duas semanas disso e quebro o recorde de Nelson Mandela. Com os hematomas, faixas e trechos de pele irritada, dá até pra supor que estive preso pela polícia sul-africana.

Falando em polícia, houve uma breve confusão na nossa rua às duas da manhã de ontem. Quando Lance descobriu que Wally ainda estava estaciona-

Os diários de Nick Twisp

do na frente de casa, ligou pedindo que seus colegas enviassem um pouco de brutalidade policial da madrugada. Três patrulhas responderam ao chamado e, em vinte segundos, meia dúzia de tiras arrancou Wally do seu carro e o colocou deitado de braços abertos com a cara no asfalto. Aí um dos policiais "achou" uma lata aberta de cerveja no banco da frente do carro de Wally, por isso eles o algemaram e o prenderam por beber dirigindo. Espero que isso não faça Wally perder a licença de motorista de caminhão. Cheguei à conclusão de que os namorados de minha mãe são muito parecidos com os presidentes dos Estados Unidos: você sempre acha que não tem como piorar, mas então ela aparece com um Lance Wescott.

11h00. Sheeni acabou de ligar. Depois que o telefone tocou 35 vezes, eu sabia que não era nenhum amigo de minha mãe, por isso atendi. Era Meu Grande e Único Amor, em ligação convencional.

— Oi, querido — disse Sheeni. — Achei que você estaria matando aula. Que maravilhosamente mau da sua parte!

Resolvi não entregar a Sheeni que eu tinha uma licença médica.

— É, estou sendo flagrantemente rebelde, como sempre — disse eu. — De onde você está ligando, meu coração?

— Do corredor da boa e velha Redwood High — respondeu ela. — Alguns caras da loja de eletrônicos alteraram o orelhão, então agora é possível ligar pra qualquer lugar nos Estados Unidos, Canadá ou Europa de graça. Está sendo uma dádiva e tanto para estudar geografia.

— Seus pais ficaram bravos quando você se atrasou aquele dia? — eu quis saber.

— Furiosos. Tive de inventar uma história complicada, dizendo que Debbie Grumfeld tinha doença de Parkinson. Então, quando você escrever, Nick querido, agora deve imitar uma letra de menina tremida.

— Pode deixar — disse eu. — Como você está, querida?

— Com saudades terríveis de você e de Albert, querido. Algum sinal de fraqueza na decisão da sua mãe?

— Um pouco — menti. — Estou sendo incansavelmente detestável. Também insulto o novo namorado dela sempre que possível.

— Muito bem — disse Sheeni. — As mulheres odeiam isso. Que outras travessuras tem para me informar?

— Hã... bem, vejamos...

Eu não sabia que seria chamado na chincha.

Sheeni não esperou pela resposta.

— Andei pensando — disse ela. — Sabe o Lincoln legal da sua mãe?

— Sei.

— Arrebente-o.

— Arrebentar o carro? Mas eu nem sei dirigir!

— É aí que eu queria chegar — disse Sheeni. — Isso torna o fato de colocar aquele carro raro e valioso na estrada um ato de crueldade rebelde ainda maior. Prenda bem o cinto de segurança, querido, e não se machuque.

— Eu... não sei, querida. É um carro muito bacana.

— Acho que você devia levar o trailer também. Ouvi dizer que os trailers se arrebentam em pedaços de um jeito espetacular.

— Não, o trailer não! — protestei. — Eu estava pensando que um dia, se você viesse me visitar, ele poderia ser um bom lugar pra, você sabe...

— Acho que não, Nickie — disse Sheeni. — Eu lembro que aquele trailer cheirava bem mal. Não, não é o tipo de ambiente com que uma moça sonha para um encontro amoroso. Você vai ter de se esforçar mais, muito mais. Sugiro arrebentar o trailer também.

— Bom... eu... eu vou pensar no assunto.

Olhei ao redor, procurando François. Ele parecia estar tomando um cafezinho em algum outro lugar.

Ouvi uma voz masculina perto de Sheeni dizer:

— Vamos, Sheeni. Vamos nessa.

— Quem é esse, Sheeni? — perguntei.

— Ah, só um amigo, Nickie — respondeu ela. — Preciso ir. Minha próxima aula vai começar daqui a pouco. Mande um beijo para Albert por mim, querido. Seja mau. Seja mais do que mau, querido: seja terrível!

— Serei! — respondi.

François, pelo jeito, não gostou do tom possessivo daquela voz masculina culta que acabara de ouvir.

— Você sabe quem era, não sabe? — perguntou François. — Era aquele bundão do Trent!

— Eu sei — falei. — E o que você vai fazer a respeito, seu valentão?

— Espere só para ver — respondeu François, com péssimas intenções brilhando em seus olhos.

16h30. Lefty deu um pulo aqui com um cartão de melhoras e uma caixa de um quilo de chocolate (ambos roubados, claro). Mesmo assim, seu gesto merece consideração. Lefty chegou à conclusão de que violou o código das ruas ao me abandonar ferido e semimorto na floresta (muito embora isso tenha contribuído para o prolongamento de sua virgindade). Daí esses pequenos gestos de arrependimento.

Meu camarada acabara de vir de uma consulta com sua médica de pênis e estava mais triste do que nunca.

— Era aquela mesma médica jovem e bonitinha? — perguntei, pegando mais um chocolate. Dava pra ver que eu teria de comer rápido, se quisesse acompanhar Lefty. Ele lutou para engolir os três que estavam na boca, antes de responder.

— É, a mesma. Dessa vez, eu meio que gostei quando ela examinou meu pau duro. Talvez porque agora eu esteja mais experiente com as garotas.

Lefty ajustou a virilha e pegou mais um punhado de chocolates.

— E aí, o que ela disse? Você ficou mais reto?

— Eu acho que sim, um pouquinho, mas ela diz que não. Então ela quer operar!

— Jesus, por quê? E daí que você é meio torto?

— Foi o que eu disse! — exclamou Lefty. — Quer dizer, eu consigo mijar reto o suficiente. Se eu tivesse conseguido ir até o fim com Millie, saberia com certeza se o negócio funciona bem no sexo. Resolvi que não vou deixar passarem a faca em mim antes de ter a chance de experimentá-lo primeiro.

— É isso aí — concordei.

— Quero dizer, se ele funcionar bem, vou ficar com ele torto, não importa o quanto minha mãe me encha o saco. O pau é meu, não é?

— Com certeza — concordei. Os chocolates estavam desaparecendo rápido. Peguei mais dois. Lefty engoliu outro punhado.

— Lefty, desculpe mesmo pelo lance com Millie. Você entregou minha carta?

— Entreguei — respondeu Lefty. — Só que ela continua bastante fria. Disse que seu bilhete era pretensioso e falso.

Fiquei surpreso com a acuidade da percepção de Millie. Ela subiu mais um degrau no meu patamar evolutivo de estima.

— Mas agora ela acredita em você, né? — perguntei.

— Acho que sim — disse Lefty. — Ela disse que aceita sair comigo na sexta.

— Isso é ótimo!

— É, mas pra onde a gente vai? Nunca mais vou conseguir fazer com que ela volte comigo pra floresta. O que eu faço? Trago ela pra casa e digo: "Mãe, eu e Millie vamos subir pra testar meu equipamento e não queremos ser perturbados"?

— E a casa dela?

— Tá maluco? Depois do que aconteceu com Willis, os pais dela estão de olho na filha como falcões.

Aqui pelo menos estava a minha chance de remediar o mal que fiz a meu amigo.

— Traga Millie pra minha casa, Lefty. Você pode transar aqui na minha cama. Vou fazer minha mãe me levar para uma dessas rodadas duplas de filmes no cinema e deixo a chave embaixo do tapete de entrada. Vou até trocar os lençóis.

— Sei não — disse Lefty, mastigando laboriosamente quatro bombons recheados de cereja. — Tem certeza de que você não vai ficar escondido no armário?

— Prometo. Você vai ter privacidade absoluta. Que tal?

— Parece bom — disse Lefty, engolindo por fim. — Valeu, Nick, você é mesmo meu camarada.

— Que bom que posso ajudar. Isso me lembra uma coisa: e Martha?

— Está péssima porque o médico cancelou nossas sessões.

— Então minha mãe não pagou o cara, hein?

— Ainda não — respondeu Lefty. — E Martha não consegue entender por que, depois que ela abriu seu coração ao Dr. Browerly, ele não quer atendê-la de graça. Eu expliquei que o cara só faz o que faz pela grana. Foi aí que ela me socou. Espero que sua mãe não pague.

— Você não quer continuar fazendo terapia? — perguntei, incrédulo. Pessoalmente, mal posso esperar para iniciar uma análise intensiva e interminável.

— De jeito nenhum! — disse Lefty. — Esses caras são uns intrometidos. Eu sei que, se tivesse ido ver o Dr. Browerly essa semana, acabaria lhe contando que lambi Millie Filbert. E tenho certeza de que ele é obrigado pelo Estado a dedurar coisas desse tipo pros pais do paciente. Se ele fizesse isso, cara, eu continuaria virgem a vida inteira.

— E como foi, falando nisso? — perguntei.

— Demais! O gosto é parecido com o de frango. A única coisa é que a língua fica meio cansada. Então estou fazendo exercícios com a língua toda noite quando prendo meu pau com durex.

— Boa ideia — disse eu, lembrando-me de fazer o mesmo. Finalmente um exercício com o qual posso me identificar.

Lefty apanhou o último bombom e o enfiou na boca.

## Os diários de Nick Twisp

— Você não tá se sentindo meio enjoado? — perguntei. — Eu estou.

— Que nada — disse Lefty. — E olha que eu comi outra caixa no caminho pra cá. Adoro chocolate.

— Você tem sorte de não ter espinhas.

— Prefiro ter um pau torto do que espinhas — declarou ele.

Lefty tem razão nesse ponto. Ou não?

20h15. Minha mãe me fez descer pra jantar com ela e seu policial repulsivo. Ela não deve perceber a profundidade magistral de nosso desprezo mútuo. Desde aquele primeiro interrogatório pós-furto, Lance Wescott e eu nos odiamos com potência visceral. Fico irritado com a presença dele. Desprezo o ar que ele suga para dentro de seus pulmões vis e manchados de nicotina. Odeio a própria gravidade que segura sua carne putrefata neste planeta. Sim, eu entregaria o policial Wescott alegremente aos piratas tailandeses, esquadrões de morte guatemaltecos, senhores da droga de Medellín ou ao Khmer Rouge de Pol Pot. Melhor ainda, eu deixaria que todos eles tirassem uma lasquinha dele. Não admira que ele sinta o mesmo em relação a mim.

Lance me encarou com seus olhos vermelhos lacrimosos enquanto mandava pra dentro purê de batatas. François o encarou de volta.

— Acho que não foi justo o que aconteceu com Wally ontem à noite — comentou François. — Acho que deviam avisar os Direitos Civis.

— Você iria se delatar para aqueles comunistas queimadores de bandeira — respondeu o policial. — Aquele bunda-mole teve o que mereceu. Ele não vai mais vir mostrar aquela cara feia por aqui.

Ora vejam só, se não é o roto falando do esfarrapado!

— Espero que Wally esteja bem — disse minha mãe, cheia de culpa.

— Quanto maior o cara, maior a queda — observou Lance, convencido e nada original.

— E, quanto mais gordo, maior a mancha de gordura — acrescentou François.

Lance me encarou com fúria ainda maior.

— Estelle — disse ele —, quer que eu dê uma surra nele? Ele bem que está precisando.

— Nick — gritou minha mãe —, cuidado com essa sua língua! Você devia ter respeito pelo policial Wescott.

— Estou me esforçando o máximo possível — respondeu François. — Mas ele não facilita as coisas. E como é que ele ganha três costeletas de porco e eu, só uma?

— O policial Wescott é nosso convidado — respondeu minha mãe.

— E eu tenho de passar fome por isso? — inquiriu François.

Lance ficou ainda mais vermelho, atirou o guardanapo na mesa e se levantou.

— Estelle! — berrou ele. — Se você não bater nesse guri agora mesmo, eu saio daqui!

Sem desejar interromper seu jantar festivo, minha mãe obedeceu. Ela me acertou de jeito na cabeça.

Lance voltou a se sentar e eu me levantei.

— Você vai se arrepender por isso! — exclamou François, disparando para fora da sala.

— Desculpe pelo meu filho — ouvi minha mãe dizer a Lance.

— Nada que umas costelas quebradas não resolvam — respondeu o piedoso policial.

22h30. Wally voltou! Fui alertado de sua chegada pelos ganidos de Albert atrás de seu amigo, vindos de sua prisão canina no porão. Para não correr riscos, dessa vez Wally saiu do carro, trancou as portas, tirou uma cadeira de jardim do porta-malas, abriu-a na calçada e se sentou — de frente para nossa casa. Se não se pode admirar sua inteligência, que pelo menos se admire sua coragem.

Dez minutos depois: acabo de ouvir gritos de Lance lá embaixo. A confusão está se armando. Difícil acreditar que todos esses litros de testosterona estejam sendo dirigidos à minha mãe.

23h10. Bom, Wally se foi. Os tiras acabaram de arrastá-lo pra sua segunda visita à prisão em dois dias. Dessa vez, acho que a acusação deve ser ataque a um policial (Lance) com arma mortal (cadeira de jardim de alumínio). Mas estou disposto a testemunhar que o acusado agiu em legítima defesa. Lance não tinha nada que empurrar Wally de costas em sua cadeira. Ele podia ter quebrado a cabeça na calçada. Por sorte, havia uma roseira ali para amparar a queda. Provavelmente foi por causa dos espinhos que Wally reagiu com aquela agressividade incomum. Deu pra ouvir o barulho do alumínio batendo no crânio do policial a quarteirões de distância. Não precisa nem dizer que isso foi música para meus ouvidos.

Boas notícias. Meu ombro melhorou o suficiente para eu conseguir realizar alguns movimentos de braço normais. Agora posso refletir à vontade sobre os encantos voluptuosos de Millie Filbert. Depois de me limpar, passei mais uma camada de pomada sobre as irritações da urtiga. A maior parte da coceira já

Os diários de Nick Twisp

passou, só resta um ou outro espasmo ocasional. Fiz dez minutos de exercícios com a língua e já sinto esse músculo vital mais tonificado.

Opa, gritaria lá embaixo. Minha mãe e Lance estão brigando. Poderia eu esperar que este seja o princípio do fim?

**QUARTA-FEIRA, 26 de setembro** — Meus sonhos se tornaram realidade! Desci para tomar o café da manhã e lá estava minha mãe com seu avental COMA E NÃO RECLAME, preparando waffles com pecã para o motorista de caminhão infrator. Embaixo da mesa, estava Albert, esfregando-se satisfeito contra um tornozelo cor-de-rosa gigantesco. Inesperadamente, a verdade e o bem triunfaram sobre o mal. O longo pesadelo acabou. Lance foi embora!

— Oi, Wally — cumprimentei. — Você fugiu da cadeia?

— Não — respondeu ele, inspecionando o teto. — Sua mãe pagou a fiança.

— Você acertou aquele porco de jeito! — disse eu.

— Foi... foi um acidente. Eu não tinha intenção.

— Bom, Lance (quer dizer, o policial Wescott) teve o que mereceu — disse minha mãe, despejando outro waffle fumegante no prato de Wally. — Eu expliquei que você não estava fazendo mal nenhum ali sentado na calçada. Alguns homens são machos demais pro próprio bem deles.

— Eu não confiei nele — disse Wally. — Queria estar aqui, Estelle, para o caso de você precisar de mim.

Esta tinha sido uma fala longa para Wally, que corou ante sua loquacidade.

— Que gentil de sua parte, Wally — disse minha mãe. — Não é, Nick?

— Muito — concordei. — Ei, Wally, eles encrencaram com você lá na cadeia?

— Não — respondeu ele. — Na maior parte do tempo, foram legais, depois que me algemaram. O policial Wescott foi o único desagradável.

— Aquele neandertal! — exclamou François. — Não entendo o que minha mãe viu naquele cara.

— O policial Wescott tem seus pontos positivos — replicou minha mãe. — E não é da sua conta com quem eu saio ou deixo de sair.

— É, sim, se a pessoa não para de me ameaçar com lesões corporais — falei.

— O policial Wescott é um disciplinador rigoroso — atalhou minha mãe. — Exatamente o que você precisa. Preciso de um homem por aqui capaz de manter você sob controle.

— E Wally? — perguntei. — Se tem um cara em quem eu posso me espelhar, é Wally.

Minha mãe olhou para Wally. Ele corou.

— Coma o seu café da manhã, Nick — disse ela. — E não incomode o Sr. Rumpkin.

— Não é incômodo — disse Wally. Ele se inclinou e olhou para baixo. — Cachorrinho, já lhe disse pra não fazer isso.

Albert fez uma pausa, deu um sorriso de gárgula e, de um salto, tascou-lhe um beijo molhado.

— Viu, mãe? — disse eu. — Todo mundo gosta de Wally. Aposto que ele é legal com os bebês também. Não é, Wally?

Wally corou.

— Coma o seu café da manhã, Nick — respondeu minha mãe. — E cale a boca.

Não admira que eu seja um problema disciplinar. Meus pais estão sempre enviando mensagens duvidosas.

17h00. Acabei de ganhar 20 pilas! Continuo doente demais pra ir à escola, por isso fiquei em casa e ajudei Wally a remodelar a sala. Ele me pagou em dinheiro.

Depois que minha mãe foi trabalhar, Wally trouxe sua caixa de ferramentas, uma caixa de papelão cheia de equipamentos diversos e um macaco hidráulico com rodinhas de aço. Começamos empilhando toda a mobília ao longo da parede. Devido ao fato de seu assistente ainda portar um ombro sensível, Wally realizou a maior parte do levantamento de peso. Cara, como ele é forte! Ergueu um sofá sozinho — com Albert em cima.

Depois, Wally botou o macaco embaixo do Chevy de Jerry e manobrou aquele trambolho pifado até a parede que faz limite com a sala de jantar. Aí, tomando emprestado o antigo projetor de slides de Joanie, lançou um jato de luz sobre o carro, projetando, dessa forma, sua silhueta na parede. Ele a traçou a lápis, seguindo a sombra com precisão.

Depois de um breve intervalo para café com donuts, Wally ergueu o carro de novo com o macaco e o afastou da parede. Aí ele acionou seu serrote elétrico e — depois de verificar se a parede não continha nenhum cano ou cabo — cortou a massa de gesso e pregos ao longo da linha que modelou a forma do Nova. O único imprevisto foi quando a lâmina zumbindo fatiou os cabos de eletricidade que vinham do segundo andar. Felizmente para o operador do serrote, os disjuntores desarmaram a tempo de evitar o eletrocutamento completo.

## Os diários de Nick Twisp

— Droga — disse Wally, trêmulo pelo choque. — Eu devia ter checado os cabos que vinham do porão.

Rearrumar a orientação dos cabos e emendá-los levou mais ou menos uma hora. Enquanto ele fazia isso, inseriu um interruptor triplo na parede e ligou um retificador de corrente e um transformador de 12 volts. Ele tinha mesmo jeito com ferramentas.

Isso feito, Wally continuou a serrar. Quando por fim a lâmina incansável cortou o último pedacinho da linha traçada a lápis, Wally pôs o serrote de lado e empurrou a parede de leve. Ela oscilou de forma indecisa, depois caiu devagar no chão do outro lado. Enquanto as nuvens de poeira de gesso se dissipavam, um portal bacana em forma de Chevrolet que dava para a sala de jantar surgiu.

Depois do almoço, Wally ergueu o carro com o macaco e, com uma bela quantidade de resmungos e levantamento de peso, nós o empurramos para o portal — parando quando a parede estava bem centralizada entre os limpadores de para-brisa. Eu já tinha a impressão de que a sala de estar parecia bem menos atravancada.

Em seguida, Wally cobriu o limite entre o metal de Detroit e o gesso de Oakland. Nos dois ambientes ele aplicou massa corrida e fita crepe nas junções, alisando tudo com cuidado até que a parede e o carro se misturassem de forma perfeita. Enquanto aquilo secava, eu cobri as janelas, os trincos, os pneus e os para-choques do carro.

— Nick, será que você por acaso não teria um resto de tinta de parede por aí? — perguntou Wally.

— Lógico — respondi. — Lá na garagem. Tem pelo menos uns 4 litros, talvez 8.

— Hã... vá pegar — disse Wally, quase com segurança. Ele era bem menos tímido quando estava fazendo algo magistral.

Trouxe as latas rolando, enquanto Wally completava as últimas conexões de cabos. Poeira, amassados, camuflado, manchas feias de piche de asfalto — tudo sumiu embaixo do látex branco brilhante. Só o capô precisou de uma camada dupla para esconder completamente a mensagem profética "Pague ou Morra!"

Estávamos acabando de colocar o último móvel no lugar quando minha mãe chegou do trabalho. Cansados, sujos, suados, ficamos ali sorridentes enquanto ela olhava boquiaberta o nosso trabalho.

— Minha nossa! — exclamou minha mãe.

Wally ligou um interruptor. As luzes de freio do Chevy começaram a piscar.

— Uau! — exclamou minha mãe.

Wally ligou mais um interruptor. Os faróis cintilaram, lançando círculos luminosos na parede em frente.

— Demais! — exclamou minha mãe.

Wally ligou o último interruptor. O rádio do carro ligou; Elvis cantava "Love Me Tender".

— Ah, Wally! — exclamou minha mãe. — Você é maravilhoso!

Pela primeira vez na vida, fui obrigado a concordar com ela.

QUINTA-FEIRA, 27 de setembro — Acabo de receber de volta minha luva de beisebol oficial de Rodney "Butch" Bolicweigski e mais o resto de minha coleção impressionante de equipamentos esportivos. O policial Lançado Wescoito apareceu aqui com isso e todos os outros itens furtados enquanto tomávamos café da manhã. Graças a Deus que, na empolgação, ninguém pensou em me perguntar por que o desaparecimento de meus artigos esportivos não foi comunicado.

O coitado do Wally teve de ficar ali sentado, bebendo seu café, sem graça e olhando para os seus sapatos, enquanto o tira fanfarrão se vangloriava de ter desvendado o caso. O criminoso confesso não é ninguém menos que Leon Polsetta, um desempregado de 18 anos que abandonou a escola e mora no final do quarteirão. Muito embora eu sempre tenha acreditado que Leon estava destinado a uma vida no crime, recebi a notícia de sua prisão com pena.

Quando eu tinha 9 anos, Leon me levou para a garagem e me apresentou a uma atividade divertida chamada bater punheta. Ele também respondeu pacientemente a todas as minhas perguntas ansiosas sobre sexo; ilustrava suas aulas descendo as calças de sua irmã para apontar áreas de interesse. Leon também me contou um segredo cabeludo: certa vez, ele havia entrado escondido na garagem e visto seu irmão mais velho, Phil, transar com Joanie. Eu sabia que minha irmã "saía" com Phil Polsetta (hoje, um bem-sucedido soldador de radiadores), mas nunca tive coragem de perguntar se era verdade que ela teve sua primeira experiência sexual apoiada no velho Subaru de meu pai.

Minha mãe ficou perturbadoramente impressionada com o gênio investigador de Lance. Nem objetou muito quando Lance chamou o trabalho magistral de remodelação feito por Wally de "monstruosidade nojenta". Wally só pôde conter a raiva e segurar Albert, que gania ansioso pra morder certo tornozelo suculento de tira. "Solte, Wally!", enviava-lhe eu telepaticamente, porém meus rogos silenciosos caíram no vazio.

Os diários de Nick Twisp

Enquanto minha mãe e Lance flertavam no maior descaramento, encontrei pouco consolo no fato de que Wally havia dormido aqui hoje. O barulho de molas fora breve de um jeito alarmante e constituiu a única prova auditiva de que houve alguma atividade sexual. Preciso encontrar um jeito de emprestar a Wally meu exemplar de *Fazer amor para gourmets avançados*. Tá na cara que esse sujeito precisa de ajuda nesse departamento. Só rezo pra que seus pobres resultados sejam por falha técnica, e não por falta de equipamento.

Depois que o policial detestável finalmente foi embora, eu me apressei em consertar o estrago.

— Sabe, mãe — disse eu. — Vi que dois de seus filmes preferidos vão passar no UC Theater amanhã à noite.

— Quais? — quis saber ela, desconfiada.

— *Hair* e *Woodstock* — respondi. — Por que você e Wally não vão assistir?

Difícil acreditar que minha mãe rígida, durona e amante de policiais tenha sido uma quase hippie nos anos 1960. Pelo visto, o único vestígio dessa década de liberação que continuou presente até a meia-idade foi sua tendência a múltiplos parceiros sexuais.

— Eu gostaria de ir, Estelle — declarou Wally, de um jeito bobo.

— Bom, não sei — disse minha mãe. — O policial Wescott talvez queira que eu vá depor contra Leon.

— O julgamento só vai ser daqui a algumas semanas — falei.

— Tá, acho que sim — disse minha mãe, sem o menor entusiasmo.

— Legal — disse Wally, abraçando Albert com seus braços cor-de-rosa gigantescos. — É um encontro. Quer vir também, Nick?

— Não, obrigado, Wally. Sei que três é demais. Vocês dois terão uma bela noite romântica. Vou encontrar outra coisa pra fazer.

Além do mais, François tem algo planejado para amanhã à noite. Algo cruelmente belmondoesco.

Embora meu ombro estivesse muito melhor, eu não queria arriscar uma recaída sujeitando-o às pressões da educação pública contemporânea. Então faltei à escola e fui de bicicleta até a biblioteca. Não fiquei muito tempo. Uns professores sádicos do jardim de infância haviam organizado um passeio por lá; o lugar estava lotado de crianças de 5 anos gritonas. Até os sem-teto estavam fugindo pelas tabelas. Dei uma espiada em um livro, *Direção segura para o adolescente moderno*, e fui direto pra casa. Não sei se chego a me qualificar como "adolescente moderno", mas o bibliotecário não fez objeção alguma.

No caminho de volta, parei pra bater papo com a companheira gazeteira Patsy Polsetta, cujas partes pudendas já analisei em outros tempos. A pequena Patsy está amadurecendo rápido. Agora usa um sutiã sujo e fuma Lucky Strike. Enquanto a gente conversava, eu me vi às vezes pensando se ela não se importaria de dar um pulo na garagem de novo comigo (só em homenagem aos velhos tempos). Mas nem François teve coragem de lhe perguntar isso.

Patsy me contou como seu irmão Leon foi levado à justiça. A mãe deles achou os itens roubados e chamou a polícia! O único trabalho de investigação que Lance Wescott teve de fazer foi descobrir onde ficava a campainha da casa dos Polsetta, quando foi prender Leon. E, mesmo então, ele provavelmente bateu à porta. Minha mãe com certeza vai saber disso.

Li meu livro de educação para o trânsito no banco da frente de nossa nova unidade modular de parede: o Chevy pifado de Jerry. Isso me deu a chance de simular todas as manobras de alta velocidade (intituladas de "Maus Hábitos do Motorista Imaturo") condenadas pelos autores puritanos do livro. Agora eu sei como arrancar cantando os pneus. Também sei como ser descortês, praticar direção ofensiva, não dar a preferência, ignorar placas de advertência e dirigir acima da velocidade permitida. Talvez esse seja o livro que meu pai estudou quando estava aprendendo a dirigir.

Depois do jantar, Lefty me ligou. Tudo está pronto para seu encontro amanhã com Millie. A sessão de cinema de minha mãe e Wally começa às 19h05. Às 19h30, o casal de adolescentes ardentes chega ao Empório do Amor Não-Se-Cobra-Aluguel do Nick e encontra uma romântica meia-luz, Frank cantando suavemente "Songs for Clandestine Lovers" no estéreo, as cobertas dobradas com cuidado na cama e Albert amarrado no porão. O segundo filme acaba às 22h15. O casal adolescente saciado deve partir do Poço do Amor do Nick no máximo às 21h50. Todos terão curtido a noite.

— O que você vai fazer enquanto isso? — quis saber Lefty.

— Ah, acho que vou pedalar até o Skyline e ver o pôr do sol — respondi.

— Bom, vamos checar o armário mesmo assim, atrás de penetras — disse ele. — Millie disse que não confia em você.

— Não se esqueça de procurar pelas câmeras secretas — acrescentei, sarcástico.

— Ela provavelmente vai fazer isso também — tornou Lefty. — Eu não me importo muito, Nick, mas, com um corpo como o dela, Millie com certeza tem de tomar todo o cuidado.

É mesmo verdade, pensei. Dolorosamente verdade.

Os diários de Nick Twisp

**SEXTA-FEIRA, 23 de setembro** — Até agora, tudo bem. Nenhum namorado passou a noite aqui, embora Lance Wescott tenha ligado hoje de manhã enquanto minha mãe tomava banho. Eu lhe disse que minha mãe me instruíra a informá-lo de que nunca mais queria falar com ele. Além disso, disse que ela agora estava noiva de Wally Rumpkin, que havia concordado em me adotar.

— De agora em diante, pode me chamar de Nick Rumpkin — pedi.

Lance respondeu falando com todas as letras como é que ele gostaria de me chamar. Não acho que seja adequado para um policial empregar esse tipo de linguagem, principalmente com menores impressionáveis.

Minha mãe ainda está distraída. Depois do café da manhã, passou meia hora revirando a casa de cabeça pra baixo freneticamente atrás das chaves do Lincoln — que ela não chegou a encontrar. Então foi obrigada a ir para o trabalho em seu velho Buick. Bem, minha mãe tem a seu favor o fato de não saber que François roubou as chaves de sua bolsa na noite passada e que as escondeu na cavidade do polegar de sua luva de beisebol oficial de Rodney "Butch" Bolicweigski. Apesar disso, uma pessoa organizada teria a presença de espírito de ter uma chave de reserva para qualquer eventualidade.

Mais tarde, quando eu passava na frente da casa dos Polsettas a caminho do posto de gasolina da Chevron com a velha lata de gasolina de meu pai, a pequena Patsy estava lá, descarbonizando os cilindros da Harley de Leon. Ela parece frequentar a escola tão pouco quanto eu. Ela me olhou, afastou uma mecha de cabelo preto com a mão suja e bateu a cinza do cigarro com a outra. Torci pra que o solvente que ela estava usando não fosse explosivo.

— Oi, Nick — disse ela. — Melhor você dar o fora, e rápido.

— Por quê? — quis saber eu.

— Minha mãe pagou a fiança de Leon e ele tá atrás de você. Quer te dar uma surra.

— Por quê? — exclamei. — Não fiz nada!

— Ele disse que foi por sua causa que ele começou a roubar. Porque você tem todas aquelas luvas bacanas, tacos de beisebol e tudo o mais, mas nunca usa.

— Isso é ridículo — respondi.

— Talvez sim, talvez não. Mas você tá bem encrencado, Nick. Leon disse hoje de manhã que vai castrar seu saco puxador de policial. E ele tá com uma faca.

— Valeu por me avisar, Patsy — gritei de longe, afastando-me rapidinho. Podia sentir os alvos da ira de Leon tremendo nas calças.

Fiz outro caminho, tortuoso, para voltar do posto de gasolina. Depois de colocar a lata cheia no porta-mala do Lincoln, fechei todas as cortinas da casa e tranquei as portas. Também desamarrei Albert e o orientei a atacar qualquer coisa que arrombasse a porta. Ele bocejou e foi trotando tirar uma soneca no banco de trás do Chevy. Espero que Leon não corte a linha de telefone antes de arrombar a casa.

14h30. Nem sinal de Leon ainda. François estava ficando alarmado, por isso eu tive de lembrá-lo da jovem por cujo amor ele lutava. Pense em Sheeni lá em Ukiah com o odioso Trent, disse eu.

— É melhor aquele sacana não aparecer na minha frente — murmurou François. — E isso vale também pra Leon.

É um conforto ter François por perto, embora fosse ainda melhor se ele tivesse treinamento em artes marciais.

16h15. Leon Polsetta, com o rosto pálido pela temporada na delegacia, acaba de passar na frente de casa. Será que eu conseguiria acalmá-lo se lhe desse de presente toda a minha coleção de artigos esportivos?

18h05. Minha mãe me deu 2 dólares pra comprar algo para jantar. Onde ela espera que eu vá, tomar a sopa do Exército da Salvação? Ela e Wally acabaram de ir para Berkeley para uma experiência gastronômica refinada em algum café *yuppie* suntuoso antes do cinema.

François está impaciente para colocar a mão na massa, por isso preciso ir agora. A próxima passagem desse diário serão as palavras de um ousado jovem totalmente revoltado.

21h30. As coisas estão sombrias. Muito sombrias. François está indo na direção da fronteira com o México. Gostaria de poder me juntar a ele. Digito isso em um esforço consciente de manter meu pânico sob controle e de deixar um registro por escrito para o caso de eu ser assassinado ou cometer assassinato hoje à noite. Enfim, aqui vai minha versão da história.

Depois que minha mãe e Wally saíram, peguei as chaves do Lincoln e saí para prender o trailer. Problema número um: minha mãe tinha ido no carro de Wally e deixou o Buick na frente de casa, bloqueando o Lincoln. É claro que levou a única chave do carro com ela. Uma inspeção rápida revelou que todas as portas do Buick estavam trancadas, o freio de mão, puxado, o câmbio, em ponto morto e o volante, trancado. Duas toneladas de aço imóvel bloqueavam a passagem, Lefty e Millie chegariam em breve e a qualquer momento eu podia esperar pelo ataque de um criminoso maluco com uma faca a postos. Decidi entregar o problema a François.

## Os diários de Nick Twisp

Ele ligou o Lincoln, deu ré até o para-choque frontal do Buick e pisou fundo no acelerador. Os pneus rangeram no asfalto, metal contra metal, o interior do Buick fez um barulhão, mas François conseguiu afastar o carro. Ele só parou quando o Buick — com a grade agora completamente modificada — estava na calçada. Isso deixou ao Lincoln uma espécie de corredor polonês de passagem pelo jardim da frente de casa. Dando ré e manobrando laboriosamente pelo jardim, François conseguiu girar o Lincoln 180 graus e estacioná-lo na garagem, perto do trailer. Nada mau para um motorista iniciante.

A essa altura, o Sr. Ferguson já tinha saído para ver o que era todo aquele movimento.

— O que você está fazendo, Nick? — perguntou ele, com calma.

Tentei pensar em uma explicação lógica.

— Hã... A gente vai acampar amanhã e minha mãe me pediu para prender o trailer no Lincoln. O senhor poderia me ajudar?

— Claro — foi a resposta dele.

Enquanto o Sr. Ferguson fazia sinais de mão criptografados, François esforçava-se dando ré sem parar para prender o engate do Lincoln no encaixe do trailer. Por fim, com os ânimos e os para-choques desgastados, foi obtido o engate. O Sr. Ferguson subiu o trailer com o macaco e eu prendi o cabo. Os fundos do Lincoln abaixaram-se, satisfeitos com sua carga costumeira.

— Você não precisa prender essas correntes também? — perguntou o Sr. Ferguson, apontando para duas correntes penduradas do trailer.

— Sim, claro — respondi, desprendendo as correntes e unindo-as com firmeza. — Pronto, obrigado, Sr. Ferguson.

— De nada — respondeu ele. — Divirta-se no acampamento.

— Pode deixar — respondi. Enquanto acenava para me despedir do Sr. Ferguson, ele entrou em casa.

— Certo — disse François, deslizando para o banco de couro branco da frente do Lincoln. — Vamos arrebentar esse lixo.

François parou para prender seu bigode falso, que ele fez com pelos extra de Albert. Isso feito, examinou o resultado pelo espelho retrovisor. Sem sombra de dúvidas ele agora parecia velho o suficiente para ter carteira de motorista.

François ligou o grande V-8, engatou a primeira e acelerou. Quando passava pelo jardim, desviando do Buick, o trailer destruiu um dos cantos da casa, emitindo um som preocupante de rasgo. François não parou. Pedaços de tijolo caíram como pedras de granizo gigantes, e restos galvanizados tremeram e contorceram-se, indo cair na comprida calha de chuva na frente de casa.

Enquanto a construção se mantinha teimosamente presa ao trailer, os grandes pneus do Lincoln começaram a cavar fundo o gramado. François acelerou. Com um solavanco, o trailer se libertou e o Lincoln foi arremessado para a frente. Magistralmente, François se desviou da videira, sacrificando em seu lugar a pequena pereira asiática. Em seguida, ele conseguiu rodear o recém-surgido Sr. Ferguson, com olhos arregalados de surpresa e medo. Então, ainda acelerando, o Lincoln pulou para o meio-fio e foi catapultado para a rua, quase batendo em alguns carros estacionados. Lutando contra o pânico, François, por fim, encontrou o pedal de freio e freou bruscamente, quase fazendo o trailer se dobrar em dois.

— Tem certeza de que você sabe o que está fazendo? — pressionou Nick.

— Relaxe, rapaz — disse François, endireitando o bigode. — Li o livro. Agora estou me lembrando de tudo.

François prendeu o cinto de segurança, agarrou o volante na posição de dez para as duas, checou o retrovisor e continuou dirigindo calmamente pela rua. Na esquina, ele parou, ligou a seta, aguardou pacientemente que os carros passassem e depois executou uma curva à direita com sucesso. Dirigir era fácil e divertido, como ele sempre imaginara. Não admira que os adultos não deixassem as crianças dirigirem.

François seguiu sua rota pré-planejada pelo trânsito pesado de sexta-feira à noite, ficando bem abaixo do limite de velocidade permitido. Os motoristas do tipo A impacientes buzinavam e o rodeavam, olhando curiosos ao acelerarem por ele. Nos limites de Oakland, François virou para o norte em direção à relaxada e tolerante Berkeley. Seu plano era simples mas ousado: ir até os morros do Parque Tilden, parar em um estacionamento vazio, desprender o trailer, queimá-lo e voltar para casa. Sua mãe ficaria furiosa, seu desejo de emigrar seria satisfeito e o Lincoln, ainda intacto, mas agora cosmeticamente modificado, seria herdado por ele um dia.

O plano podia ter funcionado se não fosse aquele quebra-molas na estrada logo antes do sinal de Pare naquele morro comprido e íngreme. O carro deu um solavanco, o trailer pulou e, de repente, François notou que o Lincoln manifestou um novo poder, quase como se tivesse adquirido espontaneamente um motor turbo ou se tivesse sido liberado de um peso gigantesco. Era esse último o caso. Congelado, François olhou aterrorizado a cena de horror que se desenrolava pelo espelho retrovisor: o trailer dando ré cada vez mais rápido, com o engate faiscando no asfalto, e os outros carros desviando do caminho. Depois, a batida! O progresso do Lincoln para a frente foi interrompido de forma abrupta pelo para-choque amassado e os fundos de um Fiat parado no cruzamento. Tonto, François cambaleou para fora do carro e, boquiaberto, observou o balé veicular que se desenrolava.

Lá embaixo, o trailer cada vez mais veloz pegou uma van de raspão, girou, parou por um milésimo de segundo para ponderar suas opções, depois continuou sua descida em direção ao cruzamento movimentado, mais abaixo. *Tum!* Com esse som medonho, o ainda impaciente Lincoln se libertou do Fiat batido e começou a descer o morro atrás de seu companheiro.

— Ah, não! — exclamou François ao motorista abismado do Fiat. — Esqueci de engatar o freio de mão!

O motorista disparou atrás do Lincoln que acelerava, e quase o alcançou a tempo. Pena que foi quase. Pena que ele não engatou o freio de mão do próprio carro.

Enquanto os motoristas, espantados, pisavam no freio, o trailer em alta rodou incólume por quatro pistas de trânsito, pulou no meio-fio e desapareceu em silêncio pela vitrine de vidro da Too Frank, uma loja de salsichas refinada. (Cujo expediente felizmente já estava encerrado.) Um milésimo de segundo depois, deu para ouvir a batida ensurdecedora até lá em cima, no morro.

Em sua corrida desenfreada, o Lincoln gerou comoção ainda maior, passando como um trovão pelos carros parados e indo colidir como um trem expresso com o prédio arruinado. *Uuuuuush!* Fogo surgiu quando a lata de gasolina no porta-malas explodiu. *Buuum! Buuum!* Os tanques de propano do trailer explodiram como bombas, lançando salsichões de frango com maçã pelos ares, como granadas apetitosas.

A essa altura, a partida suicida do Fiat em direção ao prédio em chamas seria uma espécie de anticlímax, se não fosse pelo rastro de gasolina deixado pelo seu tanque de combustível furado. Quando uma trilha de fogo líquido subiu pelo morro como se fosse a vingança divina, gritei e corri. Impulsionado pela descarga de adrenalina, voei por sobre o asfalto, atingindo velocidades insuspeitadas pelos aspirantes às Olimpíadas. Passei por espectadores curiosos, passei por gente atrás de desastres e emoção, passei por caminhões de bombeiros e carros de polícia com sirenes ligadas — nada nem ninguém seria capaz de me parar.

No centro de Berkeley, topei com um ônibus em direção a Oakland, pulei a bordo, atirei 1 dólar pro motorista e caí, suado e ofegante, em um assento nos fundos. A maioria dos passageiros estava olhando pela janela para a fumaça preta que se erguia no céu claro do poente. Os demais me encaravam. Como quem não quer nada, levei a mão ao meu bigode e descobri que ele não estava mais lá, mas depois o localizei na minha bochecha esquerda. Com pressa, eu o arranquei.

— O que está pegando fogo? — perguntou uma mulher.

— Não sei — respondeu a pessoa a seu lado. — Mas que cheiro de alho!

No caminho para casa, tentei acalmar meu coração acelerado, mas cada nova sirene avivava meu sistema nervoso em frangalhos. Parecia que todos os caminhões de bombeiros de Oakland estavam correndo em direção a Berkeley. Por fim, o ônibus parou na minha rua e eu me apressei para casa na escuridão.

Oh-oh! Luzes piscantes vermelhas e azuis no fim do quarteirão. Eu me aproximei com cuidado, depois parei. Estacionados na frente de casa, estavam dois carros da polícia de Oakland, com os rádios ligados a toda altura divulgando os diálogos policiais da noite.

Mergulhei atrás de uns arbustos, recoloquei o bigode e espiei para fora. Em algum lugar, Albert latia furiosamente. Ante o brilho branco sóbrio das luzes da polícia, o jardim destruído e o tijolo arrasado pareciam a cena de um desastre pós-apocalíptico. Nesse momento, a porta de entrada se abriu e de lá saiu o policial Lance Wescott, levando um Leon Polsetta algemado e cheio de hematomas. Os dois foram seguidos por mais dois tiras grandalhões, que levavam um par de adolescentes com trajes sumários. Só Lefty estava algemado. Millie parecia que ficara histérica demais para ser algemada. Um dos policiais, notei, carregava a mochila de Lefty. Depois de muita bateção de porta, todos os prisioneiros foram enfiados nos carros, que cantaram os pneus noite adentro.

Dali a pouco, eu me arrastei para fora e quase derrubei o Sr. Ferguson, que estivera espionando ali o tempo todo perto de mim nos arbustos.

— A polícia prendeu uns intrusos na sua casa, Nick — disse ele, encarando com nervosismo o meu bigode.

Eu o arranquei fora.

— É, eu vi — falei.

— Posso ajudar em alguma coisa, Nick? — perguntou ele.

— Não conte nada pra polícia, só isso.

— Ah, pode deixar — respondeu ele. — Eu nunca conto, mesmo.

Na casa, a sala estava em frangalhos. Leon deve ter resistido à prisão, ou talvez Lance simplesmente decidiu jogar handebol com ele por um tempo. O Chevy, notei, agora exibia um amasso novo em folha na porta. Abri-a e Albert pulou para fora, ainda latindo na maior empolgação. Olhei pra ele com jeito acusador.

— Todos esses tiras e nem uma mordidinha sequer em nenhum. Grande ajuda você é!

**Os diários de Nick Twisp**

Albert rosnou uma desculpa e sorriu. Pelo menos, estava se divertindo.

Lá em cima, minha cama estava uma bagunça, um sutiã estava atirado sobre o abajur e, em um canto da mesa de cabeceira, havia uma embalagem de camisinha rasgada. O preservativo em questão, só fui achar no meio das cobertas. Estava desdobrado, mas, fora isso, novo em folha. Todos os indícios apontavam para um caso claro de coito interrompido. Investigações posteriores levaram à descoberta da cueca boxer de Lefty, mas não da calcinha de Millie. Ou ela já chegou sem calcinha, ou Lance a fez colocá-la. Ele provavelmente ficou olhando também, aquele psicótico. O sutiã, eu guardei, para análise posterior.

Com medo demais para ter qualquer pensamento racional, liguei o rádio e sintonizei em uma estação de notícias. O furo era o incêndio gigantesco ainda descontrolado em Berkeley. Alimentado pelos estoques generosos de azeite de oliva extravirgem, as chamas espalhavam-se para uma padaria, um empório gastronômico, uma loja de queijos e um restaurante de culinária típica de Santa Fé. Agora os bombeiros se viam atrapalhados pela fumaça irritante vinda da queima de pimentas *jalapeños*.

Oh-oh, sons lá embaixo. Conheço esse grito. Minha mãe chegou!

23h15. Acabei de ligar o rádio para testar minha audição. O incêndio já está quase controlado em Berkeley. Por algum tempo, houve a preocupação de que ele pudesse se espalhar para um edifício que abrigava 20 mil quilos de carvão, mas então o vento parou. Meus ouvidos ainda estão zumbindo, mas acho que ainda consigo ouvir bem. Por algum tempo, tive medo de me tornar a primeira pessoa na história a ficar surda graças à voz de sua mãe. Graças a Deus, Wally estava lá para mantê-la fisicamente contida, senão, a essa altura, eu seria uma curiosidade em exposição no necrotério.

Uma vez que as coisas saíram tanto assim de controle, achei que o melhor procedimento era negar tudo. Tive bastante sucesso com essa tática no passado e posso simular a veracidade de forma instintiva, mesmo sob extrema coação emocional e psicológica. Além disso, o que são umas mentirinhas quando se acaba de destruir um estoque de guloseimas no valor de 5 milhões de dólares? Meus movimentos de abertura foram brilhantes:

— Mãe! — gritei, correndo pelas escadas. — O policial Wescott acabou de prender Leon! Ele arrombou a casa de novo!

— Foi Leon quem fez isso tudo? — exclamou ela, desabando estatelada em uma cadeira. — O que aconteceu lá fora? Quem destruiu meu carro? Cadê o Lincoln de Jerry?

— O trailer também não está aí — balbuciou Wally, lutando para se desvencilhar de um afetuoso Albert.

— Cadê meu trailer? — exigiu saber minha mãe.

— Não sei — respondi. — Talvez Leon tenha levado os dois embora.

Minha mãe me olhou desconfiada.

— Como assim, você não sabe? Onde você estava, seu gracinha? Você devia estar de castigo!

— Eu... eu fui comprar um presente de aniversário pra você, mãe — expliquei. — Era minha única oportunidade.

— Meu aniversário só é em novembro!

— Eu sei, mas vi uma coisa bacana em liquidação.

— O quê? — pressionou ela.

— É surpresa!

— Wally! — gritou minha mãe. — Ligue pra emergência. Diga para mandarem o policial Wescott para cá imediatamente. Diga que precisamos de ajuda. Fomos atacados! Fomos roubados!

Lance só apareceu meia hora depois. Nesse meio-tempo, Wally e eu limpamos a zona na sala enquanto minha mãe entrava em um estado semicatatônico.

— Wally, como é que vocês só voltaram tão tarde? — perguntei.

— A gente parou pra ver aquele incêndio gigantesco em Berkeley — respondeu ele.

— Ah — disse eu. — Como estava?

— Demais. As chamas chegaram a metros de altura. Mas o aroma era maravilhoso.

— Alguém se machucou?

— Ouvi dizer que alguns garçons foram queimados superficialmente quando tentaram resgatar os chardonnays. Eles perderam uns vinhos excelentes. Cachorrinho, por favor, não faça isso.

Albert se escondera embaixo da barra da calça de Wally e tentava subir por suas pernas. Wally se inclinou e extraiu o canino hiperafetuoso com gentileza.

— Já... já sabem quem começou o incêndio? — perguntei.

— Algum incendiário. Olhe, eu odiaria estar na pele dele quando o pegarem. Droga, tomara que eu consiga tirar esse amassado da porta.

Enquanto Wally e Albert contemplavam o Chevy danificado, eu trouxe um copo d'água pra minha mãe. Ela estava agitada demais pra perceber como minhas mãos tremiam sem controle, mas voltou à vida quando o detestável Lance

Os diários de Nick Twisp

entrou sem bater. Ele parecia ainda mais satisfeito consigo mesmo do que o normal.

— Oi, Estelle — disse ele, ignorando a mim e Wally. — Noite agitada, hein?

— Oh, Lance, querido! — exclamou minha mãe. — O que aconteceu?

— Peguei seu amigo Leon arrombando a porta da frente de novo. Depois ouvi um barulho lá em cima e encontrei dois menores de idade fornicando no quarto.

— Nick! — gritou minha mãe.

— Não fui eu, mãe! Era Lefty e Millie. Os dois se amam.

— Ah, claro — desdenhou Lance. — Bem, se os pais dela derem queixa, como eu os aconselhei a fazer, ele vai ter de responder a um processo de sedução de menores. Como eu gostaria de prender você de quebra. — Lance grunhiu com desdém na minha direção. — Mas tenho outra coisa pra fritar você, gostosão.

Engoli em seco.

— Lance, querido! — disse minha mãe. — Cadê o meu carro e o trailer? O que Leon fez com eles?

— Leon está limpo da acusação de furto de veículos — respondeu Lance, deixando-a intrigada com seu jargão policial. — Talvez você tenha mais sorte se fizer essa mesma pergunta pro seu filho.

Minha mãe me lançou um olhar da temperatura do hélio líquido.

— Eu... não sei de nada — gaguejei. — Nem sei dirigir. Não tenho idade pra isso.

— Sabe aquele incêndio enorme em Berkeley? — perguntou o policial.

— A gente estava lá! — declarou minha mãe.

— Pois é, ele foi iniciado por um trailer. E por um Lincoln conversível antigo. Branco.

Minha mãe conseguiu ficar ainda mais chocada.

— Nick! — berrou ela.

— Não fui eu! — gritei de volta.

— Tenho certeza de que Nick não tem nada a ver com isso — interveio o sempre crédulo Wally. — Fizeram uma descrição do suspeito?

Lance folheou as páginas de seu caderno de anotações policiais.

— Jovem branco, aproximadamente um 1,70m, 60kg, cabelos escuros, com espinhas e bigode... bastante cheio.

Dei meu sorriso mais inocente e de um barbear limpo.

— Ah, só mais uma coisinha — continuou Lance. — Estava usando uma camiseta. Uma camiseta amarela escrito: ESTOU SOZINHO, QUER CARINHO?

Olhei pra baixo. Ops, esquecera de trocar de camiseta.

Seguiu-se um período prolongado de recriminações violentas. Enquanto eu era oralmente assado pela minha irresponsabilidade flagrante, a ironia da situação ficou clara para mim. Eu estava na merda mais profunda e escura precisamente porque o responsável Nick havia subjugado o impulsivo François, que, desde o início, queria incendiar o trailer ali mesmo. Eu desdenhei a ideia, temendo que as chamas se espalhassem até a velha garagem do Sr. Ferguson, uma estrutura com valor consideravelmente inferior a 100 dólares. Se eu tivesse agido com firmeza, esse pesadelo poderia ter sido evitado. No fim, o abuso foi silenciado por uma sirene. Era a polícia de Berkeley, que viera interrogar o Sr. Ferguson.

**SÁBADO, 29 de setembro** — São 2h15 da manhã. A represa até agora está aguentando o tranco. O Sr. Ferguson não me dedurou. Lance não me prendeu. Ele está contendo sua responsabilidade policial devido a uma inexplicável consideração para com minha mãe. Talvez ele não queira se envolver com uma mulher que esteja em dívida com seguradoras no valor de 5 milhões de dólares.

O Sr. Ferguson veio pra cá depois que a polícia saiu. Ele não quis dizer nada na frente de Lance, mas minha mãe falou que não havia problema. Ele contou que os policiais de Berkeley tinham mandado um cara com roupa à prova de fogo no edifício ainda fumegante para pegar a identificação do Lincoln. Eles não acreditaram no Sr. Ferguson quando ele disse que não conhecia nenhuma Estelle Biddulph e que ele não tinha um conversível branco.

— Eu disse a eles que toda a minha vida desprezei Henry Ford e sua política — explicou o Sr. Ferguson. — Não fez a menor diferença. Eles tinham certeza de que eu estava escondendo alguma coisa. Disseram que vão voltar com um mandado de prisão. Eu disse: "Tudo bem, espero que vocês achem o serrote que estou procurando desde terça-feira."

— Muito obrigada — disse minha mãe quase num sussurro.

— Nunca vou dar com a língua nos dentes para a polícia — garantiu o Sr. Ferguson, olhando Lance desconfiado. — Mas não sei quanto aos outros vizinhos. Nick fez um show e tanto para tirar aquele trailer daqui. Alguém mais pode ter visto.

Os diários de Nick Twisp

— Bom, só tem um jeito de descobrir — disse Lance, exausto. — Vou lá interrogar.

— Agora? — perguntou Wally. — É de madrugada.

— Ótimo. Então deve estar todo mundo em casa.

03h30. Lance voltou de seus interrogatórios com a aparência sombria. Nossos vizinhos xeretas viram tudo. As pessoas acham que, só porque fazem parte de um programa comunitário de observação da vizinhança para a prevenção de crimes, isso lhes dá o direito de meter o bedelho na vida alheia.

Lance leu em seu caderno:

— Oito testemunhas afirmam ter visto um homem de bigode manobrando um Lincoln branco e um trailer, mas só uma fez uma identificação positiva de Nick como o motorista: a irmã de Leon.

— Patsy Polsetta é uma putinha mentirosa — disse minha mãe, de forma nada caridosa.

— Será que ela vai causar encrenca? — perguntou Wally.

Lance dirigiu a resposta à minha mãe.

— Ela vai cooperar. Está disposta a ter um lapso de memória, se você retirar todas as queixas contra o irmão dela.

— Acho que a gente não tem escolha — disse minha mãe. — Mas diga a Leon que vou comprar uma arma. Se ele tentar entrar de novo, acerto seus miolos!

— Ótimo, Estelle — aprovou Lance. — Eu bem que lhe disse que você precisava de mais armas por aqui. Eu ensino você a atirar.

Agora eu definitivamente preciso dar o fora. Não quero estar por perto da próxima vez em que minha mãe armada perder as estribeiras.

Lance sacou uma prancheta.

— Certo, vou registrar uma queixa pelo furto do carro e do trailer e colocar o horário da queixa *antes* do horário do incêndio. Assim vai ficar menos suspeito. Mas vão encher meu saco por não ter colocado a queixa no computador na hora em que ela ocorreu.

— Oh, Lance. Você é maravilhoso — cantarolou minha mãe. — O que eu faria sem você?

Lance lançou um olhar convencido para Wally.

— Só estou tentando ajudar, Estelle — disse ele. — Mas é melhor esse garoto não estar aqui quando os detetives começarem a aparecer. Eu o mandaria para bem longe por um tempo. Um longo tempo.

— Ah, ele que vá tornar a vida do pai um inferno! — declarou minha mãe.

Será que eu ouvi o que eu ouvi? Retomei o controle de meus músculos faciais para evitar o surgimento de qualquer coisa parecida com um sorriso.

— Mas eu gosto daqui — falei, solene.

— Você vai, gracinha! — berrou minha mãe. — Wally, me passe o telefone.

Pela primeira vez nesta noite, minha mãe estava se divertindo. Ela nem deu um "alô" preliminar a meu pai quando ele por fim atendeu.

— Seu filho acaba de incendiar metade de Berkeley! — gritou ela. — Venha pegá-lo já!

Meu pai achou que era uma pegadinha de mau gosto, por isso minha mãe colocou Lance na linha. Ele explicou a meu pai as responsabilidades legais e financeiras em seu mais draconiano jargão policial. Até eu senti uma nova pontada de ansiedade. Lance afastou o fone barulhento da orelha.

— Minha nossa, ele está bravo, hein! — exclamou o tira.

Minha mãe apanhou o fone de volta e disse a meu pai que ele tinha duas horas "para dar as caras aqui". Ela desligou com aparência cansada, mas satisfeita. Pelo menos eu estou lhe fornecendo munição para os combates pós-divórcio. Ela me encarou.

— Você, já pra cima e comece a fazer as malas!

— Espere aí — disse o tira. — Estelle, você não vai dar um corretivo nesse menino? Ele merece uma surra.

— No momento, isso já passou dos limites para mim — suspirou minha mãe. — Você pode cuidar disso, Lance, querido?

— Adoraria — respondeu ele, encarando-me com uma expressão sádica.

— Espere! Estelle, ele já sofreu o bastante — interveio Wally.

— Vá cuidar da sua vida — sibilou minha mãe. — Pode ir pra casa agora, Wally. Obrigada pela noite adorável. Desculpe se esse menino horrível estragou tudo para todos!

Ah, com certeza para todos, não, mamãe querida.

Wally se levantou com relutância.

— Tudo vai ficar bem, Nick — disse ele. — Divirta-se lá em Ukiah.

— Valeu, Wally — disse eu. — Vou tentar.

— E você, nada de ficar achando que vai ver aquela sei-lá-o-nome-dela em Ukiah! — disse minha mãe. — Vou fazer questão de seu pai manter você longe daquela menina!

— Ieoqvp — murmurei.

— O que você disse, gracinha?

— Eu disse ieoqvp.

— O que isso quer dizer?

— Você é quem manda. A chefe é você.

Minha tradução não foi precisa. Todo mundo sabe que ieoqvp significa Isso É O Que Você Pensa!

Depois que Wally saiu, fui mandado lá pra cima, para aguardar minha sessão de aconselhamento psicológico com Lance. Cinco minutos depois, ele entrou no meu quarto carregando um galho robusto de árvore.

— Certo, gostosão. Pode abaixar as calças — disse ele.

— Se você me bater com isso, vou gritar "assassino"! — adverti.

Lance sorriu com sarcasmo.

— Pode gritar, gostosão. Agora vamos logo com isso!

Eu não chorei... bom, não muito. Enquanto o policial de cara vermelha detonava minhas nádegas e pernas nuas, pensei no nobre Sidney Carton. Como ele, eu estava fazendo um sacrifício doloroso pela mulher que amo. Meu sofrimento tinha uma beleza que o elevava acima dessa cena sórdida. Ainda assim, doeu como o diabo.

Chegou então o momento em que Lance desferiu seu último golpe, de corpo inteiro, que quebrou o galho e me arremessou na cabeceira de madeira da cama, fazendo com que eu cortasse o lábio. Mal senti esse último ferimento, por causa da dor cortante nas minhas costas ensanguentadas.

— Terminou? — perguntei, com fraqueza.

Lance atirou de lado o galho quebrado.

— Por ora, sim. Vá arrumar suas coisas, gostosão.

Ele vai pagar por isso, claro. Ele não sabe, mas vai. E a minha mãe também.

05h05. Meu pai acaba de chegar a toda velocidade. Ele deve ter vindo voando de Ukiah. Minhas coisas estão prontas. Albert está na coleira. Eu mal consigo me mexer (que dirá sentar) por causa de minhas pernas rígidas e latejantes. Hora de ir. Devo escrever minhas próximas palavras em um chalé rodeado de lindas árvores.

09h30. Bom, não exatamente. Até que dá pra chamar a casa de chalé, mas o fiscal imobiliário da prefeitura a descreve como casa pré-fabricada de largura dupla. As árvores paus-rosa estão à vista... em uns morros distantes no vale. O paraíso campestre de meu pai é um terreno plano e não arborizado que fica no fim de uma estrada poeirenta depois de uma mina de cascalho e uma fábrica de concreto. A casa é um retângulo austero de compensado de madeira encarapitado em blocos de cimento, com janelas de alumínio, um resfriador de ar evaporativo no teto chato, garagem aberta na face sul, degraus de concreto que conduzem à porta reta de entrada e tábuas marteladas de qualquer jeito nas juntas unindo as duas metades. A paisagem consiste de ervas daninhas marrons altas, que eu recebi ordens de arrancar imediatamente. Estamos a quase 8km da cidade. Não existe linha de ônibus por aqui. Eu vou ter de percorrer essa distância a pé. Meu pai não tem onde estacionar bicicletas, por isso eu tive de deixar a minha de dez marchas para trás. Além disso, ele não quis levar o cachorro, mas minha mãe insistiu. Albert montou guarda no espaço sombrio e minúsculo embaixo da casa.

Meu pai, porém, pode vangloriar-se de ter alugado a melhor casa na vizinhança. Pelo menos o nosso "chalé" tem água (de poço) corrente, janelas intactas e teto em boas condições. O tal refrigerador de ar evaporativo até ameniza um pouco o calor infernal — se ninguém se incomodar com a umidade. A casa também é bastante ampla: os ambientes são enormes e eu tenho meu próprio quarto. Algo à prova de som, porém, parece estar fora de questão. Devo dominar a arte de viver em silêncio, pois meu pai é muito sensível a barulho. Coloquei o meu computador perto da janela. A vista é quase agradável: ervas daninhas e uma cerca derrubada de fundo, chaminé empoeirada da fábrica de concreto no centro, morros verdejantes a distância e um ou outro falcão de cauda vermelha emprestando interesse ornitológico aos céus azuis sem nuvens.

Eu devia estar com sono, mas não estou. Acho que tomar banho zerou meu relógio biológico. Meu cérebro acha que é de manhã, embora meu corpo ache que ainda é meia-noite no campo de concentração. Enquanto meu pai e Lacey iam à cidade tomar café da manhã, dei alguns telefonemas. Sheeni não estava em casa, mas espero que ela me ligue logo (isso, se o irmão idiota dela lhe der o recado).

Meu pai, claro, vociferou energicamente enquanto carregava o carro em Oakland. Minha mãe ajudou (com gritos, que fique claro). Ela só parou de berrar por tempo suficiente para evitar que Lacey caísse morta no chão. Mesmo arrancada da cama no meio da noite, ela estava linda. Foi a única pessoa que demonstrou alguma humanidade e exclamou com pena quando mostrei uma de minhas pernas laceradas. Meu pai, acho, ficou desapontado por lhe terem tirado a chance de me bater. Talvez ele faça isso mais tarde.

Entrei no carro sem me despedir de você-sabe-quem. Espero que o bebê dela nasça com três olhos, seis pernas e uma camada de pelo castanho espesso. Provavelmente vai mesmo, tendo Jerry como pai e Lance como padrasto mau. Também ignorei o policial repelente, que manteve um braço possessivo ao redor dos ombros de minha mãe o tempo inteiro em que meu pai esteve ali. Como se meu pai quisesse minha mãe de volta! Mas do Sr. Ferguson eu me despedi. Ele saiu para me ver e deu um jeito de me entregar uma nota de 20 dólares quando ninguém estava olhando. Dele, eu vou sentir saudades.

Meu pai insistiu em fazer um desvio para passar por Berkeley e inspecionar a destruição. Os bombeiros ainda estavam borrifando água nos destroços fumacentos.

— Oh, meu Deus! Olhe só o que você fez! — exclamou meu pai, enquanto passava devagar pelos prédios arruinados. Pela primeira vez na vida eu desejei que ele pisasse fundo no acelerador. Sim, me senti péssimo. Mas, ei, foi sem querer.

O humor de meu pai não melhorou quando ele recebeu uma multa em Cotati por dirigir acima do limite de velocidade local de 90km/h. Depois que o policial de moto zarpou, meu pai me entregou a multa.

— Aqui, você paga isso, camarada — disse ele. — Se não fosse por você, eu ainda estaria na minha cama em casa.

Depois ele continuou seu sermão de como eu devia me responsabilizar pelos meus atos. Meu primeiro ato depois de desfazer as malas foi atirar sua multa de trânsito no lixo.

Uma das coisas boas de ser brutalmente espancado por um policial fora de si é que isso oferece um maravilhoso paliativo de ação rápida para a culpa. A dor anestesia a consciência, aliviando a mente do calor do remorso. Já sinto como se pudesse ser absolvido da responsabilidade pelos estragos que causei com o incêndio. Por que eu deveria atormentar a mim mesmo, depois que Lance já fez isso de maneira muito mais profissional?

Depois de ligar pra casa de Sheeni, engatei um interurbano para Lefty. Quem atendeu foi sua irmã mentalmente perturbada.

— Meu pai vai mandar prenderem você, Nick Twisp — declarou ela.

— Diga pra ele não se incomodar — respondi. — Acabo de ser mandado pra Ukiah.

— Seria melhor se tivessem mandado você pra Lua.

— Posso falar com Lefty, por favor?

— Você está proibido de fazer isso.

— Por favor, Martha. Só dessa última vez. Quero pedir desculpas.

— Vou ver se ele está aceitando ligações de idiotas.

Depois de um tempo, Lefty entrou na linha.

— Odeio você com todas as forças.

— Foi mal, Lefty. Não foi culpa minha!

— Odeio você com todas as minhas malditas forças.

— Como eu podia saber que Leon iria arrombar a casa?

— Odeio você com todas as minhas horrendas forças.

— Como está Millie?

— Ela não quer me ver nem pintado de ouro na frente dela. Acha que eu planejei tudo.

— Os pais dela vão registrar queixa?

— Meu pai os convenceu a não fazer isso, mas estou proibido de me aproximar dela. Nunca mais vou poder ver Millie!

— Desculpe, Lefty. Desculpe mesmo. Você pelo menos chegou à última base?

— Quem sabe? Não dava pra dizer com aquela camisinha idiota. Agora entendi por que a revista indicou aquela como a número um. Nada seria capaz de atravessar aquele látex. Eu me sentia como se estivesse usando um cano de escapamento de caminhão. Talvez Millie saiba se eu consegui, mas eu com certeza não sei. Pelo jeito, vou ser virgem a vida inteira. Graças a você.

— Não se preocupe. Tudo isso vai passar. Sheeni e eu estamos proibidos de nos ver, mas a gente dá um jeito.

— É, mas Sheeni quer ver você. Millie me odeia!

— Não odeia, não. Ela só tá chateada. Espere só. Na segunda, na escola, ela vai olhar de novo pra você.

— Você acha, Nick?

— Tenho certeza. Seja persistente, vocês dois foram feitos um pro outro. Está escrito nas estrelas.

— Espero que sim — disse Lefty, parecendo mais otimista.

— Seus pais soltaram os cachorros?

— Eles gritaram comigo por mais ou menos dois segundos. E só. Hoje de tarde meu pai vai me levar pra comprar um monitor colorido pro meu computador, com tela VGA de ultrarresolução.

— Uau, que demais — eu disse, cheio de inveja. Sou obrigado a olhar minhas palavras eletrônicas em um preto e branco dos anos 1950. Não admira que minha prosa soe tão desatualizada.

— É, e pelo jeito não vou mais precisar jogar basquete com meu pai — acrescentou Lefty, agora definitivamente mais animado.

— Então as coisas podem se acertar, no fim das contas — disse eu, aliviado.

## Os diários de Nick Twisp

— Talvez, Nick. Bom, divirta-se aí em Ukiah. Quem sabe um dia não lhe faço uma visita?

— Claro, venha mesmo — respondi. — Estamos morando em um rancho muito legal no campo. Com cavalos e tudo o mais.

— Nossa, parece muito bacana — disse Lefty. — Até mais, Nick.

— Até, Lefty.

Tá, pode ser que a gente não tenha cavalos. Mas com certeza dá pra sentir o cheiro deles daqui.

Toda aquela conversa sobre Millie Filbert me fez lembrar de uma coisa. Peguei minha luva de beisebol oficial de Rodney "Butch" Bolicweigski e extraí o sutiã dela da cavidade do dedão. Deitei na cama e o examinei com atenção. Ainda exalava aromas femininos maravilhosos.

— Olhe pelo lado bom — disse François, subitamente de volta da fronteira com o México. — Agora você tá morando embaixo do mesmo teto que uma *bombshell* maravilhosa. E segunda vai andar de mãos dadas pelos corredores da Redwood High com a menina mais bonita da escola.

— Eu a amo — respondi.

— Tá certo, só não deixe isso distraí-lo do que precisa fazer — disse François. — É melhor você checar seu equipamento, rapaz. Você vai precisar dele.

Foi o que eu fiz. O negócio ainda funciona como um relógio.

16h30. Sheeni finalmente me ligou. Ela teve de ir andando até o centro para encontrar um orelhão. Eu estava molhado de suor depois de quatro horas debaixo de um sol absurdo empurrando um cortador de grama velho num gramado ultradesenvolvido. Fora o desmembramento de um lagarto aqui e outro ali, foi um trabalho completamente tedioso.

— Querido, você está em Ukiah! — exclamou Sheeni. — Que rápido!

— Arrebentei o Lincoln e o trailer, querida.

— Que maravilha, querido! Sinto orgulho de você.

— É, querida. E também destruí metade do bairro *gourmet* de Berkeley.

— Querido, foi você quem começou aquele incêndio enorme? Li no jornal. Que incrível!

— Minha mãe não quis pagar a conta de 5 milhões de dólares, por isso teve de me mandar pra longe — expliquei. — Foi minha estratégia, querida, e funcionou.

— Querido, você é um gênio! — exclamou Sheeni. — Mas um incêndio de 5 milhões de dólares não foi um pouco excessivo?

— Achei que havia a necessidade de um grande gesto, querida. Quando posso ver você?

— Oh, hã... Você não recebeu minha carta? — gaguejou Sheeni, de um jeito nada normal.

— Não, não recebi, querida. Por quê?

— Aconteceu uma coisa maravilhosa, querido — respondeu ela. — Você sabe o quanto eu era infeliz na escola por causa do comportamento invejoso de minhas colegas, não sabe?

— Hã-hã.

— Bom, meus pais finalmente concordaram em me transferir de escola.

Comecei a suar frio por cima do meu suor quente.

— Transferir pra onde, querida? — perguntei.

— Para a École des Arts et Littératures, uma escola com reputação maravilhosa. Todas as aulas são em francês. Não é maravilhoso, querido?

— E onde fica essa escola maravilhosa? — quis saber.

— Fica, hã... Ou, pra ser mais exata, fica perto de... Santa Cruz.

— O quê? — exclamei. — Fica a 800km daqui!

— Nem tanto, querido. Fica a pouco mais de 300km.

— Sheeni, o que você tá querendo fazer comigo? Não podia mudar de ideia, já que eu estou aqui? Albert está aqui também.

— Oh, querido, vou sentir saudades de vocês dois, mas meu pai já pagou um ano inteiro de mensalidades. E todas as minhas coisas já foram enviadas para lá. Não se preocupe, querido. Vamos nos divertir muito nos feriados e durante todo o verão.

Por algum motivo, esse pensamento não atenuou o meu desespero.

— Quando você vai embora?

— Aí é que está, querido. A gente já devia ter saído há uma hora. Eu tive de fugir para vir ligar pra você. Meu pai vai ficar furioso com o atraso.

Não dava para acreditar.

— Quer dizer que não vou poder ver você antes de ir embora?

— Desculpe, querido. Mas eu vou lhe escrever, prometo. Vou escrever todos os dias. Adeus, Nickie. Preciso ir.

— Adeus, Sheeni — falei, estupefato. — Vou sentir saudades!

— Eu também, querido. Abrace o Albert querido por mim!

Ouvi o telefone desligar, e a linha ficou em silêncio. Os vergões vermelhos nas minhas pernas começaram a latejar de novo. Eu tinha aguentado uma surra de 5 milhões de dólares por nada.

### Os diários de Nick Twisp

18h30. Enquanto eu mastigava uma refeição abismal preparada pela namorada de meu pai (encantadora, mas desprovida de talentos culinários), a seguinte conversa se seguiu:

— Já que você não vai receber mesada, Nick, acho que devia começar a procurar um emprego de meio período — disse meu pai.

— Tá bom.

— Talvez haja uma vaga lá no escritório para arquivamento e digitação — acrescentou ele.

— Não é o que Trent faz? — perguntou Lacey.

— É — respondeu meu pai. — Mas ouvi dizer que ele vai sair.

— Ele arrumou outro emprego? — quis saber Lacey.

— Não, ele vai se mudar de cidade. Vai estudar em outra escola.

Meu coração começou a palpitar incontrolavelmente.

— Você sabe em que escola, pai? — perguntei.

— Não sei, o pai dele não me disse. É uma escola preparatória francesa no sul. Em Santa Cruz, acho.

Deixei cair o garfo.

— Aquele Trent é um menino e tanto — disse meu pai. — Que pena, Nick, que você não seja mais parecido com ele!

— E ele é uma graça! — exclamou Lacey.

Fui apunhalado. Apunhalado pelas costas!

# LIVRO II

# JOVEM ESCRAVIZADO

# SETEMBRO

**DOMINGO, 30 de setembro** — Estou ou não estou de castigo? Eis a questão.

Meu pai odioso, sob cujas regras despóticas vivo enquanto me escondo dos investigadores do incêndio, não disse explicitamente que estou de castigo. É óbvio que não ouso perguntar nada. Como teste, depois do almoço disse que iria levar Albert pra passear na cidade. Meu pai não fez objeção. Não fez qualquer comentário, mas continuou encarando com olhar fixo o colo mal coberto de sua piriguete encantadora de 19 anos.

Assim, até que me digam o contrário, vou proceder sob a suposição de que estou livre pra fazer o que quiser.

Foi minha primeira olhada na minha nova cidade, o lugar de nascimento aural d'A Mulher Que Eu Amo. Depois de explorar o fleumático centro de Ukiah, andei na direção oeste ao longo das adoráveis ruas residenciais antigas. O número 2016 da Sonoretto Street era uma casa estilo vitoriano de três andares com janelas altas e estreitas, varanda coberta e torre circular encimada por um teto cônico. Albert latiu, animado, puxando a correia e pulando contra a cerca de ferro forjado. Sua intuição canina lhe dizia que ali era o lar de sua (e quem sabe um dia minha também) dona.

Na varanda, um homem bonito, mas meio mal-ajambrado, de 20 e poucos anos, estava tocando *cool jazz* com um trompete detonado. Esse aí, pensei, deve ser Paul, o irmão pródigo ingestor de psicodélicos de Sheeni. Ele deixou o trompete de lado e deu um longo trago em seu cigarro enrolado manualmente.

— Oi, Nick — gritou ele. — Quer dar um tapa?

— Como você sabe meu nome? — perguntei.

— Entre aí — disse ele, ignorando a pergunta.

Abri o portão e andei até a varanda. Albert, balançando a cauda sem parar, cheirou a paisagem enquanto Paul me entregava o cigarro aromático. François tragou uma bela quantidade de fumaça e nossos neurônios começaram a estourar como pipoca. Aquilo, sim, era coisa boa.

— L-l-egal — gaguejou François, entregando de volta o baseado. — Como você sabia que era eu, Paul?

— A gente já se encontrou — disse ele, dando outro trago

— Não se encontrou, não.

— Em uma vida passada — continuou ele, oferecendo o cigarro de novo.

— Ah — disse François, tragando gananciosamente a ponta que desaparecia rapidamente.

Nick teve de concordar que ver seu cérebro levitando a 3 metros do chão era agradável ao extremo. Além disso, pensou consigo mesmo, os escritores deveriam experimentar alucinógenos para entrar em contato com suas vidas passadas. Quem sabe alguém de lá lhes deve dinheiro?

— Sheeni deu o fora em você — comentou Paul.

Dei de ombros.

— Sei lá, o que eu posso fazer? A gente vai se ver no Natal.

Paul tocou um acorde melancólico no trompete.

— Belo incêndio — disse ele.

— Sheeni contou que fui eu? — perguntei, chocado.

— Não, ela não precisou contar.

— Por quê? Eu fui um incendiário em uma de minhas vidas passadas?

— Não — respondeu Paul, fazendo o trompete gemer. — Mas Sheeni foi.

— Uau — disse François.

— E ainda é — acrescentou Paul.

Essas palavras atravessaram meu cérebro.

— Meu Deus — falei, de repente entrando em sintonia profunda com o cosmos. — O que ela incendeia?

— Homens — respondeu Paul. — Homens e garotos.

François ficou empolgadíssimo.

— *Come on, baby, light my fire* — exclamou ele.

Paul se lançou a um solo lírico. Reconheci aquela música na hora: era "Get Out of Town", de Cole Porter.

Quando voltei pro rancho, meu pai e Lacey não estavam lá. Ainda me sentindo quimicamente levitando, andei pelo quarto deles. A cama *king-size* imensa estava desarrumada, sugerindo atividades sexuais recentes. Puxei os lençóis. Sim, lá estava aquela mancha denunciadora, jamais vista na minha cama. Que injusto, pensei. Só cinco anos separam Lacey de mim, contudo ela dorme com um canalha careca 25 anos mais velho do que ela (o que é praticamente uma vida inteira!).

Abri uma das gavetas da cômoda: meia-calça, sutiãs e um arco-íris de calcinhas minúsculas. Que roupa de baixo mais curiosa essa do meu pai, pensei.

— Prove algumas — sugeriu François.

— Por que não? — respondeu Nick.

Tirei a roupa e coloquei com facilidade uma das calcinhas pretas de renda. Já o sutiã que fazia conjunto exigiu mais esforço pra ser abotoado. Liguei o rádio e, balançando ao som da música, analisei meu reflexo nas portas espelhadas do closet. Gostei da forma como minha E.T. ficou inchada na calcinha minúscula, mas nunca poderia esperar competir com Lacey no preenchimento das duas meias-taças.

— Esse vai ter de ir embora — declarou François. Ele desabotoou o sutiã, enrolou-o por cima de nossa cabeça e amarrou as alças embaixo do nosso queixo.

— Chapéu cerimonial das artes negras — comentou Nick, dançando com a batida da música. — Muito apropriado, não acha, François?

— Que... que merda é essa?

Congelei. À porta, estava meu pai, boquiaberto, vermelho, carregando uma sacola do supermercado Safeway.

Lacey, carregando outra sacola de supermercado, espiou por cima do ombro dele.

— Aquilo é meu sutiã? — inquiriu ela. Olhou mais para baixo. — Oh, meu Deus!

Arranquei um dos lençóis da cama.

— O... o Halloween tá chegando, pai — soltei, lutando para enrolar o lençol ao redor de meu torso enquanto tentava desesperadamente soltar o sutiã recalcitrante da minha cabeça. — Eu... eu tava procurando uma fantasia.

— Dê o fora daqui, seu doente! — disse meu pai, irado.

19h30. Meu pai não fala mais comigo. Até Lacey parece irritada. Estou com uma dor de cabeça tremenda. Afinal de contas, o que era aquilo que Paul estava fumando, hein?

Amanhã é meu primeiro dia na Redwood High, cenário das brilhantes conquistas acadêmicas de Meu Grande e Único Amor. Ah, se pelo menos ela estivesse lá para me apresentar a seus amigos da elite intelectual! Em vez disso, terei de ir sozinho. Não tenho um só amigo, homem ou mulher, em um círculo de 160km. Horrível pensar nisso. Estou tentando não pensar.

21h45. Meu pai acaba de entrar no meu quarto sem bater (ele segue a mesma cartilha educacional de sua ex-mulher).

— Vamos chamar essa sua exibição boiola de golpe número um — anunciou ele.

— Tá bom — balbuciei, meio confuso.

Os diários de Nick Twisp

— Mais dois, camarada, e você volta pra Oakland. Ficou claro?

— Perfeitamente — respondi.

— Agora, o que você tem a dizer? — pressionou ele.

Pensei um pouco no assunto.

— Pai — disse, por fim —, você se importaria de bater antes de entrar?

— Vou bater, camarada — disse meu pai, fervendo —, quando você começar a pagar aluguel por esse quarto. Duzentos pilas por mês me parece um preço razoável. E aí, espertinho?

E aí, pai, que quando você morrer vou entregar o seu corpo para o pessoal das pesquisas científicas. Quem sabe eles não identificam um gene novo — o gene dos canalhas?

## OUTUBRO

**SEGUNDA-FEIRA, 1º de outubro** — Hoje experimentei meu segundo dia de educação pública de segunda categoria.

O primeiro foi três semanas atrás, em uma escola da periferia de Oakland. Será que as experiências foram tão diferentes quanto o preto e o branco? Surpreendentemente, não. Encontrei os mesmos corredores fedorentos cheios de alunos entediados e desinteressados, os mesmos professores deteriorados, desencorajados e importunados, os mesmos administradores burocratas, os mesmos livros escrupulosamente inofensivos, o mesmo sentido geral de inquietante refúgio institucional da realidade.

Na hora do almoço, Redwood High deixara muito claro o seu objetivo: desperdiçar os quatro anos seguintes da minha vida. Além disso, por meio de uma combinação pérfida de enfado, rotina, pressão dos colegas, doutrina reacionária, desonestidade intelectual e espírito escolar, pretende eliminar a curiosidade de minha mente e a independência de meu pensamento. Mas pelo menos realizará essas tarefas em um campus agradável, cheio de árvores, rodeado de gramados. E aqui, pelo menos, não há seguranças uniformizados insistindo que se deixem as Uzis do lado de fora.

Uma vez que cheguei sem documentos, a Srta. Pomdreck, minha orientadora velhusca, de início não sabia onde me colocar. Porém, pelo uso estratégico de palavras como "elucidar", "reconciliação" e "cotidiano" — consegui convencê-la de que eu não afundaria como uma pedra se ela me matriculasse nas aulas avançadas.

— Essas aulas costumam já estar lotadas a essa altura — observou ela —, porém dois de nossos melhores pupilos acabaram de ser transferidos. Foi um choque e tanto para nós.

Não me diga, minha senhora.

— Um deles era do primeiro ano como você, Nick — continuou ela. — Por que simplesmente não lhe passamos o horário de Sheeni Saunders? Pena que você não vai conhecê-la. Era uma de nossas alunas mais inteligentes.

É, esfregue isso na minha cara. Já estou acostumado.

— Parece bom para mim, Srta. Pomdreck — respondi.

— Ótimo — disse ela. — Só uma coisa. Vamos ter de transferi-lo para o vestiário masculino. Tenho certeza de que não vai querer tomar banho com todas aquelas meninas.

Ah, é? Experimente só para ver.

Passaram para mim até mesmo o armário de Sheeni, que ainda exalava seu perfume maravilhoso. Cheio de reverência, coloquei minha sacola com o almoço na mesma prateleira em que, apenas alguns dias atrás, Sheeni abrigara seus delicados refrescos. Sinto vontade de me enfiar lá dentro e trancar a porta, mas, em vez disso, marcho desconsolado de aula em aula, seguindo o fantasma de Meu Amor Que Se Foi.

Em física I, minha primeira aula, o Sr. Tratinni me fez ficar de pé e me apresentar. Que mortificação. Fiquei vermelho e balbuciei incoerências para os meus sapatos, quase como se eu tivesse estudado dicção com Wally Rumpkin.

Então, 45 minutos depois, tive de repetir a mesma performance na aula de inglês do Sr. Perkins. Claro, uma vez que a plateia continuava quase a mesma (os escalões da elite intelectual da Redwood High não são muito grandes), eu me senti compelido a revelar algo de novo a meu respeito.

Para meu horror, todas as aulas subsequentes começaram com redundâncias murmuradas pelo Novo Aluno Nick Twisp. Aula após aula, dirigi revelações autobiográficas hesitantes para o mesmo mar de rostos desinteressados e cada vez mais hostis. Tenho certeza de que no fim do dia todos achavam que eu era um bufão convencido que se vangloriava de sua vida exótica em Oakland.

Ao meio-dia, comi meu almoço simples sozinho no refeitório barulhento. Ninguém veio falar comigo, nem as gordas sem-graça (que em Oakland tinham o histórico de me achar irresistível). Mastiguei meu sanduíche de geleia e manteiga de amendoim enquanto ao meu redor fofocas adolescentes em voz alta indicavam motivos escandalosos para a recente partida de Sheeni e Trent.

**Os diários de Nick Twisp**

— Ouvi dizer que ela tá grávida e que o pai dela vai obrigar Trent a casar com ela — disse uma fofoqueira de risadinha nervosa.

— E ele nem é o pai! — interveio sua amiga cheia de acne. — Ouvi dizer que é um cara de uma faculdade da região de São Francisco, com quem ela tem um caso.

— Ela que se dane! — exclamou outra adolescente megera. — Ela se achava tão gostosona, tão mais inteligente do que todo mundo.

— Só espero que Trent saia de lá — disse uma quarta traidora. — Ele é bom demais pra ela.

— Ah, ele é um fofo — assentiu o caso de acne.

Lutando contra o impulso de vomitar, saí rapidinho.

— Quem é esse? — ouvi alguém perguntar.

— Um aluno novo — respondeu uma voz. — Ouvi dizer que é um convencido.

— Não vejo pelo quê — respondeu a Rainha das Espinhas. — Ele parece um macaco.

Risadas me acompanharam para fora do refeitório. Agora entendo por que as crianças levam armas para a escola.

19h30. Acabo de abrir caminho a garfadas por outra refeição punitiva do paladar preparada por Lacey. Como muitas jovens de sua geração, ela alimenta a ilusão de que os alimentos para humanos podem ser preparados no forno de micro-ondas. As ervilhas congeladas estavam passáveis, mas as costeletas de porco chegaram à mesa parecendo (e tendo gosto de) alguma forma de vida extraterrestre. Meu hipercrítico pai competitivo do tipo A se recusou a comê-las, por isso fui obrigado a dizer que elas estavam "deliciosas" e pedir pra repetir. Ele ficou ali sentado, fervendo por dentro, fumando um Marlboro atrás do outro e chupando seu espumante. Bem que sua casa modular podia ter uma área reservada para fumantes. Já sinto meus pulmões se solidificarem por causa do alcatrão que inalo passivamente.

**TERÇA-FEIRA, 2 de outubro** — Nenhuma carta de Sheeni ainda. Será que os funcionários do correio de Ukiah são tão incompetentes quanto seus colegas de Oakland? Até ela me escrever passando seu endereço e número de telefone, estamos completamente sem comunicação. A única coisa que posso fazer é manter o pânico sob controle.

Outro dia deprimente na Redwood High. Ser o aluno novo deve ser o papel mais medonho que alguém pode representar na vida — só um pouco pior do que ser refém de um terrorista. Ando pelo corredores sorrindo amigavelmente e sou recebido com indiferença, desconfiança ou hostilidade declarada. Pelo menos as aulas são fáceis, embora desinteressantes. Menos a aula de francês da Sra. Blandage. Estou três semanas atrasado e tudo me parece um blá-blá-blá afetado. Fico sentado nos fundos, em um estado de pânico confuso, enquanto minha mente em turbilhão procura desesperadamente algo linguisticamente familiar em que se agarrar. Sinto como se eu tivesse caído no meio de um filme ruim de Godard, cheio de diálogos sombrios e nenhuma ação.

Enquanto isso, a cada minuto que se passa, Sheeni sem dúvida se torna cada vez mais fluente nessa língua maldita. Por que ela não podia querer imigrar para a Inglaterra, em vez de para a França? Ou então para a Irlanda? Muitos grandes pensadores moram em Dublin, ouvi dizer. E a Austrália? Poderíamos ler filosofia na praia.

20h45. Lacey está com dor de cabeça, por isso fui escolhido pra fazer o jantar. Preparei salsicha grelhada, batatas assadas, abóbora ao vapor e salada. Meu pai gostou tanto de tudo que me nomeou chef da casa. Agora vou ter de preparar o jantar como um escravo todas as noites.

— O que esse cargo paga? — perguntei, inquieto.

— Casa e comida — respondeu meu pai, repetindo as batatas pela terceira vez. — E banho quente de graça todo dia de manhã.

— Quem lava a louça? — insisti.

— Quem você acha? — respondeu ele.

Acho que é melhor o escravo motorista ir se preparando pra refeições de um único prato.

QUARTA-FEIRA, 3 de outubro — Nenhuma carta de Sheeni! Até Albert está deprimido. Está deitado no espaço embaixo da casa sombrio e minúsculo, mastigando um osso. O calor deixou todo mundo irritado. Quando eu estava voltando a pé para casa depois da escola, o termômetro marcava 42ºC. Talvez ele estivesse registrando meu QI. O calor com certeza mina a inteligência das pessoas. O time de futebol americano da Redwood High (os Marauding Beavers, nome sexualmente sugestivo, já que *beaver* em inglês também quer dizer xoxota) estava treinando uniformizado ao sol. Só Deus sabe a que profundezas caíram suas capacidades mentais. Até em um dia frio a maioria daqueles esportistas mal deve ser registrada na escala de QI. O armador de mão pesada, notei (lendo o jornal da escola cheio de erros tipográficos), se chama Bruno Modjaleski. Preciso descobrir se ele é "Bruno, o

Os diários de Nick Twisp

atleta desajeitado" a quem Sheeni impacientemente entregou sua virgindade no ano passado.

As aulas de francês continuam um pesadelo. A mais simples frase só entra na minha cabeça com grande dificuldade e depois sai de fininho pela porta dos fundos, enquanto a frase seguinte já está irrompendo pelo saguão. A paciente Sra. Blandage está começando a ficar meio alterada. Temo que ela ache que sou retardado. Tento me concentrar, mas a todo momento me distraio com suas sobrancelhas gigantescas. São tão grandes quanto palhas de aço e dançam para cima e para baixo a cada sílaba que ela diz. Até agora, a única palavra que entrou de verdade na minha cabeça foi *sourcil*.

Estamos praticando luta greco-romana na aula de Educação Física. Eca! Quem quer ficar se atirando em um tapete de borracha fedorento com um estranho suado enquanto todo mundo grita com você? A maioria dos caras trapaceia e tenta acertar uma joelhada nas suas bolas quando o Sr. Hodgland não está olhando. Minha dupla era um cara chamado Dwayne que me superava em pelo menos 20kg e tinha o par de tetas mais bonito que eu já vi desde Millie Filbert nua no meio da floresta. O cara devia usar sutiã. Com aqueles mamilos cor-de-rosa empinados na minha cara, tive um medo tão mórbido de ter uma ereção que deixei o cara me derrubar em mais ou menos quatro segundos. Dwayne deve ter gostado, porque demorou uma vida inteira para erguer sua massa flácida fumegante de cima de meu torso estatelado. Talvez ele só estivesse saboreando a vitória.

Quando cheguei em casa, Lacey estava fazendo aeróbica no menor biquíni do mundo. Isso é o que eu chamo de alternativa eficiente para um ar-condicionado esbanjador. A cozinha estava tão opressora que não consegui encarar o fogão, por isso preparei um prato enorme de sanduíches festivos (de manteiga de amendoim crocante com geleia de frutas sortidas). Meu pai me deu um olhar feio e saiu (com Lacey) para o McDanou'se.

Não dá mais pra adiar: preciso estudar francês. Por que a língua francesa não podia ter ido parar em um túmulo bem-arrumado, como o latim?

**QUINTA-FEIRA, 4 de outubro** — Nem sinal de carta de Sheeni! Isso está ficando ridículo. Sou um desastre emocional ambulante. O fato de eu dar uma espiada na nova *Hustler* hoje de tarde na Flampert não ajudou em nada: quando ergui os olhos, encontrei o olhar de ódio da mãe de 5 mil anos de Sheeni. A megera enrugada ficou claramente chocada ao me ver.

— O que você está fazendo em Ukiah, rapaz? — pressionou ela.

— Eu... eu moro aqui agora, Sra. Saunders.

— Ah, é, ah, é? — disse ela, ameaçadoramente. — Bom, isso é o que nós vamos ver!

O que ela vai fazer — me deportar para Oakland?

A mãe de Sheeni espiou o que eu estava lendo. Naquela página, dois cavalheiros com umas E.T. muito grandes estavam apontando para as partes pudendas depiladas de uma dama.

— Nojo! — exclamou ela. — Eu deveria saber!

— Eu... eu apanhei isso por engano — gaguejei, devolvendo a revista rapidinho para a prateleira. — Na verdade, eu tava procurando uma revista de joguinhos.

Porém, ela já tinha saído, pisando duro.

Só espero que o comportamento dela seja mais cortês na cerimônia de casamento.

Dois caras vieram falar comigo na escola hoje. O primeiro foi Dwayne, que pediu desculpas de novo por "me bater" com "tanta força" na aula de educação física. Perguntou se eu queria almoçar com ele, mas eu disse que estava jejuando pelo desarmamento. O segundo foi um cara *chicano* com sotaque esquisito estilo David Niven, que me parabenizou por eu ter tirado a maior nota no teste de física. Acho que ele estava sendo sincero, mas em sua idade competitiva nunca se sabe. Agradeci com meu jeito simpático mas reservado.

Outro dia de tentativas para a Sra. Blandage e suas *sourcils animés*. O tópico de hoje na conversação em francês era o tempo. Todo mundo estava aprendendo a dizer "sim, como é bonita a neve nas árvores do parque" (embora lá fora estivesse fazendo 39°C). Mas, quando chegou minha vez, não consegui passar do "*Oui*": minha consciência congelou, contemplando aquelas sobrancelhas oscilantes.

A Sra. Blandage murmurou o que presumi serem alguns palavrões picantes em francês e me mandou ver a Srta. Pomdreck com um recado. Esta me entregou um teste comprido e chato chamado "Avaliação Auxiliar de Aptidão para Cognição Linguística", que eu tive de resolver na biblioteca. Talvez este teste revele que sou um linguista tão natural que só poderei me sair bem nas aulas mais avançadas.

A onda de calor continua. Por que o verão no norte da Califórnia sempre começa no meio do outono? O resfriador de ar da nossa casa modular quebrou, por isso Lacey se viu obrigada por circunstâncias fora de seu controle a se enfiar em um biquíni ainda mais sumário. Que ironia que seus esforços para se refrescar façam o calor de todo mundo aumentar. Tive de ir imediatamente para o meu quarto resolver uma questão pessoal. E, durante o jantar, o suor pingava aos baldes de meu pai. Talvez o prato também tenha contribuído para seu incômodo. François preparou o jantar e, como muitos sociopatas, ele tem a mão pesada na pimenta-malagueta. Até a salada envergava um ardor estupefaciante. Meu pai aplacou o fogo com seu retardador de chamas preferido: espumante barato.

Se o mundo puder ser dividido em bêbados bacanas e bêbados cruéis, meu pai definitivamente pertence a esta última categoria. A bebida faz com que sua competitividade inata aumente até um alto nível de beligerância. Ou, examinando a metáfora de outro lado, o álcool anestesia a covardia natural de meu pai. Tudo isso pode ser reduzido a uma fórmula simples: bebida para dentro, besteira para fora.

— Isso aqui tá uma merda! — disse meu pai, enrolando as palavras.

— É comida tailandesa, pai — expliquei. — É temperada mesmo.

— Comida tailandesa! — falou ele, alto. — Onde já se viu bolo de carne tailandês?

— É uma síntese das culinárias tailandesa e americana — expliquei.

— Você está fazendo isso de propósito! Está pegando alimentos caros e sabotando-os de propósito. Pra não fazer o seu trabalho!

Estava na cara que o álcool não embotara de todo as capacidades analíticas de meu pai.

François decidiu entrar na discussão.

— Não estamos na Idade Média. Você não pode me obrigar a ser o servo da cozinha!

— Isso é o golpe número dois! — rebateu meu pai.

— Amor — disse Lacey. — Nickie tem razão. Ele não é cozinheiro e nem eu. Você está ganhando bem. Por que a gente não contrata uma empregada?

— Contratar uma empregada! — exclamou meu pai. — Quem você acha que eu sou, um príncipe siamês?

Bom, cabelo você está perdendo, pensei.

— Ah, pfff! — desdenhou Lacey. — Empregadas não custam caro. Aqui é possível conseguir uma mulher espanhola por uma ninharia.

— Que é justamente o que eu pretendo pagar — disse meu pai.

Lacey e eu trocamos olhares de surpresa. Será que o sovina realmente havia comprado a ideia?

— Mas esse menino não vai ficar aí sentado sendo atendido pelos outros — acrescentou meu pai, engolindo o espumante. — Camarada, você tem dois dias pra arrumar um emprego ou então ganha uma passagem de ônibus de volta para Oakland. A escolha é sua.

Uau, uma escolha. Será que isso poderia ser o início de uma criação mais iluminada?

Duvido.

**SEXTA-FEIRA, 5 de outubro** — Nenhuma carta de Sheeni! Uma semana inteira excruciante se passou desde que tive notícias de Meu Amor. Será que ela sabe o quanto me tortura por não escrever? (Sim, provavelmente sabe.)

Tive um choque de dar medo na escola hoje. A Srta. Pomdreck me fez abandonar as aulas de francês. Segundo o teste, não tenho aptidão para línguas estrangeiras.

— Mas vou estudar ainda mais! — protestei.

— Estudar não vai adiantar, Nick — respondeu a Srta. Pomdrek. — Algumas pessoas simplesmente não conseguem aprender outra língua depois de adquirir seu idioma nativo. Não é uma questão de inteligência, nem de afinco; é simplesmente a forma como suas mentes são estruturadas. Acho que o teste prova de maneira conclusiva que você exibe todas as características desta síndrome.

— Mas eu aprendi algumas palavras! — exclamei. — *Sourcil*, por exemplo, que significa sobrancelha.

— Sinto muito, Nick. A Sra. Blandage viu os resultados do seu teste e insiste que você seja transferido da sua aula. Tenho certeza de que você não deseja ir contra a vontade alheia. Vejamos que outras classes têm vagas neste mesmo horário. Ah, aqui está uma boa: que tal tecnologia madeireira?

Droga. Enquanto Sheeni se entretém em conversas intelectuais com franceses afetados em cafés artísticos na Rive Gauche, eu vou ficar ali sentado como um *fromage* mudo, brincando com os palitos de madeira. Talvez eu esteja destinado a ser o madeireiro silencioso mais famoso da França.

Logo antes de eu receber minha plaina manual e meu pedaço de pinho destinado a virar soleira de porta, almocei com o cara *chicano* com sotaque anômalo, um dos melhores pupilos de minha ex-aula de francês. Ele disse que sentia muito por eu ter levado um pé na bunda de lá. O nome dele é Vijay e, no fim das contas, não é nenhum *chicano*: é do estado de Maharashtra, na Índia. O pai é analista de sistemas (nerd da computação) em uma das grandes madeireiras da cidade. Vijay fala inglês, hindi, marathi, um pouco de urdu e agora vem rapidamente dominando o francês. Desnecessário dizer que estou morrendo de inveja. O pior de tudo é que seu sotaque exótico empresta a cada murmúrio seu um quê intelectual. Ele mora em Ukiah há quase um ano e considera o lugar chato ao extremo.

— Pune é uma cidade maravilhosa, com uma vida cultural animada — lamentou ele. — Aqui, em comparação, é um deserto. Espero que minha sinceridade não o ofenda, Nick.

— Nem um pouco — assegurei. — Mal consigo ficar acordado aqui na maior parte do tempo.

— O cérebro clama por sustância, mas a fome é inabalável. Claro que há algumas garotas por aqui bastante atraentes.

— Você tem namorada? — perguntei.

— No momento, não — confessou ele. — Mas continuo otimista. E você?

— Sim, mas ela acabou de ser transferida.

Vijay pareceu chocado.

— Você está falando de Sheeni Saunders? Ouvi dizer que ela estava interessada em um camarada inteligente da região de São Francisco.

— Sou eu — respondi. — Acabei de me mudar pra cá e, logo em seguida, ela foi pra Santa Cruz.

— Isso parece muito com Sheeni. Então você é o cara novo dela. Bom, estou surpreso. Você não é nem um pouco como eu imaginei.

— Hã... por quê? — perguntei.

— Para superar o magnífico Trent, era de se esperar pelo menos um semideus. É bom saber que nós, baixinhos, também temos certo apelo com as garotas.

— Acho que sou de uma altura mediana para a minha idade — declarei, sem comentar que eu era pelo menos uns 8cm mais alto do que meu diminuto companheiro de almoço.

— Pode ser — confessou ele. — Mas acredito que a sua Sheeni se relaciona com um reino de superlativos, não é mesmo?

Fui obrigado a concordar.

— Sim, ela é uma garota formidável — disse ele —, uma garota realmente formidável.

— Gosto muito dela.

— E deve mesmo, Nick. Deve mesmo!

Quando estávamos saindo do refeitório, Vijay me entregou vários panfletos. Apesar de sua aparente inteligência, ele é membro ativo da Redwood Empire Athletic League. Será que eu poderia ser amigo de alguém que tem Ronald Reagan em alta conta?

Depois da aula, fui para os escritórios empoeirados da *Compensado Avançado* (onde meu pai trabalha) para conversar com o Sr. Preston (pai do odioso e afetado Trent idiota) sobre a possibilidade de ser escravo de arquivamento e digitação durante meio período. Meu pai estava em seu cubículo minúsculo fingindo pesquisar algumas teorias novas de laminação. Uma secretária puritana me indicou a sala de espera, onde eu folheei, ao acaso, exemplares antigos de você-sabe-o-quê. Depois de dez minutos horrendos, a secretária me conduziu para falar com o Sr. Preston em pessoa.

Após uma conversa longa sobre minha infância, interesses na escola, hobbies, aspirações vocacionais e impressões de Ukiah, concordamos que eu trabalharia cerca de 15 horas por semana pela soma não tão exploradora de 4 dólares e 65 centavos a hora (maior, pelo menos, do que o salário mínimo).

— Talvez você até chegue a considerar o trabalho interessante — disse o Sr. Preston, alto e distinto. — Embora eu não ache que tivesse muito apelo para o meu filho Trent. Eu sempre o pegava na copa escrevendo um poema. Você não escreve poemas, escreve, Nick?

— Não — respondi. Nem seu filho, pensei.

— Você vai conhecê-lo no Natal — acrescentou o Sr. Preston. — Tenho certeza de que vocês vão se dar muito bem. Vocês dois parecem ter muito em comum.

— Com certeza — assenti. Especificamente, Trent está interessado em me ver morto. E eu estou interessado que sua morte violenta seja antecedida por tortura cruel e impiedosa.

20h30. Depois do jantar (refeições prontas de micro-ondas), levei Albert para passear pela vizinhança à luz azulada do poente. Os moradores de nossa rua tendem a favorecer carros grandes e pifados como ornamentos de jardim. Quando eu passava pelo bangalô mais decadente e mais cheio de lixo automobilístico de todos, alguém gritou "Oi, Nick!" de trás da porta telada quebrada. A porta se abriu e, de lá, saiu Dwayne, meu parceiro de luta greco-romana de seios provocantes. Sua camiseta rasgada mostrava uma teta oscilante e o menu do jantar daquela noite: macarrão, refrigerante de laranja e sorvete de chocolate.

— Hã... Oi, Dwayne.

— O que cê tá aprontano?

— Passeando com meu cachorro Albert — respondi, andando apressado. Dwayne veio andar do meu lado.

**Os diários de Nick Twisp**

— Que cachorro legal! — exclamou ele. — Parece um pitbull. Ele morde?

— Só quando provocado — respondi, laconicamente.

— Vi que cê tava almoçano c'aquele cucaracha hoje, Nick. Cê não tava jejuano pro desarmamento?

— Só nas quintas — respondi. — E Vijay, pra sua informação, é da Índia.

— Acho que ele devia era voltar pro lugar d'onde veio. Como todo o resto dess's gringo. Eles toma nossos trabalh'e rouba nossas mulheres!

Eu entendia a fonte do preconceito de Dwayne. Com certeza ele enfrentava uma existência inteira de só ficar com a xepa da feira no quesito garotas e empregos. Mesmo assim, achei que eu deveria defender os princípios do humanismo iluminista secular.

— Na maior parte do tempo, Dwayne, acho que esse país se vê enriquecido pelos imigrantes. Gosto de Vijay e quero muito conhecê-lo melhor.

Dwayne me olhou, sem entender.

— Se você andar c'aquele cucaracha, Nick, todos os outros cara vão te desprezar!

— Não sei, não — respondi. — E mesmo que isso aconteça, eu não me importo.

— Cê não quer ser popular? Eu quero!

— Não me importo muito nem em ser, nem em não ser — menti.

— Nossa, Nick, cê é muito sossegado. Acho que é lindo que a gente more tão perto, cê num acha?

— Hã-hã — menti.

— Quer dormir na minha casa hoje? Eu tenho uma barraca no quintal. Ou então minha mãe pode deixar a gente dormir no trailer.

— Não, valeu, Dwayne — respondi, estremecendo. — Sou alérgico.

— A quê, Nick? — perguntou ele.

— Hã... a dormir. Preciso ficar acordado 24 horas por dia, senão fico com urticária.

— Uau! Cê num cansa nunca?

— Não. Já me acostumei.

— Uau. Vou tentar também. Se eu não tiver de dormir, vou poder jogar Nintendo a noite toda!

**SÁBADO, 6 de outubro** — Finalmente nosso carteiro letárgico trouxe uma carta de Sheeni. Essa é a notícia boa. A ruim é que ela está escrita em francês — cada palavra querida e ininteligível!

12h15. Nossa cozinha parece a Cidade da Guatemala em dia de feira. Lacey está entrevistando possíveis empregadas. Não sabia que ela *hablava español* tão mal. Ela parece ainda mais encantadora do que o normal lutando para se comunicar com sinais e espanhol macarrônico. O bilinguismo de meu pai é ligeiramente mais avançado. Ele não para de entoar *"no tengo mucho dinero"*. Pelo visto, ele pode estar linguisticamente preparado para ser um sovina em todos os principais idiomas do mundo.

Acabei de ligar pra Vijay atrás de decifração de francês emergencial. Ainda bem que só tinha uma família Joshi na lista telefônica. Uma mulher atendeu com a voz mais lindamente lírica que já ouvi. Ela ronronou:

— Vijay? Sim, acho que ele está. Por favor, aguarde um momento.

Então Vijay atendeu e disse que ficaria feliz de traduzir uma carta "da sua formidável Sheeni".

14h30. Vijay veio montado em uma mountain bike estilosa vermelha pela qual eu daria o testículo direito do meu pai. Quantas cartas da *Compensado Avançado* vou precisar digitar e quantos documentos arquivar pra comprar uma dessas?

— Que madrasta fantástica você tem — exclamou ele depois que entramos no meu quarto e fechamos a porta. — Por que ela está usando um biquíni tão revelador? Vocês têm piscina?

Respondi que Lacey se vestia assim para se refrescar e que ela era a namorada de meu pai, não sua esposa.

— Então eles estão morando juntos — sussurrou ele. — Que coragem! Você tem sorte de ter pais com mente aberta. Os meus são tão conservadores.

— É, meu pai é um verdadeiro boêmio — menti. — Diga uma coisa, Vijay, quem atendeu o telefone na sua casa?

— Minha irmã Apurva, de 16 anos.

Apurva! Um nome tão bonito quanto sua voz.

— Ela é bonita? — perguntei.

— Com certeza ela acha que é. Está sempre fazendo beicinho porque meu pai não a deixa sair com americanos.

— Por que não?

— Ele não confia neles... nem nela. Diz que ela precisa continuar pura e se casar com um bom rapaz indiano. Mas eu acho que ela não quer.

— Ficar pura ou se casar com um bom rapaz indiano?

— Nenhum dos dois — declarou Vijay. — Mas espero que ela faça o que ele manda. Meu pai é um tirano nesse assunto, entende?

Os diários de Nick Twisp

— E você, pode sair com americanas?

— Claro — respondeu ele. — Mas é melhor eu não querer me casar com uma. Agora, cadê aquela carta?

Esperei impacientemente enquanto Vijay, sorrindo e dando risadinhas, escaneava em silêncio a carta de Sheeni.

— Maravilhoso! — exclamou ele. — Sheeni é tão inteligente. E o francês dela é soberbo. É mesmo uma pena que você não consiga entender. Minha tradução não vai lhe fazer justiça.

— Faça o melhor que puder — pedi.

Então, laboriosamente, parando e voltando muitas vezes, Vijay abriu caminho pela carta, transformando o "francês soberbo" de Sheeni em uma maçaroca confusa em inglês. Parece que ela está empolgada com a nova escola e acha os colegas e os professores muito mais estimulantes do que os da Redwood High. Ela também está gostando da imersão total no francês. É proibido falar inglês no campus, "mesmo que você esteja com hemorragia por causa da amputação acidental de um membro". No início, ela não tinha certeza se estava ou não preparada para o desafio, mas agora ela acredita que esta é a única maneira razoável de adquirir fluência no idioma. Sua fuga parcial das garras dos pais também é algo extremamente libertador (não excessivamente, espero). Ela divide quarto com uma garota interessante de Nova York chamada Taggarty, que (embora só tenha 16 anos) já morou em Londres, Florença, Barcelona e Paris. Como prova adicional de sua precocidade, ela já dormiu com 17 caras e espera que antes de ir para a faculdade já tenha dormido com cinquenta.

— Preciso conhecer essa garota — disse Vijay maliciosamente.

Sheeni e Taggarty exploraram Santa Cruz e acharam que, para "uma cidade americana pequena e provinciana" até que tem seus atrativos culturais. Também gostaram da praia e do calçadão, onde Taggarty está empreendendo uma busca pelo surfista "mais fofo e mais burro". Trent começou a fazer aulas de windsurfe e foi designado "alvo número um" de todas as meninas da sua turma. Sheeni diz que tenta não sentir ciúmes, mas às vezes sente "pontadas de incômodo". Ela diz que a presença de Trent no campus foi um "choque completo" para ela. Ele afirma que foi apenas "mera coincidência" o fato de os dois terem sido transferidos para a mesma escola. (Que mentiroso!) Claro, observa Sheeni, que, com seu histórico acadêmico e suas notas, Trent poderia escolher estudar em qualquer escola do país. Ela diz que a comida não é tão ruim quanto se poderia temer e que da janela do banheiro de seu quarto ela tem vista para a praia, se ficar de pé em cima da privada. No geral, ela está feliz e ansiosa para "se desenvolver mais ainda nesse ambiente intelectual e frutífero".

Vijay suspirou e dobrou a carta.

— Só isso? — perguntei, espantado. — Não tem nada sobre mim?

— Ah, sim. Ela disse 'lembranças a você e a Albert'. Quem é Albert?

— Albert é nosso cachorro — respondi, irritado. — Só isso?

— Acho que sim, meu amigo. Essa é a tradução completa, o melhor que posso fazer. Ah, e ela anotou seu endereço e o número do telefone do corredor dela.

— Não gostei nem um pouco disso — disse.

— É — concordou Vijay.

— A colega de quarto dela com certeza parece ser má influência.

— É, Nick, ela parece ser admiravelmente desinibida. Deve ser bonita, pra ser tão atraente para os garotos. Será que ela já transou com um hindu?

— Isso não vai dar certo. Preciso fazer Sheeni voltar pra Redwood High o mais rápido possível — falei, pensando em voz alta. — Ela e Taggarty podem estar saindo com surfistas neste exato momento em que estamos aqui conversando.

— Será que Taggarty gosta dos inteligentes também? — especulou Vijay.

— Claro que é sempre possível fingir-se de idiota.

— Vijay, me ajude! — insisti. — A gente precisa fazer Sheeni voltar pra Ukiah.

— Você tem razão, meu amigo. Sheeni pode estar feliz por lá, mas essa cidade é um deserto sem ela. Ela precisa voltar, para o bem-estar geral.

— Todo mundo precisa fazer sacrifícios — observei.

— Este é o caminho para a iluminação, é o que dizem os filósofos — acrescentou ele.

— Sheeni, preciso fazer isso — declarei. — Pelo seu próprio bem.

— Mas o que a gente vai fazer? — perguntou Vijay.

— Não sei direito. Ainda não descobri. Mas tô desesperado.

— O que quer que seja — disse Vijay —, tem de envolver um encontro com essa formidável Taggarty. Pelo menos uma vez.

— Pelo jeito então, Vijay, você ainda é virgem?

— Sim, e acho isso extremamente irritante. Quando Gandhi tinha a minha idade, ele já estava casado havia três anos.

Não admira que Gandhi no fim tenha sido um homem e tanto. Pense só em quanto tempo livre se tem pra dedicar a Grandes Ideias quando sua vida amorosa já está resolvida assim tão cedo.

Os diários de Nick Twisp

**DOMINGO, 7 de outubro** — 12h20. Sheeni acabou de ligar. Lacey e meu pai tinham saído para levar Albert para mijar nos paus-rosas, por isso pude aceitar a ligação a cobrar dela.

— *Bonjour*, Nickie — sussurrou A Mulher dos Meus Sonhos.

— Oi, Sheeni querida — respondi. — Mal consigo escutar você. O que está acontecendo?

— Estou ligando do dormitório, por isso tenho de falar baixo. Não podemos falar inglês no campus, nem no telefone.

— Eu sei, tentei ligar pra você ontem à noite, mas você não estava.

— É. Taggarty e eu fomos a uma festa.

— Ah, sei. Como é que foi?

Imaginei ambientes à meia-luz, cheios de surfistas sujos.

— Foi legal. As pessoas daqui são tão interessantes! Nickie, quero que você se sinta à vontade pra sair com outras pessoas. Como diz Taggarty, a gente é jovem demais para ficar comprometido. Especialmente com toda essa distância entre nós.

— Eu amo você, Sheeni — respondi. — Não quero sair com mais ninguém.

— Eu sinto a mesma coisa, Nickie. Só quero que você saiba que pode se sentir livre para fazer o que quiser.

Um sentimento generoso, Sheeni, mas com um corolário alarmante.

— Bom, querida, pode ser meio antiamericano dizer isso, mas não quero ser livre. Estou perfeitamente feliz sendo escravizado... a você.

— Que fofo — sussurrou Sheeni. — Oh, você recebeu minha carta?

— Sim, querida. Seu francês estava maravilhoso. Muito inteligente.

— Você não sentiu dificuldades para ler, então?

— Nem um pouco. A Sra. Blandage diz que sou um linguista nato.

Sheeni então falou toda animada durante vários minutos em francês. Quando ela terminou, eu disse:

— Hã... querida, acho que minha compreensão oral ainda está meio atrás do meu nível de compreensão de leitura. Poderia repetir isso tudo em inglês?

— Eu só estava descrevendo minhas aulas, Nickie. Está gostando da Redwood High? Já fez alguma amizade?

— Só algumas. Você conhece Vijay Joshi?

— Ah, sim. É um garoto bacana. Muito culto pra Ukiah, mas tem uma orientação política estranha. Uma vez ele me convidou para a recepção de um assessor de Dan Quayle. A irmã de Vijay é bem bonita. Ela anda escrevendo cartas pra Trent.

— E Trent responde? — perguntei, chocado.

— Claro. Acho que talvez ele esteja apaixonado por ela. Aquele traidor. Brincadeira, Nickie. É um amor sem futuro, seja como for, porque o pai dela é rígido demais.

Preciso conhecer a irmã dele, pensou François. Então falamos uma hora e quinze minutos. Por fim, com meu coração repleto de amor e minha orelha quente, eu me despedi e desliguei. Estou vendo que não vou poder comprar nenhuma mountain bike por algum tempo. Tudo o que ganhar de salário irá direto para a operadora telefônica.

16h20. Um som de freios familiar me fez ir até a janela. Um enorme caminhão tinha estacionado lá fora e o motorista era inconfundível: Wally Rumpkin. O gigante cor-de-rosa de 2 metros de altura estava saindo quando fui cumprimentá-lo.

— Oi, Wally! Que surpresa!

— Oh, oi, Nick — disse Wally, dirigindo-se com timidez para um junípero perto do meio-fio. — Eu esperava que essa fosse sua rua. Tive um trabalhão para encontrá-la.

Uma mancha preta disparou por entre minhas pernas e pulou — toda rabo balançando e lambeção — para os braços surpresos de Wally.

— Cachorrinho, por favor, não faça isso — disse Wally, pondo com gentileza no chão um Albert que não parava de ganir. — Estou indo para Tacoma, Nick. Por isso aproveitei para trazer sua bicicleta.

— Que legal, Wally. Valeu!

Wally abriu as portas enormes do baú e com cuidado ergueu minha velha Warthog de dez marchas (que custou 55 dólares e me foi presenteada no meu aniversário de 8 anos pelo meu adorável pai).

— Você salvou minha vida, Wally. Ah, como vou usar isso aqui! Tenho caminhado 6km a pé todo dia.

— Não foi nada, Nick — respondeu Wally para a fábrica de concreto a distância. — Era caminho. E me deu a chance de ir ver sua mãe.

— Ah, é. E ela, como está?

— Muito mal, acho. Está noiva e vai se casar.

— Noiva! Não daquele policial fascista, espero que não.

— Dele mesmo. Os dois vão pra Reno no sábado que vem.

Em menos de uma semana, vou ter um padrasto maligno. E nem sequer fui consultado.

— Que horrível, Wally! Você não conseguiu fazer minha mãe mudar de ideia?

Os diários de Nick Twisp

— Eu tentei, Nick, mas ela não quis me escutar. Acho que ela pode estar fazendo isso por um sentimento de gratidão confuso.

— Gratidão! Pelo quê?

— Ah, você sabe — corou Wally. — Por ele ajudar a encobrir todo aquele negócio do incêndio.

— Ah, sim. — Mais culpa para Nick. — Como anda isso?

— Bem, não se preocupe. Os detetives foram falar uma ou duas vezes com sua mãe. Vasculharam a casa do seu vizinho e ficaram bem desconfiados quando encontraram uns panfletos radicais, mas não encontraram prova nenhuma para prendê-lo, por isso soltaram o homem. Agora a cidade está oferecendo uma recompensa de 10 mil dólares pelo culpado.

Engoli em seco, nervoso. Dez mil mangos era muito dinheiro. Qualquer um poderia me entregar por aquele valor. Até eu me senti tentado.

Não tenho tempo de escrever mais nada. Acabo de contar a meu pai que minha mãe vai se casar, por isso ele vai levar a mim e Lacey para comer filé em um restaurante. Seu longo pesadelo de pensões pode ter chegado ao fim.

**SEGUNDA-FEIRA, 3 de outubro** — As provas malditas contra Bruno continuam a se acumular. Um amigo de Vijay, Fuzzy DeFalco, confirmou hoje na hora do almoço que o armador estrelinha da Redwood High (estrelinha até agora de um empate e cinco derrotas) mora na mesma rua que os pais de Sheeni. Entretanto, será que Sheeni realmente entregaria sua delicada virgindade a um bobalhão simplório como aquele? Eu me encolho ante tal dessacralização. Rumino torturas que envolvem protetores de virilha quentes e chuteiras de travas de aço afiadas moendo sobrancelhas baixas e peludas.

Falando em peludos, soube que Fuzzy ganhou esse apelido aos 9 anos, quando ele chamou pela primeira vez a atenção dos olheiros da Equipe Olímpica Americana de Pelos Corporais. Ele poderia se raspar dos olhos aos dedos dos pés, mas, em vez disso, mantém apenas uma pequena clareira facial que termina arbitrariamente a cerca de 5 centímetros do colarinho. Todas as suas roupas flutuam sobre seu corpo em cima de uma camada densa de cabelos ruivos. Vijay sugeriu que ele buscasse reconhecimento governamental como uma Reserva Nacional de Transplante de Cabelo.

Fuzzy encara essas brincadeiras numa boa, mas fica bravo quando as meninas grudam coleiras antipulgas no seu armário. Elas também fingem se coçar quando ele entra na sala, o que o faz ficar ainda mais bravo. Mesmo assim, embaixo de sua eterna barba por fazer, a pele continua sem espinhas, por isso ele não tem do que reclamar. Seus pais têm dinheiro, o que na minha cartilha compensa quase todos os desfiguramentos genéticos (exceto apenas o horror da abreviação peniana).

Vijay diz que, apesar de todas as provas em contrário, Fuzzy é extremamente inteligente.

— Ele só é iludido — diz Vijay. — Uma vítima de nossa cultura de massa americana alardeada pela mídia.

Talvez por assistir a comerciais de cerveja demais, Fuzzy aspire a ser atleta, mas tem labirintite crônica. Ele já fez testes para todas as equipes (incluindo as mais insípidas, como golfe), mas foi rejeitado por incompetência em todos. Apesar disso, continua almejando o estrelato esportivo.

Depois da aula, agitei a poeira das escadarias das ruínas e adentrei o Mundo do Trabalho. Não demorou nem dez minutos para eu sentir meus neurônios começando a definhar e morrer. Por que todos os empregos oferecidos aos jovens são tão absurdamente chatos? Seria de imaginar que os deuses dos capitalismos nos dariam trabalhos interessantes, e então, quando já estivéssemos envolvidos com segurança no sistema, com casamentos e hipotecas, aí, sim, eles ligariam o tédio na potência máxima. Mas não: somos imediatamente abandonados, nus e indefesos, na tundra gélida do tédio — e, de salário, recebemos apenas amendoins por sermos úteis.

Meu trabalho de hoje era arquivar uma pilha gigante de papel em um bando vasto de arquivos verdes mofados. Isso se provou mais difícil do que parecia (porém não mais interessante). Havia um para as letras de A-B, vinte e oito para a letra C, um para E-L, um para M-O e um para P-Z. Duvido que alguém da indústria madeireira consulte os arquivistas quando decidem nomear uma placa prensada com a mesma inicial de "compensado". Será que ninguém lembrou a esses senhores de que existe uma madeira popular chamada carvalho? Sem falar em cedro e carnaúba.

Fiquei tão perplexo e irritado entre os Cs que sinto que meu arquivamento daqui a pouco vai se tornar maliciosamente perverso. Além disso, a indiferença óbvia dos meus predecessores ao rigor alfabético apenas encorajou ainda mais imprevisibilidade. Arquivei um relatório sobre compensado sueco na letra G (de Greta Garbo) e uma pesquisa sobre revestimento decorativo de compensado MDF na letra E (de "exclusivo para os destituídos de senso estético").

Meu pai, como seria de se esperar, fingiu que não éramos parentes e me deu ordens como se fosse o déspota de Constantinopla. Até insistiu que eu o chamasse de Sr. Twisp, para que, nas palavras dele, "fosse mantido o decoro profissional". Concordei, mas errava a pronúncia de propósito. "Sim, claro, Sr. Twit", eu embolava. Aquilo me parecia de algum jeito adequado. Trazia um sorrisinho ao rosto puritano empoado da Srta. Pliny, a secretária do Sr. Preston (cujo nome era Penélope... não, ela não quer que a chamem de Penny).

A Srta. Pliny ou é uma mulher de 30 prematuramente desgastada ou uma de 50 bem preservada. Só veste tons pastel combinando, prende os suéteres nos ombros com uma corrente dourada, toma chá verde em uma xícara de porcelana (com pires), mantém um sachê de rosas em todas as gavetas da escrivaninha, fala como uma professora de dicção e — estranhamente — enche os lábios silenciosos de batom forte (cor: vermelho autópsia). Como revisora oficial da *Compensado Avançado*, ela elimina sem piedade todas as contrações, dando à já envernizada prosa um ar estranho de formalidade, como se tivesse sido redigida por escribas do século XIX. Surpreendentemente, François a considera fascinante. Fico espantado: ela não parece nem um pouco o tipo dele.

Quando chego em casa, recebo o maior choque da minha vida. Ali, na mesa de jantar, com um guardanapo enfiado embaixo do queixo duplo e o rosto gordo em um sorriso expectante, está esparramado meu colega peitudo Dwayne.

— Oi, Nick! — exclama ele. — Minha mãe tá fazeno porco assado pro jantar!

Era verdade. Desesperada com a perspectiva de cruzar o abismo linguístico cavernoso, Lacey contratou como empregada (por um período de experiência de uma semana) a única candidata de língua inglesa: a Sra. Flora Crampton, mãe de você-sabe-quem. Meu pai concordou que Dwayne jantasse com a gente em troca de uma pequena redução no salário, já de penúria.

— Você deve ser... Nick — disse uma mulher do tamanho de uma cabine telefônica metida em um avental laranja de babados, enquanto trazia uma assadeira grande cheia de pão de milho da cozinha. — Sou... Flora... Vá lavar as mãos, menino... Eu não... trabalho dois turnos.

Ela falava surpreendentemente devagar, como se estivesse inventando o idioma enquanto o fazia. Se a gente acelerasse a fita, talvez descobrisse que ela fala algum dialeto obscuro do Meio-Oeste rural.

Franzi a testa e contei os lugares na mesa. Cinco!

— Hã... Lacey — sussurrei. — A ajudante e seus filhos não deveriam comer na cozinha?

Flora ouviu.

— Ora... vejam se não é... um... metidinho... impertinente! — disse ela, batendo a assadeira e voltando para a cozinha. Notei que ela teve de andar de lado como um caranguejo através da abertura estreita demais (para ela) da porta.

— Está tudo bem, Sra. Crampton — gritou Lacey. — Não seja bobo, Nick. Vamos todos ter uma refeição ótima juntos. A Sra. Crampton é uma cozinheira maravilhosa.

Bom, ela é uma cozinheira razoável — para quem gosta de comida gordurosa e pesada. Sei lá, talvez minha família toda goste. Para o jantar mandamos para dentro porco assado com molho e recheio de pão, batata-doce caramelizada (com minimarshmallows coloridos derretidos por cima), folhas de mostarda e pão de milho amanteigado com geleia de cereja. A sobremesa foi torta de creme de coco. Meu pai repetiu tudo duas vezes. Seu prazer gustativo só foi diminuído pela visão irritante dos dois Crampton competindo com ele caloria a caloria. A Sra. Crampton também se serviu de espumante à vontade. Suspeito que ele possa pedir uma diminuição de salário ainda maior para compensar.

Dwayne não conseguiu comer um terceiro pedaço de torta. Caiu no sono na cadeira.

— Não sei... o que deu... em Dwayno — disse sua mãe. — Eu já peguei ele.... acordado... de madrugada... jogano aquele Nintendo maldito... Ele acha... que não precisa... dormir!

Meu pai me ofereceu para lavar os pratos, mas a Sra. Crampton disse não.

— Ouvi dizer que ele é... um acadêmico, deixe ele ir... fazer o... dever de casa.

Então ela cutucou Dwayne e o fez ir lavar a louça.

Acho que eu a julguei mal. Às vezes não se pode confiar na sua primeira impressão acerca de alguém.

Entrei na cozinha quando Dwayne estava esfregando a última panela.

— Sua mãe chama você de Dwayno — observei.

— E daí?

— Daí que quanto vale eu não repetir isso na escola?

Dwayne esvaziou os bolsos.

— Só tenho 78 centavos.

Peguei o troco oferecido.

— Já é um começo. Dwayno.

**TERÇA-FEIRA, 9 de outubro** — Escola, trabalho, dever de casa, passeio com o cachorro, tevê. Outro dia chato. Nenhuma carta de Sheeni. Você acha que a raça humana inventou o tédio para tornar mais palatável a perspectiva de morrer?

Outra refeição monstruosamente calórica da Sra. Crampton. Meu pai, acho, talvez tenha de fazer hora extra nos fins de semana para pagar a conta do supermercado — isso, é claro, se ele conseguir levantar seu corpo balofo e burguês do sofá. Só Lacey come pouco para preservar sua silhueta de parar o trânsito. É difícil acreditar, ao ver uma do lado da outra, que a Sra. Crampton e Lacey sejam membros do mesmo sexo da mesma espécie. Parece que as duas são de dois sistemas solares diferentes.

Entre uma mordida e outra, Dwayne começou a brincar de pontapé comigo debaixo da mesa. Em retaliação, procuro sujar o máximo de pratos possível.

Dei um pequeno fora no meio da sobremesa (baba de moça com chantilly).

— Onde o Sr. Crampton janta? — perguntei, inocente.

Dwayne ficou vermelho. A Sra. Crampton pousou a colher.

— Meu marido... faz suas refeições... na San Q — respondeu ela. — E vai fazer... pelos próximos... dez anos.

Mais tarde, quando eu estava na cozinha usando três copos diferentes para engolir três comprimidos vitamínicos, Dwayne olhou para mim timidamente lá da pia.

— Cê não vai contar pra ninguém que meu pai tá na cadeia, né, Nick?

— Não sei — respondi, pensativo. — Por que ele foi preso?

— Ele descontou uns cheques sem fundos.

— Não sabia que alguém podia ser preso por isso — respondi, surpreso. — Meu pai faz isso o tempo todo.

— Bom, os cheques foram roubados — continuou Dwayne. — De um cara em quem ele atirou.

— O homem morreu? — perguntei, chocado.

— Não, ele só tá, coméquissediz, com morte cerebral. Mas o júri disse que não foi assassinato, por isso não fritaro meu pai.

— Neste estado eles matam as pessoas na câmara de gás — corrigi. — Seu pai teria sido executado na câmara de gás.

— Uau! — exclamou Dwayne. — Cê acha que eles deixariam a gente assistir?

— Claro — falei. — A família é sempre convidada. Senão, seria um castigo cruel e incomum.

Dwayne bocejou.

— Não sei como cê consegue ficar acordado, Nick. Eu me esforço pra caramba, mas tô sempre cansado.

— Continue. Você só vai sentir sono se deixar os olhos se fecharem.

— Mas às vezes eles fecham sozinhos, sem querer — reclamou ele.

— Não deixe. Quando sentir que os olhos vão se fechar, jogue água na cara e pule num pé só. É o que eu faço.

— Uau, Nick. Como é que cê consegue ser tão inteligente?

— Ficando acordado — respondi. — A privação de sono afia os processos mentais. — Abri a porta do forno. — Droga, algum idiota colocou o prato de carne de volta no forno ligado no máximo. Nossa, isso aí tá bem queimado. Sugiro que você use palha de aço e fosfato trissódico.

— Valeu, Nick — disse Dwayne, agradecido. — Quando acabar, posso levar Albert pra dar uma voltinha? Posso, hein?

— Acho que eu poderia lhe fazer esse favor — respondi.

— Nossa, Nick. Cê é demais.

— Não tem de quê — falei.

QUARTA-FEIRA, 10 de outubro — Tirei C- em tecnologia madeireira pela minha soleira de porta. O Sr. Vilprang disse que as bordas não estavam aplainadas nos ângulos certos e que o verniz estava manchado. Essa é a menor nota que já recebi na vida. Será que em Stanford eles são assim academicamente tão exigentes?

Enquanto eu estava iniciando desconsolado o meu projeto seguinte (um prendedor de guardanapo), Bruno, o atleta sem pescoço, entrou para passar uma hora vaga lixando seu gabinete de pia (pelo menos é o que eu acho que aquilo deve ser) estilo americano antigo. Bruno está na turma avançada e por isso pode usar todas as máquinas elétricas que o Sr. Vilprang diz que "arrancariam os dedões de vocês, seus bozos, na mesma hora". Mesmo tendo a mão pesada, Bruno ainda conserva todos os seus dígitos. Para minha tristeza, ele também sobreviveu àquele período intacto. Preciso encontrar um jeito de dar uma topada nele quando ele estiver olhando a plaina ou trabalhando os detalhes na tupia. Ele gosta de ficar com a língua de fora quando está trabalhando — talvez ele pudesse prender esse apêndice na lixa.

Agora que já não é mais novidade, meu trabalho pós-escola está se tornando ainda mais anestesiador da mente. Hoje, deram-me a tarefa de digitar uma pilha de cartas ao editor, incoerentes e cheias de erros. Para aliviar o tédio, alterei seletivamente o "agora", de vez em quando, para "afora" e vice-versa. Esse erro tipográfico insidioso costuma escapar da detecção dos revisores e é capaz de animar bastante até a escrita mais tediosa. Só estou atrás do melhor.

Meu pai ficou em seu cubículo o tempo inteiro, mantendo um ar de discrição. O Sr. Preston o ouviu perguntar à Srta. Pliny há quanto tempo ela "estacionava aquele traseiro bonito na *Compensado Atrasado*". Ela respondeu friamente, "Não sei a que você se refere", enquanto o Sr. Preston lançava um olhar a meu pai que seria capaz de partir uma tora de mogno.

Lacey preparou sobras de comida para o jantar. A Sra. Crampton teve uma emergência familiar e não pôde vir.

— Que tipo de emergência? — perguntei.

— Ela teve de levar Dwayne ao médico — respondeu Lacey. — Ela o encontrou na cozinha às quatro da manhã ensopado e pulando em um pé só.

19h30. O telefone tocou depois do jantar e meu pai o passou para mim.

— Oi, Nickie querido.

Era minha mãe repulsiva.

— Ah, oi, mãe — respondi, frio.

— Como você está, Nickie? Está se dando bem com seu pai?

— Sim, ele é ótimo — menti. — Gosto muito daqui.

— Que bom, Nickie! Fiquei preocupada com você.

— Sim, minhas pernas estão quase curadas da surra. Ainda manco um pouco, mas parece que meus ferimentos não são permanentes.

— Desculpe se Lance foi meio severo demais. Todos nós ficamos chateados naquela noite.

— Hã-hã — respondi.

— Você soube que eu e Lance vamos nos casar neste sábado? — continuou ela, animada. — Gostaríamos que você fosse à cerimônia em Reno. Posso mandar uma passagem de ônibus.

— Ah, nossa, adoraria, mas tenho uma consulta para fazer uma limpeza de dentes. Talvez uma próxima vez.

Longo silêncio.

— Bem, tudo bem, Nickie. Pelo jeito, você não quer vir. Só acho que, se você lhe desse uma chance, começaria a gostar dele.

— Hã-hã.— Claro, e ouvi dizer que Joseph Goebbels era uma diversão só nos fins de semana.

— Estamos indo para Winnemucca para a lua de mel. A mãe de Lance mora lá no deserto em um trailer.

— Parece bacana. Bom, tenho de ir fazer o dever de casa agora.

— Nickie, você vai me escrever ou ligar? Eu volto daqui a alguns dias.

— Vou tentar. Tchau, mãe.

— Tchau, Nickie. Vou pensar em você.

— Hã-hã.

*Clique.*

Acho que vou escrever uma carta para o *New England Journal of Medicine*. Acabo de descobrir a causa da depressão clínica: pais!

QUINTA-FEIRA, 11 de outubro — Nossa, que canseira! Meu pai e Lacey tiveram uma competição de gritos a toda altura ontem à noite, começando às duas da manhã. Não deu pra saber o motivo da briga, mas a certa altura ouvi Lacey chamar meu pai de "bêbado detalhista, crítico, mão fechada, frio e machista". Ela também disse que ele era "egoísta, convencido e entediante na cama". Eu diria que isso me parece um julgamento bastante convincente. Ela também soltou um "dirige mal", mas talvez aí tenha se sentido restringida pela sua própria reputação suja no Departamento de Trânsito.

Às vezes, a batalha ficava tão inflamada que Albert ia participar, vindo de sua cama lá no espaço minúsculo empoeirado embaixo da casa. Por fim, François se viu obrigado a gritar:

— Ei, tem gente aqui que precisa responder a umas questões difíceis no teste de física amanhã. Vocês podem dar um tempo?

— Vá se danar! — respondeu meu compreensivo pai.

Porém, os fogos de artifício verbais pareceram diminuir depois disso. De manhã, encontrei Lacey dormindo em um estado de seminudez no sofá da sala. Quem sabe eles não brigam com mais frequência?

Fuzzy DeFalco, soube na hora do almoço, acaba de ser nomeado técnico assistente do time de futebol americano dos Marauding Beavers. Ele espera eventualmente conseguir subir de posição e passar a ser um dos atacantes. Será que foi assim que Red Grange começou? Nesse meio-tempo, Fuzzy pode circular com os atletas — enfaixando tornozelos diversos, mantendo o Gatorade gelado e varrendo o campo durante os intervalos para a plateia de globos oculares saltados. Isso também deve deixá-lo bastante apto pra saber todos os podres do mais ilustre atleta sem pescoço de Ukiah.

O cheiro de carne queimada pairou no trabalho hoje. Era meu pai, fervendo na cadeira quente. O Sr. Preston o chamou para seu escritório para informar que sua checadora de fatos oficial (a Srta. Pliny) descobriu "31 erros crassos de fatos" no artigo de meu pai, "Novos Desenvolvimentos em Juntas Macho-e-Fêmea em Entrepisos de Aglomerado".

Concluindo que meu pai precisava de um histórico mais consistente sobre o ramo madeireiro, o Sr. Preston o convidou a passar o fim de semana ajudando-o em sua oficina particular, no porão de sua casa. Juntos, eles vão construir um arquivo de compensado de madeira com quatro gavetas (uma vez que os arquivos da letra "C" já estão lotados de novo). Meu pai concordou, mas seu entusiasmo fingido não enganou ninguém.

Depois desse sermão, a Srta. Pliny tomou seu chá e cantarolou músicas de *Kismet*. Ela também elogiou a acuidade de minha digitação.

— Espero que não se incomode, Srta. Pliny — falei. — Tomei a liberdade de corrigir erros de grafia e eliminar as contrações.

— Fez muito bem, Nicholas — respondeu ela. — Temos de estar sempre atentos e resistir à carnificina da impureza linguística.

— Os padrões devem ser elevados — concordei. — Os filisteus estão nas muralhas.

Ela olhou na direção do cubículo de meu pai.

— As muralhas foram alargadas, Nicholas. Estamos em combate corpo a corpo com os visigodos no meio da rua.

Lacey não veio jantar em casa. Tudo bem. A Sra. Crampton fez o acinte de preparar fígado de boi frito. Dwayne odeia fígado tanto quanto eu. Ficamos ali sentados em comunhão silenciosa, olhando com repulsa para nossos pratos, enquanto meu pai e a Sra. Crampton mandavam aquilo para dentro. Mais tarde, enquanto Dwayne lavava a louça, ele me disse que o médico lhe receitou um sedativo forte pra ele tomar toda noite antes de dormir.

— Minha mãe me deu ontem de noite, mas depois cuspi fora — confidenciou ele.

— Ótimo. Você pode ficar viciado nesses remédios. O que você fez com a cápsula?

— Escondi embaixo do travesseiro — respondeu ele.

— Que bom! Você vai fazer o seguinte: logo antes de se deitar, pergunte à sua mãe se ela quer tomar uma bebida quente. Depois, coloque o remédio na xícara. Assim ela não vai ouvir quando você se levantar para dar uns pulos.

— Ótima ideia! — sussurrou Dwayne. — Nossa, Nick, como eu queria ter seu cérebro.

— Desculpe, Dwayne — respondi, ofendido. — Eu ainda estou usando.

— Posso passear com Albert hoje de novo? Hein, posso, Nick?

— Ah, Dwayne, não sei, não. Cachorros não crescem em árvores, você sabe.

— Eu pago 50 centavos.

— Fechado — disse eu, embolsando as duas moedas de 25. — Pode passear com ele quanto tempo quiser.

21h45. Vijay acabou de me ligar, convidando para ir à casa dele jantar amanhã. Até que enfim, vou conhecer a bela Apurva. Ele também disse que teve umas "ideias súbitas" que gostaria de discutir comigo.

22h15. Lacey, parecendo meio tonta, por fim chegou em casa. Ela e meu pai estão trancados no quarto, sussurrando. Opa, barulho de molas! Outra crise doméstica resolvida com sucesso. Que ruim! François ia sugerir a Lacey que ela viesse dormir com ele hoje.

**SEXTA-FEIRA, 12 de outubro** — Vou para Santa Cruz visitar Sheeni amanhã! Foi ideia de Vijay e ele planejou tudo. Fuzzy, Vijay e eu vamos de carro: vamos "pegar emprestado" o carro da avó de Fuzzy. Ela está no hospital presa a aparelhos de sobrevivência, por isso não vai precisar dele. Fuzzy não se barbeou hoje. Achamos que até amanhã ele vai parecer ter pelo menos 35 anos. Ele disse que pega o carro da avó desde que tinha 12 anos, e que uma vez "chegou a 150km/h" na Redwood Highway. Ele não vai ter problema algum em tirar a carteira de motorista daqui a dois anos. Uma vez que eu tive alguma experiência pilotando o ex-Lincoln de minha mãe e o trailer, fui designado motorista assistente. Dessa vez, tenho de me lembrar de acionar o freio de mão. Vamos dizer a nossos pais que vamos dormir na casa um do outro. Vou pagar a gasolina, porque Sheeni é minha namorada. É justo.

O Sr. Preston concordou em me deixar faltar ao emprego amanhã, depois que eu lhe disse que tinha de decorar *A balada do velho marinheiro* inteira para a aula de inglês.

Ele disse:

— Tudo bem. Espero uma declamação aqui na segunda.

Droga!

O jantar na casa de Vijay foi maravilhoso. Apurva estava sensacional com um sári vermelho e sapatos dourados. O cabelo dela é preto e comprido, a pele é bronzeada, os olhos são negros e imensos, e sua voz suave acaricia os ouvidos como se fosse a canção de um pássaro. O pai dela (um cara grande, durão e que mete medo, com um olhar penetrante) a obriga a frequentar uma escola católica só de mulheres, por isso ela parecia bastante ansiosa para conversar com um garoto. François cedeu e flertou ousadamente, até para os parâmetros dele.

— Apurva é um nome lindo — disse ele. — Tem algum significado especial?

— Sim — respondeu ela, corando de leve. — Significa única ou maravilhosa.

— Claro — disse François. — Que bobo eu, por não ter adivinhado!

O Sr. Joshi me olhou com cara feia.

— O que seu nome quer dizer, Nick? — quis saber Apurva.

— Quer dizer corte de barbeador — respondi.

Apurva riu.

— Ah, Nick, com certeza deve querer dizer algo melhor do que isso. Você é muito modesto.

Sentado naquela sala de jantar de bom gosto, ouvindo a conversa animada e intelectual, não pude deixar de me sentir... bom, fulo da vida. Naquele momento, refleti, meu pai provavelmente estava resmungando "passe o peixe empanado" para a Sra. Crampton, enquanto Lacey falava sobre as últimas novidades em tinta de cabelo e Dwayne enfiava letargicamente o dedo no nariz. Por que eu, meu Deus? Como é que Vijay é escolhido para *Uma família magnífica*, enquanto eu tenho de ficar com a reencenação de *Meu idiota preferido*?

22h30. De volta aos meus pares. Lacey e meu pai não estão se falando de novo. Antes de ir embora com a mãe, Dwayne pagou a taxa de passeio com cachorro de hoje e me disse que meu pai ameaçou Lacey com a faca da manteiga na mesa do jantar, depois que descobriu que ela jogou seu espumante na privada.

— Foi igualzinho a quando meu pai morava em casa — sussurrou Dwayne.
— A única diferença é que eles não xingaram tanto.

Lacey agora está fazendo a cama no sofá, enquanto meu pai está de mau humor no quarto.

Tentei ligar pra Sheeni para avisá-la da visita, mas não consegui ultrapassar a barreira do francês. Pelo visto, serei obrigado a fazer uma surpresa. Estou otimista com a possibilidade de ela ouvir o chamado da razão e concordar em voltar para Ukiah. É um sacrifício pequeno a se fazer em nome do amor.

Contei meu maço de notas: 46 dólares e 12 centavos (45 dólares e 12 centavos em economias e 1 dólar de rendimentos provenientes do aluguel do cachorro). É melhor o carro da avó DeFalco ser econômico, senão talvez a gente não consiga terminar essa viagem.

**SÁBADO, 13 de outubro** — (transcrito do original a lápis) 09h30. Estamos a caminho de Santa Cruz! Indo na direção sul na rodovia 101, acabamos de passar pela grande Cloverdale. Até agora, Fuzzy parece ser um motorista bastante competente. Lógico que, depois de ver meu pai dirigir, quase todo mundo parece ser um bom motorista. Fuzzy apareceu todo orgulhoso hoje de manhã com uma jaqueta dos Marauding Beavers, que nós na mesma hora o obrigamos a tirar. A gente quer que ele pareça pelo menos um universitário formado, não um cara do ensino médio.

O carro da vovó DeFalco é um Ford Falcon 1965 novo em folha (cor: Creme Dentadura) com 61.200km rodados. O carro é ótimo, mas o interior cheira a coisas velhas. Sinto como se estivéssemos todos usando luvas brancas e conversando sobre a reforma da Previdência. Embaixo do capô, há um V-8 de 4,3L sedento por gasolina, por isso temos bastante potência para acelerar em direção à minha completa pobreza.

Decorei os dois primeiros versos de *A balada do velho marinheiro*. Só preciso decorar mais 728. Vijay está me ajudando fazendo alterações obscenas em cada verso. Ele diz que, se eu aprender a versão suja, vou aprender a certa num instante. Parece lógico. Só que, da próxima vez, vou dizer ao Sr. Preston que preciso de uma folga para algo mais vago, como crescimento espiritual.

10h15. Nossa primeira crise. O sol saiu em Novato e os olhos de Fuzzy se fecharam numa atitude reflexa. A gente quase não sai da rodovia vivo. Ele esqueceu os óculos escuros, por isso tivemos de parar no Kmart para lhe comprar um par. E, já que estávamos lá, pegamos duas dúzias de donuts (só oito pra cada, mas estamos economizando nossa verba). Fuzzy agora consegue ver de um jeito razoável, mas diz que as lentes baratas lhe dão a sensação de estar pilotando um avião em voo baixo. Seu corpo inteiro é ultrassensível à luz. Talvez seja por isso que ele tenha tanto pelo.

13h30. Fuzzy fez uma conversão errada em São Francisco, e, quando a gente viu, já estava indo para o oeste, na Bay Bridge. Então eu disse, "ah, vamos todos para Oakland ver minha antiga casa". Para minha surpresa, minha chave da porta de entrada ainda funcionou. Eu achei que, a essa altura, minha mãe já teria trocado todas as fechaduras. O lugar estava deserto, claro, já que minha mãe estava em Reno com Lance arruinando sua vida.

Fuzzy e Vijay concordaram que o Chevy Nova na parede era radical ao extremo. Lá em cima, encontramos muitas provas alarmantes da presença odiosa de Lance, incluindo seis uniformes tamanho 54 bem passados da polícia de Oakland pendurados no *meu* armário. Peguei emprestada a tesoura de sobran-

*Os diários de Nick Twisp*

celha de minha mãe e cortei todos os terceiros pontos na costura das pernas das calças. Da próxima vez em que ele se inclinar para acertar um traficante de crack indefeso, *cr-rrrrr-aaaaac*! Também peguei emprestado um pouco de esmalte e pintei um alvo bem em cima do coração de seu colete à prova de bala.

Fuzzy e Vijay estavam inspecionando o quarto antigo de Joanie, agora transformado em um futuro berçário cor-de-rosa cheio de babados.

— Por que todas essas coisas de bebê? — quis saber Fuzzy.

— Minha mãe tá grávida — confessei.

— Nossa, que nojo — respondeu Fuzzy. — Ela não é meio velha pra procriar?

— São as aberrações da natureza, acho — disse eu. — Só espero que o menino não nasça com duas cabeças. O pai dele era um idiota de marca maior.

— É o camarada com quem ela está se casando? — perguntou Vijay.

— Que nada! É outro idiota, que morreu de ataque do coração.

— Nossa — exclamou Fuzzy —, a criança ainda nem nasceu e já é meio órfã.

— Na minha família isso pode ser uma grande vantagem — respondi.

Antes de sair, entrei no quarto de minha mãe e escrevi com batom vermelho no espelho da cômoda: VOCÊ VAI SE ARREPENDER!

— Sua mãe não vai saber quem escreveu? — perguntou Vijay.

— De jeito nenhum — respondi. — Eu fiz uma letra diferente. Com sorte, ela vai achar que é um recado de alguma Abadia Divina.

15h30. Quando chegamos à entrada de Santa Cruz, uma chuva cinza e fria começou a cair. Espero que não seja um sinal. Decorei os primeiros seis versos lascivos de você-sabe-o-quê.

Acabamos de encher o tanque: 24 dólares e 53 centavos. Não sabia que era possível colocar tanta gasolina assim em um Falcon. Será que sou jovem demais para esses lugares que dizem "venda o seu sangue em troca de dinheiro"?

18h15. Acabo de ter um reencontro amoroso com Meu Grande e Único Amor. Minhas mãos ainda estão tremendo. Eu me sinto imensa e exultantemente vivo. Ela ficou encantada, talvez até felicíssima de me ver. Nós nos dedicamos a um abraço apaixonado — indiferentes aos olhares de Vijay, Fuzzy, meia dúzia de alunos xeretas e a supervisora indignada do dormitório. Em sua empolgação, Sheeni até deixou escapar algumas palavras em inglês. Isso provocou ainda mais manifestações de indignação da parte da supervisora. Fomos obrigados a nos desgrudar, mas antecipo uma retomada das intimidades em breve.

Estou escrevendo essas linhas no banco de trás do carro de Fuzzy, que está estacionado na frente do campus chique da École des Arts et Littératures. Estamos esperando que Sheeni e Taggarty acabem de se arrumar e venham nos ver. O plano é irmos todos jantar e depois caminhar pelo calçadão (se a chuva parar). Prometemos levar alguém para Fuzzy. (Vijay deu em cima da sedutora colega de quarto de Sheeni.) Só rezo pra que elas tragam também algum dinheiro.

22h30. Estamos de volta ao carro estacionado, esperando Sheeni sair para nos dizer que a área está limpa. Será que só se passaram quatro horas mesmo? Parece que foram dias. Sheeni concordou corajosamente em deixar que a gente durma escondido no quarto dela e de Taggarty. Essa é uma violação grave às regras estaduais dos dormitórios escolares. Vai ser a primeira noite que Sheeni e eu vamos passar juntos. Espero que a presença de outras três pessoas não limite demais nossas oportunidades de fazer amor apaixonadamente.

Fuzzy ficou agradecido quando a gente devolveu sua jaqueta. Sua garota era uma gigante robusta chamada Heather, estrela do time de basquete feminino. Estava vestida para combate com uma minissaia que mostrava os músculos definidos das pernas. Em cima, usava um suéter vermelho justo que guardava duas bolas de basquete quase do tamanho oficial da NBA. Dizer que Fuzzy ficou fascinado por Heather na mesma hora seria um eufemismo. Ela, por sua vez, ficou logo interessada em seu par depois que ele disse que estava atualmente liderando a Redwood Empire Athletic League na recepção de passes.

Já Vijay teve mais dificuldade. A encantadora Taggerty (cabelos escuros curtos, olhos verdes intensos, sofisticação de Manhattan encoberta em maturidade frágil) parecia mais interessada em demonstrar como tinha o maior lobo frontal do grupo do que em sucumbir ao seu charme exótico, subcontinental e de direita. Com sua voz aguda, ultraculta, ela despejava mais referências acadêmicas do que um mês inteiro de cartas minhas para Sheeni. É surpreendente como ela encontra tempo para suas conquistas sexuais, com todo o esforço que deve empreender para reunir fatos.

A seu favor, Vijay mais do que se esforçava, principalmente depois que iniciou uma declamação longa e cheia de floreios de poesia urdu. Taggarty tentou desviar o assunto para a análise histórica do *Ramayana* (ela deve ter lido esse por alto também), mas desistiu abruptamente quando Vijay apanhou um erro crasso de fato no discurso dela. Mesmo assim, Taggarty é um peso-pesado tão grande da intelectualidade que todo mundo, exceto a supremamente formidável Sheeni, fica nervoso ao dar uma opinião. Tenho pena de seu futuro marido, que vai ter a cabeça cheia de informações.

**Os diários de Nick Twisp**

Sheeni está mais perigosamente madura e linda do que nunca. Estava com um vestido macio de veludo cor de vinho que fazia seu cabelo brilhar como bronze envelhecido. Para mim, nossos momentos juntos se passam em uma névoa de angústia maravilhosa. Quero abraçá-la bem forte, para que ela não passe pela minha humilde órbita como um cometa brilhante que atravessa os céus. Esse sentimento, como seria de se esperar, quase sempre rende certa dificuldade na fala. Além do mais, François está sempre me lembrando para não parecer tão apaixonado. Ele diz que isso é ruim para nossa imagem.

Todo mundo adorou as rodas radicais estilo anos 1960 de Fuzzy, por isso ele foi obrigado a dirigir como um maluco até o restaurante. (Chique, especializado em comida de camponês mediterrânea cara. Com esses preços, não é de admirar que os camponeses sejam pobres.) Claro que foi Taggarty quem escolheu o lugar.

Das 20h35 às 22h05, a conta permaneceu intocada em cima da mesa como uma bomba prestes a explodir. Sua presença ameaçadora atrasou tanto nossa saída que ficou tarde demais pra ir passear no calçadão. Até que, por fim, François tossiu casualmente e a virou. Os números saltaram: 167 dólares e 23 centavos.

Temendo o pior, o garçom tinha dado um generoso desconto de 15%. Os três homens confabularam e, depois de vasculhar os bolsos (Fuzzy, para sua surpresa, encontrou três notas de 20 amassadas e uma camisinha usada em sua jaqueta), reuniram 135 dólares e 74 centavos. Eu fui obrigado a escrever um vale para nossas companheiras no valor do restante. Elas resmungaram, mas completaram o que faltava. Estamos a 300km de casa e totalmente falidos. Graças a Deus que a gente teve a presença de espírito de encher o tanque antes de sair.

Fuzzy dirigiu o carro de volta ao dormitório a 30km/h para economizar gasolina. Talvez ele também quisesse prolongar a proximidade forçada com sua jovem atleta. Dessa vez, fiz Vijay ir na frente com eles, para poder ficar junto com Sheeni no banco de trás. Eu segurei sua mão morna e tentei, entre interrupções (em francês) da ciumenta Taggarty, conversar em particular com Meu Amor.

— E aí, Sheeni, está gostando de Santa Cruz? Não é muito úmido, por estar tão perto do mar?

— Nem um pouco, Nickie. Cada vez gosto mais daqui. A experiência tem sido tão boa para ampliar minha mente. Meus anos na provinciana Ukiah parecem agora um pesadelo cada vez mais longínquo. Lógico que sinto saudades suas e de Albert. Como está meu cachorro querido?

— Meio devagar esses dias, acho — respondi. — Ele sente muito a sua falta, sabe.

— Sou tão egoísta — suspirou ela. — Sempre pensando na minha própria felicidade primeiro. Prometo que vou recompensar vocês dois quando estivermos todos reunidos em Paris. Eu contei que Taggarty e eu temos a chance de ir estudar lá no verão? Não é maravilhoso?

— No verão? — exclamei. — Mas é quando a gente ia ficar junto em Ukiah.

— Eu sei, Nickie, mas essa é uma oportunidade extraordinária demais pra deixar passar. Nunca viajei para fora do país, sabe. Por que você não vem nos visitar lá? A gente pode ir a todos os museus e você pode melhorar sua conversação em francês.

— E posso saber como vou pagar por essa excursão? — pressionei.

— Com as economias de seu salário, seu bobo — respondeu ela. — Você precisa começar a economizar, Nickie.

Com alguma força de vontade, consegui deixar aquela passar.

— Trent vai para Paris estudar também?

— Acho que ele está concorrendo — respondeu ela. — Mas está tentando descobrir se existe infraestrutura no Sena para a prática de windsurfe. Ele está ficando cansativamente obcecado por esse esporte. A poesia dele está sofrendo.

— O Sena não é poluído? — perguntei, divertindo-me com a visão breve de um ex-poeta acometido de hepatite.

— Ah, acho que não — respondeu Sheeni, melancólica. — Parece tão azul nas fotografias.

23h30. (escrito com lanterna) Todos estamos castamente nas nossas camas para dormir (pelo menos alguns de nós estão). Taggarty, fingindo cólicas menstruais fortes, distraiu a supervisora, enquanto Vijay, Fuzzy e eu — carregando nossa bagagem e nossos sacos de dormir — entramos de fininho pela porta lateral. Apesar da discrição extrema, nossa presença logo foi notada pelas ocupantes do andar, o que rendeu um monte de risinhos em francês e correrias seminuas para cá e para lá. Por que, pergunto, confinar uma grande quantidade de garotas adolescentes em um só lugar gera esse tipo de comportamento anormal? E por que são sempre as mais sem-graça que tiram a maioria das roupas?

Sheeni e Taggarty dividem um cubículo de cimento que é grande o bastante apenas para abrigar um beliche, duas mesinhas pequenas, uma cômoda

Os diários de Nick Twisp

que foi sobra do exército e uma poltrona acolchoada diminuta. Por ser a mais inteligente e a mais bonita, Sheeni tomou o beliche de baixo. Na parede acima da sua mesa, ela pregou seu pôster de Jean-Paul Belmondo em *Acossado* e uma foto minha e de Albert. A parede de Taggarty exibe várias dúzias de fotos de máquina de estação de ônibus de jovens com aparência sombria, todos os que, presumidamente, já a conheceram intimamente. Embaixo de cada foto há uma letra de A a F. Taggarty é exigente. A maioria dos caras, notei, ganhou um C-, ou menos ainda.

— Aqui estão seus rivais — sussurrei para Vijay.

— Um grupo distinto do qual terei prazer de participar — sussurrou ele de volta.

Para aliviar a superpopulação, Heather sugeriu que Fuzzy fosse dormir com ela em seu quarto.

— A sua colega de quarto não vai se incomodar? — perguntou ele, surpreso.

— Ah, Darlene foi passar a semana na casa dela — respondeu Heather, casualmente.

Fuzzy engoliu em seco. Eu e Vijay trocamos olhares.

— Parece ótimo — respondeu Fuzzy, apanhando sua bagagem. — Bom, vejo vocês de manhã.

Dez minutos depois, quando estávamos desenrolando os sacos de dormir no chão, ouvimos um grito feminino.

— Parece que seu amigo gosta de pegar pesado — observou Taggarty.

— Todos nós somos meio sangue quente — confirmou Vijay.

Ficamos com o sangue ainda mais quente alguns minutos depois, quando Taggarty, procurando ostensivamente seu pijama, revelou seu desdém pela modéstia burguesa andando pelo quarto sem sutiã. Ela ganhou um B+ em tamanho, mas preciso subtrair pontos pelos seios caídos e pelos nos mamilos. Estava na cara que Vijay, porém, lhe dava um A. Ainda bem que naquele instante minha namorada discreta estava no closet, vestindo sua camisola (nada diáfana, como sempre). Então, Vijay e François se sentiram à vontade para olhar descaradamente. Taggarty não pareceu se incomodar.

Uma vez que o banheiro ficava no corredor, Taggarty (agora vestida provocantemente com um babydoll verde-claro) montou guarda do lado de fora enquanto eu e Vijay nos inclinávamos nas pias sujas para escovar os dentes.

— Estou em um estado de frenesi sexual — confessou ele.

— Bem-vindo ao clube — falei.

— Qual é seu plano? — perguntou ele.

— Vamos colocar um lençol pra cobrir a cama de Sheeni. Você pega Taggarty na cama de cima.

— Você tem camisinha?

— Deixe ver. Eu dei duas pra Fuzzy. Então ainda tenho oito no pacote.

— Deve dar — disse Vijay, gorgolejante. Ele parecia perturbado. — E se elas não estiverem a fim?

— Vão estar — garanti. — Dá pra cortar a tensão sexual naquele quarto com uma faca.

Sheeni não estava a fim. Ela sussurrou:

— Não seja bobo, querido. Não dá pra fazer com outras pessoas no quarto.

Depois me deu um beijo na bochecha e deslizou (sozinha) para debaixo dos lençóis de sua cama estreita.

Taggarty subiu laboriosamente para a sua cama lá em cima, dando um belo espetáculo para seus hóspedes nesse processo.

— Boa-noite, rapazes — entoou ela. — Vocês querem acender a luz para tirar a roupa?

— Não — disse eu, acendendo o abajur. — Dá pra achar os zíperes no escuro.

Sombrios, ficamos só de cueca e rastejamos para nossos sacos de dormir. O chão de concreto estava frio e duro.

— Isso é muito desconcertante — sussurrou Vijay. — Não vou pregar o olho. Você acha que eu me atrevo a ir até a cama de Taggarty depois que todo mundo cair no sono?

— Vale a pena tentar — sussurrei. — Acho que ela não vai se incomodar.

Cansado demais para escrever, e Vijay não para de olhar para cima e de me olhar de cara feia, impaciente. Eu não devia ter tomado tanta água por conta do nervosismo no restaurante. Preciso mijar de novo.

**DOMINGO, 14 de outubro** — 06h45. Noite desastrosa! Estamos na estrada a caminho de Ukiah. Vijay e Fuzzy me culpam, mas eu não sei do que eles estão reclamando. Fuzzy, graças à maestria de Heather no esporte, agora não é mais virgem. Vijay está mais ou menos 65% certo de que ele se qualifica no mesmo estado também. Eu devia ter essa sorte.

As dificuldades começaram quando eu me levantei para ir ao banheiro. Sim, eu fui cuidadoso e me certifiquei de que não havia ninguém nem no cor-

Os diários de Nick Twisp

redor nem no banheiro antes de sair. Depois de mijar mais ou menos 9 litros, eu de repente me vi com uma E.T assassina. Talvez fosse por estar sozinho no banheiro feminino com um ambiente exótico e a lixeira brilhante de absorvente. Enfim, decidi tomar um belo banho quente e lidar com a minha E.T. Foi o que eu fiz, e, quando eu estava me enxugando (com uma toalha que encontrei escrito "Propriedade de Darlene, Se Tocar, Morre!"), ouvi a porta se abrir. Sentindo-me meio exposto, vesti a cueca, enrolei a toalha e tentei sair de fininho.

— Quem é você? — perguntou uma garota magrela com cabelo platinado curto e seis brincos por lóbulo de orelha, erguendo os olhos da pia onde ela estava vomitando.

Parei.

— Sou Nick, um amigo de Sheeni. Desculpe por incomodar.

— Espere! Não vá embora! — engasgou ela, entre um vômito e outro.

— Você está bem? Quer que eu vá pedir ajuda? — perguntei, assustado.

— Tá tudo bem — disse ela, lavando a boca com água da torneira. — Foi só um negócio que eu comi. Hã... posso pegar emprestada sua toalha um segundo?

Com relutância, entreguei a ela a toalha úmida. Ela enxugou a boca e me olhou de cima a baixo com curiosidade.

— Então, você é o quê... namorado de Sheeni, algo assim?

— Hã... é.

— Você vai dormir aqui? Cadê Taggarty?

— Hã... ela está... dormindo. Um amigo e eu estamos só... dormindo no chão.

— Entendi. Uma festa do pijama. Mais algum rapaz no andar de quem eu precise saber?

— Bom, tem meu amigo Fuzzy, no quarto de Heather.

— Fuzzy. Que nome bonitinho! Meu nome é Bernice, aliás, embora você não tenha perguntado. Ninguém pergunta.

— Prazer, Bernice — acrescentei, rapidamente. — Só estou me sentindo meio, hã... incomodado, aqui de pé só de cueca.

— Por quê? Seu corpo é razoável.

— Valeu — disse eu. François acrescentou: — O seu também.

— Sou completamente nojenta — respondeu ela com um riso ácido. — Então você gosta de Sheeni, hein?

— É, você não?

— Pessoalmente, odeio aquela lá.

— Por quê? — perguntei, chocado.

— Tenho meus motivos. — Ela leu minha mente. — Não se preocupe, não vou dedurar você. Bem, com licença, Nick. Tô com vontade de vomitar mais um pouco agora.

— Tem certeza de que está tudo bem?

Inclinando-se sobre a pia, ela franziu a testa e fez sinal para eu sair.

Quando voltei para o quarto, o saco de dormir de Vijay estava vazio. O quarto estava em silêncio, exceto pela respiração ofegante perto do teto. Exausto, rastejei para meu saco de dormir e caí imediatamente em um sono inquieto.

Acordei vinte minutos depois — com a luz poderosa de uma lanterna nos olhos e xingamentos em francês em altos decibéis estourando os ouvidos. A supervisora! Atrás dela, olhando o quarto e sorrindo diabolicamente, estava Bernice. E pensar que há pouco tempo eu lhe emprestara gentilmente a toalha. Quanta ingratidão!

Dois minutos confusos, frenéticos e de pesadelo mais tarde, estávamos na frente do carro debaixo da chuva fria esperando Fuzzy, que veio só de jaqueta dos Marauding Beavers, colocar as calças para poder procurar as chaves do carro. Vijay, descalço e nu da cintura para cima, tremia descontroladamente de medo, frio e tensão sexual não descarregada. Eu conseguira colocar a maior parte das minhas roupas, mas não encontrei minha jaqueta. Ainda bem que me lembrei de apanhar o saco de dormir, que eu agora usava sobre os ombros como se fosse um poncho. Vijay, distraído por sua descida nu do alto da montanha romântica de Taggarty, não pensou tão rápido. Estava sem camiseta, meias, sapatos, jaqueta e poncho. Pior: naquele momento, sabíamos, nossas parceiras estavam em algum lugar trancadas em um escritório, recebendo um sermão em francês em alto volume.

Sheeni, no meio do tumulto, exibiu sua pose magnífica de sempre. Ela levantou placidamente da cama, respondeu às diatribes da supervisora com um francês calmo e recatado, e teve até a presença de espírito de levantar um lençol enquanto Vijay tropeçava para vestir a cueca e as calças.

Enquanto a gente disparava pelo lugar, ela falou comigo rapidamente em francês. Vijay traduziu, depois de entrarmos no carro e ele enrolar sua nudez trêmula em meu saco de dormir úmido.

— Sheeni d-d-disse que seria m-m-melhor a g-g-gente partir im-im-imediatamente — disse ele, batendo os dentes. — E-e-ela expressou o m-m-medo de que a s-s-s-supervisora chamasse a pol-pol-polícia.

Os diários de Nick Twisp

Porém, Fuzzy já estava indo a toda velocidade, dando um gás no V-8 antigo e embicando nosso Falcon veloz na direção de casa.

Enquanto acelerávamos pela estrada montanhosa que levava para fora da cidade, refletimos sobre os desdobramentos daquela noite.

— Eu fiz três vezes — anunciou o motorista. — Duas rapidinhas e uma última que durou bastante tempo.

— Mas eu só lhe dei duas camisinhas — observei.

— Eu tive de pegar a última emprestada com Heather — respondeu Fuzzy. — Ela tirou do esconderijo secreto da sua colega de quarto.

— E como foi? — perguntei, sem querer parecer muito invejoso.

— Demais — respondeu ele. — Achei que seria como andar de bicicleta. Sabe, um negócio que a gente precisa cair várias vezes até aprender? Mas na verdade tudo acontece de um jeito bem natural. Quer dizer, você fica ali em cima dela. Ela se mexe, nua como um marisco. E você diz pra si mesmo: "Está tudo bem. Eu sei o que fazer." Não foi assim com você e Sheeni?

— Ah, claro — menti. — É tudo um comportamento instintivo. Afinal de contas, somos animais.

— Temo que seja algo terrivelmente viciante — acrescentou Vijay. — Essa noite me acendeu uma luxúria de insaciabilidade perturbadora.

— Em mim também — confessou Fuzzy. — E aí, Taggarty liberou?

— Com entusiasmo. A gente estava quase se aproximando da consumação do ato quando as autoridades entraram. Na verdade, posso até ter ultrapassado os portais. Era difícil dizer com aquela maldita camisinha. Nick, onde você compra umas tão grossas assim?

— Sheeni é que insiste nessas — respondi. — Essa marca foi considerada a número um pela *Revista do Consumidor*.

— Bom, ela está segura — exclamou ele. — Nenhum organismo seria capaz de penetrar aquelas muralhas espessas.

— O que vocês acham que vão fazer com as meninas? — perguntou Fuzzy.

— Avisar aos pais, acho — respondeu Vijay. — Talvez até expulsá-las.

EXPULSÁ-LAS! CLARO! TUDO CORREU BEM, NO FINAL DAS CONTAS! OS PAIS REACIONÁRIOS DE SHEENI COM CERTEZA VÃO FICAR INDIGNADOS E EXIGIR QUE ELA VOLTE. OBRIGADO, BERNICE, DOCE ANJO DO BANHEIRO!

Só que agora eu bem que desejava ter tido a coragem de ir para a cama de Sheeni. Com certeza ser descoberta em flagrante delito é motivo certo para expulsão.

244

Acabo de me lembrar: esqueci meu exemplar de *A balada do velho marinheiro*. Mais um desapontamento da família Twisp para o Sr. Preston.

10h30. (pedindo carona em algum lugar em San José). Acabou a gasolina no meio da estrada! Depois de mal andarmos 80km.

— Impossível! — berrou Fuzzy, olhando sem acreditar o medidor de gasolina quando encostamos no acostamento. — O tanque estava cheio!

— Bom — disse Vijay. — Ou houve um vazamento ou algum ladrão maldito roubou a nossa gasolina ontem à noite. A tampa do tanque de gasolina desse carro trava?

— Tá brincando? — respondeu Fuzzy. — Em 1965 não existia esse tipo de crime! Merda! E agora, gente, o que nós vamos fazer?

Ficamos ali sentados em silêncio, olhando os carros que zarpavam por nós embaixo da chuva fria e cinza.

— Bom — falei —, no carro é que não dá pra ficar. Mais cedo ou mais tarde, a polícia rodoviária vai parar e querer ver a carteira de motorista de Fuzzy.

— Mas e aí, o que a gente faz? — protestou Fuzzy. — Estamos sem grana!

— Estou sem sapatos! — objetou Vijay.

— Estamos sem tomar o café da manhã! — lamentou Fuzzy.

— Estou sem jaqueta! — reclamou Vijay.

— Não posso deixar o carro da minha avó! — choramingou Fuzzy.

— Vou pegar uma pneumonia! — queixou-se Vijay. — E morrer como um quase virgem indeterminado!

— Vamos ser presos por roubo de carro! — sorriu timidamente Fuzzy.

— Exatamente — disse eu, tentando manter a calma. — É por isso que a gente precisa se livrar desse carro agora mesmo. Vamos pedir carona até Oakland e eu pego dinheiro na casa de minha mãe. Aí a gente toma um ônibus até Ukiah. Com sorte, a gente chega lá hoje de noite e ninguém vai desconfiar de nada.

— Mas e o carro?! — urrou Fuzzy.

— A polícia vai encontrar e rastrear a placa no computador. Daí vão devolver direto para a sua avó. Não se preocupe.

— Mas vão saber que foi a gente! — choramingou Fuzzy, começando a chorar de verdade.

— Não necessariamente — disse Vijay, pensando em voz alta. — Vamos apagar nossas impressões digitais e deixar um boi de piranha.

— O quê? — quis saber Fuzzy.

— Sua jaqueta — respondeu Vijay.

— Minha jaqueta? — engoliu Fuzzy em seco.

**Os diários de Nick Twisp**

— Certo, Fuzzy — disse eu. — Entregue logo. De quem é?

Fuzzy abraçou a jaqueta de encontro ao seu peito nu, mas peludo:

— É minha!

— Bom, meu amigo — disse Vijay —, não estou neste país há muito tempo, mas de uma coisa eu tenho certeza: aqui os técnicos assistentes não ganham jaquetas de time de futebol.

— Pelo menos não no primeiro dia na função — concordei. — Tá, Fuzzy. Desembuche.

Devagar, Fuzzy abriu a aba da direita. Vijay leu o nome inscrito acima do bolso interno na altura do peito:

— Bruno Modjaleski. Eu devia ter desconfiado.

Bruno, preso por roubo de carro! Era mais do que eu poderia esperar em meus sonhos mais loucos.

— Onde você arrumou essa jaqueta? — pressionou Vijay.

— Bruno deixou no ônibus depois do jogo de sexta — fungou Fuzzy, indignado. — Acho que ele ficou doido da vida porque a gente foi derrotado de novo. Então eu peguei para lhe entregar na segunda. Faz parte do meu trabalho de técnico-assistente.

— Entendi — disse Vijay. — E suponho que também faça parte do seu trabalho usá-la no fim de semana para impressionar jovens mulheres.

— Bom, é pra isso que servem essas jaquetas! — respondeu Fuzzy.

Nesse ponto, ele tinha razão.

Vijay não se abalou:

— Desculpe, Fuzzy, mas você vai ter de se desfazer de seu emblema de glória atlética. Precisamos usá-lo para desviar as suspeitas da polícia.

— Vijay, você só quer que eu fique sem jaqueta para congelar na chuva como você! — protestou Fuzzy.

— Não reclame — respondeu Vijay. — Pelo menos você está de sapatos!

Cinco minutos depois, os curiosos diminuíam a velocidade, mas nenhum bom samaritano parou quando três jovens seminus, enrolados em um único saco de dormir molhado, marchavam pela rodovia até a entrada da cinza e encharcada San Jose.

11h45. Estou com muito frio, muita fome e muito molhado para escrever muito. Não tivemos sorte pedindo carona. Vijay acha que a gente está muito parecido com os sem-teto.

Fuzzy e eu somos a favor de pegar outro carro, mas Vijay é completamente contrário à ideia.

— Perigoso demais — protestou ele. — Isso é crime, sabiam? Com um roubo de automóvel nos meus antecedentes, nunca vou entrar em Stanford. Além disso, vocês dois são cidadãos americanos. É capaz de as autoridades me deportarem. Não me arrisco a desgraçar minha família. E pensem só que ignomínia seria para minhas perspectivas de casamento.

— Mas a gente já roubou um carro! — observei. — O que a sua futura noiva vai dizer disso?

— Ela vai continuar completamente ignorante de todos os meus delitos, sejam eles criminais ou carnais — respondeu ele. — Este é o dever de um bom marido indiano.

— E se a gente ligasse para um de seus camaradas republicanos poderosos do Consulado da Índia? — sugeriu Fuzzy.

— Acho melhor não — respondeu Vijay. — Mas você acaba de me dar uma ideia.

13h15 (a caminho de Oakland). Pegamos um táxi. Reunimos 35 centavos e Vijay ligou para a Empresa de Táxi Khalja. Nosso motorista é um sikh grandalhão que usa um turbante vermelho de verdade. Vijay lhe explicou em hindi que fomos roubados por bandidos e prometeu que, se ele nos levasse até Oakland, meus pais abastados lhe dariam uma recompensa. O motorista ficou desconfiado, mas o sotaque fluente de Vijay e seu comportamento condescendente por fim o convenceram de que podia haver algumas rúpias altas à espera em Oakland. Só espero que minha mãe tenha deixado algum dinheiro em casa. O taxímetro já marcava mais de 80 dólares e eu acho que me lembro de ter visto em algum lugar que todos esses caras carregam facas.

14h30. Em casa, em Oakland. Nunca imaginei que essas paredes medonhas poderiam parecer tão receptivas. Depois de uma busca exaustiva, não encontramos dinheiro, por isso tive de oferecer ao motorista a televisão de minha mãe. Ele disse que era velha e insistiu em levar o videocassete também. Pelo jeito, Lance vai ter outro furto para investigar quando voltar da lua de mel. Ainda bem que minha mãe vive em uma das cidades mais perigosas dos Estados Unidos, por isso seu novo maridinho policial provavelmente não vai desconfiar de ninguém de dentro. Também tomei a precaução de quebrar uma janela na varanda de trás da casa.

Depois que todo mundo tomou longos banhos quentes para se aquecer, reunimos umas roupas e assaltamos a cozinha. A variedade era pouca em todos os quesitos. Meus companheiros se viram obrigados a pegar emprestado algumas partes sortidas dos uniformes de polícia de Lance. Como os sapatos

Os diários de Nick Twisp

dele eram grandes demais, Vijay pegou emprestado um par de sapatos da minha mãe. Para seu constrangimento, os únicos que serviram foram seus saltos agulha vermelhos, os mais altos de todos. O andar dele era precário, mas ele gostou da altura extra.

— Olhem, gente! — gritou ele, tropeçando para fora do quarto da minha mãe. — Estou com 2 metros de altura!

17h15 (a caminho de Ukiah). O vizinho comunista, esquerdista e simpatizante de Fidel da minha mãe, o Sr. Ferguson, não tinha dinheiro para nos emprestar para nossa passagem de ônibus (seu cheque da Previdência está atrasado por causa da burocracia republicana), mas ele se ofereceu para nos levar de carro em seu Toyota velho (pintado à mão de vermelho sangue).

Expliquei que Fuzzy e eu estávamos acobertando um jovem imigrante ilegal, que fugia da repressão política no subcontinente indiano e estava a caminho de um santuário em Mendocino. Sempre solidário com os oprimidos, o Sr. Ferguson concordou em ajudar e também prometeu não contar a ninguém da nossa presença nas vizinhanças hoje — nem para minha mãe, nem para pessoas que se dizem seu marido.

20h10. Finalmente estamos de volta a Ukiah. Deixamos Vijay primeiro.

— Que explicação vou dar aos meus pais sobre as minhas roupas? — sussurrou ele.

— Diga que você foi convidado para participar de uma fraternidade na escola — respondi. — Diga que as roupas são parte de um ritual de iniciação. Eles não vão se incomodar. Os pais adoram pensar que os filhos estão no centro do vértice social.

Fomos então à casa de Fuzzy, e, quando ele saiu do carro, eu disse:

— Oh, Fuzzy, eu queria perguntar uma coisa. O que foi aquele grito que a gente ouviu ontem vindo do seu quarto?

— Foi Heather. Ela estava me ajudando a tirar a camiseta e acho que se assustou com alguma coisa.

— Talvez com seus músculos.

— Provavelmente — respondeu ele. — Tenho malhado muito nos últimos tempos.

22h45. O Sr. Ferguson parecia cansado da viagem, por isso eu o convidei para passar a noite aqui. Era o mínimo que eu poderia fazer. E achei que isso daria a chance de meu pai agradecer por todas as noites que ele passou no sofá do Sr. Ferguson antes de ele e minha mãe finalmente pendurarem a toalha.

— Oi, pai — disse eu. — Adivinhe só? Encontrei o Sr. Ferguson no centro. Tudo bem se ele dormir aqui hoje?

— Olá, George — disse radiante o Sr. Ferguson, estendendo a mão. — Há quanto tempo.

Meu pai, parecendo tonto, não o cumprimentou. Sua mão direita, notei, estava envolta em gaze.

— Ah, olá, Judd. Que surpresa! Bem, hã, vejamos... Acho que a gente tem como instalar você.

— O que aconteceu com sua pata, George? — perguntou o Sr. Ferguson.

— Quase cortei fora o dedão em uma serra de fita, Judd — declarou meu pai, com orgulho. — Deram 38 pontos para fechar.

— Nossa! — exclamou o Sr. Ferguson. — Não sabia que você se interessava por carpintaria, George.

— E não me interesso mesmo — respondeu meu pai. — Se eu não trabalhasse pro filho da puta responsável por isso, processaria o sacana pelos meus ferimentos.

Oh-oh, pelo jeito, a entrega do novo arquivo para a *Compensado Avançado* vai ficar um pouco atrasada.

Faminto, ataquei a geladeira enquanto eles viam como acomodar o Sr. Ferguson. Levando a relutante Lacey de volta para a cama de meu pai, os dois conseguiram liberar o sofá da sala para o hóspede.

23h30. Com todos roncando em paz, entrei de fininho na cozinha e fiz um interurbano para Sheeni. Atenderam em francês, mas reconheci a voz aguda e ultraculta.

— Taggarty, é Nick. Sheeni está?

— Nickie, querido. Que bom ter notícias suas! Desculpe aquela cena desagradável de ontem. Bernice pode ser bem cansativa. Ninguém gosta dela, sabe? Vocês chegaram bem em casa? Como está Vijay? Quando vocês se encontrarem, pode pedir para ele me mandar uma foto três por quatro? Precisa ser três por quatro, disso eu não abro mão. Pode fazer isso, Nickie, por favor?

— Tá, Taggarty. Tudo bem. Agora posso falar com Sheeni?

— Com certeza, Nick. Ela está bem aqui.

— Oi, querido — sussurrou Sheeni. — Tudo bem com você?

— Sim, querida. Tivemos uns problemas com o carro na volta, mas conseguimos chegar, finalmente. Vocês foram expulsas? — perguntei, cheio de esperanças.

— Claro que não, querido. A supervisora gosta de fazer escândalo, mas é o jeito dela. Ela é encantadoramente francesa. Nós explicamos que foi tudo muito inocente, então ela concordou em não falar nada para o diretor.

— Mas Vijay estava nu! E Fuzzy também.

— Estavam, é, querido? Ah, estava escuro. Acho que ninguém notou.

— Tá brincando? A supervisora segurou aquela lanterna bem na altura do pinto com camisinha de Vijay. Eu vi com meus próprios olhos!

— Bom, talvez ela não veja tão bem quanto você, Nickie. Enfim, acho que ela já desistiu de defender a virtude de Taggarty. Da última vez em que ela ligou para os pais de Taggarty por causa de um incidente parecido, eles riram na cara dela.

— Quer dizer que ela não ligou para os seus pais? — perguntei, incrédulo.

— Não, graças a Deus. Tenho certeza de que eles ficariam histéricos. Que bom que a gente só estava dormindo quando a supervisora entrou!

— Eu queria mesmo reclamar disso, Sheeni. Tive todo o trabalho de roubar um carro e dirigir 300km só para ter uma noite celibatária, enquanto todo mundo transava como coelhos. Isso é justo?

— Bem, você devia ter me avisado antes, Nickie. A gente poderia ter achado outro quarto para Taggarty e então ficaríamos sozinhos. Lembre-se, querido, estou tão frustrada quanto você.

Duvido.

Sheeni continuou:

— E você não devia ter roubado o carro. Nem dado tanta trela para Bernice.

— Como é que eu ia saber que ela era a Mata Hari do terceiro andar? Por que ela odeia tanto você?

— Não tenho ideia, Nickie. Esforcei-me para ser legal com ela. Ela acha que existe uma conspiração para excluí-la. Mas é seu jeito desagradável e maleducado que afasta todo mundo.

— Qual o sobrenome de Bernice? — perguntei.

— Um bem sombrio: Lynch. Por quê?

— Ah, só curiosidade. Bem, querida, foi ótimo ver você.

— Oh, Nickie, estou tão feliz que você veio. Desculpe por não ter dado certo.

Bernice Lynch, humm. Sim, acho que ela vai servir.

**SEGUNDA-FEIRA, 15 de outubro** — 14h15. Decidi ficar em casa e terminar de transcrever meu diário no computador. Quanta digitação chata! Vou adorar quando for um escritor famoso e puder contratar a Sra. Pliny para fazer todas as tarefas secretariais entediantes.

Também escrevi esta carta pra minha nova amiga em Santa Cruz:

Cara Bernice,

Foi legal conhecê-la no banheiro nesse fim de semana. Espero que esteja melhor. Só quero que você saiba que acho que fez a coisa certa ao informar a supervisora da nossa presença. A gente não tinha nada que estar lá e invadir sua privacidade. Taggarty e Sheeni deveriam ser punidas por violar as regras.

Infelizmente, Sheeni está conspirando com a supervisora para evitar que a notícia desse flagrante de mau comportamento chegue até seus pais. O intuito de jogar limpo me estimula a lhe pedir que faça a gentileza de escrever uma carta (de preferência, em papel de carta timbrado da escola) aos pais de Sheeni informando os eventos da noite de sábado. O endereço deles segue em anexo.

Caso não tenha ficado claro, gostaria de confirmar que alguns de meus companheiros estavam mesmo completamente nus quando foram descobertos. Talvez você também queira mencionar que um dos jovens no quarto da própria Sheeni estava usando um acessório sexual.

Você sabia que, quando Sheeni estava na escola aqui em Ukiah, todas as outras alunas não gostavam dela? Você foi muito perspicaz ao enxergar além de sua afabilidade falsa. Acho que seria do interesse de nós dois se você pudesse me informar de toda e qualquer questão acerca de relacionamento de Sheeni com o sexo oposto, especialmente com certo aluno recém-transferido chamado Trent Preston. Agradeço seu auxílio e espero receber notícias suas em breve.

Seu amigo,
Nick Twisp.

P.S.: Adorei seus brincos!

15h30. O Sr. Ferguson acompanhou a mim e Albert numa caminhada pela estrada para pôr no correio essa carta tão importante.

Os diários de Nick Twisp

— É bom estar no campo. É tão tranquilo aqui — observou meu companheiro, inspirando ar fresco e poeirento para dentro de seus velhos pulmões.

A situação não estava tão tranquila na frente da fábrica de cimento, onde uma fila de homens com jeito de militante e barriga de chope marchava pra lá e pra cá carregando cartazes em que se lia "Injusto!" (ao que me parece, uma reclamação que se pode fazer de praticamente qualquer emprego. Por que será, fiquei pensando, que esses resmungões se acham tão especiais?)

O Sr. Ferguson logo se inteirou da história toda. Os homens eram motoristas de betoneira em greve e exigiam aumento de salário. Como se 11 dólares e 63 centavos por hora não fosse bom o bastante! Eu aceitaria na hora.

Naturalmente, o Sr. Ferguson simpatizou por completo com a causa e se sentiu impelido a fazer um discurso constrangedor sobre solidariedade proletária pra dar um gás na moral dos caras. Os homens pareceram confusos, mas ouviram com toda a educação e deram um viva desanimado no final. Observei, alarmado, quando um oficial da polícia, a postos no portão para evitar que os trabalhadores e a gerência começassem um conflito armado, foi buscar uma câmera na viatura e fotografou o Sr. Ferguson, que não pareceu se importar.

O agitador velhusco ainda estava aceso no caminho de volta.

— Nick, você se dá conta do que significaria se aqueles rapazes corajosos ganhassem a greve?

— Claro, significaria que centenas de betoneiras gigantes barulhentas cuspindo fumaça voltariam a passar trovejando perto de casa e a me acordar às seis e meia da manhã todos os dias, inclusive nos sábados.

— Não. Significaria salários mais altos, menor carga horária e melhores condições de trabalho. Significaria uma nova esperança para dezenas de famílias!

Por que isso não me faz pular de alegria?

18h30. Acabou o período de experiência da Sra. Crampton. Ela agora é uma funcionária efetiva, com todos os direitos e privilégios que essa posição traz. Recebeu a notícia de Lacey com um bocejo e então prosseguiu com suas tarefas como uma sonâmbula aprendiz. Cochilou na frente do forno e ferveu o espaguete por 45 minutos. Acontece que é exatamente assim que o Sr. Ferguson prefere. Ele precisa de dentaduras novas, mas a verba foi cortada no Congresso por republicanos reacionários.

Meu pai ficou surpreso ao ver que o Sr. Ferguson ainda estava aqui e ainda mais surpreso quando Lacey o convidou para jantar. Ele comeu quase tanto quanto Dwayne e se serviu de espumante também. Tentou fazer a Sra. Crampton falar sobre sua vida como prestadora de serviços explorada, mas a fadiga extrema levou a fala lânguida da mulher praticamente à paralisia. Fiquei tão impaciente à espera de que a próxima palavra saísse que por pouco não gritei. Dá pra imaginar a reação do meu pai, sendo ele uma pessoa acelerada do tipo A. Pensei que ele teria um ataque cardíaco e cairia de cara nas almôndegas.

Depois do jantar, tive uma conversa particular na cozinha com o lavador de pratos.

— Dwayne, algo parece estar fora de ordem aqui — falei.

— Deu pra perceber, hein? — respondeu ele. — Mamãe não toma bebidas quentes à noite, então tô colocano os remédios no café que ela toma de manhã. Até tô gostano, porque agora ela não presta muita atenção no que eu faço. Fui pra escola sem cueca hoje e ela nem percebeu. Tô sem cueca agora, Nick.

Fingi que não ouvi essa última observação.

— Dwayne, precisamos da sua mãe acordada para fazer o jantar. Em seu atual estado insone, ela pode engrossar o molho com veneno de rato por acidente. E aí, como ficaríamos?

— Mortos? — sugeriu Dwayne.

— Alguns de nós. Os que comem muito, pelo menos — respondi.

Dwayne engoliu em seco.

— Tá certo, Nick. O que devo fazer com os remédios, então?

— Guarde-os e dê pra mim — respondi.

— Certo, Nick — concordou ele. — O que cê vai fazer com eles?

— Isso é confidencial.

Sedativos potentes: algo que todo adolescente empreendedor deve ter à mão em caso de emergência.

— Cê tá de cueca? — perguntou Dwayne, em tom de conspiração.

— Tenho certeza de que não é da sua conta. Caramba, é uma pena que meu pai não acredite em teflon. A panela de almôndegas parece vinda da Idade Média.

22h15. O Sr. Ferguson vai dormir no sofá de novo. Lacey disse que ele bebeu demais pra dirigir hoje. Ela está arrumando uma cama pra si mesma no chão do terceiro quarto, um cômodo que meu pai chama pretensiosamente de "seu escritório". Lá tem uma biblioteca precária, uma máquina de escrever parada há séculos e os originais de seu *magnum opus* — uma obra de ficção, no momento empacada na página 12.

**TERÇA-FEIRA, 16 de outubro** — Fuzzy não foi à escola hoje. A avó dele morreu! Na verdade, ela e seu Falcon fugidio expiraram quase ao mesmo tempo. Vijay ficou sabendo do furo pelo próprio Fuzzy ontem à noite, pelo telefone. As coisas estão bem tensas para os DeFalco. Assim que os médicos desligaram os aparelhos, o tio de Fuzzy, Polly (diminutivo de Polonius), correu pra casa da vovó para reivindicar o carro dela. Quando descobriu que este havia sumido, somou dois mais dois e concluiu que o pai de Fuzzy tinha prematura e injustamente passado a perna nele. Enquanto isso, o pai de Fuzzy tem certeza de que foi o irmão quem surrupiou o carro e o levou pra um local desconhecido, para tirar dele a herança que lhe é de direito, como filho mais velho. Os familiares, a essa altura, já passaram há muito do estágio de xingamento. Já que ninguém está disposto a discutir os preparativos para o funeral até o carro aparecer, a vovó foi colocada no gelo por um tempo. Sabiamente, Fuzzy manteve sua boca peluda fechada o tempo todo.

Vijay ficou elétrico com a notícia de que Taggarty pediu a foto dele para sua parede do amor. Ele vê isso como uma confirmação de que o ato foi, de fato, consumado. Infelizmente, a única foto que ele pôde providenciar foi uma escolar, tirada no ano passado, em que ele lembra um garoto de 9 anos mais nerd do que o normal. Já que Taggarty parecia bem impaciente, eu disse a ele que aquela teria de servir. Ele me fez prometer descobrir com Sheeni que nota do amor recebera, o mais rápido possível.

— Tenho certeza de que fui bem. Conheço o *Kama Sutra* de trás para a frente — disse Vijay, confiante.

— Por falar em sexualidade iluminada, o que seus pais disseram quando você chegou de salto alto? — perguntei.

— Acharam estranho, mas bastante curioso. Às vezes, é uma vantagem ter pais de uma cultura diferente. Acreditam nas histórias mais improváveis. Minha irmã ficou mais desconfiada, mas eu a ganhei dando-lhe os sapatos de presente. Espero que você não se importe. Eram do tamanho dela, embora eu não consiga imaginar meu pai permitindo que ela os use fora de casa.

Cheguei só até o quarto verso de *A balada do velho marinheiro* no trabalho hoje. Disse ao Sr. Preston que ainda estava tão traumatizado com os machucados do meu pai que não conseguia me concentrar. Ele engoliu em seco, sentindo-se culpado, e me liberou da declamação. Notei que meu pai também anda explorando esse veio tão rico. Cada vez que o Sr. Preston passava, meu pai emitia um gemido comovente. Já que ele não consegue digitar (pelo menos não com as duas mãos), foi liberado da maior parte do trabalho. Faz pausas pro café, leva a bandagem para tomar um ar pela saída de incêndio e aproveita pra fumar um ou dois cigarros, volta para folhear de leve alguns papéis e então bate papo com a Sra. Pliny ou o diretor, o Sr. Rogavere, até o horário de saída. Que modelo! Não é à toa que minha atitude em relação ao trabalho é ruim.

19h15. O Sr. Ferguson ainda está aqui. Ele passou o dia no piquete na fábrica de cimento e ficou muito cansado para dirigir até em casa. Numa atitude diplomática, chegou com uma garrafa cara de espumante para agradar meu pai e buquês de flores para Lacey e a Sra. Crampton. Meu pai resmungou, mas disse que ele podia ficar mais uma noite. Lacey, é claro, gosta da companhia dele, já que, com alguém tão falante por perto, fica mais fácil para ela desdenhar do meu pai. Conversaram muito tempo sobre os grevistas corajosos e os chefes do mal. Lacey mostrou-se bem simpática à causa e prometeu visitar o piquete no sábado para dar um toque feminino. A Sra. Crampton, que parecia alerta e bem descansada, prometeu assar brownies para Lacey distribuir aos "bons trabalhadores".

— Posso comer uns também? — perguntou Dwayne.

— Não! Você... está... de castigo — disse sua mãe, com voz arrastada. — Eu não... sei o que... há... com esse garoto — continuou ela. — Eu o peguei... hoje de manhã... tentando sair escondido... pra escola... sem... cueca!

QUARTA-FEIRA, 17 de outubro — Bruno Modjaleski foi preso! Dois policiais de Ukiah o arrastaram da aula de higiene e saúde do Sr. Freerpit às 10h05. Às 10h09, a escola toda já estava sabendo. A acusação é de roubo de automóvel em primeiro grau.

Mais tarde, na hora do almoço, Fuzzy nos contou que seu tio Polly quer que Bruno seja acusado de homicídio também.

— Ele acha que a vovó percebeu que mexeram no carro e alega que foi isso que a matou — sussurrou ele.

— Não faz sentido. Sua avó era um vegetal de 92 anos. Só as máquinas a mantinham viva — disse Vijay.

— Conseguiram recuperar o carro? — perguntei, inquieto.

— Meu pai e meu tio foram pra San Jose hoje de manhã — respondeu Fuzzy. — Demorou um pouco para entenderem os detalhes. Meu pai vai dirigir o Falcon e o tio Polly, o carro do meu pai, como caução.

— Caução? — perguntou Vijay.

— Pra se certificar de que meu pai não vai roubar o Falcon — explicou Fuzzy. — Acho que estão fazendo um escarcéu grande demais pelo carro chato de uma velha. Como se fosse o último modelo, tipo um Camaro.

— Quando vão enterrar a falecida? — perguntou Vijay.

Os diários de Nick Twisp

— No sábado. Vocês estão convidados. Apareçam, vai ter muita comida italiana boa.

— Não vai ter nenhum cadáver esparramado por lá, né? — perguntou Vijay.

— Não. Vovó fará o último passeio pela manhã. Cheguem à tarde. Talvez aluguem um guincho e a levem pro cemitério no Falcon. Ela poderia querer assim.

19h30. Como estava chovendo, meu generoso pai me ofereceu uma carona do escritório até em casa. Ele descobriu um jeito de manejar o câmbio alemão, segurando a alavanca de metal com o dedinho sem curativos. Exceto pela raspagem das marchas aqui e ali e por ter sido forçado por um mexicano numa caminhonete velha a reduzir ou perder o para-choque, ele exibiu uma alegria suspeita o tempo todo.

O convidado do meu pai finalmente se foi. Talvez tenha sido isso o que o fez ficar de bom humor. No caminho de volta a Oakland, o Sr. Ferguson parou no centro para uma conversa longa e amigável com meu pai na saída de incêndio (agora denominada "escritório do Sr. Twisp" pela Sra. Pliny). Desde então, meu pai anda assobiando como um cretino. Talvez o Sr. Ferguson tenha lhe contado que minha mãe juntou os trapos com um rato.

Lacey chegou em casa cinco minutos depois, com um colchão usado e esfarrapado (de casal) amarrado no teto do seu Toyota. Meu pai se recusou alegremente a ajudá-la a descarregar, então Dwayne e eu tivemos de arrastar o colchão úmido e molenga até o escritório honorário. Parece que Lacey não vai dormir outra noite no chão — e nem exibir aos passantes seu charme incomparável no sofá.

Durante o jantar (o famoso assado de carne da Sra. Crampton), Lacey prontamente ignorou seu suposto namorado e passou a conversar comigo.

— Uma cliente hoje me disse que conhece você — anunciou ela.

— Quem era? — perguntei.

— Não entendi o nome dela. Uma garota indiana. Muito atraente... Apurva!

— ...cabelos espessos, lindos! Ela queria cortar tudo, mas só acertei as pontas e tirei a franja. Consegui convencer a moça de que cabelo curto seria um erro, com a estrutura óssea dela.

— O que ela disse sobre mim?

— Disse que você é um garoto muito legal. Muito charmoso e fofo.

— Deve haver dois Nick Twisp nesta cidade — comentou meu pai, bebericando o espumante. Nós dois o ignoramos.

— O que mais ela disse? — perguntei, sem fôlego.

— Bom, vejamos. Disse que estava com raiva do pai, por isso queria cortar todo o cabelo. Ela gosta de um garoto que mora fora da cidade, mas o pai não aprova. Ele fica interceptando a correspondência dela e rasga as cartas do amigo. Dá pra imaginar? Nos Estados Unidos? Nos dias de hoje?

— Minha mãe rasgava minhas cartas de amor — observei.

— Sua mãe passou por um período difícil — observou Lacey, olhando de relance para o bebedor de espumante. — Ela teve de suportar muita coisa. Só agora estou começando a entender isso.

— Por acaso você está se referindo a mim? — disse meu pai, com a língua embolada.

— Se a carapuça serve, então tome — respondeu Lacey, misturando os ditados.

— Logo vamos ver quem vai tomar o quê — replicou meu pai, sinistro.

Esse cara tem algo terrível na manga. Dá pra perceber.

20h45. Fuzzy acabou de me ligar com uma notícia incrível. No treino de futebol, ele descobriu que fontes confiáveis do meio dos atletas estão dizendo por aí que Bruno Modjaleski não tem um álibi para o fim de semana passado.

— Não tem? — exclamei.

— Não! — disse Fuzzy. — Depois do jogo na sexta-feira, o treinador disse a ele que Stinky Limbert seria o novo armador. Bruno ficou tão irritado que pulou na moto e saiu em alta na direção da floresta. Só voltou no domingo, tarde da noite.

— Nossa! E ninguém o viu?

— Ninguém! Ele não ligou nem pra Candy, a quem ele tinha prometido levar para patinar no sábado à noite. Cara, ela está puta da vida. Eu nunca daria um bolo naquela garota.

A chefe das líderes de torcida, Candy Pringle, do último ano, era a escolha unânime entre os garotos como a "Mais Provável de se Tornar uma Futura Coelhinha do Mês".

— O que Bruno ficou fazendo esse tempo todo? — perguntei.

— Acampando, acho — disse Fuzzy. — Conversando com os coelhinhos e esquilos, talvez. Embora eu aposte que ele ficou treinando o braço de passe. Não que isso fosse adiantar alguma coisa, ele arremessa como uma menina.

— Nossa! Você acha que vão condená-lo?

— A coisa está feia pro lado dele — admitiu Fuzzy. — O treinador disse que é uma coisa boa o fato de ele não ter talento. Senão, estaria botando em risco uma bolsa e tanto como atleta.

— O carro já chegou? — perguntei.

— Sim, está aqui. Nem um risco sequer, graças a Deus. Eles o estacionaram na garagem da vovó, e meu pai e o tio Polly colocaram cada um seu próprio cadeado na porta. Parece que não vamos pra Santa Cruz tão cedo de novo.

— Que péssimo, Fuzzy!

— Nem me fale. Quero tanto ver Heather que mal consigo pensar em futebol.

Bruno caído em desgraça e diante de uma longa sentença de prisão. Isso vai ensinar aquele brutamontes a manter suas luvas nojentas longe da minha namorada.

QUINTA-FEIRA, 19 de outubro — O Sr. Ferguson voltou. Meu pai, malévolo e sem escrúpulos, alugou o terceiro quarto pra ele por 250 dólares por mês, mais impostos. O velho radical chegou logo depois do jantar, com um pequeno trailer de carga acoplado a seu Toyota precário. Dwayne saiu pra passear com o cachorro, então tive de ajudar sozinho o Sr. Ferguson a descarregar as coisas. Ele pretende ficar até que os grevistas consigam vitória ou até ser preso por fomentar tumulto operário.

— É uma causa grandiosa, garoto — disse ele, carregando seu casaco militar, megafone e escudo para confrontos. — Estou me sentindo trinta anos mais jovem.

Lacey foi jogada de volta para a sala — depois de recusar convites para ser colega de quarto de meu pai, do Sr. Ferguson e de François. Acho que o do Sr. Ferguson foi feito de brincadeira. Lacey prendeu um lençol florido *king size* no teto, criando uma parede de privacidade num canto. Então, ela e eu abarrotamos lá uma penteadeira, um abajur e o colchão, ainda úmido. Meu pai grunhiu ao ver esse "ultraje" a seu esquema de decoração, mas Lacey o silenciou com um olhar ameaçador.

O ladrão de automóveis mais famoso da Redwood High voltou à escola hoje. Por incrível que pareça, as autoridades vão manter Bruno sob a custódia de seus pais. No almoço, ouvi-o dizer aos amigos que foi vítima de uma armação "daquele puxa-saco traíra do Stinky Limbert". Nesse momento, Stinky entrou no refeitório de mãos dadas com Candy Pringle. Bruno soltou um grito estrangulado e saltou pelas mesas em direção ao rival, numa chuva de batatas fritas e caixas de leite voadoras. No confronto que se seguiu, Bruno saiu de nariz quebrado e Stinky foi ferido no braço de passe com um garfo — o que rendeu a Bruno um novo passeio até o centro da cidade com os tiras e lançou os Marauding Beavers em um completo caos. Agora eles são um time sem capitão — e justamente às vésperas do grande jogo com aquela escola cujo nome eu nunca lembro. E as líderes de torcida ficaram entoando isso pelos corredores o dia todo também.

23h05. Acabei de ligar para Sheeni em Santa Cruz. Com um pouco de sorte, meu primeiro pagamento vai chegar antes da conta telefônica — o que vai adiar o encerramento prematuro de minha vida. Ao repetir várias frases em francês que Vijay transcreveu foneticamente, consegui atravessar a barreira linguística e chegar até a Mulher Que Sabe Como (espero eu).

— Sheeni, você ficou sabendo da grande novidade? — perguntei. — Bruno Modjaleski foi preso!

— Você quer dizer Bruno Modjaleski, o jogador de futebol? — perguntou ela, fingindo indiferença.

— É, você sabe. Bruno! — repeti.

— E o que Bruno fez, Nickie?

— Roubou um carro e furou um aluno no refeitório.

— Você quer dizer esfaqueou? — perguntou Sheeni, chocada.

— Não exatamente. Furou com um garfo. Mas, mesmo assim, houve sangue.

— Bom, esses jogadores de futebol são uns baderneiros, mesmo — observou ela, na maior calma. — O que mais andou acontecendo por aí?

— Sheeni, o Bruno pode perder a bolsa de estudos de atleta. Pode até ir parar na cadeia!

— Que pena, Nickie — respondeu ela. — Tenho certeza de que Candy Pringle deve estar chateada.

— Você não liga? — perguntei.

— Bom, querido, estou tão acostumada quanto qualquer outra pessoa, se não mais, com os erros da justiça. Você acha que Bruno foi acusado injustamente? Vai passar um abaixo-assinado para reverem o caso? Eu vou assinar, é claro.

— De jeito nenhum! — respondi. — Tenho certeza de que ele merece, e muito, toda a punição aplicada e ainda mais. Só achei que você pudesse se interessar pelo caso dele, já que você e ele foram... foram...

— Fomos o quê? — perguntou ela.

Os diários de Nick Twisp

— Bem, você sabe... foram amantes.

— O quê?! Nick Twisp, não sei que tipo de pessoa você imagina que eu seja, mas posso garantir que nunca dirigi mais do que duas palavras a Bruno Modjaleski, quanto menos tive uma relação física com ele.

— Mas... mas você disse que perdeu a virgindade com um atleta local chamado Bruno. Eu ouvi muito bem!

— De fato, revelei a você esse detalhe da minha vida íntima, talvez nada sabiamente, mas em momento algum liguei o sobrenome Modjaleski ao nome Bruno. Isso foi coisa sua, Nick Twisp. Não consigo nem imaginar o que você deve pensar de mim pra me considerar capaz de escolher aquele neandertal para minha iniciação nas relações homem-mulher.

— Desculpe, querida — protestei. — Pra ser sincero, achei mesmo difícil de acreditar. Eu estava sinceramente incrédulo. Ainda estou! Mas havia todas essas provas circunstanciais. E Bruno não é um nome tão comum. Sendo assim, acho que foi um Bruno diferente, então? Hein?

Não houve resposta. A Mulher dos Meus Sonhos havia desligado.

Liguei de volta na hora, mas a barreira linguística se tornara subitamente impenetrável.

Ah, não! O tempo todo eu desprezei o atleta bobalhão errado! Quem é o Bruno certo? E como transfiro pra ele o golpe do carro roubado?

**SEXTA-FEIRA, 19 de outubro** — Acordei me sentindo como uma fralda usada e descobri um par de dentaduras cor-de-rosa aterrorizantes de molho numa bandeja no meu banheiro. A água quente acabou. Tomei um banho frio, espremi uma espinha em erupção, bati a gaveta com tudo na arcada superior do Sr. Ferguson (que entortou levemente) e a coloquei de volta na solução em que estava. Estava declarada a guerrilha do banheiro.

Depois do café, mandei um telegrama (o primeiro da minha vida) para Sheeni: "Fora remediado. Pessoa abjeta. Ligue a cobrar. Com amor, Nick."

Nada mal para apenas dez palavras.

Depois, enquanto fingia me exercitar nas barras paralelas na aula de educação física, interroguei Fuzzy sobre Brunos alternativos.

— Bem — respondeu ele, chupando os dentes. — Havia um tenista chamado Bruno que se formou no ano passado. Acho que dá pra chamar um tenista de esportista. Acho que eles usam protetores de virilha. Pelos menos, os caras usam.

— Qual era o sobrenome dele? — perguntei.

— Deixe pensar... Qual era o nome dele? Ele era bem inteligente. Acho que ele estuda na USC agora. Ah, sim, lembrei. É Preston. Bruno Preston.

— Algum parentesco com Trent Preston? — perguntei, surpreso.

— Sim, acho que são primos. Mas Bruno é mais bonito.

— Espera aí — disse eu, um tanto embasbacado. — Você está me dizendo que Bruno Preston é mais bonito do que Trent?

— Sim, e mais alto também. Ele parece aquele ator que pegaram pra ser o novo James Bond. Qual é o nome dele mesmo?

Eu não queria pensar sobre isso. Queria dedicar toda minha capacidade cerebral ao ódio desenfreado.

Na hora do almoço, levei uma questão delicada a Vijay e Fuzzy.

— Caras, a gente não quer de verdade colocar Bruno numa encrenca séria, certo?

— Antes ele do que nós — respondeu Vijay, num sussurro conspiratório.

— Mas e se ele for condenado? — perguntei.

— E daí? — sussurrou Fuzzy. — Um cara com tantas interceptações de passe como ele merece um tempo na cadeia. Estamos fazendo um favor à cidade. Sabe quem o treinador vai colocar no jogo de hoje à noite? Rupert Trobilius! Tudo o que ele tem que fazer é passar para os zagueiros e cair no chão pra sair do caminho. Não vão nem tentar um passe dianteiro. Vamos ser massacrados. Só espero que Heather não fique sabendo do resultado do jogo em Santa Cruz.

Comi meu sanduíche de pasta de amendoim e meu Twinkie em silêncio. Só François, um sociopata inabalável pela náusea da consciência, gostou da comida.

O trabalho foi de um tédio intolerável até as 16h59, quando o Sr. Preston me entregou um envelope. Dentro, havia meu primeiro pagamento: 44 dólares e 12 centavos. O total seria mais alto, não fosse por ter faltado no sábado e pelo acerto de contas com um superpoder mundial. Meus esforços compraram três rebites para um míssil Cruise e um uísque com soda para um coronel em Guam. O que sobrou vai direto para minha dívida pendente do restaurante em Santa Cruz e para a conta telefônica monstruosa. Só rezo pra que meu pai não me cobre taxa de moradia.

Um dia propício para a correspondência. Primeiro, abri esta missiva perfumada:

Caro Nick,

Foi muito legal conhecer você aquela noite. Vijay me disse que você é muito amigo de Sheeni Saunders, de Santa

Cruz. Tenho amizades naquela região também. Será que seria possível nos encontrarmos qualquer hora para discutir essa situação?

Quase todas as tardes durante a semana estou na biblioteca central estudando, das 15h30 às 17h. Quem sabe você não poderia passar lá algum dia desses? Eu adoraria. Aliás, eu agradeceria se você mantivesse essa correspondência confidencial.

Atenciosamente,
Apurva Joshi

A bela Apurva quer um encontro secreto comigo!

Em seguida, abri esta carta bem-vinda, porém perturbadora, escrita num garrancho bizarro, que pendia para a esquerda:

Caro Nick,

Que surpresa receber uma carta sua! Foi a primeira que recebi durante o semestre todo. Quase pensei que a haviam colocado por engano na minha caixa de correspondência. Mas não, estava endereçada a mim. Uau!

Fiz exatamente o que você sugeriu. Na terça-feira, enquanto varria o chão da diretoria, surrupiei alguns papéis timbrados do diretor Wilson. Digitei a carta e a enviei naquela mesma noite. Não se preocupe, não mencionei o garanhão nu com a camisinha, nem muitas outras coisas que você não sabe.

Para sua informação, vi Trent e Sheeni na frente do Catalyst ontem à noite, por volta das 22h30. Pareciam bem amigáveis, a meu ver. Se eu fosse você, perguntaria a ela sobre um aluno do segundo ano chamado Ed Smith, de Des Moines. Eu os vejo indo pra aula e almoçando juntos o tempo todo. Estão dizendo por aí que Ed está bem a fim dela. Não me parece que ela esteja fazendo muito para desencorajá-lo.

Caso você esteja se perguntando o que eu estava fazendo varrendo o chão, trata-se de parte do meu trabalho como bolsista. Também tenho de servir todos aqueles esnobes convencidos no salão de jantar. Nessa escola, se você não é rico e não tiver roupas bacanas, ninguém liga para você. Mas não me importo, eles ainda vão ter o troco, algum dia.

Se vier nos visitar de novo, fique longe de Darlene. Ela o detesta, por ter tocado em sua preciosa toalha. Obrigada pela carta. Fique à vontade para escrever novamente. Manterei você informado do que acontece com a Pequena Miss Traíra.

Atenciosamente,
Bernice Lynch

P.S.: Por que perder tempo com Sheeni? Você merece alguém melhor.

Ed Smith? Ed Smith! Sheeni tem o pressentimento de que vai se casar com um filósofo francês pseudoartista chamado François, mas, enquanto isso, se enrosca com um caipira de Iowa do segundo ano chamado Ed Smith. Será que realmente mereço isso, Deus?

Bem, Sheeni será uma lembrança longínqua para o Sr. Smith logo mais. Presumo que a carta do diretor Wilson pode explodir na caixa de correspondência dos pais dela a qualquer momento. Obrigado, Bernice. Eu (quase) poderia beijá-la.

Nenhum telefonema de Sheeni. Será que eu não deveria ter pedido para Vijay traduzir o telegrama para o francês antes de mandar?

**SÁBADO, 20 de outubro** — O telefone tocou durante o café da manhã.

— Olá, Nickie. Tudo bem?

Era minha repulsiva e recém-casada mãe.

— Ah, oi, mãe. E aí?

— Nickie, quando chegamos em casa ontem à noite, tinham entrado aqui! Estava tudo uma bagunça, levaram a tevê e o videocassete. Sinto-me tão violada. Depredaram até os uniformes do Lance. E roubaram meu melhor par de saltos vermelhos.

— Isso é bem ruim, mãe — disse eu, tentando parecer solidário. — Talvez tenha sido Leon Polsetta de novo.

— Não, Leon está no exército agora, bem longe. Está em treinamento para ser especialista em demolição. A mãe dele está tão orgulhosa. Desculpe, Nickie, mas Lance acha que você está envolvido nisso de alguma forma. Ele diz que só você teria escrito uma mensagem tão odiosa no espelho.

— Não sei do que você está falando — disse, fingindo meu tom mais indignado e nobremente inocente. — Não me afastei daqui nem cinco minutos. Pode perguntar pro meu pai. Quer falar com ele?

Os diários de Nick Twisp

— Não, Nickie, por favor. Já estou chateada o bastante. Disse a Lance que não acho que isso seja possível. Não quero que pareça que estou acusando você. Tudo está uma confusão aqui. Fomos até a casa ao lado perguntar ao Sr. Ferguson se ele havia visto alguma coisa, mas ninguém atendeu. Fiquei com medo de que ele estivesse lá dentro paralisado por um ataque, ou morto, ou algo assim, então fiz Lance arrombar a porta. A casa estava vazia. O Sr. Ferguson desapareceu!

— Não desapareceu, não — respondi. — Ele está bem aqui. Está comendo mingau de aveia sem a dentadura. Nossa, acho que ele não vai ficar contente quando souber da porta. Espero que ele não registre uma queixa contra seu marido.

— Não seja bobo, Nickie. Tenho certeza de que ele vai entender. O que é que ele está fazendo aí, afinal?

Contei à minha mãe sobre a busca por justiça trabalhista do Sr. Ferguson.

— Bom, Nickie. Estude bastante. Não coma muita fritura. E pense na possibilidade de vir passar as festas de fim de ano aqui conosco.

— Vou pensar — menti.

— Estou com saudades, Nickie.

— Obrigado por ligar, mãe. Preciso ir pro trabalho agora.

*Clique.*

Precisamos de uma secretária eletrônica. Tenho de começar a filtrar meus telefonemas.

Fui até o centro em minha Warthog e subi a familiar escadaria poeirenta e rangente. O escritório estava deserto. Comecei a trabalhar organizando os intermináveis arquivos da letra "C — em um arquivo feito de compensado, novo em folha. Ao que parece, o Sr. Preston conseguiu concluir o projeto sem a ajuda do meu pai. Felizmente, a tinta esmalte verde fresca ocultou as manchas de sangue.

Enquanto me entretinha nessas tarefas tediosas, fiz uma descoberta extraordinária. Num arquivo marcado como "Pessoal" encontrei várias páginas de uma narrativa errante e reveladora, evidentemente rasgada de um caderno e depois esquecida. Na mesma hora, reconheci a caligrafia masculina bem definida como a de meu rival windsurfista metido. Topei com nada menos do que um fragmento do diário pessoal de Trent Preston!

Com o coração fibrilando e as mãos trêmulas, li estas palavras:

...expressão dessas percepções por meio de palavras deve necessariamente minimizar a experiência. Este é, ao que me parece, o dilema que só os maiores poetas (outros artistas também?) são capazes de superar — e, mesmo assim, nunca com muita constância. As palavras só podem abarcar uma fração minúscula do emaranhado infinito que chamamos de consciência humana. Além do mais, há toda a questão das sensações puramente corpóreas que não (nem sempre? às vezes?) se registram sobre a mente. O que é a interação entre as palavras e o corpo? Como a temperatura do salão, por exemplo, afeta a percepção do público durante um recital de poesia? Deveria o sábio poeta, na busca pela comunicação verdadeira, primeiro assumir o controle do termostato? Por que não consigo transcrever em palavras o que vivencio em todos os níveis — consciente, inconsciente e físico — quando agarro o seio nu de Sheeni? Por que, quando busco a poesia, minhas palavras parecem pornografia suave?

Sheeni praticamente insistiu para que fizéssemos amor ontem à noite. Continuo a resistir, dizendo a ela (e a mim mesmo) que somos jovens demais. Talvez eu esteja sendo masoquista, saboreando a antecipação do prazer ao negá-lo no presente (admito que também fui refreado pela falta de um método anticoncepcional apropriado, uma complicação que não pareceu deter minha parceira). Ainda assim, achei as carícias nuas (por falta de um termo melhor) da noite de ontem de um prazer sublime por si só. Quando prosseguirmos (como inevitavelmente faremos), conheceremos tal febre de prazer de novo? Sinceridade total aqui: quanto da minha relutância vem do ressentimento pelos flertes contínuos de Sheeni com Bruno? Contenho-me para puni-la pela ausência de fidelidade? Não sei. Por que a mente tem de erigir esses véus elaborados para ocultar a dor?

Devo tentar obter algumas camisinhas. Isso, por tabela, pressupõe problemas numa cidade pequena, onde todos se preocupam com a vida dos outros. Sheeni se propôs a tomar pílula, mas eu não gostaria de estar em um raio menor do que 500km de distância dos pais dela, caso descobrissem. Por que essa sociedade se agarra tão firme à ficção de que seus filhos são assexuados?

**Os diários de Nick Twisp**

Hoje de manhã, ao olhar no espelho, notei um pequeno ponto vermelho em meu queixo. Espero que se desenvolva em uma espinha. Todos os escritores que admiro não eram fisicamente atraentes; em sua maioria, eram extremamente feios. Sua arte era forjada a partir da rejeição, humilhação e sofrimento. Não conheci nada disso. Talvez eu deva ser grato por Sheeni me magoar ao perseguir meu primo. Por que fui amaldiçoado com traços tão harmoniosos? Pelo menos, minha situação não é tão desesperadora quanto a de Bruno. Ele nunca terá de se esforçar. Nunca saberá se deve a admiração da sociedade a suas realizações ou à sua beleza física. Será que Sheeni já dormiu com ele?

Trombei com Apurva na biblioteca de novo hoje à tarde. Por sorte, Sheeni não estava comigo. Tivemos uma longa conversa no corredor de poesia e, em alguns momentos, nossas mãos se tocaram inconscientemente (ou conscientemente). A maneira como ela pronuncia "T. S. Eliot" desencadeou um turbilhão tão grande de desejo que senti vontade de provar seus lábios quentes, doces e carnudos. Devido a nossas raízes culturais tão amplamente distintas, não sou capaz de dizer ao certo se ela tem sentimentos românticos em relação a mim. Talvez as mulheres indianas apenas gostem de conversas intelectuais sobre poesia. Assim, eu me detive. E se ela gostar de mim? Ouso chamá-la para sair? Seria capaz de deixar Sheeni? Nossos corações estão entrelaçados há tanto tempo que, às vezes, sinto como se nos tivéssemos mesclado numa só identidade. Não há...

Que mentiroso pretensioso, duas caras e convencido! E uma única e débil alusão acadêmica. Como ele ousa se gabar de seus galanteios enquanto difama a Mulher Que Eu Amo! Sheeni me garantiu no verão passado que era ela quem resistia, resoluta, aos avanços grosseiros de Trent. Pelo que me lembro, ela afirmou de forma bastante explícita que preferia "grandes paixões em locais românticos da Europa" a "amassos escondidos no interior californiano". Com que perversidade Trent se engana. Só uma pessoa perversa a níveis assustadores poderia escrever tais inverdades no próprio diário. Sem contar aquela inveja maculada bizarra! Devo proteger as duas, Sheeni e Apurva, desse jovem desequilibrado. Sim, com certeza, esse é meu dever.

Às 12h30, depois de fazer várias cópias clandestinas dos Papéis de Trent na fotocopiadora do escritório, fui de bicicleta até a casa de Fuzzy. O lugar estava lotado de parentes de luto, que riam, comiam e se divertiam. Encontrei Fuzzy e Vijay sem camisa tomando sol ao lado da piscina. Bebericavam cerveja em latas de refrigerante. Fuzzy, que estava parecendo um coelho angorá gigante de óculos escuros, me entregou uma lata espumante.

— Oitenta e quatro a dois — disse ele, malemolente. — Um novo recorde para a liga Redwood Empire Athletic League.

— Rubert Trobilius não fez jus à ocasião, é? — perguntei.

Dei um gole na cerveja. Eca! Tinha gosto de suco de meia quente.

— Ele errou o passe 16 vezes — disse Fuzzy, com um gesto negativo. — Esse também é um novo recorde.

— Bom, pelo menos evitamos o fechamento de operações — apontou Vijay.

Fuzzy deu um risinho.

— Sabe como marcamos ponto? O outro time estava rindo tanto que caiu em nossa zona final com a bola. Foi uma pontuação dupla!

— Heather sabe disso? — perguntei.

— Sim. Ela me ligou hoje de manhã em pânico. Disse a ela que não era culpa minha; fiquei fora durante todo o jogo, com um estiramento na virilha.

— O que ela disse? — perguntou Vijay.

— Disse que queria estar aqui. Ela esfregaria com pomada.

— Esfregaria o quê? — quis saber Vijay.

— Minha virilha, eu acho — respondeu Fuzzy. — Gostaria que alguém esfregasse. Que não seja eu, quero dizer. Daria uma mudada na rotina.

Vijay e eu concordamos.

Tirei minha camisa e me acomodei numa espreguiçadeira. Sim, pensei, eu poderia me acostumar com esse estilo de vida. Dei um gole na cerveja e olhei ao meu redor: uma mansão sóbria de concreto e vidro, muros altos de cimento no jardim, cercando pátios amplos de concreto, piscina de concreto com trampolim de cimento e cabana de piscina, banheiras de concreto para pássaros espalhadas aqui e ali. Até mesmo a espreguiçadeira na qual eu me reclinava era feita de concreto imutável sob as almofadas.

— Fuzzy, seus pais devem gostar de permanência — observei. — Este lugar parece que foi construído para sobreviver a um ataque nuclear.

— É — disse ele. — Meu pai e o tio Polly têm uma fábrica de concreto. Sempre que uma betoneira não usa a carga toda, eles a mandam para cá para

Os diários de Nick Twisp

descarregar. Meu pai sempre deixa uma forma pronta em algum lugar. Você tinha que ver os brinquedos de concreto que ele fazia pra mim quando eu era criança.

— Ah, espere aí. Onde fica essa fábrica de concreto? — perguntei.

— Ah, você sabe, Nick — interveio Vijay. — Da sua casa, dá pra ver.

Surpreso, subitamente eu me dei conta de que estava em conluio com Malfeitores de Grande Fortuna. O Sr. Ferguson não ficaria nada contente.

— Fuzzy, os empregados não estão em greve? — perguntei.

— Sim — confessou ele. — É um saco. Meu pai teve de cortar minha mesada. Mas as coisas devem melhorar logo. Estão pensando em contratar operários substitutos.

— Uma estratégia sensata — comentou o republicano estrangeiro.

— Eles realmente contratariam fura-greves? — perguntei, chocado.

— Não fura-greves — disse Fuzzy. — Operários substitutos. Se os outros homens não querem continuar a trabalhar, é justo dar seus empregos a novas pessoas. Ajuda a manter a economia local saudável. Estamos combatendo o desemprego.

— E quanto àqueles que estão em greve? — perguntei.

— Eles que vão fazer outra coisa — respondeu Fuzzy. — Talvez conseguir um emprego de que gostem mais. Você gostaria de dirigir uma betoneira o dia todo? É um saaacoooo! Estamos fazendo um favor a eles.

Sim, pensei, um favor não muito diferente do que a gente estava fazendo a Bruno Modjaleski.

A caminho do ataque ao bufê, fomos interceptados pela mãe de Fuzzy. Ela é uma formosura de beleza madura, que mantém o tempo a distância com cosméticos, tintura de cabelo e roupas íntimas reforçadas com arame.

— Garotos! — exclamou ela. — Mostrem respeito pelos mortos. Vistam as camisas. E quem é esse rapaz, Frankie?

— É meu amigo, Nick Twisp, mãe — disse Fuzzy.

— Olá, Nick. Prazer em conhecê-lo — disse ela.

— O prazer é meu, Sra. DeFalco. Sinto muito por sua sogra.

— Sim, é tão triste — exclamou ela alegremente. — Marie acabou não chegado aos 100, no final das contas!

Quando retornamos, devidamente vestidos, Fuzzy apontou outros parentes presentes na sala.

— Meu pai é o grandalhão quase careca de terno e barba por fazer. O tio Polly é o gordo ao lado dele, chorando.

Estudei os irmãos DeFalco com cautela e concluí que não eram o tipo de sujeito que eu gostaria de confrontar do outro lado de um piquete.

Carregamos nossos pratos cheios até um sótão sem mobília em cima da garagem para quatro carros. Duas janelinhas em cada cumeeira deixavam entrar uma luz pálida sobre baús poeirentos, caixas, sacos de roupas antiquados e móveis dispensados. Fuzzy nos conduziu a uma pequena clareira central, que continha uma prancha de pesos elaborada e um colchão *king size* no chão.

— Sentem-se, pessoal. Vou pegar o vinho — disse nosso anfitrião.

Vijay e eu nos sentamos animados sobre o colchão manchado, enquanto Fuzzy desaparecia na penumbra sob as calhas. Ele voltou logo com uma garrafa poeirenta envolta em palha costurada.

— Chianti autêntico — disse ele ao atacar a rolha com seu canivete suíço. — Achei uma caixa cheia lá atrás.

— Você já bebeu desse vinho antes? — perguntou Vijay, desconfiado.

— Claro — respondeu Fuzzy. — Esse é autêntico. O que o Poderoso Chefão bebe. Bem envelhecido também. Acho que era da adega particular do meu avô.

Vijay e eu trocamos sorrisos largos.

— Podem ir comendo. Isso pode demorar um pouco. Droga, queria que meu tio Polly tivesse me dado um canivete com saca-rolhas — disse Fuzzy.

Provei o ravióli. Delicioso.

— Fuzzy, não sabia que seu nome era Frank — comentei.

— Pois é, minha mãe me deu o nome do cantor favorito dela. Acredite se quiser, meu nome é Francis Albert Sinatra DeFalco.

— Isso é incrível! — quase engasguei. — Ele é meu cantor favorito também!

— É? Nunca liguei muito pra ele. Meloso demais. Prefiro os Flesheaters.

— Eles são totalmente radicais — confirmou Vijay.

— Embora eu não esteja certo de que gostaria de ter sido batizado de Flesheater DeFalco — admitiu Fuzzy. — Caramba, Nick, talvez você e a minha mãe pudessem se dar bem. Ouvir uns discos, ver o que rola. Acho que meu pai não se importaria. Há um boato de que ele tem uma amante na fábrica. Uma das despachantes.

— Ela também está em greve? — perguntou Vijay.

— Só por mais preliminares — respondeu Fuzzy, arrancando o último naco de rolha. — OK, cavalheiros, o vinho está servido.

Ele tomou um bom gole da garrafa e passou para Vijay, que hesitou.

— Como é, Fuzzy?

— Soberbo. De uma safra excelente.

Vijay deu um gole, fez uma careta e passou a garrafa para mim. Dei um gole profundo, de pré-alcoólatra. Uma ânsia de vômito amarga e fétida desceu por minha garganta.

— Um pouco medicinal, mas agradável — menti, ao passar a garrafa para nosso anfitrião. Só espero que o vinho francês seja mais palatável do que o italiano. Eu não gostaria de envergonhar Sheeni nos cafés da Rive Gauche ao pedir refrigerante.

15h30. Enquanto eu pedalava minha Warthog de volta para casa, o vinho continuava a fluir do estômago à corrente sanguínea. Sentindo-me bem leve, parei na Flampert's pra comprar ração de cachorro, de que necessitava com urgência. Encontrei o irmão pródigo de Sheeni, Paul, na fila do caixa. Ele estava comprando só o essencial: cigarros e o *Guia da TV*.

— Está voando por qual companhia aérea, Nick? — perguntou ele.

— Chianti envelhecido — gaguejei.

— Esse negócio vai deixar seu cérebro em conserva.

— Essa é minha grande e fervorosa esperança — respondi.

— Seu plano está funcionando, Nick. A Terceira Guerra Mundial começou hoje às onze da manhã.

Fiquei pensando se todo mundo era tão transparente para Paul, ou se era só eu.

— Chegou uma carta? — perguntei.

— Uma falsificação perfeita — confirmou ele. — Você está brincando com fogo, Nick.

— Piromania é uma das minhas paixões — gaguejei. — O que me conta de novo, Paul?

— Vou voltar a tocar com meu trio. Venha ver nosso ensaio. Você vai saber onde e quando.

Como ele pode ter tanta certeza?

Quando cheguei em casa, Lacey estava na sala atormentando meu pai ao fazer aeróbica em seus trajes de ginástica mais apertados. Se eu fosse ele, poria um fim naquela briga boba assim que possível. Ele, porém, continua de cara amarrada, fazendo o papel de mártir sofrido e aleijado. Será que machucados no dedão deprimem a libido? Ele também está com raiva porque Lacey acabou de voltar da distribuição de biscoitos para dar uma força aos grevistas — com aquela mesma vestimenta de ginástica cor Laranja Incendiário. Ela pode vir a ser a arma secreta definitiva do sindicato.

Lacey interrompeu a aeróbica para dar uma notícia importante.

— Nick, Sheeni ligou duas vezes. Quer que você ligue pra ela imediatamente.

— Tá bom — balbuciei. — Bonita. Você está bonita, Lacey.

Tentei experimentar e ver se deitar faria o quarto parar de rodar, mas, em vez disso, tropecei pra dentro do quarto do meu pai e liguei para Santa Cruz. Em questão de instantes, estava audivelmente reunido à Mulher Que Tem o Penhor da Minha Alma.

— Nickie, onde você estava? Estou desesperada. Você soube do que aconteceu?

— Não, acho que não — falei embolando as palavras.

— De algum modo, o diretor Wilson descobriu sobre você ter sido flagrado no meu quarto. Ele escreveu uma carta difamatória aos meus pais!

— Como eles reagiram? — indaguei com voz suave.

— Como você acha que eles reagiram? Você conhece os meus pais!

— Conheço até demais.

— Ficaram horrorizados, chocados e enraivecidos. Acho que não vai ter como apaziguar os ânimos deles. Estão vindo para cá agora!

— Eles estão indo aí?

Eu mal podia acreditar naquela notícia tão maravilhosa.

— Foi o que eu disse. Nickie, você está estranho. Você andou bebendo?

— Tomei um refresquinho leve no almoço — confessei. — Nada com que eu não possa lidar.

— Você parece completamente bêbado. Espero que não pretenda fazer do abuso de álcool um hábito. Nesse caso, devo considerar retirar Albert de sua tutela.

— A única coisa que desejo tornar um hábito é fazer amor com você, querida — balbuciou François. Apesar de toda a sofisticação, ele não aguentava bebida muito mais do que eu.

— Isso é fofo, Nickie. Desculpe ter desligado na sua cara.

— Desculpe ter sugerido que você teria dormido com Bruno Modjaleski. Percebo agora que o buraco era mais embaixo. Eu devia saber o tempo todo que foi com Bruno Preston.

— Como você sabe? — pressionou ela.

— Tenho recursos maravilhosos, Sheeni — respondi. — Você já devia saber isso sobre mim, a essa altura.

— Fico muito contente em saber disso, Nick. E como seus recursos maravilhosos sugerem aplacar a ira dos meus pais? Se eles me fizerem deixar a escola, eu morro!

— É simples, querida. Diga a eles que está grávida e tem de se casar imediatamente. Viveremos em um alojamento para estudantes casados e seus pais podem pagar pelos estudos de nós dois.

— Olha, Nickie, não tem como conversar com você no seu estado atual. Você não vai ajudar em nada. Ligue de volta quando estiver sóbrio. E fique longe do meu cachorrinho querido até lá. Tchau!

*Clique.*

21h30. Acabei de acordar com uma dor de cabeça de rachar. Inexplicavelmente, apaguei e perdi a hora do jantar dormindo. Encontrei um bilhete, escrito num garrancho quase ilegível, enfiado em minha narina esquerda: "Mintiroso! Cê dormi sim! Pior pra você! Minha mãe fez ambugers de janta! Cumi o seu! — Dwayne."

Meu corpo reclama, mas meu espírito está em júbilo. Sheeni voltará para mim. Mas o que Dwayne estava fazendo me espionando em meu próprio quarto? E quem abriu meu zíper?

**DOMINGO, 21 de outubro** — O desastre chegou às 3h45 da manhã de hoje. Houve um barulho seco, um clarão ofuscante, o odor acre de carne queimando e então uma escuridão total.

— Foi uma granada de concussão! — gritou o Sr. Ferguson, andando aos tropeços no escuro. — Estamos sendo atacados! Cortaram a força!

Ele girou seu escudo em direção a uma figura ameaçadora que avançava em sua direção nas sombras.

— *Ahhh-aaaa-iiii!* — berrou meu pai, quando o aço frio se chocou contra sua mão enfaixada.

— Não se aproxime! — gritou Lacey, encolhida atrás das paredes de tecido. — Estou armada!

— Jogue-a para mim, garota! — berrou o Sr. Ferguson, mergulhando no aposento de linho. Num salto atlético, ele puxou o lençol com tudo pra baixo, gritou em agonia e caiu pesadamente sobre a ocupante, que estava com vestes mínimas.

— Saia de cima de mim! — gritou ela.

— Fui atingido! — agonizou o Sr. Ferguson. — Fui atingido! Um projétil acertou meu pé!

— Saia de cima de mim ou eu atiro! — gritou Lacey.

— Dê-me a arma, garota! — implorou o Sr. Ferguson.

— Leve o dinheiro! Mas não nos mate! — gritou meu pai, saltando no chão.

Saí da cama, vesti meu roupão, peguei minha lanterna de escoteiro e corri para a sala.

— O que é essa confusão toda? — quis saber, varrendo a sala com meu poderoso raio de luz de 3 volts.

— Abaixe-se, Nick! — assobiou o Sr. Ferguson. — Você está na linha de fogo! E desligue essa droga de lanterna!

Desliguei. Todos paralisaram e ouviram atentos. O único som era das pancadas desenfreadas de quatro corações batendo.

— Talvez tenham ido embora — sussurrou Lacey.

— Dê-me a arma, pelo sim, pelo não — sussurrou o Sr. Ferguson.

— Não estou armada — respondeu ela. — Disse aquilo só para assustá-los.

— E só me diz isso agora! — suspirou ele.

— Alguém chame a polícia! — sibilou meu pai.

— Por quê? — perguntou o Sr. Ferguson. — Provavelmente são os próprios porcos que estão lá fora atirando em nós. Droga, vou sangrar até a morte!

Apontei a lanterna para o pé dele.

— Você não levou um tiro, Sr. Ferguson — disse eu. — Tem um alfinete espetado no seu dedão. Por sinal, o senhor tem noção de que esqueceu de vestir o pijama?

Lacey cobriu a nudez anciã do Sr. Ferguson com um lençol e removeu o alfinete do dedo dele. Pergunto-me se isso fará deles amigos para o resto da vida.

Encontramos a fonte do problema vinte minutos depois, no minúsculo espaço aberto embaixo da casa. Eu me agachei de pijama na terra úmida e, sob o raio de luz cada vez mais fraco da lanterna, vi uma cena horrível. Cansado das sopas de ossos, Albert resolveu roer o cabo de força principal, do medidor até o painel do circuito. Essa noite, ele mordeu além da proteção de borracha — o que o enviou para o outro mundo com grande velocidade e letalidade.

O corpo inerte de Albert estava caído perto de sua humilde cama manchada de mijo. Era um cachorro tão feio morto quanto havia sido em vida. Não foi o cachorro ideal, mas com certeza foi um cachorro útil. Era o único elo vivo na corrente de amor que me une a Sheeni. Em questão de horas, ela estará em casa. Como vou dizer a ela que o filho de nosso amor se foi? Ela sabe que andei bebendo. Será que vai colocar a culpa pela morte dele em mim — por mais irracional e injusto que isso possa ser? Será que vai procurar consolo pela perda nos braços de Trent? Ou de Bruno? Ou, pelo amor de Deus, de Ed Smith? Será que todas as minhas esperanças foram eletrocutadas?

**Os diários de Nick Twisp**

09h30. Esta manhã foi funesta. Todos estão com olheiras e de mau humor devido à falta de sono. Apesar do dedão inchado de forma nojenta, o Sr. Ferguson conseguiu se esgueirar para debaixo da casa e envolver o cabo mordido em fita isolante. A energia já voltou. Meu pai me fez enterrar Albert antes sequer de tomar banho ou café da manhã. Depois dos 40, qualquer associação com a morte deve servir de lembrete da própria mortalidade de um indivíduo.

Senti-me quase como se estivesse cavando minha própria cova. Repousei Albert sobre dois de seus ossos favoritos no quintal dos fundos, atrás do depósito de metais. Ali bate sombra e há uma bela vista da fábrica de concreto.

10h15. Liguei para Sheeni, mas, em vez dela, falei com Taggarty.

— Olá, Nick. Que surpresa! Sheeni foi tomar café da manhã com os pais. Um casal extraordinário. Você os conheceu?

— Sim, já tive o prazer — respondi. — Sheeni disse quando deve chegar a Ukiah?

— Ela não vai a lugar algum, Nick.

— O quê?

— Ah, os pais dela fizeram um escarcéu, mas se acalmaram. Acho que foi a minha argumentação o que finalmente os convenceu. Tenho muita experiência nesses assuntos, sabe?

— O que você disse? — perguntei, fazendo esforço para manter a calma.

— Bem, logo deduzi que o principal fator motivacional por trás da raiva deles era (sinto muito em ter de lhe dizer isso) o extremo, não, o absoluto desgosto que eles têm por você. Nick, você é mesmo um anátema para eles, em um nível profundamente visceral.

— Mas, então, o que você disse? — repeti.

— Bem, observei que, se eles levassem Sheeni de volta para Ukiah, ela teria muito mais oportunidades de estar com você, ao passo que, se ela permanecesse sob meu escrutínio vigilante, vocês dois se veriam muito pouco, se é que isso chegasse a acontecer. Além disso, ela também iria logo, ao que indicam todas as probabilidades, desenvolver uma ligação emocional com alguém bem mais adequado aqui. É claro que ela também teve de prometer nunca mais ver ou falar com você de novo.

— O quê?

— Temo que sim, Nick. Acho que dessa vez você saiu da vida dela de uma vez por todas. Sei que é duro, mas veja pelo lado bom. Melhor agora do que mais tarde. Sheeni está destinada a conhecer muitos homens, Nick. Você é apenas um marco precoce numa jornada muito longa.

— É o que veremos — respondi com calma gélida. — Você poderia pedir a ela que me ligue quando voltar?

— Bem, darei o recado depois que os pais dela forem embora, mas não posso prometer que Sheeni irá ligar. Foi legal conhecer você, Nick. Agradeça a Vijay pela foto e diga a ele para me procurar da próxima vez que vier a Santa Cruz. *Ciao*, Nick. Não fique triste. É melhor assim.

Desliguei. Saia da frente, Albert, posso me juntar a você em breve. Logo depois de assassinar certa colega de quarto intrometida.

11h30. Depois de muitos gracejos enlouquecedores com francófonos insolentes, finalmente consegui falar com Bernice Lynch ao telefone.

— Olá, Nick — disse ela, sem fôlego. — Que surpresa! Estava tirando o pó dos extintores de incêndio do segundo andar.

— Bernice, estamos no meio de uma crise. Taggarty estragou nossos planos de tirar Sheeni da escola.

— Aquela piranha intrometida! O que ela fez?

Fiz um resumo das maquinações traiçoeiras de Taggarty.

— Eu já devia esperar — suspirou Bernice. — Em alguns aspectos, Taggarty é quase tão ruim quanto Sheeni. O que vamos fazer agora, Nick?

— Temos de nos livrar de Taggarty!

— Você quer que a apaguem? — sussurrou ela. — Isso é pedir demais, Nick.

— Você me entendeu mal, Bernice. Temos que fazer com que Taggarty seja expulsa. O mais rápido possível.

— Não sei, não, Nick. Essa escola é bem permissiva. Acho que não é possível fazer alguma coisa ruim o bastante para ser expulso. Talvez seja mais simples acabar com ela de uma vez.

— Pense, Bernice. Deve haver algum motivo para alguém ser expulso dessa escola!

— Bem, de vez em quando, alguma garota leva suspensão por ter engravidado. Eu podia me infiltrar no quarto da Taggarty e sabotar o diafragma dela. Sei onde ela o esconde. Poderia espetá-lo com um alfinete.

— Isso demoraria muito. Podia levar meses até ela engravidar. Não temos tanto tempo assim.

— Bem, todo semestre saem alguns alunos porque os pais não podem pagar as mensalidades. E outros porque não conseguem notas suficientes para passar. O nível de exigência é enorme. Mas Taggarty é inteligente e seus pais são podres de ricos.

Comecei a ver um raio de esperança.

**Os diários de Nick Twisp**

— Bernice, você ainda trabalha no refeitório?

— Claro, quando não estou limpando privadas.

— Você serve comida para Taggarty?

— Todos os dias. A vagabunda gosta de ser servida. Quer que eu ponha um pouco de arsênico na comida dela?

— Não exatamente veneno. Não posso explicar agora, esses telefonemas daí podem estar grampeados. Vou lhe escrever, espere uma carta em breve.

— Ótimo, Nick. Gosto muito de correspondência.

— Alguma novidade sobre Ed Smith, Bernice?

— Ele anda fazendo hora extra, Nick. Ele tinha um encontro com Sheeni ontem à noite, ia levá-la para ver algum tipo de arte performática, mas ela precisou cancelar quando seus pais apareceram. Ed gosta de teatro, sabe? Ele quer ser diretor, aquele maluco metido.

— Como o Sr. Aspirante a Diretor Pretensioso é?

— Chato e sem graça, Nick: 1,80m, ombros largos, olhos azul-claros. Muito cabelo loiro, desgrenhado casualmente. Veste-se com fibras naturais e tons terrosos combinando. Sapatos italianos de couro caros. Algumas garotas acham as covinhas dele bonitinhas. Pessoalmente, eu o acho um nada total. Um par perfeito para Sheeni.

Isso é exatamente o que eu temia. Sheeni deve ser removida desse ambiente corruptor o mais rápido possível.

— Certo, Bernice. Obrigado pela atualização. Mantenha-me por dentro. Agradeço muito por sua ajuda.

— Ah, não foi nada... Nick, você gosta de mim, né?

— Ah, claro.

— Quanto?

— Hum, muito. Você é, hum, bacana. Gostaria de estar aí pra gente poder se ver mais.

— Eu também. Gosto de você. Hum, Nick, na carta, você poderia escrever sobre o quanto gosta de mim? Nunca recebi uma carta de amor antes.

— Claro, Bernice. Sem problemas.

— Tchau... amorzinho.

François lançou-me um olhar acusador.

— Ei, cara, se você estiver dando em cima dessa menina, vou dar o fora aqui e agora.

— Não estou dando em cima de ninguém — repliquei. — Estou trocando favores com um agente interno muito valioso.

14h30. Nenhum sinal de Sheeni ainda. Dwayne veio até aqui e começou a chorar cântaros quando Lacey o informou do falecimento de Albert. E, o que é pior, ele agora se recusa a me pagar os 2 dólares que me deve em taxas de passeios de cachorro acumuladas. Porém, ele trouxe à baila o sedativo de ontem à noite, que não tomou.

— São muito eficazes — informei-o. — Eu estava testando um ontem à noite, quando você escreveu aquele bilhete sem educação.

— Ah, então cê não tava dormino porque tinha que dormir?

— Claro que não. Estava conduzindo uma experiência. Diga-me, Dwayne, sua mãe tem bastante daqueles comprimidos?

— Tem um frasco inteiro! O médico dobrou minha dose porque tô ficano acordado de novo. Fiquei até as três e meia ontem e, nossa, como tô cansado!

— Ótimo, Dwayne. Continue assim. Agora, o que você tem de fazer é me trazer mais ou menos um terço dos comprimidos desse frasco. Se a gente limitar nosso empréstimo, provavelmente sua mãe não vai notar nada.

— O que é que cê vai me dar se eu fizer isso?

— Se você fizer o que eu digo, não vou dizer à sua mãe que você violou minha privacidade enquanto eu estava dopado.

Dwayne corou.

— Eu não fiz nada, Nick. Me fale uma coisa, Nick, cê acha que o Albert tá no céu agora?

— Claro que não. Ninguém pagou a taxa de purgatório dele ainda.

— O que é isso?

Expliquei o conceito de purgatório a Dwayne e dei uma geral do cronograma típico de taxas, juros e parcelamento para cães falecidos.

— Nossa, é caro ir pro céu — exclamou ele. — Eu achava que só tinha de ser bonzinho.

— Bom, cada dólar que você investe no pagamento da taxa de alguém também é creditado em sua própria conta. Isso se chama Plano de Incentivo do Purgatório. Então, quanto você pode pagar por semana?

— Acho que uns 2 dólares.

Dwayne me entregou o primeiro pagamento, em dinheiro vivo, e eu lhe dei um recibo.

— É um ato muito bom o que você está fazendo, Dwayne. Albert ficará muito agradecido.

— Obrigado, Nick. E você, quanto vai pagar?

— Cinquenta dólares por semana.

**Os diários de Nick Twisp**

— Nossa, Nick. Você devia amar muito aquele cachorro!

— A gente era muito próximo — menti.

17h15. Nenhum telefonema de Sheeni ainda. Com certeza os pais dela já foram embora a esta altura. Não quero nem imaginar que ela esteja num encontro com Ed, admirando as covinhas nutridas de milho dele.

Dwayne voltou com 29 cápsulas surrupiadas. Coloquei-as numa caixinha com as quatro que ele já me havia passado e as enviei para Bernice. Também incluí o seguinte bilhete:

> Querida Bernice,
>
> O plano é o seguinte. Você deverá colocar um destes sedativos na bebida de Taggarty todo dia no café da manhã. Ela pode ser inteligente, mas é improvável que passe nas matérias se dormir durante as aulas. Dê outra dose durante a refeição da noite. Isso vai lhe tirar a habilidade intelectual de fazer o dever de casa. Não se preocupe, vou enviar mais comprimidos conforme eu os conseguir.
>
> Aliás, se por acaso Ed Smith marcar mais encontros com Sheeni, dê um comprimido para ele também.
>
> Desde que conheci você, me dei conta de que meu interesse em Sheeni era uma mera paixão adolescente fugaz. Gosto de você mais do que posso dizer. Considero-a tão charmosa quanto seu nome. Coragem, minha doce espiã. Trabalhando juntos, haveremos de ludibriar todos esses riquinhos convencidos.
>
> Com carinho,
> Nick
>
> PS: Por favor, destrua esta carta imediatamente!

Não pude forçar mais minha transa epistolar. É o máximo de insinceridade a que se pode chegar sem que o espírito (e François) se rebele. Droga, gostaria de ter mais comprimidos. Poria Ed para dormir 24 horas por dia. Ele poderia se tornar uma obra de arte performática viva.

22h15. Depois de concluir que a espertalhona Taggarty não dera meu recado a Sheeni, liguei para o Meu Grande e Único Amor. Depois de abrir caminho a machadadas pela espessa hera da língua francesa, finalmente consegui falar com minha enamorada esquiva.

— Nickie, que dia mais cansativo emocionalmente! Sinto-me como se tivesse sobrevivido ao Cerco de Leningrado. Meus pais foram piores do que eu jamais imaginei possível. E, como você sabe, tenho uma imaginação extremamente ágil. Por um tempo, de fato parecia que este seria meu último dia em Santa Cruz. Cheguei às raias do desespero.

— Sim, Taggarty me contou como salvou o dia — falei. — Ela disse que eu liguei?

— Acho que ela mencionou isso. Taggarty não é brilhante? Ah, ela é uma amiga de verdade. Não sei o que faria sem ela.

Mas logo, logo, vai descobrir.

Sheeni continuou:

— É claro que a supervisora também ajudou. Ela garantiu aos meus pais que, com exceção daquele pequeno lapso, minha conduta tem sido irrepreensível. Por sorte, o diretor Wilson passou o fim de semana fora. O estranho é que a supervisora insiste que não contou a ele sobre nós. O que você acha disso, Nickie?

Eu estava preocupado com questões mais importantes.

— Sheeni, o que está acontecendo conosco? Você prometeu nunca mais me ver ou falar comigo?

— Sim, Nickie. Felizmente, as ambiguidades morais inerentes aos acordos com os pais feitos sob pressão sempre permitem certa melhora dos termos. Mas devemos ter um cuidado extraordinário. Meus pais não podem ter motivo algum para suspeitar de que temos qualquer contato um com o outro. Absolutamente nenhum!

— Mas ainda vamos nos ver? Você ainda gosta de mim?

— Claro, querido. Você é o meu amigo especial. Não vou deixar meus pais nos separarem. A desaprovação intensa da parte deles é uma de suas qualidades mais atraentes. Além disso, há o filho do nosso amor a se considerar.

— O filho do nosso amor?

— Albert. Estamos cuidando dele juntos. Temos de pensar no bem-estar dele tanto quanto no nosso. Uma separação agora poderia ser extremamente traumática para um cão jovem. Por sinal, como está meu cachorrinho querido?

Engoli em seco.

— Ah, ele está... bem.

— Ainda roendo ossinhos?

— Sim, ossos e outras coisas.

— Ah, como sinto falta dele, Nickie.

## Os diários de Nick Twisp

— Ele também sente a sua. Horrivelmente.

— Está tarde, Nickie. Tenho que desligar e dormir agora.

— Mais uma coisa, Sheeni. Vivo esquecendo de perguntar. Que nota Taggarty deu para Vijay? Ele está morrendo de curiosidade.

— Acredito que ela tenha dado um A. Talvez seja pouco bondoso da minha parte, mas espero que esse talento em particular não seja de família.

— Você não quer que Trent seja feliz no amor? — perguntei, bancando o advogado do diabo.

— Quero que todo mundo se sinta romanticamente realizado. Trent, porém, talvez não seja o primeiro da minha lista para tal tipo de felicidade.

— E quem seria? — arrulhei.

— Taggarty, acredito — respondeu Sheeni. — Devemos muitíssimo a ela, Nickie.

Sim, querida, eu sei. Pretendo pagar a ela da melhor maneira que puder.

**SEGUNDA-FEIRA, 22 de outubro** — Bruno Modjaleski está solto de novo. A cadeia de Mendocino County deve ser porosa ao extremo.

Na hora do almoço, Vijay vibrou ao saber da nota alta.

— Taggarty me deu um B no duro! — exclamou ele. (Para incentivar a humildade em meu amigo, fiz uma alteração discreta em sua nota). — Eu devo estar entre os 90% melhores para ela.

Todos estavam à beira de um ataque de nervos no trabalho hoje. O Sr. Preston estava enlouquecido porque alguns assinantes figurões ligaram para reclamar de alguns erros tipográficos ultrajantes nas cartas publicadas na última edição. A Sra. Pliny estava chateada porque o Sr. Preston deu-lhe uma bronca pela revisão de provas malfeita. Meu pai entrou em depressão nervosa porque amanhã vai tirar os pontos e logo terá de retornar ao batente de verdade. O Sr. Rogavere estava com uma dor de cabeça de rachar e foi embora mais cedo, depois que o Sr. Preston sugeriu que mudassem todas as manchetes para uma fonte chamada Chalé (letras rústicas e em imitação de madeira, que parecem ter sido talhadas de galhos de pinheiro). E eu estava louco da vida porque o Sr. Preston não me autorizou a sair mais cedo para me encontrar com Apurva na biblioteca.

Por fim, às 16h45, anunciei que pegara a enxaqueca do Sr. Rogavere e parti apressadamente, antes que alguém pudesse fazer alguma objeção. Na sala de leitura da biblioteca, ornamentada e pseudogótica, encontrei a bela Apurva debruçada sobre o dever de casa, muito concentrada.

— Boa-tarde, Nick. Achei que você não viria. O que você sabe de álgebra?

— O que eu não sei de álgebra seria uma pergunta melhor — respondi, e logo resolvi dois exercícios que ela não sabia e corrigi vários erros óbvios. Os números dela, embora incorretos, eram decorados com curvas manuscritas charmosas.

Apurva por certo se impressionou.

— Obrigada, Nick. Acho que tenho pouca aptidão para essa matéria. Vijay é o matemático da família, mas não gosto de pedir ajuda a ele; ele adota uma postura tão arrogante.

— Posso ajudar sempre que quiser, o mais humildemente possível — disse eu, inalando o perfume delicioso dela. Ela cheirava a sândalo e giz.

— Obrigada, Nick. Você é muito bondoso. Está gostando da escola?

— Não é das piores. Não é pior do que ficar paralítico. E a sua, como é?

— É bastante estimulante. Está melhor agora que os outros alunos estão começando a me aceitar. Foi difícil quando cheguei.

— Você não liga de ser uma escola só pra meninas, digo, mulheres?

— Não, estou acostumada. Eu frequentava uma escola para garotas na Índia, sabe? Até prefiro, na verdade. A educação é bem melhor numa escola com segregação de gênero. Os garotos são uma distração muito grande na sala de aula. É claro que, depois das aulas, é bastante divertido tê-los por perto. Tive a sorte de conhecer Trent aqui nesta biblioteca, temos um interesse mútuo em poesia. Tive mais sorte ainda quando você apareceu no verão passado e levou Sheeni para longe dele. Você não sabia disso na época, mas tinha uma amiga muito grata em Ukiah. Fiquei tão surpresa quando Vijay disse que o conheceu!

— Bem, suponho que devo agradecer-lhe por manter Trent tão bem ocupado — falei. — Embora eu quisesse me sentir mais confiante em relação ao quanto ele é adequado para uma amizade.

— O que você quer dizer, Nick? — perguntou ela, surpresa.

— Por acaso, sei que ele fez declarações falsas sobre Sheeni.

— Que tipo de declarações falsas?

— Difamatórias, sinto em dizer — respondi. — Ele lançou calúnias sobre a moral dela.

Apurva se irritou.

— Até onde eu sei, a conduta dela merecia mesmo censura. E, acredite, não ouvi a história toda dos feitos ruins dela. Trent foi de uma discrição notável. Não quero que falem mal dele nesse aspecto, sua conduta foi irrepreensível. É o caráter da sua amiga, Nick, que deveria ser observado de perto.

Os diários de Nick Twisp

— Bem, está claro que nossas opiniões diferem — falei, embasbacado.

— Sim, diferem — disse ela, mais calma. — E suponho que seja provável que isso persista. Ambos estamos apaixonados, Nick. Não há dúvida de que nossos sentimentos dominam nosso julgamento. Vamos concordar em discordar. Ainda podemos ser amigos e trabalhar em prol de nossos interesses comuns.

— Você quer dizer tirar aqueles dois de Santa Cruz? — perguntei.

— Sim. A última carta de Trent que escapou da detecção do meu pai foi dedicada quase inteiramente aos encômios do windsurfe. É fato que o mar está se provando uma influência muito ruim. Trent anda negligenciando a poesia. Ele deve retornar à terra firme antes que sua mente sofra danos permanentes.

— Sheeni está fazendo amizade com caipiras de Iowa — disse eu. — Ela não fala de mais nada além de gado e milho híbrido. Devo trazê-la de volta para que ela possa retomar a vida intelectual.

— Tenho um plano — sussurrou Apurva, aproximando-se.

Também me inclinei para a frente. Gostei do modo como suas formas curvilíneas cresciam sob as roupas.

— Qual é o plano? — perguntei.

— Temos de causar ciúmes neles, Nick. Devemos fingir que estamos tendo um caso tórrido. Sei que Trent voltará para mim se acreditar que há concorrência forte aqui, especialmente se o rival for alguém que já o superou antes.

— É um plano excelente — afirmei, entusiasmado. — Ontem à noite mesmo Sheeni me disse como gostaria que você não fosse tão atraente. Tenho certeza de que ela está com um ciúme terrível.

Eu não tinha certeza alguma, é claro. Mas gostei da ideia de ter um caso tórrido com Apurva, mesmo que um de nós estivesse só fingindo.

— Só tem um problema — acrescentou ela.

— O que é, querida? — perguntou o agora liberto François. Conduzir casos tórridos era sua especialidade.

— Bem, amor da minha vida — disse ela, faceira. — Devemos ter nosso caso apaixonado e público sem que meu pai descubra. Ele mataria você.

Engoli em seco.

— Literalmente?

— Acho que não. Mas não quero descobrir. Você quer?

— Não, querida. Devemos manter seu pai no escuro. A todo custo.

21h30. Outra noite agradável no seio familiar. Lacey está emburrada em sua cama de dossel. Meu pai está bufando no quarto. O Sr. Ferguson está com o pé inflamado de molho na frente da tevê. Estou no meu quarto lidando com um ataque súbito de Síndrome de Ereção Persistente. Administrei três tratamentos para minha E.T. incômoda e, a cada vez, ela saltou de volta querendo mais. Atribuo essa súbita inflamação de libido ao encantamento duradouro de Apurva em confluência com a lua cheia. Ou talvez a Sra. Crampton ande colocando afrodisíacos no guisado de frango na esperança de impulsionar Lacey de volta para a cama do meu pai.

Durante o jantar, meu pai atacou Lacey com um aumento de 45 dólares mensais no aluguel. Ele fez a conta no papel baseado em metros quadrados ocupados e consumo de água aquecida. Sua namorada respondeu atirando o garfo no chão e instruindo-o a fazer algo desagradável com a calculadora, a prancheta e a casa modular.

Justamente quando a gritaria estava diminuindo, o telefone tocou. Meu pai atendeu e ouviu com uma expressão estranha e confusa, enquanto o fone piou incessantemente por cinco minutos. Por fim, ele disse:

— Não sei do que você está falando. Por favor, não ligue para cá de novo.

Ele bateu o telefone e me olhou, acusativo:

— Você conhece uma garota chamada Sheeni?

— Acho que sim — respondi, sem prestar muita atenção. — O nome me soa familiar.

— Era o pai dela — disse meu pai. — Estava berrando algo sobre você tê-la corrompido ou algo assim. O que foi isso?

— Ele é pirado, pai. É uma história muito triste. Vai e vem de instituições psiquiátricas, ataques psicóticos, usa roupas de mulher. O remédio novo dele está funcionando muito bem, mas ele tem recaídas nas noites de lua cheia.

— Bem, fique longe desse povo todo — instruiu meu pai. — Não queremos mais malucos por aqui.

Repita, por favor.

Agora me dou conta de que há uma coisa boa sobre pais que são indiferentes quanto a seu bem-estar. É claro que não se interessam muito por você, mas também não se intrometem muito quando a merda bate no ventilador.

TERÇA-FEIRA, 23 de outubro — Um dia estranho, e ficando cada vez mais estranho. Sheeni me ligou a cobrar antes do café da manhã:

— Nickie, por que você não me contou sobre Albert? — perguntou ela.

— Ah, você descobriu, é? — falei, lutando contra o pânico. — Não foi culpa minha, Sheeni! Eu realmente tentei cuidar bem daquele cachorro.

— Não se preocupe, Nick. No final deu tudo certo, de qualquer modo.

Ela parecia muitíssimo alegre, considerando-se as circunstâncias.

— Então você não está chateada, Sheeni?

— Não, querido. Estou felicíssima, na verdade.

Teria eu descoberto uma nova e inesperada veia de sadismo em meu amor? Ou seria apenas sarcasmo extremo, causado pelo choque?

Sheeni prosseguiu:

— Quando Albert desapareceu, Nick?

Um eufemismo estranho, pensei.

— Ele... hã... desapareceu no domingo de manhã cedo. Mas não se preocupe, ele não sofreu.

— Bom, tenho certeza de que ele deve ter sofrido um pouco — disse ela, alegremente.

— Bem, é possível. Nunca saberemos direito.

— Espero que você não tenha se dado ao trabalho de colocar um anúncio no jornal à procura dele.

— Não. Fizemos uma cerimônia simples, só para os parentes mais próximos.

— Nickie, do que você está falando?

— Hã, do que você está falando, Sheeni?

— De Albert, é claro. Ele está aqui, Nickie. Apareceu na nossa porta ontem à noite. Meu cachorro querido dormiu na minha cama!

Bati o fone contra a parede.

— O sinal está ruim, aqui, Sheeni. O que você disse?

— Disse que Albert está aqui. Ele andou todos esses quilômetros só para me encontrar. Não é fofo? Embora, pensando nisso agora, se ele saiu daí no domingo, deve ter apanhado algumas caronas no caminho. Mesmo assim, é um milagre.

Digamos que sim.

— Tem certeza de que é Albert, Sheeni?

— Claro, conheço meu próprio cachorro. Admita, Nickie, Albert não está aí com você.

— Hum, não. Não está, mesmo.

— Bem, estará logo mais. A supervisora disse que ele deve partir hoje, de qualquer jeito. Aquela garota infeliz, Bernice Lynch, é alérgica a cães. Então, vou colocá-lo no ônibus. Você pode ir buscá-lo na rodoviária hoje à noite?

— Certo, Sheeni. Combinado.

— Nickie, você tem de me prometer que será mais legal com o Albert. Posso sentir que ele não está muito feliz em morar com você.

— Certo, Sheeni. Vou tratá-lo como um príncipe.

— Faça isso, Nickie. Ele tem expectativas elevadas. Assim como eu.

— Sim, Sheeni, eu sei.

— A remessa vai custar 42 dólares, Nickie. Vou mandá-lo pelo serviço expresso.

— Certo, Sheeni. Vou lhe mandar um cheque.

Então Albert tem um gêmeo em Santa Cruz! Graças a Deus que Sheeni o encontrou. O que são meros 42 dólares pelo retorno do filho do nosso amor, são e salvo? As coisas estão melhorando!

17h30. Bem, talvez não. Cheguei em casa do trabalho e encontrei Lacey e o irmão de Sheeni, Paul, tomando chá de ervas na sala de jantar.

— Ah, olá, Paul — falei, surpreso.

— Oi, Nick — respondeu ele. — Uma pena que seu plano não funcionou.

— Estou elaborando um novo.

— Sim, eu sei — disse ele. — Ela é muito linda.

— Quem é muito linda? — perguntou Lacey.

— A amiga indiana do Nick — respondeu Paul, o onisciente.

— Ah, eu a conheço — disse Lacey. — Ela é uma graça.

— Não tanto quanto você — disse Paul, ao tomar um gole de chá.

Lacey sorriu e se voltou para mim.

— Nick, Paul nos trouxe uma surpresa. Olhe ali na sala.

Espiei pelo vão da porta. Um cachorrinho preto e feio fitou-me do osso que estava roendo. Eu já conhecia aquele olhar de desprezo canino. Albert tinha voltado.

— É o seu cachorro, Nick — disse Lacey. — Ele não morreu.

— Mas... mas eu o enterrei — protestei.

— Bem, ele deve ter só tomado um choque ou algo assim — disse ela. — Então reviveu e cavou até conseguir sair.

De sete palmos debaixo da terra?

— Hum, Paul, por acaso você o encontrou perto da rodoviária? — perguntei.

— Não, Nick. Ele estava sentado em nosso quintal hoje de manhã. Minha mãe teve um ataque quando o viu. Então eu o trouxe de volta.

Ele sorriu para Lacey.

— E gostei de ter vindo.

Os diários de Nick Twisp

Lacey devolveu o sorriso.

— Nick, Paul tem um grupo de jazz. Vou vê-lo tocar na sexta-feira. Você quer ir?

Dei a resposta desejada:

— Não posso, tenho planos para sexta à noite, Lacey. Você vai ter de ir sozinha.

— Tudo bem — disse ela, toda feliz. — Onde está seu pai, Nick?

— Ele passou no hospital pra retirar os pontos.

— Ótimo — disse ela. — Espero que façam isso sem anestesia. Paul, há algo mais que eu possa lhe oferecer? Mais chá?

— Claro — respondeu ele, dando uma piscada lasciva para mim.

19h30. Dwayne não se conteve de alegria ao ver seu cachorro de aluguel exumado. Porém, exigiu imediatamente a devolução total das taxas de purgatório que ele dera em pagamento.

— Sinto muito — falei. — Já enviei seu dinheiro para Deus.

— Comé que eu pego de volta? — perguntou ele.

— Reze — respondi.

21h30. Acabamos de receber um telefonema perturbador. Era da Greyhound Package Express, dizendo para irmos buscar nosso cachorro.

22h15. Voltamos. Albert II acabou de ser apresentado a Albert I. Não parecem gostar um do outro. Não os culpo. Todo mundo está confuso. Meu pai está lidando com a confusão berrando palavrões para mim. Por que Sheeni não poderia gostar de gatos? Ou, melhor ainda, de coelhos? Quando se tem um estoque de coelhos, sempre dá para comer um.

**QUARTA-FEIRA, 24 de outubro** — O telefone tocou novamente antes do café da manhã.

— Nickie, é sua mãe.

— Ah. Oi, mãe. E aí? Já pediu divórcio?

— Não banque o espertinho. Lance e eu estamos muito felizes. Estou ligando pra falar do seu cachorro.

— O que tem ele? — perguntei, em tom sinistro.

— Ele está aqui. Apareceu ontem. Não posso ficar com ele. Lance odeia cães.

— Não é o meu cachorro, mãe. Meu cachorro está bem aqui.

Os cães I e II estavam em lados opostos da cozinha, rosnando um para o outro.

— Não seja bobo, Nickie. Eu conheço aquele cachorro. Foi perfeitamente amigável. Ele entrou direto e foi dormir na sua velha cama no Chevy de Jerry. Vou mandá-lo de volta pra você.

— Não faça isso, mãe! — implorei. — Já tenho muitos.

— Nickie, não faz sentido o que você está dizendo. Já mandei Lance levá-lo à rodoviária. Você poderá pegá-lo hoje à tarde.

— Ótimo! Valeu mesmo, mãe.

— Não fale assim comigo, rapazinho. Ainda sou sua mãe. Isso me lembra que quero que me mande uma amostra de suas impressões digitais.

— Por quê? — perguntei. Aquilo não me parecia um pedido lá muito maternal.

— Lance precisa para a investigação do roubo. Ele encontrou muitas digitais, mas quer as suas para eliminá-las. Não se preocupe, Nick. Ele já tirou até as minhas.

— Parece que a lua de mel acabou, mãe! — falei.

— Cuidado com essa língua!

Já ouvi isso antes.

Mais notícias ruins. Durante o almoço, Fuzzy e Vijay recusaram minha proposta de adoção canina.

— Mas seria legal — apontei. — A gente teria cachorros de estimação combinando.

— Minha mãe não vai me deixar ter um cachorro — disse Fuzzy. — Ela tem medo de que eles me passem pulgas. Além disso, não quero um cachorrinho parecido com um rato. Quero algo legal, tipo um doberman.

— Meus pais se opõem filosoficamente a animais mantidos como bichos de estimação — disse Vijay. — Ou pelo menos é o que dizem. Na verdade, acho que é só o preconceito brâmane deles contra bichos impuros. Por que você não põe um anúncio no jornal para a doação dos cachorros que estão sobrando?

— Eu preferia que eles fossem morar com gente conhecida — respondi. — Assim, se o meu empacotar de novo, ainda terei dois à mão, de reserva. Preciso desse cachorro. Meu relacionamento com Sheeni depende dele.

— É mesmo? — murmurou Vijay, pensativo.

— Nick, como você explica todos esses cachorros que apareceram? — perguntou Fuzzy. — Quero dizer, não é meio estranho?

— Frank, como você explica o falecido Elvis Presley comprando cuecas em todos aqueles Kmarts? — respondi.

**Os diários de Nick Twisp**

— Algumas questões sempre vão ficar além da explicação da razão humana — observou Vijay. — Por falar nisso, Nick, minha irmã quer que você a encontre na biblioteca depois do trabalho.

— Ela lhe contou sobre nosso plano? — perguntei.

— Sim — disse Vijay. — Ela me encarregou de ser seu seguro de vida. Deverei agir como dama de companhia em seus encontros apaixonados. Desse modo, se meu pai descobrir algo sobre as atividades de vocês, vai achar que vocês estavam comigo.

— Dama de companhia? — perguntou François. — Isso é mesmo necessário?

— Bem, qual o sentido de arquitetar o retorno de Sheeni se você não estiver por aqui para vê-la? — perguntou Vijay.

Ele tinha razão.

Já que meu pai, em tese, recuperou o uso de ambas as mãos, o Sr. Preston o mandou para casa, para fazer as malas. Amanhã, o editor assistente celebridade da *Compensado Avançado* parte numa missão para inspecionar os fabricantes de aglomerado de Oregon. Meu pai deve verificar a situação da indústria e informar o jornal sobre novos processos e desenvolvimentos. Ficarei impressionado se ele pelo menos encontrar a fronteira de Oregon. O melhor de tudo é que o itinerário extenso dele requer sua ausência de casa por uma semana inteira e gloriosa. Com exceção de cães variados e do Sr. Ferguson, François estará sozinho com Lacey por seis noites sensuais. Ele mal pode esperar.

Depois do trabalho, François encontrou-se com a bela Apurva já guardando as coisas para ir embora da biblioteca. Já que a sala de leitura estava repleta de espectadores, ele cumprimentou seu amor com um beijo. Sua coragem a pegou de surpresa, mas ela se recuperou a tempo de reagir com não menos intensa paixão fingida. Para os lábios de François, essa variedade sucedânea tinha um gosto tão doce quanto a autêntica.

— Posso carregar seus livros, querida? — perguntou ele.

— Que cavalheiro — disse ela, ao entregar-lhe a pilha pesada.

Não motivado apenas pelo cavalheirismo, François posicionou o fardo bem baixo à sua frente para ocultar uma E.T. monstruosa.

— Você gostaria de ir até a rodoviária comigo? — perguntei.

— Está esperando visitas? — perguntou ela.

— É uma visita, sim. Mas eu não estava esperando.

Enquanto andávamos lentamente em direção à rodoviária, contei-lhe sobre a súbita e curiosa multiplicidade de cães.

— Você abriu a cova de Albert? — perguntou ela.

— Não, e não tenho certeza se quero fazer isso.

— Ah, mas Nick, você tem de fazer. Vamos fazer isso daqui a uma semana.

— Por que só daqui a uma semana? — perguntei.

— Será Halloween — respondeu ela. — Devemos ter algum plano terrível para o Halloween.

— Podemos fazer amor sem camisinha — sugeriu François.

Apurva riu.

— Nick, você é tão divertido. Por que o Trent não me faz rir como você?

— Trent é um camarada sério — respondi. — Para ele, levá-la para a cama é uma tarefa árdua de cócegas intelectuais, que progridem para carícias estratégicas, que levam a uma despida tática e culminam no órgão atingindo o alvo com sucesso. A espirituosidade não tem lugar na missão dele.

— Ai, Nick, essa sua teoria curiosa não condiz com os fatos — disse ela.

— Mas talvez seja melhor eu ficar de boca fechada.

— Por quê? — perguntei. — Não há ninguém aqui, a não ser o grande amor da sua vida.

— Bem, Nick, meu amor, como você explica que, nas duas ocasiões em que eu e Trent estivemos juntos sozinhos, foi ele quem resistiu às minhas investidas?

— Fácil. O cara não bate bem da cabeça — respondi.

— Não estou dizendo que meu comportamento tenha sido descarado. Mas, Nick, eu sou tão pouco atraente assim?

— Apurva, você é linda! — respondeu François. — Então você e Trent não...

— Não. Só alguns beijos. Depois ele foi para Santa Cruz. Você pode imaginar meu desespero. Suponho que você e Sheeni sejam extraordinariamente íntimos.

— Não tanto quanto eu gostaria — confessei.

— Francamente, Nick, isso me surpreende, dada a reputação das partes envolvidas. Vijay me fez acreditar que você era um homem bastante vivido.

— Estou me esforçando — respondeu François, na defensiva.

— Nick, eu o acho muito encantador. Gosto mais ainda de você agora que tivemos essa conversa.

François lançou-lhe um olhar malicioso e sedutor.

Apurva continuou:

— Sim. Sinto uma afeição calorosa e fraternal por você.

**Os diários de Nick Twisp**

Quando chegamos à rodoviária escura e suja, Albert III estava amarrado a uma máquina de cigarros num canto. Ele contorceu os lábios feios numa careta quando me viu, mas permitiu que Apurva fizesse carinho em suas orelhas.

— Que cachorro divertido! — exclamou ela.

— Por que não o adota? — sugeri. — Tenho um monte.

— Meus pais não gostam de animais. Acham que eles são coisa de castas mais baixas, quero dizer, afetação de classe baixa. É claro que, se eu demonstrasse um entusiasmo passional por um cão, meu pai poderia achar que perdi o interesse em garotos. Sob essa circunstância, ele poderia me deixar ficar com ele.

— Vale a pena tentar — falei.

Concordamos que Apurva levaria Albert III para casa, para uma tentativa.

— Que tal um encontro na sexta à noite? — sugeriu ela. — Os alunos da aula de teatro vão apresentar aquela peça de Noël Coward.

— Ótima ideia! — disse eu. — Podemos nos sentar na frente dos colegas de Trent da equipe de natação e dar uns amassos.

— Com certeza um deles vai ligar para Trent para contar a novidade — concordou Apurva.

— E ele vai contar a Sheeni — afirmei.

Apurva fez uma careta.

— Você não acha que eles vão simplesmente nos dispensar e voltar a ficar juntos, né?

— Sem chance. Eles nos amam demais.

— Como você pode ter tanta certeza, Nick?

— Pura lógica: você é de uma beleza fabulosa e eu sou terrivelmente divertido. Somos irresistíveis.

— Bem, você com certeza é — disse Apurva, encabulada.

Por isso, François deu-lhe um beijo de despedida. Dispensando a fraternidade, ele usou a língua, e ela não pareceu se importar.

20h10. Dwayne entrou com tudo em meu quarto, sem bater à porta. Subi as calças apressadamente.

— Eu truxe os cachorros de volta, Nick. Fizemos um bom passeio. Ah, o que cê tá fazeno?

— Estava trocando de calça. Por favor, bata antes de entrar.

— Por que você tava trocano a essa hora da noite?

— Isso é problema meu. Cadê meus 50 centavos?

— Vou ter que pagar depois que receber minha mesada — disse ele, pulando na minha cama. — Eles tão ficando mais amigos, Nick. Só brigaram três vezes no passeio. Acho que gosto mais do cachorro novo. Qual é o nome dele mesmo?

— Suponho que seja Camus.

— Uau. É um nome legal. Kamu, o Supercão! Se minha mãe aceitar, posso ficar com ele?

— Não sei — disse eu. — É um cachorro extremamente valioso. Quanto dinheiro você tem?

— Tenho 26 dólares na minha poupança pra faculdade. Minha mãe pode me deixar tirar um pouco de lá. E Deus ainda me deve 2 dólares.

— Bem, já é um começo. E, por favor, fique longe da minha cama.

Dwayne, relutante, rolou seu corpanzil pra fora do chenile amassado.

— Nick, se você tava fazeno o que eu acho que tava, por mim tudo bem. A gente pode fazer isso junto uma hora.

— Com licença, Dwayne — falei, conduzindo-o até a porta. — Tenho dever de casa a fazer.

— Pense nisso, Nick. É mais legal a dois — disse ele.

Da boca dos tolos, vêm grandes verdades. Sim, seria mais legal a dois. Sheeni e Apurva — uma ou as duas: estou aberto a propostas.

QUINTA-FEIRA, 25 de outubro — Albert III está de volta. Hoje de manhã, os Joshi desceram as escadas e ficaram chocados ao encontrá-lo na cozinha, lambendo a *nevidya* (oferenda) que estava no *deoghar* (casa divina). Esqueci de avisar a Apurva que essa raça em particular tem uma queda por depredar símbolos religiosos.

O Sr. Joshi trouxe Albert III de volta bem cedo, exatamente quando meu pai saía para sua grande Expedição para o Norte. O orvalho brilhava nas árvores e tudo estava em silêncio, exceto pelo som de maldições violentas sendo lançadas. Quando vim correndo, de roupão, as negociações haviam cessado por completo e meu pai e o Sr. Joshi estavam andando em círculos, cada um com uma pasta levantada em punho.

— Nick, diga a esse maníaco que esse cachorro não é nosso! — gritou meu pai.

— Nick, explique a esse louco que você emprestou o cachorro à minha filha! — gritou seu adversário.

— Você... não quer ficar com ele, Sr. Joshi? — implorei. — É um ótimo cachorro.

— É um vira-lata sem deus! Quero que ele nunca mais cruze meu caminho!

— De quem é essa droga de cachorro? — perguntou meu pai, agora me ameaçando com a pasta erguida.

Apenas fingi me assustar. Pela minha experiência, minha mãe é que é propensa à violência; meu pai só blefa, na maioria das vezes. Além disso, eu sabia que aquela pasta surrada não continha nada mais pesado do que um sanduíche de manteiga de amendoim e um mapa rodoviário de Oregon.

— Pai, foi minha mãe quem o mandou! — expliquei. — O novo marido dela odeia cães. Estou tentando doá-lo a alguém.

Relutante, meu pai abaixou a pasta.

— Você vai doá-lo, sim, senhor. Quando eu voltar, quero ver só um cachorro por aqui. De preferência morto!

— OK, pai. Sem problemas. Gostaria de conhecer o Sr. Joshi?

Meu pai olhou desconfiado para o pai de Apurva.

— É ele o pirado que veste roupas de mulher?

O Sr. Joshi se irritou.

— Não serei ofendido ainda mais. Um bom-dia para vocês!

Ele me deu a coleira do cachorro, entrou no carro e saiu a toda. Eu não sabia que um Plymouth Reliant podia cantar pneus.

Albert III olhou pra mim e latiu.

— Boa viagem, pai — disse eu, com um sorriso forçado. — Traga alguma coisa legal para mim.

Meu pai balbuciou uma resposta. Não vou repetir aqui o que ele disse. Não é algo que um filho espera ouvir de um pai carinhoso.

Sheeni ligou a cobrar quando eu estava saindo para a escola.

— Nickie, Albert chegou em segurança?

— Sim, todos eles chegaram — respondi.

— O quê?

— Todos no ônibus, incluindo Albert.

— Você está sendo superlegal com ele?

— Estou me esforçando. Estava prestes a lhe dar um osso banhado a ouro quando você ligou.

— Nick, seu cheque não chegou ainda.

— Claro que não. Só vou ser pago amanhã.

— Ah, isso vai me segurar um pouco para o fim de semana — disse ela, sombria.

— Planejou algumas atividades onerosas? — perguntei.

— Ah, nada de especial — respondeu ela.

— Bom, então você vai se virar bem — disse eu, animadamente. — Como está a Taggarty querida?

— Está se sentindo meio cansada.

— Estudos demais? Horas demais se empanturrando de informações? — perguntei.

— Não sei. Ontem ela dormiu quase o dia inteiro. Até que estava alerta no café da manhã, mas agora já voltou pra cama. Acho que ela devia ir à enfermaria. Pode ser uma encefalite incipiente.

— Alguém mais está apresentando esses sintomas? — perguntei.

— Não, só Taggarty. Nickie, você acha que conseguiria transferir o dinheiro para mim? Assim, eu poderia sacá-lo na sexta à tarde.

— Sinto muito, Sheeni. Acho que isso não vai ser possível. Bem, querida, não quero me atrasar pra escola.

— E quanto ao correio rápido? — perguntou ela, esperançosa.

— Sinto muito, querida. Tchau. Obrigado por ligar.

*Clique.*

Se Sheeni acha que vou financiar suas empreitadas culturais com o Fingidor de Iowa, ela que pense duas vezes. Meu cheque vai pegar o caminho mais longo para Santa Cruz: por terra, passando pelo Tibet.

O longo período de purificação de Bruno Modjaleski finalmente chegou ao fim hoje, na oficina de marcenaria. Na verdade, ele aplicou goma-laca à seu gabinete de pia. Talvez ele esteja resolvendo seus assuntos antes de partir para firmar residência como convidado do Estado. Seu julgamento está marcado para segunda-feira, Fuzzy me informou no almoço. Espera-se que a turma de educação cívica do segundo ano da Sra. Wompveldt esteja presente.

Talvez este seja o último fim de semana de Bruno como atleta livre. Espero que ele tenha em seus planos algumas visitas conjugais intensas com Candy Pringle. Sim, o Casal Mais Fofo da Redwood High voltou. Felizmente para Bruno, o interlúdio de Candy com Stinky Limbert foi passageiro. Ela prometeu esperar por seu homem, desde que o juiz o condene a, no máximo, oito meses.

No almoço, Vijay me entregou uma carta perfumada de sua encantadora irmã:

Querido Nick,

Sinto muito que meus pais não tenham aceitado o cachorro. Tentei persuadi-los de todas as maneiras, sem sucesso. Foram intransigentes.

Os diários de Nick Twisp

Por favor, Nick, não doe esse cachorro querido e precioso. Eu adoraria ir visitá-lo sempre que puder. Ficarei muito grata se você puder ficar com ele para mim. Talvez eu possa pagar uma pequena quantia para os cuidados dele de vez em quando.

Estou ansiosa para nosso encontro de amanhã. Tenho ensaio do coral hoje à tarde, então só poderei vê-lo amanhã mesmo. Por favor, diga a Vijay se você poderá ficar com o cachorro.

Com carinho,
Apurva

PS: Esqueci de perguntar. Qual é o nome dele?

Que poder de persuasão! Eu não seria mais capaz de recusar o pedido de Apurva do que de dar um beijo de língua em Albert (qualquer um deles). É claro que meu pai vai ficar fulo quando descobrir. Tenho de elaborar uma maneira de manter os Albert separados. Se meu pai os vir apenas um de cada vez, talvez se iluda de que vive numa residência com um só cão.

Já que o falecido Albert Camus obteve fama existencial de forma inconveniente, sem um nome do meio, fui impelido a passar para outro francês. Disse a Vijay para contar a Apurva que o cachorro se chamava Jean-Paul.

Vijay fez uma proposta interessante enquanto compartilhávamos suas samosas vegetarianas na mesa dos nerds no refeitório (no momento, ele desfruta de uma liderança quase insuperável na corrida por "Aluno com o Almoço Mais Exótico").

— Nick, o que você acha de estudar como intercambista na minha escola em Pune? — perguntou ele. — Você podia ir morar com a família do meu tio.

— Seu HD queimou, Vijay — respondi. — Você está fora de si.

— Não, escute. Os pais de Sheeni querem que ela fique em Santa Cruz porque você está aqui em Ukiah. Certo?

— Infelizmente, sim.

— Assim, se você for embora, não haverá mais impedimento pra ela voltar. Eles insistirão para que ela volte.

— E isso significa o quê, exatamente? — perguntei. — Sheeni e eu estamos a 300km de distância um do outro agora. Se eu for para a Índia, estaremos a 30 mil km de distância.

— Não é tão longe assim. São uns 19 mil — disse Vijay.

— Bem, ainda assim, é uma distância muito grande para se dirigir num fim de semana — falei. — Além disso, ouvi dizer que lá é muito quente e que as moscas são um problema terrível.

— É bem agradável na maior parte do tempo — respondeu ele, ofendido. — De qualquer modo, você não iria de verdade, só daria essa impressão.

— Não entendo.

— Deixe-me explicar: você se inscreve, ganha a bolsa de estudos e nós armamos para que o jornal da escola publique uma grande matéria sobre você, sobre essa grande honra que chegou à Redwood High e sobre como você vai sentir falta de todos durante os anos que passará no exterior. Talvez a gente até consiga uma matéria no jornal da cidade também. Enfim, vamos garantir que um exemplar chegue às mãos dos pais de Sheeni. Eles ficarão mais do que contentes e vão decidir trazer Sheeni de volta. Então, na última hora, você muda de ideia e decide não ir.

— Eles não mudarão de ideia também? — perguntei, cético.

— Não, se não descobrirem — exclamou Vijay. — Ganhar uma honra é digno de sair no jornal. Recusá-la não é. Os jornais não vão se preocupar em noticiar isso.

— Mas posso trombar com eles no centro da cidade — apontei. — Sei com certeza que a mãe de Sheeni compra revistas na Flampert's.

— Bem, você... como é mesmo a expressão? Fica na moita por um tempo. Ou use um disfarce. Deixe crescer um bigode, pinte os cabelos.

— Pode ser que funcione — comentou Fuzzy.

— Como você sabe que vou ganhar a bolsa? — perguntei.

— Por que não? Você é inteligente, tira notas boas. Além disso, ninguém mais se inscreveu. Mas precisamos da assinatura do seu pai na inscrição.

— Isso é fácil — respondi. — Falsifico a assinatura dele há anos.

20h15. Para celebrar a semana de licença carnal, Lacey deu folga à Sra. Crampton e levou a mim e ao Sr. Ferguson para jantar fora. Só eu pedi bife, então é claro que houve uma briga horrível dos cães pela posse do osso quando voltamos. Não sei quem ganhou — não faço a mínima ideia de quem é quem. Cada Albert apresenta a mesma mandíbula protuberante, os mesmos olhos arregalados e injetados, o mesmo rabo de porco e o mesmo corpo raquítico preto marcado por manchas invertidas idênticas no focinho e nos pelos do peito. Até onde sei, eles podem carregar conjuntos iguais de pulgas geneticamente idênticas.

**Os diários de Nick Twisp**

**SEXTA-FEIRA, 26 de outubro** — Um dia espetacular para um encontro. Os planetas devem estar todos alinhados de modo a soletrar: "Vai fundo, cara!" Mesmo enquanto escrevo isso, ainda consigo sentir o gosto do batom sabor menta de Apurva nos recessos mais profundos de minha língua. Enquanto isso, Lacey está entretendo um trompetista local no quarto do meu pai. De vez em quando, os foles dão uma pausa na canção ritmada e o odor de maconha queimando escapa por baixo da porta. François está fervilhando de ciúmes, mas prefiro continuar enxergando a coisa pelo lado positivo. Além de ser meu futuro cunhado, Paul pode um dia vir a se casar com minha quase madrasta. Assim, meus laços com a família Saunders serão cada vez mais estreitos.

Encontrei Vijay e sua irmã deslumbrante às 19h45 no saguão do auditório da escola. Apurva ofuscou meus olhos com um vestido vermelho de cetim enlouquecedor e os melhores sapatos de salto alto da minha mãe. François escolheu meu traje: calças pretas, o paletó cinza de camurça do meu pai, camisa cor de amora fluorescente e um cachecol marrom-claro emprestado de Lacey com um nó curto na altura da garganta. Era um pouco mais extravagante do que minha indumentária costumeira, que visa à invisibilidade.

Apurva aprovou.

— Nick, você está sensacional! As outras garotas terão muita inveja de mim esta noite.

— Crises de inveja vão acometer os camaradas quando me virem com você — respondi. — Sua beleza me deixa sem palavras, minha querida.

— Que sorte eu tenho de ela não deixar de fato — respondeu Apurva docemente.

Nossa dama de companhia já ouvira o bastante.

— Vamos logo comprar nossos ingressos, por favor — disse Vijay, rabugento.

Cheio de notas de 20 (saquei o cheque do meu pagamento imediatamente, a fim de que não fosse segurado novamente por um credor), paguei pelo ingresso de minha acompanhante. Escolhemos ótimos lugares na orquestra — perto da frente, onde seríamos vistos pelas multidões. Insisti para que nossa dama de companhia se sentasse pelo menos a um assento de distância. Vijay suspirou e vasculhou a plateia em busca de garotas bonitas.

— Como anda minha redação? — perguntei a ele. Havíamos descoberto, inquietos, que a ficha de inscrição para a bolsa pedia uma redação de mil palavras sobre o tópico "Por que eu gostaria de estudar na Índia". Vijay, como o especialista residente em assuntos indianos, se ofereceu generosamente a escrevê-la para mim.

— Está saindo — disse ele. — Minha dificuldade é torná-la iletrada o bastante para acreditarem que foi escrita por um americano.

— Valeu mesmo — falei. Voltei-me para o ramo mais cativante de sua família. — Apurva, espero que seu pai não se tenha ofendido hoje de manhã. Acho que meu pai foi um tanto quanto mal-educado.

— Acho que ele ficou com uma impressão bem ruim. Não ficou nada contente em saber que viríamos ao teatro com você hoje à noite.

— Mas Vijay está aqui conosco.

— Sim, graças a Deus. Caso contrário, meu pai não teria concordado. Ele acha que vim com Vijay só por estar entediada. Ah, Nick, você pode ficar com o meu querido Jean-Paul... não pode?

— Certamente — respondi. — Bem, vou tentar. Talvez alguns subterfúgios engenhosos sejam necessários. Por sorte, tenho aptidão para isso.

— Ótimo. Além disso, temos de tentar melhorar a opinião que meu pai tem de você — disse ela, parecendo preocupada. — Você está em baixa com ele, no momento.

— E quanto à minha inscrição para estudar na Índia? — perguntei. — Com certeza isso deve ter contado alguns pontos com o velho garoto.

— Ele disse que, com as rixas sociais, os conflitos religiosos e a inquietude política, a Índia tem problemas mais do que suficientes sem precisar, além disso, carregar o fardo da tarefa de educá-lo.

Enquanto me preparava para responder a essa ofensa, as luzes começaram a se apagar e as cortinas se abriram.

A peça era *Febre de primavera*. Que infortúnio que nossas leis sejam tão permissivas em relação às artes dramáticas no ensino médio! Acho que deveriam ser impostas multas draconianas para crimes como descaso inconsequente pelo texto, abuso intencional de *timing* cômico e uso de sotaque britânico falso. Além disso, quem escolheu a Rainha das Espinhas como a protagonista ingênua sôfrega devia ser banido do teatro para o resto da vida.

No intervalo, peguei a mão quente de Apurva e passeamos apaixonadamente por entre os integrantes surpresos da equipe de natação e suas acompanhantes.

— Acho que foi ótima, para uma produção escolar — comentou Apurva. — Você não acha, Nick?

— É possível. Para uma escola primária — respondi.

## Os diários de Nick Twisp

— Nick, você não pode ser tão crítico. Eles não são atores profissionais.

— Na verdade, não são *atores*, de jeito nenhum — acrescentei. — Posso lhe comprar um pouco de ponche?

— Sim, por favor — respondeu ela.

Mas, primeiro, François exigiu um beijo. Enquanto Apurva atendia entusiasmada ao pedido, foi abordada por um aluno do segundo ano, musculoso e bronzeado, chamado Baborak.

— Olá, "Purva" — disse ele. — Tem notícias de Trent?

— Ele está bem — respondeu ela. — Está curtindo o windsurfe. Você conhece Nick Twisp?

— Já vi o imbecil por aí — respondeu Baborak, ao me ignorar e ir embora.

Apurva apertou minha mão e sussurrou em meu ouvido:

— Nick, nosso plano está dando certo. Os amigos de Trent já não gostam de você.

Eu não disse a ela que, mesmo quando não estou beijando de língua a namorada do amigo deles, caras como Baborak sempre me desprezam. É da natureza deles.

Por fim, a cortina se abriu para o último ato. Foi uma pena que, apesar de todas as liberdades que aqueles "atores" estavam tomando para com a história do Sr. Coward, não tenham alterado o final. Um esfaqueamento surpresa da protagonista ingênua teria produzido um clímax muito mais satisfatório do que o do autor.

Depois da peça, eu me encolhi ao lado de Apurva no Reliant radical do pai dela para um rápido passeio pela Main Street até o *drive-in* Burger Hovel. Fizemos Vijay sentar no banco de trás e se agachar, para não ser notado pelos demais presentes.

— Você gostou da peça? — perguntei a ele.

— Achei bem fraca — respondeu a voz de Vijay, quase perto do chão. — Eles acham que os ingleses de classe alta falam com sotaque *cockney*?

— Vocês dois são muito críticos — disse Apurva. — É preciso um bom tanto de coragem para subir num palco e se apresentar. Eu ficaria petrificada de medo.

— Petrificação só poderia ser uma melhora — disse o crítico do banco de trás.

— Devemos ver pelo lado bom — apontei. — Pelo menos não foi um musical. Ninguém se levantou e começou a cantar do nada.

O restaurante se enchia rapidamente com a elite do público frequentador de teatro de Ukiah. Pegamos a última cabine vazia nos fundos.

— Vou querer um quarteirão com queijo — anunciou Apurva, enquanto observava o cardápio engordurado.

— Nossa mãe não vai gostar — advertiu Vijay.

— Nossa mãe não tem que saber — respondeu ela, objetiva.

— Pelo menos peça bem passado — disse Vijay. — Assim, o sangue não escorre pelos seus braços.

— Vijay ainda é um vegetariano militante — comentou Apurva. — Nenhum de nós comia carne até virmos para os Estados Unidos. No voo para cá, a aeromoça apareceu servindo frios. Quase vomitei ao vê-los. Imaginei que fossem fatias de carne crua!

Todos nós rimos.

— Agora as vacas saem correndo quando veem Apurva chegando. Conseguem ver o desejo sanguinário nos olhos dela — disse Vijay.

— Quase não como carne — replicou Apurva.

— Os animais nem notam — rebateu Vijay.

Algo me dizia que eles já haviam tido essa conversa.

Vijay pediu uma porção dupla de *onion rings*; pedi a especialidade da casa: chili dog jumbo com nachos numa cesta.

Enquanto comíamos, Apurva e Vijay falaram sobre a vida em Pune.

— Vocês, americanos, têm umas impressões tão malucas sobre a Índia. Acham que dormimos em camas de pregos e passamos o tempo parados nas esquinas com tigelas de mendigos — reclamou Vijay.

— E vocês não fazem isso? — perguntei, fingindo surpresa.

— Íamos ao cinema, tínhamos tevê — disse Apurva. — Nossos amigos vinham ouvir música e dançar. Eu fazia roupas com minha máquina de costura, Vijay andava de bicicleta. Meu pai ia ao clube de campo jogar cartas.

— Vocês têm Kmarts e donuts? — perguntei. — E shopping centers, desfiles de Rose Bowl e jacuzzis? E caminhonetes envenenadas, carros rebaixados, caipiras cabeludos e a revista *Mad*? E Twinkies e chili dogs jumbo?

— Ah, ainda não chegamos a esse nível de civilização — lamentou Apurva, irônica.

— Mas temos a bomba atômica. E a maior classe média do mundo — ostentou Vijay.

"Que burgueses!", pensei.

Os diários de Nick Twisp

**SÁBADO, 27 de outubro** — Um fim de semana inteiro sem meu pai. Ninguém para berrar para eu ir cortar a grama ou para nos lembrar de forma tão precisa sobre as frustrações que se acumulam com a meia-idade. Que mordomia!

Para comemorar, coloquei meu álbum favorito de F. S. e voltei para a cama. Enquanto Frank cantava suavemente, eu me encolhi sob os lençóis e soltei as rédeas de minha imaginação erótica. Enquanto uma equipe feminina de acrobatas precisas e nuas executava piruetas sexuais ousadas em minha mente, um trompete, do outro lado da parede, começou a soar junto com Frank. A canção era "The Girl Next Door". Quando a música terminou, o acompanhamento de metais cessou abruptamente e as molas da cama começaram a ranger.

Um telefonema, por fim, me tirou da cama. Era Bernice, ligando a cobrar com notícias importantes do front:

— Nick querido, Sheeni está indo para Monterey com Ed Smith!

— Fazer o quê? — perguntei.

— Vão visitar o aquário — explicou ela.

Ah, é? Por que esse entusiasmo súbito por biologia marinha? Como se ambos já tivessem expressado algum interesse por peixes que não estão sob raspas de limão em cima de um prato.

— Você deu sedativo a ele? — perguntei, ansioso.

— Tentei, Nick querido — respondeu ela. — Mas, hã... coloquei na xícara errada.

— O que você quer dizer?

— Bem, quando eles estavam saindo de carro, Sheeni parecia um pouco... cansada.

— Você a dopou!

Imaginei meu Doce Amor recobrando a consciência em algum motel barato no cais do porto — com as roupas todas desgrenhadas e um caipira de Iowa saciado, sorrindo maliciosamente para ela, sem vergonha.

— Não foi minha intenção, Nick querido. Foi um acidente. Além do mais, por que você se importa?

— Bem, Bernice, é claro que não me importo tanto assim. Só que eu... hã... não queria que você desperdiçasse as cápsulas sem necessidade. Você sabe quando eles voltam?

— Sheeni pediu dispensa até amanhã. Ela disse à supervisora que ia à casa dos pais de Darlene em Salinas.

Minha mente foi a mil com essa notícia tão desgostosa.

— Bernice, qual é o carro de Ed?

— Ele não tem carro. Duvido até que tenha carteira de motorista. Ele só tem 15 anos.

Que flagrante de violação das leis rodoviárias da Califórnia! Como convidado em nosso estado, o camarada deveria mostrar mais respeito por nossas instituições legais.

Bernice prosseguiu:

— Taggarty emprestou seu carro aos dois. Ela não vai precisar, já que passa o tempo todo dormindo.

— Bom trabalho, Bernice. Qual é o carro de Taggarty?

— É um Isuzu Impulse vermelho; sabe, aquele carro esportivo. Ela sempre se gaba de que os caras não conseguem resistir ao 'Impulse' quando a veem.

— Por acaso você sabe a placa? — perguntei.

— Claro. Você é bobo?

— Bernice, foi só uma pergunta.

— Não, Nick querido. É a placa: R U DUMB. Você é bobo, em inglês. É a primeira coisa que ela pergunta aos meninos quando tentam dar em cima dela.

— Tá, Bernice. Quero que faça o seguinte: ligue para a polícia de Santa Cruz e diga que seu Isuzu vermelho foi roubado.

— Você quer que eu finja ser Taggarty? — perguntou Bernice, incrédula. — Nick, eu não sei se mentiria para um policial. E se ele pedir meu RG? Eu poderia entrar numa encrenca.

Ela está com medo, advertiu François. Passei para o Plano B.

— Certo, Bernice. Tenho outra ideia: ligue para a polícia de Monterey e diga que seu carro foi roubado em Santa Cruz. Diga que já registrou queixa na polícia de Santa Cruz, mas que tem motivos para acreditar que os ladrões tenham rumado para Monterey. Eles vão pegar as informações por telefone.

— Caramba, Nick querido, você tem mesmo um raciocínio rápido. Estou impressionada.

— Formamos uma boa equipe, Bernice — menti. — Mas dê um jeito para que a verdadeira Taggarty permaneça inconsciente, para que ela fique fora da jogada.

— Não se preocupe com isso, Nick.

— Ela já foi à enfermaria?

**Os diários de Nick Twisp**

— Que nada, ela se acha tão inteligente quanto qualquer médico. Ouvi-a dizer a Darlene que está experimentando remédios herbais para síndrome de fadiga crônica.

— Ótimo. Se você a vir tomando os herbais, pule o comprimido seguinte. Assim, ela vai achar que os remédios estão funcionando.

— Grande ideia, Nick! — respondeu Bernice. — Hum, Nick querido, eu queria perguntar mais uma coisa. Correu um boato por aqui hoje no café da manhã. Algo sobre a namorada de Trent Preston em Ukiah o estar traindo com um garanhão chamado Nick Twisp.

— Sheeni ouviu o boato? — perguntei.

— Ouviu, a menos que seja surda. É verdade, Nick?

— É mais uma estratégia, Bernice. Estamos conduzindo a campanha em dois fronts. Como Trent reagiu?

— Como se quisesse estrangular seu grapefruit. Então você não gosta mesmo dessa garota, Nick?

— Claro que não, Bernice. Você sabe de quem eu gosto.

— Gosta mesmo, Nick querido?

— Você sabe, boneca — disse François, sacudindo-se.

Quando eu estava saindo para o trabalho, Paul — parecendo meio esgotado — entrou aos tropeções na cozinha.

— Bom-dia, Paul. Gostei do que você tocou no trompete.

— Foi acrobático o bastante pra você? — perguntou ele.

Corei. O que ele quis dizer com isso exatamente?

O Sr. Ferguson deve estar com inveja também. Ele nem estendeu a mão quando Paul se apresentou. Talvez apenas não quisesse sair da cadeira. Ele anda se movimentando bem devagar nos últimos tempos. Alguém cortou o elástico de sua atadura.

Quando cheguei do trabalho, Paul estava massageando o pé de Lacey no sofá. O Sr. Ferguson estava deitado de bruços no chão, estudando a estampa do tapete.

— Guardamos alguns cogumelos pra você — disse Lacey, viajando. — Não conte ao seu pai.

— São potentes — disse Paul ao me dar um saquinho plástico. — Só tome dois.

Engoli duas bolinhas marrons e o inconsequente François, mais duas. Ambos trememos pelo amargor horrível. Esperei cinco minutos. Nada. Esperei mais dez minutos. A realidade se agarrava firme à minha mente. Tal é minha sorte que sou imune a drogas psicodélicas. Imaginei que deveria vivenciar alucinações expansoras da mente à moda antiga — com o abuso de bebida alcoólica forte.

Fui para o meu quarto e notei, pela primeira vez, o quanto minha roupa de cama de chenile lembrava uma tapeçaria medieval. Cada costura cintilante se destacava para uma contemplação singular. Porém, ao mesmo tempo, era possível admirar a totalidade da costura — ao mesmo tempo em que dava para notar cada gradação de tonalidade e textura. Em questão de minutos, meu discernimento estético acelerara para anos-luz além até mesmo daquele do Sr. Rogavere. Sentei-me na cama e examinei os pelos do meu braço. Formavam padrões caligráficos mais sublimes do que qualquer pintura chinesa. Aldous Huxley estava certo. Além das portas estreitas da percepção, há uma realidade de espetáculos em Technicolor em tela plana e de grande orçamento. Só faltava Victor Mature numa toga, amarrado a uma coluna de mármore.

Horas se passaram até que o sol resolvesse se pôr. Fui até a sala e agradeci a meus preciosos amigos. A bondosa Lacey permitiu, generosa, que eu massageasse seu outro pé. Rolei seus dedos macios e rosados por meus dedos como uvas redondas e maduras. Cada unha era uma janela transparente para um universo tridimensional fascinante. Ocorreu-me uma revelação profunda: os homens das cavernas não precisavam de televisão. Eles deviam ficar sentados em torno de suas fogueiras primitivas e assistir à programação que passava em seus dedos do pé.

Dei um pulo quando um carrilhão soou perto dali.

— Nick, atenda o telefone — disse Lacey, em tom doce.

Atendi a escultura sinuosamente orgânica a que não fazemos justiça ao chamar de telefone.

— Alô? — sussurrei.

— Nick, é você? — falou uma voz familiar.

— Sou Nick Twisp. Estou vivo. Sou um organismo que respira — falei.

— Pare de besteira, Nick. É o seu pai. Está tudo bem por aí?

Percebi uma dor profunda na voz dele.

— Não se preocupe, pai. Tudo vai ficar bem. Você merece ser amado.

— Que merda significa isso? Lacey está aí?

— Lacey está aqui. Paul está acariciando os dedos do pé dela.

— Paul! Quem diabos é Paul?

— Paul é nosso amigo. Ele faz músicas belíssimas para as acrobatas. Elas estão nuas.

Os diários de Nick Twisp

— Quem está nua? Lacey está nua?

Eu não queria falar para aquela voz sobre as acrobatas.

— Não tenha medo, pai. Tchau.

Desliguei e puxei o fio da parede.

— Meu pai está com medo.

— Ele só está no caminho errado — disse o Sr. Ferguson, do chão. — Eu me senti desse jeito por um tempo.

Quero falar com Sheeni, pensei. Quero tocá-la. Quero entrar na mente e no corpo dela e encontrar sua alma. Soube com certeza absoluta que nunca quis algo com tanta intensidade assim na vida.

**DOMINGO, 29 de outubro** — Um carro parou em frente de casa às 03h27, segundo o relógio. Acordei com a pior de todas as dores de cabeça e ouvi passos tão pesados quanto ela se aproximando. Não, eu não podia afirmar com certeza absoluta que a porta estava trancada. Nem senti vontade de me levantar e trancar a fechadura. Poderiam atirar em mim na cama, se quisessem, pensei; pelo menos isso poria um fim impiedoso ao martelo na minha cabeça.

Ouvi uma chave girar na fechadura e a porta se abrir.

— Lacey! — berrou uma voz. Era meu pai, que voltava prematuramente de seu êxodo no norte. — Nick! — berrou ele na calada da noite. — Que merda é essa que está acontecendo?

Três cães de latido idêntico uivaram do espaço debaixo da casa.

Devo dizer que o irmão de Sheeni portou-se com um relaxamento admirável durante o caos que se seguiu. Paul não vestiu as calças às pressas nem tentou fugir pela janela do quarto. Ele se levantou da cama, vestiu a cueca e vagueou até a sala para manter meu pai afastado, enquanto Lacey arrumava suas coisas.

Enquanto meu pai espumava e esbravejava, Paul sugeria, em monotons suaves, que ele devia pensar em se acalmar antes que os vizinhos chamassem a polícia. Ele só teve de bater em meu pai uma vez, quando ele saltou desavisado sobre Lacey enquanto ela tirava sua fita de aeróbica do videocassete. Paul desferiu uma direita certeira no queixo dele, o que fez meu pai cair feito uma pedra. Quando voltou a si, já havia perdido a maior parte de seu espírito combativo. Ele deixou o Sr. Ferguson servir-lhe um conhaque e fingiu recobrar a razão.

— É claro que você se dá conta de que está numa encrenca séria — disse meu pai para Paul, esfregando a mandíbula. — O Sr. Ferguson é testemunha

304

de que você me atacou. E sei muito bem que vocês dois estavam fazendo orgias desnudas aqui e envolveram meu filho. Esse menino tem apenas 12 anos!

— Tenho 14, pai — corrigi.

— Cale a boca — respondeu ele. — O garoto é menor de idade. Vou fazer com que sejam presos e acusados de corrupção de menores.

— Não seja idiota, George — disse Lacey, enquanto carregava a mala para fora do quarto. — Ninguém estava nu e ninguém abusou de ninguém. Não é, Sr. Ferguson?

— É verdade, George — respondeu ele. — Estou surpreso por você pensar uma coisa dessas de Lacey.

— Quando vocês saírem da prisão, os dois serão declarados criminosos sexuais — prosseguiu meu pai, sem se abalar com os fatos. — Nunca mais vão conseguir um emprego decente.

— Eu nunca tive um emprego decente — observou Paul. — Não acho que ia querer um.

— Vamos, Paul — disse Lacey enquanto vestia o casaco. — George, venho buscar o resto das minhas coisas amanhã.

— Não até me pagar o dinheiro do aluguel que me deve — respondeu meu pai.

Lacey dava a impressão de ter uma dor de cabeça quase do mesmo estágio agudo da minha.

— Eu paguei todo o seu dinheiro! — gritou ela.

— Não as taxas extras — respondeu meu pai.

Lacey se inclinou até que seu belo rosto estivesse a 1 centímetro do rosto inchado do meu pai.

— Que se fodam... as suas... taxas... extras — sussurrou ela.

— Usando palavrões na frente de um menor! — disse meu pai alegremente. — O juiz também vai saber disso.

— Pai, você não devia estar em Oregon?

— Cale a boca! — berrou ele.

Provavelmente um conselho sábio, dadas as circunstâncias. Tomei quatro aspirinas e voltei para a cama.

10h30. Quando arrastei minha carcaça pós-alucinógena da cama há cerca de uma hora, minha dor de cabeça estava melhor, mas as portas da percepção já estavam bem fechadas. O tempo passava em seu andamento normal, minha roupa de cama tinha perdido o fascínio estético e a realidade inalterada reinava pela casa escura.

*Os diários de Nick Twisp*

Meu pai roncava profundamente em seu quarto, que tomara de volta. O Sr. Ferguson saíra para suas tarefas matutinas no piquete. Fiz uma xícara de café e religuei o telefone, que tocou no mesmo instante.

— Nick, é você?

Era minha mãe futuramente divorciada duas vezes.

— Sim, mãe. Você não reconhece a minha voz depois de 14 anos?

— Não, não reconheço. Você está começando a soar exatamente como seu pai. Nick, por que suas digitais ainda não chegaram? Lance está furioso.

— Você sabe como é o correio, mãe. Faz quase uma semana que as enviei — menti.

— Você devia ter mandado por entrega especial no correio aéreo. Lance acha que você está sendo desobediente de propósito. E como estão as coisas aí com você?

— Tudo bem — respondi. — Meu pai terminou com a namorada.

— Não me diga! — exclamou minha mãe. — Isso é maravilhoso. Ele está mal?

— Ah, acho que sim.

— Maravilhoso! Ela o dispensou por outro cara?

— Pode-se dizer que sim.

— Fantástico! Então ele está sentindo o gosto do próprio remédio. Já era hora. Espero que ele sofra. Nickie, você alegrou meu dia.

— Fico feliz, mãe.

— Nickie, adivinhe só. Está começando a aparecer.

— Aparecer o quê? — perguntei. Minha mãe sempre foi adepta a decotes baixos e saias impressionantemente curtas. O que faltava para aparecer?

— O bebê está começando a aparecer — explicou ela. — Vou começar a usar roupas de grávida em breve.

— Que legal, mãe — falei. — Eu acho.

Tentei não imaginá-la em um avental de maternidade decotado e míni.

— Você vai ganhar um irmãozinho — disse ela. — Eu lhe contei que fiz amniocentese? Descobrimos que é um menino e tudo está bem. Não é emocionante?

— Estou animado, mãe.

— Adivinhe como vamos chamá-lo?

— John Wilkes Booth — sugeri.

— Não, seu bobo. Lance Júnior!

— Ótimo, mãe. Você também alegrou meu dia.

Quando finalmente desliguei, o telefone tocou logo em seguida.

— Nick querido, é Bernice. Estou tentando ligar pra você desde ontem. Por que não atendeu?

— Alguém desligou nosso telefone — respondi. — O que houve, Bernice?

— Muita coisa. Sheeni e Ed foram presos num quiosque de ostra frita na Cannery Row. Os policiais fizeram os dois ligarem para os pais!

— Isso é ótimo! Onde eles estão agora? Na cadeia?

— Não, o diretor Wilson foi acordado ontem à noite e dirigiu até Monterey para buscá-los. Nossa, como ele estava furioso! Porém, tenho más notícias, Nick. Ele reconheceu o Impulse vermelho de Taggarty e fez os policiais retirarem a queixa de roubo.

— E quanto a dirigir sem habilitação? — perguntei indignado.

— Ah, Ed ainda está numa encrenca das grandes por isso — respondeu ela.

— Assim espero. Ele será expulso?

— Talvez. O diretor Wilson está muito fulo. Estava até berrando em inglês.

— E quanto a Sheeni? — perguntei. — Os pais dela devem estar chocados. Eles vão tirá-la da escola?

— Não sei, Nick querido. Estou tentando descobrir. Mas, você sabe, tenho de ser discreta quanto a isso.

— Entendo — confortei-a. — O que você descobriu?

— Bem, Taggarty ficou um tempão com os pais dela no telefone.

— Taggarty! Ela devia estar na terra dos sonhos!

— Eu sei, Nick. Mas você disse para pular um comprimido se eu a visse tomando os remédios herbais. E eu vi.

Mais interferência de Taggarty. Talvez Bernice esteja certa, talvez devêssemos simplesmente apagá-la.

— Certo, Bernice. Você está agindo bem. Poderia deixar uma mensagem na caixa de correspondência de Sheeni? Dizendo que Nick Twisp ligou e que quer que ela ligue pra ele a cobrar.

— Certo, Nick querido. Sinto muito por Taggarty. Vou colocá-la de volta para dormir no jantar desta noite.

— Obrigado, Bernice. Sei que posso confiar em você.

— Somos uma equipe, Nick querido.

13h30. Nada de Sheeni ligar. Meu pai acordou ao meio-dia e está andando de um lado para outro e batendo portas desde então. Ele não fala comigo. Não

**Os diários de Nick Twisp**

sei se é porque está muito envergonhado de seu comportamento ontem à noite ou por me culpar, de alguma forma, pelo comportamento de Lacey. Suponho que seja demais esperar uma conduta racional de um fracassado de meia-idade, ficando careca, que pode vir a encarar anos de celibato atormentador.

Dwayne apareceu aqui num ataque corpulento de animação. Sua mãe cedeu às súplicas incessantes e concordou em deixá-lo ficar com camus, o Super Cão. Só que ela se recusa a liberar qualquer quantia da poupança guardada para despesas universitárias. Infelizmente, até Dwayne foi capaz de perceber que eu não estava negociando de uma posição forte.

— Vou fazer um favor a você ficano com o cachorro — apontou ele. — Seu pai não quer três cachorros aqui. Foi minha mãe que disse.

— Sim, mas posso ficar com um dos cachorros, e por acaso o camus é o meu favorito. Se você não puder pagar, vai ter de ficar com Albert.

O queixo de Dwayne começou a tremer.

— Não quero o Albert. Quero o Kamu.

— Bem, suponho que podemos estabelecer um plano de compra parcelada. Quanto você pode pagar por semana?

— Acho que só 15 centavos. Tenho despesas. Tenho que comprar ração. Foi minha mãe que disse.

— Quinze centavos!

Será que o jovem Howard Hughes teria recusado essa oferta? Bem, supus que aquilo era melhor do que nada.

— Tá bem, Dwayne. Quinze centavos, então. Mas é melhor você pagar em dia. E você vai ter de vir passear com os outros dois cachorros também.

— Mas, Nick, não posso pagar! — reclamou ele.

— Tá, eu deixo você passear com eles de graça.

— Nossa, Nick. Cê é um amigão. Posso levar o Kamu agora? Hein? Hein?

— Leve — disse eu, generosamente. — Fique à vontade!

15h30. Ainda nenhum telefonema de Sheeni. Paul e eu acabamos de amarrar o resto das coisas de Lacey ao teto do Toyota dela. Meu pai viu os amantes felizes estacionarem em frente de casa e se escondeu no banheiro, fingindo estar tomando banho. O ciúme, a avareza e a covardia devem ter combatido pela supremacia sobre suas emoções. Não admira que a covardia tenha vencido.

Lacey me deu um grande abraço antes de sair.

— Não vamos ser estranhos, Nick. Passe no salão pra me ver.

— Vou passar — falei. Eu queria outro abraço com os dois peitos, mas ela já se acomodara no carro lotado.

Miraculosamente, Paul conseguiu se inserir ao lado dela.

— Você está pescando problemas, Nick — disse ele.

— O que você quer dizer? — perguntei com inocência.

— Ostras fritas. — Foi sua única resposta.

17h15. Apurva acaba de ir pra casa chorando.

Houve uma confusão feia com os cachorros. Isso se revelou quando ela apareceu inesperadamente com biscoitos vegetarianos para o bichinho.

— Mas onde está Jean-Paul? — perguntou ela, alarmada.

Apontei para os dois cães que autografavam os pneus dianteiros esquerdo e direito do Reliant do pai dela.

— Adivinhe — pedi.

— Mas esses não são Jean-Paul! — exclamou ela, entrando em pânico. — O que você fez com o meu cachorro?!

Agora Dwayne insiste que Jean-Paul é Kamu e se recusa a devolver o disputado cãozinho.

18h30. Meu pai e eu tivemos um jantar tenso juntos. Tanto a comida quanto a companhia poderiam levar a úlceras. O Sr. Ferguson, cuja presença de repente parecia menos incômoda, estava na cidade, assistindo a um filme com a Sra. Crampton. Ofereci-me para ir com eles, mas fui educadamente dispensado. Ficamos só eu, meu pai e a garrafa de espumante, que se esvaziava bem rápido.

— Você vai voltar pro Oregon, pai?

— Por que merda eu deveria fazer isso? — disse ele, embolando as palavras.

— Nenhum motivo em especial — respondi, às pressas.

— Quem é esse Paul? — perguntou ele. — Onde ela o conheceu?

— Não sei — menti.

— Qual é o sobrenome dele?

— Hum, Saunders, acho.

— Saunders, hein? Por que esse nome me é familiar? — perguntou ele.

— Não sei, pai — menti. — Minha professora do jardim de infância se chamava Sanders. Lembra, você gostava dela.

Meu pai teve um breve caso extraconjugal com minha professora do jardim de infância — o que foi uma fonte considerável de confusão para mim, na época.

— Sim, eu me lembro daquela gata. Ela gostava de...

Ele pausou para tomar mais um gole de espumante.

Fiquei intrigado.

**Os diários de Nick Twisp**

— Ela gostava do quê, pai?

— Não é da sua conta, espertinho.

Algum dia, quando meu pai estiver definhando de cirrose hepática, espero que sua confissão no leito de morte trate com detalhes minuciosos de seu relacionamento com a Srta. Sanders. Livrar-se desse fardo será muito bom para sua alma.

21h45. Quando meu pai finalmente capotou no sofá, eu me esgueirei até seu quarto para ligar para Meu Grande e Único Amor. Depois de muita esgrima idiomática, consegui com que trouxessem Sheeni até o telefone.

— Olá, Nick. E aí? — disse ela, com frieza.

— Sheeni, a pessoa que atendeu o telefone me disse que você foi presa! — exclamei, empregando uma pequena mentira tática para dar início à conversa.

— Foi só um mal-entendido. Está tudo bem.

— Disseram que você foi presa em Monterey. O que você estava fazendo lá?

— Ah, fui com um amigo pra passar o dia. Queríamos ver o aquário.

— Alguém que eu conheça?

— Não. Apenas um amigo — respondeu ela, lacônica.

— Então, hum, está tudo bem com seus pais?

— Com certeza. Taggarty falou com eles. Explicou que foi um mal-entendido desafortunado. Eles confiam em Taggarty, sabe.

— Ela é uma pessoa maravilhosa — menti. — Como ela está?

— Bem, ela estava se sentindo ótima hoje. Pensou que realmente estivesse melhorando, mas agora está cansada de novo. Eu mesma fiquei meio assim ontem.

— Ficou?

— Sim... no caminho para Monterey. Mal conseguia manter os olhos abertos.

— Talvez tenha sido a companhia — sugeri.

— O quê?

— Estou brincando, Sheeni. Querida, você está soando um pouco, hã... distante.

— É? Estou cansada. Foi um fim de semana emocionalmente fatigante. Meus pais estão malucos por causa de Paul. Ele levou uma vagabunda para morar com ele no estúdio em cima da garagem.

— Lacey não é uma vagabunda! — disse eu, indignado.

— Lacey? Você a conhece? — perguntou Sheeni.

310

— Claro. Ela é a namorada do meu pai. Bom, ex.

— Quer dizer que meu irmão agora mora com a ex-amante do seu pai?

— Sim. Não é demais? Acho que isso faz de você minha cunhada-madrasta. Não se preocupe, querida, ainda podemos nos casar.

— Ah, é mesmo? — disse Sheeni. — Pensei que você andasse mais interessado em uma noiva asiática.

— Por que está dizendo isso? — perguntei.

— Umas histórias que rolam por aí.

— Sim, bem, eu também ouvi umas histórias — falei, perdendo a paciência. — Sobre viagens para Monterey com aspirantes a diretor de teatro!

— Quem lhe contou isso? — perguntou Sheeni, indignada. — Com quem você andou falando?

— Com quem *você* andou falando? — pressionei.

— Você parece saber muito da minha vida pessoal, Nick Twisp. Será que seu informante também lhe disse que meu amigo Ed é gay?

Engoli em seco.

— É?

— Sim. Não que isso seja da sua conta.

— Por quê? Ele mantém isso em segredo? — perguntei.

— Com certeza não. Ed é presidente da Associação de Alunos Gays.

— Ah... — disse eu, fracamente. Foi uma falha monumental de inteligência, digna da própria CIA.

— Como foi a peça? — perguntou Sheeni. — *Febre de primavera*, não é?

— Não foi muito boa — respondi.

— Talvez você estivesse distraído — observou Sheeni. — Talvez sua concentração estivesse comprometida.

— Acho que não. Você é o que mais atrapalha minha concentração, Sheeni. Sempre vai ser.

— Gostaria de poder acreditar em você, Nick.

— Sheeni, por que você não volta para Ukiah? Poderíamos ficar juntos. Faríamos encontros em dupla com Paul e Lacey. A Redwood High não é tão ruim assim. Estou aprendendo muito — menti.

— Nick, por favor, não me peça isso. Você sabe que é impossível. Vamos ficar juntos.

— Quando? — perguntei.

— Algum dia — respondeu ela.

— Isso não é o bastante.

## Os diários de Nick Twisp

— Então, case-se com Apurva! — exclamou ela. — E vivam felizes pra sempre nessa sua cidadezinha chata!

*Clique.*

Bem, a boa notícia é que obviamente estou deixando Sheeni com ciúmes. A má notícia é que estou com vontade de me enforcar no chuveiro com as ataduras do Sr. Ferguson.

SEGUNDA-FEIRA, 29 de outubro — Bruno Modjaleski foi considerado culpado. Levou uma multa de 2 mil dólares pelos crimes e uma sentença de um ano na cadeia do condado. O juiz, simpatizante de criminosos e condescendente para com o crime, reduziu a multa para 1 mil dólares e suspendeu a sentença carcerária, desde que Bruno realizasse quinhentas horas de serviço comunitário. Ele se ofereceu para servir de treinador para a liga-mirim de beisebol, garantindo, assim, mais uma geração de mediocridade nos campos esportivos da região.

Embora não tenham falado nada, Vijay e Fuzzy pareceram aliviados por Bruno ter escapado da penitenciária estadual.

— Benfeito pra ele — comentou Fuzzy. — Deixar Candy Pringle esperando é um crime muito sério.

Enquanto eu alterava a realidade por meio da ingestão de micélios no final de semana, Vijay se dedicava à tarefa de escrever minha redação. O trabalho completo era uma obra-prima de indomania adolescente obsequiosa. Ao lê-la, quase fui capaz de me imaginar passeando ao longo da baía de Bengali com meu guru — que imaginei como sendo uma garota estudiosa de 16 anos extremamente bela. Talvez Apurva tenha uma prima que concorde em ser como minha mentora.

— Marquei um horário depois da aula pra tirar suas fotos para o pedido de passaporte — informou-me Vijay.

— Por que preciso de um passaporte se, na verdade, eu não vou? — perguntei.

— Para o caso de o comitê da bolsa pedir o número do seu passaporte — explicou ele. — Além disso, você vai precisar de um para visitar a mim e Sheeni em Paris no próximo verão.

— Você também vai para a França? — perguntei, chocado.

— Sim, meus pais finalmente concordaram. Foi bem difícil. Tive de prometer pela minha honra que não seria seduzido por garotas francesas.

— Como você ficou sabendo do programa de verão? — perguntei.

— Sheeni mencionou da última vez em que nos falamos.

— Você fala com ela?

Era uma novidade perturbadora.

— De vez em quando, por telefone — disse Vijay, sorrindo inofensivamente. — É uma maneira de praticar meu francês. Ela está fazendo um progresso notável, sabia?

Não era com o progresso dela que eu estava preocupado.

— Da última vez em que liguei, Sheeni me disse que Taggarty me deu um A. Pensei, Nick, que você tinha me dito que ela deu B — observou Vijay.

— Talvez Taggarty tenha mudado a nota depois de refletir melhor. Ou talvez uma série de desempenhos desapontadores por amantes posteriores tenha elevado a curva. As mulheres sempre mudam de ideia.

— Espero que seja isso mesmo — disse Vijay.

O que ele quis dizer?

No trabalho, eu disse ao Sr. Preston, em resposta a seu questionamento, que a última notícia que tive de meu pai era a de que ele estava em Eugene e que sua pesquisa estava se mostrando muito produtiva. Contei essa mentira flagrante sob as ordens de você-sabe-quem. O Sr. Preston ficou muito contente e me deixou sair do trabalho mais cedo.

Corri para o estúdio de fotografia, localizado no mesmo bloco comercial que o Heady Triumphs, o salão de beleza mais excêntrico de Ukiah (local de trabalho de Lacey). Depois que minhas fotos e as de Vijay ficaram prontas (ele achou que sua pontuação excepcional merecia uma foto atualizada para a Parede da Fama de Taggarty), passamos no salão pra ver minha ex-madrasta. Ela nos recebeu bem, mas parecia preocupada.

— Os pais do Paulie são uns chatos — reclamou ela. — A mãe dele parece que foi atropelada por um caminhão e o pai é um advogado barato que fica ameaçando entrar com um mandado judicial contra mim. São uns bisbilhoteiros conservadores. Não surpreende que Paulie tenha sumido por seis anos.

— Eu sei, Lacey — falei. — Eles são os piores Pais do Inferno de todos os tempos. Eles mancomunaram como fanáticos pra me afastar de Sheeni.

— E tiveram bastante sucesso — apontou Vijay.

— Lacey, vocês não podem se mudar? — perguntei.

— Bem, vamos olhar alguns lugares hoje à noite, mas Paulie ainda não ganha muito dinheiro com música. Vocês conhecem algum lugar barato para alugar?

Os diários de Nick Twisp

Tivemos de admitir que não, mas (para dar apoio à causa) ambos cortamos o cabelo. Foi sorte eu ter tirado a foto para o passaporte antes. Depois que Lacey terminou sua estilizada futurista com a tesoura, minha aparência teria minado minhas viagens em todos os pontos de checagem internacionais.

— O que eu digo aos meus pais? — perguntou Vijay ao observar seu reflexo nas vitrines das lojas enquanto íamos embora do salão. Ele parecia o filho do Indiano de Outro Planeta.

— Diga que houve uma epidemia de piolho na escola e todos tivemos de passar por tratamento capilar — respondi.

— Ah, é uma boa ideia. Eles provavelmente vão acreditar — disse ele.

Meu pai não reparou no meu corte de cabelo. A Sra. Crampton disse que ficou "legal", Dwayne declarou que era "totalmente radical" e o Sr. Ferguson disse:

— Você não receberia um corte de cabelo assim na época em que os barbeiros eram sindicalizados.

Provavelmente ele tem razão.

Como a Sra. Crampton sabia que meu pai estava chateado por causa da perda emocional, ela fez sua famosa refeição "consoladora": frango cremoso, macarrão com queijo, salada de frutas com chantilly e bolinhos fritos de milho — seguidos de um pudim de caramelo quente com mais creme chantilly. Nem meu pai pôde resistir a esse equivalente culinário a um retorno ao útero e começou a amolecer discretamente (o espumante também ajudou).

— Nada mau — comentou ele.

A Sra. Crampton corou com o elogio tão efusivo.

— Ora... obrigada... Sr. Twisp.

— Como está Jean-Paul? — perguntei a Dwayne.

— *Kamu* está bem — respondeu ele, enquanto o frango cremoso passava desta pra melhor em seu bucho cavernoso.

Apesar de sua obstinação e de seus modos indelicados à mesa, convidei Dwayne para minha festa de Halloween.

— Que festa é essa? — perguntou meu pai, desconfiado.

— Ah, pensei em chamar uns amigos para virem aqui na quarta-feira à noite para uns donuts e cidra. Talvez brincar um pouco de pesca de maçã.

— Quem vai comprar as coisas? — perguntou meu pai.

— Eu — respondi. — Mas quem sabe você não queira cobrar 5 dólares dos convidados por desgaste e destruição do estofamento?

— Quem sabe você não queira tomar cuidado com essa língua? — respondeu ele.

Já ouvi isso antes.

21h15. O Sr. Ferguson levou meu pai para um bar para animá-lo, então liguei pra Bernice imediatamente. Como de costume, ela atendeu sem fôlego.

— Oi, Nick querido. Eu estava no sexto andar limpando tintura de cabelo derramada. Você ficou sabendo? Taggarty foi muito mal na prova de história dos Bourbon!

— Isso é ótimo, Bernice. Ouça, gostaria de lhe perguntar por que você não me contou que Ed Smith é gay.

— Quem disse que ele é gay?

— Bem, Sheeni me contou.

— E eu suponho que você acreditou naquela piranha mentirosa — suspirou Bernice.

— Quer dizer que ele não é gay? — perguntei, chocado. Poderia Meu Amor de fato ter murmurado uma inverdade?

— De jeito nenhum — disse Bernice. — Aquele garanhão se acha o presente de Deus para as mulheres.

— Mas Sheeni disse que ele era presidente da Associação de Alunos Gays.

— É tudo fachada, Nick. Ela está mentindo e você está engolindo. Não temos nenhuma Associação de Alunos Gays. A posição da diretoria é de que qualquer forma de sexo não existe. E, na maioria dos casos, eles estão certos.

Fiquei praticamente sem fala.

— Bernice, você tem certeza?

— Nick querido, se algo que eu já lhe disse não for uma verdade completa, que eu engorde 20kg e tenha espinhas pro resto da vida.

Que adolescente não colocaria sua confiança em tal maldição? Era hora de encarar a realidade amarga: Meu Grande e Único Amor me enganou.

TERÇA-FEIRA, 30 de outubro — Bruno Modjaleski voltou à escola hoje. Quando chegou, o Conselho Estudantil entrou numa sessão de emergência e, depois de um debate acalorado, decidiu por pouco que o armador tombado tinha caráter moral o suficiente para retomar a capitania dos Marauding Beavers. Se ele pelo menos tivesse recebido habilidades atléticas suficientes pelo voto democrático!

No almoço, Fuzzy anunciou que seu pai e seu tio Polly estavam oferecendo 100 dólares para quem lhes desse nomes de homens dispostos a ganhar um bom dinheiro para dirigir caminhões grandes e atropelar caras raivosos carregando cartazes.

Os diários de Nick Twisp

— Nossa, é uma quantia a se considerar — exclamei. — Dinheiro cairia bem pra mim no momento. Aquele pedido de passaporte me deixou zerado. Será que Paul se interessaria por um salário alto?

Com certeza era um trabalho desprezível, mas a necessidade de sustentar uma piriguete daria uma desculpa ética conveniente a ele.

— Já sugeri Paul — disse Vijay. — O bônus dele já é meu.

— Paul não iria fazer isso, mesmo — desdenhei. — Tenho certeza de que isso seria moralmente repreensível para ele.

Nesse instante, a feia Janice Griffith passou pela mesa dos nerds. Rezo para que minhas espinhas nunca cheguem àquele estado impressionante de repugnância.

— Oi, Vijay — piou ela. — Adorei seu cabelo!

— Obrigado, Janice — respondeu ele friamente.

— Onde você cortou? — perguntou ela. — Achei totalmente moderno!

— No Heady Triumphs. Procure por Lacey — respondeu Vijay, lacônico.

— Obrigado, Vij. Eu vou lá! — exclamou ela e se foi.

A simpática Srta. Pomdreck trabalhou a manhã toda na digitação da minha inscrição e foi pessoalmente postá-la por correio aéreo para Pune. Meu pai e minha mãe assinaram prontamente por procuração. Vijay mandou uma carta urgente para seu tio, pedindo para ele agilizar o processo de seleção.

— Caso contrário, você pode chegar ao meu país como um aposentado estudioso — disse ele.

No trabalho, contei que meu pai chegara aos arredores de Salem e tinha relatos de descobertas novas em folha, de significância duradoura. O Sr. Preston ficou tão contente que me liberou mais cedo para eu poder comprar fantasias de Halloween e coisas para a festa. Fiz as compras rapidamente na Flampert's e corri para a biblioteca. Na sala de leitura, encontrei a Segunda Adolescente Mais Desejável do Mundo — e ela parecia aborrecida.

— Olá, Nick. Você também pegou piolho? — perguntou Apurva.

— Claro que não — respondi. — Paguei 20 dólares que não tinha por esse corte. O que você achou?

— Gostei mais do que o do Vijay — respondeu ela, diplomática. — Ah, Nick, o que vou fazer agora?

— O que foi, querida? — perguntou François, e beijou seus lábios sabor de menta enquanto uma falange de bibliotecárias hipócritas faziam caretas de desaprovação.

— Tive uma longa conversa com Trent por telefone. Ele está muito chateado — suspirou ela.

— Bem, ele está com ciúmes. Isso é bom!

— Sim, mas entenda, eu o amo. Causar qualquer infelicidade nele dói em mim mais do que posso dizer — explicou ela.

Por que o voto sincero de amor de Apurva a outro homem faz com que ela se torne ainda mais febrilmente desejável a meus olhos? Perplexo, François a abraçou.

— Sei muito bem como se sente. Sheeni desligou na minha cara anteontem e estou me sentindo como vômito velho de gato desde então.

— Trent desligou na minha cara também. Vocês, americanos, são tão grossos às vezes. Fiquei bastante chocada.

— Oi, amigos, mais uma reunião de estratégia?

Olhamos para cima, surpresos, enquanto Vijay se sentava à nossa frente.

— Vijay, você anda me espionando? — quis saber Apurva.

— Nada tão cansativo assim. Até onde eu sei, essa é uma biblioteca pública. Estou aqui procurando por livros.

— As biografias de Richard Nixon estão no corredor seis — expliquei, sorrindo prestativamente.

— Seria bom você ler algumas mesmo — sorriu ele de volta. — E não acho que esse plano de ciúmes de vocês dois vai funcionar.

— Por que não? — perguntou Apurva.

— Vou dizer já. Qual é o sonho de todo adolescente? — disse ele.

— Ser reconhecido por realizações acadêmicas de destaque? — sugeriu Apurva.

— Ter uma namorada ao seu lado o tempo todo? — arriscou François.

— Não — disse Vijay. — É livrar-se dos pais. Sheeni e Trent estão vivendo uma oportunidade de ouro. Podem fazer o que quiserem, vestir o que quiserem, ir aonde quiserem. Estão livres. Não vão abrir mão disso em hipótese alguma. A única maneira de voltarem é se forem obrigados.

Apurva pareceu ficar ainda mais aborrecida.

— Você quer dizer que andei arriscando minha reputação ao beijar Nick em todo lugar à toa?

— Você não me beijou em todo lugar — protestei. — Só nos lábios. E eu achei que você gostava.

## Os diários de Nick Twisp

— Eu gosto, sim, de beijar você, Nick. Mas não é da minha natureza demonstrar tanta afeição em público. Não acho que seja adequado. E, por favor, poderia tirar a mão de mim?

Relutante, François recolheu o membro ofensivo. Voltei-me para Vijay.

— Bem, gênio, o que você sugere então?

— Acho que a chave aqui são os pais — disse Vijay. — Agora, qual é o pior medo dos pais em relação a seus filhos?

— Que se casem com um americano? — sugeriu Apurva.

— Que nunca saiam de casa? — propôs François.

— Não — respondeu Vijay. — É que arruínem a própria vida e tragam desgraça e dificuldades financeiras à família.

Nossa, se isso é verdade, eu poderia me qualificar como o pior pesadelo de meus pais em carne e osso.

— Correto — confirmou Apurva. — Os pais têm tanto com o que se preocupar! Não surpreende que envelheçam tão rápido. Mas como faremos os pais de Trent e Sheeni começarem a se preocupar?

— Iniciaremos uma campanha de boatos — sussurrou Vijay.

Apurva e eu nos inclinamos para perto dele.

— Que tipo de campanha de boatos? — perguntou Apurva, intrigada.

Vijay olhou ao redor. Em sua voz mais adequada à conspiração, disse:

— Começaremos um boato de que Sheeni e Trent estão traficando drogas em Santa Cruz.

— Tipo cocaína? — perguntei.

— Não, já há cocaína de sobra por lá. Todo mundo sabe disso. Pensei em algo mais polêmico.

— Tipo o quê? — perguntei.

— Anticoncepcionais. Genéricos — sussurrou Vijay.

— Mas isso é absurdo. Os pais deles nunca vão acreditar que eles seriam capazes disso! — exclamou Apurva.

— Shh! — sibilou Vijay. — Vão sim. O que a história nos ensina? Uma armação discreta pode causar suspeita, mas uma falsidade das grandes é um convite à credulidade.

— As pessoas parecem tão dispostas a acreditar no pior umas das outras — suspirou Apurva.

— Fatos dão consistência a um boato — disse eu, pensando alto. — Para quem diremos que eles estão traficando as pílulas?

— Tem de ser alguém de quem não gostemos — disse Vijay.

Olhamos um pro outro.

— Janice Griffloch!

— Como exatamente alguém espalha um boato? — perguntou Apurva.

— Devemos recrutar alguém que goste de bater papo e tenha contato com muitas pessoas — disse Vijay.

Nós nos entreolhamos novamente.

— Lacey!

No final das contas, Lacey cedeu. Eu sabia que ela cederia. Ela resistiu ao argumento de poesia *versus* windsurfe de Apurva, dispensou meu caso de influência malévola de Iowa, mas, quando Vijay disse que isso causaria um incômodo considerável nos pais de Paul, ela concordou na mesma hora.

— Sabem o que aquela mulher fez ontem à noite? — perguntou Lacey.

— Entrou no nosso apartamento em cima da garagem enquanto dormíamos e começou a rezar.

— Não! — exclamamos.

— Sim, a velha se ajoelhou ao lado da cama e começou a uivar pra que Deus me matasse. Com um raio! — disse Lacey.

— O que você fez? — perguntou Apurva, apavorada.

— Disse a Paulie que, *por favor*, pedisse à mãe que respeitasse nossa privacidade. Ele disse pra ela se mandar, mas ela continuou rezando como se não tivesse ouvido uma palavra sequer.

— E ela saiu, no fim? — perguntei, tentando não imaginar a Sra. Saunders irrompendo em minha suíte de lua de mel.

— Só depois que Paulie ameaçou fornicar bem na frente dela — respondeu Lacey. — Eu não teria feito isso, é claro. Hoje ele trocou a fechadura.

— Como está a procura por apartamentos? — perguntei.

— Estou muito deprimida pra pensar nisso — disse ela. — Com nosso orçamento, as opções que temos ficam entre porões fedidos, galinheiros e trailers de trabalhadores imigrantes.

— Lacey, diga a Paul pra me ligar — disse o republicano grosseiramente oportunista. — Talvez eu saiba de uma vaga adequada às qualificações dele.

— Vijay, fofo, se você ajudar a encontrar um emprego para o Paul, vou cortar seu cabelo de graça pro resto da vida! — declarou Lacey.

Seria benfeito para ele também.

**QUARTA-FEIRA, 31 de outubro** — Halloween. De fato, é um feriado que separa os homens dos meninos. Os meninos andam em bando por aí para conseguir doces de graça de estranhos completos, enquanto os homens empregam o pouco dinheiro que têm guardado na compra de refrescos caros para convidados que se empanturrarão de graça. Ah, pelo menos as fantasias ajudam a aliviar o tédio.

Minha teoria sobre fantasias é que elas dão dicas valiosas sobre a personalidade de quem as veste. Na terceira série, encontrei a fantasia ideal para mim e a uso religiosamente todos os anos desde então. Sim, gosto de me vestir de robô. Gosto de andar rígido, falar como um sintetizador de voz digital e ter mecanismos presos ao peito. De certo modo, é bom. O que isso diz sobre mim? Quais vislumbres da natureza de meu ser foram refletidos? Nenhum, até agora. Mas, um dia, espero explorar esse tópico tão rico com meu analista. No momento, as raízes de meu fetiche robótico permanecem obscuras. Não faço a mínima ideia.

22h30. Minha festa de Halloween acabou. Todos os convidados se foram, com exceção de Dwayne, que ainda está na cozinha lavando os pratos. Essa é a desculpa dele. Imagino que ele também esteja devorando o que sobrou dos donuts. Felizmente, tive a precaução de esconder dois para o café da manhã na cesta da máquina de lavar roupas.

A festa foi boa, mas provavelmente não foi ótima. Em alguns momentos, foi mais do que estranha e, perto do fim, quase assustadora. Suponho que isso seja o máximo que um convidado sensato esperaria em tal ocasião — com exceção, é claro, das bebidas alcoólicas, e só meu pai e o Sr. Ferguson tomaram dessas. Os demais tiveram de aturar as festividades sóbrios como pedra.

A festa estava marcada para começar às 19h00. Dwayne chegou mais cedo, às 19h45, e todos os outros apareceram no horário certo, 20h15.

Dwayne chegou parecendo um banquete canibal, pronto para o forno. Ele pintara as bochechas rosadas com uma tinta marrom sugestivamente matizada e envolveu o corpanzil em papel-alumínio.

— Você está fantasiado do quê, menino? Aspirador de pó? — perguntou o Sr. Ferguson, perplexo.

— Nada disso — respondeu ele. — Sou um Choc-O-Nougat Nibbler. É meu chocolate favorito. Comi seis ontem. Cadê as comidas?

Quando os outros convidados chegaram, Dwayne já fizera do bufê uma cena aterrorizante. Apesar das imprecações de seu anfitrião, ele continuou a se refestelar incessantemente pelo resto da noite.

Provando que a castidade poderia ser sexy, Apurva veio fantasiada de freira.

— A irmã Brenda, da escola, me emprestou — anunciou ela. — Não foi esperto da parte do meu pai sugerir a fantasia? Acho o hábito muito agradável, mas espero que não seja uma inibição para o divertimento geral.

Desinibido, François levantou sua máscara de robô e tentou beijá-la. Ela riu e me empurrou:

— Nick, você está esquecendo. Robôs não beijam pessoas.

— Quem eles beijam? — perguntei.

— Outras máquinas, é claro. O micro-ondas parece solitário. Vá beijá-lo — respondeu ela.

— Mas cuidado com torradeiras ciumentas — trinou uma criada indiana de mentira, envolta num sári cintilante verde e dourado. Com maquiagem completa, Vijay estava quase tão arrasador quanto sua deslumbrante irmã. Com seus traços delicados bem maquiados e os amplos enchimentos de busto, ele poderia ser um concorrente forte em qualquer competição de Miss Travesti Adolescente de Terceiro Mundo. Sua companhia, de sári azul-marinho e prata, representava uma ameaça menor — a julgar por seus pelos corporais inadequados.

O Sr. Ferguson e meu pai não usaram fantasias, embora o primeiro insistisse que estava vestido como um sujeito chamado Eugene V. Debs e o segundo afirmasse (para Apurva) que era "um aspirante a playboy internacional".

Enquanto meus convidados conversavam, Apurva e eu distribuímos gostosuras para as poucas crianças atrasadas que ainda estavam na rua.

— Você já conseguiu meu cachorro de volta com seu amigo? — sussurrou a freira.

— Ele não é meu amigo, Apurva. E não se preocupe, cuidarei de tudo em breve. Como está a disseminação do boato?

— Muito bem, até agora — sussurrou ela. — Escrevi as acusações difamatórias em todos os banheiros da escola hoje. E me senti muito culpada por isso também. Só rezo para que a irmã Brenda nunca descubra que fui eu.

— Ei, podemos ouvir música melhor? — pediu Fuzzy.

— Mas, Frank, é o Frank — apontei. Frank acabava de se lançar em sua versão incomparável de "You Go to My Head".

— É, eu sei. Mas não podemos ouvir algo deste século? — indagou Fuzzy.

— Sinto muito — respondi. — Todas as músicas desta festa foram programadas cuidadosamente com antecedência. Se você quisesse fazer pedidos especiais, deveria ter feito antes.

— Eu gosto dessa música. É muito romântica — disse Apurva, docemente.

**Os diários de Nick Twisp**

Nesse momento, fui tomado por um desejo de fazer algo pecaminoso ao extremo com certa freira.

Depois de mais uma hora de socialização, era o momento de passar para o quintal. Só os presentes menores de 43 anos estavam convidados a participar dos ritos secretos de exumação cerimonial.

Um vento frio e úmido roçava as árvores quando nos reunimos em torno do túmulo nas sombras profundas ao lado do depósito. Corujas ocultas piavam ao longe e um movimento de nuvens ansiosas passou pela lua mal-humorada. Quando a lâmina da minha pá mordeu a terra frígida, um arrepio correu pelas figuras encolhidas — especialmente aquelas vestidas de seda transparente ou papel-alumínio.

— Meera, eu disse que a gente devia ter trazido um casaco — reclamou Vijay.

— Você não disse nada isso, Bina — retrucou Fuzzy. — Você me disse que era um pecado da moda usar jaqueta sobre um sári.

— Shhh... — sibilei. — Mostremos um pouco de respeito pelos mortos. Apurva, aponte a lanterna para o buraco. Não para meus olhos.

Quando escavei até a profundidade de um palmo e meio, a pá trouxe à superfície uma caixinha de papelão. Dentro dela, estava um pedaço de papel rasgado.

— O que tá escrito aí? — perguntou o chocolate.

Em tom grave, li as palavras proféticas:

— Não estou morto.

Entreguei o papel a Dwayne e acrescentei:

— Parece escrito com sangue.

— Sangue de cachorro? — perguntou Dwayne, com a voz trêmula.

— Isso, é óbvio, não sei dizer — respondi.

Continuei a cavar. Quinze centímetros depois, encontrei outra caixa, com outra mensagem:

— De um, virão três.

— Três o quê? — gaguejou Dwayne.

— Cachorros, seu maricas! — disse Vijay.

Mais meio palmo de terra trouxe à tona uma caixa um tanto quanto maior. A mensagem dizia:

— Obedeça às minhas ordens ou seu destino será uma língua ulcerada e uma morte lenta por desnutrição.

O chocolate engoliu em seco.

— Isso é do mal — observou ele.

Cinco minutos e 20 centímetros depois, a pá trouxe a última caixa — pequena e de madeira. Fiz uma pausa para reforçar o suspense antes de ler as palavras:

— O que está errado deve ser corrigido. Kamu é Jean-Paul.

— O quê? — exclamou Dwayne. — Deixa eu ver!

Dei o papel a ele.

— Aí está, Dwayne, preto no branco. Albert se pronunciou.

— Sua vontade deve ser obedecida! — proclamou a freira.

— Bom... se Albert diz... — disse Dwayne, trêmulo.

— Nick, continue a cavar. Ainda não chegamos a ver o corpo — disse Vijay.

— Bem, ele parece ter desaparecido. E eu duvido se...

Fui interrompido por um coro de outro mundo de cachorrinhos feios, que uivavam do espaço debaixo da casa.

— Talvez eles queiram que você continue a cavar, Nick — disse Apurva.

— Mas esta é a profundidade em que enterrei Albert — protestei.

Os uivos se tornaram mais altos e o vento mais, forte.

— Anda, cara! — ordenou Fuzzy. — Antes que a gente morra congelado.

Enquanto eu cavava, relutante, o solo intocado, alguém muito próximo latiu suavemente.

— Parem, pessoal — pedi.

Todos negaram ter feito barulho.

Outro latido abafado.

— Parece que está vindo do buraco — observou Vijay, sinistro.

— Não seja bobo — falei.

Outro latido.

— Nick, acho que a gente devia parar por aqui — arriscou a freira. — Nosso pai quer que a gente vá pra casa cedo.

— Continue cavando — disse Vijay. Seus olhos negros queimavam de curiosidade fantasmagórica.

Cavei. Sete centímetros, 15 centímetros, um palmo... enquanto isso, cães latiam, árvores balançavam e convidados tremiam. Então, de súbito, a ponta da pá se chocou contra um objeto sólido.

— O que é, Nick? — perguntou Apurva, estupefata.

— Ainda não consigo ver. Parece algo metálico.

Dez minutos depois, um robô, duas criadas indianas e um chocolate — gemendo de esforço — puxaram um velho baú de metal do buraco. Meia dúzia de

Os diários de Nick Twisp

golpes com a pá destruíram o cadeado enferrujado. Quando oito mãos ávidas agarraram a tampa, as dobradiças ossificadas soltaram um berro agudo de agonia e cederam. Nesse momento, o vento cessou e os latidos também, abruptamente. Tudo ficou em silêncio.

— Você sabe o que é isso? — perguntou Vijay.

— Parece alguma coisa elétrica — disse eu, colocando o objeto mofado e malcheiroso de lado cuidadosamente. — Apurva, segure a lanterna com firmeza.

— É um letreiro — exclamou Fuzzy. — Um letreiro de neon! Certeza. O que diz?

Removi os fragmentos em decomposição e passei lentamente um dedo ao longo dos tubos de vidro cursivos. As letras sinuosas formavam as palavras: ISCAS VIVAS DO AL. PEIXES PARA PICNIC.

— Deve ser de algum resort antigo — disse Fuzzy.

— Você acha que ainda funciona? — perguntou Vijay. — Letreiros antigos às vezes são valiosos.

— Vamos ligar! — sugeriu Dwayne.

Com muitos palavrões nada femininos, Meera e Bina carregaram o pesado letreiro para dentro de casa e o colocaram sobre a mesa da cozinha.

— Que porra é essa? — perguntou meu pai enquanto se servia de mais uma dose de uísque com soda.

— Encontramos no jardim, pai — expliquei. — Queremos ver se está funcionando.

— Sei. Bom, se você tomar um choque, amigo, não espere simpatia da minha parte.

— Fechado, pai — disse eu, ao me ajoelhar do lado da tomada. — Tá, Frank, prepare-se para me dar um golpe e me soltar caso eu seja paralisado por um choque elétrico.

Fuzzy assentiu, nervoso. Engoli em seco e liguei o velho plugue Bakelite. Nada aconteceu.

— Droga. Deve tá quebrado — suspirou Dwayne.

— Espere. Puxe aquela corrente ali — disse Vijay.

Puxei. O transformador zumbiu, os tubos de vidro piscaram e, em seguida, foram tomados por uma luz vermelha fluorescente.

— Aêêêê! — exclamou a multidão.

— Ei, nem todas as letras estão brilhando — reclamou Dwayne.

Quando iluminado, o letreiro dizia: ISCA VIVA DO AL. E NIC.

— É quase uma mensagem — disse Apurva. — Como se dissesse, "isca viva do Al e Nick".

— Não, não — disse Vijay. — É 'a isca viva do Al é Nick!'!

Todos olharam pra mim.

Que diabos você imagina que isso significa? Poderia ser um Sinal do Além-Túmulo?

## NOVEMBRO

**QUINTA-FEIRA, 1º de novembro** — Sheeni me ligou a cobrar hoje de manhã.

— Nickie, por que você não me ligou? — perguntou minha Querida Afastada.

— Bem, querida, pelo que me lembro, você desligou na minha cara — expliquei.

— O que lhe dá ainda mais motivo para ligar, querido — replicou ela. — Esses gestos são um pedido de reafirmação. Preciso sentir que você se importa.

— Eu amo você, Sheeni — respondi. — Amo a todo momento, todos os dias. Sempre a amarei.

— Nickie, você está soando um tanto efêmero — reclamou ela.

— Sheeni! Você está me deixando louco!

Finalmente segura, ela prosseguiu.

— Nickie, como foi seu Halloween?

— Ah, bastante monótono — menti. — E o seu?

— Tivemos uma festa chata no dormitório. Taggarty tomou um copo de ponche e adormeceu na hora. Estamos todos preocupados, mas ela se recusa a ir à enfermaria.

— As notas dela estão sendo prejudicadas? — perguntei, otimista.

— Ah, sim, terrivelmente. Tive de escrever o último trabalho de filosofia cartesiana para ela. Por sorte, nisso ela tirou 10.

— Isso é ético, querida? — perguntei, tentando não deixar transparecer minha irritação.

— Você quer dizer em termos cartesianos?

— Quero dizer em termos absolutos.

— Nickie, a existência de qualquer coisa absoluta é bastante questionável. Fiz o que senti ser o melhor para minha amiga. Pretendo continuar a ajudá-la da maneira que puder.

Os diários de Nick Twisp

— Mesmo se isso colocar sua carreira acadêmica em risco? — perguntei.

— E como isso aconteceria?

— Bem, suponhamos que as autoridades escolares descubram que você fez o trabalho para ela?

— Ah, não acho provável. Como eles descobririam? — respondeu ela.

Eu sei um jeito. E com certeza absoluta.

— Nickie, onde está seu cheque? — perguntou Sheeni. — Estou completamente empobrecida. Não tenho um centavo!

— Droga, deve ter sido extraviado no correio! — respondi. — Não se preocupe, querida. Vou sustá-lo e enviarei outro.

— Rápido, Nickie. Estou quase tendo de preparar meu blush a partir de argila natural recolhida na beira do rio e triturada com pedras.

— É uma boa ideia, Sheeni. Muito engenhosa. Você também poderia pintar os lábios com o suco de amoras selvagens — sugeri.

— Nickie, por favor! — foi sua única resposta.

Seguindo o exemplo dedicado de Apurva, Vijay, Fuzzy e eu passamos o horário de almoço escrevendo você-sabe-o-quê nos banheiros da Redwood High. Ao contrário dos grafiteiros vândalos preguiçosos de costume, a gente se deu ao trabalho de escrever de forma legível, soletrar os nomes corretamente e fazê-lo com tinta permanente. Ah, se Bina ou Meera estivessem lá pra escrever no banheiro feminino...

— A festa foi boa — disse Fuzzy, quando finalmente nos sentamos para atacar nossos almoços.

— Obrigado, Frank. Você estava muito bem — falei.

— Obrigado, Nick. Eu cheguei a me empolgar com a coisa em alguns momentos. Cara, você tinha de ver o tio Polly ficar louco pela Bina.

— Tive de ameaçar dar um tapa nele. Você conhece aqueles italianos de mãos romanas — disse Vijay.

— Nick, o que você vai fazer com o letreiro? — perguntou Fuzzy.

— Não sei ainda. Coloquei-o no meu quarto, por enquanto. Mas aconteceu um negócio estranho.

— O quê? — perguntaram.

— Quando o liguei hoje de manhã, todas as letras acenderam. E estavam verdes, não vermelhas.

— Talvez você não seja mais a isca viva do Al — especulou Vijay. — Embora eu ache que não seja isso. Ainda é muito cedo.

Muito cedo pra quê?

Para meu espanto, meu pai estava ainda mais odiosamente convencido do que o normal. Por incrível que pareça, sua matéria sobre as inovações de aglomerado em Oregon foi recebida com elogios trovejantes de seu chefe. Todos no escritório ficaram estupefatos com a pesquisa extensa e a prosa incisiva do meu pai. Nem o relatório de gastos chocante de mais de 300 dólares apresentado por ele diminuiu o entusiasmo do Sr. Preston. Ele só deu de ombros, indulgente, e pediu à Sra. Pliny que preenchesse um cheque na mesma hora ao editor assistente celebridade.

Depois desse exemplo tão óbvio da cara de pau do meu pai, não ousei sair do trabalho mais cedo. Arquivei de qualquer jeito até precisamente as 16h59, depois corri para a biblioteca. Apurva já estava descendo a escada de concreto quando surgi diante dela.

— Olá, Nick — disse ela. — Não, você não precisa mais me beijar em público. Lembra?

— Ah, é verdade — balbuciei, fingindo ter feito um bico com o propósito de assobiar.

— Então você é musical também — exclamou Apurva. — Nick, você tem tantos talentos. Foi de uma inteligência extraordinária colocar aquelas mensagens de Albert ontem à noite. Mas ainda estou curiosa... onde estava seu pobre cachorro falecido?

— Bem onde eu o tinha deixado — respondi. — Ainda eletrocutado de forma fatal. Eu o desenterrei um dia antes da festa. Lá estava ele; só parecia um pouquinho decomposto. Deve ser por causa de todos esses conservantes que colocam na ração. De qualquer modo, eu o enterrei de novo perto dali. Espero que continue enterrado dessa vez.

— Em geral, a morte é definitiva, e de uma forma tão confiável — suspirou Apurva. — Nick, espero que você não pense que sou inacreditavelmente burra, mas, por mais que eu tente, não consegui deduzir por que enterrou aquele letreiro. Posso perguntar qual o intuito daquele truque tão engenhoso?

— Apurva, eu não enterrei o letreiro! Fiquei tão surpreso quanto todo mundo.

— Ah, entendi — disse ela. — Que alívio! Eu já estava começando a achar que vocês, americanos, fossem enigmáticos demais para mim.

Quando cheguei em casa, um trio canino lambuzava uma nojenta baba de cachorro sobre a epiderme gorda e ainda manchada de marrom em alguns pontos de Dwayne, que estava deitado inerte no jardim.

— Você está morto? — perguntei, imaginando se dava para esperar uma trombose coronária em alguém tão jovem.

## Os diários de Nick Twisp

Ainda consciente, Dwayne rolou em minha direção e sorriu.

— Oi, Nick! Truxe o Kamu de volta, como Albert disse.

— Isso é bom — respondi. — Só o mantenha escondido. E leve embora o cachorro certo hoje à noite.

— Tá, Nick. Adivinha só.

— O quê?

Dwayne sorriu, todo feliz:

— Minha mãe vai fazer pizza pro jantar!

20h05. Sentindo-me um pouco preguiçoso, tirei um cochilo pós-prandial em meu quarto. Digam o que quiserem sobre nossa ajudante, mas não dá pra acusá-la de ser mesquinha no pepperoni. Quando ressuscitei, meu pai, o Sr. Ferguson e a Sra. Crampton estavam batendo papo na cozinha, então me esgueirei pro quarto do meu pai para fazer um telefonema. Depois de uma espera alarmante de tão cara, ouvi minha espiã-chefe dizer seu "alô" sôfrego costumeiro.

— Bernice, onde você estava? Fazendo compras de Natal em Carmel?

— Oi, Nick. Que bom ouvir você, querido! Eu estava no porão polindo as válvulas de latão do aquecedor. Nick, preciso de mais você-sabe-o-quê.

— Não se preocupe, Bernice. Coloquei mais uma dúzia no correio para você hoje de manhã.

— Ah, ótimo, querido. Eu sabia que podia contar com você.

— Bernice, o que foi esse barulho estranho?

— Fui eu, amorzinho. Mandei um beijo por telefone. Você sentiu?

— Hã, sim. Agora, Bernice, ouça bem. Tenho outra tarefa para você.

Informei-a do lapso ético de Sheeni em favor da colega de quarto e destaquei a necessidade de levar esse engodo acadêmico à atenção das autoridades cabíveis.

— Pode contar comigo, Nick querido — disse Bernice. — Vamos pegá-las de jeito dessa vez.

— Ótimo. Então, como Ed tem passado?

— Ed?

— É, você sabe, Ed Smith. O amigo de Sheeni.

— Ah, aquele Ed. Ele se foi, Nick querido. Foi expulso. O diretor Dean o mandou pastar. Eu não lhe contei?

— Não, Bernice, não contou. Isso é fantástico! Quer dizer que o diretor o expulsou por dirigir sem habilitação?

— Não exatamente. Eles também o flagraram no quarto com alguém.

Um pânico instantâneo tomou conta de minhas entranhas.

— Bernice, não era Sheeni, era?

— Não, Nick. Alguém da equipe de luta greco-romana da Santa Cruz High.

Fiquei confuso.

— Uma lutadora?

— Hã... não exatamente — admitiu ela.

— Bernice, pensei que você tinha me dito que Ed era hétero.

— Ei, Nick querido. O que posso dizer? Fiquei pasma. Todos nós ficamos.

A veracidade inviolada de Meu Amor foi restabelecida!

— De qualquer forma, Nick... — prosseguiu ela, desconfiada. — Por que você se importaria se tivesse sido Sheeni?

— Eu não me importaria, claro — menti. — Mas, Bernice, preciso saber se posso confiar nas suas informações. Se eu me lembro bem, você foi bastante inflexível ao declarar a extrema heterossexualidade de Ed.

— Bem, eu estava enganada. Acho que eu devia engordar e ter espinhas por cinquenta anos. Isso o deixaria feliz, Nick querido?

— Feliz, não — respondi. Mas certamente com o coração mais leve, pensou François.

Quando desliguei o telefone, uma culpa latejante me levou até o meu talão de cheques. Só espero que o salário de amanhã consiga cobrir minha generosa doação de 50 dólares para o Fundo de Cosméticos Sheeni Saunders. Também incluí um bilhete de amor de um sentimentalismo tão virulento que nenhuma pessoa sã poderia questionar a sinceridade do autor.

22h20. Meu pai acabou de entrar de supetão no meu quarto (sem bater) e este diálogo chocante se sucedeu:

Pai: "Quero que desocupe metade do seu quarto."

Filho (alarmado): "Por quê?"

Pai: "A Sra. Crampton vai se mudar."

Filho (ainda mais preocupado): "Aqui para o meu quarto?"

Pai: "Não, seu idiota. O filho dela vai vir para cá. Ela vai ficar com o Sr. Ferguson."

Filho (entorpecidamente confuso): "S-s-s-sr. Ferguson?"

Pai: "É, eles ficaram noivos. Que surpresa, hein? Claro, primeiro ela tem que se divorciar daquele marido ladrão que está em cana."

Filho (a ficha caindo): "Eu vou morar... com... Dwayne?"

Pai: "É, e vá tirando essa bunda da cadeira. Vão chegar com as coisas deles amanhã de manhã."

Filho: "Mas, pai! Não dá!"

**Os diários de Nick Twisp**

Pai: "Nada de discussão, camarada, senão mando você de volta para Oakland. Tenho que compensar a parte do aluguel de Lacey. Esse estilo de vida de rico que vive no campo consome todo meu dinheiro."

Eu preciso de um revólver. A Associação Nacional de Rifles é que está certa. Se você não está armado até os dentes, as pessoas pisam mesmo em você.

**SEXTA-FEIRA, 2 de novembro** — Fui Dwaynizado. Um destino certamente pior que a morte, porque, se você está morto, então não importa quantas vezes Dwayne arrote, peide, coce o saco e depois cheire o dedo, VOCÊ CONTINUA TOTALMENTE ALHEIO. Você está além desse sofrimento mortal.

Meu pai me obrigou a faltar à escola de manhã pra poder ajudá-los a descarregar a mudança. Foi como montar uma verdadeira favela instantânea. Cada nova desgraça que saía do caminhão esfregava sal em nossa estética já ferida e sangrenta. Até mesmo o Sr. Ferguson parecia aflito com o entusiasmo de sua futura noiva por tábuas compactas disfarçadas de neorromano e estireno embolorado passando por barroco francês.

Tentando preservar o espaço vital da sua BMW, meu pai fechou todas as fronteiras para o pelotão de carros mortos dos Crampton — concedendo acesso apenas para o Grand Pix que (mal) funciona e seu reboque companheiro, o trailer da família, que é decrépito e pequenino, cujo nome dado pelo fabricante, em um momento de ironia sardônica, é Pequeno César. Graças a Deus que François se manteve firme e insistiu que o feio objeto móvel fosse rolado até o quintal, onde fica pelo menos parcialmente escondido.

Além de ser um colecionador de quinquilharias materialista que dá nojo, meu novo colega de quarto fede. Por alguma razão que eu nunca reparei antes. Talvez eu nunca antes tivesse convivido com Dwayne de forma tão intensa. Depois que ele terminou de enfiar todos os seus cacarecos, meu quarto parecia o depósito de brinquedos de uma criança perturbada e cheirava a um hospital cheio de pessoas com gangrena.

— Ei, Nick, que máximo — falou Dwayne, entusiasmado. — Cê tem jogo no seu comps?

— Se você mexer no meu computador, é um homem morto — respondi. — E tire seus joguinhos idiotas de Nintendo de cima da minha cama.

— Cê não manda em mim, Nick. Posso ligar seu letreiro?

— Não toque nas minhas coisas. Nunca!

— Nick, vai ser demais. Espera pra ver. Tô tão feliz. E agora vou morar com Kamu também. Nick, cê vai trocar de cueca agora?

— Claro que não. Eu acabei de me vestir — respondi. — E por que você quer saber?

— Só tava perguntano. Eita, que cara mal-humorado. Nick, cê quer usar uma roupa minha? Eu tenho várias.

— Não, obrigado, Dwayne — falei. — O Halloween já passou.

Cheguei à escola bem na hora do almoço. Vijay e Fuzzy ficaram chocados ao ouvir a última que meu pai aprontou.

— Nossa, Nick — falou Fuzzy —, se as coisas ficarem muito ruins na sua casa, pode vir morar comigo. Nós temos vários quartos e meus pais não vão ligar.

— Tá falando sério, Frank? — perguntei.

— Claro. Eu contei pra minha mãe que você gosta do Frank Sinatra e ela quase deu à luz. Ela falou pra convidar você para ir lá a qualquer hora. E pra levar seus álbuns.

— Valeu, Frank. Você é muito bacana. Quem sabe eu até aceite a oferta.

— Pergunte pro seu pai hoje à noite — disse Fuzzy.

Opa, morar em uma mansão fabulosa com uma mulher mais velha sexy que curte o meu gosto musical. Que maravilhosa oportunidade para um crescimento espiritual!

19h45. Aquela pessoa podre que atende por meu pai disse que não.

— Por que não? — reclamei. — Pense em toda a grana que você vai economizar.

— Sua mãe não iria gostar — respondeu ele.

— E por que minha mãe iria se importar? — perguntei.

— Não é da sua conta — disse ele.

— Minha mãe está dando dinheiro pra você cuidar de mim? — reclamei.

— Ei, espertinho! Isso também não é da sua conta. E quando é que você vai se livrar desse bando de cachorros idiotas?

— Hã... logo mais — respondi, sem me comprometer.

Meu pai é tão transparente. Ele olha para mim e só vê cifrões. Eu me tornei uma de suas maiores fontes de renda. De jeito nenhum ele vai deixar esse trem da alegria sair da estação. Minha situação é pior que desesperadora; é sem esperanças. A verdade amarga não pode ser mais negada: sou um prisioneiro do Inferno Dwayne.

Não posso mais escrever. Tenho de sair imediatamente. Dwayne acabou de soltar o Pum Que Imolou Fresno.

## Os diários de Nick Twisp

**SÁBADO, 3 de novembro** — Uma noite difícil. Depois de três xícaras de café, eu ainda me sinto em um experimento para testar a falta de sono que saiu errado. Às 23h30 de ontem, eu me tranquei no banheiro para colocar meu pijama. Quando, depois, eu voltei para o quarto, meu colega de quarto estava pelado em toda sua glória corpulenta, ao lado da minha cama, com uma ereção digna de uma exibição das Aberrações da Natureza. Se, como parece ser o caso, o tamanho do pênis é inversamente proporcional à inteligência, por que esse fato fundamental não é divulgado para as crianças? Eu teria, com a maior alegria, deixado de fazer minha lição de casa, assistido a muito mais TV e cutucado meu nariz, e assim teria deixado a natureza seguir seu caminho glorioso.

— Ah, oi, Nick — disse Dwayne, exibindo tudo, menos vergonha. — Por que 'cê tá de pijama?

— Dwayne! Por favor, vista uma roupa!

— Ei, Nick. Qual o problema? A gente é homem.

— Dwayne, se você não colocar algo nesse instante, vou chamar a sua mãe.

— Ah, que mulherzinha — reclamou ele, em voz baixa, vestindo de má vontade uma calça de moletom suja. — Ei, Nick. Quer jogar Nintendo a noite inteira?

— Claro que não. Estou cansado. Vamos dormir.

— Mas, Nick... você não dorme! Lembra?

— Ah, é. Eu esqueci. Tá, eu vou ler. Você vai dormir.

— Eu não tô cansado, Nick. Posso deitar na sua cama?

— Com certeza não.

— Por que não? Cê não gosta de mim? Eu gosto de você. Bastante.

— Dwayne, você fica na sua cama. Eu vou ficar na minha. Se você atravessar o espaço entre essas camas, camarada, eu vou gritar até não poder mais. Ficou claro?

— Cê não gosta de mim, Nick?

— Gosto de você como amigo, Dwayne. Agora vá dormir.

De repente, um terremoto de escala 8,2 estremeceu a casa inteira.

— É a minha mãe e o Sr. Ferguson — comentou Dwayne. — Acho que eles tão fazeno aquilo. Nick, cê ficou surpreso quando descobriu o sexo? Eu fiquei.

— Não acho que fiquei assim tão surpreso. Pareceu bem lógico para mim.

— Cê já fez com muita gente?

— Isso não é da sua conta, Dwayne. Agora vá dormir.

— Cê tem namorada, Nick?

— Sim, eu tenho.

— Cê faz bastante com ela?

— Com bastante frequência. Agora vá dormir. Eu estou tentando ler.

— Se você pedisse pra sua namorada, como um favor, ela faria aquilo comigo?

— Dwayne! Não seja ridículo. Homens não compartilham as namoradas.

— Por que não?

— Porque não. Eles são instintivamente competitivos. É pra que muitas guerras aconteçam, para que o número de pessoas fique estável.

— Ah, tô entendeno. Cê tá preocupado porque sua namorada pode ficar prenha. Mas e se eu tirar o negócio no final, Nick?

— Dwayne!

Durante toda a madrugada a conversa continuou. Cada vez que o sono me acolhia em seu seio quente, Dwayne soltava um novo absurdo. Por fim, depois que eu me recusei enfaticamente a especular por que os homens têm apenas dois testículos e possuem dez dedos nos pés e nas mãos, o sono calou meu interrogador loquaz. Mas não por muito tempo. Bem quando eu estava prestes a dormir, alguém começou a estrangular um alce ao lado da minha cabeça. Era Dwayne. Meu colega de quarto ronca como seis elefantes no cio.

Alguns instantes depois que meus olhos finalmente se fecharam, eles abriram em surpresa e pânico quando a Sra. Crampton, usando uma redinha de cabelo cor-de-rosa e de plástico e um roupão de flanela do tamanho de uma tenda de circo, entrou de supetão no nosso quarto sem bater à porta.

— Dia, Nick — disse ela, começando a chacoalhar com força o seu filho roncador. — Você... dormiu... bem?

— Que horas são? — lamentei.

— Seis... e quarenta... e cinco — respondeu ela, alegre, e ainda chacoalhando. — Hora... de acordar... e começar... o dia!

Por fim, Dwayne parou de roncar e começou a apresentar sinais de que acordava. Apenas quando seus olhos abriram totalmente, sua mãe parou de chacoalhá-lo.

— Onde eu tô? — perguntou ele, sonolento.

— Na sua... nova casa — respondeu ela. — Com seu... novo... irmão... Desculpe, Nick... por acordar... você, mas... o doutor... disse que... Dwayne... tem que ter... horários regulares.

— Nem se preocupa com isso, mãe — disse Dwayne, sorrindo. — Nick nem dorme. Ele tem alergia.

Os diários de Nick Twisp

17h30. Um momento a sós pra atualizar o meu diário. Dwayne está na cozinha ajudando a mãe a fazer o jantar. Sinto o cheiro de banha frita. A Sra. Crampton, preocupada com o fato de seu amor estar muito magro, decidiu mudar o valor calórico de suas refeições para um valor exacerbado. Acho que, logo, logo, meu pai vai ter de reforçar o piso da casa.

O Sr. Ferguson decidiu faltar ao trabalho hoje. Um ferimento antigo, que aconteceu em uma demonstração pacifista contra a Guerra do Vietnã, de repente começou a doer e ele ficou na cama boa parte do dia. O homem não parece estar nada bem.

No trabalho essa tarde, o Sr. Preston me pegou dormindo na copa.

— Nick, o que você está fazendo? — questionou ele.

— Hã... examinando o tampo da mesa, senhor — gaguejei. — É compensado de imbuia envernizado?

— Sim, madeira sólida com imbuia escura por cima. Muito bom, Nick. — Meu patrão encheu uma xícara de café para si e sentou ao meu lado. — Nick, queria perguntar uma coisa para você.

— Sim, Sr. Preston?

— É sobre o meu filho, Trent. Você sabe que ele estuda em Santa Cruz, não?

— Sim, senhor.

— Bem, fiquei pensando se talvez você tivesse ouvido comentários sobre possíveis atividades com que meu filho estaria envolvido.

— Quer dizer, algo como windsurfe, senhor? — perguntei.

— Não. Talvez algo menos... hã, legalizado do que isso.

— Talvez *wakeboard*?

— Não, Nick. Não estou falando de esporte nenhum. Você já ouviu algo sobre meu filho estar envolvido com coisas, hã, ilegais?

— Nossa, não, Sr. Preston. Não parece algo que Trent faria.

— Não, claro que não — respondeu ele. — Eu imaginava que não, mesmo. Ainda assim, se você ouvir alguma coisa, Nick, a respeito do meu filho, eu gostaria que você me avisasse.

— Claro, Sr. Preston. Pode deixar.

— Sério, Nick. E, por favor, não pense nisso como... bem, dedurar.

— Ah não, senhor — falei. — Eu não faria isso.

— Você parece cansado, Nick. Por que não tira o resto do dia de folga... paga?

— Nossa, obrigado, Sr. Preston!

Na saída, bati os olhos no velho relógio de madeira acima da porta. O grande ponteiro de madeira compensada se aproximava para 12 minutos do horário de ir embora. O gesto do meu patrão, magnânimo e para levantar o moral, custou a ele menos de 1 dólar. Ah, bom, pelo menos agora sei que os rumores que espalhamos estão começando a chegar aos ouvidos certos. Será que os pais de Sheeni já ouviram algo?

Em casa, esperava por mim um cartão-postal com o retrato de três jovens atraentes vestindo apenas arrepios em suas peles bronzeadas e pequeninas conchas posicionadas em lugares estratégicos. Essa mensagem (com abundantes erros de escrita) estava rabiscada na parte de trás:

> Querido Nick,
>
> A promessa da grande liga, Honus Wager, ontem marcou seu primeiro *home run*. Quem arremessou pelo time da casa foi a imprevisível M. "Gata" Filbert. Após um curto intervalo para verificar o equipamento e as luvas, Honus mandou outra gloriosa bola longe, bem depois do meio do campo. — Beisebol é um esporte de grande satisfação — observou ele, após o jogo. — Recomendo para todos os meus fãs.
>
> Seu chapa,
> Honus.
>
> PS: A marca de luvas que você sugeriu é uma merda para o suporte de virilha peluda.

Droga, outro amigo pra lá de feliz, pelo jeito. Apesar de seu equipamento defeituoso, Lefty conseguiu dormir com sua namorada sexy, enquanto eu — praticamente normal em todos os aspectos — passo minhas noites coabitando com o Colega de Quarto dos Infernos. Isso é justo, Deus?

21h15. Liguei para Sheeni, Apurva, Vijay, Fuzzy e Lefty — e nenhum deles estava em casa. Todos têm uma vida social, menos eu. Até mesmo os supostos adultos com quem eu moro estão enchendo a cara em algum lugar. Meu pai colocou uma gravata e levou a BMW para ser encerada. Isso só pode significar que ele está à procura de uma nova piriguete. Como sempre, rezo pra que ela se interesse por homens mais novos também.

A natureza plácida de Dwayne continua a me surpreender. Embora há uns dez minutos eu tenha acabado com a raça dele, por tentar inserir um cartucho

Os diários de Nick Twisp

de Nintendo na entrada de disquete do meu computador, ele acabou de me trazer uma xícara de chocolate quente. Bem gostoso, até.

Não consigo mais escrever. De repente fui tomado por uma onda arrasadora de cansaço. Devo ir dormir imediata...

DOMINGO, 4 de novembro — Uma noite estranha. Após um pesadelo assustador, no qual eu lutava pelo que pareciam horas com uma morsa apaixonada, acordei de manhã com dor de cabeça, a costela roxa e uma dor intensa muito peculiar na bunda. Estranho também é que meu pijama, que eu me lembro de ter vestido antes de deitar, estava no chão ao lado da minha cama. Somando dois mais dois, cheguei a um total perturbadoramente gay.

— Dwayne! — berrei.

O ronco cessou de repente.

— Oh... dia, Nick — bocejou meu colega de quarto, difundindo um bafo azedo por todo o quarto. — Tá na hora de levantar?

— Tá na hora de responder a algumas perguntas — respondi, tentando me manter calmo. — O que você colocou no meu chocolate?

— Que chocolate? — perguntou ele, fingindo inocência.

— Não minta, seu cretino! Você colocou uma pílula nele, não foi?

— Não, coloquei duas. E o que que tem?

— Tem que eu sei o que mais você fez, seu animal nojento. E eu vou contar pra sua mãe!

— Se você me dedurar, Nick — avisou ele —, eu conto tudo pro seu pai sobre enviar aquelas pílulas pra Santa Cruz.

Essa ameaça me fez parar um momento, mas não impediu por muito tempo o impetuoso François.

— Você me paga, Dwayne — respondi com frieza. — Vou fazer da sua vida um inferno.

— Não fica bravo, Nick — implorou Dwayne. — Eu gosto de você. Cê pode fazer aquilo comigo também. A hora que quiser. Quer fazer agora?

Ele empurrou as cobertas para o lado, revelando toda aquela paisagem repugnante, sua gordura roliça e cor-de-rosa.

Bem nesse momento, a Sra. Crampton entrou no quarto.

— Garotos, hora de... Dwayne! Cadê... seu pijama?

— Nick que me fez tirar ele, mãe — respondeu ele, puxando as cobertas às pressas. — Ele também tirou o dele.

— Seu mentiroso! — gritei.

— Nick! — berrou ela. — Você tá... de... pijama?

— Não é da sua conta — respondi. — E por favor bata à porta antes de entrar.

— Você deixe... meu filho... em paz — disse ela, com a voz trêmula. — Ele é... um rapaz... bom... Não vá... corromper... ele... com sua indecência!

Apesar da raiva de François, percebi que precisava aplacar aquela mãe. Era necessário.

— Não estávamos fazendo nada, Sra. Crampton — afirmei. — Estava apenas quente ontem à noite. Deve ser esse verão fora de época que está fazendo.

Lá fora o dia estava cinzento, chuvoso e fazia uns 5°C. Apesar disso, a Sra. Crampton pareceu disposta a aceitar a minha explicação.

— Se vocês ficarem com calor, garotos... abram a janela... Não vão... tirando... o pijama... Isso é... indecente.

— Tá bom, mãe — disse Dwayne, dócil.

— Eu com certeza não vou! — respondi, lançando um olhar irritado na direção do filho dela.

— Agora levantem... rapazes — falou ela. — Tô fazendo... batatas... para o café.

10h15. Decidi que nunca mais vou falar com Dwayne. Enquanto eu engolia as batatas (outro eufemismo enganador pra gororoba) em silêncio, de repente me ocorreu que eu talvez não fosse mais virgem. Gostaria que existisse uma comissão de especialistas cujo trabalho fosse decidir esses detalhes técnicos pelos adolescentes. Se eu estivesse conversando com você-sabe-quem, eu perguntaria a ele se ele teve o bom senso de usar uma camisinha. Provavelmente não, se eu conheço bem o cretino. Agora, junto a outras frustrações adolescentes, como espinhas e dançar em público, tenho de me preocupar com doenças fatais. Por sorte, meu colega de quarto é de uma feiura tão monumental que seu círculo de contatos sexuais deve ser necessariamente diminuto.

Meu pai ainda está enfiado no quarto dele; não saiu de lá nem pra tomar café. Procurei por todos os indícios óbvios (um carro estranho parado na frente de casa, restos de cigarro manchados de batom no cinzeiro, lingerie desconhecida pendurada nos abajures) e não encontrei evidência de uma nova piriguete. Ao que tudo indica, ontem à noite eu e D---e fomos os únicos moradores a ter relações sexuais. Quanto ao nosso outro Don Juan, o Sr. Ferguson, ele recebeu seu café da manhã na cama. O homem está com uma aparência terrível. Hoje ele fugiu do piquete de novo — um péssimo sinal, se quer saber.

Os diários de Nick Twisp

11h30. O telefone acabou de tocar e D---e o passou para mim. Após fazer um show fingindo que limpava o telefone para não me contaminar, falei:

— Alô?

— Nickie, é você?

Era a minha mãe, aquela-que-está-amarrada-em-um-casamento-trágico.

— Oh, oi, mãe, O que foi?

— Nickie, Lance pegou o ladrão!

— Pegou? — perguntei, chocado. — Quem é?

— Um motorista de táxi indiano de San José!

Senti uma vibração perturbadora na base do meu escroto.

— Hã, mãe... O que ele disse?

— Ah, ele negou, claro. Mas lá estavam minha tevê e meu videocassete, dentro do apartamento dele.

— Ele... ele foi preso?

— Ah, não. Eles o deportaram imediatamente.

— Deportaram o indiano? — perguntei, tentando conter o pânico.

— É. Mandaram toda a sua família de volta, por falar nisso. Benfeito pra eles. Estavam todos vivendo aqui com vistos de turistas vencidos. Veja só que cara de pau! Por sorte, o Departamento de Trânsito tinha as impressões digitais dele arquivadas, de quando ele pediu a licença de taxista.

— Então acho que o caso tá encerrado, né? — falei, tentando ver pelo lado positivo.

— Ah, não — respondeu ela. — Lance ainda está checando outras impressões digitais suspeitas. Ele acha que havia mais de um bandido na gangue. Nickie, como está tudo aí? O seu pai ainda está triste?

— Acho que sim. Provavelmente. Mãe, eu queria perguntar uma coisa. Você está pagando pensão pro meu pai?

— Claro, Nickie. Quatrocentos dólares por mês. É só o que eu posso mandar agora, com o Lance Júnior para chegar.

Quatrocentos dólares por mês! Meu pai deve estar lucrando pelo menos uns 300 dólares em cima de mim. Isso é quase 10 mil pilas ao ano.

— Mãe — falei com carinho —, será que você poderia começar a fazer o cheque no meu nome?

— Nickie, não seja bobo. Não posso fazer isso. Por quê? Seu pai continua sendo o pão-duro de sempre?

— Nossa, e como — respondi.

— Nickie, os fiscais que investigavam o incêndio não têm vindo mais xeretar aqui já faz um tempo. Provavelmente é seguro pra você voltar para casa agora. Que tal? Você não quer estar aqui quando o seu irmãozinho nascer?

— Adoraria, mãe — menti. — Mas não posso largar a escola. Estou estudando bastante, sabe.

— Isso é bom — disse ela. — E para qual equipe esportiva você se inscreveu?

— Nenhuma, mãe — respondi. — Decidi que vou direto da caixa de areia pra Liga Profissional de Beisebol.

— Cuidado com essa língua — retrucou ela.

Já ouvi isso antes.

Depois de desligar o telefone, escrevi um breve bilhete e entreguei em silêncio para D---e:

> Querido Gordo Pervertido:
>
> Sob as atuais circunstâncias, sinto que não seja aconselhável para nós continuarmos coabitando o mesmo cômodo. Como originalmente o quarto era meu e você é o intruso, acredito que caiba a você sair. Já que atualmente não existem outros quartos disponíveis na casa, sugiro que você transporte seus pertences nojentos e sua pessoa repulsiva até o trailer da sua família, no quintal. Por favor, faça isso até o anoitecer de hoje se assim for humanamente possível.
>
> Sinceramente detestando você,
> Nick Twisp

Depois de muito coçar a cabeça e resmungar, D---e terminou com dificuldade de ler o bilhete, e disse simplesmente:

— De jeito nenhum.

Furioso, rabisquei outro bilhete e passei para ele com força.

O gorducho analfabeto enfrentou a carta e anunciou:

— Não importa o que cê diz, Nick. Eu nem vou morar lá fora pra congelar as bolas. Se quer ser um idiota convencido, então cê que vá morar lá no trailer!

Queimando por dentro, com uma fúria vulcânica, virei para ir embora, depois parei quando meu pai arrastou o corpo para fora do seu quarto. Seu cabelo estava despenteado, a barba por fazer e seu olho esquerdo não abria.

Os diários de Nick Twisp

Com todas as cores do arco-íris (com o predomínio de um roxo apavorante), ele estava completamente inchado.

— Pai — perguntei —, tudo bem se eu for morar no trailer dos Crampton?

— Não me interessa que porra você vai fazer — respondeu ele.

Isso, eu traduzi como consentimento.

— Pai — continuei —, o que aconteceu com o seu olho?

— Isso não é da porra da sua conta — disse ele.

Meu pai não está falando. Provavelmente ele aprendeu do jeito difícil que as piriguetes que vivem no meio do nada jogam pesado. Bom pra ele que ela não estava portando uma arma de fogo.

16h30. Estou escrevendo isso de dentro do meu casulo de madeira de bétula — meu novo quarto sobre rodas. Para meu espanto, a Sra. Crampton não demonstrou sequer uma oposição quando propus me mudar para o trailer dela. Talvez ela ainda esteja perturbada pela nudez indecente que observou no meu quarto esta manhã. Ela deu seu consentimento com entusiasmo e até encontrou um antigo aquecedor elétrico para que eu possa combater o frio. Ligamos o aquecedor e o meu computador na tomada que fica do lado da porta dos fundos. Eu posso ligar o aquecedor e o computador, mas adicionar a lâmpada ao circuito aciona o disjuntor. Portanto, tenho duas escolhas: posso escrever na escuridão calorosa ou na luz frígida. Talvez eu faça um experimento para ver qual das duas opções melhor afeta a minha prosa.

A vida no trailer não é tão ruim quanto eu imaginava. Montei meu computador na pequena cozinha na parte da frente. Tenho um fogareirozinho em que posso preparar chá, uma pia minúscula pra escovar os dentes, um closet de tamanho razoável para guardar as poucas roupas que tenho, duas cômodas com cheiro de bolor pra colocar minhas roupas íntimas, uma cama de casal no fundo caso Sheeni decida visitar e — o melhor de tudo — uma fechadura resistente na porta. Nada de banheiro, no entanto. Consegui um grande frasco de vidro como substituto. O rótulo diz "Sidra", então posso deixá-lo lá fora sem medo de passar vergonha.

Fuzzy veio me ver com umas fofocas quentes quando eu estava acabando de guardar minhas últimas coisas.

— Ei, isso aqui até que tá bem legal — observou ele, abaixando a cabeça para entrar pela porta de *hobbit*.

— É, eu decidi encarar como meu primeiro apartamento eficiente — respondi. — Estou fingindo que é uma casa de artista na North Beach. Sente aí, Frank.

— E aí, como está seu pai? — quis saber Fuzzy.

— Como se tivesse esquecido de se abaixar ao entrar — respondi. — Como você sabia?

— Já sei de tudo — respondeu Fuzzy. — Do tio Polly. Ele estava lá.

— Lá onde?

— No Burl Pit, um bar na antiga Redwood High. Seu pai foi acertado por um dos músicos.

— Paul? — perguntei, animado.

— Acho que é isso mesmo — confirmou Fuzzy. — Uma gata mordeu a orelha dele também. Deve ter sido Lacey. O tio Polly disse que ela tinha um corpo turbinado.

— É Lacey, com certeza — concordei.

Então era por isso que meu pai estava andando por aí com a mão cobrindo a orelha. Pensei que ele estivesse pensando em virar locutor de rádio.

Contei para Fuzzy as novidades vindas de Oakland essa manhã.

— Nossa, deportaram o indiano — falou ele. — Isso é péssimo. Ouvi dizer que esses caras ficam ressentidos por um tempão. Você acha que eles vão tentar cruzar a fronteira pra nos encontrar?

— Talvez, mas ele não sabe bem onde procurar. E não é isso o que está me preocupando. Frank, já tiraram suas impressões digitais?

— Acho que não — respondeu ele. — Mas tiraram as impressões digitais dos meus pezinhos no hospital onde eu nasci.

— Tudo bem — falei. — Se eu me lembro bem, você não abriu a geladeira da minha mãe com seus pés. E Vijay, já tiraram as impressões digitais dele?

— Não sei — disse Fuzzy. — Vamos ligar para ele.

Meu pai e o Sr. Ferguson, parecendo dois pacientes recém-admitidos em um hospício, estavam assistindo a um jogo de futebol americano na sala de estar. Guiei Fuzzy até o quarto do meu pai, passando pelos dois, e disquei o número de Vijay. Após meia dúzia de toques, o Sr. Joshi atendeu o telefone, com a voz irritada.

— Oi, Sr. Joshi — falei. — Vijay está aí?

— Meu jovem, o que foi isso que escutei sobre você avançar na minha filha na biblioteca pública?

— Hã... como assim?

— Você foi visto beijando Apurva sem nenhuma discrição. Isso aconteceu?

— Apurva?

Os diários de Nick Twisp

— Sim, minha filha! Nem tente negar. E isso depois que eu recebi você em minha casa! Mas não estou surpreso. Garotos como você não têm o menor respeito. Bem, você nunca mais terá contato com nenhum dos meus filhos de novo.

— Nunca mais?

— Já avisei para que eles não falem com você. Nunca mais. Agora, não tenho mais nada a dizer. Adeus!

— Espere, Sr. Joshi. Posso perguntar uma coisa?

— Bem, o que é? — reclamou ele.

— Já tiraram as impressões digitais de Vijay?

— Certamente que não — respondeu ele. — Exceto, claro, para o requerimento do *green card*. Agora, adeus!

*Clique.*

— Notícias ruins? — perguntou Fuzzy.

— As piores — respondi com a voz cansada. — Estou proibido de me aproximar de Apurva, e Vijay talvez tenha que solicitar liberdade condicional antes de entrar em Stanford.

— Vamos contar a ele? — perguntou Fuzzy.

— Melhor não — respondi. — Não podemos correr o risco de ele entrar em pânico e fazer algo idiota, como confessar.

22h30. Enquanto eu me preparava pra ir dormir, levei um susto ao ouvir um barulho fora do trailer. Apaguei a luz às pressas e espiei pela pequena janela acima da cama. Olhando pela mesma janela redonda, iluminada pela luz da lua, havia uma aparição horrorosa: Dwayne.

Fechando com movimentos bruscos a surrada cortina, gritei com todas as minhas forças:

— Voyeur!

Então ouvi um xingamento em voz baixa, e o som de passos se afastando a toda velocidade.

Preciso adotar uma das táticas dos vietcongues e colocar algumas armadilhas em torno do meu território. Onde será que uma pessoa consegue talos de bambu bem afiados?

SEGUNDA-FEIRA, 5 de novembro — Outra noite sem sossego. Eu não sabia que o colchão do trailer era extremamente desconfortável e cheirava a Eau de Dwayne. Preciso tirar as medidas para ver se o colchão do meu quarto cabe no lugar. Todas as janelas ficam suadas por causa do ar úmido da madrugada, e — mesmo com o aquecedor anêmico a todo vapor — o chão é tão frio quanto uma tumba, de manhã. Também sou levado a crer que não estou completamente sozinho. Quando abri minha gaveta de roupas íntimas essa manhã, encontrei dois novos cocôs de ratos e um recém-mordido buraco na minha melhor meia xadrez.

Mas tudo isso, diário, é apenas conversa mole. Sim, outro desastre aconteceu. Meu pai, aquele da orelha mastigada e da mente podre, sofreu outro contratempo em sua carreira.

ELE FOI DEMITIDO!

A Srta. Pliny, enquanto verificava os fatos no artigo do meu pai sobre o Oregon, encontrou um catálogo com uma notícia similar em um obscuro jornal florestal do Canadá. Milagrosamente encontrando a cópia desse jornal nos arquivos do escritório, ela descobriu que as páginas em questão haviam sido arrancadas sem explicação. Suspeitando que algo não estava certo, ela ligou para os editores em Vancouver e pediu para enviarem um fax da cópia imediatamente. A evidência que sustentava um julgamento de plágio era impressionante. Com exceção dos erros de grafia na versão do meu pai, os dois artigos coincidiam palavra por palavra.

Ao chegar ao trabalho depois da escola, meu pai havia sumido — já era história. A mesa bagunçada dele tinha sido limpa, o porta-retratos com a foto de Ernest Hemingway, levado embora, o nome dele na vaga de editor-assistente havia sido coberto com tinta. Tudo o que restava era uma atmosfera de contínua afronta e censura mal disfarçada.

Rapidamente, passei a me sentir culpado por tabela. Deve ser aquilo que querem dizer quando falam que os filhos devem pagar pelos pecados dos pais.

— Devo me demitir também? — perguntei ao Sr. Preston, em voz baixa.

— Isso não será necessário — respondeu ele, frio. — Mas por que você nos enganou dizendo que seu pai estava no Oregon?

— Ele me mandou falar isso — falei.

— O plágio já foi ruim o suficiente — continuou meu patrão, em repreensão —, mas a falsificação do relatório de despesas foi roubo, sem dúvida alguma.

— Sim, senhor — disse eu, analisando meus sapatos.

Passei o resto da tarde procurando não chamar atenção, no bosque perdido dos arquivos. O Sr. Preston estava certo: os arquivos estão mesmo uma bagunça.

Tudo isso aconteceu após um dia mais estressante que o normal na Redwood High. Vijay, esperto como sempre, exigiu uma explicação imediata sobre "essa história das impressões digitais".

**Os diários de Nick Twisp**

— Por que vocês querem saber se já tiraram minhas digitais? — perguntou ele para Fuzzy, desconfiado.

— É, Nick. Por que mesmo? — disse Fuzzy, passando a bola para mim.

— Bem, é... só pensei que a gente devia usar luvas de borracha ao pichar os banheiros. Você sabe; caso os policiais tentem tirar umas impressões digitais das paredes.

— Nick, isso é paranoia pura — respondeu Vijay. — As autoridades não devem chamar seus melhores detetives para um caso de mau comportamento e vandalismo em banheiros. Além disso, devem existir mais de dez mil digitais naquelas paredes.

— Você tem razão, claro — respondi, mudando de assunto rapidamente. — Mas me diga, quem dedurou Apurva para o seu pai?

— Vai saber — disse Vijay. — Eu falei que era uma estratégia arriscada. Minha irmã chorou por horas ontem à noite.

Que elogio!

— Vijay, pode dizer a Apurva que eu também vou sentir saudades dela — falei.

Ele me olhou sem entender.

— Ela não estava lamentando se separar de você, Nick. Estava chorando pelo cachorro de que você toma conta. Meu pai disse que ela também não pode mais ir visitar o cão.

— Ah — respondi. — Que... chato!

— Sim — continuou Vijay. — E, claro, não posso arriscar ser visto com você. Devemos ser discretos até meu pai se acalmar ou Apurva se casar. Fuzzy, você terá que ser o nosso intermediário fora da escola.

— Certo — disse Fuzzy.

21h40. Droga, você não vai acreditar. O colchão do meu quarto tem dez centímetros a mais e não cabe na cama do Pequeno César. Por um período indeterminado, eu terei noites desconfortáveis e fedorentas. Suponho que eu deveria agradecer. Daqui a alguns meses, talvez eu esteja dormindo em um beliche manchado de urina em um abrigo para sem-tetos.

Quando cheguei em casa, meu pai desempregado já estava na sua segunda garrafa de espumante.

— Onde você estava? — reclamou ele.

— Trabalhando — respondi. — Alguns de nós trabalham.

— Eu não quero que você volte lá — falou ele, de forma pouco compreensível. — Diga àqueles sacanas que você vai pedir demissão.

344

— Mas, pai, como vou conseguir dinheiro então?

— Tem outros empregos na cidade. Eu vou mostrar pra eles. Eles não podem mandar nos Twisp. Além disso, vou meter um processo na cabeça daquele imbecil.

— Por quê? — perguntei.

— Por exigir demais da minha mão! — respondeu ele, utilizando habilmente o membro ferido para servir outro copo de espumante. É melhor meu pai rezar para que o advogado do Sr. Preston não coloque uma câmera escondida no armário de vinhos dele.

Na cozinha, o Sr. Ferguson e D---e abriam as cascas de pecãs para a famosa Deliciosa (Apesar do Desemprego) Torta de Pecã da Sra. Crampton.

— Sinto muito pelo seu pai — grasnou o Sr. Ferguson, ainda pálido.

— Ele já gosta de encher a cara, hein? — comentou D---e.

— Pelo menos ele não está na prisão por cometer um homicídio — respondeu François, dirigindo-se à geladeira. — Algo que eu espero que ninguém na escola descubra.

D---e, nervoso, engoliu em seco:

— Se alguém descobrir, eu também posso abrir a boca.

Contabilizei minha fortuna: 28 dólares e 12 centavos em dinheiro e 13 dólares e 63 centavos no banco. Mais um mísero salário a receber e depois serei jogado, sem habilidade ou educação suficiente, na direção do arame farpado e enferrujado que é a oferta de empregos para adolescentes. Gostaria de não ter sido assim tão precipitado em enviar aquele cheque generoso pra Sheeni. Merda, agora é tarde demais para sustá-lo. Ela provavelmente já transformou meu suado dinheiro em cosméticos que a deixarão ainda mais exacerbadamente atraente para outros homens.

Não compartilho dessa visão otimista do meu pai, de que vou achar outro emprego. E me recuso a vestir o tecido sintético de cor pastel usado pelos explorados que trabalham em cadeias de fast-food. Já sei! Vou colocar no jornal um anúncio de venda para o meu antigo e valioso letreiro de neon. Já passou da hora de eu recuperar pelo menos um pouco do dinheiro que gastei com aquele animal desprezível, Albert. Apesar de comprar comida para cães de marca genérica, com a data vencida e de embalagem amassada, já gastei uma pequena fortuna. Se os cachorros comessem grama como vacas, eu já teria economizado uma boa quantia e nunca mais teria de encarar o cortador de grama de novo.

23h30. Uma tempestade começou a cair sobre o teto de latão do Pequeno César. O barulho me faz sentir morando dentro de uma grande lata de lixo.

Os diários de Nick Twisp

Como é que as pessoas dormem em trailers nos climas mais úmidos? O barulho é suficiente pra ensurdecer um baterista de banda de rock.

**TERÇA-FEIRA, 6 de novembro** — Eu cheguei 45 minutos atrasado na escola; meu despertador não tocou. Algum vândalo desconectou o cabo de energia da tomada. Suspeito que tenha sido um arrombador de trailers idiota, que — François me assegura — está tentando provocar uma vingança ligeira e das mais cataclísmicas.

Levei um choque desagradável quando contei a Fuzzy no ginásio sobre meu pai levar um pé na bunda. Parece que não terei direito de receber os 100 dólares de bônus se eu recrutar meu pai para furar a greve numa betoneira (restam apenas algumas vagas). Meu suposto melhor amigo Vijay já o reivindicou.

— Mas como ele soube que meu pai foi demitido? — reclamei, com raiva.

— Ele não sabe — respondeu Fuzzy. — Ele reivindicou os bônus de todos os pais de amigos seus. Irmãos mais velhos também. Se eles tiverem carteira de motorista, Vijay tem o direito de receber o dinheiro deles.

— Mas, Frank, isso não é justo! — queixei-me.

— Eu sei, Nick. Mas essas são as regras. Ele clamou, está clamado. Você sabe disso.

Acho que é hora de organizar uma convenção para revisar esse código falado pelo qual os adolescentes americanos conduzem suas vidas. Se as pessoas que vêm de outros países têm permissão para explorar injustamente essas infelizes brechas legais, toda nossa filosofia de vida estará ameaçada.

Durante o almoço, Vijay disse que sentia muito pelo azar da minha família e perguntou se meu pai estaria em casa à noite. Eu respondi que não tinha a menor ideia. Vijay deu de ombros, enfiou a mão no fundo do seu bolso e me entregou um bilhete contrabandeado vindo da sua irmã enclausurada:

Querido Nick,

Neste momento você já deve certamente ter ouvido as notícias ruins. Meu pai se recusa em ouvir a razão. Como última tentativa, contei a verdade — que estávamos apenas tentando causar ciúme no querido Trent. Isso apenas o deixou ainda mais furioso. Ele culpa você por plantar essa noção "não feminina" em minha cabeça. Como se eu fosse uma garota sensível que precisa da existência de um homem para essas coisas!

Meu pai ameaçou colocar um anúncio no jornal indiano imediatamente em busca de um marido se eu me encontrar com você de novo. Acho que ele está falando sério, então pretendo fugir para ver você e Jean-Paul o quanto antes. Enquanto isso, farei o meu melhor para sozinha continuar com o nosso plano.

Talvez eu não devesse confiar essa informação a você, mas o comportamento reacionário do meu pai apenas me incita a me rebelar mais. Desejo perder a minha inocência. Eu quero ser má!

Sua, com carinho,
Apurva.

Excitado até o osso, François escreveu esse curto bilhete, fechado durante as aulas de carpintaria com fita adesiva de extrema resistência e passado escondido para Vijay entregar:

Querida Apurva,

Eu sinto exatamente o mesmo. Vamos ser maus juntos. Atualmente estou morando atrás da minha casa, em um pequeno e muito privado veículo recreativo. Venha me ver o mais cedo que puder.

Aguardando seus lábios,
Nick.

PS: Não se preocupe, eu tenho você-sabe-o-quê.

O Sr. Preston acatou minha demissão como o cavalheiro que ele é. Disse que entendia, liberou-me do aviso prévio, mandou prepararem meu último salário e avisou a Srta. Pliny para adicionar mais 100 dólares por indenização. Que homem mais legal! Agora estou até lamentando ter misturado suas notas fiscais de forma tão aleatória pelos arquivos. Para a sorte de nós dois, a época de calcular o imposto de renda ainda está bem longe.

Ao limpar meu modesto cubículo, deixei sobre a mesa uma cópia do diário particular de Trent. Acredito que o Sr. Preston talvez possa achar os sentimentos de seu filho interessantes — especialmente as passagens que lidam com a falta de acesso a contraceptivos em Ukiah.

## Os diários de Nick Twisp

Enquanto eu marchava por aquelas escadas empoeiradas pela última vez, senti — não bem tristeza, nem medo de ficar sem dinheiro — mas um sentimento de alívio arrebatador. Eu havia quebrado as correntes da escravidão. Estava livre!

Como uma pessoa livre no controle do próprio destino, caminhei calmamente até o banco, depositei meu cheque inesperadamente alto e depois fui até o escritório do jornal para colocar um anúncio nos classificados. Vou pedir 500 dólares pelo letreiro, mas (se eu for muito pressionado) estou preparado para abaixar o preço para 475.

22h20. Uma batida leve à porta do trailer. Meu coração pulou no peito! Seria Apurva, assim tão cedo? Infelizmente, não. Era só a Sra. Crampton, que marchou debaixo da chuva com uma capa amarela enorme pra me avisar que eu tinha uma ligação. Vesti o roupão e terminei uma corrida pelos 18 metros de quintal surpreendentemente em segundo lugar. Para uma mulher grande, a Sra. Crampton tem uma agilidade incrível.

Era a Mulher Que Comanda o Controle Remoto do Meu Coração.

— Oh, Nickie, estou tão deprimida!

— Qual o problema, querida?

— Taggarty e eu fomos chamadas perante o Comitê Acadêmico Disciplinar hoje de manhã. De alguma forma, eles descobriram sobre o trabalho que eu fiz no lugar dela.

— Ah, não! — exclamei, em minha mente beijando Bernice. (A única forma de osculação que desejo compartilhar com minha espiã.)

— Por sorte, já que somos boas alunas e foi nossa primeira ofensa, conseguimos que eles fossem mais tolerantes. Taggarty terá todas as suas notas diminuídas um ponto nessa matéria e nós ficaremos sob observação durante o restante do semestre.

— Ah, entendi. Então eles não vão expulsar você?

— Claro que não, Nickie.

Agora era a minha vez de enfrentar uma depressão sombria.

Sheeni continuou:

— Mas estamos restritas ao campus por uma semana. E temos que cumprir vinte horas de punição no refeitório. É quase tão ruim quanto estar no exército. Espero que eu não fique com as mãos todas secas.

— Você têm mãos adoráveis — suspirei.

— Obrigada, Nickie. Obrigada pelo cheque e pela bela carta.

Então contei toda a história chocante da demissão do meu pai. Sheeni ficou claramente alarmada.

— Nickie, o pai de Trent contratou seu pai porque eu o recomendei. Como você acha que isso vai se refletir para mim?

— Bem, pelo menos você não está andando por aí com metade dos cromossomos dele em seu DNA — respondi. — Pense em como eu me sinto!

— Como ele vai conseguir outro emprego? — perguntou ela. — O Sr. Preston jamais vai escrever uma carta de recomendação para ele.

— Acho que ele está contemplando uma mudança total de carreira. Uma oportunidade surgiu no ramo de transportes. Como vão seus pais, a propósito?

— Doidos como sempre, sinto dizer. Meu pai me ligou ontem à noite em pânico e perguntou se eu sabia alguma coisa sobre contraceptivos.

— Ligou? — perguntei, alerta em um piscar de olhos. — O que você disse a ele?

— Disse que meu conhecimento sobre o assunto era adequado e que ele não deveria se preocupar desnecessariamente.

— E o que ele respondeu?

— Ele me fez umas perguntas totalmente absurdas sobre pílulas anticoncepcionais roubadas. Não sei de onde os pais tiram essas ideias. Provavelmente algum programa fez uma reportagem idiota sobre o assunto. Gostaria que os jornalistas fossem mais responsáveis. Os pais já são suspeitos por natureza sem todo esse sensacionalismo desnecessário.

— Então ele não vai tirar você da escola?

— Nickie, por que você sempre chega a essa conclusão terrível? Claro que não! Além do mais, meus pais estão totalmente preocupados com a vida amorosa de Paul. Graças a Deus.

— Eles ainda não se acostumaram com Lacey?

— De jeito nenhum. Minha mãe finalmente parou de rezar e passou a subornar a mulher para ela ir embora. Ela se recusou. Agora minha mãe quer sequestrar Paul e levar para fazer uma lavagem cerebral religiosa. Por enquanto, meu pai está se mostrando contrário por motivos legais. Com certeza, esse será um Dia de Ação de Graças animado.

— Sheeni! Você vem pra casa no feriado? — perguntei, já nem esperando uma resposta afirmativa.

— Sim, meu pai insistiu. Espero poder ver você, Nickie. Vai ser difícil. A punição caso meus pais descubram pode ser extremamente severa.

— Nós iremos descobrir um modo! — prometeu François.

— Espero que sim. Tenho uma surpresa legal para você, Nickie.

Os diários de Nick Twisp

— E o que seria, querida?

— Taggarty aceitou ir comigo até Ukiah. Não é legal?

— Sim, maravilhoso — resmunguei. — Como vai Taggarty?

— Ainda sonolenta de um jeito preocupante. Essa semana ela começou a ir a um acupunturista. Ela ainda dorme demais, mas diz que seus sonhos já melhoraram.

— É alguma coisa, pelo menos — falei.

— Nickie, você falava sério quando escreveu todas aquelas coisas bonitas na carta?

— Claro, querida. O que eu não tenho em riqueza material compenso com sinceridade extrema.

Sheeni riu.

— Ah, Nickie. Você me faz sentir melhor. Sempre faz.

Ainda embalado no calor daquela bênção de amor, devo agora me retirar para minha confortável cama.

Voltei. Alguém colocou um cocô de cachorro no meu travesseiro!

**QUARTA-FEIRA, 7 de novembro** — Para minha surpresa, Vijay não tinha a resposta da minha ousada proposta feita à sua irmã em cativeiro. François acha que esse é um bom sinal, mas eu não tenho tanta certeza. Ele quase me convenceu de que estamos a ponto de resolver nossa situação incerta como virgens.

Falando em otimismo precipitado, Vijay está convencido de que logo coletará 100 dólares em dinheiro sanguinolento pelo recrutamento do meu pai para furar greve.

— Ele não estava assim tão interessado no início — admitiu Vijay. — Falou algo sobre concluir um projeto literário em andamento enquanto recebia dinheiro do governo. Mas eu informei que, conforme meu pai, as pessoas que são dispensadas de seus empregos por justa causa não são elegíveis para receber auxílio. Depois disso, foi apenas uma questão de enumerar as vantagens do emprego proposto.

— Que são quais, precisamente? — exigi saber.

— Um trabalho agradável ao ar livre, remuneração justa, um trajeto extremamente curto, nenhuma restrição na liberdade de fumar e nenhum chefe checando constantemente o trabalho. Além disso, mostrei que ele estaria defendendo os princípios de livre iniciativa e competição irrestrita. Acho que talvez eu o tenha convencido. Seu pai é um patriota com pensamentos puros, Nick.

Estranho, achei que essas qualidades não fossem compatíveis.

— Também mostrei — continuou Vijay — que, nessa região do país, dirigir um grande caminhão é visto por uma grande parcela da população feminina como uma ocupação extremamente glamourosa para homens. Talvez isso tenha pesado um pouco a favor, para ele. No fim da nossa conversa, ele já estava falando sobre transformar suas experiências neste emprego em um livro.

Que ideia boa! Ele poderia usar o seguinte título: *Furei greve por sexo*.

Depois da aula, sem emprego pra devorar minhas horas preciosas, caminhei com calma até a biblioteca na esperança de topar com você-sabe-quem. Mas, em vez de belas indianas debruçadas e graciosamente confusas sobre a tarefa de álgebra, encontrei dorminhocos que amassam revistas velhas e bibliotecárias disseminadoras de fofoca. Uma dessas últimas, tenho certeza, foi quem nos dedurou para o pai de Apurva. Para dar o troco por essa traição coletiva, coloquei-as para trabalhar procurando as origens da incubadora de ovos mecânica — um assunto pelo qual não tenho o menor interesse.

Quando eu estava indo embora, ninguém menos que Paul entrou no prédio, para devolver algumas partituras musicais. Ele parecia tranquilo e contente — como deveria ser qualquer homem que passa oito horas por noite coabitando com Lacey.

— Oi, Paul — falei. — Cuidado com sequestradores.

— Obrigado pela dica, Nick — respondeu ele, com tranquilidade. — Fique de olho você também. Cachorros dormindo também podem morder.

— Pode deixar, Paul. Como vai Lacey?

— Lacey é uma ondulação divina no universo, Nick. Como vai Sheeni?

— Vai bem, também — respondi. — Ela vem pra casa agora no Dia de Ação de Graças.

— Legal. Então considere-se convidado pro almoço.

— Quer dizer, com você e Lacey? — perguntei.

— Claro, nós e todo o clã Saunders. É uma tradição de família.

— Mas, Paul — devolvi — seus pais me detestam.

— Mais uma razão para você ir, Nick. O almoço é às duas. Espero que você goste de peru.

— Adoro. Devo levar alguma coisa?

— Flores para a minha mãe. Mas você já sabia isso.

— Ah, claro.

Nossa! Ação de Graças com os Saunders. Quem poderia imaginar?

**Os diários de Nick Twisp**

Quando cheguei em casa, levei um susto ao ver meu pai reunido na mesa da cozinha com o pai amedrontador de Fuzzy e o tio dele. Na sala de estar, um aposentado com a cara roxa de raiva estava sendo contido à força por sua noiva e sua prole sem nome.

— Destruidores de sindicato! — gritou o Sr. Ferguson. — Chefões fura-greve! Escória da humanidade!

— Calma... querido — acalmou a Sra. Crampton, com destreza imobilizando-o no sofá. — Você vai... não sei... ter... um ataque.

— Nick! — berrou o agitador nervoso. — Seu pai está se tornando um traidor! Ele está se vendendo para os chefões!

— Eu sei, Sr. Ferguson — respondi, pegando minha correspondência. — Mas isso não me importa. Eu não quero me envolver com isso.

Atônito, o Sr. Ferguson lançou um olhar irritado em minha direção:

— Onde estão seus princípios, garoto?

— Eu não tenho nenhum, Sr. Ferguson — expliquei. — Como a maioria das coisas mais finas na vida, é um luxo a que não posso me dar.

Ao partir em direção ao Pequeno César, fui barrado pelo tio de Fuzzy, Polly.

— Ei, garoto. Ouvi dizer que você tem um letreiro de neon bacana. Quanto quer por ele?

— Quinhentos dólares — respondi. — É um antigo letreiro de resort e funciona perfeitamente.

— Pago 40 — disse ele.

— Quarenta dólares! — exclamou François, extremamente ofendido.

— Certo, 50. É minha oferta final.

— Você tem tudo em dinheiro? — questionei, com o rabo entre as pernas.

O tio Polly puxou um rolinho verde fascinante, retirou uma nota novíssima de 50 dólares e a colocou com um estalo sobre a minha mão aberta.

— Bom negociar com você, garoto. Cadê meu letreiro?

— Hã, no meu quarto — murmurei, impressionado. Talvez eu devesse esquecer minha ambição de me tornar um escritor e, em vez disso, tornar-me parte da indústria do cimento. O rolinho continha mais que o ordenado total que meu pai ganhou em toda sua vida.

A correspondência trouxe outro bilhete de amor perturbador de Bernice e meu novo passaporte dos Estados Unidos da América. Gostaria de não parecer tanto com uma criança carente e refugiada na foto. E todas aquelas páginas importantes, ainda tão vergonhosamente brancas! Seria de se esperar que eles colocassem uns vistos para você não parecer um completo ignorante que nunca viajou antes... mas não.

Uma confusão repentina no quintal me levou até a pequenina janela do trailer. Meus cachorros idiotas estavam uivando indignados enquanto o tio Polly guardava sua recente aquisição no porta-malas de seu Caddy preto e brilhante. Não sei do que esses cães parasitas podem reclamar. Eu provavelmente vou gastar os 50 dólares comprando comidas caras para eles.

22h05. Merda. Nenhuma visita noturna. Eu tinha até acendido algumas velas românticas, escovado meus dentes duas vezes, e (para esconder odores restantes de D---e) espirrado no colchão um pouco da prestigiosa colônia do meu pai (Stampede, by Lalph Rauren). Tudo isso para nada. Ah, bem, deduzo que não haja nada melhor que uma atmosfera sedutora para acentuar o prazer do autoerotismo.

Hoje mais cedo, encontrei meu antigo kit de impressão dos escoteiros e passei algumas horas agradáveis melhorando meu passaporte. Agora tenho evidência em documento de ter viajado para todos os continentes com exceção da Antártica — inclusive várias nações geralmente visitadas apenas por exploradores de segunda categoria, traficantes de armas e catequizadores de televisão.

Durante o jantar, o Sr. Ferguson declarou sua intenção de bloquear "todo e qualquer movimento de betoneiras fura-greve" com a imposição imprudente de seu "próprio corpo".

— Apenas pague o aluguel — comentou meu pai. — Não quero ter que descontar isso dos seus bens.

Não vou repetir o que o Sr. Ferguson respondeu.

QUINTA-FEIRA, 9 de novembro — Restam apenas duas semanas até eu ver a Futura Mãe dos Meus Filhos Brilhantes. Talvez possamos começar a praticar algumas daquelas técnicas de concepção complicadas enquanto nossos corpos ainda são flexíveis. Começar um treinamento a essa altura, dizem os especialistas, pode evitar aquelas tentativas frustradas e vergonhosas quando o gongo biológico estiver ressoando.

Acho que estou ficando gripado. Tive de abrir todas as janelas do trailer ontem à noite para respirar e quase morri congelado. Em um dado momento, levantei-me na escuridão frígida e espalhei toda a minha roupa íntima limpa na cama para me esquentar mais. Isso ajudou um pouco. Suponho que eu poderia ter colocado o aquecedor embaixo do lençol, mas, desde a morte repen-

Os diários de Nick Twisp

tina de Albert, descobri que tenho um respeito saudável ou um medo mórbido da eletricidade. Não consigo decidir qual.

Ainda nenhuma resposta de Apurva. Por que as mulheres são curiosamente tão não comunicativas depois de receber propostas concretas e sinceras? Será que elas, ao contrário do que indicam os relatórios, valorizam mais a sutileza? Será que eu, em vez disso, deveria tê-la convidado para ver minha coleção de selos?

A conversa sobre a greve com meu pai teve pelo menos um resultado positivo (além de aumentar a já inchada fortuna de Vijay). Era justamente o incentivo que faltava para o Sr. Ferguson sair da monotonia pré-nupcial. Ele levantou de madrugada e já estava de volta do piquete dos grevistas fomentando a solidariedade.

O fura-greve mesmo ficou fora o dia inteiro em um local não divulgado, recebendo instruções dos subalternos de DeFalco sobre como conduzir uma betoneira. Ele voltou para a cama coberto de óleo e desilusão. Meu pai ficou surpreso ao aprender que se espera que os homens não só transportem o concreto até o local da construção, mas que também o despejem.

— Aquelas calhas pesam uma tonelada — reclamou ele, descendo uma latinha de cerveja, no melhor estilo trabalhador braçal. — E eles ainda querem que a gente lave as malditas. Não sei por quê. Elas vêm cheias de meleca no próximo carregamento.

— Foi difícil dirigir a betoneira, pai? — perguntei.

— Que nada! Ela tem direção hidráulica e câmbio automático. Uma velhinha seria capaz de dirigir aquilo. Agora, uma BMW... — Essa sim é uma máquina que recompensa toda a sua habilidade na direção.

Eu sei, pai. Ainda estou desconjuntado o suficiente para provar sua habilidade.

— Quando você começa, pai? — perguntei.

Ele olhou ao redor, ressabiado.

— Cadê aquele comunista maluco?

— Ainda no piquete — respondi.

— Não tenho permissão pra contar — falou meu pai, tentando, sem sucesso, ser misterioso. — É segredo de estado.

— Fuzzy disse na escola que eles vão botar fogo na construção amanhã — comentei.

— Não conte para aquele pirado — avisou ele. — Flora pediu pra ele levá-la de carro até San Quentin amanhã, para conhecer o marido dela.

— Por quê? — perguntei.

— Como é que vou saber? Talvez eles queiram a bênção dele para uma união feliz.

— Espero que ele aceite tudo com um cavalheiro — falei, duvidoso.

— Espero que ele mate esse velhote comunista — disse meu pai, tomando outro gole da cerveja. — Vai me poupar de ter que passar com a betoneira por cima dele.

21h45. Minha gripe piorou. A Sra. Crampton carinhosamente me deu seu antigo cobertor elétrico, então talvez eu não congele de novo essa madrugada. O termostato está quebrado, mas ela me assegura que ele ainda "fica bem quentinho".

**SEXTA-FEIRA, 9 de novembro** — Não consigo escrever muito. Estou doente demais. Faltei à escola. Eu me sinto como uma vítima grave da malária. Acordei suando muito debaixo do Cobertor Elétrico dos Infernos. O botão está emperrado em "Alto". Meu peito está todo vermelho. Queimadura de primeiro grau?

Ouvi muitas sirenes, barulho alto e incitações incoerentes saindo de megafones, vindo da direção da fábrica de concreto. Opa, o que foi isso? Parecia um tiro de canhão.

Não posso mais escrever. Preciso ir vomitar.

**SÁBADO, 10 de novembro** — Estou rezando por uma recuperação ou pela morte. Não me importa qual, a esse ponto. Vinte e três grevistas foram presos, quatro estão no hospital, os fura-greves do concreto estão fazendo barulho ao passar pelo meu leito de enfermo. Meu pai, aquele que acaba com as greves, recebe hora extra por trabalhar no fim de semana. Gosta do emprego. Disse que os outros motoristas na estrada raramente contestam o direito de passagem de uma betoneira grande. O Sr. Ferguson, de volta de San Quentin, ficou totalmente alterado por ter perdido a batalha. Culpa a noiva. Terminou o noivado e agora está dividindo o quarto com D---e.

**DOMINGO, 11 de novembro** — Minha recuperação deu um grave passo para trás por causa de um furador de pneus no meio da madrugada. O Pequeno César agora declina dez graus a estibordo. Minha cama está em um ângulo extremo. Tenho de me segurar, senão rolo para fora. Difícil tirar um cochilo nessas circunstâncias. Meu pai ficou irado com o vandalismo feito em sua preciosa BMW. Todos os veículos na propriedade foram atacados, menos o velho

Os diários de Nick Twisp

Toyota do Sr. Ferguson. Meu pai acusou o agitador idoso de ser cúmplice no ataque. Houve uma grande discussão. Meu pai mandou o Sr. Ferguson sair de casa. Ele se recusou, a não ser que fosse pago um reembolso proporcional do aluguel. Impasse imediato. D---e caiu na desgraça por ter feito propostas indecentes a seu ex-futuro padrasto.

**SEGUNDA-FEIRA, 12 de novembro** — Não vomitei por seis horas. Acredito que passei a encruzilhada. Talvez valha a pena viver. Vijay ligou da escola com boas notícias. Ganhei uma prestigiosa bolsa de estudos na Índia. Ele lançou a história e minha foto nos jornais.

— Eles mandaram um vale para a sua passagem — completou ele. — O programa está em andamento. Envie um telegrama para eles quando souber a data de sua chegada a Mumbai.

Talvez eu me deixe convencer a ir, se eles me prometerem uma cama nivelada. Mais notícias boas: o noivado Ferguson-Crampton foi retomado. O Sr. Ferguson saiu para reunir tropas para outro bloqueio na construção, que vai acabar com os rostos decorados com marcas de pneu. A Sra. Crampton está secretamente fritando as almôndegas da resistência para os sindicalistas sitiados. D---e continua em desgraça por boicote crônico de uso de roupas íntimas.

23h30. Bem, aconteceu. Melhor gravar tudo na memória eletrônica enquanto os machucados ainda são recentes. Enquanto eu estava tentando, com teimosia, ler *The Old Wives' Tale*, de Arnold Bennett (depois de ter passado os olhos procurando trechos obscenos), ouvi alguém bater à porta delicadamente.

— Entre — grasnei.

A batida continuou

— Entre, Sra. Crampton! — gritei. — Você já pode levar minha bandeja do jantar.

A porta se destrancou e abriu lentamente.

— Nick, é você? — perguntou uma voz musical e indecisa.

Apurva!

Tentando não entrar em pânico, larguei meu livro e puxei as cobertas até cobrir meu pijama manchado de vômito. Fazia mesmo três dias que eu havia tomado banho?

— Oi, Apurva! — arfei. — Entre.

O trailer estalou quando Apurva entrou pela estreita passagem e olhou o interior com cuidado. Ela estava usando maquiagem e exalava campos floridos do Himalaia.

— Nick, é tão pequeno! — exclamou ela. — Você está mesmo morando aqui?

— Por enquanto. Eu não me importo.

— Oh, Nick. Você está na cama. Estou atrapalhando? — perguntou ela, com hesitação.

— De jeito algum, Apurva. Eu estava... hã... esperando que você viesse. Por favor, tire seu casaco. O que aconteceu com você?

— Desculpe, Nick. Meu pai não me deixou sozinha nem um segundo sequer. Por sorte, ele foi chamado de surpresa para resolver um problema no trabalho hoje. Ele me fez prometer que eu ficaria no meu quarto. Claro, ele não percebe que agora eu resolvi ser má. Nick, o chão sempre fica inclinado nesse ângulo em particular?

— Normalmente, não. Aconteceu um repentino esvaziamento nos pneus. Eu estava me preparando para tentar usar o macaco amanhã.

— Entendi — respondeu ela.

Tentando manter o equilíbrio, ela removeu luvas, cachecol e casaco. Fiquei surpreso ao perceber suas mãos trêmulas. François ficou excitado quando viu que ela se vestira para a ocasião em um vestido vermelho tricotado que marcava cada contorno atraente sem restrições ou desculpas. Já que François geralmente apresenta essas mesmas qualidades, decidi deixá-lo no comando da conversa.

— Sente-se, querida — disse ele, com educação. — Eu ofereceria bebidas, mas é a noite de folga do mordomo.

— Obrigada, Nick. Estou bem — falou Apurva, sentando na pequena sala de jantar e tentando (com certa dificuldade) evitar escorregar enquanto puxava, com modéstia, o vestido para cobrir seus lindos joelhos claros.

— Nick, você não parece muito bem — continuou ela, segurando a maçaneta da porta como apoio. — Talvez eu devesse deixar você descansar.

— Não! Não, Apurva. Eu estou bem, de verdade. Nunca me senti melhor.

— Tem certeza? Perdão por dizer isso, mas seus olhos estão marejados e seu nariz parece estar inflamado.

— Febre da primavera — explicou François. — Sempre tenho nessa época do ano.

— Ah, que pena! A Irmã Brenda sofre o mesmo. Ela não se importa. Ela acredita que um desconforto nasal extremo é uma punição digna de seus pecados. Nick, você está com frio? Você está todo enrolado nas cobertas.

— Bem, veja você, minha querida — explicou François —, não estou vestindo muita coisa debaixo das cobertas.

Minha convidada ficou vermelha e olhou na outra direção.

— Desculpe. Talvez eu deva ir e deixar você se vestir.

— Não precisa se desculpar, querida. Não tenho nada para esconder de você. Você tem o que esconder de mim?

Apurva corou ainda mais e passou a examinar a estampa do seu vestido.

— Eu... eu não quero. Não necessariamente.

— Você gostaria de vir sentar aqui na cama? É grande o suficiente para duas pessoas.

— Bem, talvez. Tem certeza de que você está bem mesmo para receber visitas?

— Nunca estive melhor — tossi. — Nunca fiquei doente sequer um dia em minha vida.

Apurva avançou lentamente na direção da cama e sentou com recato no colchão irregular. Apenas fixando bem os joelhos foi que ela conseguiu evitar cair por cima do febril François.

— Nick, que cheiro estranho é esse?

— Stampede. É meu perfume caro. Você gostou?

— Talvez, se usado com moderação. — Ela pegou meu livro esquecido. — Ah, o que você está lendo? Eu tenho lido sem parar, já que fico só em casa.

François pegou o livro de suas mãos e jogou do outro lado do trailer. Apurva levou um susto, nervosa.

— Não vamos falar de literatura — disse ele.

— Do que, do que vamos falar então? — perguntou ela. — Como está meu doce cachorrinho?

— Esqueça o cachorro! — respondeu ele. — Vamos conversar sobre como esse vestido adorável fica quando está aberto.

Sem mais uma palavra, Apurva levou as mãos até as costas, desengatou o fecho e lentamente abaixou o zíper.

— Você se importa de apagar a luz? — perguntou ela.

— De jeito nenhum — disse François, desligando a lâmpada da parede enquanto, ao mesmo tempo, retirava o pijama imundo. Ele a puxou para si. Ela resistiu apenas um pouco.

— Você está totalmente nu? — sussurrou ela.

— Mais ou menos — respondeu François, com dificuldade em abrir o sutiã dela na escuridão.

— Por favor, não faça isso, Nick — disse ela, esquivando-se. — Vamos conversar primeiro.

Mas a gravidade fez com que seu lindo corpo rolasse até encostar no meu novamente. Meus lábios procuraram os dela e a mão ansiosa de François encontrou um seio quente coberto em lã macia.

— Ah, Nick. Eu gosto de você — suspirou ela. — Mas...

— Mas o quê, querida? — murmurou François, com voz doce.

— Mas tem coriza pingando na minha bochecha.

— Ah, sinto muito! — exclamei, procurando no meio das cobertas pelo meu lenço medonho. Nada feito. Desesperado, usei um canto do lençol.

— Nick, você tem certeza de que está bem?

— Sim, mas sou extremamente alérgico a lã — mentiu François. — Você se importaria em tirar seu vestido?

— Adoraria, Nick. Mas...

François parou sua busca pelo sumido fecho do sutiã.

— Mas o quê, querida?

— Perdão por ser tão direta, Nick, mas as circunstâncias não são bem como imaginei que seriam.

— Você está desconfortável? — perguntei. — Gostaria de outro travesseiro? Devo ligar o cobertor elétrico? Você vai ficar quentinha em um segundo.

— Nick, você deve saber que, quando uma moça está crescendo, naturalmente tem curiosidade, bem, sobre esses assuntos e geralmente tem fantasias sobre sua primeira experiência em... em fazer amor. Você já teve pensamentos parecidos?

— Isso passou pela minha cabeça uma ou duas vezes — concordei.

— Então naturalmente você pode entender que uma moça deseja que sua primeira vez seja, bem... o mais agradável possível. Ela não gostaria de ter essa experiência marcada por algo, bem... meio sórdido.

— O colchão não é o que você está acostumada, né? — suspirei. — Quero que você saiba que eu não sou responsável pelo cheiro. É um legado infeliz de um ocupante anterior.

— Não é só a cama, Nick — explicou ela. — Isso não parece certo. Seria desonesto com Trent.

— Mas Trent não precisa saber! — argumentou François.

— Mas eu vou saber. E você. Nick, você precisa ficar bem, mudar desse triste trailer, e se resguardar para Sheeni. Acredite, vamos todos ser mais felizes no final das contas. Nós quatro — você, eu, Trent e Sheeni.

Sim, mas e François? Por enquanto, ele é quem tem que lidar com a E.T. Que Não Some.

Os diários de Nick Twisp

Naquele momento levamos um grande susto com os barulhos de uma violenta briga no quintal. Apurva saltou da cama, subiu o zíper do vestido e olhou pela janela.

— Ai meu Deus! — exclamou ela. — É meu pai!

Eu gemi e me enfiei debaixo das cobertas.

— Venha logo, Nick! — gritou Apurva, colocando seu casaco. — Seu pai está matando o meu!

Meu pai não matou o Sr. Joshi. Ele apenas lhe deixou o nariz cheio de sangue e rasgou o terno dele. O Sr. Joshi adicionou uma camada verde e roxa ao olho já roxo do meu pai, que ele ganhou na briga de bar. Não que eles não quisessem se matar enquanto rolavam, ofegando e xingando na lama. Estava na cara que o homicídio estava na cabeça deles. Mas um enfático joelho na virilha, embora distraia bastante, raramente é fatal. Ainda assim, para dois covardes lutando desarmados, o combate causou surpresa pela sua ferocidade. Apurva, pelo menos, estava apavorada.

— Deixe meu pai em paz! — gritou ela, batendo com os punhos nas costas e na orelha machucada do meu pai.

— Você vai aprender, seu comunista! — berrou meu pai, quase arrancando o nariz do seu oponente.

— Vou casar você à força, sua meretriz! — soltou o Sr. Joshi, supostamente dirigindo-se à sua salvadora.

Após dez minutos infernais, os combatentes haviam se separado, as ameaças de processos de 10 milhões de dólares já tinham sido feitas, eu fora escolhido para escutar um sermão de você-sabe-quem, e a doce Apurva havia sido levada embora à força e empurrada pra dentro do Reliant. Enquanto o Sr. Joshi cantava pneus noite afora, meu pai segurava o olho machucado.

— Você anotou a bosta da placa do carro? — reclamou ele.

— Hã... não. Desculpe.

— Merda! Mas me diga, quem é aquela garota?

— Não sei — menti. — Ela disse que estava vendendo assinaturas de revistas. Por que você atacou o cara, pai?

— Eu vi o imbecil tentando entrar sorrateiro pela garagem indo na direção do meu carro — respondeu meu pai, fazendo um curativo no olho. — Vou ensinar pra esses sindicalistas estúpidos que eles não podem destruir propriedade alheia!

Naquela circunstância, decidi que era melhor não corrigir o mal-entendido do meu pai.

— Engraçado — continuou ele. — Acho que já vi esse *chicano* filho da puta antes. E por que ele gritou com você?

— E eu vou saber, pai? — dei de ombros. — Estou tentando me manter neutro nessas disputas de trabalhadores.

**TERÇA-FEIRA, 13 de novembro** — Já me sinto bem melhor, mas decidi ficar em casa de qualquer forma. Não vejo motivo para faltar à escola só nos dias em que se está tão mal que nem pode aproveitar seu ócio. Enquanto outro Armageddon acontecia entre os trabalhadores a distância, passei a manhã fazendo uma limpeza de outono muito necessária no Pequeno César.

Depois, pedalei minha bicicleta, passando pelas ambulâncias e o carro de polícia, e me recompensei na cidade com uma mais que merecida pausa para comer donuts. Como sempre, passei pelas franquias de palácios de donuts e fui a um pequeno estabelecimento no centro, onde a única coisa mais velha que a dona é o óleo na panela escurecida. Problemas com ranço à parte, os donuts são variados, de tamanhos generosos e tão baratos que é de se espantar.

Quase engasguei na minha segunda dose de xarope de bordo quando abri o jornal e encontrei um rosto familiar sorrindo na página 5. Lá, posando entre três colunas de texto, estava o adolescente mais ilustre de Ukiah: eu. Li e reli cada brilhante palavra com imensa satisfação. Que surpresa mais agradável! E daí se o artigo continha alguns fatos incorretos? (Eu, por exemplo, nunca disse que possuía um QI de 195.)

Devorei meus donuts em estado eufórico, depois invadi uma banca de jornal e peguei todas as cópias. Algumas, eu devo dar para amigos, outras guardarei para futuras biografias e outras ainda enviarei anonimamente pelo correio, para garotas que já desprezaram meus avanços ao longo dos anos. Apenas gostaria de estar lá para poder testemunhar a expressão de remorso amargo no rosto delas.

Voltei para casa bem a tempo de atender o telefonema de Vijay ao meio-dia.

— Você viu o artigo? — perguntou ele, animado.

— Sim, foi um tremendo elogio por escrito — falei. — Eu agradeço, Vijay, por você se recusar a ser inibido pelas restrições da verdade. Você tem um futuro brilhante na vida pública à sua frente.

— Gosto mesmo de enganar a imprensa — reconheceu ele.

— Talvez seja por isso que você é um republicano ativo — notei. — Falando em impulsos reacionários, como está seu pai?

**Os diários de Nick Twisp**

— Ele está bem chateado, Nick. É verdade que você dormiu com a minha irmã?

— O que foi que ela disse?

— Ela disse que vocês estavam apenas conversando. Meu pai queria que ela fosse até um hospital ontem à noite, para ser examinada, mas minha mãe conseguiu, por fim, tirar essa ideia da cabeça dele. Bem, diga então. Confesse seus crimes. O que aconteceu entre vocês dois?

— Vijay, se sua irmã diz que estávamos apenas conversando, eu certamente não vou contradizer. Estaria sendo mal-educado. Como está Apurva, por falar nisso?

— Bastante preocupada. Meu pai estava ameaçando mandá-la de volta para a Índia. Mas agora, que ele pensa que você vai para lá, ele mudou de ideia. Ele diz que não confiaria deixar sua filha no mesmo continente em que você está.

Agora foi a vez de François se sentir elogiado.

— Diga para Apurva que sinto muito por ela ter ficado em apuros — falei. — E diga que ela é bem-vinda para me visitar a hora que quiser — completou François.

15h30. Ouvi um barulho como o de um 747 caindo e corri até em casa. A Sra. Crampton estava caída no chão, desmaiada. O telefone estava ao lado dela, fora do gancho. Somando dois e dois, deduzi que ela apenas recebera uma notícia ruim. Rezando para que fosse uma tragédia relacionada ao filho dela, tentei fazê-la acordar para descobrir. Sem sorte. As notícias chocantes de hoje dizem respeito ao amado dela. O Sr. Ferguson foi preso! Ele está na delegacia por ter provocado tumulto, resistido à prisão e ter atacado e agredido um policial.

— Não... é justo — reclamou a Sra. Crampton, quando finalmente acordou. — Agora... meus dois... homens... estão na cadeia!

19h30. Meu pai mostrou-se firme e me proibiu de ir estudar fora do país. Ele diz que eu sou muito novo e que precisa de mim em casa. Todo mundo sabe do que ele realmente precisa em casa: o cheque mensal da minha mãe. Se ainda dependesse do dinheiro de pensão do meu pai, eu já estaria pegando um bronzeado em Pune.

A Sra. Crampton acabou de telefonar e pediu um empréstimo de 15 mil dólares para pagar a fiança do Sr. Ferguson. Meu pai se recusou e sugeriu que ela ligasse para a sede do Partido Comunista.

23h30. Acabamos de ver no noticiário local o Sr. Ferguson bater na cabeça de um policial com um escudo protetor. Também vimos de relance meu pai espalhar alguns grevistas ao passar em velocidade pelo portão, com 6 toneladas de concreto fura-greve. Todos apareceram na televisão, menos eu. Por que não mencionaram importantes ganhadores de bolsas? Os críticos da imprensa têm razão: a mídia tem um preconceito lamentável com relação a boas notícias.

QUARTA-FEIRA, 14 de novembro — Sou uma celebridade na escola! Todos os professores me parabenizaram durante as aulas, inclusive o Sr. Vilprang, que disse que torcia para que eu pudesse continuar meus estudos de marcenaria na Índia.

Então, na sala de chamada, fui entrevistado para o jornal da escola por uma aluna bonitinha do terceiro ano, Tina Manion. Contei a ela toda a história da minha vida (com algumas partes seletas melhoradas por François), dei uma foto recente e meu número de telefone. Fuzzy depois me disse que eu estou indo além da minha capacidade. Ele falou que Tina estava saindo com um universitário e jamais sairia com alguém da Redwood High — especialmente um calouro não esportista, "um qualquer" como eu. Respondi que era justamente esse tipo de atitude pessimista que o mantinha sozinho em casa aos sábados à noite.

17h30. Meu pai voltou para casa assoviando de forma suspeita. Acho que talvez ele tenha passado por cima de um grevista pela primeira vez. Ele também parece ter adquirido algumas saliências por baixo da camisa. Será que ele está realmente desenvolvendo músculos? Um Twisp com porte atlético — o que virá depois disso?

O Sr. Ferguson foi solto à tarde, sem nem sequer receber ajuda de seus companheiros. Ele foi obrigado a usar a escritura de sua casa como garantia para sua fiança. A Sra. Crampton deu um ultimato: seu noivo precisa escolher entre ela e o piquete. Isso que é argumento contra o livre arbítrio.

19h45. Meu pai acabou de se arrumar e saiu de casa. Ele tem um encontro. Com uma mulher!

Logo depois que ele foi embora, Paul ligou e ele não parecia calmo como sempre. Contou que Lacey saiu do trabalho hoje e descobriu que alguém tinha arrombado a janela do seu Toyota e enchido todo o interior austero de vinil com 3m³ de concreto de secagem rápida. Ela fez um retrato falado de meu pai para a polícia de Ukiah!

Não consigo deixar de imaginar se existe certo simbolismo em particular nesse ato de vandalismo. Por que concreto? Freudianos perguntam. E o que realmente ele deseja fechar?

Os diários de Nick Twisp

22h30. Sheeni acabou de ligar e estava um pouco em pânico.

— Nickie, meus pais estão completamente empolgados. Eles disseram que você ganhou uma bolsa de estudos para a Índia!

— Isso mesmo, querida. Veja bem, você não é a única interessada em culturas exóticas de outros países.

— Mas, Nickie, você não pode ir!

— Por que não, querida? Eu tenho passaporte e tudo mais. Deram 10 mil rúpias a serem resgatadas como minha primeira ajuda de custo anual. É a primeira vez que possuo 10 mil de qualquer coisa... ainda mais rúpias.

— Mas, Nickie, se você for embora de Ukiah, meus pais vão... quero dizer, eu vou sentir muito a sua falta.

— Como sempre, Sheeni, a solução está em suas mãos.

— O que quer dizer?

— Mude de escola, querida, que eu rejeito a minha bolsa de estudos... mesmo que isso cause um incidente internacional.

— Por que você não faz isso, Nickie, e eu então penso seriamente em voltar para casa?

— Desculpe, Sheeni, mas preciso de um comprometimento melhor que esse. Estamos numa encruzilhada, querida. Essas decisões que devemos tomar são grandiosas e podem mudar nossa vida. Quem sabe dizer quais possibilidades aguardam por mim na Índia?

— Quando você vai viajar? — perguntou ela, de mau humor.

— Não tenho certeza — respondi. — Possivelmente depois do almoço de Ação de Graças na casa dos seus pais.

— Não seja bobo, Nickie. Eu não poderia convidar você.

— Não tem problema, querida. Eu já fui convidado... cortesia do seu irmão hospitaleiro.

— Nick! Meu irmão é um idiota! Você *não* pode vir para o jantar!

— Desculpe, Sheeni. Não posso recusar depois de já ter aceito. Isso não seria gentil. Além do mais, prometi levar flores para sua mãe.

— Nick, meu pai tem uma arma carregada na gaveta da cômoda. Ele pode ser capaz de causar extrema violência. Acho que ele já está até perdendo o pouco de sanidade que lhe resta. Ele parece estar obcecado com fantasias paranoicas envolvendo pílulas contraceptivas roubadas. Ele acabou de passar 45 minutos me interrogando sobre isso. Agora afirma ter visto uma confissão escrita por Trent.

— E o que você disse? — perguntei, extasiado.

— Eu me recusei a discutir o assunto. Disse para ele tomar duas aspirinas e ir se deitar.

— Ótimo, Sheeni. Esse é o único jeito de agir com pais exagerados.

— Nickie, querido — falou Sheeni, ligando seu charme magnificente no máximo —, você não vai para a Índia nem vem para o almoço, não é?

— Não, querida — respondi em voz doce. — Prometo que não serei mais intransigente do que você.

— Oh, Nick! Você é impossível!

*Clique.*

Eu me pergunto se o Sr. Saunders realmente tem uma arma carregada. Melhor ficar atento. Se ele pedir licença para ir até seu quarto, devo fugir imediatamente.

QUINTA-FEIRA, 15 de novembro — 03h30. Acabei de ser acordado por uma pessoa mal-educada batendo à minha porta.

— Quem é? — reclamei.

— Eu, Nick — respondeu D---e.

— Vai chupar o cano de gás! — falei, rolando na cama.

— É o seu pai! — disse ele. — Ele quer falar com você no telefone.

— Tá bom, tá bom!

Esperando o pior, segui o mensageiro quase pelado até em casa. Como sempre, meu pai não decepcionou.

— Nick — disse ele —, aqui é o seu pai.

— Oi, pai.

— Aconteceu um pequeno mal-entendido. Estou aqui na delegacia de polícia. Quero que ligue para a sua mãe e peça para ela providenciar dinheiro para a minha fiança.

— O que você fez, pai?

— Não se importe com isso agora.

— Como foi seu encontro? — perguntei.

— Nick, vá ligar para a sua mãe! Diga para ela que eu devolverei o dinheiro logo em seguida.

— Tá, pai. Ela levanta lá pelas sete. Eu ligo nesse horário.

— Ligue agora, merda! Eu não quero ficar mais um minuto sequer neste buraco fedido.

— Ah, tá bom, pai — respondi. — Se controle.

Eu liguei para o número da minha mãe e meu pior pesadelo se tornou realidade. Lance atendeu o telefone.

OS diários de Nick Twisp

— Oi, Lance — falei, com a voz séria mas agradável. — Aqui é Nick, seu enteado. Minha mãe está?

— É melhor isso ser pra lá de importante, seu merdinha! — rosnou o policial.

— Nickie, é você? — perguntou minha mãe, com a voz cheia de sono e preocupação. — O que aconteceu? Você está encrencado?

— Eu não, mãe. É o seu ex-marido. Ele está na cadeia de Ukiah e quer que você pague a fiança.

— Ele quer o quê?

— Ele quer que você tire ele do xadrez — falei, adotando o dialeto apropriado de um filme B.

— Por que aquele parasita foi preso?

— Não tenho certeza, mas a acusação pode ser de dano premeditado. Supostamente ele encheu o carro da ex-namorada com cimento.

— Nick, diga para aquele mulherengo desprezível do seu pai que, se depender de mim, ele vai apodrecer na cadeia. Eu não gasto nem 10 centavos pra pagar a fiança dele!

— Era o que eu imaginava que você diria, mãe — respondi.

— E, Nickie, se seu pai estiver com problemas graves, pegue o ônibus direto para Oakland. Falo sério.

— Pode deixar, mãe — menti.

Desliguei o telefone e olhei ao redor da cozinha procurando doadores em potencial. Encontrei apenas três possibilidades, todas com os olhos exaustos, nenhuma da classe dos afluentes. Um, rejeitei por questões de moral. Restaram dois.

— Hã, Sr. Ferguson... — comecei a falar, com jeito.

— Nada feito, Nick — respondeu ele, firme. — Diga para aquele fura-greve detestável ligar para a sede do Partido Nazista.

— Sra. Crampton? — perguntei, esperançoso.

— Desculpa... Nick — respondeu ela. — Eu não tenho... nem 6 dólares... na carteira... Seu pai... tá me devendo... três salários... atrasados!

No final das contas, tive de apelar para a clemência enfurecida da minha irmã Joanie. De todos, ela é quem mais odeia meu pai, mas, por fim, ela concordou em transferir um empréstimo a curto prazo com altas taxas de juros para poder salvar seu único irmão de precisar morar com Lance.

Acho que outra crise financeira está pairando sobre mim. O que acontecerá com a gente se meu pai foi demitido do trabalho fura-greves dele? Como vou pagar minha conta de telefone monstruosa?

16h15. Mais notícias ruins. Fuzzy me puxou para conversar durante a aula de educação física e contou uma história chocante. Sua mãe, que aparentemente teria ido cuidar de uma amiga doente, chegou em casa no meio da madrugada em um carro da polícia de Ukiah. Ela foi detida, acusada de embriaguez em local público e perturbação da ordem, depois de ter sido descoberta no bar Burl Pit acompanhada do meu pai.

— Sua mãe saiu com o meu pai? — perguntei, pasmo.

— Foi o que consegui decifrar no meio da gritaria — sussurrou Fuzzy, intensamente fingindo fazer abdominais vigorosas.

— Mas como, em nome dos pijamas de Deus, eles se conheceram? — perguntei.

— Ouvi meu pai acusar minha mãe de ficar passando pela betoneira do seu pai — respondeu Fuzzy.

— Seu pai ficou bravo, hein?

— Totalmente furioso.

— Nossa, Frank, isso é incrível!

— É, Nick. Isso faz de nós quase irmãos, acho.

— É, pois é. Pelo menos o seu lado da família tem dinheiro — respondi, amargurado. — Agora com certeza meu pai vai ser demitido!

19h30. Ou talvez não. Meu pai voltou para casa do trabalho assoviando como se tivesse ganhado o Prêmio Nobel por Dirigir Betoneiras. Imediatamente liguei para Fuzzy para saber as novidades.

— Meu tio Polly — explicou ele. — Ele ainda está puto com o meu pai por ter tentado levar o carro da minha avó. Então ele foi defender seu pai. Ele disse para o meu pai que o seu pai era o melhor novo motorista deles. Ele também disse que o ato de seu pai de fazer aqueles bancos cobertos de cimento foi bastante corajoso. Mas eles vão descontar do pagamento dele o gasto com o cimento perdido.

— Então não vão dar um chute nele?

— Dar um chute? Tio Polly deu um aumento e uma promoção. Meu pai ainda está puto, no entanto.

— E a sua mãe?

— Ela deu um ultimato durante o jantar. Ela disse que, se meu pai pode dormir com todo o departamento pessoal, então ela tem direito de sair com um caminhoneiro.

— Você quer dizer que talvez eles tenham outro encontro? — perguntei.

— Talvez, Nick. Quem sabe? Mas é melhor seu pai tomar cuidado.

## Os diários de Nick Twisp

— Seu pai tem uma arma, Frank?

— Uma arma! — exclamou Fuzzy. — Não saia espalhando isso, Nick, mas tenho um quarto no porão que parece o arsenal da Guarda Nacional.

21h45. Acabei de descobrir meu pai sossegado na sala de estar ouvindo meu mais estimado álbum do F.S. As cortinas da janela da frente estavam abertas, tornando a cabeça dele alvo fácil para qualquer um que passasse por ali.

— Desde quando você está interessado nesse tipo de música? — perguntei.

Meu pai, como um inveterado alpinista cultural, finge apreciar somente as músicas estritamente não melódicas da escola moderna do Entediante Progressivo.

— Não escuto, via de regra — respondeu ele —, mas uma amiga minha disse que curte isso. É bem meloso de um jeito meio forçado, se quer saber.

Eu, obviamente, não perguntei. Nem fechei as cortinas, também.

**SEXTA-FEIRA, 16 de novembro** — A vida é cheia de surpresas. Veja, por exemplo, a chamada telefônica que recebi à tarde, depois da escola.

— Gostaria de falar com Nick Twisp, por favor — disse uma voz masculina distinta.

— Sou eu.

— Olá, Nick — falou a voz. — Não nos conhecemos. Aqui é Trent Preston.

Palpitações cardíacas alarmantes.

— Ah. Olá, Trent.

— Como você está, Nick?

— Estou... bem. E você?

— Não muito bem, Nick.

— Sinto muito ouvir isso, Trent. Você se machucou praticando windsurfe?

Silêncio prolongado.

— Nick — disse Trent, por fim —, liguei para perguntar: o que você acha que está fazendo?

— Bem, no momento acho que estou falando ao telefone — disse, soltando um riso nervoso. Queria passar o controle da conversa para François, mas ele parecia estar em algum outro lugar fazendo um intervalo para tomar um cafezinho.

Mais silêncio.

— Nick — continuou Trent —, meus pais vão me obrigar a sair da escola.

— Bem, a economia certamente não está tão forte como gostaríamos — falei. — Arcar com um escola particular pode ser um fardo para os pais. Eu sei; meus pais descobriram recentemente que não podem mais pagar pela minha educação particular.

— Não é o dinheiro, Nick.

— Ah.

— São todas as mentiras que você espalhou sobre mim. E sobre Sheeni.

— Perdão, Trent — respondi, indignado. — Não sei do que você está falando.

— Acho que você sabe, Nick. Acho que você está deliberadamente tentando causar confusão em nossa vida.

— Por quê? Por que eu faria isso? — perguntei, inocentemente.

— Diga você, Nick.

Mais silêncio.

— Sem resposta. Entendi. Então me responda isso, Nick — continuou ele. — Você gosta nem que seja um pouquinho de Apurva?

— Gosto dela, claro. Ela é muito legal.

— Você dormiu com ela?

— Hã... o que você quer dizer?

— Quero dizer, você já possuiu o corpo dela sem o menor cuidado?

— Sem cuidado, não — respondi. — Você já dormiu com Sheeni?

— Sim.

Essa não era a resposta que eu esperava.

— Recentemente? — resmunguei.

— O suficiente. Dois dias atrás.

François arrancou o telefone das minhas mãos.

— Você é um um mentiroso de merda, Trent! — exclamou ele.

— Ah, então agora eu estou vendo o verdadeiro Nick Twisp — falou Trent.

— Está vendo sim, filho da puta! Fico feliz que os esnobes dos seus pais vão tirar você daquela escola de filhinhos de papai!

Raras vezes vi François tão exaltado.

— Nick, passei os últimos quatro meses tentando me convencer de que você era uma pessoa decente. Eu queria gostar de você pela Sheeni. Mas agora, camarada, a trégua acabou. Eu também sei jogar sujo, meu chapa.

— É uma luta até o fim — concordou François, buscando a luva de armadura.

## Os diários de Nick Twisp

— Que vença o melhor — falou Trent.

— Ei, isca de tubarão — completou François —, chupa minha prancha!

— Vem beijar meu cano, seu rato de merda — respondeu meu inimigo.

**SÁBADO, 17 de novembro** — Mais horas extras furando greve para o meu pai. Ele saiu às 06h30 com a famosa Marmita do Trabalhador Braçal da Sra. Crampton: meio frango frito, três ovos cozidos, um croissant doce (para o intervalo da manhã), cenoura cortada em tiras (por causa da fibra), salada de batatas, dois brownies grandes caseiros, uma maçã e um bolinho de cereja (para o intervalo da tarde). Só espero que o pacote de bônus do meu pai inclua uma hora de descanso depois do almoço. Ele talvez necessite tirar uma soneca.

Meu pai não vai passar por cima de nenhum aposentado idoso hoje. O Sr. Ferguson, pelo jeito, passará o dia inteiro deitado no sofá em posição fetal. Veja você, ele sacrificou seus princípios por amor.

Para distrair seu noivo de seus receios éticos, a Sra. Crampton preparou waffles de banana no café da manhã para todos. Eu comi o meu com o jornal de ontem escorado à minha frente, para barrar a visão do gigante triturador de forragem chamado D---e. Também aproveitei para reler a história principal da talentosa jornalista Tina Jade Manion. O estilo dela é uma maravilha: nenhum respeito à gramática, rígido como madeira, ainda assim impregnado no quente rubor de uma luxúria que pulsa com suavidade. Enquanto eu revisava sua narrativa aparentemente sincera sobre minhas conquistas acadêmicas, tive a nítida sensação de estar sendo secretamente, e ainda assim com audácia, apalpado — através do jornal. Decidi responder escrevendo uma carta para o editor (da mesma forma em código) agradecendo à Srta. Manion pelas gentis palavras. Só espero ter a capacidade.

11h30. NOVIDADES INCRÍVEIS, ARREBATADORAS!

Sheeni acabou de ligar aos prantos. OS PAIS DELA NÃO VÃO MAIS PAGAR A ESCOLA!

— Ah, Nickie, é uma tragédia — chorou ela. — Agora devo esquecer meus estudos de francês. Eu nunca vou sair de Ukiah. Vou ficar para sempre presa aí, como uma mosca pré-histórica preservada no âmbar!

— Pelo menos, estaremos juntos — falei.

— Você vai estar na Índia!

— Ah, verdade. Esqueci. — Nesse estágio delicado, eu não ousaria revelar que a viagem havia sido cancelada. — Quando você vem para casa? — perguntei.

— Quarta é meu último dia. De Trent também. Os pais dele estão sendo tão irracionais quanto os meus. Oh, Nickie, acho que vou me matar!

— Não faça isso, Sheeni! — disse. — Pense em mim. E em Albert. Precisamos de você!

— Sim, pelo menos agora posso estar com meu doce cachorro. Ele cresceu bastante, Nickie?

— Triplicou — respondi. — Sheeni, Trent comentou algo sobre mim para você?

— Ele mencionou que conversou com você no telefone ontem. No entanto, não disse sobre o quê. Só que era um assunto particular entre vocês dois. Oh, Nick, estou tão confusa!

— Sheeni, odeio ter que dizer isso logo depois de você ter passado por um choque tão emocional, mas tenho mais notícias ruins. Seu amigo Trent está espalhando mentiras perturbadoras sobre você.

— Como o quê? — reclamou ela.

— Ele disse que dormiu com você. Três dias atrás!

— Oh — disse ela, com a voz fraca. — Ele disse isso, é?

— Sheeni, é verdade?

— Claro que não, Nick. Você deve ter entendido mal.

— Ele foi bem claro, Sheeni. Ouvi com meus próprios ouvidos.

— Precisa usar clichês, Nick? — perguntou ela. — Você jamais ouviria com os ouvidos de outra pessoa.

— Então você não está dormindo com ninguém?

— Claro que não — respondeu ela. — Você está?

— Hã... não.

— Ótimo. Então podemos nos orgulhar de estarmos ambos da mesma forma sozinhos, infelizes e desprezados. Espero que esteja satisfeito, Nick.

— Sheeni, não fique triste. Vai dar tudo certo. Acredite em mim.

— Eu não estou desistindo, Nick. Taggarty ainda irá comigo no Dia de Ação de Graças. Estou torcendo para que ela consiga convencer meus pais a mudarem de ideia.

— Hum, é uma ideia — comentei. — Talvez eu consiga convencer seus pais também.

— Nick! Você *não* vai ver nem falar com meus pais. Já estou com problemas suficientes com eles.

— Mas, querida — eu me opus —, você mesma disse que deveríamos nos rebelar. Lembra? Como Jean-Paul Belmondo em *Acossado*.

**Os diários de Nick Twisp**

— Jean-Paul Belmondo não tinha pais! — exclamou ela.

*Clique.*

Nosso plano funcionou. Como um relógio. Meu querido amigo Vijay é um gênio.

12h15. Acabei de ligar para Vijay para contar as boas notícias. Ele pareceu tão animado com os eventos de hoje quanto eu. Então Apurva pegou a extensão para se juntar às comemorações.

— Oh, Nick! — disse ela, radiante. — Meu querido Trent vem para casa também. Ele me ligou ontem à noite, praticamente chorando. Eu fiquei tão feliz que gritei. Eu disse pro meu pai que era a Irmã Mary Ann, a diretora do coral, ligando para checar meu Dó. Não tenho certeza se ele acreditou.

— Onde está seu pai, por falar nisso? — perguntei.

— Ah, não se preocupe — respondeu ela, com alegria. — Ele está no escritório. É viciado em trabalho.

— Você vai conseguir ver Trent? — perguntei.

— Ah, sim, Nick. Não se preocupe. Vamos encontrar um jeito. Meu pai não vai nem saber que meu querido está voltando de Santa Cruz. Mesmo porque, depois da nossa noite no trailer, meu pai naturalmente considera você a ameaça principal à minha inocência. Talvez você possa ligar de vez em quando para ajudar a estimular essa ilusão.

Até que não é uma má ideia.

Depois de lembrar Apurva de que o apoio financeiro de Jean-Paul está preocupantemente atrasado, desejei-lhe muita felicidade no amor, encerrei a ligação e liguei para outro número. Depois de trinta toques, alguém finalmente atendeu.

— O escritório está fechado — anunciou a voz irritada. — Ligue após as nove da manhã na segunda-feira.

— Espere, Sr. Joshi! Não desligue — falei. — Quero conversar com o senhor. É urgente.

— Quem está falando?

— É Nick. Nick Twisp.

— Como ousa me ligar? O que você quer, seu canalha sem princípios?

— Sr. Joshi, é sobre Apurva.

— Você nunca mais irá vê-la! Estou avisando. Vou processar seu pai por agressão!

— Sr. Joshi, eu não quero ver a sua filha. É sobre o verdadeiro namorado dela, Trent.

— Aquele peste está em Santa Cruz — respondeu. — Graças a Deus.

— Não, ele não está, Sr. Joshi. Ele vai voltar na quarta. De vez. Apurva está planejando se encontrar com ele sempre que puder.

— Como você sabe disso? — perguntou o Sr. Joshi, claramente chocado.

— Ela acabou de me dizer — confessei.

— Apurva conversou com você? Isso foi uma violação direta de minhas ordens!

— Sr. Joshi, você não pode contar para ela que eu avisei o senhor.

— Por que não? — quis saber ele.

— Porque isso vai fazer com que ela saiba que você já sabe que Trent voltou. E daí eles serão ainda mais cuidadosos. Dessa forma, você pode proteger Apurva sem criar suspeita.

— Essa não é uma má ideia — admitiu ele. — Por que você está me dizendo tudo isso?

— Por que eu gosto da sua filha, Sr. Joshi. Como amiga apenas. E odiaria vê-la se machucar por causa de um depravado como Trent Preston.

— Que eu saiba, ele era um rapaz bastante sério e estudioso... para um americano.

— Não quero criar alarde, Sr. Joshi, mas o cara é um pervertido de marca maior. É por isso que os pais dele o mandaram para longe, para estudar em outro lugar. Eles não conseguiam mais lidar com ele.

— Então por que ele está voltando?

— É melhor o senhor não saber, Sr. Joshi.

— Por favor, Nick. Conte! — implorou ele.

— Desculpe. Eu já falei além do que devia. Apenas seja cuidadoso. Por Apurva.

— Espere, Nick. Eu quero...

Mas eu desliguei.

Senta nessa, Trent! E dá uma giradinha!

19h00. Acabei de conversar com Fuzzy.

— Frank, onde está sua mãe? — perguntei.

— Está no banheiro — informou ele — se maquiando.

— Onde está seu pai?

— Está na adega, enchendo a cara.

— Frank, seus pais vão sair?

— Não juntos. Onde está seu pai, Nick?

— Ele acabou de sair, usando seu blazer mais arrumado.

**Os diários de Nick Twisp**

— Você acha que eles vão sair juntos? — perguntou Fuzzy.

— E o papa, xinga em latim? — respondi. — É o segundo encontro deles, Frank. Você sabe o que isso significa.

— Minha nossa, Nick. Eu não quero nem pensar.

23h30. Uma noite quieta. Hora de ir deitar. Nenhum sinal do meu pai ainda. Estou tão animado e feliz que não sei se conseguirei dormir. Sheeni está voltando para perto de mim! Sinto que esse é mesmo um momento de mudança em minha vida. As coisas estão melhorando. Meu pai está firme e forte no trabalho há duas semanas. Nos dias à frente, resta apenas um futuro dourado cheio de felicidade e prosperidade ensolaradas. Talvez eu até tenha um retorno de Tina Manion. Namorado universitário ou não, ela gosta de mim; François sabe. As mulheres são tão transparentes para ele.

**DOMINGO, 13 de novembro** — 01h05. Fui acordado de um sono conturbado pelo som de carros estacionando na frente de casa. Levantei e espiei pela janela. Era a BMW do meu pai e um grande Lincoln prata. A Operação Irmão de Sangue começou.

01h10. O som engenhosamente modulado e doce de F.S. flutua da janela do quarto do meu pai. Frank está cantando "Full Moons and Empty Arms" — uma balada que imagino que, a essa altura, não esteja acertando em cheio. Não há luar no céu hoje, também.

Eu avisaria Fuzzy, mas o telefone está lá longe, na casa. O contato do meu pai com o celibato foi certamente curto. Os adultos têm toda a sorte do mundo.

03h30. Ou será que é isso mesmo? Alguém bate forte à porta do trailer e rapidamente se abrem as cortinas transparentes do meu sono.

— Quem é? — resmunguei.

— Uma ninfa — respondeu uma voz sedutora de mulher.

Eu acordei imediatamente.

— Entre — convidou François.

A porta se abriu e a mãe de Fuzzy, vestindo o cobertor elétrico do meu pai, entrou, fazendo barulho por causa dos cabos pendurados e dos botões de controle.

— Sra. DeFalco! — exclamei.

— Olá, Nick — disse ela, cheirando a perfume caro e bebida barata. — Oh, estou enroscada, querido. Venha me ajudar com esses cabos.

— Não posso, Sra. DeFalco.

— Por que não? — reclamou ela, puxando o cabo de alimentação enroscado na porta do trailer.

— Não posso sair da cama — expliquei. — Não estou de pijama.

— Não tem problema, Nick — riu ela. — Eu também não estou. Venha cá. Ajude uma dama em apuros.

Eu engoli em seco, saltei da cama, deslizei pela parede modestamente até a porta, desenrosquei o cabo e saltei de volta para debaixo das cobertas.

— Obrigada, Nick — disse ela, olhando ao seu redor. — Gostei da sua casinha.

— Devo acender a luz?

— Oh, por favor não, Nick. Minha maquiagem deve estar toda borrada.

Ela se deixou cair sentada à mesa da pequena sala de jantar e ficou me olhando com interesse através da escuridão.

— A música que colocamos acordou você?

— Sim, Sra. DeFalco, mas eu não me importo. Eu gosto de ouvir Frank a qualquer hora do dia ou da noite.

— Essa é uma qualidade tão rara, Nick. Posso perceber que você é um jovem muito especial.

— Obrigado. Eu tento.

— Que bom! Espero que sim. Agora, Nick, o que você possui em suas dependências para oferecer a uma dama?

— O que a senhora quer dizer, Sra. DeFalco? — perguntou François, com modéstia.

— Você tem algo para beber?

— Ah — respondi. — Só água, Sra. DeFalco. Sinto muito.

Ela fez uma careta e arrumou sua coberta.

— Por favor, Nick. Pode me chamar de Nancy.

— Certo, Nancy — falou François. — Gosto desse nome.

— Eu também — respondeu ela. — Gostaria que fosse o meu.

— Você está com frio? — perguntei. — Eu posso ligar o cobertor na tomada, se a senhora quiser.

— Não, obrigada. Você é tão atencioso, Nick. Diferente do seu pai.

— Hã... onde está ele? — perguntei.

— Seu pai está dormindo. — Ela torceu o nariz. — Ele desmaiou. Um tanto antes do tempo, devo dizer. Nick, quantos anos você tem?

— Dezesseis — mentiu François.

— Seu pai disse que você tinha 12!

Os diários de Nick Twisp

— Ele não é muito bom em matemática — expliquei.

— Ele não é muito bom em várias coisas — bufou ela. — Nick, poderia pedir um cigarro para você?

— Perdão, Sra. DeFalco. Eu não fumo.

— Por favor, é Nancy. Eu achava que todos os rapazes da sua idade fumassem. Para se rebelar contra a autoridade e parecerem mais velhos.

— Eu gostaria de fumar, Nancy — expliquei —, mas não quero ter câncer.

— Eu espero, Nick, que você não se torne um daqueles rapazes extremamente sensatos. Algumas vezes me desespero com a sua geração.

— Não se preocupe, Nancy — disse François. — Eu me comporto de forma bastante imprudente, via de regra.

— Fico contente em ouvir isso. Agora, Nick, já que você não pode me oferecer uma bebida nem cigarro, e está muito tarde pra jogar baralho, você se importaria muito se eu me espremesse aí na cama com você? Fique à vontade para recusar, se você não quiser.

— Não, Nancy — respondeu François, excitado até o osso. — Há bastante espaço para dois.

Eu me afastei e a Sra. DeFalco entrou debaixo das cobertas ao meu lado. O cobertor dela ficou para trás, na mesa. Irradiando ondas de calor e perfume, ela parecia dominar minha pequena cama com quantidades extravagantes de pele. Ela debruçou sua nudez quente sobre mim e riu.

— Não estou sufocando você, estou, Nick?

— Não. Estou bem — falei. Fiquei maravilhado com a abundância de peito livre de amarras que me cobria. — Devo beijá-la, Sra. DeFalco?

— Não é necessário, Nick — respondeu ela. — Descobri que, com o passar dos anos, beijar perde muito o apelo. Acho que, considerando a sua idade, no entanto, você ainda deve gostar.

— De vez em quando — admiti. Eu levei um pequeno susto quando uma mão quente segurou minha E.T. — Devo... devo pegar uma camisinha, Nancy?

— Por quê? Você tem alguma doença séria?

— Acho que não. Mas e com relação a filhos?

A Sra. DeFalco riu.

— Talvez eu fique grávida e tenha que largar a escola? Não, Nick, não acho que isso seja uma preocupação.

Já que beijar não estava na lista, eu não tinha certeza de como proceder.

— Você gostaria de um pouco de preliminares? — perguntei.

— Nick, querido, você já fez esse tipo de coisa antes?

— Ah, claro — mentiu François.

— Então faça como costuma fazer, como se eu fosse uma garota qualquer. Se você quiser, eu posso até dar uns gritinhos de surpresa inocente nos momentos apropriados.

— Isso não vai ser necessário — respondi, um pouco ofendido.

Comecei a me posicionar em cima da sua maciez indeterminada e suada quando o brilho de uma explosão poderosa clareou o trailer.

— Oh, céus — suspirou a Sra. DeFalco. — Eu estava esperando que os fogos de artifício só viessem depois.

Eu me soltei de seus membros ardentes, saltei da cama e espiei pela janela da frente. A 15 metros de distância, a preciosa BMW do meu pai iluminava a noite como uma boa fogueira alemã. Ela estava completamente tomada pelas chamas!

— O que foi? — perguntou a Sra. DeFalco, levantando-se como uma Fênix madura da minha tórrida cama. Eu gostei do modo como a luz cintilante iluminava suas curvas rubenescas em tons dourados. Seus mamilos, notei com interesse, eram quase do tamanho de pires.

— Alguém botou fogo no carro do meu pai! — exclamei.

— Mas que coisa rude — respondeu ela, abrindo a porta do meu armário e calmamente vestindo meu roupão. — E tão inconveniente.

— Aonde a senhora vai, Sra. DeFalco? — perguntei.

— Ligar para a emergência, Nick. Sugiro que você vista algo, querido. Não podemos receber os bombeiros assim, nus.

Embora os bombeiros tivessem chegado prontamente, o carro do meu pai teve perda total. Ele, não é preciso nem dizer, ficou arrasado. A Sra. DeFalco o consolou em seus braços enquanto ele ficou sentado cabisbaixo — choramingando e gemendo — na entrada da casa. Por sorte, com toda a confusão, ninguém pensou em questionar por que a convidada do meu pai estava usando o meu roupão.

— Aposto que foi um daqueles grevistas que fez isso — sugeriu D---e.

— Você... fique... quieto! — falou sua mãe, em voz baixa.

— Foi o idiota do seu marido! — queixou-se meu pai para sua amante, em tom de acusação.

Errado. Quando olhei pela janela, de relance pude ver o suspeito fugindo — com a lata de gasolina ainda na mão. Mas não mencionei isso para o capitão dos bombeiros quando ele me interrogou. Não, não tenho o menor interesse em fazer parte do processo de acusação do meu cunhado por incêndio culposo.

10h30. Uma manhã triste e fria. Já estamos bem no final do outono — realmente quase o fim do ano. Fuzzy me ligou depois do café da manhã e se passou esse diálogo perturbador:

— Oi, Frank.

— Oi, Nick.

— Onde está sua mãe, Frank?

— Lá em cima, na cama. Acho que ela passou a noite com seu pai, né?

— Mais ou menos — respondi. — Seu pai está aguentando?

— Não muito. Ele socou a parede.

— Ele fez o quê? — perguntei.

— Ele socou a parede. Com o punho. Ele faz isso quando está bem bravo. Minha mãe o acusou de botar fogo no carro do seu pai e POU! Ele deu um soco na parede.

— Seu pai deve ser bem forte.

— É. Às vezes ele acerta um prego e quebra uns dedos. Mas dessa vez ele fez um buraco no reboco. Acho que ele já gravou onde estão todos os pregos daquela parede. Nossa, não consigo acreditar... seu pai fez aquilo com a minha mãe. Isso é tão nojento.

— Frank, você consegue guardar um segredo?

— Nick, tem segredos que eu guardo desde o jardim de infância.

— Frank, nada aconteceu. Meu pai desmaiou... de tanto beber.

— Como você sabe disso, Nick?

— Sua mãe me contou.

— Contou?

— Frank, sua mãe veio até o meu trailer ontem à noite.

— Foi?

— Frank, ela se deitou na cama comigo.

— Deitou?

— Frank, estávamos pelados.

— O que você está tentando dizer, Nick?

— Frank, sua mãe tentou me seduzir.

— Mentira!

— Frank, é verdade.

— Seu mentiroso! Seu mentiroso doente e pervertido!

— Tá, não acredite em mim — falei. — Eu não devia ter contado, mesmo.

— Seu depravado nojento! — bradou Fuzzy. — Coma merda e morra, seu tarado!

*Clique.*

Confessar pode fazer bem à alma, mas certamente cobra um preço alto com relação às amizades.

11h15. DESASTRE ABSOLUTO! Sheeni acabou de ligar com notícias terríveis.

— Oh, Nick, estamos todos em estado de choque! — declarou ela.

— O que aconteceu, Sheeni?

— Bem, foi ontem à noite, durante o jantar. Eu estava cumprindo meu castigo no refeitório e Trent tinha muito gentilmente se oferecido para me ajudar a colocar a comida na mesa de servir. A verdura era couve-de-bruxelas com molho branco, o que pode ser complicado para uma pessoa sozinha servir, como você sabe. Bem, ele viu aquela pobre garota Bernice Lynch na frente da seção de bebidas colocar algo no copo de Taggarty. Nickie, era um sedativo poderoso!

— Como você pode ter certeza? — perguntei. — Talvez fosse apenas uma vitamina.

— Nickie, não era uma vitamina. Isso ficou tragicamente claro mais tarde.

Mais uma vez, eu senti aquele tremor apreensivo, na base do meu escroto.

— Ah. Como assim? — perguntei, com a voz fraca.

— Nickie, o diretor mandou Bernice para o quarto dela, para aguardar uma investigação, e ela engoliu o resto das pílulas!

— Ela fez o quê? — fiquei boquiaberto.

— Ela tentou se suicidar!

— Ela... ela conseguiu? — perguntei, não exatamente sem esperança.

— Não. Eles a encontraram a tempo. Mas ela está em coma. Nickie, talvez ela não sobreviva!

— Isso... isso é terrível.

— Sim, estamos todos pasmos. Taggarty em especial. Você precisa ver as costas dela. Ela parece uma alfineteira humana.

— Quem? Bernice? — perguntei, atordoado.

— Não, Taggarty. Por causa da suas sessões de acupuntura. Nickie, Taggarty sempre foi muito gentil com aquela garota. Ninguém consegue conceber um motivo que a levaria a tal ato criminoso. Você pode imaginar? Sedar alguém secretamente por semanas!

**Os diários de Nick Twisp**

— Hã... bem, não. Acho que não — admiti. — Sheeni, você pode me manter informado? Você me liga se tiver notícias?

— Claro, Nickie — respondeu ela. — Você será o primeiro a ser informado.

É disso que eu tenho medo.

18h30. Estou com medo demais para jantar. Passei minha costeleta de porco para D---e, que a devorou sem escrúpulos. Ainda assim, quem sou eu para dizer algo? Agora queria nunca ter feito amizade com Bernice. Ela só me criou problemas. A última carta que recebi foi assustadora ao extremo. Eu devia ter cancelado o plano naquela época. Imagine isso — pensar que eu gostaria de me casar com ela algum dia e ter "quatro lindos filhos: dois meninos para você e duas meninas para mim"! Eu ainda sou um garoto. Além do mais, já estou noivo.

22h00. Muito atormentado pela falta de notícias, liguei para Sheeni. Agora, gostaria de não ter feito isso.

— Alguma novidade do hospital? — perguntei.

— Não — respondeu Sheeni, com frieza. — Eu disse que ligaria.

— Qual o problema, Sheeni?

— Acabei de receber um fax muito perturbador — respondeu ela.

— Não sabia que você tinha uma máquina de fax, querida.

— Nossa escola é totalmente equipada com todas as ferramentas educacionais modernas. E, por favor, não me chame de querida. Tal expressão de afeto parece hipocrisia.

— O que você quer dizer? — reclamei.

— Devo ler o fax?

— Certo. Leia.

Em sua voz refinada, Sheeni leu palavras familiares e alarmantes:

— Querida Apurva, sinto exatamente o mesmo. Vamos ser maus juntos. Atualmente estou morando atrás da minha casa, em um pequeno e muito privado veículo recreativo. Venha me ver o mais cedo que puder. Aguardando seus lábios, Nick. P.S.: Não se preocupe, eu tenho você-sabe-o-quê.

— Como você conseguiu isso? — perguntei, exigindo uma resposta.

— Chegou anonimamente — respondeu ela.

— É uma falsificação, Sheeni!

— Eu conheço sua caligrafia afetada, Nick. Não tente mentir. Sua traição está mais que evidente. Adeus.

*Clique.*

Não posso acreditar que a doce Apurva me apunhalaria pelas costas assim. E eu que pensei que ela fosse minha amiga.

**SEGUNDA-FEIRA, 19 de novembro** — Ainda nenhuma notícia de Santa Cruz. Não consigo comer nada há mais de 24 horas. Será que Richard Nixon ficou estressado assim durante o escândalo de Watergate? Pelo menos ele tinha aqueles caras do serviço secreto e Bebe Rebozo para confortá-lo.

Fuzzy fingiu que não me reconheceu durante a aula de educação física. Ele escolheu D---e para ser seu parceiro de ginástica artística. Isso é que é cuspir no prato que comeu.

Então, durante o almoço, Vijay fez uma revelação chocante.

— Percebi o quanto eu estava errado — declarou ele. — Depois de muito examinar minha consciência, decidi que vou renunciar à minha filiação ao Partido Republicano.

— Vai? — perguntei, espantado.

— Sim, Nick. Você não está contente? — disse ele, com alegria. — Decidi que vou me tornar um Democrata.

Eu não fiquei nada contente. De repente, tudo ficou perfeitamente claro. Sim, eu havia sido apunhalado pelas costas, mas não por Apurva. Meu assassino fora seu irmão calculista — o "amigo leal" a quem eu estupidamente confiei minha correspondência mais privada. Sim, eu havia fornecido a espada e ele a usara contra mim. Agora que ele tinha colocado minha amada contra mim, percebi que a intenção dele era conquistar Sheeni sob o manto falso de uma liberalidade insincera. Sua malevolência não tinha limites? Seria um vegetariano de carteirinha capaz de tal traição?

— Então me diga, de um democrata para outro — falei com frieza. — Será que você teria acesso a uma máquina de fax?

— Sim, meu pai tem uma em casa — sorriu Vijay. — Eu a acho de grande serventia em certos momentos.

Uma confissão na minha cara!

— Quando você disse que Sheeni voltaria, Nick? — continuou Vijay. — Estou aguardando ansiosamente o retorno dela!

18h30. Nenhuma notícia a respeito do coma. Acabei de ter essa conversa surpreendentemente produtiva com um policial de Oakland:

— Sua mãe não está, seu merdinha.

— Hã, na verdade, Lance, eu queria falar com você.

— Então fale, inútil. Só não vá pedir esmola.

**Os diários de Nick Twisp**

— Não, estou financeiramente estável neste momento. Liguei pra saber como está progredindo a sua investigação sobre o roubo.

— E por que você quer saber isso, seu vermezinho?

— Eu fiquei pensando se você já tinha verificado aquelas impressões digitais misteriosas nos arquivos do Serviço de Imigração.

— O cara estava ilegal — respondeu Lance. — A imigração não tinha nenhum registro dele.

— Sim, mas os seus cúmplices talvez estejam no país de forma legal.

— Ah, isso é possível, creio.

— Bem, provavelmente não vale a pena verificar — falei.

— Ei, espertinho — respondeu meu carinhoso padrasto —, sou eu que decido o que é um procedimento de investigação correto.

— Eu sei, Lance. Sei que você fará um trabalho esplêndido, como sempre. Diga oi para minha mãe por mim.

— Não me diga o que fazer, seu imbecil.

Um cara maravilhoso. Talvez Vijay deva pedir uma carta de recomendação dele para sua inscrição em Standford. Ou para seu julgamento de liberdade condicional.

Esses malditos cachorros estão latindo como hienas de personalidade tipo A. Vou escrever um bilhete para D---e orientando-o a sair para passear com eles. Isso me faz lembrar: não recebi qualquer pagamento destinado a Kamu. Devo iniciar um processo de cobrança imediatamente.

22h15. Nenhuma novidade de Santa Cruz. Algo me ocorreu: talvez Bernice saia do coma com amnésia. Eu me livro de uma fria e ela terá um passado em branco no qual poderá construir uma personalidade nova e mais atraente. Tudo pode dar certo. Preciso tentar descobrir os efeitos colaterais comuns de uma gigantesca overdose de sedativos.

**TERÇA-FEIRA, 20 de novembro** — OUTRO DESASTRE CATACLÍSMICO! Quando cheguei à escola essa manhã, percebi que Fuzzy havia faltado. Descobri na sala de chamada que ele faltou porque um parente tinha falecido. Na aula de educação física, fiquei sabendo que meu antigo amigo estava de luto pela perda de um tio. Durante a aula de marcenaria, o que eu mais temia foi confirmado, quando chegou a mim a notícia que o falecido era mesmo o tio Polly. No almoço, fiquei chocado ao saber que a morte foi resultado de uma eletrocução acidental. Mas foi apenas quando cheguei em casa que me contaram a medida total e horripilante da tragédia. A causa da morte, segundo me informaram foi um letreiro de neon de segunda mão, recém-comprado na mão do filho de um ex-funcionário seu.

— Você foi mandado embora, pai? — exclamei.

— Quê? — gritou ele.

— Pai! Você foi mandado embora? — berrei.

— Sim, seu encrenqueiro! — respondeu ele. — Por que você acha que eu estou batendo em você?

Não precisa apelar para blasfêmia e sarcasmo, pai. Eu apenas gosto de ter noção de todos os fatos pelos quais estou sendo maltratado.

Depois que meu pai terminou, pedi licença e liguei para os DeFalco. A Sra. DeFalco atendeu, parecendo apenas parcialmente paralisada pela dor.

— Olá, Nick — disse ela. — Estou irritada com você, sabia?

— Não é minha culpa, Sra. DeFalco!

— Ah, é? Quer dizer que foi outra pessoa que me dedurou para meu filho?

— Ah — falei. — Ele contou, hein?

— Nick, eu pensei que podia contar com sua discrição. Vejo agora que minha confiança foi inútil.

— Sinto muito, Sra. DeFalco. Sinto muito pelo seu cunhado também.

— Todos nós sentimos, Nick. Muito mesmo. Eu sinto muito por meu marido ter demitido seu pai de forma precipitada. Ele poderia ao menos ter esperado Polonius ter sido propriamente enterrado. E sinto muito mesmo que neste exato momento ele esteja conversando com seus advogados sobre abrir um processo contra seu pai.

— É? — engoli em seco.

— Sim. Mas talvez eu não devesse contar tudo isso. Aquele letreiro estava defeituoso de forma muito perigosa, Nick.

— Eu... eu poderia reembolsar os 50 dólares — sugeri.

— Suponho que meu marido vá querer mais que isso, Nick. Muito mais. A polícia encontrou um fio desencapado no cabo de alimentação. Parece que ele foi mordido... por um animal.

— Por um cachorro? — perguntei.

— Eu não sei — respondeu ela. — Talvez os detetives possam descobrir. Você tem cachorro?

— Sim — confessei. — Três, na verdade.

— Imaginei mesmo que fosse uma picada de pulga que recebi no seu trailer — comentou ela. — Não deixe Frank visitar você aí.

## Os diários de Nick Twisp

— Não, Sra. DeFalco — respondi. — Quando o tio Polly morreu?

— Ontem à noite. Uma ex-namorada o encontrou flutuando de barriga para baixo na banheira. Seu pedaço de pizza não tinha sequer uma mordida.

— Quer dizer que o tio Polly instalou um aparelho elétrico ao lado de uma banheira? — perguntei.

— Sim. Ele estava convencido de que a luz do neon criava uma atmosfera própria para o romance.

— Mas isso não foi algo muito inteligente, Sra. DeFalco — falei.

— Talvez não — admitiu ela — mas era algo bem típico do tio Polly.

22h30. Decidi que não vou contar a meu pai sobre a possível ação judicial. Acho que será melhor se a intimação chegar como uma surpresa horripilante. Melhor deixá-lo continuar com o que lhe resta de felicidade até lá. Não há necessidade de fazer com que todos se sintam tão infelizes quanto eu.

Percebo agora que deveria ter suspeitado que algo estivesse errado ontem à noite pelo comportamento estranho daqueles malditos cachorros. Sim, Albert havia conseguido sua vingança. Mas será que o tio Polly era a verdadeira vítima? Ou a venda do letreiro não foi algo previsto pelos meus adversários caninos? Será que eles, na verdade, planejaram aquele fio desencapado para mim? O que eu fiz, pergunto, para merecer tamanha humilhação? Comprar comida genérica é um crime assim tão atroz?

**QUARTA-FEIRA, 21 de novembro** — 08h30. Meu pai e o Sr. Ferguson se reconciliaram. Eles estão sentados juntos na sala de estar assistindo a Captain Kangaroo. A Sra. Crampton está usando o que resta de gordura vegetal para fritar alguns donuts caseiros. Ela já deu umas indiretas de que talvez meu pai devesse considerar pedir auxílio-alimentação. Logo poderemos ser a única família que recebe pensão e tem uma empregada em período integral.

Graças a Deus o feriado do Dia de Ação de Graças começa hoje. Não estou com o menor ânimo para o aprendizado escolar a essa altura. Só espero que os donuts da Sra. Crampton me deem a coragem necessária para ligar para Sheeni. Preciso saber o que está acontecendo!

11h45. Mãos suando, pálpebras tremendo, baço palpitando, eu finalmente reuni a coragem para discar o número de telefone de Sheeni. Após atravessar com dificuldade pelo profundo pântano linguístico, consegui falar com minha amada novamente afastada.

— Olá, Dolores — disse ela, com frieza. — Que surpresa!

— Sheeni, querida, seus pais estão aí?

— Sim, Dolores. Eles vieram me levar para casa. O que você quer? Estou com um pouco de pressa.

— Sheeni, como está Bernice?

— Nenhuma mudança, Dolores. Houve um novo acontecimento estranho, no entanto.

— Qual foi, querida?

— Você se lembra da última carta que escreveu para mim?

— Claro, querida. Eu me lembro com detalhes. Eu escrevi, entre outras coisas, que, quando expirasse meu último sopro, seu nome estaria em meus lábios.

— Sim, Dolores. Como isso soa irônico agora.

— Sheeni, todas aquelas palavras são sinceras!

— Sim, Dolores. Você certamente não pode confiar em qualquer pessoa que conhece nas férias de verão.

— Sheeni, o que tem a carta?

— As autoridades a encontraram no quarto de Bernice... quando estavam procurando bilhetes suicidas.

— Acharam? — exclamei. — Como foi que ela conseguiu isso?

— Ela deve ter pegado quando esvaziou meu cesto de lixo.

— Sheeni! Você quer dizer que não está guardando as minhas cartas?

— Não, Dolores. Eu estou empenhada em reciclagem de materiais, como você sabe. Além do mais, elas não significam mais nada para mim.

— Querida, não fale isso!

— Claro, Dolores, eu sou uma pessoa realista. Todos deveriam ser.

— Sheeni, tenha piedade! Considere a nossa idade. Nesses anos difíceis, os hormônios de uma pessoa podem algumas vezes ofuscar a sua capacidade moral de discernir as coisas. Esses pequenos erros não devem necessariamente ser interpretados como infidelidade.

— Sim, Dolores. Todos reconhecem justificativas medíocres quando as escutam. Bem, não devo fazer meus pais esperarem.

— Sheeni, mais uma coisa. Eles encontraram um bilhete suicida?

— Não, Dolores. Poucos adolescentes têm o tempo ou a aptidão para compor atualmente. A nossa não é uma geração que tende à literatura.

Graças a Deus, pensei.

— Bem, faça uma boa viagem, querida — falei. — Estou ansioso para ver você amanhã.

— Dolores, você deve descartar essa ideia de sua mente. Eu continuo firme em minha opinião nesse assunto.

### Os diários de Nick Twisp

— Sheeni, já falamos sobre isso antes — respondi, tão firme quanto ela.

— Se você insistir, Dolores, eu não terei escolha a não ser convidar o querido Trent também. Você gostaria disso?

Eu não gostaria nem um pouquinho, pensei.

— Não sou assim tão sensível, Sheeni. Se você consegue tolerar a companhia desagradável dele, eu também posso.

Mesmo sendo uma das pessoas mais doces e sensíveis que conheço, Sheeni consegue ser extremamente inflexível algumas vezes.

Mais culpa para Nick. Se Bernice sucumbir, terei duas mortes pesando em minha consciência. (Três, se considerar Albert.) Devo compensar isso levando uma vida exemplar de agora em diante. Devo começar perdoando D---e. Ele merece ser compreendido tanto quanto qualquer um de nós. Ele apenas não consegue evitar ser um cretino insolente.

13h15 (escrito a lápis). Após um bom almoço, convidei o querido Dwayne para jogar no meu computador AT genérico. Agora ele está dando pancadas no meu teclado frágil e de marca barata como uma criança feliz de 4 anos (aproximadamente sua idade mental).

Meu pai e o Sr. Ferguson foram até a cidade encontrar seus respectivos advogados. Estou aguardando os julgamentos futuros. Eles provavelmente forneceram lições valiosas sobre como funciona nosso sistema judiciário. Espero que nenhum dos réus seja persuadido a admitir a culpa. Isso sempre parece uma saída ética muito fácil.

Não posso mais escrever. Tenho de preparar um lanchinho pro meu camarada Dwayne.

14h30. Um homem com um rosto suspeito e um terno de segunda mão que gritava "oficial de justiça" veio bisbilhotar perguntando pelo meu pai. Eu lhe disse que um tal de Sr. George F. Twisp já morou aqui antes, mas que se mudara para Missoula, Montana, recentemente, para arranjar emprego na televisão apresentando a previsão do tempo. O cara foi embora, mas não estou certo se ele acreditou em mim. Os advogados vingativos do Sr. DeFalco trabalham rápido mesmo.

16h05. Candy Pringle e outros veteranos bom samaritanos da minha escola acabam de passar aqui para entregar um peru congelado e uma grande cesta de produtos enlatados. A Sra. Crampton ficou tão agradecida que começou a chorar. Eu nunca fiquei com tanta vergonha na minha vida.

19h30. Estamos em tempos difíceis. Para o jantar, tivemos feijão enlatado, seleta enlatada e apresuntado enlatado — e, para beber, leite em pó reconstituído. De sobremesa, abacaxi em lata. Não é preciso nem dizer, eu mal toquei na minha comida. A Sra. Crampton está guardando os itens enlatados menos esotéricos para o festivo jantar do Dia de Ação de Graças. Nunca tive uma refeição tão deprimente. Não ajudou em nada o fato de meu pai só ter mais uma garrafa de espumante e estar irritadiço ao extremo. O advogado dele não foi animador. A polícia de Ukiah conseguiu tirar uma impressão digital extremamente legível da janela arrombada no carro de Lacey.

22h45. Passei minha calça de flanela marrom, escovei meu casaco de tweed e roubei a melhor gravata tricotada do meu pai. Em menos de 24 horas, devo estar comendo peru e todos os acompanhamentos com A Mulher Que Me Faz Sentir Grato pela Libido Humana. Mas será que ela ficará grata em me ver?

Acredito que sim. É esse o pensamento que me sustenta enquanto eu, um jovem americano carente, vou dormir com fome.

QUINTA-FEIRA, 22 de novembro — 11h45 (escrito a lápis). Estou compondo isso na mesa dos fundos da loja de donuts para acalmar os nervos. As barras de xarope de bordo estão ajudando também.

Tudo começou antes do café da manhã, enquanto estava calmamente sentado em minha pequenina casa polindo meus sapatos. Dwayne bateu à porta para me dizer que eu tinha um telefonema.

— Quem é? — perguntei, com cautela.

— Um estrangeiro — respondeu ele, com aversão evidente.

— Homem ou mulher?

— Garota, Nick. Acho que é aquela que tentou tirar Kamu de mim.

Minha doce, adorável Apurva! Eu a saudei calorosamente.

— Nick, algo terrível aconteceu! — disse ela, a preocupação acrescentando certa urgência ao seu charme sem-fim.

— Seu pai não obrigou você a se casar, né? — perguntei.

— Não, graças a Deus. Mas ele tem agido de um jeito muito suspeito esses últimos dias. Temo que esteja planejando a destruição das minhas esperanças. Não, estou ligando por causa de outra emergência. Vijay acabou de ser preso!

— Que surpresa — falei, nem um pouco surpreso. — Qual foi a acusação?

— Arrombamento, tumulto e furto. Dois policiais legais de Ukiah e um mal-educado de Oakland o levaram. Nick, eles confiscaram um par de sapatos meus. Os meus melhores sapatos vermelhos!

— O que Vijay disse?

— Ele garantiu a meus pais que era tudo um engano. E é por isso que eles estão indo todos conversar com você.

Os diários de Nick Twisp

— Eles vêm até aqui? — perguntei, alarmado. — Por quê? Eu não sei de nada!

— Bem, Vijay achou que você talvez soubesse.

— Apurva, eu tenho que ir. Obrigado por ter ligado. Lembre-se, não importa o que você escutar, eu sou inocente. Totalmente inocente!

— Claro, Nick. Eu nunca pensei que você...

Bruscamente, desliguei o telefone e corri até o Pequeno César. Eu me vesti correndo, mas fui interrompido por outra pessoa batendo à porta. Meu sangue congelou.

— Quem é?

— Eu — falou Dwayne. — Outra ligação, Nick. É a sua mãe.

— Diga para ela que estou muito ocupado para conversar agora!

— Ela tá dizeno que é emergência, Nick.

— Merda!

Peguei com força as flores compradas no dia anterior (buquê em promoção da Flampert's), minha carteira, outras necessidades vitais e passei voando por Dwayne na direção da casa. Nenhum sinal de carros policiais chegando. Por ora, tudo bem.

— Oi, mãe. O que aconteceu? — arfei no telefone.

— Nickie, tenho uma notícia ruim! — exclamou ela.

— Certo. Estou preparado. O que é?

— Nickie, você não parece muito bem.

— CONTE LOGO A NOTÍCIA RUIM, MÃE!

— Os policiais de Berkeley acabaram de sair daqui. Eles sabem que você deu início ao incêndio. Acho que a irmã de Lefty delatou você pela recompensa. Ah, como eu gostaria que Lance não tivesse saído com tanta pressa hoje de manhã. Eles me obrigaram a dizer onde você mora. Nickie, eles estão a caminho daí!

— Eles vêm até aqui? — exclamei, com uma sensação característica de *déjà vu.*

— Sim. Eles estão indo até Ukiah para prender você!

Não mais apenas tremendo, meus testículos estavam dançando a rumba dentro da minha calça. Bati o telefone no gancho e voei pela porta da frente, quase passando por cima de um oficial de justiça qualquer.

— Eu liguei para todas as emissoras de Montana — anunciou ele, com o nariz empinado. — Acho que você está mentindo!

— Então me processe! — respondi, passando com pressa por ele. Eu parei no susto quando vi um carro preto e branco aparecer no topo da colina ao longe. Quando fiz o movimento de recuar, o desprezível rábula de tribunal barrou minha passagem.

— Onde está George F. Twisp? — disse ele, exigindo uma resposta.

— Lá dentro, na cama! — respondi. — Pode entrar se quiser! Diga a ele que foi Nick quem mandou você lá!

Enquanto eu fugia em direção à bem-vinda proteção das árvores distantes, um grito de fazer gelar o sangue surgiu da casa. Meu pai também estava tendo uma manhã ruim.

13h30. Estou de espreita em uns arbustos a uma quadra da casa de Sheeni. Espero que não suje a minha calça. Eu colhi algumas flores municipais para renovar o meu buquê decadente. Estou extremamente nervoso e, a cada minuto, vou ficando ainda mais. Onde foi que eu errei?

17h30 (escrito a lápis, debaixo de uma ponte na periferia de Ukiah). Bem, o almoço do Dia de Ação de Graças terminou. Eu não fiquei para a sobremesa.

Toquei a adornada campainha vitoriana precisamente às 13h59. Após um longo intervalo ameaçador, Paul — vestindo um avental e segurando um pincel de untar assados — abriu a porta de entrada.

— Olá, Nick. Chegou bem na hora. Entre.

— Feliz Dia de Ação de Graças — falei, entrando no saguão coberto de madeira escura com cautela, enquanto Lacey, sorrindo como quem fez uma caridade, flutuou até mim em uma nuvem dourada de beleza arrebatadora de hormônios.

Apertando-me contra seu corpo, como se estivesse tirando medidas para um sutiã feito para ela sob encomenda, Lacey exclamou:

— Oh, que flores interessantes, Nick! Pra quem são?

— Hã... para a Sra. Saunders — gaguejei.

Com todas as minhas células nervosas palpitando, segui meus anfitriões até a sala de visitas decorada de chintz. Vestindo suas melhores roupas e adornos, o gigantesco pai de Sheeni e sua mãe de 5 mil anos de idade estavam sentados com as pernas cruzadas no chão, passando os dedos anciões cheios de manchas de idade pelo tapete trabalhado. Será que alguém havia perdido uma lente de contato?

— Sr. e Sra. Saunders — disse Lacey, com alegria —, lembram-se de Nick Twisp, não é?

Ninguém se levantou para me cumprimentar. O Sr. Saunders olhou para cima e apertou os olhos como um míope. A Sra. Saunders fingiu que não me conheceu e, sarcasticamente, fingiu estar ocupada admirando meu magnífico presente.

## Os diários de Nick Twisp

— Você é muito, muito alto — gorgolejou o pai de Sheeni, olhando com atenção para mim.

Mais sarcasmo!

— Não, ele não é, pai — corrigiu Paul. — Ele só parece alto porque você está sentado no chão.

— Eu sinto o poder do chão me puxando contra ele — notou o Sr. Saunders. — Você também sente, alto jovem?

— Algumas vezes — respondi, lançando um olhar confuso na direção dos meus anfitriões.

— Paul serviu um aperitivo para seus pais mais cedo — falou Lacey, sorrindo radiante.

— Sim — comentou Paul —, é uma receita que aprendi no sudoeste. Cogumelos recheados.

— Agora não se esqueça, Paul — declarou uma voz de arranhar quadronegro. — Você prometeu que me deixaria experimentar um pouco depois!

Como era da intenção de quem falou, todos nos viramos para olhar sua entrada ao descer pelas escadas. Taggarty se vestira para a ocasião em uma capa verde bizarra que ou era uma obra de arte atual feita para ser usada ou o fragmento de uma cortina de teatro feita de amianto.

— Olá, Nick! — disse ela, caminhando até mim e me cumprimentando, no estilo de Nova York, com um beijo molhado, casualmente íntimo, bem nos lábios. — Como anda o malfadado mas persistente namorado?

— Bem, eu acho — respondi, limpando a saliva que ela deixou para trás. — Como vai, Taggarty?

— Magnífica, como sempre — respondeu ela.

— Nick, você parece com sede — comentou Paul. — Correr faz isso mesmo. O que você gostaria de beber?

— Hã, um refrigerante — respondi, meio incomodado.

— Eu vou querer xerez — falou Taggarty, lânguida, olhando-me.

— Certo — disse Paul. Ele acompanhou Lacey até a cozinha, deixando-me sozinho com minha adversária de capa, para conversarmos.

— Você pratica corrida, Nick? — perguntou Taggarty.

— Apenas quando necessário — respondi enigmaticamente. — Como foi a sua viagem?

— Normal — comentou Taggarty. — Nunca percebi que a cidade natal de Sheeni era tão interiorana. Como vocês suportam isso?

— Nós temos TV a cabo — falei. — Onde está Sheeni, por falar nisso?

— Lá em cima, Nick. Ela viu você chegando e se trancou no banheiro.

— Ela está chorando?

— Nick, não se ache tanto. É mais provável que ela esteja rindo histericamente.

— Ela convidou Trent? — perguntei, ignorando o insulto.

— Claro que sim, Nick. Ele é um dos melhores amigos dela. Mas ele acabou de ligar avisando que vai se atrasar. Ele está ansioso para conhecer você.

— Sinto o mesmo — menti.

Por sorte, naquele momento Paul retornou.

— Mãe, pai — disse ele, distribuindo as bebidas. — Vamos usar o nariz. Hummm. Que cheirinho é esse?

Seguindo o exemplo do filho deles, o Sr. e a Sra Saunders começaram a fungar o ar.

— Peru — grasnou a ríspida mãe de Sheeni.

— Peru grande — completou o marido dela. — Peru grande, grande.

— O peru tem um aroma divino, bem... rústico — comentou Taggarty, balançando o copo de xerez como uma alcoólatra em reincidência.

— Obrigado — disse Paul. — Lacey pediu para avisar que ele está quase pronto para sair do forno.

— Pensei que você fosse fazer um churrasco, Paul — falei. — Sei o quanto você gosta de acender fogo no quintal.

Paul me lançou um meio sorriso irônico.

— Só depois que escurece, Nick. E apenas quando uma bela mulher me pede. Agora, onde está minha irmãzinha? Nick, por que você não vai lá em cima e vê se consegue apressá-la?

Encontrei Sheeni deitada na cama, lendo um livro. O quarto dela era graciosamente decorado em tons de branco virginal.

— Olá, Sheeni — falei. — O almoço está quase pronto.

— Olá, Nick — respondeu ela, sem levantar a cabeça. — Eu não pretendo ser cúmplice dos absurdos praticados pelo meu irmão. Ele convidou você e drogou meus pais.

— Sim, eu sei — comentei. — Mas acho que seus pais talvez estejam tirando algo bom dessa experiência. Você mesma já observou em várias ocasiões que eles são extremamente puritanos. Talvez esse breve interlúdio psicodélico expanda o horizonte deles. Eu sei que expandiu os meus.

— Sim, com certeza parece que expandiu sua vista na direção leste.

**Os diários de Nick Twisp**

— Eu repito, Sheeni. Eu nunca dormi com Apurva Joshi. Estou disposto a me submeter a um teste com um polígrafo, se você desejar.

Sheeni ergueu a cabeça.

— Como está o meu cachorro?

— Excelente — respondi. — Ele deve sair do forno nesse exato momento.

Eu me abaixei para desviar de um livro voador.

— Eu odeio você, Nick! — gritou Sheeni, pulando da cama.

— Eu também — comentei, pegando-a em meus braços.

Compartilhamos um beijo intenso, lento e longo, do tipo que adolescentes são avisados que pode levar inexoravelmente ao sexo antes do casamento.

Sentamos à mesa, todos, alguns minutos depois. Felizmente, Trent ainda estava atrasado. Depois de muita paciência, Lacey conseguiu convencer o Sr. e a Sra. Saunders a sair do chão da sala de estar para irem à mesa da sala de jantar. Por sorte, a atenciosa anfitriã colocou a Sra. Saunders sentada do outro lado da mesa de mogno polida, oposta a mim e Sheeni. Lacey, no entanto, cometeu a gafe social de colocar o pai de Sheeni a meu lado, na esquerda. Seguindo a primeira regra de boas maneiras, eu o ignorei o máximo que pude. Bem à minha frente, estava sentada Taggarty — felizmente escondida em parte pelo peru.

Lacey fez os agradecimentos:

— Senhor, agradecemos a dádiva que nos foi concedida. Ajude-nos a tolerar e aceitar os outros, especialmente os namorados e as namoradas de nossos parentes mais próximos. Agradecemos pela companhia de Taggarty, Nick e Trent, que está um pouco atrasado. Amém.

— Amém — respondemos em coro.

O primeiro prato foi o consomê feito por Sheeni — fervendo, estimulante ao paladar, com um delicado resquício de revestimento metálico.

— Como você se sente, Taggarty? — perguntou Sheeni à sua amiga, que parecia estar boicotando a sopa.

— Bem, Sheeni. Acho que perdi meu apetite por líquidos quentes. É irracional, eu sei, mas, de alguma forma, eu ainda temo que eles possam conter alguma droga.

Merda, pensei. Eu devia ter trazido uma pílula ou duas.

— Eu entendo perfeitamente — disse Sheeni. — Você passou por algo bastante assustador.

— Não tão assustador quanto o de nosso amigo — falei, apontando para o prato principal.

Apenas a mãe de Sheeni riu. Espero que em futuras reuniões de família ela continue achando minhas brincadeiras engraçadas.

O peru assado foi servido com recheio de sálvia, batata-doce caramelizada, purê de batatas e molho, macarrão gratinado, molho de cranberry, saladas individuais, pãezinhos, muffins e legumes da estação cozidos. Para minha surpresa, estava tudo delicioso.

— Paulie fez o resto do jantar — confessou Lacey. — Ele gosta das comidas tradicionais do Dia de Ação de Graças.

— O que seria esse dia sem as tradições? — perguntou ele. — Irmã querida, quanto tempo faz que nos encontramos ao redor dessa tábua que range, para celebrar os rituais do Dia de Ação de Graças?

— Poderia ter sido há mais tempo — respondeu Sheeni.

— Espero que seja a primeira de muitas ocasiões, para mim — comentei, levando um susto quando Sheeni beliscou minha carne branca debaixo da mesa.

— Não seja abusado, meu chapa — sussurou ela, com doçura.

Bem quando minha fome começou a surgir e eu passei a jantar com vontade, a campainha tocou. Meu estômago novamente entrou em convulsões, passando por uma nova onda de ansiedade.

— Deve ser Trent — disse Sheeni, saltando da cadeira e correndo até a porta.

E então, oito segundos depois, meu inimigo entrou na sala. Imagine, se você puder, um jovem Laurence Olivier com um corpo de nadador, alto, com um bronzeado californiano. Imagine um perfil nobre, com traços bem definidos — como se uma moeda romana tomasse vida. Imagine cílios dourados se curvando sob olhos azul-acinzentados que pareciam pulsar (como uma luz de néon subliminar) "Cama. Venha comigo para a cama. Agora." Imagine tudo isso e depois saiba: palavras apenas não conseguem nem começar a descrever o esplendor que era meu adversário.

Trent se virou para mim. Os olhos azul-acinzentados prenderam os olhos castanhos encardidos de François.

— Oh, Trent, querido — falou Sheeni. — Essa é Lacey, amiga de Paul.

Trent parou de me encarar e virou-se, irradiando charme como um vendedor de plutônio ilícito, na direção da anfitriã.

— Ah, sim — disse ele. — Já nos conhecemos, no escritório do meu pai. Olá, Lacey.

— Olá, Trent — falou Lacey, mal controlando o impulso de desmaiar.

Os diários de Nick Twisp

— E esse é meu amigo, Nick — disse Sheeni.

Trent se virou lentamente e me encarou de novo. Eu fiz o mesmo, procurando fraquezas, mas encontrei apenas paredes impenetráveis, uma armadura densa e fileiras sem fins de canhões pesados.

— Olá, Nick — disse Trent, entendendo a mão.

— Olá, Trent — falei, rapidamente apertando a mão seca e quente de um aristocrata com a minha, suada e fria.

— Sente-se, Trent — disse Sheeni. — Nós começamos a comer faz pouco tempo. O jantar de Paul causou surpresa de tão gostoso.

— Desculpe, Sheeni, mas sinto dizer que não posso — desculpou-se Trent, olhando fixamente para mim. — Surgiu uma nova revelação no caso de Bernice Lynch que exige nossa atenção total. Taggarty, isso diz respeito a você também.

— O que aconteceu, Trent? — perguntou ela, obviamente animada.

— Antes de deixar a escola, fiz uma busca no quarto de Bernice — declarou ele, ainda olhando para mim. — Detalhada. De cima a baixo.

— Você conseguiu uma permissão das autoridades escolares antes de fazer isso? — falou François, exigindo uma resposta.

— Não, Nick. Eu fiz tudo por conta própria. No armário de Bernice, dentro de uma lata de polidor de metais que estava escondida em uma grande sacola de roupa suja, encontrei essa coleção de cartas — disse ele, fazendo um teatro ao retirar envelopes bastante familiares do bolso de sua jaqueta.

— De quem são essas cartas? — perguntou Sheeni.

— De alguém sentado a essa mesa — respondeu Trent, caindo de vez no melodrama.

Todos olharam curiosos ao redor, observando o círculo de expressões tensas.

— Quem foi que escreveu? — perguntou Taggarty, exigindo uma resposta.

— Nas cartas — continuou Trent, ignorando a pergunta —, o escritor expressa uma grande carinho por Bernice. E a instrui a começar um processo de sedação de Taggarty, com drogas que ele mesmo forneceu.

— Nickie, você não fez isso! — gritou Sheeni, dando um passo para trás horrorizada.

— Bem, veja só — gaguejei. — Eu tenho uma explicação simples e lógica...

— Nick, você poderia ter me matado! — berrou Taggarty, como sempre exagerando no drama.

— Do jeito que as coisas estão — disse Trent, sem levantar a voz —, se Bernice morrer, ele provavelmente será considerado cúmplice de um homicídio.

— Oh, Nickie! — exclamou Lacey, obviamente desapontada.

— Que azar — comentou Paul, com simpatia.

— Quem morreu? — reclamou a mãe de Sheeni.

— Ninguém, por enquanto, Sra. Saunders — respondeu Trent.

— Prendam-no! — gritou a minha futura sogra, apontando um gerânio morto na minha direção.

— Não posso fazer isso — disse Trent. — Mas eu já liguei para a polícia de Santa Cruz. Eles estão a caminho daqui.

Mais um *déjà vu* alarmante para o Nick. Com as mãos trêmulas, coloquei meu guardanapo ao lado do prato.

— Bem, devo ir agora então. Por favor, continuem sem mim.

— Nick, eu aconselho você a ficar aqui — falou Trent. — E encarar a consequências de suas ações como um homem.

— Obrigado pelo conselho não solicitado, Trent — respondi. — E, por favor, morra.

Em meio a gritos de protesto, maldições e forte condenação, retomei minha longa jornada até a porta da frente.

— Adeus, Sheeni — falei, virando para encarar meus acusadores. — Eu fiz tudo isso por você.

— Você é totalmente desprezível — declarou Meu Amor. — Não quero ver você nunca mais! Nunca!

Com essa terrível declaração ressoando em meus ouvidos, deixei a casa.

Não foi bem a alegre comemoração de um feriado que eu estava esperando. O que eu faço agora?

Sentado aqui, nesse triste lugar com lixo espalhado pelo chão, enquanto carros e caminhões passam acima de mim em alta velocidade, vejo apenas duas saídas: suicídio ou Índia.

Estou pendendo mais para o primeiro, mas François sugere tentar o último antes. Então, se isso não funcionar, posso me matar com a consciência limpa. Há certa lógica nisso.

Tenho meu passaporte e um vale-passagem de avião. Do outro lado do mundo, aguardam-me novos amigos, novas experiências e 10 mil rúpias a serem resgatadas.

Agora, como chego ao aeroporto de São Francisco?

Mais importante: como faço para passar pelos bloqueios policiais?

Os diários de Nick Twisp

# LIVRO III

# JOVEM EXILADO

# NOVEMBRO

**SEXTA-FEIRA, 23 de novembro** — Bem, o que faria se estivesse no meu lugar? Você é um intelectual de 14 anos, execrado por todos os ex-amigos, incansavelmente perseguido por três forças policiais e preso num buraco a mais de 100km do aeroporto que lhe oferece a única esperança de escapar.

Confrontado ontem com este dilema, fiz a única coisa sensata: dirigi o problema a François Dillinger, meu sempre criativo *alter ego* sociopata.

— Me dê 20 centavos — disse ele divertido, esfregando, como Jean-Paul Belmondo, a mão sobre a boca sensual.

François pegou as duas moedas de 10 centavos e as inseriu num telefone público imundo ao lado da vitrine com *beef jerky* e fivelas de cinto da loja de conveniência do Irma's Fast Gas, na saída de Ukiah, Califórnia. Então coçou o saco e discou um número.

— Alô — disse François. — Quero falar com Tina Manion. É Nick, Nick Twisp. Um amigo da escola.

Quarenta minutos depois seguíamos para o sul sob a noite negra da Highway 101. Tina dirigia a grande perua Buick da mesma forma que escrevia seus artigos para o jornal da escola: mal, mas com uma curiosa intensidade erótica. Ela tem olhos pretos ardentes, pele morena macia, nariz arrebitado mais do que interessante e um corpo de jornalista bem ajeitado.

— Tem certeza de que não quer que eu leve você até São Francisco, Nick? — perguntou ela.

— Tenho, Tina, obrigado. Posso pegar a van do aeroporto em Santa Rosa. Mas agradeço mesmo por você ter saído em pleno feriado de Ação de Graças pra me ajudar.

— Os feriados me entediam à beça — respondeu ela. — Além disso, preciso praticar dirigir à noite. Tirei a carteira no mês passado. Por que aqueles carros piscam os faróis daquele jeito?

— Olha, Tina, acho que devemos abaixar o farol quando vem um carro na outra direção.

— Que nada, Nick. Assim não consigo ver droga nenhuma nesse escuro.

— Ah — respondi, casualmente pressionando os joelhos contra o painel sob o murmúrio de sequoias imersas em neblina que ficavam para trás.

### Os diários de Nick Twisp

— Nick, você é um cara sortudo. Viajar pra Índia para estudar! Quanto tempo vai ficar por lá?

— Ah, uns oito ou nove anos, espero.

— Nossa! E você nem ao menos está levando uma mala.

— Ah, não. Vou comprar tudo que precisar em Pune. Com minha bolsa de 10 mil rúpias.

— A Redwood High vai sentir sua falta, Nick.

— Valeu, Tina — disse François, relaxando os joelhos e deslizando para mais perto da sedutora motorista. — Sabe, Tina, você provavelmente é a última garota americana que verei durante os anos da minha adolescência.

— Sério, Nick?

— É isso mesmo — confirmou François. — E estou feliz que seja você.

— Por quê, Nick? — perguntou ela, com uma doçura na voz que contrastava com a firmeza do pé no pedal do acelerador.

— Porque você é uma pessoa especial.

— Ah, eu não sou tão especial assim.

— Sim, você é — disse François. — Você é inteligente, bonita e uma grande escritora.

— Acha mesmo que eu escrevo bem, Nick?

— Você tem talento natural, Tina. Aquela entrevista que fez comigo depois que ganhei a bolsa captou a essência do meu ser.

— O Sr. Perkins disse que preciso trabalhar na estruturação das frases.

— Suas frases são perfeitas, Tina — disse François. — Todas as suas estruturas são perfeitas.

— Nick, qual é mesmo o horário do seu voo?

— Só às sete e cinco da manhã — respondeu François.

Cinco minutos depois, estávamos estacionados atrás de uma pilha de pneus usados em um posto de gasolina fechado, nossas línguas ansiosas trocando os sabores persistentes de molho de oxicoco e recheio de sálvia. Levei a mão às convexidades instigantes dentro da blusa dela e senti outra puxar lentamente o zíper sobre minha E.T. latejante.

— Nick — sussurrou Tina —, aqui vai um presente de despedida das mulheres americanas.

Três minutos depois, 14 anos de libido perigosamente comprimida jorraram no calor envolvente da boca investigativa de Tina Manion. Ela não pareceu se importar.

François, ainda excitado, queria mais.

— Tina — ele implorou, inflamado pela névoa do êxtase —, não vamos parar por aqui!

— Desculpe, Nick — disse ela, arrumando as roupas e dando partida no motor. — Tenho que ser fiel ao meu namorado.

Vinte e duas horas depois, o mundo continuava a se mover e girar à minha volta, e eu saboreava aqueles poucos minutos sozinho no escuro com Tina. Claramente Deus inventara aquela distração como um incentivo para seguirmos obstinadamente em frente pela adolescência mais sombria. É a luz no fim do túnel — um túnel que não é preciso ser Sigmund Freud para perceber.

Sim, embarquei no avião para Bombaim.

Não, não estou na Índia.

No último minuto, esgueirei-me para fora do avião em Los Angeles. Sem chance que eu viveria a mais de 15 mil km de Sheeni Saunders. Mesmo que ela (temporariamente, espero) despreze o ar que eu respiro. O fato de o meu vizinho de assento, um sujeito paquistanês empreendedor, tenha oferecido 150 dólares em dinheiro pelo meu bilhete também ajudou. E outra nota de 100 pelo meu passaporte!

Estou em Los Angeles, mais precisamente no apartamento minúsculo da minha irmã, Joanie, em Marina Del Rey. Não é tão apertado como se pode imaginar; Joanie não está em casa, está fora do estado, dando duro como aeromoça. Kimberly, a bela mas desconfiada amiga que divide o apartamento com ela, relutantemente me deixou entrar depois que revelei alguns detalhes íntimos sobre minha irmã que apenas uma pessoa da família (ou um fiscal da Receita Federal) conheceria.

Ainda desconfiada, ela se recusou a me emprestar uma chave da porta, portanto ainda não ousei sair do apartamento. Pra distrair minha mente febril da situação desesperada em que me encontro, assisto à tevê e belisco coisas que subtraio da magra despensa de Joanie (tudo na cozinha delas é rigorosamente etiquetado para que não haja dúvida quanto a quem pertence). Kimberly concordou em me vender duas latas de Pepsi Diet — a um preço razoavelmente acima do de mercado. Ela faz MBA na USC e, portanto, imagino, foi treinada a ver na minha chegada inesperada uma oportunidade empreendedora. Se não precisasse poupar meu dinheiro, eu teria me oferecido para alugar a chave dela.

A cada duas ou três horas, preciso apagar todas as mensagens assustadoras de investigadores da polícia que se acumulam na secretária eletrônica. Não sei

Os diários de Nick Twisp

por que eles acreditam que minha irmã seja tão bem-informada sobre o meu paradeiro. Não nos vemos mais do que duas vezes ao ano, e muito raramente falamos ao telefone. (Na verdade, ninguém na minha família gosta muito de mim ou dela. Esta antipatia arraigada talvez seja nosso laço familiar mais forte.)

Ao limpar a fita, eu também venho apagando algumas mensagens melosas de "Philip", presumivelmente o respeitável físico de Santa Monica, casado, que namora com Joanie. Ele liga pelo menos uma vez por hora, com uma voz educada mas assustada, e pede que Joanie "pare com isso e não faça nada desesperado". Não sei o que ele quer dizer, mas espero que seja suficientemente sério para exercer algum poder sobre Joanie quando isso for necessário. Perguntei a Kimberly se minha irmã estava com algum tipo de problema, mas ela escapuliu por uma tangente indignada sobre três biscoitos recheados desaparecidos e uma inexplicável redução no estoque da caixa de leite desnatado. Como de costume, François negou qualquer conhecimento a respeito do assunto.

02h30. Meu pai acabou de deixar uma mensagem para Joanie, na qual expressa o desejo de me estrangular com as próprias mãos. Talvez minha mãe tenha dito a ele que estava suspendendo o pagamento da minha pensão.

03h30. Acabo de ligar para o hospital em Santa Cruz. Bernice Lynch saiu do coma induzido e os médicos acreditam que ela se recuperará completamente. Quanto peso tirei da consciência! Não que isso implique, como defende François, que eu tenha tido qualquer responsabilidade por ela ter tomado aquelas pílulas. Se eu fosse tão impopular e infeliz quanto ela, talvez também tivesse tentado acabar com tudo. Na verdade, a ideia não soa tão mal assim neste momento.

05h15. Minha mãe acaba de deixar uma mensagem. Ela pediu para Joanie ligar e acrescentou: "Se o seu irmão imprestável tomou aquele avião para a Índia, espero que fique por lá e também espero nunca mais receber notícias dele!" Será que um psicólogo concluiria que estou recebendo poderosas mensagens de "você não existe" dos meus pais?

**Joanie está de volta.** Ela chegou de madrugada, trôpega — parecia alguma coisa que um gato arrastara de volta para casa: descabelada, a maquiagem borrada, círculos escuros sob os olhos. Encontrar-me dormindo na sua cama *queen size* de solteira não melhorou em nada o seu humor.

— Que merda você está fazendo aqui? — disse ela exaltada, depois de acender a luz e colocar a mala de aeromoça no chão.

— Ah, oi, Joanie — balbuciei, esfregando os olhos. — Teve um voo difícil?

— Vou repetir: que merda você está fazendo aqui? Nick, você se meteu em encrenca outra vez?

— Bem — suspirei —, houve alguns mal-entendidos com a polícia. Mas está tudo bem. Todo mundo acha que estou na Índia.

— Ah, meu Deus! — exclamou ela, afundando numa cadeira. — Isso é tudo que eu preciso. Além de todo o resto!

— Qual é o problema, Joanie? — perguntei. — Philip não para de ligar e deixar mensagens, dizendo pra você não fazer nada desesperado.

— Não quero falar com aquele homem! — gritou ela. — Se ele ligar mais uma vez, diga que ele vai se arrepender. Se arrepender de verdade!

— Qual é o problema, Joanie?

— Não é da sua conta. Nick, você não pode ficar aqui. Você tem que ir embora!

Engoli em seco.

— Agora, no meio da noite?

— Está bem, você pode ir embora amanhã. Mas saia da minha cama. Preciso ficar sozinha. Vá dormir no sofá da sala.

— Não, não posso. Kimberly disse que o sofá é dela e que não quer que ninguém estrague o estofado deitando nele. Foi por isso que vim pra cá.

— Bem, então durma no chão. O tapete da sala é ótimo, macio.

Minha irmã mentia. A fina camada de tecido bege proporcionava o conforto do piso de madeira de uma pista de boliche. A cada dez minutos, eu precisava trocar de posição para aliviar a pressão excruciante nos meus promontórios esqueléticos. Levantei às 7h05 com a sensação de ter passado a noite girando em uma secadora de roupas industrial.

Enquanto vestia a minha única muda de roupas (e as mesmas meias e cueca de quatro dias!), um estranho vestindo um conjunto de agasalho e calças de corrida emergiu sorrateiramente do quarto de Kimberly. Tinha 20 e poucos anos, cerca de 1,80m de altura, estava bem bronzeado, tinha cabelos pretos rareando e olhos escuros que piscavam em frequência acelerada.

— Você deve ser Nick — disse ele, piscando.

— E você deve ser o Estrangulador da Zona Oeste — retorqui.

Ele sorriu.

— Não, sou Mario, um amigo de Kimberly. Eu chego tarde e saio cedo. Sou um cara ocupado — disse ele, então conferiu o relógio e outro, que usava no outro pulso. — Droga, estou atrasado pra minha corrida. Preciso ir andando.

Os diários de Nick Twisp

Num átimo, sumiu pela porta.

Uau, Kimberly tem um namorado. Quanto será que ela cobra por isso?

14h10. Às 11h30 minha irmã finalmente saiu do quarto. Vestindo uma calça de moletom e um suéter velho, ela parecia tão descansada quanto eu.

— Ainda está aqui? — perguntou.

— Hã-hã — respondi.

— Já tomou café?

— Não.

— Quer sair? — perguntou.

— Tudo bem.

Apesar de o café no Venice Boulevard ficar a menos de 500 metros do apartamento, Joanie e eu fomos até lá no velho Honda Civic marrom dela. Uma vez um Twisp, sempre um Twisp. Abaixei a janela e aspirei a brisa morna do mar. Em pleno fim de novembro, ainda parecia fim de verão. Não era de admirar que as pessoas corressem pra cá aos milhões.

Joanie esperou que eu acabasse de devorar meu waffle de pecã antes de começar a investigação.

— Está bem, vamos ouvir toda essa história complicada.

Ela suspirou e deu um gole na sexta caneca de café. Um omelete intocado repousava no prato à sua frente.

— Não vai comer o omelete?

— Não, Nick, pode comer. Se eu comer, simplesmente vou vomitar.

Ao levar a mão ao prato, o sino de um alarme familiar soou na minha cabeça.

— Joanie, você não está... grávida, está?

Ao lado da minha mãe, Joanie era a última candidata à maternidade que eu conhecia.

— Isso não é da sua conta — retorquiu ela, irritada. — O sistema reprodutivo de uma mulher não diz respeito a ninguém, a não ser a ela mesma. As outras pessoas deviam simplesmente ficar na delas.

— Outras pessoas como Phillip? — perguntei.

— Principalmente aquele idiota depravado e mentiroso — respondeu ela. — Mas então, por que você está enrolado com a polícia?

Uma vez que Joanie era capaz de me enxergar como se fosse um fluoroscópio, fui obrigado a oferecer uma versão relativamente fiel dos acontecimentos da última semana. Ela escutou séria, fazendo negativas com a cabeça nas partes mais repugnantes.

— Nick — disse, quando terminei —, há seis meses você era apenas mais um CDF comportado. O que aconteceu?

— Não tenho certeza — respondi pensativo. — Eu me apaixonei por Sheeni. Tudo o que eu quero é ficar com ela. Todo o resto foi um grande mal-entendido.

— E que mal-entendido! Talvez você devesse simplesmente se entregar e enfrentar as consequências.

— Não posso fazer isso, Joanie! Não quero ir para a prisão. Se isso acontecer, como vou conseguir uma vaga numa faculdade decente?

Joanie suspirou e deu mais um gole na caneca de café. Se ela *estivesse mesmo* grávida, a criança àquela altura estaria rodopiando com uma overdose de cafeína.

— Então todo mundo pensa que você está na Índia? — perguntou ela.

— Isso. Ninguém vai me procurar por aqui.

— Mas uma bela hora eles vão descobrir que você não deu as caras na escola indiana.

— Sim, mas felizmente a Índia é um país muito grande. Eles podem passar anos me procurando por lá. Mas a essa altura eu já terei conseguido uma bolsa integral em Stanford com um nome falso. Nossa mãe e nosso pai não estão nem aí. Estão felizes por se livrarem de mim. Disseram isso na sua secretária eletrônica.

— E o que aconteceu com as minhas mensagens? — exigiu saber Joanie. — A fita está vazia.

— É mesmo? — respondi inocentemente. — Devo ter apagado por engano.

— Bem, o cretino do nosso pai provavelmente não sentirá sua falta. Não sei quanto à nossa mãe. Agora, gostaria de não ter emprestado a ele aquele dinheiro da fiança. Provavelmente nunca mais verei a cor dele. E contava com isso pra... para as minhas, é... despesas.

— Papai é um enrolão — concordei. — Ele é a última pessoa para quem eu emprestaria dinheiro.

— Eu só fiz isso por você, Nick! Para que não precisasse morar com mamãe e Lance.

— Eu sei, Joanie. E agradeço, de verdade. Acho que também compliquei sua vida.

— Não se preocupe com isso — suspirou ela. — Minha vida já estava complicada. Por um verdadeiro profissional.

Os diários de Nick Twisp

— Joanie — implorei —, posso ficar com você por alguns dias? Até arrumar um trabalho e um apartamento?

— Nick, você só tem 14 anos!

— Eu sei — respondi —, mas sou maduro pra minha idade.

Joanie sorriu.

— Acho que vou me matar. Algumas vezes acho que essa é a única saída sensata.

— Sério? — perguntei intrigado. — Às vezes penso nisso também.

— Eu fui uma forte candidata ao suicídio no ensino médio — confidenciou ela.

— Era por isso que você saía com aqueles caras do último ano de desenho industrial?

— Cuidado com essa língua! — respondeu ela.

Já ouvi isso antes.

18h30. Joanie finalmente cedeu, deu-me uma chave reserva e disse que eu podia ficar por "apenas mais alguns dias". Ela também disse a um investigador da polícia de Berkeley que ligou esta tarde que não me via há meses e achava que era muito provável "que meu irmão esteja neste momento em algum lugar da Índia. Estamos todos muito preocupados com o bem-estar dele".

— Aí, espero que esteja feliz — disse ela, colocando o fone no gancho. — Acabo de me expor a acusações de obstrução da justiça e abrigo de um fugitivo.

— Obrigado, Joanie — disse. — Espero poder fazer o mesmo por você algum dia.

— O que isso quer dizer?

— Isso quer dizer que estou muito agradecido, Joanie. Se não fosse por você, eu estaria na rua.

— Bem, pode ser que você acabe por lá mais cedo ou mais tarde — respondeu ela fechando a cara. — Eu repito, Nick: você não é responsabilidade minha. Tenho meus próprios problemas.

Para dar mais tangibilidade à minha gratidão, passei o aspirador no apartamento, abasteci a despensa (com meu próprio dinheiro!) e cozinhei um jantar gourmet (a famosa bisteca recheada como queijo e pimentão da senhora Crampton). Até convidei Kimberly, que não parece ter ficado nada satisfeita ao ouvir que eu ficaria por lá mais alguns dias.

Pouco antes do jantar, Joanie teve uma discussão aos gritos, na privacidade do seu quarto, com alguém ao telefone (Philip, na minha opinião). Esse turbilhão emocional parece ter tirado o apetite dela. (Espero que a criança tenha tido o bom senso de reservar algumas calorias para aqueles dias magros.) Enquanto Joanie remexia a comida no prato, Kimberly comia como a linda mas voraz republicana que revelara ser. Ela disse que visitou com Mario a nova Biblioteca Presidencial Ronald Reagan e a achou "profundamente inspiradora". Tendo em vista que no momento maquinava planos sobre o sofá dela, fui forçado a ouvir com pretenso interesse. Durante a sobremesa (torta de abóbora, pela qual tenho um desejo curioso desde que as circunstâncias me privaram dela no almoço de Ação de Graças), Kimberly matraqueou sobre as "aulas maravilhosas de marketing" na USC.

Aquela foi a minha oportunidade.

— Por falar em marketing, Kimberly — disse eu —, estava aqui pensando se você não teria interesse em alugar o seu sofá. Digamos, entre as onze da noite e as oito da manhã?

— Com que propósito? — perguntou ela, ousadamente se servindo do último pedaço da minha torta.

Lembrei a mim mesmo que os republicanos sempre esperam receber a fatia do bolo.

— Pensei em dormir nele — declarei. — O desgaste será mínimo. Só peso 60kg.

— Quanto você está preparado para pagar? — perguntou ela, ajeitando os óculos.

Ela usa um modelo caro, com armação de tartaruga, que empresta uma falsa fachada de inteligência aristocrática a seus resplandecentes olhos azuis.

— Que tal 1 dólar por noite?

Kimberly me olhou com desdém.

— Não poderia cobrar tão barato, Nick. Acho que 5 dólares se aproximam mais do preço de mercado.

Fechamos em 3 dólares por noite, com a condição de que eu sempre deveria manter pelo menos uma camada de roupa de cama entre o meu corpo e o móvel alugado. Joanie, distraidamente, concordou em me ceder (de graça) a roupa de cama em questão. Fechado o acordo, paguei a Kimberly cinco noites adiantadas. Ela embolsou satisfeita as verdinhas e escapuliu para o quarto, deixando-me sozinho com a louça.

E ela pensa que é uma negociadora hábil. Caramba, mesmo com o meu orçamento limitado, para escapar do tapete eu estaria disposto a chegar a 10 dólares por noite. Talvez mais.

**Os diários de Nick Twisp**

22h15. Alguém acaba de tocar a campainha e Joanie disse pelo interfone que desse "uma porra de um salto mortal do píer de Santa Monica". Acho que foram embora.

23h30. Mario acaba de chegar para a você-sabe-muito-bem-o-quê noturna.

— Oi, Mario — falei.

— Ah, oi, Nick. Você pode ficar nesse sofá?

— Kimberly o alugou pra mim — respondi.

— É, aposto que sim — disse ele, piscando e conferindo os relógios. — Droga, estou atrasado. — Ele se virou e silenciosamente se esgueirou pela porta do quarto da amante.

Estou começando a sentir o arrependimento do locatário de sofá. Além de oferecer todo o conforto de um marshmallow derretido, o sofá de Kimberly é pelo menos 15cm mais curto do que o meu corpo.

**SEGUNDA-FEIRA, 25 de novembro** — Estou deixando crescer um bigode. Não me barbeio desde quinta-feira e uma mancha escurecida começa a se formar sobre o meu lábio superior. Espero que faça com que me pareça velho o bastante para estar isento das leis de frequência escolar compulsória.

Decidi tirar um breve sabático dos estudos enquanto tento reunir os cacos da minha vida. No meu presente estado emocional, sinto que seria desaconselhável me aventurar em uma terceira escola de segunda categoria nesse semestre. Além disso, acabo de ler no *Los Angeles Times* que os professores da cidade estão se preparando para entrar em greve. Ao que parece, as escolas estão num caos ainda maior do que o de costume. Felizmente, Joanie sempre odiou a escola e é pouco provável que insista tão cedo para que eu me submeta à sua tirania.

Tomei um ônibus até Santa Monica para fazer compras emergenciais de roupas. Nas ruas comerciais do centro, trabalhadores instalavam decorações e luzes de Natal nos postes, dando um ar festivo ao lugar. Depois de salivar pelos últimos modelos de laptops na vitrine de uma loja de eletrônicos, encontrei um brechó no Lincoln Boulevard com uma liquidação pós-Ação de Graças. Comprei seis cuecas usadas, oito pares de meias (sem furos), quase todos combinando, duas calças jeans, cinco camisas, um par seminovo de tênis de corrida e um disco de Ravi Shamar com alguns arranhões. A conta foi de 46 dólares e 12 centavos, mas a simpática senhora do caixa abateu os impostos sobre vendas quando François disse que era morador de rua. Depois, fui a uma farmácia popular e comprei escova de dentes (vinha usando a de Joanie), barbeador (idem), desodorante, talco para os pés, caderno (para o meu, *snif*, diário manuscrito), remédio para espinhas e um pacote com três camisinhas (por via das dúvidas, caso surja alguma coisa). A conta foi de 21 dólares e 8 centavos. Cara, se aprendi a minha lição, no futuro, sempre terei uma mochila de reserva arrumada para o caso de emergências. Acho que seria prudente que todo adolescente tomasse esse cuidado.

Quando voltei ao apartamento (vazio), troquei minhas roupas encardidas (que alívio!), e dei uma conferida no quarto bagunçado de Kimberly. Sobre uma mesa de madeira, havia pilhas de livros entediantes de marketing e um velho IBM PC (nem ao menos um XT, estou falando de informática do tempo das cavernas). Descobri coisas mais interessantes na gaveta do criado-mudo: uma caixa de camisinhas Sheik, três exemplares da revista *Playgirl* (bastante folheados) e um grande vibrador a pilhas (cheirando levemente a você-sabe-bem-o-quê).

Conferi os caras da *Playgirl*.

— Nada de mais — resmungou François.

Eu não observei que aqueles sujeitos, ao contrário do meu *alter ego*, estavam todos em estado de repouso. Encontrei o talão de cheques de Kimberly numa gaveta da cômoda, sob uma calcinha vermelha rendada. Suspirei quando li o saldo da poupança dela. Apesar de estar atualmente sentada sobre uma reserva financeira investida a juros de 42 mil 729 dólares e 71 centavos, Kimberly acha necessário cobrar 3 dólares por noite de sono no sofá vagabundo dela. Para retribuir a compreensão, encontrei um alfinete e fiz um furinho nas embalagens de cada uma das camisinhas que restavam na caixa. Também desatarraxei o vibrador e inverti as pilhas. Portanto, teve início aquilo que os republicanos mais temem: a luta de classes.

**TERÇA-FEIRA, 26 de novembro** — Esta manhã, quando Joanie se aprontava para sair de casa para suas obrigações de aeromoça, minha mãe que coabita com policiais ligou. Ouvi a conversa da extensão da sala.

— Joanie, por que você não retornou minhas ligações? — reclamou ela.

— Desculpe, mãe. As coisas estão corridas por aqui.

— Seu irmão vai me matar. Ele desapareceu! E aquelas pessoas impossíveis do consulado indiano são tão grossas! E o pior, eu e o seu pai podemos ser processados pelas companhias de seguro pelos prejuízos do incêndio em Berkeley.

— Isso é horrível, mãe. O que posso fazer por você?

— Joanie, querida, você pode usar sua influência na companhia aérea para ir até Bombaim e procurar por Nick?

— O quê?! — exclamou Joanie.

— Ele não apareceu na escola em Pune. (Mamãe pronunciou como Puní, que rima com "sumi".) — Pedi a Lance, mas ele se recusa a ir. Disse que Nick já foi tarde.

Também gosto de você, Lance!

— Como você sabe que Nick está na Índia? — perguntou Joanie. — Ele ainda pode estar... na Califórnia; em algum lugar.

— Não, ele passou pela alfândega do aeroporto de Bombaim. Eu conferi. Eles registraram o número do passaporte dele e emitiram o visto.

— Bem, mãe, não posso ir à Índia. Eu... não tenho tempo. Nick está bem. Tenho certeza de que ele entrará em contato mais cedo ou mais tarde.

— Joanie, ele é o seu único irmão!

— Desculpe, mãe. Não se preocupe com Nick. Estou atrasada para o trabalho. Preciso desligar.

— Está bem, acho que então eu é que precisarei ir para a Índia — declarou minha mãe.

— Mãe! — Joanie exclamou. — Você não pode embarcar em uma viagem cansativa como essa no seu estado e na sua idade. Você precisa descansar.

— Não tenho outra pessoa a quem apelar, Joanie.

— Mãe, não faça nada agora. Prometa que não. Tenho certeza de que Nick entrará em contato em breve. Muito breve!

— Bem, está bem — disse minha mãe com a voz cansada. — Vou esperar um pouco. Eu não devia ter deixado Nick ir morar com seu pai, aquele aproveitador. Ele tentou envenenar uma pobre garota em Santa Cruz. E foi Nick quem invadiu minha casa e escreveu aquela mensagem terrível no espelho. Lance acha que ele deve ser internado... até pelo menos os 24 anos. Eu me sinto inclinada a concordar. O que você acha, Joanie?

— Nick está apenas... apenas um pouco perdido, mãe. Ele sofreu muita pressão emocional com o... o divórcio e tudo mais.

— Ah, então a culpa é toda minha! — gritou minha mãe. — A culpa sempre é dos pais!

Uau, ela finalmente começava a ver a luz.

— Mãe, não se preocupe, Nick vai entrar em contato em breve. Preciso ir andando. Tchau, mãe.

Joanie saiu do quarto e olhou furiosa para mim.

— Você vai ligar pra ela hoje!

— Tudo bem — respondi casualmente. — Eu ia ligar mesmo.

Joanie pegou o casaco e a mala da companhia aérea. Ela ficava surpreendentemente atraente naquele uniforme azul elegante. Maquiagem aplicada com cuidado camuflava as olheiras.

— Estarei de volta na sexta à noite — disse ela. — Tente não se meter em mais confusão.

— Pode deixar.

— Se um homem chamado Philip Dindy ligar pra mim, você pode dizer que eu não quero falar com ele. Nunca mais. E pode falar que ele não precisa se preocupar, pois não vou dizer nada à esposa dele.

— Dizer nada sobre o quê? — perguntei.

— Isso não é da sua conta, espertinho.

Ela abriu a porta, e então parou.

— Você tem dinheiro?

— Uns 10 dólares — menti.

Joanie abriu a bolsa e pescou duas notas de 20.

— Isso é tudo o que eu posso lhe dar. Você não é minha responsabilidade, Nick.

— Obrigado, Joanie — disse eu grato. — Desculpe por ser um peso nas suas costas. Boa viagem.

— Tchau, Nick. Ah, e fique fora do meu quarto. Eu sei o quanto você é bisbilhoteiro.

— Eu não sou bisbilhoteiro — respondi ofendido.

Uau, três dias de liberdade total com o dinheiro de outra pessoa nas mãos! Será que eu deveria libertar François pra dar em cima de Kimberly?

11h. Quando voltei do banquete de donuts, minha bela republicana já tinha saído para a faculdade.

— Bem, vamos fazer isso de uma vez — disse eu a François.

Botei o disco de Ravi Shamar no som e disquei o número de minha mãe em Oakland. Ela atendeu no segundo toque.

— Nick! É você?

— Sou eu, mãe.

— Onde você está?

— Estou na Índia. Estou fazendo uma ligação internacional.

— Nick, volte pra casa neste minuto!

*Os diários de Nick Twisp*

— Desculpe, mãe. Acho que é melhor pra todo mundo se eu ficar por aqui durante algum tempo. Desculpe ter causado tanto sofrimento.

— Onde você está, Nick? Onde você está morando?

— Não se preocupe, mãe. Está tudo em ordem. Consegui um emprego com uma família simpática, como professor de reforço de matemática.

— Que família? Onde? — exigiu saber.

— Não posso dizer, mãe, mas eles são legais e ricos. O pai é empresário. A gente se conheceu no avião. Tivemos uma longa conversa. Os filhos são péssimos em álgebra, então ele me convidou pra morar na mansão deles e dar aulas particulares. É muito legal. Eu até tenho meu próprio criado, Ravi. Não, Ravi, obrigado, não quero mais *samosas*.

— Nick, você está mentindo para a sua mãe?

— Não, mãe. Eu juro. Estou muito feliz. Estou aprendendo a tocar cítara. Meu professor está aqui aquecendo os dedos para a aula. O pai disse que vai me mandar pra uma boa escola particular para que eu me transforme num cavalheiro. Eles gostam muito de mim.

— Quais são as idades dos filhos? — pressionou ela. — São meninos ou meninas?

— Ah, meninos e meninas. São muitos. Eles têm uns 12 filhos. De todas as idades.

— Este homem tem esposa? — perguntou ela, desconfiada. — Ele não é... ela não é...

— Não, mãe. Ele é casado. Na verdade, ele tem três esposas. Mas elas se entendem bem. Bem, mãe, essas ligações internacionais custam 95 rúpias o minuto.

— Nickie, qual é o seu endereço? Como faço pra escrever? Qual é o telefone dessa casa?

— Desculpe, mãe. É melhor se eu ligar. Não se preocupe, ligo sempre que possível.

— Nick, lave todos os alimentos antes de comer. Eles têm doenças terríveis nesse país. Se você ficar doente, ligue pra mim imediatamente.

— Está bem, mãe. Não se preocupe comigo. Dê um alô a Lance por mim. E feliz aniversário.

— Nickie — disse minha mãe, começando a choramingar —, você lembrou.

— Tchau, mãe.

*Clique.*

— Ela engoliu — disse François.

— Cada palavra — respondi.

13h20. Uma batida à porta me assustou enquanto eu bisbilhotava os extratos bancários de Joanie. As finanças da minha irmã, por sinal, estão numa situação tão lastimável quanto a vida pessoal dela. Fechei a gaveta num piscar de olhos, então andei em silêncio até a porta e espiei pelo olho mágico. No corredor iluminado por luzes fluorescentes, uma mulher de 105 anos se apoiava pesadamente num andador de alumínio. Com cuidado, abri uma fresta na porta.

— Pois não?

— Quem é você? — inquiriu a mulher.

— Eu, é... sou François, quero dizer, Frank Dillinger — respondi, lembrando de não dar meu nome verdadeiro. — Um amigo de Joanie. Quem é a senhora?

— Sou Bertha Ulansky, do outro lado do corredor. Estou pronta para os meus vídeos.

Apesar da idade avançada, o rosto dela estava cuidadosamente maquiado. Sobrancelhas finas haviam sido traçadas a lápis e uma boa camada de rímel preto, aplicado nos cílios postiços, caía como neve poluída no ruge do rosto.

Fiquei confuso:

— Como?

— Os meus vídeos, os meus vídeos — insistiu ela. — Joan sempre pega os meus vídeos para mim. A lista já está pronta.

— Ah, Joanie não está. Ela viajou a trabalho, Sra. Ulansky.

— É *Srta*. Ulansky, meu jovem — resmungou ela. — Eu não uso o nome do meu falecido marido... por motivos profissionais. — A senhora idosa olhou para os meus pés. — As suas pernas estão quebradas?

— É... não — admiti.

— Então mexa-se, Frank. Você precisa chegar lá antes das duas pra não perder o desconto para idosos!

16h10. Quando voltei da locadora, minha idosa vizinha me convidou para assistir a um filme com ela. Acreditem ou não, minha irmã é vizinha de uma atriz de cinema aposentada. A Srta. Ulansky estrelou mais de quatrocentos filmes como figurante, a começar por uma prostituta em *Marrocos*, de 1930.

O filme de hoje foi *Bonita como nunca*, um musical de 1942 estrelado por Fred Astaire, Rita Hayworth e Bertha Ulansky como a sensual convidada de uma festa. A Srta. Ulansky apertou a tecla Zoom no controle remoto da tevê quando fez sua entrada triunfal.

**Os diários de Nick Twisp**

— Veja, esta sou eu, estou usando um vestido de noite de crepe da China, ao lado do vaso com a palmeira — disse ela com orgulho.

— Srta. Ulansky, a senhora era muito bonita — comentei.

— Não, não era — disse ela resoluta, apertando o botão Play. — Meu rosto tinha uma beleza comum. Eles não queriam que as moças ou os sujeitos fossem bonitos demais. Claro, naturalmente não queriam que ofuscássemos a beleza dos astros e estrelas. Olhe, ali, sou uma dançarina bem razoável. Aquilo é o foxtrote. Bill Seiter nos fez gravar 14 tomadas dessa cena. Nossa, os meus pés estavam me matando.

Ela suspirou quando "Fim" apareceu na tela.

— Sempre gostei desse filme — disse ela, apertando o botão para rebobinar a fita. — Claro, Jerome Kern nunca escreveu uma canção ruim.

— Como era Fred Astaire? — perguntei. — Ele é um dos meus astros do cinema preferidos.

— Eu gosto de Fred — respondeu ela pensativa. — Mas ele não é engraçado, se é que me entende. Não, pelo menos, que eu saiba. Agora, isso é uma raridade nesta profissão. Claro, o topete dele é bem óbvio. E ele é muito baixo.

— Fred Astaire era baixo? — perguntei surpreso.

— Praticamente um anão. O diretor providenciou uma escada, que Fred usou em todas as cenas de amor com Rita. Nos idos da década de 1930, a RKO arranjou aulas secretas para que Fred aprendesse a dançar com saltos plataforma. Primeiro tentaram pernas de pau, mas a madeira aparecia abaixo da barra das calças.

— Eu não sabia disso!

— Sim, e sabe aquele sapateado primoroso que ele fazia nos filmes?

— Claro. Ele era sensacional.

— Não era ele — sussurrou a Srta. Ulansky.

— Não era? — sussurrei de volta.

— Não. Era um negro que eles traziam em segredo do Harlem apenas para essas cenas. Então eles acrescentavam a cabeça de Fred. Era tudo muito secreto. Nem mesmo Ginger sabia.

— Isso é incrível! — respondi impressionado.

— Melhor guardar isso para si mesmo, Frank — disse ela. — Os estúdios ainda têm capangas na folha de pagamento para abafar informações explosivas como essa.

Quando voltei para o apartamento, descobri esta mensagem da minha mãe na secretária eletrônica de Joanie:

— Boas notícias, Joanie. Não precisamos nos preocupar. Acabo de falar com Nick na Índia. Ele está vivendo com uma boa família, que pode ensinar a ele boas maneiras e bom-senso. Que milagre isso seria. Lance disse que, enquanto Nick não estiver aqui para ser processado, não podemos ser legalmente responsabilizados pelos prejuízos do incêndio. E a irmã de Lefty, que delatou Nick, não receberá recompensa alguma. Então, Nick ter fugido para a Índia pode ter sido uma bênção, no final das contas. Certamente não me incomodo em tê-lo longe do meu pé por algum tempo. Ah, e o miserável do seu pai está sendo processado, uma indenização de 3,5 milhões de dólares. Por algum tipo de letreiro de néon perigoso que Nick achou e vendeu para um homem que foi eletrocutado — pelo letreiro, quero dizer. Felizmente, isso não me diz respeito. Desejo tudo de bom para a família do homem. Só queria que eles tivessem pedido mais! Bem, preciso ir andando. Lance vai me levar para jantar fora hoje à noite, para comemorar o meu aniversário — não que isso tenha grande importância para você.

Três milhões e meio de dólares! Duvido muito. A família de Fuzzy terá sorte se conseguir arrancar 3 dólares e 50 centavos do meu pai desempregado e aproveitador.

18h30. Kimberly acaba de voltar de um dia duro de ingestão de teoria administrativa.

— Boas notícias, Kimberly. Joanie disse que eu posso dormir na cama enquanto ela estiver viajando, então não precisarei do sofá por alguns dias.

Ela deu de ombros com indiferença fingida, mas pude perceber que calculava mentalmente aquele golpe inesperado em seu patrimônio líquido.

— Mario vai aparecer hoje à noite? — perguntou François.

— Não sei — disse ela, conferindo a correspondência. — Por que a pergunta?

— Ah, eu pensei que podíamos ir ao cinema ou coisa parecida — disse François.

— Quem? Você e Mario?

— É... Não. Eu e você — disse François. — Eu pago.

— Desculpe, Nick. Preciso trabalhar no meu plano de marketing.

— Posso pagar a pipoca também — insistiu.

— Desculpe, Nick — disse Kimberly caminhando em direção ao quarto. — Quem sabe outra hora?

Ela entrou no quarto e fechou a porta.

— Ela gosta de mim, dá pra perceber — observou François.

— Então por que trancou a porta? — perguntei.

— Tentação — respondeu ele. — Ela está tentando resistir à tentação.

Os diários de Nick Twisp

QUARTA-FEIRA, 27 de novembro — Esta tarde, o filme foi uma comédia em preto e branco de 1942, *E a vida continua*, estrelada por Ronald Colman, Jean Athur, Cary Grant e Bertha Ulansky como uma transeunte irada.

Depois do filme, a Srta. Ulansky me colocou a par de todos os podres.

— Como era Ronald Colman? — perguntei.

— Egocêntrico. Muito egocêntrico — disse ela. — Essa voz aveludada dele é falsidade pura. Ao ouvi-lo falando no set, dava para pensar que fosse um dos operários que cuidam dos cenários. O sotaque dele é um tanto grosseiro, e o tom de voz natural um falsete agudo. E ele é muito baixo.

— Ronald Colman era baixo?

— Terrivelmente baixo. Praticamente um anão — disse ela. — Ele se recusava a usar uma escada americana nas cenas de amor. Precisaram importar uma da Inglaterra, com os degraus do lado esquerdo.

— Cary Grant era baixo? — perguntei.

— Sim, charmosamente diminuto — respondeu ela. — Se estivesse ao lado de Ronnie Colman, pareciam dois jóqueis num hipódromo.

18h30. Quando voltei para o apartamento, Kimberly estava esquentando no micro-ondas o jantar de Mario, que, sentado à mesa, piscava impaciente. Eu me demorei por ali na esperança de ser convidado, mas a cozinheira resistiu com sucesso aos impulsos da generosidade hospitaleira. Então andei oito quarteirões até um McDanou'se. Quando voltei, Kimberly assistia à tevê no meu sofá alugado e Mario lavava as louças.

— Diga, Nick, quantos anos você tem? — perguntou ela, desligando o telejornal de finanças *The Nightly Business Report* com o controle remoto.

— Dezenove — menti.

— Está mais pra 14 ou 15 — respondeu ela. — Gostaria de responder algumas perguntas para uma pesquisa?

— Que tipo de pesquisa? — perguntei, desconfiado.

— Uma pesquisa de marketing — explicou ela. — Mario e eu estamos pensando em montar uma empresa para comercializar produtos especiais, de vanguarda, para consumidores jovens.

Mario levantou o olhar da frigideira que esfregava.

— Nick, vocês, adolescentes americanos, têm uma renda de consumo anual na casa dos 80 bilhões de dólares.

Oitenta bilhões de dólares! É, não estou recebendo uma fatia justa desse bolo.

— Está bem — disse eu. — Responderei às perguntas. Manda ver.

Kimberly pegou uma prancheta e me fez uma série de perguntas exaustivamente complexas e entediantemente repetitivas sobre minha renda de consumo, hábitos de consumo e gostos de vestuário, com ênfase nos calçados. A não ser pelas perguntas sobre renda, fui o mais sincero possível. Kimberly pareceu satisfeita com minhas respostas.

— Bem, não vai me fazer uma última pergunta? — perguntei, quando ela terminou.

— Que pergunta, Nick?

— Você não vai perguntar se eu pensaria na possibilidade de comprar tênis de corrida com estampa de bolinhas?

Kimberly engasgou. Mario quase derrubou um prato.

— Como você sabia isso? — perguntaram juntos.

— Bem, ficou óbvio pelas perguntas de vocês — expliquei. — Vocês pretendem vender tênis de corrida com bolinhas fluorescentes verde-limão ou cor de laranja. Certo?

— Sem comentários — respondeu Kimberly.

— Certamente que não — disse Mario, piscando ainda mais rápido do que de costume.

— Ótimo — falei. — Porque eu não compraria um tênis assim nem em dez milhões de anos. Muito menos os meus amigos.

— Essa é apenas a sua opinião — disse ela, torcendo o nariz.

— Bem, achei que era isso o que vocês queriam. Achei que era esse o objetivo de fazer pesquisas de marketing.

— Ele está certo, Kimmy — disse Mario, piscando de farol baixo.

— Sim, mas olhe pra ele, Mario — respondeu ela. — Ele nem de longe se qualifica como um integrante do nosso estrato com alta renda e percepção de moda.

Optei por fazer vista grossa àquela calúnia.

— Mas eu tenho uma ideia para um produto que acredito que um monte de adolescentes consumiria.

— E que produto é esse, Nick? — perguntou Mario, piscando ansioso.

— Eu digo — respondi. — Mas quero um terço dos lucros, e quero isso no papel.

Depois de 15 minutos de uma negociação feroz e exaltada, meus novos sócios assinaram um contrato no qual concordam em me pagar 19,6% de todo lucro líquido (depois dos impostos) oriundo da minha proposta.

Os diários de Nick Twisp

— Então o que é? — exigiu saber Kimberly com ceticismo.

— Certo. Pensem nisso: tênis de corrida... com a forma de... carros esportivos! Com faróis e lanternas moldados nos solados. Que acendam de verdade! E pequenas placas nos para-choques cromados de borracha que a moçada possa personalizar com letras adesivas. Tenho até mesmo o nome perfeito: Roadsters.

Mario e Kimberly trocaram olhares.

— Essa ideia é uma droga — declarou a última.

— E onde seriam colocadas as pilhas? — perguntou Mario.

— Luzes em sapatos — zombou Kimberly. — Que idiotice!

— Está bem — falei. — Vocês não gostaram da ideia. Ótimo. Tenho outra.

— Eu não quero ouvir — disse Kimberly.

— E qual é? — perguntou Mario.

— Mesmos termos? — perguntei.

— Certo, nos mesmos termos — respondeu ele, piscando em dúvida.

— Lá vai, essa é matadora. Existem milhares de relógios bonitos no mercado, certo?

— Claro — concordaram eles.

— Mas e quanto aos milhões de adolescentes que não estão interessados em se vestir para ficarem bonitos? Que, na verdade, fazem o máximo para ter a aparência mais ofensiva possível? Que tal um relógio realmente feio? O visor pode ter aparência enferrujada ou quebrada... talvez com um buraco de bala falso. E a pulseira poderia ser repulsiva, de borracha cor de pele com cicatrizes, tatuagens e uma verruga nojenta, enorme e cabeluda. Na verdade, esse seria um nome incrível: Relógio Verruga.

Fiz uma pausa e olhei para eles, esperançoso.

Mario suspirou. Kimberly levantou-se.

— Bem, qual é o problema com a ideia? — exigi saber.

— Ela é péssima — disse Kimberly.

— Você pode ser um pouco mais específica? — perguntei.

— Nick — disse Mario —, vejo um grande problema na sua ideia.

— E qual é?

— Adolescentes que querem se vestir assim não se importam com a hora. Oh! Ele tinha um bom argumento.

— E qualquer centavo de renda de consumo que essas criaturas tenham — acrescentou sua sócia — eles gastam exclusivamente em drogas e álbuns de heavy metal.

Ela também tinha um bom argumento.

Enfim, assim como incontáveis integrantes pobres da família Twisp antes de mim, nunca aspirei ao sucesso nos negócios. A nossa é uma família devotada à arte.

QUINTA-FEIRA, 28 de novembro — Faz uma semana desde que tive Sheeni Saunders nos meus braços. Isso parece uma eternidade. Quão insuportável é estar longe da pessoa amada durante as festas. Os comerciais de perfume na tevê, românticos, emotivos, aprofundam ainda mais o meu desespero. Talvez eu deva enviar anonimamente um frasco caro pelo correio. Não, ela pode atribuir o presente às saídas com o traidor Vijay Joshi.

18h20. Nenhum sinal de Kimberly ou Mario. Recebemos outra mensagem tensa de Philip na secretária eletrônica. O estado do sujeito parece lastimável. Decidi demonstrar alguma compaixão e tirá-lo desse sofrimento. Consultei a lista telefônica. Encontrei um Philip Dindy, PhD, em Santa Monica, e disquei o número. Uma mulher atendeu.

— É a Sra. Dindy quem fala? — perguntei, com o meu mais lírico sotaque de Bombaim.

— Isso.

— Sra. Dindy, acredito que a senhora deva perguntar ao seu marido sobre a bela e jovem aeromoça de Marina Del Rey.

— Que aeromoça? — perguntou ela, exaltada.

— A aeromoça que espera um filho dele!

Tendo feito minha boa ação do dia, desliguei rapidamente e saí para jantar. Hoje à noite, darei uma chance ao Taco Bomb.

20h40. Decidi reunir informações sobre a situação em Ukiah. Coloquei meu disco de Ravi Shamar no som e disquei o número de Fuzzy DeFalco. Felizmente, o adolescente peludo atendeu ele mesmo a ligação.

— Nick! Onde você está?

— Estou em Bombaim, Índia. Estou fazendo uma ligação internacional.

— Sério? Parece que você está aqui, na casa ao lado.

— Frank, desculpe por eu ter inventado aquela história sobre mim e sua mãe na cama juntos. Acho que foi uma brincadeira horrível, sem a menor graça.

— Tudo bem, Nick. Sem crise. Mamãe me disse que não é verdade. Pensei que você devia estar estressado. Uau, não acredito que você esteja na Índia! Como é aí? Quente?

**Os diários de Nick Twisp**

— Muito quente, Frank. Uns 45ºC na sombra. Mas estão noticiando uma monção para esta tarde, o que deve esfriar as coisas.

— Legal! Uma monção! — disse ele impressionado. — Nick, como você está se virando? Já arrumou um lugar para morar?

— Já, um lugar muito bacana. Conheci uma aeromoça da Air-India no avião. Estou hospedado numa cobertura.

— Você está com uma aeromoça de carne e osso! Ela é gata?

— Linda. Ela parece com Merle Oberon.

— Quem? — perguntou Fuzzy. — Merle Haggard?

— Não, Merle Oberon. Ela foi uma atriz famosa. Rava está pensando em tentar o cinema quando cansar da vida de aeromoça. Isso é ela tocando cítara.

— É isso? — disse Fuzzy. — Achei que pudessem ser ruídos na conexão.

— Frank, o que está acontecendo por aí?

— Caramba, Nick. Você pulou fora a tempo. Acho que a polícia encontrou as digitais de Vijay. Eles apertaram Vijay e aquele rato dedurou a gente. Achei que meus pais iam me matar quando soubessem que fomos nós que roubamos o carro de vovó. Mas meu pai esmurrou a parede outra vez.

— Ele acertou algum prego?

— Não, graças a Deus. Mas a mão dele atravessou a parede. Estou de castigo em casa até o Natal. E eles limitaram minhas ligações para Heather a cinco minutos por semana.

— Que droga, Frank. E o que aconteceu com Vijay?

— Ele não foi preso. Eles estão mais interessados em botar as mãos em você, Nick. Cara, acho que nunca ouvi falar de ninguém metido em tanta encrenca quanto você. Foi uma boa você ter aquela passagem em cima pra fugir do país. Se estivesse aqui, você já estaria morto a essa altura.

— É possível — concordei, sem querer ceder à negatividade. — Frank, o que os pais de Vijay fizeram?

— Eles gritaram pra caramba com ele, acho. Não falo mais com aquele dedo-duro. Nick, ele disse a Sheeni que foi você quem espalhou os boatos sobre ela e Trent contrabandearem os anticoncepcionais.

Mais notícias ruins.

— Ele está dando em cima de Sheeni? — perguntei, temendo o pior.

— Ele está se esforçando. Os dois almoçaram juntos hoje no refeitório. Estavam conversando em francês, aqueles metidos nojentos.

— Como ela estava? — perguntei.

— Meio triste. Não acho que ela esteja muito animada em ter voltado para a Redwood High. Ela ficou corrigindo o Sr. Perkins na aula de inglês hoje, e nem ao menos foi educada como antes. Aposto que muitos professores estariam dispostos a fazer uma vaquinha e comprar pra ela uma passagem de ônibus para Santa Cruz.

— Ela está andando com Trent?

— Não, tenho visto ela com Vijay, Nick.

— Eles andam de mãos dadas?

— Ainda não, Nick. Mas por que você pergunta? Você tem Merle, sua aeromoça sexy.

— O nome dela é Rava — corrigi. — E, não importa o que aconteça, não fale sobre ela pra Sheeni. Na verdade, agradeço se não disser a ninguém que falou comigo.

— Está bem, Nick. Entendi. Bico fechado.

— Frank, sua mãe não está mais saindo com o meu pai, está?

— Eles saíram ontem à noite, Nick. É nojento. Não entendo o que ela vê naquele cara nojento. Sem ofensa.

— Não me ofendi.

— Quero dizer, principalmente desde que o estamos processando por aquela bolada. Espero que o fato de deixarmos o seu pai de cuecas não afete suas chances na faculdade.

— Tudo bem, Frank. De qualquer forma, meu pai não estava economizando nem um centavo sequer para a minha faculdade. Ele prefere gastar o dinheiro dele com as piriguetes.

— Você está falando da minha mãe? — exaltou-se Fuzzy, ofendido.

— Não, Frank. Estou falando das antigas namoradas novinhas dele, como Lacey. Sua mãe é uma pessoa muito legal.

— É, eu não sei se eu iria tão longe — respondeu ele.

A agulha, percebi, ficou presa em um sulco do disco. Felizmente, com aquele tipo de música, era difícil perceber a diferença.

— Bem, Frank, preciso ir andando. Essas ligações internacionais custam 200 rúpias o minuto.

— Cara, Merle deve estar bem pra deixar você gastar essa grana com o telefone.

— Ela é muito generosa, Frank. Com tudo.

— Espero que isso queira dizer o que acho que quer dizer, Nick.

— Não posso mais falar, Frank. Bem, a gente se fala. Volto a ligar.

Os diários de Nick Twisp

François está furioso. Quer recrutar um *skinhead* pra cuidar de Vijay. Ele acredita que a polícia verá a agressão como mais um caso de violência aleatória, gratuita, contra imigrantes.

Mas onde encontrar um *skinhead*? E será que algum oferece descontos?

SEXTA-FEIRA, 29 de novembro — O apartamento de Joanie está ficando apertado. O Dr. Philip Dindy apareceu à uma e meia desta madrugada com duas malas, a raquete de *squash* e um laptop Power PC incrivelmente atraente — o primeiro que eu vi fora das páginas de uma revista.

— Quem é você? — perguntou ele inquisitivo, depois que me arrastei sonolento pra fora da cama de Joanie e abri a porta.

— Sou Frank Dillinger — bocejei. — Um amigo de Joanie. Um velho amigo da família.

Philip me estudou desconfiado com seus óculos de lentes grossas. Eu vestia apenas a cueca do brechó.

— Joanie nunca mencionou um amigo chamado Frank.

Ele era, como diria a Srta. Ulansky, terrivelmente baixo, praticamente um anão. Tinha cabelos ruivos desalinhados, sardas, um nariz respeitável, nem sombra de queixo e era barrigudo. Não exatamente o PhD que eu esperava encontrar.

— Bem, Joanie mencionou você *para mim* — respondi. — Mas não disse nada sobre esperar a sua visita esta noite.

— Eu... eu precisei me mudar inesperadamente — disse ele, ainda desconfiado. — Onde está Joanie?

— Está voando por aí — respondi. — Ela só volta esta noite.

Philip investigou os quatro cantos da sala com olhares rápidos.

— Você está ficando no quarto de Kimberly? — perguntou.

— Não, estou usando a cama de Joanie — disse eu. — Fique à vontade para se instalar no tapete, se quiser. É gostoso e macio.

Philip tinha outra coisa em mente. Obstinado na afirmação de seus direitos territoriais, ele arrancou quarto de Joanie adentro e me atirou de volta para o Sofá do Inferno.

— Você se arrependerá disso, Dr. Dimby — disse eu, arrumando minha cama de torturas. — Tenho certeza de que Joanie ficará furiosa.

— É Dindy — disse ele. — Com dois "d" e um "n".

— Já é madrugada — disparei. — Não estou nem um pouco interessado em uma aula de soletrar a essa hora. Boa-noite!

— Vai ver se eu estou na esquina — disse ele, antes de bater e trancar a porta do quarto.

Cara, Joanie tem mesmo bom gosto, pensei, ajeitando-me na minha cama de horrores. Novos e caros implantes de silicone nos seios, e tudo o que ela consegue arrumar é a Criatura do Acelerador Atômico.

10h30. Philip está um pouco mais amigável esta manhã. Ele queria algo.

— Ah, como disse mesmo que era o seu nome? — perguntou.

— Frank Dillinger.

— Ah, Frank, você sabe se Joanie tem uma chave reserva por aqui?

— Não, Dr. Dimby, acredito que não — respondi com frieza, fingindo ler os anúncios de emprego do *Los Angeles Times*.

— Frank, você estará por aqui lá pelas quatro da tarde para abrir a porta para mim?

— Dificilmente — respondi. — E acho que nem devia ter aberto a porta pra você, para início de conversa. Joanie disse com todas as letras que nunca mais queria ver a sua cara.

— Joanie vai querer me ver agora — disse ele, confiante. — Eu larguei a minha esposa.

— Que sorte a dela — disse François. — Da sua esposa, quero dizer.

11h45. Depois que o físico enferrujado saiu com destino ao laboratório, mandei François para o quarto de Joanie, para bisbilhotar as coisas dele.

As malas pareciam ter sido arrumadas com uma pressa considerável. Em meio a um tumulto de camisas polo (tamanho P), calças chino, meias com padronagem xadrez (algumas com buracos) e cuecas Kevin Clein (idem), encontrei um talão de cheques (saldo de 273 e dólares e 12 centavos), um porta-retratos com a fotografia de uma mulher com cara de chiuaua cercada por três crianças sardentas (o clã Dindy?), cópias amassadas de monografias tediosas sobre física de partículas de você-sabe-quem e uma caixa de camisinhas Trojan.

— Parece que o Dr. Dimby pretende fechar a lojinha depois de a cegonha chegar — disse François, misturando as metáforas.

Então meu *alter ego* voltou as atenções ao laptop reluzente, de última geração. Ele ligou o computador e observou reverente enquanto a máquina avançava rapidamente pela inicialização do sistema.

— Qual será o tamanho desse disco rígido? — François quis saber, acessando as propriedades do sistema. — Caramba, 785 megabytes! E quase tudo ocupado por programas.

Ele digitou "Format C".

## Os diários de Nick Twisp

— Hum, François — disse eu, nervoso. — Você tem certeza de que quer fazer isso?

— Você gostou de dormir no sofá esta noite? — perguntou ele.

François apertou algumas teclas e o HD começou a girar, habilmente realizando a faxina eletrônica. Dez minutos depois, o ruído parou.

O apartamento de Joanie pode estar apertado, mas o HD do Dr. Dimby está tão deserto quanto a consciência de François.

15h45. O filme de hoje foi *O galante vagabundo*, uma comédia de 1936 estrelada por William Powell, Carole Lombard e Bertha Ulansky como uma enfastiada socialite parasita. Já havia assistido antes, mas gostei de vê-lo outra vez na tevê gigante da Srta. Ulansky. Dessa vez, assisti ao filme com atenção redobrada e notei que, em diversas cenas, o polido William Powell, no papel de um vagabundo que se faz passar por aristocrata de Boston, aparece de corpo inteiro tendo ao fundo objetos comuns de tamanho conhecido. Sem chance que o grande astro fosse um anão.

— Ele pode ter estatura mediana, possivelmente menos — cedeu a Srta. Ulansky —, mas usa peruca. A cabeça do homem é lisa como uma bola de bilhar.

19h30. O amarfanhado Dr. Dindy voltou pontualmente esta tarde, mas infelizmente Kimberly estava em casa para abrir a porta. Fingindo que eu era invisível, ele vestiu uma de suas inúmeras camisas polo, então ligou para a esposa e entabulou uma discussão aeróbica ao telefone. Imagino que o divórcio deles será mais do que desagradável. Como muitos homens da ciência, Philip é obsessivamente racional em tudo, a não ser em sua vida pessoal. Apenas nessa esfera ele se permite baixar a guarda e lançar-se em emoções primitivas, manipulação amoral e atitudes vingativas desmedidas.

No exato instante em que ele bateu o fone no gancho (eu podia ouvir os gemidos violentos da esposa), Joanie chegou de seu trabalho estratosférico.

— Philip! — disse ela, com voz esganiçada.

— Joanie, querida — respondeu ele, com um sorriso amável. — Deixei Caitlin.

— Oh, Philip! — exclamou ela, atirando-se nos seus braços sardentos.

Eles se abraçaram, beijaram e apalparam. Incomodado, fingi ler o meu livro. (*A Los Angeles das estrelas* com tiragem limitada.)

— Hum, Phillip, querido — sussurrou Joanie —, talvez devêssemos ir para o quarto.

Ainda abraçados com paixão, eles se moveram como apenas um corpo em direção ao refúgio do quarto.

Joanie parou.

— Philip, querido, já conheceu meu irmão Nick?

— Ele é o seu irmão? — perguntou Philip. — Ele me disse que o nome dele era Frank Dillinger.

— Nickie Twisp — disse Joanie, embriagada de felicidade. — Por que você disse a Phillie que seu nome é Frank Dillinger?

— Esqueci — foi a minha resposta.

— Ele vai ficar por muito tempo? — perguntou o Romeu manchado de batom.

— Ah, não — respondeu ela. — Ele vai ficar por pouco tempo!

— Precisamos da nossa privacidade — insistiu o sujeito.

— E teremos, querido — disse ela, enquanto desapareciam quarto adentro.

— Ligue para a emergência — sugeriu François. — Diga que um estuprador baixinho com sardas está atacando a sua irmã.

Pensei na sugestão, então lembrei. Não posso chamar a polícia. Sou um foragido da justiça!

**SÁBADO, 30 de novembro** — Nesta manhã, Joanie ligou para uma delicatessen e pediu *bagels* e salmão defumado (ela pagou). Todos se reuniram à mesa para um café da manhã comemorativo — as duas amigas, os namorados e eu. Quase todos pareciam relaxados e sexualmente satisfeitos.

— Nunca pensei que você deixaria sua esposa — observou Kimberly, dando uma mordida no terceiro *bagel*.

— Tive uma pequena ajuda — confessou Philip. — Acho que um dos meus alunos de graduação paquistaneses falou pra ela sobre Joan.

— Fico feliz com isso — declarou Joanie, alegre.

— Eu também — disse Philip, levando uma pata sardenta ao ombro dela. — Mas, mesmo assim, não era da conta dele. Dentro em breve, chega o exame oral desse sujeito. Eu vou transformar a cabeça do imbecil num pão árabe.

— Isso não soa muito ético — observou François. — Arruinar um homem profissionalmente numa vingança pessoal.

— E o que você tem a ver com isso? — perguntou Philip irritado, encarando-me por sobre o *bagel* recheado com salmão defumado. — O que é que você tem a ver com isso, garoto?

— A ética deve ser uma preocupação de todos — retrucou François com convicção. — Ou deveria.

Os diários de Nick Twisp

10h45. Joanie nos obrigou todos a falar em voz baixa e a andar pela casa na ponta dos pés depois que Philip se retirou para o quarto para trabalhar no seu "novo e importante livro". Cinco minutos depois, fomos despertados por um grito excruciante. Momentos depois, Philip — parecendo mais desequilibrado do que de costume — irrompeu pela porta.

— Sumiu! — arfava ele. — O meu manuscrito! Três anos de trabalho completamente evaporados!

Isso ensinará aquele cretino a fazer backup dos arquivos importantes. Como cientista, ele deveria saber que a infalibilidade da tecnologia é um mito cruel.

16h30. Antes do filme de hoje (*Lua de mel agitada*, estrelado por Lucille Ball, Desi Arnaz e Bertha Ulansky como a moradora gregária de um camping de trailers), François perguntou à nossa anfitriã se ela gostaria de ter a companhia de um cuidador residente.

— Está querendo dizer você, Frank? — perguntou ela, incerta.

— Bem, sim — respondi. — Eu poderia pegar os vídeos sempre que quiser. E sou um cozinheiro bem razoável. A senhora poderia dar fim às quentinhas.

— Mas, Frank — respondeu ela, corando sob o ruge —, você é um homem.

— E?

— Bem, o que as pessoas pensariam? — perguntou ela, as sobrancelhas traçadas a lápis avançando pela testa enrugada.

— Mas eu só tenho 14 anos — respondi. — A senhora é muito, muito... mais velha.

— Frank, temo que você tenha assistido a muitos desses novos filmes obscenos — disse ela, apertando o botão Play no controle remoto. — Não compartilho da presente obsessão da indústria do cinema com o sexo. Fizemos esse filme na Metro em 1954. Sugiro que o veja com atenção. Verá que Lucille e Desi não passam uma noite juntos no trailer até que estejam casados.

François tinha mais um ás na manga:

— Srta. Ulansky — disse ele subitamente —, quer se casar comigo?

— Bem, Frank, isso é tão inesperado — respondeu ela com um sorriso coquete enquanto apertava o botão Pause. — Terei, claro, que pensar na sua proposta.

— Pense, por favor.

— Este é o sexto pedido de casamento que recebo — disse ela, pensativa. — Houve quatro jovens antes do meu marido Tom. Acho que deve saber disso, Frank.

— Aprecio sua honestidade, Srta. Ulansky.

— Não que isso signifique, claro — ela acrescentou —, que tenha havido qualquer sugestão de promiscuidade da minha parte. Eu era um tanto inocente quando me casei.

— Eu nunca pensaria de outra forma — respondeu François. — Acho que deve saber, Srta. Ulansky, que este é o meu segundo pedido de casamento.

— A primeira jovem declinou?

— Sim, ela quis terminar o colegial.

— Os caminhos do amor nunca são fáceis — observou a Srta. Ulansky.

— Ou pelo menos é isso o que dez mil roteiristas nos fazem acreditar.

19h35. Quando voltei, Kimberly esquentava o jantar de Mario no micro-ondas; Joanie e o doutor Dimby estavam aconchegados no sofá com comida chinesa pedida ao telefone.

— Ah, Nick, antes que eu esqueça — disse Kimberly. — Tenho algo para você.

Rezei que aquilo envolvesse em apagar as luzes e despir o moletom da USC. Como de costume, minhas preces não foram ouvidas. Kimberly limpou as mãos num pano de prato, enfiou a mão no bolso da calça jeans apertadas e me entregou três notas de um dólar.

— O que é isso? — perguntei.

— É uma devolução. Tive uma oferta melhor pelo sofá.

— Como assim? — perguntei chocado.

— Cem dólares! — exultava ela. — De Philip. Ele o alugou por um mês.

Voltei o olhar para o anão sem queixo que se lambuzava com a caixinha de comida chinesa no sofá.

— Quanto você quer? — perguntei, irritado.

— Esquece — respondeu ele sorrindo inocentemente. — Mas você pode dormir no tapete, Frank. É bom e macio.

Foi tudo que eu pude fazer para manter François sob controle.

## DEZEMBRO

**SEGUNDA-FEIRA, 1º de dezembro** — 09h55. Agora estou levando de zero a dois no meu placar de propostas de casamento. Depois de uma noite insone, a Srta. Ulansky me recusou. Ela disse que, por mais que tentasse, não conseguia deixar de levar em conta que eu não tinha o cabelo ondulado.

Os diários de Nick Twisp

— Pode me chamar de frívola, Frank — disse ela. — Não sei por que isso acontece, mas nunca consegui sentir-me atraída por homens com cabelos lisos. Meu marido Tom tinha lindos cabelos castanhos ondulados. Antes de ficar careca, claro.

— Posso ondular meus cabelos — sugeriu François.

— Sinto muito, Frank. Não seria o mesmo. Eu saberia, entende?

— Entendo, Srta. Ulansky — respondi. — Bem, obrigado de qualquer forma.

— Eu é que agradeço, Frank — disse ela, dando tapinhas na minha mão. — Quero que saiba que fiquei extremamente lisonjeada com seu pedido.

10h45. Depois de regular o telefone para realizar chamadas não identificadas, liguei para a Redwood High School em Ukiah e pedi para falar com o aluno da nona série Frank DeFalco.

— É uma emergência — disse para a secretária desconfiada. — Houve um acidente aéreo.

Depois de alguns minutos intermináveis, Fuzzy, claramente assustado, atendeu o telefone.

— Nick! O que aconteceu? O avião de Merle caiu?

— Não. Escute Frank, a monção foi terrível. Nossa cobertura foi destruída. A cólera está por todo lado. Estou pensando em voltar.

— Você não pode voltar, Nick. Acabei de saber que agora até o FBI está te procurando.

— Frank, eu vou voltar. Posso me esconder no quarto em cima da garagem da sua casa?

— Não sei, Nick. Minha mãe gosta de subir lá de vez em quando pra gritar e bater no colchão com uma raquete de tênis. Ela diz que ajuda a aliviar o estresse.

— Você tem algum outro lugar onde eu possa me esconder? Frank, estou desesperado.

— Bem, tem a casa da minha avó. Ninguém mora lá. Acho que consigo roubar a chave.

— Maravilha! Qual é o endereço? Encontro você lá hoje à noite, por volta das oito.

— Não dá, Nick. Tô de castigo em casa. Mas posso deixar a chave lá amanhã, quando estiver indo pra escola. Tem um caramanchão com uma videira no quintal. Você pode se esconder lá até eu chegar. O endereço é Cripton Street, número 507. É uma casinha verde com cortinas cor-de-rosa.

— Valeu, Frank. Agradeço de verdade. A gente se vê amanhã.

— Espere, Nick! De quem foi o avião que caiu?

— O de Buddy Holly — respondi triste. — Ele nunca mais cantará uma nota.

02h15. Estou no ônibus para Ukiah. Três horas atrás joguei minhas parcas posses de brechó numa sacola de papel e deixei este bilhete para a minha irmã:

Querida Joanie,

Obrigado pela hospitalidade. Percebi que já era hora de ir embora. Tomara que você seja feliz com Philip, apesar dos muitos defeitos dele. Se você estiver a caminho de formar uma família, espero que fique tudo bem. Para o seu bem, tenho esperanças de que a criança não nascerá com sardas e o queixo retraído.

Não procure por mim. Vou mudar de nome e mergulhar nas vastidões anônimas da América, da Europa e/ou da Ásia. Algum dia, se por acaso vir a minha foto na *The New York Review of Books*, por favor, sinta-se à vontade para me procurar. Sugiro que, então, escreva para mim aos cuidados do meu editor.

Adeus, por ora. Diga para nossa mãe não se preocupar.

Do seu,

Nick

P.S. A Srta. Ulansky pediu *Do mundo nada se leva*. Tente chegar à locadora antes das duas.

Chove forte sobre os campos de algodão desertos do Vale Central. Que golpe nas minhas esperanças! Francamente, esperava mais da minha estada em Los Angeles. Imaginei festas glamourosas na beira de piscinas, conversas estimulantes com prêmios Nobel de Literatura na cidade em busca de dinheiro fácil, tardes excitantes com jovens e sensuais aspirantes ao estrelato, desesperadas por encurtar os caminhos da carreira. Bem, pelo menos em breve estarei respirando o mesmo ar rural poeirento da Minha Amada.

A passagem de ônibus cara impôs um golpe lancinante nas minhas finanças. Trago comigo 68 dólares e doze centavos.

18h30. Escala de duas horas no badalado centrão de Sacramento. Sou dominado por inseguranças. Devo me entregar? Sem chance. Lance providenciaria para que eu fosse condenado a uma pena de dez anos. Ser um ex-detento sem estudos e virgem aos 25 anos não está nos meus planos. E Sheeni não esperaria por mim, disso eu tenho certeza.

22h15. Não posso escrever muito. Está frio demais. O ônibus chegou a Ukiah há pouco mais de uma hora. Felizmente, as ruas do centro estão desertas. Ninguém me reconheceu. Ainda bem que deixei o bigode crescer como disfarce. Encontrei a casa da avó de Fuzzy. Fica a apenas dois quarteirões da casa de Sheeni! Estou agora no caramanchão úmido. Dividindo a velha construção de madeira com 89 aranhas pretas cabeludas. Por favor, Deus, não permita que chova.

**TERÇA-FEIRA, 2 de dezembro** — 0h45. Deus não me ouviu, como de costume. Cai uma chuva gelada. Estou ficando completamente ensopado. Sem abrigo. Dentes tiritando. Estado de espírito afundando.

02h30. A chuva ainda cai. Temo hipotermia. Será que esta noite dos infernos terá fim?

04h45. O frio diminui. Forçado a abandonar o caramanchão. Encontro lavanderia 24 horas. Deserta, a não ser por um sujeito com aparência assustadora que lava lençóis com manchas estranhas. Parecidas demais com sangue. Tenho certeza de que há uma explicação lógica. Talvez tenha atirado num veado e levado a carcaça para casa sobre a cama de casal do trailer Winnebago.

05h30. O caçador grisalho com olhar inquieto finalmente foi embora. Tiro a maior parte das minhas roupas e as coloco na secadora. Diabo! Foi um carro da polícia que acabou de passar?

06h45. O dia começa a raiar. Ainda chove. Extremamente cansado. Preciso sair. Não posso me arriscar a ser visto nas ruas à luz do dia.

07h45. De volta ao caramanchão gotejante. Tão úmido quanto antes. Rezo para Fuzzy chegar logo.

08h30. Onde está aquele imprestável?!!!!

09h10. Fuzzy finalmente apareceu. Abro a porta dos fundos. Vou para a cama.

19h30. Acordo para as luzes do crepúsculo depois de um sono pesado e sem sonhos. Bocejei, alonguei e olhei em volta: papéis de parede cor-de-rosa, cortinas com estampas florais, tapetes de retalhos, móveis escuros pesados e ornamentados, porta-retratos com fotografias de pessoas morenas vestidas em roupas fora de moda, um enorme e perturbador crucifixo sobre a cama pesada de nogueira, um vestido simples preto e desbotado, que pende de um gancho na porta revestida de madeira escura.

— Bem — disse François, coçando o nosso saco sob a colcha de retalhos que recende a mofo — você é o cara que sempre diz que nasceu com um atraso de cinquenta anos. Bem-vindo a Little Italy; estamos em cerca de 1943.

— Será que a luz e o gás ainda estão ligados? — perguntei.

— Eu mataria por um banho quente — resmungou ele.

A caminho do banheiro, parei pra admirar meu bigode florescente no espelho da cômoda. Um tanto europeu, se me perguntassem. Pareço o jovem Errol Flynn com espinhas.

François teve de se contentar com um banho de banheira. A imensa banheira com pés de garra no banheiro com azulejos pretos e cor-de-rosa não tinha chuveiro. Mas a água verteu quente e fumegante da torneira de bronze manchado. Eu me deitei no calor luxuriante e relaxei. O grande sabonete quadrado cheirava a violetas.

Depois, enquanto me enxugava na penumbra, alguém acendeu uma luz na sala. Congelei. Então, uma campainha de telefone estridente começou a tocar. Com o coração batendo acelerado, fiquei estático, esperando que o invasor atendesse a ligação. Depois de 13 toques aterrorizantes, o aparelho voltou a ficar em silêncio. Ouvi atentamente. Silêncio absoluto. Ainda enrolado na toalha, espiei a sala com decoração antiga por uma fresta na porta do quarto. Ninguém à vista, mas o abajur ao lado da janela da frente estava aceso. Enquanto pensava naquele mistério, o telefone voltou a tocar. Depois de muitos momentos de indecisão, tirei o fone preto antigo do gancho.

— Quem fala? — perguntou Fuzzy.

— Quem você acha? — sussurrei, suspirando de alívio.

— Como está indo, cara? — disse Fuzzy. — Por que você não atendeu na primeira vez que liguei?

— Frank! Tem alguém aqui! Acenderam a luz do abajur da sala.

— Ah, esqueci de dizer, Nick. Esse abajur está ligado num temporizador. Pra não parecer que a casa está vazia.

— E você me diz isso agora? Quase tive um ataque do coração.

— Você está bem, Nick? Não parecia nada bem esta manhã.

— Não estou mal — respondi. — Nenhum sinal de pneumonia ainda. Como faço pra ligar o aquecedor? Essa casa parece uma cripta.

## Os diários de Nick Twisp

— O termostato fica na parede da sala, próximo ao quadro da Última Ceia. Não se esqueça de deixar as cortinas fechadas.

— Eu sei. Posso acender as luzes nos outros quartos?

— Claro. O quintal parece uma floresta, as pessoas só conseguem ver a frente da casa. Só não mexa no abajur com o temporizador.

— Certo.

— Passei por aí depois da aula — disse Fuzzy. — Você ainda estava dormindo. Botei alguma comida na geladeira.

— Obrigado, Frank. Você salvou a minha vida.

— Como está Merle?

— Quem?

— Sua namorada, a aeromoça.

— Ah, hum. Morreu. Cólera.

— Caramba, Nick. Que horrível!

— É, tem sido uma semana difícil.

— Mas me diga, Frank, por que os seus pais deixaram essa casa vazia com todas as coisas da sua avó? Eles estão esperando a volta dela como um fantasma?

— Meu pai disse que está ocupado demais pra cuidar disso agora, com a greve, a morte de tio Polly e a minha mãe tendo um caso com o seu pai. Eles também não fizeram nada com a casa de tio Polly, mas não achei que você quisesse ficar lá. Quero dizer, desde que foi o seu letreiro de néon que... que...

— Eu sei o que você quer dizer — falei. — Muita coisa acontecendo com Sheeni?

— Não que eu saiba, Nick. Está linda, como sempre. Ainda corrigindo os professores. Ah, e ela almoçou outra vez com Vijay.

— Eles estavam de mãos dadas?

— Nada. Acho que aquele banana é mole demais. Acho que antes ele está tentando amaciar Sheeni com o francês. Bem, Gary, acho que é melhor eu ir andando. Minha mãe não quer que eu fale demais ao telefone. Ainda estou de castigo e tudo mais.

— Ela entrou no quarto? — perguntei.

— Isso, Gary. E por um bom motivo.

*Clique.*

Encontrei o termostato e ajustei a temperatura para semitropicais 28ºC graus. Agora vamos à geladeira. Estou faminto!

21h45. Reunidos num canto solitário da velha geladeira amarela, havia uma caixa de leite desnatado, uma embalagem de pão de forma, um vidro de picles em fatias e uma bandeja de mortadela fatiada. Os quatro grupos alimentares básicos na visão de Frank Sinatra DeFalco. Suspirando, preparei um sanduíche rápido e dei uma conferida na cozinha.

Aquele, obviamente, era o ateliê de uma cozinheira de mão cheia: fogão enorme com dois fornos e tampo cromado (também amarelo), um arsenal de panelas de ferro e cobre pendendo de ganchos em fileiras organizadas, armários ocupados por pratos e louças, gavetas com todo tipo de utensílio imaginável (incluindo diversos eletrodomésticos misteriosos cujo propósito eu nem mesmo consegui pensar em imaginar). Tudo tinha pelo menos 40 anos e brilhava como novo. Aquela cozinha, em estado de preservação próximo à perfeição, era uma cápsula do tempo intacta dos anos 1950. Até mesmo as pias forradas com azulejos bege e verdes e o piso de linóleo roxo esverdeado eram clássicos daquela era. (Algum dia espero ter a oportunidade de vislumbrar aquele linóleo depois de ter tomado uns cogumelos.)

Tirei a sorte grande quando abri a porta da despensa: fileiras e mais fileiras de potes de vidro grandes com farinha de trigo, açúcar, feijão, lentilha e todo tipo de massa imaginável. Dezenas de potes menores com temperos. Latas grandes de azeite e mais utensílios de cozinha bem organizados. E o que parecia ser a seção de enlatados de um supermercado grande.

— Puta merda — disse François, inspecionando a montanha de latas. — Pra que alguém precisaria de 48 latas de grão-de-bico?

Decidi que uma sopa de cogumelos seria o acompanhamento ideal para a mortadela. Trinta e cinco enlouquecedores minutos depois, encontrei o abridor de latas (um modelo cromado enorme com manivela, clandestinamente pendurado na parte interna da porta da despensa). Esquentei a sopa no fogão, arrumei a mesa amarela com detalhes cromados da cozinha para um, servi uma taça de vinho (de um garrafão empoeirado que descobri no chão da despensa) e sentei-me para a primeira refeição na minha nova casa.

François propôs um brinde:

— Viva rápido. Jogue duro. Morte a Vijay Joshi.

— É isso aí, é isso aí — disse eu, experimentando o vinho.

Os sabores eram complexos: cereja apimentada, carvalho desinfetado, flores silvestres murchas, cueca usada, gambá morto, fluido de bateria, lixo tóxico. A primeira taça foi uma luta. A segunda desceu um pouco mais fácil. A terceira foi moleza.

Os diários de Nick Twisp

**QUARTA-FEIRA, 3 de dezembro** — 09h25. A chuva parou. Se ao menos as marteladas na minha cabeça parassem, podia ser que eu me sentisse totalmente não suicida.

Fuzzy apareceu por aqui a caminho da escola para dar um alô e gritar comigo por deixar os pratos na pia.

— Nick, você precisa chamar o mínimo de atenção — foi o que ele disse.

— Por quê? — perguntei, comendo sem grande interesse meu café da manhã de torradas de pão de forma com mortadela frita como acompanhamento.

— E se o meu pai ou minha mãe calharem de aparecer?

— Frank, eu achei que você tinha dito que eles nunca vêm aqui.

— E não vêm, Nick. Essa é a regra. Mas pode ser que apareçam de vez em quando para ver como estão as coisas.

— Tudo bem — disse eu. — Vou chamar o mínimo de atenção. Então, o que achou do meu bigode?

— É assim que você chama essa coisa?

Que Fuzzy use de certa arrogância quando o assunto são pelos faciais é algo que vejo como totalmente compreensível.

— Sim, Frank. Agora, aqui vai a minha pergunta. Suponhamos que você encontrasse comigo na rua. O meu bigode altera a minha aparência a ponto de você não ser capaz de me reconhecer?

— Claro — respondeu ele. — Se eu fosse cego.

— Não muda, né?

— Sem chance. Você se parece com Nick Twisp com algo no lábio superior. Um pouco de sujeira, talvez.

— Droga — suspirei. — Acho que estou preso nesta casa. Durante o dia, pelo menos. Frank, você pode fazer umas compras pra mim? Fiz uma lista.

Fuzzy conferiu minha lista alarmado:

— Nick, isso aqui vai custar pelo menos 20 dólares. Não tenho essa grana toda.

Tirei a carteira do bolso e entreguei a ele uma das minhas preciosas notas de vinte.

— Compre as marcas mais baratas, se possível — implorei. — E, por favor, traga o troco.

15h30. Dica médica: se você continuar engolindo aspirinas, qualquer dor de cabeça — não importa o quão excruciante — acaba passando. E o leve entorpecimento pode ser um tanto estimulante.

434

Revivi o bastante para passar um dia agradável bisbilhotando os armários e gavetas da falecida senhora DeFalco. No closet do quarto havia dezenas de vestidos quase idênticos: todos velhos, todos bem passados, todos em tons de preto. Arrumados no chão, fileiras e mais fileiras de sapatos de senhora: todos engraxados, todos pretos.

— Quem morreu? — perguntou François, investigando a cena mórbida.

— Talvez o hobby dela fosse ir a velórios — respondi.

— É — disse François. — E ela pode ter sido um desses tipos bem loucos que gostam de esconder pequenas fortunas em dinheiro pela casa.

Vasculhei todos os esconderijos tradicionais: embaixo do colchão, no vidro de biscoitos, na caixa da descarga, no congelador, atrás do aquecedor, dentro do forno, embaixo das gavetas da cômoda e das almofadas do sofá, atrás das fotografias emolduradas nas paredes, no vasilhame de palha de aço sob a pia. Saldo total: um dólar e 73 centavos em moedas e 12 liras italianas engorduradas. Estava vasculhando a lavanderia em busca de tábuas soltas no piso quando Fuzzy chegou com as compras.

— Oi, Nick. O que é que você está fazendo?

— Hã... procurando fungos. A mangueira da máquina de lavar tem um pequeno vazamento.

— Não esquente, Nick. Essa velharia está desmanchando. Trouxe suas compras. Você me deve 1,28.

— Valeu, Frank.

Paguei a Fuzzy com a fortuna que encontrei na minha busca; ele recusou as notas de lira.

— Como foi a aula? — perguntei, enquanto colocava as compras na geladeira.

— Chata. Ah, descobri algo interessante com Dwayne na aula de educação física.

Fiquei imediatamente intrigado:

— O quê, Frank?

— Sabe aqueles seus cachorros feios, Nick?

— Claro. Tenho três.

— Não tem mais. Trent Preston apareceu ontem e levou dois. Cara, como o seu pai ficou feliz. Trent está cuidando deles pra Sheeni e a namorada dele, Apurva.

TRENT PRESTON ESTÁ COM O NOSSO AMADO FILHO! MEU ÚNICO LAÇO INDISSOLÚVEL COM SHEENI SAUNDERS, AGORA EM MÃOS INIMIGAS! ESTA É A GOTA D'ÁGUA!

Os diários de Nick Twisp

— O que foi, Nick? Você tá meio verde.

— Ah, nada. Me diga uma coisa, Frank, será que você consegue me arrumar uma arma?

— Desculpe, Nick. Meu pai tranca o quarto das armas à noite. Acho que ele tem medo de que minha mãe faça alguma coisa. Pra que você quer uma arma?

— Hã... proteção. É pro caso de alguém tentar roubar a casa.

— Eu não me preocuparia com isso, Nick. Esse bairro é bem seguro.

Não por muito tempo, se depender de François.


**QUINTA-FEIRA, 4 de dezembro** — Temo que a qualquer momento irrompam os efeitos nefastos do meu confinamento. Não há muito estímulo que um adolescente moderno possa extrair de um confinamento prolongado na modesta casa de uma idosa viúva italiana falecida.

E por que, eu me perguntei indignado, Fuzzy não apareceu depois da aula? Vinte e quatro horas se passaram e o meu único contato humano aconteceu com Geraldo Rivera na tevê. Não é de impressionar que eu tenha sido dominado pela autodepreciação.


**SEXTA-FEIRA, 5 de dezembro** — Fuzzy teve uma surpresa quando apareceu hoje depois da aula. Sentada no sofá velho coberto com uma manta rendada, passando esmalte nas unhas, estava uma mulher desconhecida.

— Olá, meu jovem — disse ela.

— Ah, é... oi — gaguejou ele. — Eu estava procurando por... outra pessoa. Quem é você?

— Sou a consultora da Avon — respondeu a mulher, mostrando as cinco unhas vermelhas. — Essa cor se chama Paixão Estudantil. Você gosta?

— É, eu acho que sim. Bem, a minha avó morreu, sabe?

— Verdade? Eu não sabia. Temos tonalidades adoráveis que combinam com os revestimentos de caixão mais populares. Ela escolheu a maquiagem para o velório?

— Ela já foi enterrada.

— Ai, ai, ai. Isso me parece precipitado. Eu realmente deveria ter sido consultada antes.

— É... você viu um cara chamado Nick?

— Ele é um moço bonito com um bigode?

— Bem, ele tem um bigode. Ou quase.

— Sim, nos encontramos. Ele me falou a seu respeito, inclusive.

— Falou?

— Sim. Disse que você tem uma namorada em Santa Cruz chamada Heather. Disse também que vocês dois não se veem há algum tempo e, consequentemente, estão doidos de tesão.

— Nick! É você?

— É claro que sou eu — respondi com meu tom de voz mais natural. — O que achou do meu novo visual?

— Nick, acho que a pressão foi demais. Você pirou completamente.

— Nem de longe, Frank. Foi você mesmo quem disse que o meu bigode não era lá um grande disfarce. Então, eu me barbeei e experimentei as roupas de sua falecida vovó. Me serviram perfeitamente. Até mesmo os sapatos — respondi, levando um pé à frente para mostrar um reluzente sapato ortopédico preto. — A sua avó devia ter pés bem grandes.

— Nem tanto — disse ele na defensiva.

— Também depilei as pernas e as axilas. Nunca imaginei que ser uma mulher implicava tanto trabalho com a higiene pessoal.

— Nick, o que você está usando como peitos?

— Laranjas, por enquanto. A firmeza é louvável, mas elas tendem a cair, o que não é nada atraente. Amanhã vou à Flampert's comprar um belo sutiã com enchimento.

— Isso, eu quero ver.

Levantei-me do sofá e ajeitei o vestido de raiom preto e a peruca bufante de fios sintéticos pretos da senhora DeFalco.

— Bem, Frank, como estou?

— Você tá parecendo uma garota feia com espinhas. E com péssimo gosto pra roupas.

Gostei da honestidade de Fuzzy.

— Não pareço Nick Twisp?

— Nem um pouco. É impressionante. Os óculos de vovó ajudam bastante. Consegue enxergar alguma coisa com eles?

— Infelizmente, não. Só borrões nebulosos. Isso, eu vou resolver com óculos de leitura neutros da Flampert's.

— A voz também está ótima. Diga mais alguma coisa, Nick.

— Olá, Frankie querido. Gostaria de acariciar meu corpinho gostoso? Fuzzy riu.

— Não acredito, Nick. Eu juraria que você é uma garota. A maquiagem ficou profissional.

— Valeu, Frank. Eu costumava observar minha mãe se maquiar quando ela estava tentando reanimar o meu pai.

— Minha mãe faz a mesma coisa.

— Para o mesmo homem — salientei.

— É, Nick, nem me lembre disso. Bem, como devo chamar a nova você?

— Meu nome é Carlotta — respondi. — Carlotta Ulansky. A minha mãe é uma famosa personalidade obscura do cinema.

21h10. Apesar das sérias dificuldades de visão de Carlotta, decidi levá-la a um teste de campo preliminar no Carpa Dourada, o restaurante chinês barato de Ukiah. Caminhando em direção ao centro no lusco-fusco do fim de tarde, ela foi objeto do escrutínio curioso de muitos transeuntes. Carlotta arrumou o xale preto e seguiu em frente decidida, parando apenas pra tatear o caminho ao contornar obstáculos. Na Main Street, quase chegando lá, ela trombou com um hidrante num trecho pouco iluminado da calçada, o que rendeu uma pancada dolorida na canela direita e um corte na meia.

— Caralho! — praguejou ela, assustando um casal de idosos que passava. Quando se inclinou para colocar a mão na ferida, uma laranja escapuliu do vestido e foi parar na sarjeta.

— Puta que pariu! — resmungou Carlotta.

O casal parou para olhar enquanto ela tateava embaixo de um carro estacionado em busca da fruta cítrica errante.

— Acho que a senhora deixou cair isso — disse o homem, pegando a laranja à temperatura corporal do chão e estendendo-a para ela.

— Muito obrigada — respondeu o *alter ego* feminino de Nick.

— Nossa, como eu gosto de uma boa fruta quando saio para caminhar — observou Carlotta. — Elas podem ser tão... tão refrescantes!

O casal se afastou e atravessou a rua. Graças a Deus que não estavam numa missão em busca de comida chinesa.

Já no restaurante, Carlotta levantou o cardápio com um escudo e discretamente realinhou seu charme. Isso feito, pediu o Jantar Econômico para uma pessoa: rolinho primavera, arroz chop suey, camarões com legumes, sorvete, biscoito da sorte e chá. Tudo isso e um exótico clima oriental por apenas 3 dólares e 95 centavos.

Depois, quando cortava o rabo do último e deleitável camarão, ficou alarmada ao observar Steve, o garçom, conduzir um casal conhecido a uma mesa do outro lado do salão. Eram o irmão trompetista de Sheeni e sua namorada, a deusa do amor Lacey.

Enquanto Carlotta se apressava para terminar o sorvete, Paul parou ao lado da mesa a caminho do banheiro.

— Oi — disse ele, sorrindo.

— É... oi — respondeu ela, nervosa. — Nos conhecemos?

Paul preferiu ignorar a pergunta.

— Você soube? — perguntou. — Bernice Lynch vai ficar bem. Ela já saiu do hospital.

— Sim, eu soube.

— Mas ela contou tudo à polícia. Acho que a mãe dela vai processar os pais de Nick.

— Bem, eles certamente já estão acostumados com isso — suspirou Carlotta.

— Seu biscoito da sorte pode trazer boas notícias — acrescentou Paul.

— O que não me faria mal algum — respondeu ela. — Você não vai, é... dizer a ninguém que me viu?

— Eu não vi nada. Belo vestido. Muito apropriado... Carlotta.

— Obrigada, Paul — disse ela, impressionada como sempre com a onisciência dele.

Quando ele se foi, Carlotta quebrou o biscoito da sorte e leu a seguinte mensagem:

"Não te desesperes. Uma sorte inesperada está a caminho."

— É isso aí!

23h30. Nenhum sinal de sorte inesperada. Vou para a cama. Hoje me vesti de mulher e adorei tudo na experiência. Na verdade, desenvolvi uma E.T. espetacular agora há pouco, quando Carlotta estava se despindo. Gostaria de poder bancar algumas sessões de psicanálise para descobrir o que exatamente isso quer dizer. Você acha que tenho algum motivo para me preocupar?

**SÁBADO, 6 de dezembro** — ESTOU RICO! Meu navio chegou. Estou me esbaldando nele. Tirei a sorte grande. Sou um integrante da classe alta. Fisiculturistas poderiam desenvolver músculos poderosos levantando a minha carteira. Para resumir, estou cheio da grana.

François estava certo. Por que não lhe dei mais atenção? Pessoas inescrupulosas sempre estão com a razão.

Esta manhã, enquanto Carlotta se arrumava para sair, abriu a gaveta de roupas íntimas da senhora DeFalco. Enquanto a vasculhava à procura de um novo par de meias pretas, sentiu um calombo incomum numa peça com aparência repulsiva que concluiu ser uma cinta. A curiosidade subiu às alturas, ela superou a aversão, levou a mão ao interior do elastano murcho e sacou um rolo imenso de notas de moeda emitida pelo governo americano (sim, a variedade verde genuína, com valores de face assustadoramente altos).

Todos os planos foram colocados de lado enquanto ela desenrolava o maço gigantesco e contava o incrível tesouro escondido.

Dois mil, trezentos e oitenta e cinco dólares!

Nunca tinha visto tanto dinheiro. Cinco vezes a magra mesada que ganharia durante toda a vida.

Poderia comprar um computador de penúltimo tipo, pensou Nick. Poderia comprar um revólver de grosso calibre, ruminou François. Poderia comprar meias-calças ultramodernas, especulou Carlotta. Ou, levantou o lado prático de Nick, poderia comprar comida. Na verdade, seria possível postergar a inanição em muitos meses. Para variar, todas as minhas escolhas eram agradáveis. Tal é o incrível poder do dinheiro. François está convencido de que a riqueza é o maior dos afrodisíacos. É por isso que os republicanos são tão conservadores. Saciedade sexual naturalmente embota a consciência social.

16h30. Estou de volta. Que dia glorioso! Carlotta, descobri, nasceu pra fazer compras. O dinheiro jorra de suas mãos como baba da boca de neném. É claro que o fato de todas as lojas do centro estarem tocando música natalina festiva ajudou. Arrebatada pelo espírito das festas, Carlotta satisfez todos os seus caprichos.

Começou por um lanche matinal de seis bombas de xarope de bordo na sua doceria. E a festa continuou na sessão de lingerie da Flampert's. Desapontada com a magreza do enchimento dos sutiãs que encontrou (qual o motivo dessa timidez deplorável da indústria de lingeries?), ela foi forçada a turbinar a peça com dois enchimentos de ombros que encontrou na seção de miudezas. Então comprou delineador, rímel, blush, batom (cor: Desmaio Carmesim), perfume, (Seduction, da Kevin Clein), seis pares de meias-calças pretas (nada mais de cintas-ligas fora de moda) e um belo par de óculos de leitura com armação de tartaruga.

Da Flampert's, ela foi para uma loja de eletrônicos, onde comprou um caro walkman com fones de ouvido pequenos. Infelizmente, nem o vestido nem o xale tinham bolsos. Depois de algumas tentativas, ela descobriu que o aparelho se aninhava convenientemente entre os enchimentos de ombro que colocou no sutiã (embora o ajuste dos controles tenda a atrair olhares indesejáveis).

Depois, na loja de discos local, comprou duas fitas de Frank Sinatra (toda a pobre coleção da loja) e outras, de Artie Shaw, Duke Ellington, Jeri Southern, Karen Akers, Ella Fitzgerald e Mildred Bailey.

— A senhora está perdendo alguma coisa — disse a balconista indiferente.

Interpretei o comentário como uma crítica ao meu gosto musical. Aparentemente, a moça chapada com cabelo roxo achava que eu estava perdendo algo por não comprar o último lançamento de heavy metal derretedor de cérebro.

— São para a minha tia em Cleveland — desculpou-se Carlotta. — O gosto dela é um tanto conservador.

— A senhora está perdendo alguma coisa — repetiu a balconista fleumática, apontando para o moletom dos *Young Dickheads* que estava usando.

Meu Deus, pensei, esta mulher está completamente chapada. Eles devem deixá-la usar drogas ali mesmo, atrás da registradora. Só espero que ela erre a mais no meu troco.

Então Carlotta olhou para o próprio vestido. Um fone de ouvido ficou preso num dos enchimentos e o deslocou do lugar. Alguns centímetros do enchimento branco estavam visíveis acima do espartilho. Corando, Carlotta mexeu no sutiã para libertar o fio e, apressada, colocou a almofada no lugar.

— Discos perfumados — explicou. — São a última sensação na Flampert's.

— Eu nunca vou àquele lugar — indignou-se a balconista, entregando-me o troco exato. — Eles vendem a revista *Hustler*.

Droga. Eu sabia que estava esquecendo alguma coisa.

Depois de um almoço agradável no Carpa Dourada, uma Carlotta carregada de sacolas se arrastou pelo beco que dava acesso aos fundos da casa. Quando ela estava prestes a se esgueirar pela garagem, um portão foi aberto do outro lado do beco e dali surgiu uma lata de lixo enorme nos braços fortes mas sem coordenação de Bruno Modjaleski, ícone da mediocridade futebolística da Redwood High.

— Ah, olá — arfou uma surpresa e culpada Carlotta. Eu ainda sinto um peso na consciência por quase ter mandado Bruno para a prisão por roubo de automóvel.

— Oi — respondeu ele envergonhado, mas com evidente curiosidade. — Precisa de ajuda com as compras?

Com Frank cantando em ambos os ouvidos, Carlotta não ouviu a pergunta. Ela diminuiu o volume do walkman — algo que Bruno observou com evidente interesse.

**Os diários de Nick Twisp**

— Desculpe, não ouvi — disse ela.

— As compras — repetiu ele. — Precisa de ajuda?

— Ah, é... não, obrigada. Posso me virar sozinha.

— Está hospedada na casa da Sra. DeFalco, não?

— Ah, estou? — respondi indeciso.

— Vi você entrando e saindo pelo arbustos.

— Ah, sim. É um atalho muito prático. Bem, bom-dia.

— Tchau — disse Bruno, com um olhar interessado o bastante para sugerir que usava boa parte da sua limitada capacidade cerebral pra me despir mentalmente.

Carlotta se apressou até a casa e soltou as sacolas. Droga. Aquele beco não é tão deserto quanto eu supunha. Só espero que Bruno mantenha aquela bocarra fechada. Será que os jogadores de futebol são fofoqueiros?

14h15. Dúzias de biscoitos de pasta de amendoim recém-saídos do forno. Espero que deem conta do recado.

20h15. Eu me sinto totalmente paralisado por uma nuvem carregada de ansiedade. Por que será que a euforia da riqueza súbita dura tão pouco? Agora o meu fantástico walkman parece um gasto desnecessário, frívolo.

François me lembra de dar mais valor ao positivo. Pelo menos estou desfrutando da minha nova meia-calça. E é verdade: sinto uma emoção curiosa toda vez que as visto.

**DOMINGO, 7 de dezembro** — ACABO DE VER SHEENI SAUNDERS! EU ATÉ MESMO FALEI COM ELA!

A boa notícia é que ela é ainda mais dolorosamente linda do que eu me lembrava. A má notícia é que ela estava a caminho de se encontrar com o aversivo Trent Preston. Eles irão para um longo e íntimo passeio — apenas os seis (Sheeni, Trent, Apurva, Vijay, Albert e Jean-Paul). Se me perguntasse, diria que suspeito que isso soa como um passeio de casais com cachorros.

Carlotta estava prestes a mergulhar na escolha de donuts de sempre quando do Sheeni entrou na loja com o *New York Times* de domingo nas mãos. Enquanto Carlotta observava petrificada, Sheeni pediu três donuts com cobertura de laranja e um café grande, então carregou o pedido até A MESA AO LADO. Dominada por uma súbita inquietude, Carlotta ocultou as mãos trêmulas debaixo da mesa com tampo de fórmica marrom. Sheeni estava no segundo donut e bem adiantada na seção de crítica de livros quando Carlotta conseguiu reunir coragem para falar.

— A senhorita poderia me passar o creme, por favor?

Sheeni levantou o olhar e concentrou seus belos olhos azuis na minha fisionomia camuflada com ruge. Ela examinou Carlotta com algum interesse.

— Sinto muito, mas o meu creme está talhado — respondeu ela.

— Tudo bem — disse Carlotta. — Não tem importância. Acabo de perceber que já terminei o meu café. Tolice minha.

Sheeni voltou à leitura.

Carlotta pigarreou e disse:

— A senhorita poderia me dizer onde é possível comprar o *New York Times* nesta cidade? Sou nova aqui, sabe?

Sheeni marcou onde estava com seu dedo adorável e levantou o olhar.

— Tem uma banca de revistas em frente à Flampert's. Descendo a rua.

— Obrigada. Quero ver se o novo filme da minha mãe foi resenhado na seção de cinema.

Sheeni olhou para Carlotta com novo interesse.

— A sua mãe trabalha no cinema? — perguntou.

— Sim, ela é atriz. Bertha Ulansky. Talvez já tenha ouvido falar nela.

— Acho que não. Em que filmes ela trabalhou?

— Ah, dezenas. Mas principalmente papéis secundários. Ela fez a mãe em *Depois de horas*, se é que lembra desse filme.

— Sim, lembro. Mas não lembro de uma mãe como personagem.

— Bem, foi um papel pequeno. Que ela aceitou para trabalhar com Ridley Scott. O homem é um gênio.

— Ele é talentoso — concordou Sheeni. — Mas *Depois de horas* não foi dirigido por Martin Scorcese?

— É possível — admitiu Carlotta. — Mamãe se confunde às vezes. É aquela comida pesada do Spago. Digo para ela ir devagar, ela já tem idade. A propósito, meu nome é Carlotta Ulansky.

— Sou Sheeni Saunders — disse ela, estendendo a mão linda.

Esforçando-se pra controlar o tremor, Carlotta aceitou a mão familiar e a apertou gentilmente. Pelo menos um dos dois sentiu uma descarga elétrica no momento do contato.

— Vive em Ukiah há muito tempo, Sheeni? — perguntou Carlotta.

— Infelizmente sim, Carlotta. Desfrutei de uma breve escapada até Santa Cruz recentemente, mas agora estou de volta. Graças à traição de um ex-amigo.

— Que coisa triste, Sheeni — disse ela, engolindo em seco. — E o seu amigo está além do perdão?

## Os diários de Nick Twisp

— Nunca mais quero vê-lo. Ele se revelou um mentiroso e traidor.

— Sim, mas tenho certeza de que existem pequenas circunstâncias atenuantes. Poucos de nós são de todo maus.

— Gostaria de pensar que ele fez o que fez por afeição, por mais deformada que tenha sido. Mas isso não é desculpa para o comportamento dele.

— Não é? — perguntou Carlotta. — O amor nos leva a cometer atos desesperados. As pessoas nem sempre agem racionalmente. Quanto maior o amor, mais intensas as paixões e mais impulsivos os crimes. O amor não é uma emoção que conduza à sensibilidade. Principalmente se o seu amigo tiver um temperamento ardente, artístico. Ele tem?

— Não exatamente ardente. Artístico, talvez — admitiu Sheeni. — Ele certamente não é um adolescente como os outros.

— Onde ele está agora?

— Em algum lugar da Índia. O FBI está atrás dele.

— Mas que romântico! Ele me parece um jovem excepcional. Um rebelde como Errol Flynn, James Dean ou, cruzando o Atlântico, Jean-Paul Belmondo.

Aquilo chamou a atenção de Sheeni:

— Quem você disse?

— Jean-Paul Belmondo — repetiu Carlotta. — Ele é um ator francês.

— Eu sei quem ele é!

— Mamãe teve um papel pequeno em um de seus filmes. *A força do amor*. Mas não acredito que tenha assistido a esse.

— É o meu filme preferido! — declarou Sheeni. — Qual foi o papel dela?

— Hã... ela foi uma condutora de bonde.

Sheeni ficou confusa.

— Não me lembro de nenhuma cena com um bonde.

— Bem, foi um papel pequeno. Eles podem não ter incluído essa cena na versão americana. O que é uma pena! Mamãe foi uma sensação na França.

Sheeni e Carlotta conversaram animadas por outra meia hora, quando a primeira se desculpou e disse que precisava se encontrar com os amigos desprezíveis (excluo desse adjetivo apenas a adorável Apurva).

— Prazer, Carlotta — disse Sheeni pegando o jornal.

— Ah, Sheeni, o prazer foi todo meu — respondeu Carlotta, oferecendo a mão para outro toque eletrizante. — Foi muito bom conhecer alguém culto e inteligente nesta cidade.

— Concordo, Carlotta. Talvez voltemos a nos encontrar.

Não tenha dúvida disso, minha querida Sheeni. E o nosso encontro acontecerá muito antes do que imagina.

13h25. Quando Carlotta se esgueirava pelo beco a caminho de casa, Bruno e o tonel de lixo emergiram pelo portão.

— Oi, Carly — disse ele, sorrindo indiferente ao barulho ensurdecedor quando soltou o tonel.

— Olá, Bruno.

— Adorei os biscoitos, Carly. A temporada já acabou, então posso comer quantos quiser.

— Que bom, Bruno! Aprecio homens com apetite.

— Candy pega no meu pé quando exagero — queixou-se ele. A estonteante líder de torcida Candy Pringle era a namorada do brutamontes.

— Você deve desafiá-la, Bruno — disse Carlotta. — É disso que as mulheres gostam.

— Não sou nenhum pau mandado — respondeu carrancudo.

— Que bom, Bruno. Bem, obrigado pela sua discrição.

— Hã?

— Sobre a minha presença aqui — lembrou Carlotta. — O meu tio, o senhor DeFalco, não quer que eu chame atenção. Por motivos fiscais.

— Sem problema, Carly. Você quer que eu... apareça qualquer hora?

— Hum, vemos isso em outra oportunidade — respondeu ela, escapulindo dali.

Não gosto nada do brilho no olhar de Bruno quando ele olha para as pernas de Carlotta. Talvez ela deva escolher uma cor de batom menos insinuante. E pegar leve no perfume.

15h40. Depois de muita reflexão, cheguei a uma conclusão quanto a uma das fontes do mal-estar provocado pela privação prolongada de computadores. Um escritor não deve ficar tanto tempo separado do seu processador de textos. Estou decidido a resgatar meu amado computador AT genérico e outros bens preciosos que deixei para trás na cozinha do Pequeno César, ainda estacionado (espero) no quintal da casa modular alugada por meu pai.

Fuzzy concordou em desafiar editos parentais de confinamento e escapar hoje à noite para ajudar Carlotta com o roubo.

23h30. Desastre! Carlotta e Fuzzy ficaram sabendo de todos os detalhes chocantes da história quando foram surpreendidos com a mão na massa dentro do Pequeno César por Dwayne, o filho retardado da cozinheira do meu pai.

— Quem está aí? — perguntou ele irritado, apontando o facho da *minha* lanterna dos escoteiros para dentro do trailer.

Os diários de Nick Twisp

— Dwayne, sou eu — sussurrou Fuzzy. — Desligue essa merda.

Dwayne obedeceu diligentemente e introduziu o corpanzil fedorento e volumoso pela porta estreita do trailer.

— Oi, Fuzzy — sussurrou ele na escuridão cheirando a mofo. — Que é que cê tá fazeno? Quem é essa gatinha?

— Essa é minha amiga, é... Carlotta — respondeu Fuzzy. — Estamos... estamos...

— Na verdade, esperávamos encontrar alguma privacidade — intercedeu Carlotta sensualmente. — Fuzzy me disse que esse trailer tem uma bela cama de casal.

— Eu disse?

— Manda ver, Fuz — disse Dwayne. — Mas posso ficar e olhar? Posso, hein?

— Claro que não — respondeu Carlotta.

— E se eu me juntar a vocês? — sugeriu ele.

— Não, muito obrigado, meu jovem — respondeu Carlotta, estremecendo. — Se você nos deixar a sós e for para casa, Fuzzy contará tudo a você amanhã na escola. Todos os detalhes tórridos.

— É? — perguntou Fuzzy.

— Sem chance — afirmou Dwayne, obstinado. — Esse trailer é da minha mãe. Se eu não puder ficar, boto vocês pra fora. O Sr. Twisp vai chamar a polícia.

— Tente isso, espertalhão — ameaçou Carlotta —, e antes do fim da semana seu cachorro vai estar mastigando um hambúrguer de arsênico.

— Cê não faria isso com Kamu, o Supercão! — arfou Dwayne.

— Ele mesmo — disse Carlotta, cutucando Fuzzy nas costelas.

— É, Dwayne — disse Fuzzy. — O que aconteceu com o computador de Nick? Percebemos que não está mais aqui no trailer.

— O Sr. Twisp o levou. Precisa dele pro emprego novo.

— Que emprego novo? — perguntou Carlotta, exaltada.

— É numa grande empresa madeireira — explicou Dwayne. — Ele faz, como é mesmo o nome? Relações públicas.

O meu pai progrediu de redator de anúncios de agrotóxicos a vagabundo e então a defensor pago de destruidores da floresta. Isso, sim, é um caminho em direção à infâmia.

— E para que ele usa o computador? — perguntou Carlotta.

— Pra escrever umas coisas, eu acho — respondeu Dwayne. — Cara, ele ficou doido. Achou uns troços da pesada que Nick escreveu.

Meu diário!

— Muitas coisas eram agressivas sobre ele — continuou Dwayne. — E pra mim também. Quase me meti numa encrenca daquelas. Nick escreveu umas coisas, que eu molestei ele. Mas eu neguei. Nossa, e eu sempre fui legal pra caramba com ele.

Mentiroso!

— O Sr. Twisp leu o diário de Nick? — perguntou Fuzzy.

— Mas não é isso que eu tô falano? — disse Dwayne. — É, e Nick escreveu umas coisas da pesada sobre sua mãe, Fuz. Depois que ele leu umas coisas lá, o senhor Twisp ligou pro advogado.

— Por quê? — perguntou Carlotta atormentada. Será que o meu dedicado pai estaria pensando em processar o próprio filho por calúnia e difamação?

— Porque tinha uma parte lá que Nick dizia que Paul e Lacey deram drogas pra ele — explicou Dwayne. — Nick teve uma viagem maluca, pirou na colcha da cama. O advogado mostrou isso pra Lacey, e ela precisou desistir de processar o Sr. Twisp por ter enchido o carro dela de cimento.

Meu pai se safou!

— E o que Nick disse sobre minha mãe? — exigiu saber Fuzzy.

— Ah, Fuzzy — arrulhou Carlotta. — Está tarde. É melhor ir andando. Você nos dá licença, meu jovem?

— Claro. Vem aí qualquer hora. Que tal hoje de noite? Sozinha.

Carlotta conteve um tremor.

— Que convite tentador! Certamente pensarei nisso.

Meu maligno pai acessou eletronicamente, bisbilhotou e possivelmente apagou o meu diário! Sinto como se os meus pensamentos mais pessoais houvessem sido invadidos e profanados. Agora vejo que devia ter protegido meus arquivos pessoais com uma senha. Os anos passados com minha mãe analfabeta em computação me deixaram com um trágico falso senso de segurança.

Sinto-me perdido num estado de nudez pública digital. Outra injustiça a ser vingada. Devo libertar François, e danem-se as consequências!

**SEGUNDA-FEIRA, 3 de dezembro** — Hoje vivenciei meu terceiro primeiro dia como novo aluno de uma escola pública de segunda categoria. Pelo menos dessa vez já conheço boa parte dos novos professores e colegas — mesmo que eles não saibam que me conheciam.

Desde que Carlotta chegou sem o histórico escolar, a Srta. Pomdreck, minha idosa orientadora, enfrentou um dilema conhecido.

**Os diários de Nick Twisp**

— Não sei — disse ela incerta. — O último aluno que aceitei sem documentos causou o pior escândalo da história desta escola. O FBI ainda procura por ele.

Carlotta engoliu em seco.

— Tenho certeza de que meu histórico chegará logo, Srta. Pomdreck. Temo que o atraso tenha acontecido em virtude da sobrecarga dos correios no fim do ano. Claro, os documentos estão vindo da Suíça.

— Você está dizendo que frequentava um internato particular na Suíça? — perguntou ela, inspecionando com um olhar de evidentemente desconforto o meu vestido e o xale pretos.

— Exato. Nas montanhas próximas a Genebra.

— Bem, minha cara, é óbvio que você é uma garota inteligente. Mas devo dizer, todas as nossas turmas de matérias avançadas já estão lotadas. Você terá que cursar o que tivermos disponível este semestre.

— Não tem problema — disse Carlotta. — Ah, devo acrescentar que tenho uma doença óssea congênita. Síndrome de Ossifidusbrittalus. Não poderei cursar as aulas de educação física.

— Posso ver o atestado médico?

— Ah. A senhorita precisa de um atestado.

— Mas é claro, meu bem. Não fosse assim, nossas aulas de educação física seriam desertas.

— Trarei o atestado o quanto antes — prometeu Carlotta.

— Preciso dele até sexta-feira — respondeu a Srta. Pomdreck, preenchendo minhas fichas de registro. — Ou terei que incluí-las nas aulas de educação física já na semana que vem. Isso é o máximo que posso fazer.

Vinte minutos depois, deixei a sala abarrotada da Srta. Pomdreck com este estimulante horário nas mãos: digitação, física, culturas mundiais, tecnologia de vestuário I, almoço, matemática financeira, sala de estudos (ou educação física feminina!), artes e práticas de saúde.

Tendo perdido o primeiro turno, estava a caminho da aula de física quando senti uma mão cabeluda no ombro.

— Ni... quer dizer, Carlotta! — sussurrou Fuzzy. — Que diabo você está fazendo aqui?

— Oi, Frank — respondi. — Estou em busca do que passa por educação nesta escola.

— Carlotta, você está louca? Você não vai conseguir fingir por muito tempo!

— Não se preocupe, Frank — sussurrei. — Serei uma dessas garotas certinhas que passam despercebidas. Pretendo desaparecer dentro do sistema institucional, como dizem.

Na aula de física, Carlotta deslizou para a carteira imediatamente atrás daquela na qual sentava a Minha Amada, antes que fosse ocupada pelo traidor Vijay. O exótico vilão sentou na carteira do outro lado do corredor e me estudou com óbvio interesse. Não lhe dando atenção, dei um tapinha no ombro adorável de Sheeni. Ela se virou e sorriu sem conseguir disfarçar a surpresa.

— Carlotta! — exclamou a Minha Futura Parceira na Vida. — O que você está fazendo aqui?

— Olá, Sheeni. Vou frequentar a sua escola. Acabo de receber meu horário de aulas da simpática senhorita Pomdreck.

— Vai?! Isso é incrível, Carlotta. Mas de alguma forma eu achei que você era... mais velha.

— Todos pensam isso. É que eu passei tempo demais naquele internato na Suíça. Não, sou uma simples adolescente.

— Carlotta, esse é o meu amigo Vijay Joshi — disse Sheeni. — Vijay, essa é Carlotta Ulansky. A mãe dela é uma atriz famosa.

Vijay sorriu num cumprimento caloroso, mas evidentemente dissimulado. Carlotta assentiu com frieza. Ela não lhe ofereceu a mão. Constrangido, Vijay recolheu a sua.

Quando a aula começou, o Sr. Tratinni, como de costume, pediu à nova aluna que se levantasse e se apresentasse à sala. Sem desejar chamar uma atenção indesejada, Carlotta foi breve.

— Sou Carlotta Ulansky — falei. — Acabo de me mudar de Los Angeles. Obrigada.

Sentei e me concentrei no livro à minha frente, ignorando os olhares dos colegas. Eu estava duas semanas atrasado e determinado a reafirmar a minha hegemonia acadêmica.

Depois da aula de física, Carlotta despediu-se da Minha Amada e deixou os trilhos para se misturar às massas transbordantes de estudantes medíocres da Redwood High. A primeira parada foi a aula de culturas mundiais da Sra. Najflempt. Então, numa sala palpitando de estudantes com QI abaixo da média, viu-se sentada em frente à luz mais débil dentre os presentes: Dwayne Crampton.

— Oi, Carlotta — disse ele, cutucando meu ombro. — Adivinha só.

— O quê? — sorri indiferente.

**Os diários de Nick Twisp**

— Tô sem cueca — sussurrou ele.

— Bom para você, Dwayne.

— Cê vai aparecer no trailer hoje de noite?

— Claro que não.

— Por que não?

— Ouvi algo desconcertante a seu respeito de Vijay Joshi.

— O que aquele mexicano disse? — pressionou Dwayne.

— Ele disse que um tal de Nick disse a ele que você é gay. Que você avançou nele.

— Mentira! — protestou Dwayne, corando.

— Então acho bom você se entender com Vijay — disse Carlotta, torcendo o nariz. — Pelo que sei, ele está espalhando isso para a escola toda.

A parada seguinte foi tecnologia de vestuário I, onde a Sra. Dergeltry ensina 24 garotas, Carlotta e um aluno do segundo ano chamado Gary a transformarem tecidos em roupas sofisticadas.

Pode ser que eu passe a gostar dessa aula depois de aprender a regular a minha máquina de costura. (Carlotta está desesperadoramente atrás dos demais, que já estão forrando, seja lá o que isso quer dizer.) Apesar da presença de Gary (ou exatamente por isso?), há um movimento considerável de despimento casual entre minhas colegas costureiras, enquanto experimentam suas peças. Até mesmo a Sra. Dergeltry retirou a blusa rapidamente para ajustar uma pence. Levando em conta o volume daquele corpo, o formato e a capacidade de carga desses equipamentos devem ser projetados com muito critério.

Depois veio o almoço. Como seu companheiro habitual estava tendo um corte no lábio e um olho roxo tratado na enfermaria da escola, Sheeni estava livre para se sentar com Carlotta. Encontramos dois lugares vagos na mesa da Elite Estudantil. Do outro lado do salão, percebi meu desprezível adversário Trent Preston na mesa dos Atletas.

— Vijay acaba de ser agredido por aquele garoto horrível, Dwayne — anunciou Sheeni, removendo o conteúdo criteriosamente embalado de um saco de papel e arrumando o almoço com cuidado sobre a mesa riscada. Carlotta fez o mesmo, esperando que a rapidez de seus movimentos disfarçasse o tremor das mãos. Um almoço íntimo no refeitório com Sheeni! Às vistas de Trent! Quase mais do que eu ousara esperar.

— Os garotos são tão agressivamente combativos — filosofou Carlotta com um suspiro. — É a testosterona, sabe?

— Por falar em excesso de testosterona, Carlotta — disse Sheeni —, aquele garoto que chamam de Fuzzy está olhando para você.

Carlotta levantou os olhos e dirigiu um olhar cauteloso para Fuzzy, que almoçava na mesa dos Aspirantes a Atleta, próxima da mesa (a não ser hierarquicamente) ocupada por Trent e seus amigos.

— Talvez ele goste de você — sugeriu Sheeni. — Você o conhece?

— Ainda não nos conhecemos — respondeu Carlotta sem se comprometer.

— Nenhuma faísca de paixão?

Carlotta corou.

— Dificilmente, Sheeni. E quanto a você? Vijay é o seu namorado?

— Não exatamente, Carlotta.

O que isso quer dizer?!

Sheeni mordeu o sanduíche, mastigou pensativamente e continuou.

— Ele é legal. Muito inteligente. Acho que gosta de mim, mas não tenho certeza se já consegui esquecer meu ex.

Uma onda de êxtase me dominou.

— Está falando do garoto da Índia? — perguntou Carlotta.

— Também. Mas estava falando de Trent Preston. Ele é aquele deus bronzeado sentado ali, de camisa azul. Não, não olhe, Carlotta. Não quero que ele pense que estamos falando dele. Ele está saindo com a irmã de Vijay, Apurva. Eu me sinto muito mal quando vejo os dois juntos.

Carlotta rezou pra que a grossa camada de ruge que estava usando ocultasse a minha profunda agonia emocional.

— Você... você ainda ama Trent?

— Sinceramente não sei. Pensei que já tinha superado a nossa história. Então uma amiga da outra escola veio me visitar no mês passado e deu em cima dele, descaradamente. Fiquei com ciúme na mesma hora e pedi que ela fosse embora.

— Ah, quem foi? — perguntou Carlotta com naturalidade.

— Minha antiga colega de quarto, uma garota de Nova York chamada Taggarty. Acho que ela traiu a nossa amizade. Acha que estou sendo fútil, Carlotta?

— Ah, não! Não, Sheeni. Definitivamente, não. — Carlotta foi mais do que enfática.

Outra vil adversária de Nick Twisp abatida em chamas. Descanse em paz, Taggarty!

— Mas você ainda pensa no garoto da Índia?

Os diários de Nick Twisp

— O nome dele é Nick, Carlotta. Nick Twisp. Acho que é, pelo menos. Foi o que ele me disse, de qualquer forma. Aprendi com Nick a nunca acreditar inteiramente no que ele diz. Foi uma lição dolorosa. Por exemplo, soube por Vijay que ele matou o meu cachorro por pura negligência, depois mentiu pra encobrir o descaso. Felizmente, meu querido Albert voltou em outra forma, muito parecida. Mas gostaria que ele não tivesse se insinuado também para Apurva. Estou confundindo você, Carlotta?

— Hã... de jeito nenhum, Sheeni. E você nunca contou meias-verdades a Nick? Você sempre foi honesta com ele?

— Não exatamente — respondeu ela, corando ligeiramente. — No verão passado eu já sabia havia algumas semanas que podia vir a ser transferida para Santa Cruz, mas nunca disse isso a Nick. Eu não queria magoá-lo. E quando ele conseguiu a bolsa de estudos na Índia, tentei convencê-lo a não ir. Eu sabia que, enquanto ele estivesse em Ukiah, meus pais teriam um forte incentivo pra me deixar ficar em Santa Cruz. Então, teve o meu caso com Ed...

— Ed? — guinchou Carlotta, olhando fixamente para a companheira de almoço.

— Sim. Ed Smith. Um fofo de Iowa que conheci na escola. Sabe, Carlotta, era a primeira vez que ele saía de Des Moines e, naturalmente, estava em crise sexual. Estávamos indo a um motel em Monterrey pra ajudar a... hum... determinar sua... orientação sexual quando fomos presos por engano. Acho que Nick ficou sabendo disso de alguma forma.

Então não foi uma viagem de turismo inocente para o maldito aquário! Eu sabia!

— E você foi capaz de... ajudar Ed com sua... dificuldade? — perguntou Carlotta, temendo a resposta.

— Eu fiz tudo que pude, Carlotta. O garoto tinha muitos problemas. Acho que pode ter sido a criação repressiva do Meio-Oeste. Mas no final concluí que ele é um polimorfo perverso. Quer qualquer coisa quente que se mova. Ele certamente meteu em todos os lugares que encontrou em mim.

*AAAAAAAAAHHHHH!!!!!!!*

De alguma forma, consegui chegar ao fim do almoço e do resto do dia. Enfrentei bravamente a aula de matemática financeira, a sala de estudos e as aulas de artes (com Trent no cavalete ao lado!) e práticas de saúde em profundo desespero — com a compressa fria de tédio como único consolo a meu coração, que sangrava. Meu Único e Grande Amor me traiu. Minha última razão para viver se foi.

**TERÇA-FEIRA, 9 de dezembro** — Ainda estou vivo. Depois de uma noite funesta e insone, decidi perdoar Sheeni. Sei que as ações dela foram motivadas por caridade. Ela agiu assim com Ed imbuída de um desejo sincero de ajudar outro ser humano. A boa ação foi infeliz, mas não inteiramente censurável. Não obstante, devo lançar-me em vigilância incansável para evitar que volte a acontecer. A natureza generosa de Sheeni deve ser redirecionada a canais mais positivos, como consumir-se pela falta de Nick Twisp.

Quando Carlotta se esgueirou para o beco esta manhã a caminho da escola, Bruno Modjaleski barrava o caminho atleticamente em frente ao portão. Usava a jaqueta do time de futebol e carregava um livro de tecnologia madeireira.

— Bom-dia, Carly.

— Oh, bom-dia, Bruno. Você me assustou.

— Vi você ontem na escola. Você é tipo professora assistente ou coisa parecida?

— Dificilmente, Bruno. Sou uma aluna matriculada.

Bruno pareceu ficar impressionado.

— Parabéns, Carly. Gostaria que eu carregasse os seus livros?

— Não, obrigada, Bruno. Eu dou conta.

Já tenho inimigos o bastante para estar disposto a incluir Candy Pringle na lista.

— Em geral, vou de moto pra escola — desculpou-se Bruno —, mas queimei a junta do cabeçote no sábado passado descendo a Main Street a 180km/h.

— Espero que estivesse usando capacete.

Bruno fez pouco-caso do comentário.

— Um cara como eu não precisa usar capacete, Carly. Eu nem usaria um pra jogar futebol, mas o treinador me obriga.

— Ah, você joga futebol, Bruno?

— Caramba, Carly! Eu sou o armador!

— Ah, então você deve ser o tal que eles chamam de Trapalhão Desajeitado da Redwood High.

— Quem me chama assim? — inquiriu Bruno, estalando os dedos das mãos enormes.

— Acho que um aluno do primeiro ano — respondeu Carlotta. — Um indiano baixinho chamado Vijay Joshi. Você o conhece?

— Não — rosnou Bruno. — Mas vou descobrir quem é!

Na sala de chamada, Carlotta sentou-se ao lado de Fuzzy, que parecia menos animado do que de costume.

— Minha mãe passou a noite fora — disse ele, em tom acusatório. — Esta manhã tive que me virar no café da manhã e arrumar eu mesmo o almoço. O seu pai tá mesmo querendo arrumar encrenca, Carlotta.

— Sinto muito, Frank. Conhecendo o meu pai, ele provavelmente está saindo com a sua mãe com algum negócio em mente. Acho que ele a deixaria em paz se o seu pai desistisse do processo.

— Sem chance — disse Fuzzy sombrio. — Acho que meu pai está contando com aqueles 3,5 milhões pra ajudar a cobrir os prejuízos com a greve, agora que o maldito Sr. Ferguson conseguiu convencer os fura-greves a aderir.

— Sinto muito, Frank — repetiu Carlotta. — Sou muito grata por tudo o que fez para me ajudar. Fico péssima pela atitude de meu pai e o inquilino dele estarem arruinando a vida da sua família.

— Tudo bem, Carlotta. Acho que não é sua culpa que seu pai seja um verme repulsivo.

— Vamos fazer o seguinte: talvez eu possa fazer alguma coisa para acabar com a festa deles. Gostaria disso?

— Sério, Carlotta? — disse ele, animando-se.

— Posso tentar, Frank. Mas pode ser que eu precise da sua ajuda.

— Já tem, Carlotta!

— E pode ser que precise também de um ou dois favores em troca.

— Como por exemplo? — perguntou ele, desconfiado.

— Você saberá, Frank — respondi timidamente. — Quando chegar a hora.

Quarenta e cinco estimulantes minutos de aula de digitação depois, Carlotta estava pronta pra se juntar ao Meu Amor. Mais uma vez, cheguei à aula de física pouco antes do vilão desprezível. Ocupei o melhor lugar, atrás de Sheeni, forçando Vijay a escolher o segundo melhor lugar, do outro lado do corredor. Ele olhou de cara feia para Carlotta com o luminoso olho roxo e o lábio inchado. Obviamente ignorando-o, Carlotta conversou com sua amiga especial.

— Sheeni, fiz uma descoberta incrível sobre o seu nome.

— Qual foi, Carlotta? — perguntou ela. Sheeni usava um lindo modelito rosa-choque que combinava perfeitamente, pensei, com o meu sofisticado conjunto preto.

— Não posso contar agora, Sheeni — respondeu ela misteriosamente. — Conversamos durante o almoço.

— Oh, Carlotta, hoje eu não posso. Prometi almoçar com Vijay.

Vijay disparou um sorriso repulsivo na minha direção.

— Ah, tudo bem, Sheeni. Isso pode esperar até amanhã.

O almoço trouxe uma mudança de planos bem-vinda. O par de Sheeni precisou cancelar o encontro quando foi forçado a fazer outra visita não programada à enfermaria.

— A violência continua, Carlotta — lamentou Sheeni, abrindo o saco de papel impecável no qual trazia o almoço. Nós nos sentamos outra vez no cume da sociedade do refeitório: a posição dela conquistada por direito divino; a minha, garantida por nossa amizade deslumbrante. Percebi que Sheeni comia salada de atum pelo segundo dia consecutivo. A Mulher dos Meus Sonhos gosta de atum. Que coisa interessante eu descobri! — Vijay foi atacado por vândalos outra vez! — continuou ela. — Desta vez foi aquele neandertal, Bruno Modjaleski. Estou pensando em denunciar o caso à União Americana de Direitos Civis.

— Essa violência é deplorável — concordou Carlotta, revisando a anotação mental anterior. — Mas enfim. Gostaria de trocar? Eu trouxe pasta de grão de bico com pão de centeio.

— Não, obrigada, Carlotta. Vou contentar-me com o meu peixe. Então, o que queria me dizer sobre o meu nome?

— Sheeni, acho que é definitivamente propício que você esqueça aquela escola em Santa Cruz. Na verdade, talvez você deva ser grata ao seu amigo Nick. Rearrumadas as letras do seu nome, Sheeni Saunders, é possível soletrar, em inglês, claro, SEASIDE SHUNNER (pessoa que evita o litoral)!

— Ah, você gosta de anagramas, Carlotta? Que coisa interessante! Eu também. *Seaside shunner*, sim, sim, você está certa. Mas com as letras de *"seaside"* é possível formar *"disease"* (doença). Você também poderia dizer que eu sou uma *disease shunner*, uma pessoa que evita doenças, o que acredito ser mais parecido comigo.

Espero que isso queira dizer que Sheeni forçou o sujeito confuso de Iowa a usar uma camisinha antes de se submeter ao seu experimento estilo livre com orifícios.

— Ambos são relevantes — insistiu Carlotta. — As palavras têm significados cósmicos.

— Você descobriu outros anagramas no meu nome? — perguntou Sheeni.

— Sim — admitiu Carlotta, corando. — É possível soletrar também A NEEDINESS RUSH (uma necessidade urgente) e DEARNESS IN HUES (carinho em matizes). Essas descobertas me ocorreram esta manhã, depois de algumas horas de estudo febril. Eu as vi como um sinal de Deus.

## Os diários de Nick Twisp

— Que interessante! Mas claro que também há muitos outros — disse Sheeni, pensando em voz alta. — Por exemplo, DUENNA'S HEIRESS (herdeira da duenha), A SUNNED HEIRESS (uma herdeira brilhante) ou A HEIRES'S NUDE (o nu de uma herdeira). Mas eu dificilmente sou uma herdeira. Vejamos, HE UNDRESSES IAN (ele despe Ian). Um tanto enigmático, como AH RUE SNIDENESS (ó falsidade lastimável) ou HERD UNEASINESS (constrangimento do rebanho). É possível formar também I SHUN SERENADES (eu evitei serenatas) e I SHARE NUDENESS (eu compartilhei a nudez). Suponho que ambos podem ser verdadeiros em circunstâncias adequadas.

Carlotta ficou embasbacada:

— Sheeni, como você fez isso?

— É fácil, Carlotta. Você apenas visualiza as letras e as embaralha na cabeça. Vejamos, Carlotta Ulansky, Ulansky tem um 'l' ou dois?

— Um.

— Ah, que pena! Se fossem dois, seria possível soletrar UNCLOAK'T ASTRALLY (astralmente desencapada). Interessante, não? — Sheeni prosseguiu. — Mas apenas um 'l', vejamos. Há STARK UNLOYAL ACT (ato absolutamente desleal) e SOCK A TRUANT ALLY (soque um aliado vadio). Muito negativos, não? Que tal ATTACK ONLY A SLUR (ataque apenas um disparate), OK ALL RACY TAUNTS (está bem todos os insultos enérgicos) ou ROT CLAN CASUALTY (baixa podre no clã) ou CUR SANK TOTALLY (o covarde afundou totalmente)? Nada lisonjeiros, Carlotta. Desculpe.

— Tudo bem, Sheeni — disse ela, impressionada. — Você soletrou anagramas de cabeça? Você deve ser insuperável no Scrabble.

— Desfrutei de algumas conquistas nesse jogo — admitiu Sheeni, com modéstia. — Pensei em outro anagrama para o seu nome, Carlotta — continuou Sheeni. — Um anagrama curioso: OUTTASK CARNALLY (terceirizada carnalmente). Qual você acha que é o significado disso?

Pode ter certeza de que não sei. Estava começando a me arrepender de ter levantado aquele assunto.

Eu não devia ter bebido aquela segunda lata de refrigerante no almoço. Na sétima aula minha bexiga pulsante não podia mais ser ignorada. Pela primeira vez, Carlotta se viu obrigada a entrar no banheiro feminino da Redwood High. Ela entrou como um raio, os olhos concentrados imediatamente à sua frente, entrou num reservado e fechou a porta num átimo. Fumaça de cigarro serpeava no escuro, nuvens mefíticas, mas ela deu graças pela porta. Para desencora-

456

jar as tentações do excesso de privacidade, a direção da escola há muito retirara as portas dos reservados do banheiro masculino.

Desconfortavelmente sentado, fiquei impressionado ao descobrir que o meu *alter ego* era agora alvo de uma cruel pichação de banheiro. Copiei um dos trechos mais difamatórios, palavra a palavra, no meu caderno:

> A bela e a fera
> Sheeni e Carlotta almoçando juntas
> Errado! Ambas são feras!
> Fiquem de olho em Carlotta:
> Compra a maquiagem no posto Texaco
> Faz o cabelo na Pizza Hut.
>
> E pede gordura extra!
> Se veste daquele jeito porque uma das espinhas dela morreu.
> Como assim? Ela está bem-vestida para Willits!
> Sussurros na sala de estudos com Fuzz.
> Inveja do peludo?
> Não, a garota quer.
> Mas primeiro precisará encontrar!
> Mexe nos seios na sala de estudo.
> É, eu vi Bruno olhando!

Eu não estava mexendo nos meus seios, estava arrumando o sutiã. Pensei em escrever isso na parede, mas acabei escrevendo o seguinte:

> Será que somos todas tão perfeitas que não podemos oferecer boas-vindas simpáticas a uma novata solitária?

Mais tarde, na aula de artes, o pretensioso senhor Thorne demonstrou os rudimentos da aquarela, então sugeriu que deixássemos nossa "criatividade florescer" (palavras dele). Trent pintou uma paisagem de falésias em Santa Monica, claramente inferior ao trabalho do Cézanne idoso. Carlotta pintou uma laranja ousadamente enlameada e borrões marrons.

— Gostaria de conseguir ser abstrato como você — comentou Trent, olhando de relance para o meu trabalho. — A minha mente está presa a rotinas pictóricas.

— Não é abstrato — respondeu Carlotta, ofendida. — É uma vista do Matterhorn no outono.

— Ah, sim, vejo isso agora — disse Trent, sorrindo. Os dentes dele, percebi, eram absolutamente perfeitos e incrivelmente brancos. — Muito bom, Carlotta.

— Obrigada, Trent — respondeu ela, tão carente de elogios que até mesmo comentários falsos de inimigos jurados eram bem-vindos. Além disso, Carlotta gostou dos olhares de ódio das outras garotas ao chamar a atenção do maior bonitão da escola.

15h15. Depois da aula, Carlotta foi até a biblioteca para fazer algumas pesquisas de emergência. Encontrou o que procurava nos classificados do *Journal of the American Medical Association*: um modelo de bloco de prontuário médico para pedidos com entrega pelo correio. Ela discou o número 0800 no telefone público da biblioteca e solicitou uma amostra, que deveria ser entregue com urgência, na manhã seguinte.

Ao voltar para o salão de leitura, Carlotta viu a bela Apurva Joshi, sentada à mesa de sempre e olhando com um terno olhar de dúvida para o livro à sua frente. Carlotta foi até a mesa e sentou em silêncio na cadeira em frente à dela. Apurva não percebeu.

Carlotta pigarreou.

— Você parece um pouco confusa... talvez eu possa ajudar.

Apurva levantou os olhos assustada, fechou o livro num movimento brusco e corou a pele em tom moreno claro do rosto. Surpreso por sua reação, olhei de relance para a capa. Não era, como eu imaginara, um livro de matemática. Agora era a vez de Carlotta corar. O título do livro era *Técnicas sexuais no casamento*.

— Eu... eu... — gaguejou Apurva culpada. — Eu não... o livro estava na estante de consulta livre. Pensei que qualquer um pudesse... Você é a bibliotecária?

— Claro que não, querida — garantiu Carlotta. — Você tem todo o direito de ler o livro que quiser. Eu mesma já li muitos livros como este. Como mulheres, devemos ser tão bem informadas no assunto quanto possível. Não concorda?

— Sim, concordo — respondeu ela com convicção. — É possível nos sentirmos tão ignorantes às vezes. Graças a Deus que estamos nos Estados Unidos, onde pelo menos temos algum acesso a informações.

— Você não é deste país?

— Não, sou de Pune. É uma cidade na Índia. Próxima a Bombaim. Meu nome é Apurva. Apurva Joshi.

— É um prazer, Apurva. Meu nome é Carlotta Ulansky. Também sou uma estrangeira nessa cidade.

— Não me diga que você é uma imigrante do Leste Europeu? — perguntou Apurva, estudando o meu vestido. Rezei que os enchimentos de ombro passassem na inspeção cuidadosa dela. Como de costume, Apurva certamente me estudava atentamente.

— Não, sul da Califórnia — respondi tenso. — Minha mãe é um membro de destaque da comunidade cinematográfica de lá.

Conversamos por algum tempo sobre Hollywood, então — por sugestão de Carlotta — fomos até o café da Flampert's, onde tomamos chá morno, comemos fatias insípidas de torta e retomamos o papo de garotas, algo muito mais estimulante.

— Não tenho palavras para descrever o prazer que tive em conhecer você — disse Apurva. — Quase sinto como se já nos conhecêssemos há algum tempo, Carlotta.

— Sinto exatamente o mesmo, Apurva. Somos, de formas diferentes, ambas estrangeiras neste lugar. Talvez tenha sido isso o que nos aproximou. Então, fale do livro que estava lendo.

Apurva corou e bebericou o chá.

Carlotta foi insistente.

— Não seja envergonhada, Apurva. Somos apenas nós duas aqui. Tenho muita experiência no assunto. Qual é o problema?

— É... é o meu namorado — gaguejou Apurva, inclinando-se agradavelmente para mais perto.

— Bem, parecem boas notícias.

— Como assim, Carlotta?

— Seu namorado, Apurva. Você estava me falando do seu namorado.

— Sim, Carlotta. O nome dele é Trent. Eu o amo demais, desesperadamente.

— Está obcecada?

— Ah, sim, Carlotta. Completamente!

— Isso me parece normal. Então, qual é o problema?

— Bem — sussurrou ela, aproximando-se ainda mais —, na última sexta-feira fui até a casa dele. Os pais dele estavam viajando, foram para uma convenção de compensados em Portland. Eu disse aos meus pais que ia ao recital de um coral em Willits.

— Mentindo para os pais, Apurva! Bom. Isso demonstra uma louvável independência de espírito. Estava sozinha com Trent. E o que aconteceu?

— Bem, depois de algum tempo, subimos para o quarto dele. Fomos para a cama. Lemos poesia.

— Só isso? — perguntei.

— Bem, então tiramos as roupas.

— Tudo?

— Sim, ficamos nus depois de algum tempo. Foi a primeira vez em que fiquei com um garoto nesse tipo de situação. Fiquei muito excitada.

— Hã-hã — disse Carlotta, com a voz inesperadamente mais grave. — Então o que aconteceu?

— Ele me tocou. Lá embaixo. Foi como um choque elétrico. Meu corpo todo estremeceu.

— Você não gostou?

— Ah, não. Foi maravilhoso. Eu nunca imaginei que fosse capaz de ter tais sensações. Então.. então eu o toquei.

— Lá embaixo?

— Sim — sussurrou ela. — Eu agarrei a... hum... parte íntima dele e disse a ele que... o queria.

Carlotta estava inquieta no banco. Sentiu um calor súbito se espalhar pelo corpo e gotas de suor lhe escorreram pelas costas.

— E Apurva — disse ela, enxugando a boca com um guardanapo. — Ele... atendeu ao seu pedido?

— Não, Carlotta — suspirou ela —, não atendeu.

— Ele não estava... excitado? — perguntei incrédulo.

— Ah, não. Acredite, não foi esse o problema. Inclusive, para dizer a verdade, Carlotta, ele é maior do que eu esperava. Depois de ver as imagens, sabe? Consideravelmente maior. Mas eu estava disposta a aceitar algum desconforto para alcançar a união com o meu amor.

— Então qual foi o problema?

— Não sei. Era por isso que eu estava lendo o livro. Acho que eu devo ter feito alguma coisa errada. Ele não seguiu em frente. Já estava com o preservativo e tudo mais. Ele simplesmente rolou pro lado e disse que seria melhor se voltássemos à leitura. Não acredito que estou contando essas coisas a você, mas é um grande alívio poder me abrir com alguém. O que eu fiz de errado, Carlotta? Me diga. Você sabe. O que os garotos esperam?

Carlotta suspirou. Mais provas confirmavam o estado de profundo desequilíbrio de Trent, mas, mesmo assim, sua amiga desencaminhada se agarra ainda mais forte a ele! Pobre Apurva, o amor anestesiou sua razão. Felizmente, Carlotta tinha um plano para conseguir uma desunião gradual.

— Apurva, querida, você não deve desistir assim tão fácil. Você está negando a Trent os prazeres da caça.

— Mas eu achava que os garotos americanos esperavam pelo sexo imediato.

— Eles apenas acham que esperam por isso, Apurva. Na verdade, ficam extremamente desapontados se isso acontece rápido demais. Muitas vezes, como no caso de Trent, o choque da intimidade prematura provoca a incapacidade de funcionarem. Não, você deve recuar.

— Devo resistir aos avanços de Trent, Carlotta?

— A todo custo, Apurva. Você deve recusar os abraços, virar o rosto para os beijos e afastar a mão boba dele. Faça com que ele pense que você guarda a virgindade como um diamante raro. Isso vai deixá-lo louco.

— Fingir que não quero, entendi — disse Apurva, pensativa. — Mas, Carlotta, pensei que esse era um conceito basicamente ultrapassado.

— As tendências no que diz respeito ao namoro vão e vêm, Apurva, mas as garotas espertas sabem que as verdades eternas nunca mudam. O amor é como o futebol americano, amiga. Os caras esperam jogar os quatro tempos, não marcar um *touchdown* logo de saída.

— O futebol americano é outro completo mistério para mim — confessou Apurva, terminando o chá. — Acho que também devo ler um pouco sobre isso. Meu querido Trent frequentemente fala entusiasmado de algo chamado os 49ers.

— Isso é uma pista para os desejos dele, Apurva. Quando ele tentar beijá-la, você deve dizer: "Como andam os 49ers?"

— Como andam os 49ers — repetiu Apurva. — Carlotta, não sei como agradecer. Acho que Deus colocou você no meu caminho.

Aquela parecia mesmo ser uma explicação.

Depois de trocarmos números de telefone e um abraço caloroso (e incrivelmente erótico), pagamos cada uma a sua conta e seguimos nossos caminhos.

20h30. Acabo de lavar roupa, e, entrando no clima, joguei a peruca de Carlotta na máquina de lavar. O que eu posso fazer? A escola é tão quente que aquelas fibras sintéticas me fazem suar como um porco.

23h15. Acabo de ver o meu pai! No noticiário local! Ele engordou pelo menos uns 5kg e está com uma papada considerável. A vida com a cozinha da

**Os diários de Nick Twisp**

Sra. Crampton deve continuar caloricamente estimulante. Ele foi entrevistado numa reportagem sobre a controversa inauguração de uma serraria na Costa Rica. A madeira local agora será exportada para lá para processamento, mas, de acordo com o meu pai, "isso não vai resultar na perda de nenhum emprego local".

Reconheci aquela expressão facial. A mesma, de profunda sinceridade, que certa vez usou com a minha mãe para garantir que não tinha absolutamente interesse algum na minha precoce professora de jardim de infância.

QUARTA-FEIRA, 10 de dezembro — Bruno Modjaleski não caminhou comigo até a escola hoje. Ele irrompeu pelo portão, agredindo o estressado sistema nervoso de Carlotta, e explicou que recebera uma suspensão de 24 horas.

— Aquele cara negou o que você disse, mas eu o soquei de qualquer forma — disse Bruno, com os olhos nos seios de Carlotta.

Ansiosa, ela chegou a começar a levantar a mão para ajeitar o sutiã, mas pensou melhor e desistiu.

— Violência nunca é a solução para qualquer problema — aconselhou.

Na sala de chamada, Fuzzy, com olhar alarmado, inclinou-se para ela e sussurrou:

— Carlotta, o que aconteceu com o seu cabelo?

— Por quê? Qual é o problema? — sussurrei, apalpando meu penteado.

— Parece um desses penteados afro-estranhos. O que aconteceu?

— Bem, Frank, lavei a peruca. E agora não tem nada que eu possa fazer. Está assim tão ruim?

— Você está parecendo uma rastafári.

— Merda! Bem, acho que vou ter que me misturar ainda mais. Talvez ninguém perceba.

Um bom plano, mas não um plano perfeito. Quando Carlotta tentou se misturar nos corredores, notei olhares curiosos dirigidos a ela. Ela depois se viu encurralada pela Srta. Pomdreck em um canto cego.

— Carlotta — disse a minha orientadora severamente —, ainda não recebi o seu histórico nem o atestado médico.

— Desculpe, Srta. Pomdreck. Tenho certeza de que o atraso se deve a falhas imperdoáveis dos correios.

— Mas eu preciso do atestado até sexta-feira. A Sra. Arbulash já está fazendo observações sobre a sua ausência das aulas de educação física.

A Sra. Arbulash era a celebrada fisiculturista que dava aulas de educação física para as alunas da Redwood High.

— A senhora terá o atestado em mãos até sexta-feira, Srta. Pomdreck. Prometo.

— Ótimo. Ah, e Carlotta, você precisará mudar esse penteado. De acordo com as normas da escola, não são permitidos *dreadlocks*.

— Sim, Srta. Pomdreck.

— E devo dizer que me impressiona que uma garota com o seu caráter e a sua criação tenha adotado um penteado tão extremo e impróprio.

Somos dois, dona.

Sheeni sentiu a obrigação social de manter o compromisso mais do que adiado com Vijay. Fervendo de ciúmes, Carlotta almoçou com Fuzzy e convidados na mesa dos Aspirantes a Atleta.

Na aula de artes, Trent pintou uma aquarela à Winslow Homer, um dia com nuvens carregadas e windsurfistas cortando as águas luzidias do pier de Santa Monica. Carlotta pintou manchas vigorosas em tons de roxo, verde e preto.

— Você transfere tanta energia para as suas composições, Carlotta — disse Trent com o seu sorriso desarmante.

— Obrigada, Trent — sorri de volta. — Mas sou meramente um fio condutor. O cinetismo está presente no meu tema.

— Que é?

— Os gasômetros de Hamburgo. A ampla pincelada aquática no primeiro plano é o rio Reno.

— Maravilhoso, Carlotta. Muito criativo. Meus temas, em comparação, são mundanos.

— Sim, são — concordei. — Mas não deixe que isso o desestimule.

Talvez Trent seja tão preenchido por charme inato que precise babar pequenas quantidades continuamente, caso contrário a pressão se elevaria a níveis perigosos — como, analogamente, o excesso de esperma nos sexualmente inertes é aliviado em sonhos eróticos terapêuticos. Que outra explicação haveria para as sondagens aduladoras dele na aula de artes?

19h15. Depois da aula, Carlotta foi direto para a Flampert's, seguiu decidida até o balcão de perucas e comprou um modelo castanho com as pontas viradas para fora e luzes por 13 dólares e 99 centavos. Obviamente não experimentou a peruca na loja. Mas depois, na privacidade do lar emprestado, ficou satisfeita ao descobrir que combinava melhor com seus traços do que o modelo caindo aos pedaços da Sra. DeFalco. E esta, graças a Deus, vinha com instruções de lavagem.

Que alívio tirar o vestido, limpar a maquiagem e voltar a ser simplesmente o adolescente fugitivo Nick Twisp. Ao espiar pela janela, fiquei satisfeito ao ver uma encomenda da Federal Express à minha espera na varanda. Trouxe-a sorrateiramente para dentro de casa, abri a caixa e lá estava, páginas e mais páginas com impressão cara, obviamente um bloco de receitas médicas genuíno. Infelizmente, alguém que meteu o nariz onde não foi chamado cuidara para que cada uma das páginas trouxesse a impressão em diagonal, em letras vermelhas garrafais (tinta lavável?), da palavra AMOSTRA.

20h55. Querosene, gasolina, fluido de isqueiro, removedor de manchas, removedor de esmalte, acetona, limpa vidros, remédio para espinhas, suco de limão, vinagre, pasta de dentes, cuspe, desodorante, terebentina, vinho Chianti, spray para cabelo, spray para pancadas, água sanitária. A porcaria da tinta vermelha desafiou a todos.

21h45. Eureca! Quando eu já estava prestes a me contentar em manter um aperto firme na toalha (e na minha reação erétil) no vestiário da Sra. Arbulash, descobri o solvente salvador. O tempo todo a solução estava embaixo do meu nariz. Devia ter usado o nariz. O que dissolve tinta vermelha? A mesma fórmula incrível que dissolve inibições e inflama a libido: o perfume preferido de Carlotta — Seduction, da Kevin Clein.

**QUINTA-FEIRA, 11 de dezembro** — O novo corte de cabelo de Carlotta foi um grande sucesso. Não mais suspenso, Bruno redobrou as adulações rudes no beco, Fuzzy foi pródigo em elogios na sala de chamada, a Srta. Pomdreck assentiu em aprovação do outro lado do corredor, antes de desaparecer no vestiário masculino para uma diligente supervisão e a querida Sheeni foi generosa (para os padrões dela) nos elogios durante a aula de física.

Mais uma vez, Carlotta e Sheeni não almoçaram juntas. Durante o intervalo, a mais recente aluna da Redwood High foi alvo de uma entrevista da grande repórter Tina Manion num canto discreto do refeitório.

— Sério, a minha vida é tão sem graça — confessou Carlotta. — Não consigo imaginar por que você quer me entrevistar.

Tina mordeu uma batata frita provocativamente e olhou distraída para os meus seios. Fiz o mesmo com os dela, tentando não lembrar outras tuberosidades que aqueles lábios lascivos mordiscaram.

— Você é muito modesta, Carlotta. Sei que sua mãe é uma atriz famosa.

— Bem, mamãe atuou, e... anonimamente, de certa forma, em muitos filmes. Ela prefere coisas pequenas, substanciais — disse Carlotta, corando.

— Que tipo de coisa? — perguntou Tina, abanando farelos de batata frita da blusa dela para o meu vestido. Será que aquilo era algum tipo de comunicação subliminar?

— Papéis de apoio — explicou Carlotta. — Minha mãe geralmente atua nesses papéis pequenos, mas exigentes. Por exemplo, ela foi a cartomante cigana de *O exterminador do futuro 2*.

— Ah, assisti a esse filme. Mas não me lembro de uma cartomante cigana.

— Mamãe ficaria lisonjeada ao ouvir isso. Ela acredita que grandes atores se identificam tão profundamente com seus papéis que desaparecem na produção. Precisei assistir ao filme três vezes até conseguir ver mamãe. E, claro, eu a estava procurando.

— E o seu pai, Carlotta? Ele também trabalha com cinema?

— É possível... eu... bem... não tenho certeza.

— Você não tem certeza? — perguntou Tina, a confusão jornalística acrescentando outra camada instigante ao seu charme.

— Sabe, Tina, eu não sei quem é o meu pai. Mamãe conhece todos os candidatos, supostamente, mas se recusa a discutir o assunto. Ela diz que isso não é da minha conta.

— Não é da sua conta?! Quem é o seu pai?! Bem, então poderia ser... poderia ser... Steve McQueen!

— Duvido muito, Tina. Mamãe prefere homens altos. Steve McQueen era baixo.

— Steve McQueen era baixo? — perguntou ela chocada.

— Terrivelmente baixo — deu de ombros Carlotta. — Quase um anão.

— Isso é incrível — disse Tina, olhando atentamente para o rosto de Carlotta.

Eu me mexi inquieto na cadeira.

— Algum problema, Tina? O meu batom está manchado?

— Não, Carlotta. Só estou tentando ver se você se parece com alguém famoso.

— Ah. E pareço?

Tina estudou o rosto de Carlotta por mais algum tempo antes de responder.

— Bem, você se parece com alguém que eu conheço. Só não sei exatamente quem.

Os diários de Nick Twisp

— Eu me pareço muito com a minha mãe — disse eu, numa tentativa de afastá-la do meu rastro. — As contribuições genéticas do meu pai, imagino, devem ter sido inteiramente recessivas. Eu seriamente duvido que uma pessoa tão modesta possa ter sido um ator.

— Então quem pode ter sido? — insistiu Tina.

— Talvez um roteirista — especulou Carlotta. — Um desses tipos fracos, alcoólatras, com bafo de cigarro e palidez de máquina de escrever. Mamãe sempre os convoca ao trailer e exige que trechos sejam reescritos. Talvez algum desses encontros, tarde da noite, tenha fugido do controle.

— E nove meses depois veio à tona a surpresa final — acrescentou Tina.

— É possível — concordou Carlotta. — Eu de fato tenho uma forte inclinação por bibliotecas. Mas é óbvio que isso não indicaria que foi um escritor.

— Mas posso jurar que você não me parece estranha, Carlotta. Há muitos roteiristas famosos?

— Infelizmente não, Tina. Essa é uma profissão completamente anônima.

— Entendo — disse Tina. — Mas me dê seu telefone, se me lembrar com quem você se parece eu ligo. — Depois de anotar o número do bloco de anotações, Tina fez uma última pergunta: — Bem, Carlotta, como uma aluna novata da escola, qual é a sua opinião a respeito da Redwood High?

— Não é ruim — respondeu Carlotta, magnânima. — Um pouco interiorana demais, talvez. Mas isso é compreensível. E os estilos de roupas preferidos pelas alunas são antiquados demais. Quase sinto como se tivesse viajado no tempo.

Tina empertigou-se.

— Não quero ser indelicada, Carlotta. Mas é possível dizer o mesmo a respeito do seu estilo.

— E disseram, Tina. Provavelmente estão pichando isso nas paredes dos banheiros neste exato momento em que conversamos. Pobres mentes ignorantes.

— O que você quer dizer? — perguntou ela, incomodada.

— Tina, querida, sendo completamente indelicada, e, caso você não saiba, meu presente modelito é a *dernier cri* em Beverly Hills.

— Verdade? — engoliu ela em seco.

— Claro. A cor é preta e o corte, italiano pré-guerra. É o neomussolinismo.

— Mas, Carlotta, não vi nada a esse respeito nas revistas.

— É algo recente, Tina — explicou Carlotta ajeitando o xale. — Essas revistas são impressas com meses de antecedência. O *sirocco* Il Duce varreu a Rodeo Drive na semana passada.

— Varreu?

— Sim, mas estou resistindo a algumas das tendências mais extremas.

— Que tipo de tendências? — perguntou ela.

— Como não depilar as pernas — sussurrou Carlotta. — Tina, as vendas de lâminas de barbear estão despencando em Brentwood e Bel Air. O visual cabeludo agora é *in*.

— Ah, meu Deus! — exclamou Tina, horrorizada.

— Mas é claro que deve levar algum tempo até que chegue a Ukiah — acrescentou Carlotta, consolando-a.

Os repórteres são todos iguais, pensou Carlotta mais tarde, caminhando lentamente com destino ao atoleiro soporífico da aula de matemática financeira. Tão ingênuos que chega a ser uma inspiração. Principalmente as bonitas.

Depois da aula, Carlotta foi até a biblioteca pública do centro para usar a castigada máquina de escrever disponível para aluguel. Uma vez que ao dissolver a tinta vermelha as folhas do bloco de receitas ficaram cor-de-rosa, para evitar qualquer suspeita, decidi acrescentar o nome de uma médica no cabeçalho. Em 15 minutos, produzi esta falsificação legítima:

**Dra. Hilary Doctor**
**123 Elm Street**
**Anytown, Massachusetts 02167**

A quem possa interessar:

Após examinar devidamente a minha paciente, Carlotta Ulansky, o meu diagnóstico é que ela sofre de um caso óbvio de Síndrome de Ossifidusbrittalus.

Esta doença terrível é caracterizada pela pré-calcificação da massa esquelética, o que leva a uma redução crônica da força de tensão óssea. Portanto, a Srta. Ulansky deve ser dispensada de qualquer atividade física vigorosa, incluindo, mas não necessariamente limitando-se a: remover neve com pá, cortar grama, varrer e lavar o chão, colher algodão e, o mais importante, aulas de educação física. Quanto ao último caso, sou categórica.

Os diários de Nick Twisp

Desejo o melhor à Srta. Ulansky na luta contra esta doença terrível e, felizmente, rara.

Sinceramente,
Dra. Hilary Doctor

Muito profissional, diria eu. Inclusive eu me pergunto se a própria Hilary, com todos os seus anos de prática médica, teria feito melhor.

Já de saída, ouvi um suave "como vão os 49ers?" liricamente arfante vindo da seção de poesia. Parei e olhei para o espaço com iluminação fraca entre as estantes. Na penumbra da seção de poesia do século XX, Trent Preston era repelido em suas tentativas de agarrar Apurva Joshi. Decidida ao tirar a mão dele de seu suéter, ela olhou para o outro extremo do corredor, viu Carlotta e sorriu num cumprimento caloroso.

— Ah, oi, Carlotta. Que bom encontrar você outra vez! Trent, querido, esta é a minha amiga Carlotta.

— Carlotta e eu nos conhecemos — disse Trent, simpático. — Apurva, nós somos colegas na aula de artes. Mas eu não sabia que vocês se conheciam.

— Somos velhas amigas — disse Apurva. — Estava mesmo esperando encontrar você, Carlotta. Seria um grande prazer se você aparecesse para jantar conosco amanhã.

Carlotta forçou um sorriso.

— Com a sua família, você quer dizer?

— Isso. A minha mãe é uma excelente cozinheira.

Jantar com Vijay e a carrancuda senhora Joshi. Que golpe à digestão!

— Tenho uma ideia melhor, Apurva. Vamos sair para jantar amanhã. Apenas nós duas. Você será minha convidada. Que tal às sete no Carpa Dourada?

— Ah, tudo bem, Carlotta. Se você preferir. Eles têm pratos vegetarianos?

— Sim. Eles têm um extenso cardápio vegetariano. Ouvi dizer que o tofu kung pao é uma delícia.

— Bem, eu não me importo, mas mamãe vai querer saber aonde vou.

— Meu amor, por que eu nunca fui convidado para jantar na sua casa? — perguntou Trent, fazendo bico.

— Porque meu pai teria o maior prazer em envená-lo — respondeu Apurva.

Então somos dois, pensou Carlotta, sorrindo benignamente para o casal feliz.

21h45. Ao lavar os pratos do jantar, eu me assustei com uma batida à porta dos fundos. Corri para apagar a luz e espiei pela velha cortina rendada.

— Nick, sou eu — disse uma figura indistinta em frente à porta dos fundos. — Abra a porta.

— Oi, Frank — disse abrindo a porta. — Que surpresa! Achei que você estivesse de castigo.

— E estou — respondeu Fuzzy tirando a parca pesada que usava. — Mas a minha teoria sobre castigo é que, se o ignoramos, ele finalmente acaba. Enfim, meus pais estão ocupados demais odiando um ao outro para prestar atenção em mim.

— Sei exatamente como é isso, Frank. Quer vinho? Tem um garrafão de mata-rato na despensa de sua avó.

— Manda ver.

Servi dois copos generosos da vil lavagem vermelha.

— À indiferença dos pais — brindei, levantando o copo.

— Eu bebo a isso — disse Fuzzy, fez tim-tim no meu copo e virou o vinho. Bebi um gole indeciso, lutei contra um impulso de cuspir, e — indo de encontro às bem fundamentadas objeções do meu palato — engoli. Fuzzy dava sinais de estar travando uma luta semelhante.

— O gosto não é dos melhores — admitiu ele. — Mas dá conta do recado.

— Espero que sim — concordei.

Encontrei uma lata empoeirada de nozes e castanhas sortidas na despensa. Fomos até a mesa da cozinha e voltamos ao vinho. O mofo das nozes, observei, complementava a ânsia de vômito do vinho. Fuzzy concordou com um arroto.

— É bom ver você de novo, Nick — disse ele. — Estava começando a pensar em você como uma garota.

— Às vezes quase começo a pensar em mim como uma.

— Não sei, Nick. Pode não ser muito saudável vestir-se como uma o tempo todo. Você pode ficar confuso, sabe?

— Ainda não me sinto confuso, Frank.

— Mas fique esperto, Nick. Pode acontecer sem você perceber.

— Uma coisa, Frank. Eu agora tenho um novo respeito por tudo o que as mulheres enfrentam. Acredite em mim, ser uma garota não é nada fácil.

— Tem certeza, Nick? Talvez não seja fácil ser uma garota quando se é um cara.

— Acho que não, Frank. Quero dizer, desde o simples fato de se preparar para cruzar a porta de manhã. Dá mais trabalho do que um cara se preparar

**Os diários de Nick Twisp**

pra uma luta e o baile de fim de ano juntos. E também tem a preocupação constante com o cabelo e a maquiagem. Isso pra não mencionar o assédio.

— Que assédio, Nick?

— Bruno e Dwayne, Frank. Eles ficaram a fim de Carlotta.

— Você tá brincando, Nick.

— Não. E, se me perguntasse, diria que Trent também está com conversa mole demais. Eu sei com certeza que alguma coisa está impedindo aquele cara de transar com Apurva.

— Mas Nick, comparada com Apurva, Carlotta é comida de cachorro. É... sem ofensa.

— Bem, Deus sabe que eu tento — respondi, ofendido. — Além disso, Fuzzy, a beleza está nos olhos de quem a vê.

— Carlotta é uma garota popular — cedeu ele. — Você devia ver o que estão escrevendo sobre ela no banheiro da gente. Apareceu por lá recentemente?

— Claro que não, eu uso o banheiro das meninas.

— E isso é legal, Nick?

— Não há placas proibindo, Frank.

— E o que acontece por lá? Eu nunca entrei no banheiro das meninas.

— Bem, espero que não. Nada demais. O de sempre: fumaça de cigarro, xingamentos, fofoca, extorsão das mais fracas, intrigas. Ah, e muita competição no espelho. Se a fumaça dos cigarros não matar, o spray de cabelo faz o serviço.

— Nenhuma delas tira as roupas? — perguntou Frank interessado.

— Por que elas fariam isso, Frank? Os caras tiram a roupa no banheiro masculino?

— Só Malcolm Deslumptner.

Malcolm Deslumptner era o famoso masturbador exibicionista do terceiro ano. Ele fazia isso em qualquer lugar: no banheiro, numa proveta nas aulas de laboratório, atrás da cortina do auditório durante as apresentações das sociedades honoríficas (era possível ver o veludo vermelho se movendo ritmadamente), no ônibus durante uma saída da equipe de debate e uma vez na plateia, durante a apresentação do time, à vista das líderes de torcida (que gritaram "Vai! Vai! Vai!" enquanto Malcolm ia, ia, ia).

— Aquele cara é doente — observou Fuzzy.

— Ele só quer chamar atenção — respondi. — Todos queremos, de alguma forma. Mas, por falar nisso, o que os caras andam falando de Carlotta no banheiro?

— É pesado, Nick, sinto em dizer. Alguém escreveu que Carlotta está a fim de Sheeni. Eles estão chamando você de lésbica, Nick.

— Que audácia! A caligrafia parece com a de Vijay?

— Sabe que parece? Agora que você falou...

— Não estou surpreso, Frank. O cara tá desesperado. Ele sacou que não consegue competir nem mesmo com uma mulher pela atenção de Sheeni.

— É, mas ela vai com Vijay pro baile de Natal.

Bati o copo na mesa, espirrando o mata-rato envelhecido da Sra. DeFalco no papel de parede floral.

— O quê?!

— É, Nick. Fiquei sabendo por Dwayne hoje, na aula de educação física. Todo mundo está falando nisso. Vijay convidou e ela aceitou.

— Merda! — disse eu em voz baixa. — Como ele pode ir pro baile! Ele está com o braço quebrado!

— Só torcido, Nick. Ele vai tirar o gesso na semana que vem.

— Bom trabalho, Bruno! Pode esperar sentado por outra fornada de biscoitos!

— O que você vai fazer, Nick?

— Vou pensar em alguma coisa, Frank. Vijay vai ter o que merece.

— Enquanto pensa nisso, Nick, não esqueça de fazer algo a respeito do seu pai.

— Não se preocupe, Frank. Já tenho um plano.

— Ah, é? — disse Fuzzy, interessado. — E qual é?

— Decidi arrumar uma mulher mais jovem e bonita do que a sua mãe pra ele. Isso é o mínimo que eu posso fazer.

— Por quê?

— Por não se preocupar em me procurar — respondi. — Muitos pais espalhariam panfletos nas lojas de conveniência e iriam à tevê com apelos chorosos. Mas o meu pai está na dele, espalhando desinformação no emprego, beneficiando-se da confusão e saindo com a sua mãe.

— Você não se importa, Nick?

— Nada.

— Não dá medo ficar longe dos seus pais? Não ter... segurança?

— Às vezes dá. Mas, pra dizer a verdade, Frank, segurança nunca foi o forte da minha família, nem mesmo quando eu morava com os meus pais. Pelo menos agora eles não estão por aqui dizendo o que eu tenho de fazer.

— Você tem sorte, Nick.

**Os diários de Nick Twisp**

— Sejamos francos, Frank. Considerações financeiras à parte, quando chegamos à adolescência, os pais existem apenas como dois carbúnculos grotescos na nossa vida.

— Eu bebo a isso — disse Fuzzy.

Brindamos com os nossos copos.

— Já eu — acrescentei enfiando um punhado de castanhas na boca pra obscurecer o gosto do vinho —, simplesmente fiz a minha operação mais cedo.

— Que cirurgia foi essa? — perguntou Fuzzy curioso.

— A minha carbunculectomia!

23h30. Fui despertado do torpor da embriaguez pelos toques do telefone.

— Alô — balbuciei no fone.

— Posso falar com Carlotta, por favor?

— Ah, oi, Tina — disse Carlotta, alerta agora, mas ainda com a língua enrolada.

— Oi, Carlotta. Não reconheci sua voz. Adivinhe. Descobri um escritor que se parece com você.

— Quem? — perguntou Carlotta.

— Truman Capote.

— Truman Capote!

— Definitivamente, existe uma semelhança, Carlotta. Você sabe se a sua mãe o conhecia?

— Não existe a menor chance disso, Tina. Eu garanto. Agora boa-noite.

— Espere, Carlotta! Você já ceceou? Talvez quando era mais nova.

— Boa-noite, Tina!

*Clique.*

Que audácia a de certas pessoas! Tenho certeza de que não pareço nem um pouco com o finado Truman Capote. E, ainda por cima, sou muito mais alto.

**SEXTA-FEIRA, 12 de dezembro** — Outro dia ocupado, diário. O que eu realmente preciso é de um estenógrafo em tempo integral para tomar nota de todos os detalhes da minha vida estimulante.

Esta manhã, num lapso de julgamento, deixei o olhar intimidador de Bruno convencer Carlotta a levá-la à escola em sua moto. Meu corpo ainda tremia descontrolado na quarta aula. A cada poucos segundos na aula de costura, um novo espasmo de terror residual vibrava pela minha perna direita, fazendo-me enfiar o pé no pedal da máquina de costura, e lá se iam metros de tecido preto velozmente sob a agulha. Acho que a bainha da minha pobre saia balonê não passará pelo escrutínio da Sra. Dergeltry.

Comecei o dia na sala da Srta. Pomdreck, onde a minha idosa orientadora ficou aliviada ao receber o atestado médico de Carlotta.

— Uma médica chamada Doctor — disse ela, divertida. — Apropriado, não? Ela aparentemente passou por uma orientação vocacional das mais sólidas. Gostaria que os meus casos fossem assim tão simples. E onde fica Anytown, Carlotta?

— É... próximo a Watertown, senhorita Pomdreck. Recebeu o nome em homenagem a Matthew Any, o grande abolicionista.

— Ah, sim, um personagem notável da nossa história. Bem, parece estar tudo em ordem. Colocarei uma cópia na caixa de correspondência da Sra. Arbulash, que ficará desapontada por não poder contar com a sua presença na turma. Ela mencionou comigo ontem que não via a hora de iniciá-la na máquina de step. E sinto muito pela sua doença. Noto que suas mãos estão tremendo. Está sentindo muita dor, Carlotta?

— Nada insuportável — disse Carlotta, com cara de dor.

— Bem, não se esforce demais. Se por acaso sentir dor ou desconforto, vá descansar na sala da enfermeira Fillmore. Ou, se preferir, pode ir para casa.

Uau, uma licença pra faltar aulas. O sonho de todo adolescente!

Alguns minutos depois, na sala de chamada, Fuzzy me entregou uma bomba.

— Saca só, Carlotta — sussurrou ele, apontando a manchete da capa do jornal de hoje. Impresso em letras pretas garrafais eu li: "Jovem da Região Fugitivo Preso em Grande Apreensão de Drogas."

Chocado, varri com os olhos a notícia sensacionalista.

— Carlotta — sussurrou Fuzzy —, diz aqui que eles prenderam Nick Twisp em Seattle com 4 milhões em cocaína no sobretudo. Como isso é possível?

— Não é — sussurrei aturdido. — Nick não tem um sobretudo. E ele nunca foi para Seattle. E ele certamente não chegou ao país ontem vindo de Islamabad.

— Onde fica isso? — perguntou Fuzzy.

— É... Paquistão, acho — respondi, subitamente lembrando do simpático paquistanês que conheci no avião pra Los Angeles.

— Acho que isso fica perto da Índia — sussurrou Fuzzy. — Carlotta, você acha que Vijay está por trás disso?

— É possível, Frank, mas pouco provável.

Os diários de Nick Twisp

— Carlotta, tem uma citação do seu pai na reportagem.

— Onde?

— Na página interna. No fim da reportagem.

Encontrei o parágrafo em questão:

> Contatado pela reportagem em seu escritório, o relações-públicas do setor madeireiro George W. Twisp, pai do suposto traficante de drogas, disse que deplora as ações do filho. "O garoto é mau, completamente mau. Fizemos tudo o que pudemos por ele — escolas particulares caras, boas roupas e um computador de último tipo —, mas ele era incorrigível. Só espero que a prisão dê um jeito nele. Nick foi uma grande decepção para a mãe dele e para mim."

O sentimento é recíproco, pai. Só espero que as opiniões que eu expressar sejam gramaticalmente corretas.

Quando Carlotta chegou à aula de física, todos estavam debruçados sobre jornais — até mesmo a Sra. Trattini.

— Carlotta! Você ouviu a notícia? — perguntou Sheeni. — Nick foi preso!

— Eu soube — respondi. — Que choque terrível.

— Não estou nem um pouco surpreso — afirmou Vijay, cujas feridas demonstravam sinais alarmantes de melhora. — Aquele Nick Twisp é um valentão sem princípios. Nenhum ato depravado vindo dele me impressiona!

Ah, é? E quanto ao estrangulamento de um colega traidor?

— De certa forma, eu me culpo — disse Sheeni, negando tristemente com a cabeça. — Eu incentivei Nick a se soltar e a não ser tão tediosamente bom. Mas nunca achei que ele fosse levar meu conselho tão ao pé da letra.

— As mulheres são capazes de exercer profunda influência moral sobre os homens — afirmou Carlotta.

— Não foi nada que você disse ou fez, Sheeni — disse Vijay. — O pai dele está certo. Nick é uma pessoa má por natureza. Soube disso quando ele costumava mentir para você, Sheeni, sobre o bom desempenho que tinha nas aulas de francês. O francês dele era péssimo!

— Mas soube que ele era ótimo em física — sibilou Carlotta.

— Quase tão bom quanto você, Carlotta — respondeu Sheeni, sorrindo. — Você sabia que teve a nota mais alta da sala no teste que recebemos ontem?

— Sorte de principiante — disse Carlotta, com modéstia.

— Este, sem dúvida, foi o caso — disse Vijay com um olhar atravessado.

Lutando contra impulsos agressivos, Carlotta voltou-se para a Minha Amada.

— Sheeni, é verdade o que eu ouvi sobre o seu par no baile de Natal?

— É sim, o docinho do Vijay concordou em ser o meu par.

— Ah, que adorável — sorriu Carlotta. — Fico feliz que vocês não estejam permitindo que a extrema disparidade de alturas seja um empecilho para que se divirtam num evento social tão agradável.

— Eu sou quase da mesma altura que ela! — disparou o anão exótico.

— Claro que é — sorriu Carlotta. — Sheeni, espero que não esteja pensando em usar sapatos com salto. Isso, acredito, seria um erro.

— Ainda não tinha pensado nisso, Carlotta, mas é uma boa sugestão.

— E quem levará a adorável Carlotta para o baile? — intrometeu-se Vijay.

Antes que pudesse disparar uma resposta seca, a Sra. Trattini exigiu silêncio na sala.

No intervalo do almoço, aproveitando a minha nova liberdade, audaciosamente deixei o prédio da escola e fui para casa apressado: precisava ligar para Joanie. Minha irmã, parecendo mais perturbada do que de costume, atendeu no quinto toque.

— Nick! Eles estão deixando você fazer ligações?

— De quem você está falando?

— Da polícia — disse Joanie. — De Seattle.

— É por isso que eu estou ligando, Joanie. Houve um ligeiro engano. Eu não sei quem eles prenderam, mas não fui eu.

— Não foi você?

— É claro que não.

— Caramba, Nick. Nossa mãe não vai gostar nada disso. Ela acaba de colocar Lance num avião pra Seattle.

— Ótimo. Espero que aquele cretino caia da Space Needle.

— Nick, onde você está?

— Ah, por aí. Não se preocupe, Joanie. Eu estou bem. Não virei traficante. Está tudo bem. Eu até mesmo voltei para a escola.

— Nick, você não pode continuar com isso. Está nos deixando loucos.

— Joanie, eu estou bem! Não se preocupe. Que comoção é essa?

Eu ouvia vozes ao telefone.

— É o homem do Instituto Médico Legal — respondeu ela enigmaticamente.

Meus pensamentos dispararam. Imaginei o Dr. Dimby morto sobre o laptop — tombado no auge pelas pressões da academia e pela paternidade inesperada.

— Joanie — arfei —, quem morreu?

— Minha vizinha, Nick. A Srta. Ulansky. O pessoal da entrega das quentinhas a encontrou há cerca de meia hora. Parece que ela faleceu serenamente enquanto assistia a um filme.

— Isso é horrível — disse eu. — Qual era o filme?

— Nick, não seja mórbido.

— Não estou sendo mórbido. Os filmes eram muito importantes para ela. Qual era o filme?

— *Os dez mandamentos*. Por quê?

— Ela está nos braços de Deus, agora — respondi melancólico. — Ou pelo menos nos braços de Charlton Heston.

— Nick, como é que você ficou assim tão perverso?

— Instabilidade familiar.

— Bem, é melhor você ligar para nossa mãe. Ela acha que você estava transportando drogas porque foi raptado por criminosos.

— Uau. Parece que ela está começando a me dar o benefício da dúvida. Isso é um progresso. Não, Joanie, ligue você pra ela. Diga que eu estou bem. Diga que eu vou procurá-la qualquer dia, quando já for adulto.

— Nick, eu não posso dizer isso. Ligue pra ela.

— Vou pensar.

— Ligue pra mim. Fique em contato.

— Certo, Joanie. Como vai o Dr. Dimby?

— É Dindy, Nick. Ele está bem. Kimberly se mudou, então agora temos espaço para o... — Ela fez uma pausa. — Para nós.

— Isso é bom. Espero que vocês dois sejam muito felizes.

A mãe espiritual de Carlotta está morta. Que triste! E que adequado que a jovem Srta. Ulansky esteja tão bem-preparada para o luto. Qual seria afinal de contas a idade de Bertha Ulansky? Pelas minhas contas, nem um dia a menos do que 90 anos. Um dia, ela teve a idade de Carlotta, com toda uma vida à sua frente. Agora era motivo de incômodo para os vizinhos, uma inconveniência cotidiana para os funcionários do Instituto Médico Legal. Pelo menos, continuará a viver anonimamente em seus quatrocentos filmes. Morte: a censura final. Ela espera por nós com as tesouras de edição, enquanto as cores perdem o brilho e o celuloide lentamente se dissolve.

Deprimido com a transitoriedade da vida, resolvi tirar a tarde livre da escola para desfrutar de cada momento dourado, efêmero. Vinte minutos depois, cansado de viver a plenitude da vida, peguei a *Penthouse*, folheei a revista por algum tempo, lidei peremptoriamente com uma súbita E.T., espremi algumas espinhas novas e tirei um cochilo. A vida, concluí enquanto o tempo se dissolvia numa inconsciência sem ponteiros, continua.

17h45. Acordei do meu cochilo e, apressado, liguei para Fuzzy.

— Frank — falei animado —, sabe aquele favor que você está me devendo?

— Que favor?

— Você sabe: por separar a sua mãe e o meu pai.

— Grande separação, Nick. Acho que ela vai sair com aquele nojento hoje à noite. Ela foi ao cabeleireiro e depilou as pernas.

— Não se preocupe, Frank. Está praticamente feito. Agora, quanto ao favor. Sabe o baile de Natal?

— Sei. O que é que tem?

— Já convidou alguém?

— Quem posso convidar, Nick? Heather está em Santa Cruz.

— Ótimo. Frank, eu quero que você leve Carlotta.

— O quê?!

— Frank, você não tem um par. Carlotta não tem um par. Eles são o casal perfeito.

— Nick, você ficou doido. Eu não vou levar cara nenhum a baile nenhum!

— Frank, prometo que Carlotta vai estar bonita. E feminina. Ninguém nunca vai ficar sabendo disso.

— Sem chance, Nick. Ponto final.

— Está bem, Frank. Tenha um bom Natal com a sua mãe. E o meu pai.

— Eu vou ter que dançar com você, Nick? Não vou dançar música lenta com você!

— Certo, Frank. Nada de música lenta.

— E também nada de ficar de mãos dadas.

— Certo, Frank. Nada de demonstrações públicas de afeto. Mas eu *vou* esperar um belo ramo de flores para combinar com o meu vestido.

— Certo, Nick. Mas, se algum dia vazar que Carlotta é um cara, você está morto.

— É justo, Frank. A gente se vê no fim de semana?

— Devo aparecer por aí.

Os diários de Nick Twisp

— Quer ir às compras com Carlotta para escolher o vestido dela?

— Quer chupar meu lombo canadense?

— Só pensei em perguntar, Frank. Qual vai ser a cor do terno que você vai usar?

— Que tal cor-de-rosa?

— Frank!

— Certo, Nick. Azul, acho.

— Para combinar com a cor da sua cara.

— É — rosnou ele. — Bem, Nick, acho que é melhor eu ir limpar as sobrancelhas.

Meu primeiro baile do colegial! Não exatamente com o par dos meus sonhos, mas pelo menos terei o consolo de fazer hora por perto daquela pessoa querida. Será que Carlotta conseguiria esconder um bastão de choque para gado no vestido para usar contra indianos amorosos?

Como o tempo voa. Carlotta deve correr. Ela precisa arrumar-se para o jantar com a doce Apurva.

23h30. Estou de volta. Que noite! Planejamos uma noite tranquila com uma boa amiga e acabamos encolhidos num arbusto na escuridão gelada.

Como é do seu costume, Carlotta chegou ao Carpa Dourada dez minutos mais cedo. Sentada a uma das melhores mesas da casa, sob um pagode de pau-rosa entalhado, e atendida por Steve, o garçom chinês que caminhava resoluto em direção à calvície, Carlotta bebericava seu chá e esperava. Sete da noite, 7h15, 7h30. Nada de Apurva. Às 8h10, quando a agora faminta Carlotta estava prestes a pedir o solitário Jantar Econômico para uma pessoa, a porta se abriu e Sheeni Saunders entrou apressada — ardentemente arfante e dolorosamente linda. Meu coração batia com o deleite da surpresa quando o Meu Grande e Único Amor se apressava em direção à minha mesa.

— Ah, Carlotta, você ainda está aqui — disse Sheeni. — Espero que não tenha aguardado muito.

Carlotta sorriu com simpatia para ocultar a o quanto estava confusa. Será que teria confundido a querida Sheeni com a doce Apurva? Será que a prodigalidade no uso de Seduction provocava perda de memória?

— É... não, Sheeni — gaguejou Carlotta. — Por favor, sente-se. Você chegou a tempo.

Agora era a vez de Sheeni de parecer confusa. Ela estacou no movimento que fazia para pendurar o casaco.

— A tempo para quê, Carlotta?

— Para o que quer que você queira. Jantar, por exemplo?

— Ah, eu já jantei — disse Sheeni, deslizando para a cadeira ao meu lado e tirando as luvas. — Há horas. Mas, por favor, peça. Apurva não virá.

— Ah, não? — perguntou Carlotta, ao mesmo tempo aliviada, desapontada e excitada.

— Não. O docinho do Vijay acaba de me ligar com as más notícias. Apurva está de castigo. Ela não conseguiu falar com você, então pediu a Vijay que viesse até aqui. Mas ele ligou pra mim.

— Ah, entendo — disse Carlotta, para então chamar Steve e pedir o Jantar Econômico para uma pessoa. Sheeni conferiu o cardápio e pediu um cappuccino — algo que o cauteloso Nick nunca faria num restaurante chinês. Mas ele gostava de mulheres que vivem perigosamente.

— Eu não sabia que você conhecia Apurva — disse Sheeni.

— Ah, nos conhecemos recentemente, Sheeni. Cidade pequena, você sabe.

— Sim, pequena demais, Carlotta.

— Sinto muito em ouvir que Apurva está tendo problemas com os pais. Você sabe o que aconteceu?

— Vijay me contou por alto. Na semana passada, Apurva disse aos pais que ia para o recital de um coral em Willits, mas passou a noite sozinha com Trent Preston. Eles acabaram descobrindo.

Sempre alerta para a traição, Carlotta farejou um rato:

— E como eles descobriram?

Sheeni examinava casualmente o imenso pau-rosa acima deles.

— Eles nunca espanam essa coisa?

— Como eles descobriram? — repetiu Carlotta.

— Uma carta relatando o suposto incidente chegou hoje pelo correio. Não estava assinada.

— A afirmação deve ser falsa — destacou Carlotta.

— O Sr. Joshi ligou para os pais de Trent e confirmou que eles estavam numa convenção na noite em questão. Ele também ligou para regente do coral de Apurva, que disse que ela pediu dispensa do recital daquela noite por motivos de saúde. Confrontada com essas provas, Apurva confessou.

— Pobre Apurva — suspirou Carlotta. — Ela faria algo assim tão tolo?

— Sim — disse Sheeni —, e agora infelizmente precisou faltar ao jantar de vocês.

— Quem você acha que mandou a carta? — perguntou Carlotta. — Não acredito que muitas pessoas soubessem disso.

**Os diários de Nick Twisp**

— Muito poucas, acredito.

— Você sabia, Sheeni? — perguntou Carlotta, casualmente.

— É possível — respondeu ela, tão casualmente quanto. — Acho que Vijay pode ter dito algo a respeito.

Finalmente, o há muito adiado arroz chop suey de Carlotta chegou, mas a minha fome evaporou. A situação estava dolorosamente clara. Sheeni enviara a carta. Ela ainda amava Trent e queria Apurva fora da vida dele. Como um idiota, ajudei naquela trama. Em vez de aconselhar o resguardo da virgindade, deveria ter aconselhado Apurva a exigir o que era dela por direito: a posse imediata e passional de Trent Preston. Enquanto aquele poeta demente vagar por aí, não terei paz. Devo convencer o Meu Amor que Trent está para sempre fora de alcance.

Enquanto Carlotta ruminava, Sheeni devolveu o cappuccino. E fez o mesmo uma segunda vez.

— Recomendo o chá — disse Carlotta levantando a xícara. — Os chineses têm mais experiência com esta bebida.

— Eu não chamaria essa coisa de chá — disse Sheeni olhando para o meu prato. — Carlotta, você não vai comer o rolinho?

— Não. Não estou com muita fome. Pode pegar, Sheeni.

Sheeni comeu o rolinho, a maior parte do arroz e uma porção considerável do camarão com legumes. Isso atraiu um olhar carrancudo de Steve, ainda magoado com a rejeição do seu cappuccino. O cardápio salientava, muito claramente, que o Jantar Econômico para uma pessoa *não* podia ser dividido. Steve, eu sabia, levava esse tipo de assunto a sério. Ele trabalhava dezoito horas por dia, sete dias por semana e, consequentemente, via a vida como uma luta amarga pela existência. Estranhamente, eu não trabalho uma hora sequer, mas tenho compartilhado uma filosofia semelhante.

Ignorando os suspiros de ultraje de Steve, Sheeni perguntou a Carlotta sobre a escola na Suíça.

— Carlotta, o seu internato ficava numa região suíça de língua francesa, alemã ou italiana?

Eu não entraria naquela armadilha.

— Na região de língua inglesa, Sheeni — respondeu Carlotta.

Sheeni pousou os palitinhos.

— Região de língua inglesa?

— Por assim dizer. O principal foco da escola era inculcar nos alunos conhecimentos do inglês. Que era a única língua permitida na escola e, inclusive, nas regiões vizinhas.

— Então você não teve a chance de aprender uma língua estrangeira?

— Não. Aprendi apenas o inglês vacilante dos não nativos. E incorporei um sotaque horrível, ou pelo menos era o que mamãe dizia.

— Como vai a sua mãe? — perguntou Sheeni, levando uma colher ao meu sorvete.

— Bem, obrigada — mentiu Carlotta. Nas atuais circunstâncias, ela não sentia que podia dividir sua dor com a amiga.

Conversamos por outra meia hora — Sheeni querendo saber sobre a minha vida glamourosa em Hollywood, o irritado Steve tentando nos fazer pagar a droga da conta e sair, a doente de amor Carlotta pensando apenas em agarrar sua conviva e violentá-la no velho tapete vermelho. Finalmente, com um de nós satisfeito, levantamos da mesa e Carlotta pagou a conta. Ela notou com surpresa que Steve cobrou dois dólares pelo cappuccino rejeitado e outros dois por um "prato extra". Quanto à segunda cobrança, ela protestou em silêncio deixando uma gorjeta mais magra do que de costume.

— Obrigada pelo cappuccino — disse Sheeni enquanto caminhávamos para a escuridão gelada.

— O prazer foi todo meu — respondeu Carlotta, tremendo sob o vento congelante. — Quer que eu acompanhe você até em casa, Sheeni?

— Obrigada, Carlotta, mas eu não vou pra casa.

— Ah. E para onde vai numa noite tão gelada? — perguntou Carlotta, fingindo casualidade da melhor forma que conseguiu.

— Para a casa de Vijay. Ele alugou um filme francês. Vamos assistir juntos na casa dele.

— Sério? — disse Carlotta, por entre os dentes apertados com fúria. — Não está um pouco tarde para assistir a um filme?

— Claro que não, Carlotta — riu ela. — Ainda são 9h30. Não seja assim tão certinha.

— E que filme vocês vão assistir, Sheeni?

— Um filme de Truffaut. *Beijos roubados*, acho.

Carlotta foi sacudida por aquele golpe doloroso.

— Bem — resmungou ela —, divirtam-se.

— Farei o possível — respondeu divertida o Meu Amor. — Algum recado para a pobre Apurva?

— Sim, diga para ela não se desesperar. E que o amor vencerá. Ela e Trent estarão juntos em breve, tenho certeza disso.

A luz se apagou do sorriso de Sheeni.

**Os diários de Nick Twisp**

— Tanta confiança pode ser um exagero, Carlotta. Mas transmitirei seus sentimentos se surgir a oportunidade. Boa-noite.

— Boa-noite, Sheeni.

Separada da fonte de sua dor, Carlotta marchou para casa imersa num desespero sombrio. Um jantar a sós com A Mulher que Amo, e tudo o que isso rendeu foi desconforto gástrico, dor de cabeça aguda e um caso grave de fúria homicida. Meu estado de espírito não melhorou quando — depois de se esgueirar ao redor da garagem pelo beco — Carlotta viu um grande Lincoln prateado estacionado em frente à casa da falecida senhora DeFalco.

— Merda! — murmurou ela. — É o carro da mãe de Frank!

E onde se encontra Nancy DeFalco, com seus sutiãs com armação e excesso de desejo sexual, o meu pai destruidor de lares pode estar perto.

Esgueirando-se pelas moitas que circundam a casa, Carlotta percebeu luz numa janela, ergueu o corpo com as pontas dos dedos e espiou pela abertura estreita. A 2m de distância, duas morsas se atracavam sob a colcha antiga. Era um casal de adúlteros trepando na minha cama.

— Diabo! — murmurou ela, para então relaxar os braços e deslizar de volta para a escuridão espinhosa. — Que audácia a de certas pessoas!

Encolhida contra o reboco gelado, Carlotta ouviu com fascinação chocada os grunhidos, gemidos libidinosos e batidas molhadas de uma transa de meia-idade.

— Caramba — observou para si mesma —, é como estar no chiqueiro de uma feira de agricultura.

Com a intensificação dos gemidos, percebi a gravidade da situação. Vestido de mulher, eu espiava às escondidas meu pai fazendo amor com a mãe do meu melhor amigo, que certa vez tentou me seduzir. Que dia terá o meu futuro analista com o relato deste episódio! Mesmo agora, enquanto escrevo, posso sentir novas estalactites de neurose aflorando na minha psique tortuosa.

Pouco depois do clímax traumático, o telefone tocou.

— Quem pode ser? — ouvi Nancy perguntar.

— Eu não estou aqui! — disse o meu pai, que então acendeu um charuto. (Mais trabalho para o meu analista!)

— Alô? — disse Nancy. — Não, desculpe, não tem ninguém aqui com esse nome. Quem? Ela se parece com quê? Não, certamente não. Você deve ter ligado para o número errado. Pois não. Boa-noite.

— Quem era? — perguntou o meu pai.

— Alguém querendo falar com uma tal de Carlotta.

— Que Carlotta? — perguntou ele.

— Não sei. Mas disse que era um recado importante. Queria dizer a Carlotta que ela parecia com Liberace.

Vá se catar, Tina!

— Liberace, o pianista? — perguntou meu pai.

— Que outros Liberaces existem por aí? — retrucou ela.

— Se ela se parece com Liberace — observou o meu pai — esta Carlotta deve ser uma garota *fe-e-eia*.

Vá se catar ao quadrado!

— Sabe, George — disse ela —, você se parece um pouco com Liberace.

— Ah, vai! — respondeu ele.

— Sério, parece. Um pouco... Os olhos, principalmente. É uma pena que não tenha o talento musical dele.

— Aquele fresco era mais esquisito do que uma nota de 3 dólares — retrucou meu tolerante pai.

— Ele tinha mais alma do que a maioria das pessoas que eu conheço — disse Nancy. — E mais dinheiro.

— E o que isso quer dizer? — exigiu saber o meu pai.

— Descubra você mesmo, George. E apague esse charuto fedorento!

Muitos minutos gelados depois, enquanto vestiam as roupas, ouvi Nancy gritar: "Aquele rato!"

— O que aconteceu, Irene? — perguntou o meu pai, aparentemente confundindo o nome da namorada.

— Sumiu! — respondeu ela. — O dinheiro!

— Que dinheiro? — perguntou ele, com a curiosidade naturalmente nas alturas.

— O dinheiro de Polly! Mais de 2 mil dólares! Eu tirei da calça dele enquanto os policiais o tiravam da banheira. E escondi nessa gaveta. Merda!

— E o que aconteceu com ele? — inquiriu meu pai.

Eu ouvi os sons de gavetas sendo vasculhadas furiosamente e as delicadas lingeries de Carlotta serem atiradas pelo quarto com selvageria.

— Sumiu — disse Nancy. — Aquele rato pegou o meu dinheiro.

— Que rato? — perguntou o meu pai, ansioso.

— Aquele rato nojento e dissimulado com quem me casei — respondeu ela. — A outra cópia, a única, está com ele.

— Merda! — exclamou o meu pai, claramente desgostoso com a perda súbita de riqueza vicária.

## Os diários de Nick Twisp

— Ele provavelmente está trazendo as amantes para cá — continuou ela.

— As toalhas do banheiro e o piso da banheira estão úmidos e eu vi três latas de grão-de-bico no lixo.

— E? — perguntou o meu pai.

— E Dom adora grão-de-bico. Eu me recuso a servir grão-de-bico porque a casa fica fedendo dias a fio, mas a mãe dele costumava comprar caixas daquilo. Ele provavelmente transa com as vadias na cama dela.

— Que rato! — disse o meu pai, provavelmente contemplando a cena das próprias safadezas recentes.

— Só uma coisa não está batendo — acrescentou ela.

— O quê?

— A banheira — disse Nancy. — Aquele rato porco odeia tomar banho.

Vinte minutos depois, quando o Lincoln enorme finalmente sumiu de vista, uma Carlotta quase hipotérmica entrou cambaleando na casa e olhou em profundo desalento para seu quarto violado: roupas espalhadas por todo lado, lingerie cara pendurada no lustre, a cama em desordem: o colchão torto, travesseiros e cobertores em desordem, uma mancha grande e fedorenta profanando o centro do lençol outrora virginal. E um charuto apagado na minha garrafa de água quente.

Estou cansado demais para limpar essa bagunça, vou me contentar com o sofá. Pelo menos ainda tenho meu dinheiro e um pato para levar a culpa pelo grande roubo. Acredito que o filme francês já deve ter acabado a essa altura. *Beijos roubados*. Espero que seja um policial, e não — como temo — um romance sensual. Danem-se esses franceses! Dane-se Vijay! Danem-se todos!

**SÁBADO, 13 de dezembro** — 02h47. Acabo de acordar de um pesadelo, e de ter uma dessas revelações que vêm, como diria Frank, nas primeiras horas da manhã. Nancy estava certa: meu pai se parece com Liberace.

Principalmente os olhos.

09h52. Noite dura num sofá macio. Para me animar, Carlotta comprou o jornal e foi para a doceria em que geralmente toma o café da manhã.

Devorando um pedido duplo da escolha de sempre, leu com interesse os últimos desdobramentos da apreensão de drogas em Seattle. Ao que parece, um policial do departamento de polícia de Oakland foi até a cidade e, para irritação de praticamente todos, identificou o suspeito como um impostor. Foi declarado também que o suspeito poderia ter entrado despercebido no país não fosse pelo carimbo suspeito da imigração, obviamente uma fraude, em seu passaporte. (Espero que os escoteiros não insistam na devolução do meu kit de impressão.)

A reportagem destaca ainda que as autoridades agora temem que o verdadeiro Nick Twisp tenha sido vítima de criminosos na Ásia. De acordo com a Associated Press, posso ter sido vítima de assassinato! Será que Sheeni ouviu as últimas notícias?

Cinco minutos depois, tive a oportunidade de receber a resposta, quando o Meu Grande e Único Amor entrou para o seu cappuccino matinal.

— Sheeni, você já soube? — perguntou Carlotta. — Não foi o seu amigo Nick que eles prenderam em Seattle!

Sheeni, com aparência radiante (de ansiedade?), sentou-se na cadeira em frente à minha com o cappuccino duplo e três bombas de xarope de maple. Claramente, a dor não interferiu em seu apetite.

— Nunca imaginei que fosse — respondeu ela com calma.

— Não acredito que Nick tenha capacidade para o tráfico internacional de drogas. E você, Carlotta, tudo bem? — perguntou ela com a maior tranquilidade.

— Para dizer a verdade, Sheeni, estou preocupada. Os jornais estão dizendo que o seu amigo pode ter sido vítima de um crime na Ásia. Não está preocupada?

— Não exatamente — respondeu Sheeni, bebericando o café.

— Por que não? — insistiu Carlotta, chocada.

— É pura especulação, sem qualquer base em fatos. Provavelmente roubaram a carteira dele. Ouvi dizer que esses crimes de rua são muito comuns no Terceiro Mundo. E os passaportes americanos estão entre os preferidos. Não, tenho certeza de que Nick estava distraído e roubaram o passaporte dele.

— Para mim, isso soa demais como botar a culpa na vítima, Sheeni — disse Carlotta com severidade. — Se Nick está bem, por que ele não entrou em contato com você?

— Ah, mas ele entrou em contato comigo, Carlotta — respondeu Sheeni.

— Entrou? — exclamou Carlotta incrédula.

— Isso mesmo. Recebi uma carta dele há alguns dias.

Será que o excesso de açúcar e cafeína estaria afetando a minha audição?

— Sheeni, você está me dizendo que recebeu uma carta de Nick?

— Sim, Carlotta. Isso é assim tão surpreendente?

— É... acho que não. E o quê, exatamente, ele dizia?

— Aqui, leia a carta se quiser.

**Os diários de Nick Twisp**

Sheeni tirou um envelope branco comum da bolsa e o entregou a Carlotta. Surpreso, notei que o envelope trazia diversos selos indianos autênticos e um carimbo aparentemente genuíno do correio de Pune. Dentro, havia uma única folha de papel de carta com esta extraordinária mensagem datilografada:

Querida Sheeni:

Cheguei bem em Pune e as minhas aulas começarão amanhã. Estou hospedado na casa de uma família simpática do outro lado do rio, no bairro de Deccan Gymkhana. Eles têm uma filha que regula com a minha idade, e ela foi muito atenciosa ao me apresentar os principais pontos de sua cidade magnífica. Ela gosta de literatura e estamos tendo conversas estimulantes que entram noite adentro. Não me lembro de ter conhecido outra garota tão culta. Nayama também é muito bonita e caseira.

Sheeni, estou me apaixonando por este país maravilhoso e sua gente amistosa. Acho que ficarei muitos anos por aqui. Se não voltarmos a nos encontrar, lembre-se de mim com carinho e saiba que estou feliz.

Rezo pela sua felicidade nos Estados Unidos ou na sua amada França, e que se case com o rapaz certo, que será, com certeza um marido dedicado. Adeus e boa sorte!

Atenciosamente,
Nick Twisp

— Uma carta interessante — comentou Carlotta, fervendo por dentro. — Mas não é estranho que os elogios quanto a ela ser bonita e caseira apareçam na mesma frase?

— Ah, Vijay me explicou isso — respondeu Sheeni, pegando a carta de volta. — Na Índia é um grande elogio dizer que uma moça é caseira; que pode ser entendido como dedicada ao lar e possuidora de desejáveis habilidades como dona de casa. Portanto, é muito pouco provável que eu venha a ser um dia descrita como caseira.

— Certamente — concordou Carlotta. — Mas, Sheeni, você não acha estranho que Nick usasse uma acepção tão arraigadamente cultural da palavra pouco depois de chegar ao país?

— Não é tão estranho — respondeu Sheeni. — Talvez a culta Nayama tenha se vangloriado do fato de ser caseira... noite adentro.

— E, Sheeni, é comum que Nick datilografe as cartas dele e as assine com "atenciosamente"?

— Não. Ele sempre as escreve à mão com aquela caligrafia afetada e as encerra com declarações emocionadas de devoção eterna. Agora que você mencionou, esta carta não tem o fulgor de Nick. Mas talvez possamos atribuir isso a um ligeiro amadurecimento do estilo.

— Sheeni, até mesmo a assinatura foi datilografada. Quem mandaria uma carta a um amigo querido sem ao menos assinar o próprio nome?

— O que você quer dizer, Carlotta?

— Que a minha opinião profissional é que essa carta é uma farsa.

— Ah, Carlotta — zombou ela —, você está lendo romances policiais demais. Quem poderia querer falsificar uma carta de Nick?

— Um rival pelo seu amor — propôs Carlotta. — Alguém com amigos ou parentes em Pune que pudessem remeter a carta, de modo que o carimbo fosse genuíno. Alguém que usaria uma palavra com forte carga cultural por ser, ele próprio, um estrangeiro.

— Vijay nunca faria uma coisa assim — insistiu Sheeni. — Ele é honrado demais. Por outro lado, eu esperaria uma maquinação dissimulada como essa de Nick.

Carlotta preferiu fazer vista grossa àquela calúnia.

— Por falar no nosso honrado amigo indiano, como foi o filme ontem à noite?

— Uma tremenda decepção, infelizmente. A cópia era dublada. Duas horas de Jean-Pierre Leaud numa terna busca irresponsável com um sotaque americano fanhoso. Fiquei enojada.

— Oh — disse Carlotta. — A violência gratuita foi assim tão excessiva?

— Você não entendeu, Carlotta. Fiquei enojada pela frieza com que um filme importante foi assassinado para torná-lo palatável aos americanos. Não é nada violento. É um dos líricos romances inovadores da *nouvelle vague*.

Mais notícias terríveis.

— Apurva e o Sr. Joshi gostaram do filme? — perguntou Carlotta, esperando pelo melhor.

Sheeni me dirigiu um olhar confuso.

— Eles estavam dormindo, Carlotta.

— Todos? — perguntou ela baixinho.

**Os diários de Nick Twisp**

— Bem, Apurva saiu do quarto uma vez para beber água. Ela não me parece muito bem.

— Espero que ela não tenha interrompido nada — disse Carlotta.

— Não — respondeu Sheeni enigmaticamente. — O filme tinha acabado de começar.

Pelo bem da sanidade que ainda me restava, escolhi não me aprofundar na interpretação desse comentário.

10h45. A caminho de casa depois de sair da doceria, Carlotta se encontrou com Fuzzy, que estava à toa com a multidão de juventude transviada que geralmente se formava aos sábados em frente ao tribunal.

— Oi, Carlotta — chamou ele.

— Oi, Frank — respondeu ela distraída. — Diga, Frank, qual é uma boa forma para se livrar de um corpo?

— Um cadáver? — perguntou Fuzzy.

— É claro.

— Leve para a floresta e enterre. Mas cave fundo, para que os porcos–do-mato não o desenterrem. Ou jogue o corpo no triturador da fábrica de compensado. Por outro lado, isso é mais arriscado.

— E que tal enterrar no concreto?

— Essa é outra boa opção. Compacte-o ou então despeje uma boa camada. Talvez renda um belo pátio. O que tem em mente, Carlotta?

— Ah, só estou pensando, Frank. A fábrica de concreto do seu pai está funcionando?

— Não. Fechada por aqueles peões grevistas. Graças ao velho amigo comuna daquele seu pai.

— Droga! Mas as greves não duram para sempre.

— Pode ser que essa dure — disse Fuzzy com ar sombrio.

— Mas me diga, Frank. Que horas sua mãe chegou em casa ontem à noite?

— Tarde, Carlotta. Caramba, e o bicho pegou. Desci essa manhã e encontrei dois buracos novos na parede. Então decidi ficar na minha hoje.

— Que droga, Frank! Por que eles brigaram?

— O de sempre, acho. Dinheiro e sexo.

— Frank, sua mãe e o meu pai apareceram na casa da sua avó ontem à noite.

— Apareceram? — perguntou Fuzzy alarmado. — E onde você estava, Carlotta?

— Do lado de fora, congelando no meio das moitas.

— Então eles não viram você?

— Acho que não, Frank.

— Que bom! O que eles estavam fazendo?

— O que você acha que eles estavam fazendo? E na cama da sua avó, ainda por cima!

— Puta merda! — disse Fuzzy. — Que nojo. E você os viu?

— Ouvi, basicamente.

— Meu Deus, que nojo! — O corpo dele estremeceu. — Carlotta, é o seu pai que você quer apagar? Se for, pode contar comigo.

— Não, Frank. Acredite em mim, já cuidei do meu pai. Ele não vai molestar Nancy por muito tempo.

— Quem é Nancy?

— O nome da sua mãe não é Nancy?

— Não! O nome dela é Irene. Por quê? O nome da mulher era Nancy? Talvez não fosse a minha mãe!

— Frank, era a sua mãe. Acredite em mim, reconheci o carro. — (E o busto.)

— A minha mãe transando com o seu pai. Não posso acreditar. Carlotta, acho que vou surtar.

— Bem-vindo ao clube, Frank — falei, ajeitando o sutiã.

17h37. Estou de volta! Quatro torturantes horas de procura ininterrupta por um vestido no shopping e nada, a não ser uma grande mancha roxa no ego de Carlotta. É desesperador. Todos os vestidos longos do meu tamanho em Ukiah são sem alças, decotados ou sem alças e decotados. Não existe a menor possibilidade de eu aparecer no baile de Natal com um vestido daqueles. Não tenho corpo pra isso. Talvez Carlotta deva engolir o orgulho, enfrentar estoicamente o problema e ir ao baile com um vestido da vovó DeFalco.

18h10. Um lampejo de esperança. Carlotta ligou para Sheeni para pedir um conselho e foi convidada a acompanhar o Meu Amor em uma expedição de compras amanhã nas butiques da moda de Santa Rosa. Essa é a boa notícia. A má notícia é que teremos a companhia da mãe de 5 mil anos dela — que, segundo Sheeni, não vê a hora de me conhecer!

22h05. Cara, que noite! Nunca abra a porta quando sentir-se emocionalmente vulnerável.

Enquanto fazia as unhas depois do jantar, Carlotta foi alarmada por uma batida à porta de trás. Ela ajeitou o vestido, vestiu a peruca, retocou o batom e foi investigar.

**Os diários de Nick Twisp**

— Quem é? — disse ela.

— Sou eu — respondeu uma voz conhecida.

Carlotta abriu uma fresta na porta.

— Ah, oi, Bruno. O que posso fazer por você?

Interpretando a pergunta como um convite, Bruno abriu caminho até a cozinha.

— Oi, Carly — disse ele. — E aí, gata?

— Gata?

— Tudo em cima? O que uma gatíssima como você está fazendo aqui sozinha num sábado à noite?

— Não estou sozinha, Bruno — respondeu Carlotta, nervosa. — Meus pais acabam de sair. Eles foram comprar uma revista, acho que de crítica literária. Eles devem voltar a qualquer minuto.

— Eu não vi carros entrarem ou saírem, Carly. A não ser por aquele Lincoln grandão ontem à noite.

— Aquele... aquele é o carro do meu pai. Ele deve voltar logo, Bruno. É melhor você ir. Meu pai não gosta que eu ande na companhia de homens mais velhos.

Bruno puxou uma cadeira e sentou-se à mesa da cozinha.

— Vou esperar, Carly. Não tenho nada pra fazer. Faz um tempão que quero conhecer seus pais, somos vizinhos e tudo mais. Por que você tá sacudindo as mãos desse jeito?

— Estou secando as unhas, Bruno.

— Que cor é essa?

— Insensatez Hedonista. Você gosta?

— É legal. Mas parece vermelho pra mim. Tem cerveja aí, Carly?

— Acabou nesse instante, Bruno. Desculpe.

— E um vinhozinho?

— Isso, eu tenho. Mas você não vai gostar.

Carlotta serviu um pouco de vinho vagabundo oxidado para a visita não convidada. Ele entornou o vinho, sorriu e estendeu o copo.

— Pode encher dessa vez, Carly. Esse troço é ótimo. Não seja assim tão tímida.

Atendi o pedido com relutância, então servi um copo para mim também. Bruno levantou o copo.

— Para a minha vizinha — disse ele.

Brindamos.

— Quem quer que ela seja — acrescentou Carlotta, e bebeu com um tremor.

Bruno tomou outro gole e olhou para os meus seios.

— Como... como vai Candy? — sondou ela.

— Sei não — disse Bruno com um arroto. — Larguei aquela vadia.

— Você terminou com Candy? — perguntou Carlotta, pasma.

— Terminei. Disse pra ela se espalhar em outro lugar.

— Por quê, Bruno? Candy Pringle é linda!

— Mas isso não quer dizer que seja boa de cama — respondeu ele, olhando esfomeado para o corpo de Carlotta. — Além do mais, o nariz daquela vadia é empinado demais.

— Sinto muito — disse.

Você não sabe quanto!

— Não estou nem aí, Carlotta — disse ele, afogando as mágoas em vinho barato.

— Bruno, Candy é a rainha do baile de Natal. Você não vai levá-la?

— Aquela vadia vai com Stinky Lambert. Se ele viver até sexta-feira.

— Stinky Lambert?

— Stinky Lambert — confirmou Bruno. — Um cara que nunca fez um arremesso para *touchdown* na vida. Na curta vida dele.

— Sinto muitíssimo — repetiu Carlotta.

— Não tô nem aí — repetiu Bruno. — Carly, quer ir ao baile comigo?

Afundei na cadeira golpeado pela surpresa.

— Desculpe, Bruno — gaguejei. — Eu vou com outra pessoa.

— Com quem? — pressionou ele.

— Fuzzy DeFalco.

— Fuzzy DeFalco! — exclamou Bruno. — Você está falando daquele assistente técnico peludo do time de futebol?

— Ele é um bom rapaz, Bruno.

— Carly, aquele peludo tapado é ainda pior do que Stinky. Ele nem conseguiu entrar no time, pelo amor de Deus!

— Bruno, eu não necessariamente avalio meus pares em potencial com base na perícia esportiva.

— O quê, Carly?

— Bruno, eu não me importo se Fuzzy não é um bom atleta.

— É, mas ele também não é nada popular. Ele não é nenhum Einstein. Muito menos boa-pinta. Por que você vai pro baile com ele?

Os diários de Nick Twisp

— Porque ele me convidou e eu aceitei.

— Ele pode mudar de ideia de uma hora pra outra. Talvez tenha um estiramento na academia.

— Bruno! Não ouse fazer nada com Fuzzy! Se eu não puder ir ao baile com ele, ficarei em casa. E nunca mais falo com você!

— Certo, Carly. Fique fria. Ou não, se estiver com tesão.

— Bruno, por favor termine o seu vinho e vá embora.

— Carly, você e esse Fuzzy estão transando?

— Isso não é da sua conta, Bruno.

— Pensando bem, eu vi aquele babaca entrando aqui escondido. Tenho certeza de que ele faz você apagar todas as luzes. Carly, quer saber com o que aquele cara se parece pelado? Com uma palha de aço enferrujada gigante!

— Bruno, você é difícil de aguentar. Por favor, vá embora.

— O que você vai fazer se eu não for? — perguntou ele, que começava a enrolar a língua.

— Bruno, por favor, seja educado.

— Eu quero mais vinho.

— Se eu der mais vinho você vai embora?

— Certo — respondeu ele. — Fechado. Mas eu estou cansado. Vamos terminar o vinho no quarto.

— Não, Bruno. Vamos ficar aqui.

— Qual é, Carly? — insistiu ele, levantando-se e agarrando o meu braço. — Vamos dar uma relaxada no velho vestiário.

Empurrei o bruto bêbado, que cambaleou até esbarrar no fogão.

— Caramba, Carly — disse ele surpreso. — Você é bem fortinha pra uma garota. Quer lutar?

Peguei uma faca de pão no escorredor.

— Cai fora, Bruno — disse Carlotta com firmeza.

— Essa coisa tá carregada? — perguntou Bruno, olhando para a lâmina serrilhada de 30cm.

— Está, e eu estou preparada para usá-la.

— Carly, eu gosto de você — choramingou Bruno. — Não te dei carona na minha Harley?

Bruno tinha uma Honda, mas achei melhor não entrar nesses pormenores.

— E eu agradeço a sua consideração, Bruno. Mas não gosto de comportamentos grosseiros como este.

— Desculpe, Carly — disse ele, esfregando a mãozona no rosto. — É que eu... eu gosto tanto de você, e quero provar isso. Da única forma que um homem pode!

Será que foi essa cantada que conquistou Candy?

— Bruno, a melhor coisa que você pode fazer para provar que gosta de mim é me tratar com respeito. Vá embora. Agora!

— Certo, certo, Carly. Eu vou — disse ele se dirigindo à porta. — Desculpe se eu te ofendi. Algumas garotas gostam de uma pegada mais forte.

— Mas eu não! — declarou Carlotta, ainda com a faca na mão.

— Ainda somos amigos, Carly?

— Acho que sim, Bruno.

— Então que tal um beijo de amigo? De boa-noite?

— Não posso, Bruno.

— Por que não?

— Hã... Fuzzy não ia gostar.

— Esse Fuzzy que se foda! — disse ele, com um tom agressivo que voltava a se esgueirar em sua voz. — Eu não vou embora até você me dar um beijo!

— Isso é impossível, Bruno.

— Por quê?

— Eu... eu... tenho uma DST.

— Não tem, nada. Além disso, não dá pra pegar doença com um beijo. O técnico que me disse. Então relaxe, Carly. A não ser que queira passar a noite aqui com essa faca na mão.

A essa altura, diário, devo admitir que estava desesperado.

— Está bem, Bruno. Eu vou lhe dar um beijo. Mas não vou largar a faca. Então não tente nada.

— Fechado. Vem cá, gata.

Relutante, Carlotta se aproximou de Bruno até que estivessem separados apenas pela lâmina. Cuidadoso, consciente da faca entre eles, Bruno a envolveu com um braço enorme e a puxou para seus lábios grosseiros. Eles se beijaram. Fogos de artifício de um lado (presumo), extrema aversão do outro. Não foi tão ruim depois que ele parou de tentar enfiar a língua entre os meus dentes. Finalmente, como uma cirurgia de canal, aquilo acabou.

— Valeu, gata — disse ele saboreando minha saliva. — Isso foi legal. Mudou de ideia a respeito do baile?

— Não, Bruno. Já dei a minha palavra a Fuzzy.

— É uma pena! Acho que vou precisar matar Stinky e levar Candy.

**Os diários de Nick Twisp**

— Faça isso, Bruno — disse Carlotta. — Parece um ótimo plano. Boa-noite.

— Boa-noite, Carly. Obrigado pelo vinho.

Então, milagrosamente, ele saiu e a trava foi fechada em segurança.

E Frank se queixa de que as noites de sábado são as mais solitárias da semana. Muitas vezes, um cara não sabe quando tem sorte!

**DOMINGO, 14 de dezembro** — 19h45. Estou de volta da cidade grande. Que dia agradável! Fomos à rua comercial no centro de Santa Rosa e a um shopping grande, além do shopping chique na zona leste da cidade. Depois de se aproximar de um estado de quase desespero, Carlotta encontrou um adorável vestido de *chiffon* azul com mangas três-quartos, corpete com contas e gola alta rendada e um ousado decote nas costas.

Hesitei a princípio, mas Sheeni insistiu que era a "perfeição personificada". Um sutiã será impossível, claro, então não tenho certeza de como resolver esse problema para Carlotta. Talvez *silver tape* seja a solução. Vestido, luvas e sapatos (saltos altos!) por 368 dólares e 17 centavos. Ser uma jovem mulher nas rodas sociais certamente torra uma boa grana. Gostaria de ter pais ricos como Sheeni.

Tive de gastar outros 4 dólares e 89 centavos com uma bolsa de festa totalmente inútil. Posso até ser capaz de atulhar aquilo com batom, sombra e lápis, mas o que vou fazer com o blush e as pastilhas de menta? Acho que Fuzzy vai ter de guardá-los pra mim. Que bom que não preciso me preocupar com tampões! Precisaria decorá-los com falsos brilhantes e usá-los como brincos.

Isso me lembra de uma coisa. Sheeni está insistindo que eu fure as orelhas. Outro sacrifício doloroso que farei por amor, e tenho apenas 14 anos. Quando isso vai ter fim?

Apesar de ser uma velha beata pirada, a mãe de Sheeni é capaz de baixar a guarda e ser uma companhia surpreendentemente agradável. É lógico que longos anos de prática intensiva fizeram de Sheeni uma mestre em manipulação materna. Sob hábil adulação da filha, a Sra. Saunders dirigiu mais de 300km em meio ao trânsito pesado das compras de fim de ano, pagou-nos um belo almoço e assinou cheques num total de quase 700 dólares pelas compras vistosas da filha para o baile.

Quanto a Carlotta e a Sra. Saunders, elas se entenderam como duas almas gêmeas intergeracionais. Acho que ela aprova a amizade da filha com Carlotta, que se veste de modo conservador, é respeitosa com os mais velhos e age como uma dama. Além disso, disse a ela durante o almoço que penso em fazer trabalho missionário quando terminar a faculdade. Ela ficou extasiada e me convidou a ir com elas para a igreja no próximo domingo. Também concordei em acompanhá-la em preces pela libertação do filho das tentações da carne (Lacey).

Carlotta teve ela própria uma experiência de primeira mão neste particular enquanto ajudava a amiga a experimentar um dos vestidos. Apenas nós dois juntos numa área reservada com 12 provadores. Que choque quando Sheeni se preparou para se apertar naquele primeiro vestido fúcsia.

— Minha nossa, Sheeni — observou Carlotta —, você não está usando sutiã.

— Bem, estou procurando algo sem alças — respondeu ela, puxando para cima a parte da frente do vestido apertado. — Então achei melhor não usar um hoje. Espero que não tenha ofendido você.

— Ah, de jeito nenhum — disse Carlotta, sentando-se e se esforçando para pensar na bolsa de valores. — Somos só garotas aqui.

Carlotta foi mais modesta. Ela entrou sozinha nos provadores e obstinadamente declinou a graciosa oferta de ajuda da amiga. Esses breves interlúdios de solidão também serviram como períodos bem-vindos para acalmar seu sistema nervoso mais do que pressionado.

— Fundos mútuos — repetia Carlotta para si mesma enquanto lutava com vestidos de seda, cetim, veludo e *chiffon*. — Fundos de ações *versus* fundos de títulos. Que, acredito, oferecem a melhor oportunidade para o crescimento do capital no longo prazo e rendimento livre de impostos. Não, este vestido não. Parece que estou vestido para um teste da refilmagem de *A noiva de Frankenstein*.

Apesar das súplicas de Sheeni, a Sra. Saunders vetou definitivamente os modelos sem alças, mas acabou por consentir com um modelo verde-musgo com alcinhas. Apesar disso, ninguém seria capaz de descrever aquele vestido como conservador. Ao ser vestido e despido, ele registrou 9,2 pontos cumulativos na minha escala Richter.

Por ódio a Vijay, Carlotta mudou de ideia e convenceu a amiga a comprar os sapatos com os saltos mais altos no norte da Califórnia. Espero apenas que você-sabe-quê não fique bem na altura dos olhos do par dela.

SEGUNDA-FEIRA, 15 de dezembro — Nenhuma reportagem no jornal de hoje sobre o misterioso desaparecimento de Nick Twisp. Bom. Espero que o FBI perca o interesse e volte a grampear os telefones de sindicatos e ameaçar ambientalistas.

Os diários de Nick Twisp

Como já imaginava, Bruno estava à espera de Carlotta no beco esta manhã.

— Que tal outro beijo, gata? — murmurou ele.

— Não sou sua gata — respondeu Carlotta com frieza. — E acho que meu herpes está voltando. Estou com outro cancro horrível no lábio.

— Onde? — indagou ele.

— Cobri com batom, Bruno. Precisei fazer isso. Estava começando a sair pus.

Aquilo resfriou o ardor dele num piscar de olhos.

Na aula de culturas mundiais, Dwayne parou de estalar as alças do sutiã de Carlotta pra convidá-la a ir ao baile de Natal com ele. Nesse ponto, senti que o tato era algo plenamente dispensável.

— Dwayne — declarou ela —, eu não iria com você a uma rinha de cachorros em Tijuana.

Dwayne pareceu intrigado.

— Inda não ouvi falar nisso, Carlotta. Quem tá arrumano isso? Talvez eu inscreva Kamu, meu Supercão.

— Por que não faz isso? — respondeu Carlotta, percebendo uma oportunidade empreendedora. — A inscrição custa apenas 25 dólares, e você pode fazê-la comigo.

— Mas isso é muito dinheiro — disse ele, desconfiado.

— Sim, mas o primeiro prêmio é de 5 mil dólares.

— Tá, vou pedir pra minha mãe. Então, quer ir pro baile comigo, Carlotta? Hein? Hein?

— Não, obrigada, Dwayne. Já me convidaram. Vou ao baile com Fuzzy DeFalco.

— Fuzzy, hein? — disse Dwayne, obviamente desapontado. — Quem eu devo convidar, Carlotta?

— Por que não convida Janice Griffloch? Ouvi dizer que ela gosta de você.

Durante o intervalo do almoço, quando se apressava para ocupar um lugar vago ao lado de Sheeni, Carlotta ficou surpresa ao se deparar com uma sósia.

— Tina — disse Carlotta —, onde comprou essa roupa adorável?

— Gostou, Carlotta? — perguntou Tina Manion, dando uma volta. — Aderi ao neomussolinismo!

— É uma lufada de ar fresco. Além disso, muito fashion — respondi.

— Carlotta — disse Tina com as mãos no xale —, tentei falar com você neste fim de semana. Descobri quem é o seu pai. E ele não é escritor!

— Eu sei — disse interrompendo-a. — Inspirada pelo seu interesse, interpelei a minha mãe. Ela desabou e me contou tudo. Meu pai é Adolf, o massagista romeno dela.

— Ah, meu Deus — exclamou Tina. — Tem certeza?

— Absoluta. Minha mãe me apresentou a certidão de nascimento. Que choque foi descobrir que sou metade romena. Mas que herança rica a explorar! Gostaria de uma massagem qualquer dia, Tina?

— Ah, meu Deus — respondeu ela ansiosa. — Espero conseguir mudar a minha reportagem a tempo!

— Por que, qual é o problema?

Mas a minha sósia partiu abruptamente.

Carlotta também deixou de cumprir um prazo. Quando chegou à mesa da Elite Estudantil, sua cadeira já estava ocupada por um anão indiano falando francês. Respirando fundo, almocei na mesa dos Rejeitados Solitários, de onde observei a espinha ambulante Janice Griffloch desferir um golpe certeiro no queixo de um estalador de sutiãs.

Carlotta recebeu o segundo convite do dia para ir ao baile depois da aula, na lanchonete da loja de departamentos Flampert's. O convite para o encontro ali foi feito às pressas durante a aula de artes, e o pedido partiu de você-sabe-quem. Embora surpresa, Carlotta concordou. Imaginei que Trent queria discutir sua situação com Apurva, mas sua verdadeira intenção, quando expressa com charme hesitante, quase me derrubou da cadeira.

— Você quer que eu vá ao baile com você? — perguntou Carlotta, desconcertada.

— Quero — respondeu Trent baixinho. — Se você quiser, Carlotta.

— Mas Trent, e Apurva?

— Apurva foi banida da minha vida, Carlotta. Os pais dela descobriram o nosso namoro.

— E?

— Bem, não posso mais vê-la.

— Por que não? — exigiu saber Carlotta.

— O que você quer que eu faça, Carlotta? Que me esgueire pelos cantos?

— Esse é um bom começo. Apurva ama você, Trent. Quem se importa com o que os pais dela pensam?

— Eu me importo. Acho que devemos respeitar nossas tradições culturais.

— Mesmo se a tradição for um dogmático fascismo paterno?

## Os diários de Nick Twisp

— Essa é a nossa forma de ver a situação, Carlotta, como americanos. Para nós, criados na nossa cultura, essa atitude parece injusta e radical.

— E é!

— Não necessariamente, Carlotta. Não no contexto da estrutura social deles.

— Foi por isso que você não dormiu com Apurva? — perguntei.

— Quem lhe contou isso? — exigiu saber ele, chocado.

— Trent, entre mim e Apurva, não há segredos — menti.

— Bem — ele recuou. — Em parte por isso. A cultura dela acredita que as noivas devem chegar virgens ao leito matrimonial.

— A cultura dela de vez em quando também queima as noivas quando seus dotes provam-se inadequados — salientei. — Você também aprova essas práticas?

— É claro que não, Carlotta. Por que você está tão irritada?

Ignorei a pergunta.

— Está bem, além de escrúpulos culturais, o que mais está segurando você?

— Você vai entender mal a minha resposta.

— Experimente, Trent.

— Carlotta, Apurva é uma garota, digo, mulher, muito bonita.

— Essa é um afirmação muito justa — concordei.

— Como saber se a amo? Intelectualmente, quero dizer. Como saber se não estou apenas deslumbrado por sua beleza física?

— E que diferença isso faz?

— Isso significa muito para mim.

— Entendo, Trent. Então você pensou em convidar alguém menos atraente para ver se consegue separar a estética do amor.

— Não foi apenas por isso, Carlotta. Eu gosto de você. Você é muito... incomum.

— Trent, não se ama alguém intelectualmente. Amamos com o corpo. A aparência física é uma fonte poderosa de desejo. Acredite, eu sei do que estou falando.

— A beleza é um acaso da genética e de convenções sociais — retorquiu ele. — Mas e quanto às pessoas sem sorte? Elas não têm o mesmo direito de ser amadas?

— Claro que têm. E são... por outras pessoas feias.

— Eu gostaria de ser feio — disse ele, bebericando o café. — Então, se alguém dissesse que gostava de mim, eu saberia que era sincero.

— Sim, a não ser que fosse muito rico ou bem-relacionado, cantasse rap, fizesse malabarismo com tochas flamejantes ou se distinguisse de milhares de outras formas. Sempre há espaço para a dúvida, Trent, quando se quer se aventurar nesses jogos.

— Sinto uma coisa forte por Apurva — admitiu ele. — Penso nisso o tempo todo. Principalmente quando levo o cachorro dela pra passear.

— Então faça amor com ela, Trent. Ela também o deseja — intensamente.

— Você falou sobre isso com ela, Carlotta?

— Demoradamente, Trent. Acredite em mim, ela já se decidiu. Levá-la para a cama não será um ato de imperialismo cultural.

— Sou muito jovem para me casar, Carlotta.

— Apurva não espera que se case com ela, Trent. Ela é uma mulher moderna que vive numa cultura globalizada. Ela sabe que o amor na juventude pode ser algo transitório.

— Obrigado, Carlotta. Você me deu muito em que pensar.

— Não pense, Trent. Aja!

— Eu tentarei, Carlotta. Se eu precisar de ajuda, você poderia intervir como mediadora? Os pais de Apurva dificilmente desconfiarão de você.

— Terei todo o prazer, Trent.

— Mas continuo sem uma companhia para o baile. Os pais de Apurva nunca a deixarão ir. Você está livre, Carlotta?

— Não, Trent, desculpe. Mas tenho uma sugestão.

— Qual é?

— Se você realmente está levando a sério a separação entre estética e amor, convide Janice Griffloch.

Trent ficou pálido sob o bronzeado perfeito.

— Janice Griffloch; sim, essa é uma sugestão que merece consideração.

Carlotta pediu outro pedaço de torta. Naquele dia ela podia se permitir ceder à gula. Trent cuidaria da conta.

Quando cheguei em casa, Carlotta imediatamente ligou para Sheeni. Depois de uma calorosa troca de amabilidades com a Sra. Saunders, o fone pousou nas mãos do Meu Amor.

— Sheeni, queria lhe contar antes que soubesse por outra pessoa. Trent Preston acaba de me convidar para ir ao baile com ele. Há quarenta minutos, na Flampert's.

— Você está brincando, Carlotta.

— Não, e quero que saiba que recusei o convite. Por lealdade a você.

**Os diários de Nick Twisp**

— Eu agradeço, Carlotta. Mas você já não tinha aceito o convite de Fuzzy?

— Fuzzy me liberaria deste compromisso. Ele é mais flexível do que você imagina, Sheeni.

— Qual foi a reação de Trent quando você recusou o convite?

— Ele ficou desapontado, claro. Sugeri que convidasse outra pessoa. Alguém que eu sei que você vai aprovar.

— Não foi Apurva? — perguntou Sheeni, desconfiada.

— Não. Janice Griffloch.

— Ah, Trent nunca a convidaria, Carlotta.

— Acho que ele pode estar pensando seriamente no assunto.

— Por quê? — exigiu saber Sheeni.

— Ele quer separar a beleza do afeto.

— Bem, nesse caso Janice Griffloch seria um lugar ideal para começar. Bem, Carlotta, agora temos outro motivo pra esperar ansiosamente por sexta à noite.

— Este baile será animado — concordei.

— A meu pedido, meu irmão concordou em nos levar de carro ao baile. É uma inconveniência e tanto que nem Vijay nem Fuzzy tenham carteira de motorista.

— O seu irmão, Paul? — perguntei, desconfiado.

— Isso. Ele disse que está ansioso para vê-la no vestido de festa, Carlotta. Aposto que sim.

— Ah, e Carlotta — continuou ela. — Marquei um horário amanhã depois do jantar pra você furar as orelhas.

— Sheeni, acho que devo mencionar que há um caso de hemofilia na minha família... do lado romeno.

— A hemofilia é um mal masculino, Carlotta. Não seja covarde. Todas temos que fazer sacrifícios pela beleza. Você não quer ficar linda pra Fuzzy?

— Quero — menti.

— Vou lhe emprestar meus brincos de safira. Ficarão ótimos com o seu vestido. Claro, se os furos já tiverem cicatrizado.

Acho que vou ficar enjoado.

20h20. O telefone tocou enquanto fazia o dever de física. Era Fuzzy, em estado de extrema excitação.

— Oi, Nick — disse ele. — Tenho notícias sensacionais.

— Eu também, Frank. Você não vai acreditar, Trent convidou Carlotta para ir ao baile com ele.

— Sério? Cara, Carlotta deve ser mais sexy do que parece. Isso vai ser perfeito.

— O que você quer dizer? — perguntei, desconfiado.

— Acabo de falar com Heather. Adivinhe.

— Ela está grávida pelo sexo sem proteção ao telefone?

— Não, Nick. Ela está vindo pra cá! Pra me visitar!

— Que legal, Frank. Seus pais concordaram?

— Você tá louco, Nick? Os pais estão fora da jogada. Os dela e os meus. Ela disse aos pais que vai visitar Darlene em Salinas.

— Mas então onde ela vai ficar? — perguntei, enquanto uma percepção terrível se abatia sobre mim. — Esqueça, Frank. Ela não vai ficar aqui de jeito nenhum.

— Por que não, Nick? Você tem espaço de sobra. Ela pode ficar com a cama e Carlotta fica com o sofá. Ele é bom e macio.

— Já dormi naquele sofá, Frank. Ele foi incluído no comitê de tortura da Anistia Internacional.

— Certo, Nick. Heather e eu ficamos com o sofá.

— Frank, se Heather ficar aqui, precisarei ser Carlotta 24 horas por dia!

— Ah, podemos contar a verdade a ela.

— De jeito nenhum, Frank. Se ela contar para alguém na escola dela, e você sabe que ela contará, as garotas sempre fazem isso, os pais de Bernice vão pendurar o meu escalpo na parede da sala deles. Tenho uma ideia melhor. Por que vocês não ficam na casa do seu tio Polly? Ele tem uma banheira de hidro-massagem.

— A casa dele fica no meio do mato, Nick. Além disso, quem ia querer entrar na banheira onde o tio morreu, mesmo que seja com Heather? Isso é esquisito demais.

— Bem, essa casa é da sua avó, Frank. Acho que não tem nada que eu possa fazer. Quando ela vai chegar?

— E isso é o melhor de tudo, Nick. Ela chega de ônibus na noite de quinta-feira. Então podemos ir ao baile. Eu vou com Heather e Carlotta pode ir com Trent.

— Sem chance, gostosão. Eu dispensei Trent. Você tem um compromisso comigo, está lembrado?

— Mas, Nick, Trent é muito mais boa-pinta do que eu. E mais popular.

— Concordo, Frank, mas você tem uma qualidade insuperável a seu favor.

Os diários de Nick Twisp

— Qual?

— Você não está interessado em me agarrar.

— Trent pode não tentar nada, Nick. Não no primeiro encontro.

— Não posso me arriscar, Frank. Não; somos eu e você, cara. Heather pode ficar em casa e assistir à tevê.

— Espere, já sei, Nick. Podemos ir os três. Eu danço com Heather nas músicas lentas e com Carlotta nas agitadas.

— Não nas mais agitadas, Frank. Não com os saltos assustadoramente altos de Carlotta. Mas como você vai explicar esse *ménage à trois* dançante a Heather?

— Simplesmente direi que Carlotta é minha prima. Minha prima caseira que eu prometi levar ao baile porque ninguém a convidou. Heather entenderá.

— Frank, Carlotta recebeu três convites legítimos. Ela é muito popular.

— Eu sei, Nick. Não precisa ficar magoado. Carlotta é uma garota e tanto... para um cara.

— Quando você disse que Heather vai chegar?

— Quinta à noite. E mais uma coisa, Nick.

— O quê?

— Você vai me prometer que, enquanto Heather estiver aí, você vai manter essas garras imundas longe dela.

— Frank, eu vou ficar vestido de mulher o tempo todo! Como poderia dar em cima dela?

— É, você tem razão. Acho que não preciso me preocupar com Carlotta se assanhar pra cima de Heather.

— Não. Só com Heather se assanhar pra cima de Carlotta.

— O que é que você disse? — perguntou ele, agitado.

— Só estou dizendo que não posso ser responsabilizado se isso acontecer. Ultimamente, Carlotta está irresistível. Ela tem um grande magnetismo animal.

— Tá, tá. Só fique quieto dentro dessas calças.

— E onde você vai ficar, Fuzzy?

— Você sabe onde, Nick. Sempre que possível!

Alguns caras têm toda a sorte do mundo. Fuzzy terá sexo ao alcance das mãos e eu, 24 horas ininterruptas por dia de sutiãs, meias-calças, Seduction e pó facial. Espero que a minha pele não fique entupida de maquiagem e isso piore ainda mais meu caso de acne.

Não posso mais escrever. Preciso praticar andar com essas drogas de saltos altos. Talvez bote uns discos Nelson Eddy no som e ver se consigo me sacudir com a música. Percebo o quanto a vida pode ser injusta. Fred ficou com toda a glória, mas era Ginger quem fazia o trabalho pesado.

**TERÇA-FEIRA, 16 de dezembro** — Janice Griffloch flutuava na sala de chamada esta manhã: parecia que havia ganho na loteria, uma bolsa integral de Stanford e sido canonizada pelo papa. Esta semana provavelmente será o ponto alto de sua triste vida. Será que ela sabe que deve a mim esta felicidade improvável?

Vijay apareceu estranhamente incompleto na aula de física. Faltava o seu belo gesso. Seria ótimo se ele pegasse a gripe braba que está se alastrando por aqui. Será que múltiplas contusões e um braço torcido enfraquecem o sistema imunológico? Isso certamente não afetou a parte do seu cérebro responsável por caluniar Nick Twisp. E Carlotta só entende os comentários em inglês. Sabe Deus que difamações odiosas esse republicano vira-casaca está espalhando em francês!

Enquanto a Sra. Najflempt esquentava o videocassete na aula de culturas mundiais, Dwayne entregou furtivamente uma nota de 5 dólares como adiantamento da inscrição para a rinha de cachorros. A mãe vetara o orçamento solicitado, então ele vai ser forçado a custear a participação em parcelas, que pagará do próprio bolso. Acredite ou não, Dwayne conseguiu convencer alguém a ir ao baile com ele. Ele acompanhará Sonya "A Geladeira" Klummplatz, uma doce colega minha das aulas de corte e costura. Sonya e Carlotta ficaram amigas rapidamente, talvez por ambas trazerem cicatrizes dos espinhos cruéis de pichações nos banheiros. Mas Sonya não dá a outra face. Ela faz inspeções regulares nas instalações e rabisca "Vai tomar naquele lugar!" em tinta roxa em cima de qualquer alusão pejorativa a seu peso.

— Sonya — perguntou Carlotta na aula de corte e costura —, é verdade que agora você e Dwayne Crampton formam um casal?

— Por pouco tempo — respondeu ela, tirando alfinetes da boca. — Eu disse que iria ao baile com o sujeito.

— Quando ele a convidou?

— Ele não me convidou, Carlotta. A mãe dele ligou pra minha mãe ontem à noite. Acho que aquele cretino não teve coragem de me convidar.

— Às vezes os garotos são reservados. Você gosta dele?

— Acho ele um nojo. Mas é o meu ingresso para o baile.

— Fique de olho nele — confidenciou Carlotta. — Ele pode tentar alguma coisa.

— Espero que tente mesmo — sussurrou Sonya. — Não sei quanto a você, Carlotta, mas eu estou pronta pra perder a minha meninice. Em grande estilo.

— Você não se importa com quem seja? — perguntei chocado.

— É, eu preferia que fosse um cara como Trent Preston. Mas ele não tem me convidado pra sair ultimamente.

— Caramba, Sonya — disse Carlotta. — Você devia ter me dito isso ontem. Eu teria arranjado um encontro pra você!

O almoço foi outro pesadelo com a monopolização de Sheeni pelo meu rival anão. Carlotta sentou-se — um tanto desconfortável — com Sonya na mesa das Gorduchas. Mastigamos nossos sanduíches e olhamos para Trent, que, em inquietude estética, almoçava a duas mesas de distância com Janice Griffloch.

— Ele não está sorrindo — observou Sonya.

— Ele está tentando — respondeu Carlotta. — E olha para ela com interesse.

— Ele está contando as espinhas dela, Carlotta.

— Olhe, Sonya. Ele deu um meio sorriso agora.

— Porque chegou ao total: 512, isso sem contar o Vesúvio no nariz dela.

— Epa, ele parou de sorrir.

— Talvez Janice o tenha bolinado sob a mesa. Droga, Carlotta, me esconda! Dwayne está vindo pra cá.

Sonya largou o sanduíche e lutou, contra todas as chances, para se tornar imperceptível.

— Não, não está, Sonya. Olhe, ele está indo para o outro lado.

No outro extremo do refeitório, Dwayne seguia para a máquina de chocolates.

— Covarde — bufou Sonya. — Aposto que esse nojento vai me ignorar até o baile. E pensar que eu poderia ter ido com Trent.

— Desculpe, Sonya — disse Carlotta. — Meti os pés pelas mãos.

— Posso ser gordinha — admitiu ela —, mas a minha pele é razoável.

— Você tem uma pele maravilhosa — afirmei. — É como pêssegos e creme de leite.

— Pare, Carlotta — disse Sonya em meio a risadinhas, lisonjeada. — Você está me deixando com fome.

Depois do almoço, Carlotta escapuliu da aula de matemática financeira, encontrou um telefone público fora dos limites da escola e ligou para a senhorita Penelope Pliny, secretária da empresa em que o meu pai e eu trabalhávamos.

— *Compensado avançado*, bom-dia — respondeu a Srta. Pliny com seu característico tom de voz afetadamente profissional.

— Oi, Penelope — disse eu, disfarçando a voz. — É George.

— George de onde?

— George Twisp. Nós trabalhávamos juntos.

— Bem, um de nós trabalhava, George. Eles já encontraram seu filho?

— Não, Nick ainda está fora. Estamos todos muito preocupados.

— Você não pareceu muito preocupado no jornal, George.

— Editaram a minha entrevista, Penelope. Você sabe como é a imprensa.

— Eu sei, George. Todos aqui estamos muito tristes por saber das dificuldades de Nicholas. O Sr. Rogavere está um tanto alarmado. Ele tem uma amiga aeromoça que está distribuindo panfletos na Índia.

— Bem, diga a Roger que ele não precisa se preocupar. Tenho certeza de que Nick aparecerá por esses dias.

— Devo informá-lo da sua despreocupação, George. Não acredito que ele ficará surpreso. Tampouco interferirá nos seus esforços.

— Como está Roger, Penelope?

— Muito bem, eu diria, para um solteiro que vive sozinho. Ele atualmente está devotando boa parte do tempo livre a experimentações com as cozinhas regionais portuguesas.

— E você, Penelope, como está?

— Estou bem, George. Por que pergunta?

— Penelope, não sei se percebeu isso, mas você causou uma forte impressão em mim.

— Posso garantir, George, que esta não foi a minha intenção.

— Talvez não, Penelope. Mas você capturou o meu coração.

— Pode considerá-lo devolvido, George. Não vejo utilidade alguma na estima de um plagiador.

— Penelope, tente entender. Precisei encerrar aquela viagem a trabalho a Oregon. Descobri que havia pessoas oferecendo drogas ao meu filho. O desespero me levou a pôr em prática um ato indizível. Não há nada que eu possa fazer para reconquistar a sua estima?

— Pelo contrário, George, o incidente ao qual você se refere não diminuiu em nada a minha estima por você. Ele simplesmente confirmou a correção das minhas impressões iniciais quanto ao seu caráter. Desculpe, George, esta ligação me parece ter natureza pessoal. O Sr. Preston solicitou que esta linha seja reservada a assuntos profissionais. Preciso desligar.

**Os diários de Nick Twisp**

— Penelope, posso ligar para a sua casa?

— Com que propósito?

— Penelope, Nick precisa de uma mãe. Acredito que você seja esse tipo de mulher!

— E eu acredito que você esteja equivocado, George. Se Nicholas precisa de alguém, este alguém é um pai. Adeus.

— Mas Penelope, espere...

*Clique.*

Droga. A senhora Pliny não chegaria nem perto do meu pai, e olha que ela está na faixa etária das estatisticamente desesperadas. Não, se eu realmente quiser arrumar uma mulher mais jovem e bonita para o meu pai, precisará ser alguém que ele não conhece. Quanto será que me custaria uma campanha emergencial de classificados pessoais?

Na aula de artes, Trent Preston pintou uma perturbadora visão ryderesquiana de uma feroz ventania de inverno se abatendo sobre a costa de Santa Cruz. No primeiro plano, um windsurfista caído flutua inerte no mar revolto.

— Esse por acaso seria você? — perguntou Carlotta, solícita.

— É o meu ego arrogante e predador — respondeu misteriosamente o pintor.

— Entendo, Trent. Como vão as coisas com Janice?

— Bem, Carlotta — murmurou ele. — Estou começando a entrar em contato com a dor dela.

— Esplêndido — respondeu Carlotta. — O coração bate quando o espírito sangra.

— A vida é um eterno mistério — declarou ele.

— E então morremos — salientou Carlotta.

— Do nada ao nada — disse ele.

— Esquecimento, a fronteira final — acrescentou Carlotta.

— Cada respiração é um antegozo da morte — observou ele.

Nesse ponto, Carlotta desistiu. É impossível competir no niilismo com alguém que está saindo com Janice Griffloch.

Depois da aula, corri até a biblioteca, onde encontrei Apurva no lugar de costume — agora sob o olhar vigilante da mãe. Apurva me cumprimentou calorosamente, apresentou Carlotta à Sra. Joshi e perguntei se podíamos conversar em particular.

— Primeiro prometa que não vai falar sobre aquele rapaz — disse a Sra. Joshi severamente.

— Eu prometo, mãe — respondeu Apurva.

Depois de sua mãe ter se mudado relutante para uma mesa do outro lado da sala de leitura, Apurva voltou-se ansiosa para Carlotta.

— Como está o meu querido Trent?

— Apurva, você não prometeu que não falaríamos dele?

— Estou mantendo a minha promessa, Carlotta, minha mãe não especificou o rapaz. E podemos estar falando sobre muitos rapazes.

— Isso é verdade, Apurva. Sua educação católica está começando a servir para alguma coisa. Eu falei com Trent. Ele a ama.

— E eu o amo. Mais do que nunca. Que notícias traz dele?

— Ele quer se encontrar com você.

— Não pra ler poesia, espero. Eu gosto de poesia, Carlotta, mas sinto que já basta de versos.

— Não, Apurva. Trent está resolvido a fazer amor com você.

— Quando? — perguntou ela com urgência.

— Assim que isso for possível.

— Eles não podem me vigiar para sempre. Eu vou fugir assim que puder.

— Que bom, Apurva! Enquanto isso, para evitar suspeitas, Trent convidou Janice Grifflock para ir com ele ao baile.

— Ele fez o quê!? — exigiu saber ela.

Do outro lado da sala, a Sra. Joshi pareceu surpresa. Carlotta fez um sinal para a amiga tomar cuidado.

— Não se preocupe, Apurva. Trent deu esse passo desagradável por sugestão minha.

— Mas por quê? Quem é essa Janice? Como é ela?

— Não se preocupe, Apurva. Ela é confiável, nem um pouco atraente. Posso garantir que Trent não sente nada por ela.

— Mas por que ele a levará para o baile?

— Porque você não está disponível, Apurva.

— Então por que ele simplesmente não fica em casa?

— Ele não pode fazer isso, Apurva. Tem a obrigação social. Ele é o garoto mais bonito e popular da escola.

— Nunca entenderei vocês, americanos. Na Índia, essa atitude de Trent seria vista como um ato imperdoável de infidelidade.

— Bem, Apurva, neste país este é um ato abnegado de devoção. Trent deve sofrer com Janice, pois entregou o coração a você.

## Os diários de Nick Twisp

— Meu querido... — suspirou Apurva. — Devo tentar conter meus impulsos de ciúmes e ser mais compreensiva.

— Sim, e muitas das nossas sequoias têm muitos séculos de idade — disse Carlotta ao notar a aproximação da Sra. Joshi.

— Apurva — disse ela. — Está na hora de irmos. O seu pai logo voltará do trabalho.

— Sim, mãe. Obrigada, Carlotta. Nossa conversa foi muito valiosa. Amo demais a floresta.

— A floresta tem muito a oferecer — observou Carlotta —, se estiver aberta ao seu abraço.

— Eu estou — respondeu Apurva, com convicção. — Pode ter certeza disso!

20h10. Não posso escrever muito. Sinto uma agonia desesperada. Dois tarugos pesados de metal perfuraram brutalmente o meu corpo. Sinto-me como John Dillinger cinco minutos depois do final do filme. A cada batida do meu coração, duas pulsações de dor estereofônica golpeiam o meu ser. Agora sei por que as mulheres furam as orelhas. Uma vez que enfrentam essa experiência de mutilação, elas estão prontas para enfrentar o parto com tranquilidade.

A nossa é uma espécie bárbara. Rasgamos os corpos para os adornarmos com argolas de ouro. Bernice Lynch tem seis furos em cada orelha. Não é de impressionar que seja mentalmente instável; o tormento deve ter obscurecido sua razão.

Estou tomando aspirinas sem parar por noventa minutos. O alívio não está à vista. Devo discar o número da emergência? Acho que morfina deve ser administrada urgentemente.

21h15. Encontrei um frasco de pílulas misterioso no armário do banheiro. O rótulo diz "analgésico". A mensagem subliminar é "alivia a dor". A validade expirou em junho de 1974. Tomei quatro mesmo assim. Esperando pelo melhor. Sinto como se uma matilha de pit bulls nervosos estivesse agarrada a elas.

22h05. Os cachorros soltaram minhas orelhas. Uma sensação agradável foi alcançada. Estava admirando minhas novas argolas de ouro no espelho do banheiro. Sheeni está certa. Elas provocam uma mudança considerável na aparência. Embora, de uma delas, escorra ocasionalmente uma gota de sangue. O que provoca certo impacto. Seria um sucesso estrondoso numa festa de vampiros.

O entorpecimento é primoroso. Como a vida seria melhor se o sistema nervoso humano fosse equipado com uma chave liga/desliga. Descobri por acaso um remédio maravilhoso, fabuloso. Restam apenas 19 preciosas pílulas no frasco. Será que é tarde demais para conseguir a renovação da receita? Quantos casos de vício em drogas são provocados anualmente por perfurações indiscriminadas de orelhas de adolescentes?

QUARTA-FEIRA, 17 de dezembro — 04h52. Os pit bulls estão de volta, mais raivosos do que nunca. Tomei mais duas pílulas. Crosta feia na minha orelha esquerda.

Ambos os lóbulos adquiriram uma coloração verde-alaranjada. Será que aquela mulher sabia o que estava fazendo? Talvez devesse ser proibido que procedimentos delicados como esse fossem realizados em joalherias de esquina. Não havia um único profissional médico capacitado no recinto. Será que fazem abortos nas salas nos fundos? E se as minhas orelhas ficarem pretas e caírem? Sem chance que Fuzzy levaria Carlotta ao baile nessas condições. Sozinho, sem amor e sem orelhas — um golpe e tanto nas esperanças sociais de uma pessoa.

19h28. Aulas sob efeito de narcóticos poderosos. Experiência profundamente agradável. Luta por status suspensa. Pressões de adequação congeladas, competição acadêmica adiada, ansiedade sexual em repouso e até mesmo o tédio corrosivo dissolvido na poça morna do tempo ocioso.

Carlotta teve um dia maravilhoso. Foi para a escola na garupa da moto do cortês Bruno e adorou a experiência. Tumulto agradável na sala de chamada quando o jornal da escola foi distribuído. Reportagem de capa elogiosa sobre esta que vos fala assinada pela bela e talentosa Tina Manion. Curiosos espaços em branco na manchete e na reportagem precisaram ser incluídos emergencialmente com a aplicação de ácido na chapa de impressão (processo que me foi explicado em meio a desculpas pela autora quando nos encontramos no corredor; tranquilizei-a garantindo que as omissões não tiveram qualquer consequência). Houve muitos comentários nas salas hoje sobre as revelações de Manion. Alvoroço por parte do corpo estudantil quanto às especulações relativas à descendência do meu *alter ego* feminino. Carlotta preferiu ficar acima do burburinho. Foi tranquilizada na aula de física por Sheeni, que garantiu que a cicatrização das orelhas progredia dentro do normal. Grande alívio. Durante o almoço, Fuzzy DeFalco fez diversas perguntas específicas relacionadas ao sumiço de um maço de notas e extravagâncias recentes de Carlotta. Ela preferiu discutir os efeitos terapêuticos de uma sensacional droga dos sonhos. Deu duas pílulas a Fuzzy, que logo perdeu o interesse pelo dinheiro sumido. Depois, Carlotta entrou pela primeira vez no âmago das aulas de matemática financeira. Sentiu prazer em aprender sobre crescimentos e reduções proporcionais. Passou o horário da sala de estudos com Sonya, escrevendo "Poder Gordo!" nas paredes dos banheiros femininos (e masculinos também?). Deu sorrateiramente duas pílulas a Trent na aula de artes. Ele pintou um angustiado autorretrato nu, o que atraiu muita atenção das colegas e uma reprimenda do Sr. Thorne. Na aula de práticas de saúde, assistiu a um vídeo sobre os horrores do abuso de drogas. Sentiu que o filme era sensacionalista e parcial. Voltou pra casa na garupa de Bruno e possivelmente o beijou no beco. Acabo de tomar as últimas três pílulas. Sinto-me sonolento. Acho que vou dormir cedo hoje.

QUINTA-FEIRA, 19 de dezembro — Parece que perdi um dia da minha vida. Tudo o que me restou de ontem foi uma ressaca absurda, estranhos lapsos de memória e anotações misteriosas no meu diário. Pelo menos a dor lancinante nas minhas orelhas parece ter passado. O inchaço começa a diminuir, e os pit bulls deram lugar a chiuauas petulantes.

Carlotta teve um dia difícil na escola. Se algum dia aprender a escrever, Tina Manion terá um grande futuro na imprensa marrom. O artigo cheio de erros dela, que ganhou carga provocante ainda maior em virtude das censuras, não podia ter sido mais imprudentemente sensacionalista. Tina afirmava que Carlotta era filha de uma celebridade famosa, e então, para provocar os leitores, ocultava o nome. Quando pressionada, quando importunada, quando incomodada por colegas curiosos, Carlotta apenas dava um sorriso amarelo e negava conhecimento do assunto. Ela caracterizou como falsas as afirmações da repórter de que sua mãe havia sido premiada com um Oscar e recusara uma proposta de casamento de James Dean, partindo seu coração com consequências trágicas.

— Isso tudo foi um engano — foi a modesta resposta padrão de Carlotta às perguntas. — Acho que me confundiram com outra pessoa. Não, não tenho interesse em seguir carreira no cinema. Sim, o neomussolinismo é a última moda em Hollywood. Por que vocês acham que eu me visto assim?

18h35. Carlotta comeu o meu jantar solitário e está esperando a chegada de Fuzzy e Heather. Retoquei o batom, penteei a peruca e meus seios estão situados exatamente onde a natureza os teria colocado. Fui instruída pelo meu amigo a dizer algumas poucas palavras de boas-vindas e imediatamente pedir desculpas por precisar me retirar por várias horas. Felizmente, a biblioteca fica aberta até tarde da noite. Não fosse por isso, teria de congelar do lado de fora enquanto Fuzzy realiza sua ascensão cansativa ao desfiladeiro dos Orgasmos.

19h20. Noite tranquila na biblioteca. A literatura, temo, está em baixa. Talvez eu deva reconsiderar as minhas aspirações vocacionais. O que posso fazer se desistir de escrever? Ser psicólogo tem certo apelo. Você é extravagantemente bem pago para simplesmente ficar sentado e ouvir as sujeiras mais íntimas das pessoas. A carga de trabalho não é das mais puxadas e você pode perguntar a mulheres atraentes, no tom profissional mais sóbrio, o que mais as excita sexualmente. Também soube que adquirimos uma perspectiva inestimável das próprias neuroses.

Heather estava com as faces rosadas da caminhada sob o ar frio da noite desde a rodoviária. Eu tinha esquecido como ela era atleticamente longilínea. Será que ela vai usar um suéter hoje à noite? Quando ela tirou o casaco, foi quase possível sentir a tensão no ar. E soube que um de nós precisaria sair. Uma pena que essa pessoa acabou sendo Carlotta.

22h05. Fuzzy acaba de se despedir de Heather e, relutante, voltou para casa. Ele precisará correr, se quiser evitar censuras paternas. Ele parecia cansado mas satisfeito, o que, dadas as condições do meu quarto e de sua convidada, acredito que realmente esteja. Heather está agora tomando banho com a porta do banheiro escancarada. Esse será um fim de semana extenuante para todos nós.

23h10. Cinco minutos até que as luzes se apaguem. Estou no meu quarto em desordem; Heather está acomodada, em estado de nudez avançada, no sofá da sala. Tivemos uma conversa agradável mais cedo quando ela emergiu — rosada, imersa em vapor e nua — do banheiro.

— Ah, oi — disse Carlotta, seus óculos subitamente embaçando. — Você... você gostaria de um roupão?

— Não precisa — disse ela, inclinando-se para procurar algo na sacola de viagem ao lado do sofá. — Você mantém a temperatura agradável aqui dentro. Ela tirou de lá um pente e começou a pentear os longos cachos molhados que caíam em cascatas castanhas sobre seus seios reluzentes.

— Eu gosto mesmo da casa quente — observou Carlotta, enxugando os óculos apressada. — Você... o banho estava bom?

— Delicioso, Carlotta. Estou tão relaxada. Vou dormir como um bebê hoje à noite.

— Bem, pelo menos um de nós vai — murmurei entre dentes.

— O que você disse, Carlotta?

— Ah, nada, Heather. Estava apenas pensando no mercado de ações. Como... como você mantém essa forma incrível?

Os diários de Nick Twisp

— Basquete — respondeu ela. — Marquei 32 pontos contra a Holy Name Academy na semana passada. Acabamos com aquelas beatas. Você joga, Carlotta?

— Ah, não. Não muito. Não sou muito chegada a esportes.

— Que pena! — respondeu ela. — Mas você devia tentar, Carlotta. Fuzzy e eu somos totalmente dedicados aos esportes. Por isso adoro aquele monstrinho peludo. A distribuição do meu peso é mais concentrada na parte superior do corpo, mas ele gosta.

É, imagino do quê.

— Então, você é prima de Fuzzy — continuou ela. — Engraçado, vocês não se parecem nem um pouco. Você nem ao menos parece ser italiana.

— Eu sou do lado romeno da família — expliquei. — Somos mais intelectualizados e menos peludos.

— Aposto que você é grata por isso, Carlotta. Fuzzy é o cara mais peludo que já conheci. Sinto muitas cócegas, então temos que tomar cuidado quando a gente transa.

— Por quê? — perguntei.

— Se ficarmos próximos demais, eu rio histericamente.

— E o que vocês fazem, Heather?

— Ah, a gente se vira. Quando se tem vontade, tudo é possível.

Carlotta sorriu, mas não teve muita fé na veracidade daquele aforismo. Eu geralmente tenho a vontade, mas, mesmo assim, o meu caminho é barrado a cada curva. Naquele momento, estava sendo dominado por uma vontade particularmente poderosa, mas precisei deitar sozinho no meu quarto solitário e engoli-la.

Para o caso de visitas inesperadas da minha hóspede, Carlotta foi para a cama de peruca, óculos, maquiagem, camisola e sutiã.

Quando não estamos acostumados, dormir de sutiã pode ser algo muito estranho. Estou tentando manter a tampa deste baú de complexidades fechado. Se me permitir viver nele, muitos aspectos da minha vida atual podem começar a parecer estranhos.

**SEXTA-FEIRA, 19 de dezembro** — O dia do grande baile. O último dia de aula antes das férias de Natal. O primeiro dia do resto da minha vida. E, se a minha memória não me trai, do aniversário de 45 anos do meu pai. Acho que posso ter um plano para comemorar esse marco amargo da meia-idade.

Minha hóspede continua totalmente à vontade. Enquanto Carlotta mastigava uma torrada e olhava para ela com inveja, Heather limpou um espaço na sala e então se lançou em 15 minutos de vigorosa aeróbica sem roupas — acelerando o ritmo cardíaco e praticamente quadruplicando o meu. Na minha opinião, os alongamentos das pernas eram particularmente revigorantes.

— Venha, Carlotta — disse Heather sem parar de se exercitar.

— Desculpe, mas não posso — respondi, grato por estar usando uma saia bem folgada. — Não quero me atrasar para a escola. O que vai fazer hoje, Heather?

— Fuzzy não vai pra escola — respondeu ela tocando os dedos dos pés. — Ele vem pra cá.

— Claro que vem — murmurou Carlotta, melancólica.

— Olhe, Carlotta. Consigo tocar o chão com as palmas das mãos.

Carlotta olhou. Era uma vista magnífica.

Já no beco, Bruno barrou o caminho de Carlotta e exigiu um beijo.

— Desculpe, Bruno. Acabo de vir do médico.

— O que aconteceu, Carly? Está ligeiramente grávida?

— Eles acham que pode ser lepra. Devo começar os tratamentos com radiação amanhã.

Bruno deu um passo ansioso para trás.

— Que pena, Carly! Ei, quem é aquela garota que está na sua casa?

— Meu Deus, Bruno! Uma mulher não pode ter privacidade?

— Ela é uma gatinha. Quem é?

— Se precisa mesmo saber, ela é a minha irmã casada de Boise.

— Ela já tem um par pro baile?

— Bruno, já disse que ela é casada.

— Pra mim, tudo bem. Não estou procurando nada sério.

— Esqueça, Bruno — disse Carlotta, saindo apressada. — Mate Stinky e vá com Candy. Acho que essa é a sua única opção viável.

Bruno esforçou-se para pensar.

— Certo, Carly. Pode ser que você esteja certa.

O neomussolinismo está engrenando. Notei outras duas sósias de Carlotta nos corredores esta manhã. Tal é o incrível poder que a mídia tem de moldar os gostos do público.

Na aula de física, Sheeni passou para Carlotta uma pequena caixa de veludo.

— Para o baile — sussurrou ela. — São os meus brincos de safira. Proteja-os com a sua vida.

— Obrigada, Sheeni — sussurrei, cuidadosamente colocando as joias preciosas na minha bolsa. — O que você vai usar?

Os diários de Nick Twisp

— Peguei emprestados os brincos de diamantes da minha mãe. Para que horas você marcou?

— Marquei o quê?

— O cabeleireiro — disse Sheeni um pouco mais alto. — Você não vai fazer o cabelo?

— Não — disse Carlotta. — Você acha que eu devo?

— Talvez devamos deixar a turma decidir — disse o Sr. Tratinni, dando as costas para o quadro-negro. — Então, o que me diz, Carlotta. Devemos colocar isso à votação?

— Não, senhor — respondi corando.

Odeio quando os professores tentam ser sarcásticos. Isso é tão pateticamente inapropriado. Além do mais, ele sabia melhor do que ninguém que estávamos todos em inércia naquele dia. Os estudos ficaram em repouso. Os alunos estavam fisicamente presentes, mas suas cabeças já estavam nas férias.

No intervalo do almoço, Sonya e Carlotta fugiram da escola e foram até o Burger Hovel. Enquanto a minha companheira de escapada pedia um cheeseburguer duplo, batatas fritas grandes e uma Coca diet, liguei para a casa de Fuzzy do telefone público do estacionamento. Três toques depois, a Sra. DeFalco atendeu. Como sempre, disfarcei a voz.

— Você não me conhece, Irene. Conheci um amigo seu em um bar ontem à noite. Um cara chamado George.

— George Twisp?

— Acho que sim. Ele se parece um pouco com Liberace.

— É ele — confirmou a mãe de Fuzzy.

— É, conversei um bocado com o velho George. Ele acaba de entrar numa grana preta. De verdade. Estava pagando bebidas pra todo mundo.

— Ah, isso é estranho. Ele disse onde conseguiu o dinheiro?

— Não, mas disse que achou um dinheirão. E que queria gastar tudo antes que a namorada descobrisse.

— Ele disse isso? — perguntou ela, exaltada.

— É, algo do tipo. Enfim, ele me falou a respeito das fitas. E eu estou interessado.

— Que fitas?

— As fitas de vídeo de vocês dois. Ele disse que escondeu uma câmera na casa onde encontrou o dinheiro. Eu distribuo esse tipo de fita, Irene. Você pode faturar uma boa grana em *royalties*. O que me diz, gata?

Nada de resposta, apenas o som de um cigarro sendo aceso com violência.

— Irene, você está aí?

— Se você encontrar esse canalha mentiroso — disse ela soprando o ar com fúria —, diga que não esquecerei isso!

*Clique.*

Desculpe ter sido preciso usar o plano B no dia do seu aniversário, pai. Mas não podia deixar você estragar o fim de semana do meu melhor amigo.

— Com quem você estava falando? — perguntou Sonya quando Carlotta voltou e deslizou no banco, sentando ao lado dela.

— Hã... com o meu irmão — menti. — Sonya, você vai fazer o cabelo esta tarde?

— Claro, Carlotta — respondeu ela, mastigando a última batata frita. — Você não achou que eu ia pro baile com essa cara, achou?

— Acho que não.

— Por quê? — perguntou ela na defensiva. — O que tem de errado com o meu cabelo?

— Nada, Sonya. Ele é absolutamente perfeito. Ir a um cabeleireiro será um completo desperdício de tempo e dinheiro.

— Nossa, Carlotta. Que bicho a mordeu?

Que bicho me mordeu? Um caso sério de medo do baile de Natal, foi isso o que me mordeu. Por que devo me humilhar apenas para olhar um rival que desprezo dançar de rosto colado com A Mulher que Amo? Claro, eu provavelmente sofreria muito mais se ficasse em casa imaginando tudo.

Por volta do sétimo horário, a Redwood High começava a adquirir a aparência de uma escola para rapazes rigorosamente não elitista. A maioria das alunas já havia escapulido em silêncio. Como seria possível haver espaço para tantas clientes nos cabeleireiros da cidade? Será que estavam indo de ônibus até São Francisco? Sem querer chamar atenção demais ou atrapalhar as confraternizações masculinas, Carlotta decidiu seguir e ir embora.

Quando cheguei em casa, Fuzzy estava esparramado no sofá.

— Oi, Carlotta — disse ele, indiferente.

— Oi, Frank. Cadê Heather?

— Foi até o centro fazer o cabelo.

— Sério? — disse eu, levemente chocado.

— Carlotta, adivinhe.

— O quê, Frank?

— Dei quatro hoje.

**Os diários de Nick Twisp**

— Espero que não tenha exagerado, Frank. Você não está com uma aparência das mais dispostas para o baile.

— Por que o sexo é tão bom, Carlotta?

— Tenho certeza de que não saberia responder a essa pergunta. Acho que tem alguma coisa a ver com as enzimas do cérebro.

Fuzzy sentou-se rapidamente.

— Isso me faz lembrar uma coisa, Carlotta. Que história é essa de você se oferecer pra fazer uma massagem em Heather?

— Pode ser que eu tenha feito isso, Frank Apenas para ser sociável. Ela parecia um pouco tensa.

— É, mas não está. Mantenha essas garras longe dela.

— Frank, você não devia estar de saída para pegar o meu caro arranjo de flores?

— É, acho que sim — disse ele, levantando-se pesadamente do sofá. — Cara, parece que acabo de correr a Maratona de Boston... com um tijolo atado ao saco.

Empurrei o preguiçoso até a porta dos fundos.

— Vamos andando, Frank. Carlotta quer tomar um banho antes que sua escrava sexual volte pra casa.

— Gostei dos seus brincos, Nick — disse ele com um sorriso divertido. — Já te disse isso? Eles realmente combinam com você, cara.

— Valeu, Frank. Pode chupar as presilhas da minha cinta-liga.

— Por que não? — disse ele satisfeito consigo mesmo... Já chupei de tudo hoje!

17h20. Carlotta está pronta. Já tomou banho, se depilou, fez a sobrancelha, passou desodorante, talco, perfume, vestiu lingeries exóticas, colocou o vestido e subiu precariamente nos saltos agulha. Os seios artificiais de espuma de borracha já haviam sido colocados no lugar com cola industrial. Aplicou corretivo nos ombros e nas costas, que ficariam proeminentemente nuas, para esconder as espinhas. Colocou delicados ramos de cravos-de-amor, gentilmente oferecidos por Heather, na peruca de fios sintéticos. Colocou os brincos de safiras cintilantes nos furos ainda doloridos das orelhas. Passou blush nas bochechas, batom nos lábios, sombra com tonalidade extravagante nas pálpebras, pintou as unhas e perfumou o hálito quimicamente.

Como ela está? Com uma aparência incrível, se é que se pode confiar no espelho da cozinha da Sra. DeFalco.

Não posso escrever mais. Preciso levar uma toalha para Heather.

18h20. Heather está mais ou menos pronta. Ela terminou o estágio terciário da maquiagem, e agora está num ansioso processo de acabamento final. O simples pensamento em passar um pouco mais de rímel será o bastante para provocar um desmoronamento. Com a minha generosa ajuda, ela foi encapsulada num vestido de lantejoulas da cor das placas de perigo nas estradas (amarelo fluorescente). Na parte da frente, um ousado bojo dispensa a necessidade de alças. Não é de impressionar que a indústria americana não seja capaz de competir com a japonesa. Todo o seu talento criativo está sendo dirigido para a confecção de vestidos.

Heather e Carlotta disseram uma à outra o quanto estão lindas 16 vezes. Da repetição vem a convicção. Ou não? Opa, ouço um carro na frente da casa. É isso aí, pessoal, desejem-me sorte.

**SÁBADO, 20 de dezembro** — 0h45. Estou de volta. Ligado demais para dormir. Que noite!

Sheeni, vestida no vestido macio de jade, diamantes reluzindo, cabelos presos em cachos ondulados de bronze, foi uma visão: um buraco negro eletrizante de beleza orquidácea absoluta. Na presença dela, nenhuma luz chegava ao olho humano vinda das débeis emissões de Heather e Carlotta. Podíamos muito bem estar vestidas com roupas usadas vindas de uma caixa de doações para moradores de rua.

Assim que Paul abriu a porta do carro para nós, Sheeni — sentada com magnificência real no banco da frente ao lado do desprezível Vijay — fez as apresentações.

— Heather, que surpresa! Carlotta não me disse que você viria. Como vocês estão lindas! Este é o meu irmão, Paul.

— É um prazer estar na companhia de senhoritas tão belas e encantadoras — disse Paul, sorrindo para Heather e piscando com malícia para mim.

— E aí, tudo certo? — disse Heather, indiferente às ondulações tempestuosas do corpete do vestido quando mergulhou atleticamente no banco de trás. Eu o cumprimentei em silêncio e deslizei com discrição até ficar ao lado dela.

— Só vou filar a carona — anunciou Heather com graça. — Carlotta tem a preferência sobre o meu gato.

— Não, Heather — insisti —, vamos dividir Fuzzy igualmente, mas é óbvio que você vem em primeiro lugar.

— Esse Fuzzy deve ser um cara e tanto — disse Paul, dando a partida no motor.

— Ele é a centelha do nosso time — disse Heather com orgulho.

Logo estávamos a caminho pra pegar nosso par comunal.

— Carlotta, os seus sapatos estão incomodando? — perguntou Sheeni solícita. — Você parece estar com dificuldade para andar.

— Nem um pouco — respondi. — Não estou acostumada a saltos tão baixos. Geralmente os prefiro bem mais altos.

— Eu sinto como se estivesse andando com pernas de pau — disse Sheeni. — Vijay, você se incomoda?

— Se me incomodo com o quê, querida? — perguntou ele presunçoso.

— Por eu estar usando saltos altos.

— Claro que não. Acredito que sejam um pedestal adequado à sua beleza.

Naquele ponto, Carlotta desejou ter levado um objeto com as pontas arredondadas.

— Aí, Vijay — disse Heather se inclinando descuidada para frente —, Taggarty me pediu pra dizer que ela quer que você ligue pra ela.

— Não tenho nada a dizer àquela pessoa — respondeu o esnobe de duas caras, inspecionando o decote da minha companheira.

— Bem, se falar com ela, diga que eu dei o recado — disse Heather. — Não quero a Senhora Mandona no meu pé esse semestre.

— Heather, como vai a pobre Bernice Lynch? — perguntou Sheeni.

— Bem melhor, Sheeni. Ela está tendo acompanhamento psicológico. E está começando a sair da concha. Ela ainda é antipática, mas isso se aplica a muitas garotas da escola. Bernice está agora com uma energia incrível. Totalmente comprometida com a causa.

— Que causa? — perguntou Carlotta.

— Levar aquele tal de Twisp à justiça — respondeu Heather. — Ela sempre liga para o FBI com sugestões.

— Ah — disse eu baixinho —, que interessante!

— Tenho certeza de que o prenderão em breve — disse Vijay. — Os criminosos sempre cometem algum erro.

Devia ter enchido a bolsa de rolamentos. Carlotta poderia usá-la como porrete.

Fuzzy nos esperava na *piazza* de concreto de sua mansão imponente. Ele acomodou-se no banco traseiro, trocou cumprimentos com os presentes e entregou embrulhos com laços para as duas acompanhantes. Heather abriu o dela e encontrou um adorável arranjo de orquídeas; abri a minha e encontrei um gladíolo picado com um alfinete de segurança enfiado na haste cortada (com um facão cego?).

— Oh, Fuzzy, que lindo! — exclamou Heather.

— Oh, Fuzzy, é orgânico — replicou Carlotta.

Fuzzy desfrutou do momento ao ajudar Heather a prender o arranjo em seu cantiléver. A imagem, percebi, foi um tanto obscena. Tudo no que pensei foi se, nos seus cálculos, os engenheiros deram alguma margem para carga adicional. Sem qualquer tipo de ajuda, Carlotta prendeu seu espécime cor-de-rosa ao vestido azul e conferiu o resultado no espelho do estojo de pó compacto. Como eu esperava, parecia a participante de uma convenção de botânicos.

— Boas notícias, Carlotta — sussurrou Fuzzy. — Minha mãe cancelou o encontro de hoje à noite.

— Eu, de alguma forma, imaginava que isso aconteceria — respondi.

Paul estacionou ao longo da calçada em frente à escola e prometeu voltar para nos buscar pontualmente à meia-noite. Agarrada ao par e pisando com cautela, Carlotta atravessou o amplo pátio sem maiores incidentes. Sheeni andava com um pouco mais de confiança, mas precisou segurar a mão reptiliana de Vijay para ter mais estabilidade.

Três garotas do último ano, sem par em razão de sua aparência, sentadas atrás de uma mesa em frente ao ginásio masculino, pegaram os nossos ingressos. A Srta. Pomdreck, envergando um vestido cinza com ar governamental, pairava nas redondezas para interceptar penetras (alunos do ensino fundamental, membros de gangues) e transgressores da decência mínima exigida.

— Senhorita — disse ela com severidade para Heather —, por favor, levante o seu vestido.

Heather puxou com indiferença a parte da frente para cima.

— Já está levantado — disse ela.

A Srta. Pomdreck fechou a cara, mas deixou que entrasse.

— Você está muito bonita, Carlotta — disse ela. — Como está se sentindo?

— Estou levando — respondi.

— Isso é um gladíolo?

— Não — disse Carlotta seguindo os companheiros de baile —, uma espécie extremamente rara de orquídea.

Que transformação! Em vez de um cenário de enterradas iluminado por lâmpadas fluorescentes, o ginásio era agora uma terra dos sonhos encantada com luzes de cores românticas, areia branca resplandecente, imitações de to-

**Os diários de Nick Twisp**

chas, cocos falsos, estrelas-do-mar artificiais e coqueiros de papelão gigantescos. Uma faixa enorme impressa por computador proclamava o tema: "Natal nas Ilhas."

— Isso não é incrível? — exclamou Sheeni, enquanto uma aluna sardenta do primeiro ano vestida numa saia de palha colocava um colar de flores de papel ao redor do seu pescoço. Em pouco tempo, a havaiana fajuta fez o mesmo com todos nós; e Fuzzy, sem conseguir perder a deixa, disse que estava "encolarizado".

— Bem, isso parece com o Havaí — observou Vijay, enrugando o nariz pequeno. — Mas tem cheiro de Natal no vestiário.

— Não sinto cheiro de nada — respondeu Carlotta. — Talvez seja você.

Os adversários impecáveis trocaram olhares cortantes.

Depois de cumprimentarmos os amigos, encontramos uma mesa e nos acomodamos. As mulheres imediatamente pediram licença para ir ao banheiro. Sem sombra de dúvida, aquele lugar tinha cheiro de vestiário. Era um, afinal. Mais de uma vez, eu havia tomado banho, completamente nu, entre aquelas paredes bolorentas.

— Ah, olhem — disse Heather, enquanto abríamos caminho entre um tumulto de vestidos sem alças — eles cobriram os mictórios. Isso não é fofo?

Era verdade. Alguém havia censurado as fileiras de porcelanas higiênicas com lençóis e fita adesiva.

— Por que vocês acham que eles fizeram isso? — perguntou Carlotta.

— Por uma questão de autenticidade histórica — respondeu Sheeni. — Eles não tinham mictórios no Havaí colonial.

Apesar da aglomeração em frente aos pequenos espelhos, acabamos conseguindo retocar a maquiagem e voltar, com graça renovada, à companhia de nossos pares impacientes.

Para variar, sem chegar a um consenso quanto à decisão da escolha de bandas, o comitê organizador optara por contratar um DJ negro de Oakland.

— Vocês estão prontos pra botar pra quebrar? — soou a voz dele pelas caixas de som potentes atrás do seu opulento *bunker* eletrônico.

— Sim! — urrou a plateia.

Dificilmente, pensou Carlotta.

Pancadas e estrondos pulsantes. Batida tóxica. Guinchos enervantes.

— Carlotta, é uma música agitada — gritou Fuzzy sobre o barulho. — Vamos nessa?

— Certo — respondi docilmente.

Seguindo meu par, cambaleei até a pista de dança e — entrando no espírito da música — passei a girar espasmodicamente. Logo descobri que, se não movesse os pés, era capaz de me equilibrar com alguma segurança. Nada mal, pensei, enquanto agitava os braços no ritmo das pancadas nos meus tímpanos. É provável que não seja pior do que o centro de treinamento dos fuzileiros navais. Ali próximo, Sheeni e Vijay giravam de forma parecida a alguma distância um do outro. Ele dança como uma garota, pensou Carlotta. E onde ele arrumou esses gestos sugestivos? Ah, olhe. Ali estão Trent e Janice. Nossa, ela está medonha. E não devia sacudir a cabeça daquele jeito. A maquiagem pode sair voando e matar alguém. Meu Deus, quando isso vai acabar?

Finalmente, a barulheira torturante cessou e Fuzzy, satisfeito, trocou o atual par pela sua modelo preferida. Carlotta ficou pelas redondezas e observou Sheeni e Vijay, Fuzzy e Heather, Trent e Janice, Dwayne e Sonya (uma nuvem de *chiffon* cor de lavanda) e Candy e Stinky (entre outros) gravitarem pelo piso de madeira arranhado como duplas de carrinhos bate-bate. Notei com satisfação que Sheeni não permitia que o ritmo lento da música conduzisse a contato corporal excessivo. Rezei para que esse comedimento louvável adviesse do desgosto pelo parceiro, e não de um desejo por preservar a integridade do vestido.

— Oi, Carly — disse um havaiano corpulento com bafo de cerveja. Vestindo apenas uma tanga e lambuzado da cabeça aos pés com uma feroz pintura de guerra, o musculoso nativo brandia uma lança longa com aparência letal.

— Bruno, é você?

— Sou eu, gata. Não reconheceu o meu peitoral?

— Bruno, o que você está fazendo? — perguntei, ignorando a pergunta lasciva.

— Eles acham que eu vou fazer o papel de rei Kami-sei-lá-o-quê nas cerimônias de coroação — sussurrou ele. — Mas tenho outra coisa em mente. É chegada a hora do sacrifício humano, Carly.

— Pode ser que não — preveniu Carlotta. — Pense bem, Bruno. Você quer passar o resto da vida na prisão por um crime passional impulsivo?

— Stinky roubou a minha mulher, Carly. Ele tem que pagar.

— A violência nunca resolve nada — menti.

— Estamos no fim do quarto tempo e a hora é agora, gata. Hora de partir pro tudo ou nada.

— Bem, eu, pessoalmente, recomendo o nada.

Bruno inspecionou meu vestido com ousadia.

**Os diários de Nick Twisp**

— Uau, Carly. Essas costas são mesmo suas? Nada de sutiã, hein? O que está segurando essas maravilhas?

— Com licença, Bruno — respondeu Carlotta, saindo de fininho. — Tenho que voltar para o meu par. Ele parece solitário.

Eu menti. Do outro lado do salão, Fuzzy acariciava com satisfação o lábio inferior de Heather. Quatro vezes hoje e ele ainda estava com tesão. Imagine como eu me sinto depois de todos esses anos de celibato angustiado.

No caminho, Carlotta parou pra conversar com o DJ.

— Você por acaso tem "My One and Only Love", de Frank Sinatra? — perguntei.

— Seria um milagre se eu tivesse — admitiu ele, pego de surpresa. — Mas eu toquei numa festa de bodas de ouro na semana passada. Vou dar uma olhada.

— Agradeço — respondi.

E a noite seguiu adiante. Carlotta girava convulsivamente nas músicas agitadas e Heather era bolinada com desejo nas lentas. Então, quando estávamos todos de volta à nossa mesa, ouvi os primeiros e emocionantes acordes da maior balada de Frank de todos os tempos.

— Meu Deus — escarneceu Fuzzy —, quem pediu essa música de ninar?

— Bem, eu gosto — respondi.

— Carlotta — disse Sheeni —, você ainda não dançou nenhuma música lenta. Quero que dance essa com Vijay.

O sangue gelou nas minhas veias; Vijay parecia estar sofrendo do mesmo ataque circulatório.

— Ah, não — balbuciei. — Vijay é o seu par. Eu não poderia...

Mas Sheeni foi insistente. Quando ela encarou Vijay com todo aquele charme, ambos percebemos que o protesto era inútil. Com um olhar sombrio, apertei a mão repelente e caminhei com destino à pista de dança da maldição. Evitando olhar um nos olhos do outro, aproximamos-nos cuidadosamente e — evitando ao máximo qualquer tipo de contato físico — começamos a dançar. Meus músculos se contraíram quando uma mão pequena e úmida foi colocada sobre as minhas costas nuas.

— Deixe que eu conduza — sibilou o meu parceiro.

— Desculpe — disse Carlotta, rezando ardentemente por uma experiência extracorpórea imediata.

Enquanto Frank realizava sua mágica intrageracional, os casais passaram a encher a pista. Heather e Fuzzy, Sonya e Dwayne, Candy e seu parceiro condenado. Então, para o meu horror, apareceu Sheeni — nos braços de Trent

Preston. Do outro lado do salão, Janice espumava — terremotos de raiva irrompiam na sua crosta facial.

Frank cantava, nós recuávamos, Sheeni e Trent flutuavam como gansos dourados.

— Carlotta — sussurrou Heather, aproximando-se —, odeio dizer isso, mas eles não formam um casal perfeito?

Vijay também ouviu o comentário. Ambos olhávamos desconsolados para a mulher que amamos. Então, surpreendentemente, ela e seu par perfeito flutuaram em nossa direção.

— Podemos trocar de par? — perguntou Trent.

— Claro — respondeu o ansioso Vijay.

Enquanto nos separávamos, fiz um movimento instintivo na direção de Sheeni, mas fui amparado pelos braços de Trent.

— Você está linda, Carlotta — disse ele galantemente, à medida que orbitávamos para longe do meu amor usurpado.

— Você também — respondi distraído. — Quero dizer, Janice também. Como vocês estão se entendendo?

— Estou curado, Carlotta — respondeu ele. — Eu vi a luz.

— Teve um despertar estético? — indaguei.

— Exatamente, Carlotta. A beleza é a minha droga. Estou desesperado por Apurva.

— Posso dar um jeito, Trent — respondeu Carlotta enquanto Frank amorosamente acariciava os acordes finais da canção. — Mas deve me prometer que dançará a próxima música com Sonya. Eu insisto.

— Com todo prazer, Carlotta — disse Trent, tirando a mão seca, aristocrática, das minhas costas maquiadas para aplaudir o final da canção. — Quem é ela?

— Sonya está ali. Aquela coisa doce num vestido cor de lavanda.

Trent engoliu em seco e sorriu.

— Qualquer coisa que você pedir, Carlotta.

Enquanto Janice fumegava, Trent dançava com Sonya. E dançou com ela outra vez. E outra vez.

— Carlotta, sua amiga parece ter feito uma conquista surpreendente — observou Sheeni um tanto seca.

— Sonya tem personalidade forte — observei. — Os rapazes acham a vivacidade dela intoxicante.

— É — disse Heather —, e ela tem tanta...

Os diários de Nick Twisp

A erupção súbita de lava de papel crepom vinda do vulcão no centro do palco anunciou o início da cerimônia de coroação. O DJ botou um disco de Don Ho, seis alunas do segundo ano vestidas em saias de palha e sutiãs de biquíni dançavam suas interpretações de hula-hula e o rei Kami-sei-lá-o-quê entrou em cena grunhindo e fazendo ameaçadores gestos anticolonialistas com a lança. Então, Bob Bix, o animado presidente do quarto ano, apresentou a corte da rainha em ordem ascendente de beleza, popularidade e personalidade. Quando o nome de cada aspirante à realeza era anunciado, elas eram acompanhadas pelos nobres pares ao lugar de honra abaixo do trono pintado de dourado. E chegou a hora de apresentar a rainha em pessoa, democraticamente escolhida numa eleição por voto secreto.

— Senhoras e senhores — continuou Bob, com seu estilo mais meloso de apresentador de programa de auditório —, juremos agora lealdade à nossa alteza real, a governante das ilhas, a Filha do Vulcão, a sacerdotisa de todos os ritos e celebrações de Natal, a mais bela monarca da Redwood High, sua alteza real, rainha do baile de Natal... Candace Jennifer Pringle!

Uma onda efusiva de aplausos, mais Don Ho amplificado, lava de papel e três alunas da pré-escola vestidas de havaianas com buquês nas mãos, e então a rainha Candy em pessoa, acompanhada pelo consorte real Stinky, subiu ao trono, sorriu por entre as lágrimas e acenou para seus carinhosos súditos. As três havaianinhas entregaram seus buquês, uma quarta colocou uma coroa de flores na cabeça real e — enquanto flashes pipocavam e a Srta. Pomdreck gravava a cena para a posteridade com sua camcorder — o rei Kami-sei-lá-o-quê se ajoelhou para abençoá-la com um beijo. Ele tropeçou, a lança escorregou de sua mão, a ponta perfurou a carne tenra abaixo do tornozelo esquerdo de Stinky, ele urrou, a rainha estapeou o rei, ele esmurrou o consorte, o consorte revidou com uma joelhada abaixo da linha da tanga, eles lutaram pela lança, a rainha perdeu a coroa e a compostura, as mulheres uivavam, as damas de companhia gritavam e se atiravam no chão, seus acompanhantes irados corriam, as havaianazinhas fugiam, Don Ho continuava a toda e, atrás da chuva de papel crepom, um desapontado Malcolm Deslumptner fechava a braguilha. Seu mais ousado ato público de autoerotismo teria de esperar por outro dia.

À meia-noite, estávamos no banco traseiro do carro de Paul. Deixamos Fuzzy em frente à sua mansão escurecida, onde ele beijou Heather na boca e apertou a mão de Carlotta. E então chegamos à minha casa, onde Carlotta e Heather — cansadas mas felizes — saíram do carro trôpegas e se despediram dos demais.

— Ah, Carlotta — disse Paul abaixando o vidro do carro —, ligue para sua irmã. Ela pode ter notícias do seu interesse.

— Ah, está bem — respondi. — Obrigada, Paul. Boa-noite, pessoal!

Cansado demais pra escrever qualquer outra coisa, rezo para que Paul tenha levado Vijay direto para casa e não tenha permitido qualquer tipo de amasso de menores de idade. Algumas vezes desejo que o irmão de Sheeni fosse um pouco menos descolado e um pouco mais careta.

Hoje à noite, diário, perdi a minha canção favorita. Agora "My One and Only Love" será para sempre associada na minha mente ao abraço repulsivo de você-sabe-quem. Espero apenas que todo o repertório de Frank também não tenha sido maculado. É uma pena que eu não tenha pedido uma balada de Rudy Vallee. Nas atuais circunstâncias, algo como "Donkey Serenade" teria sido muito mais apropriado.

Como andará a minha irmã? Como será que se descola espuma de borracha da pele?

12h30. Carlotta está de volta à biblioteca. Depois do almoço, Fuzzy apareceu na minha casa e solicitou privacidade de emergência. Não me importei. De qualquer forma, queria fazer uma pesquisa sobre solventes de cola de espuma. Nenhum dos produtos de limpeza domésticos parece funcionar. Esperava encontrar Apurva, mas não vi sinal dela ou da escolta. O telefone da casa de Joanie também não atende. Todos devem estar comprando presentes de Natal para seus entes queridos.

O que devo comprar pra Sheeni? Acabo de contar a minha grana e fiquei embasbacado ao descobrir que o meu patrimônio líquido encolheu para menos de mil dólares. O dinheiro deve fugir gritando da minha carteira quando não estou olhando. Mais uma vez a privação está à espreita na esquina. Será que eu devo fazer alguma coisa artesanal para Sheeni? Ou talvez possa subtrair algum livro caro, bonito, da biblioteca... Possivelmente um daqueles enormes livros de fotografia de Paris. Posso fazer um embrulho bonito e colar um bilhete caloroso sobre o carimbo da biblioteca.

Não consigo escrever mais. Carlotta precisa fazer uma viagem rápida ao banheiro feminino. Essa cola recalcitrante está coçando de um jeito que vai me deixar louco.

17h15. Houve um mal-entendido infeliz esta tarde, diário. Fuzzy sofreu um grande trauma e está em crise. Heather está fazendo tudo que pode para consolá-lo.

Fiquei sabendo do incidente quando Carlotta voltou da biblioteca e viu uma Mercedes preta enorme estacionada em frente à casa.

**Os diários de Nick Twisp**

— Merda — murmurei, escondendo-me nos arbustos, onde tive um segundo choque: eu não estava sozinho.

— Oi, Carly — sussurrou Bruno, encolhido nas sombras espinhentas. — Puxe uma cadeira, gata.

— Bruno! — susurrei de volta. — O que você está fazendo aqui?

— Shhhh — sussurrou ele, fazendo um sinal para a janela acima de nossas cabeças. — Carlotta, seu tio está aí faturando uma garota.

— Você está falando de Fuzzy?

— Não, o Sr. DeFalco, seu tio. Você sabe, um sujeito com cara de mau que tem um carrão. Vi o cara entrar há uma meia hora com Mertice Palmquist.

— Onde estão Fuzzy e Heather? — perguntei, coçando o peito nervoso. Eu fracassara na minha pesquisa sobre solventes.

— Não vi os dois — disse Bruno com um olhar malicioso. — Ei, Carly, precisa de ajuda aí, gata?

— Não, obrigada, Bruno — disse eu, desistindo rapidamente. — O que você está fazendo aqui, Bruno? Quando saiu da cadeia?

— Os meus pais pagaram a minha fiança ontem à noite. Foi um acidente, Carly. Não foi minha culpa, a lança escorregou. Eles não podem me acusar de nada, gata.

Nesse momento, fomos interrompidos pelos sons de gemidos apaixonados.

— Uau — sussurrou Bruno. — Não sabia que Mertice gostava de gritar. Espere até eu contar pro meu irmão. Ele costumava ter tara por ela.

Carlotta levantou a mão pra aliviar a coceira, mas pensou melhor.

— Ei, Carly — sussurrou Bruno —, que tal um beijinho?

— Cresça, Bruno — sibilei. — E vá para casa!

— Não, Carly. Você entendeu tudo errado, gata. Você cresce e então você *sai* de casa.

— Certo, então faça a próxima coisa.

— O quê? — perguntou Bruno.

— Morra!

Vinte e cinco minutos depois, quando a Mercedes preta foi embora, Carlotta correu para casa e trancou a porta para impedir a entrada de jogadores de futebol bisbilhoteiros.

— Fuzzy? — chamei. — Heather?

Ouvia a porta do closet do quarto ser aberta.

— Eles já foram? — perguntou uma voz assustada.

— Fuzzy, é você?

Era ele. Apenas de cueca, meu amigo peludo emergiu lentamente do closet, seguido pela namorada dramaticamente nua. Fingi não perceber.

— Vou vomitar — declarou Fuzzy atordoado. — Vou vomitar.

— Vou me vestir — disse Heather, o que não combinava nada com ela. — E nunca mais tirar a roupa!

Fui até a cozinha e peguei um copo com água para o meu amigo. Ele tomou alguns goles e colocou o copo de lado.

— Meu Deus, isso foi nojento — disse Fuzzy sentando-se alheado na cama, para então dar um pulo. — Meu pai e Mertice Palmquist, uma funcionária dele. Aqui neste quarto, Carlotta. Aqui neste quarto!

— Eu sei, Fuzzy — disse eu consolando-o. — É uma porrada, cara.

— Venha, Fuzz — disse Heather, envolvendo-o num abraço. — Vamos pra sala sentar um pouco.

— Vou vomitar — repetiu Fuzzy, deixando que ela o levasse. — Vou vomitar.

Eu me sinto tão impotente, diário. Qual seria o conselho de Freud? Como aplicar emolientes calmantes sobre a psiquê lacerada?

22h38. Fuzzy acaba de ir embora. Acho que ele está se sentindo melhor. Carlotta pagou um belo jantar no Carpa Dourada para ele e a namorada. Pedi uma tigela tamanho família de sopa de *wonton* para Fuzzy; descobri que esse é um substituto eficaz para o seio materno em casos de trauma psicológico.

Trabalhando juntas, acho que Heather e Carlotta foram capazes de convencer Fuzzy a ver os eventos de hoje como um positivo primeiro passo da sua separação emocional dos pais.

— É uma parte normal do processo de amadurecimento — declarou Carlotta.

— É normal ouvir o seu pai pedir a Mertice Palmquist para engolir o salame? — perguntou Fuzzy.

— Não, amor — disse Heather. — Mas é normal nos afastarmos dos pais. Vê-los como realmente são: pessoas reais, com falhas e tudo mais. Os meus pais já fizeram coisa pior, acredite.

— Como o quê, por exemplo? — perguntou Carlotta, intrigada.

— Prefiro não dizer — respondeu ela com frieza.

— Acho que os meus pais devem parar de ter amantes — disse Fuzzy com convicção. — Se quiserem aprontar por aí, eles devem esperar até eu sair de casa. Isso é pedir demais?

Os diários de Nick Twisp

— Acho que não — disse eu.

— Eu também não — concordou Heather.

— Carlotta — disse Fuzzy —, você pode ajudar?

— A fazer o quê? — perguntei.

— A separar meu pai e Mertice.

— Bem, isso não vai ser nada fácil — respondi. — Mas, claro, posso tentar alguma coisa.

23h45. Arranquei minhas próteses de espuma com uma chave de fenda cega, removendo, neste processo, a maior parte dos pelos do meu peito e porções consideráveis de pele. Espero que Heather não tenha ficado incomodada com os meus urros de agonia. Pelo menos agora não sinto mais coceira, substituída por uma tempestade de picadas que roem o meu peito.

**DOMINGO, 21 de dezembro.** 8h15. Acordei e descobri que a casca que cobre a ferida no meu peito parece a ponte Golden Gate. Resistindo ao impulso de ligar para a AP, Carlotta se vestiu e foi na ponta dos pés até a porta dos fundos. A julgar pela periodicidade pronunciada dos sons que emanavam da sala, deduzi que a minha hóspede já estava entretendo visitantes matinais. Meu Deus, pensou Carlotta, saindo às pressas, parece que estão fazendo um estoque para o inverno. Imagino quantos tempos de êxtase sexual eles serão capazes de jogar antes da partida do ônibus de Heather às duas.

09h10. De volta do café da manhã. Agora, o que devo usar para ir à igreja? Preto me parece sóbrio demais. Será que o meu vestido de festa seria inadequado? Quanto das costas pode-se expor no domingo? Será que é estranho demais usar uma camiseta sobre um vestido de festa? As mulheres sabem responder esse tipo de pergunta. Claro, elas leem a *Vogue*. Mas um cara, o que ele pode fazer?

16h25. Que dia espiritualmente pleno. O domingo faz muito mais sentido quando temos tempo para incluir noventa minutos de esplendor ritualístico.

No final das contas, Carlotta decidiu ir de preto. Tentei uma camiseta branca sob o vestido azul, mas concluí que fiquei parecido com uma freira numa excursão noturna aos cassinos de Las Vegas. Então decidi pelo preto, tendo como acessórios (contribuições da Sra. DeFalco) um par de brincos de ametista, um belo colar de contas, luvas brancas e uma Bíblia mais do que rodada.

Carlotta chegou à casa vitoriana dos Saunders pontualmente às 9h30. A mãe de Sheeni atendeu a porta, cumprimentou Carlotta com um abraço caloroso e me convidou a sentar na sala de estar, onde me apresentou ao marido grandalhão com sobrancelhas bastas, que colocava enfeites de Natal num pinheiro.

— Como vai? — disse ele com sua voz retumbante, as sobrancelhas sacudindo para todo lado enquanto ele apertava a mão úmida de Carlotta.

— Bem, obrigada — disse Carlotta reverente. Tentei não pensar na última vez em que fui alvo da hospitalidade deles, há apenas algumas poucas semanas.

— Sheeni! — gritou a mãe. — Vamos!

O Meu Amor, uma visão divina em branco imaculado, desceu as escadas desanimada.

— Mãe, eu só vou porque você convidou Carlotta. Eu não mudei os meus princípios.

— Então oremos para que receba a revelação em breve. Não quero todos os meus filhos chafurdando no pecado.

— Paul é muito feliz, mãe — disse Sheeni.

— A felicidade mundana dele não me interessa — respondeu a Sra. Saunders. — O que me preocupa é sua alma eterna.

— Carlotta — disse Sheeni com um suspiro. — Posso falar com você um minuto?

— Sim, claro — respondi surpreso.

Com a mente acelerada, pedi licença e acompanhei o meu amor até o gabinete ao lado. Sheeni fechou a porta e se voltou para mim.

— Carlotta! — exclamou ela. — O que é isso que você está usando?

Instintivamente, levei a mão aos seios. Será que um deles havia escorregado? Não, parecia estar tudo em ordem.

— Por que, Sheeni? — perguntei. — Algum problema?

— Onde conseguiu esse colar?

— Ah, é algo que eu tinha à mão. Acho que foi presente de mamãe. Ela o usou em *Rocky II*. Por quê? Não combina com os meus brincos?

— Carlotta, isso é um terço! Você não pode usar um terço católico na igreja dos meus pais. Você seria barrada no ato pelos diáconos.

— Ai, meu Deus — disse Carlotta, retirando apressada as contas ofensivas, tendo cuidado para não desarrumar a peruca. — Desculpe, Sheeni. Não tinha ideia.

— Vamos subir. Venha — disse ela. — Vou lhe emprestar o meu colar de ametistas.

— Obrigada, Sheeni. Ah, os seus brincos de safira estão na minha bolsa.

— Bom, Carlotta. Eles são os meus preferidos, sabe? Pedi um colar combinando pro Papai Noel, mas meu pai disse que o vestido do baile custou mais do que ele gastou com a faculdade de direito. Claro, aquele bobo não está levando em conta a inflação.

Chegamos ao culto com dez charmosos minutos de atraso. Felizmente, os Saunders têm um banco particular com localização de prestígio, portanto não precisamos nos espremer com a turba de atrasados em pé ao redor da porta.

Acho que o serviço como um todo alcançou uma nota satisfatória de piedade teatral. O novo pastor, entretanto, claramente não atendeu aos altos padrões estabelecidos pelo reverendo Knuddlesdopper. O reverendo Miles Glompiphel era um jovem pálido e bem alimentado com cabelos loiros claros penteados para trás e um sorriso emprestado, intacto, de Alfred E. Newman. Um eco suave da revolução da década de 1960 reverberava em seu guarda-roupas, como se houvesse sido encomendado pela congregação de um catálogo antigo da Sears: lapelas amplas, gravata chamativa, colarinhos enormes, calças brilhantes — tudo meticulosamente em tons harmônicos de poliéster marrom.

Esse pode ser um período de felicidade, mas os temas do reverendo Glompiphel foram pecado e maldição.

— Alguns de vocês vieram a esta casa de devoção sob pretextos falsos — declarou ele com grande ênfase num dado momento. — Há falsidade nos seus modos, falsidade no seu vestir, e sim, falsidade nos seus corações. Vocês viraram uma face falsa para Deus e acreditam que o segredo está bem guardado. Mas, pecador, saiba que está enganado. Ele vê e sabe tudo.

Carlotta corou e passou a se mexer desconfortável no banco. Desculpe, Deus, pensei. Eu sei que isso soa mal, mas fiz tudo por amor à minha querida Sheeni. Acredite ou não, estou tentando viver uma boa vida, o que acontece é que as circunstâncias foram complicadas.

Eu me senti melhor depois da apresentação emocionante de um coral; só gostaria de ser mais familiarizado com as letras. Acho que vi a mãe de Sheeni olhando intrigada diversas vezes durante as músicas mais obscuras.

Depois do culto, a Sra. Saunders convidou Carlotta para o almoço de domingo. Como penitência pelos meus pecados, não repeti o delicioso presunto assado e comi apenas dois pequenos pedaços da maravilhosa torta de nozes com especiarias. Também participei de uma animada discussão teológica com o casal Saunders que durou quase uma hora. Espero que Deus reconheça isso.

Depois do almoço, Sheeni convidou Carlotta para subir ao seu quarto para mostrar sua coleção de joias. Sentamos na colcha de chenile virginal do Meu Amor e passamos uma hora agradável experimentando brincos, broches, colares, anéis, braceletes, cordões de tornozelo, pingentes, medalhões e outros caros ornamentos preciosos. Ocorreu-me que precisarei ter uma carreira de escritor incrivelmente bem-sucedida se quiser dar a Sheeni a vida à qual ela está acostumada. Só espero não precisar sacrificar inteiramente à arte para atender ao gosto obtuso das massas que consomem ficção.

Infelizmente, cheguei em casa tarde demais para me despedir de Heather. Encontrei este bilhete sobre a mesa da cozinha:

> Querida Carlotta,
>
> Muito obrigada pela sua hospitalidade e por me ajudar a me arrumar para o baile. Foi demais. Pena não termos tido tempo para aquela massagem. Quem sabe da próxima vez! Venha para Santa Cruz quando quiser e traga junto o seu primo peludo. Você tem uma casinha adorável. Sinto que você tem grande necessidade de um lar. Seja legal com Fuzzy e, se puder, ajude-o a superar esse choque. Espero que você conheça um cara tão legal quanto o meu namorado. Que tal aquele Trent? Ele é um gato! Não suma...
>
> > Com amor,
> > Heather
>
> P.S.: Um cara chamado Bruno apareceu por aqui. Você disse a ele que eu sou a sua irmã casada?

Droga, estava ansioso por alguns momentos sozinho como Nick Twisp, mas não ousarei trocar de roupas (ou identidade) com aquele jogador de futebol americano intrometido metendo o nariz onde não foi chamado.

21h45. Outra vez, ninguém atende na casa de Joanie. Talvez ela tenha descoberto que está esperando quíntuplos e se encontre em estado catatônico. Acabo de assistir *Holiday Inn* na tevê. Eles devem ter escolhido os ângulos da câmera com muito cuidado; Fred Astaire não me pareceu nada baixo. A dúvida permanece quanto a Bing Crosby. Pode ser que nunca chegue a uma conclusão quanto a se aquele cara sabe ou não cantar.

**SEGUNDA-FEIRA, 22 de dezembro** — Duas semanas gloriosas sem aula. Será que existe algo mais incrível? Bem, algumas coisas me vêm à mente. Mas a vida é bela, mesmo que tenha passado as duas primeiras horas das férias de

Natal limpando a casa e lavando os lençóis (fragrância de mistura de fluidos corporais, nenhum dos quais meu).

Adivinhe de quem foi a cara feia que vi na primeira página do jornal de hoje. Ninguém mais, ninguém menos do que Dwayne Crampton. Ele foi retratado com um buquê de margaridas nas mãos e olhando estupidamente para a mãe, que se casou ontem com o meu velho vizinho radical, o Sr. Ferguson, na sua cela. Dois guardas e um bêbado da cidade foram as testemunhas. Nenhum sinal do meu pai na foto. Talvez aquele casca de ferida não tenha sido convidado. Segundo a reportagem, depois da cerimônia, o noivo fez uma pausa em sua greve de fome em busca de justiça sindical para beber uma taça de champanhe. A lua de mel foi adiada e o feliz casal espera morar separado por enquanto.

12h15. Aproveitei a manhã livre e finalmente comprei um presente de Natal para Sheeni. Carlotta encontrou um conjunto de caneta e lapiseira com aparência de caro em promoção na Flampert's por 6 dólares e 99 centavos. Folheado com ouro 12 quilates genuíno. O embrulho custou apenas 50 centavos adicionais. Espero que ela goste. Uma escritora tão promissora quanto ela deve ter um instrumento de escrita prestigioso à mão para anotar os pensamentos quando eles surgem.

Carlotta encontrou Sonya no balcão de maquiagem. Minha amiga estava vibrando de entusiasmo e investindo pesado em cosméticos em tons de lilás.

— Ah, Carlotta — borbulhou ela —, estou amando!

— Dwayne provocou uma impressão e tanto, hein? — disse eu, surpreso.

— Ele não! Devia estar fora de mim ao concordar em sair com aquele cretino.

— Então quem é o sortudo, Sonya?

Ela me puxou mais para perto e abaixou a voz para um sussurro conspiratório.

— Fiquei sabendo ontem por uma fonte segura. Carlotta, Trent largou Janice Griffloch!

— Largou? — exclamei.

— Largou; espinhas, cabelo fino, mau hálito e tudo mais. Você sabe o que isso quer dizer, não sabe?

— Não. O quê, Sonya?

— Carlotta, Trent dançou três músicas comigo. Ele foi muito amável e atencioso.

— E? — perguntei, constrangido.

— E aí que o cara gosta de mim.

— Você tem certeza? — perguntei, desconfiado. — Ele convidou você para sair?

— Não, ainda não. Os meus pais idiotas estão tentando sabotar a minha vida social. Eles não incluíram o nosso número na lista telefônica! Liguei pra companhia telefônica esta manhã e solicitei uma inclusão de emergência. Eles vão lançar o número no sistema o mais rápido possível. Carlotta, e se Trent já tiver ligado para o número de informações? Você acha que eu devo mandar meu número pra ele numa carta anônima?

— Bem, é uma ideia, Sonya. Mas talvez você deva esperar alguns dias. Quero dizer, pode ser que Trent esteja interessado em outra pessoa.

Uma nuvem negra passou por seu semblante maquiado em tons de violeta.

— Ele gosta de mim, Carlotta. Eu sei que gosta.

— Bem, se você está dizendo.

— Sabe qual é o seu problema, Carlotta? Você é invejosa. Está irritada porque Fuzzy levou outra garota pro baile e você só dançou com Trent uma vez.

— Não é isso, Sonya.

— Você está com inveja, Carlotta. Agora eu sei. Você quer Trent pra você.

— Não quero coisa nenhuma!

Passantes curiosos começaram a olhar em nossa direção.

— Mas ele não pode ser seu, Carlotta! — gritou Sonya, seus tons de roxo raivosamente subindo pelo espectro em direção ao vermelho.

— Mas eu não quero Trent! — insisti.

— Veremos pra quem ele vai ligar primeiro. Você vai ver se vou te ajudar de novo na aula de costura sua... sua... mendiga neomussolinesca!

Sonya agarrou a sacola de compras que estava sobre o balcão e saiu pisando forte.

Veja, meu Deus, o que acontece quando tento levar uma vida exemplar. Eu me dou ao trabalho de fazer uma boa ação por uma amiga e sou exposta ao ridículo na Flampert's por isso.

Ainda descobri que, provavelmente para estimular sua vida social, Mertice Palmquist convenientemente incluiu seu número na lista telefônica de Ukiah. Quando ela atendeu, usei a voz de uma mulher italiana idosa.

— Mertice Palmquist — sussurrei, etereamente. — Mertice Palmquist.

— Sim — disse ela, surpresa. — Quem fala?

— Mertice Palquist, *io quero o mio descanso.*

## Os diários de Nick Twisp

— Quem fala?

— Mertice Palmquist — disse eu com voz vacilante —, deixe *mio filhio* em paz.

— Eu não sei do que está falando, minha senhora. Isso é um trote?

— *Io te* ouvi. *Io te* vi na minha cama, com *mio filhio*.

— Muito bem, quem está falando? — perguntou ela nervosa.

— Mertice Palmquist, *io soi* a *mama* de Dominic.

— Isso é algum tipo de piada? Shirley, é você? Nunca devia ter falado nada sobre mim e Dom pra você.

— *Io* voltei do *mio* túmulo frio, Mertice Palmquist. Voltei para *vingare* os seus pecados contra o sacramento de *lo* casamento.

— Que pecados?

— *En mia* cama. No *sábato* à *la* tarde.

— Ah! Como a senhora sabe disso? — gritou ela. — Quem é a senhora?

— *Io te* vi, Mertice Palmquist. *Io vi todo.*

— Tudo? — disse ela, engolindo em seco.

— Pecados da carne, Mertice Palmquist. Vergonhosos. *En mia* cama. Sobre a colcha que *io* costurei com as próprias mãos.

— Mas... mas a mãe de Dom está morta!

— Você invadiu *la mia* casa. *Mia casinia*, com um quadro de *la* Última Ceia. E as latas de grão-de-bico que o *mio* Dominic tanto gosta na despensa.

— Sra. DeFalco! — gritou ela.

— *Io* fiz um barulho para alertar da *mia ravia*. Mas você *non* ouviu.

— Eu... eu achei que tinha ouvido alguma coisa! Dom disse que eram esquilos no sótão.

— Io *non soi* um esquilo. *Soi una mama* ultrajada, que voltou do túmulo!

— Ai, meu Deus! O que eu fiz?

— Você me deixa o *mio* menino em paz, Mertice Palmquist. Ele é casado. Você fique longe de *mia* casa.

— Sim, Sra. DeFalco. Sim, vou ficar longe!

— Você promete?

— Sim, me desculpe. Eu não sabia.

— *Tuto bene.*

— Ah, muito obrigada!

— *Non* tem do quê.

— Me desculpe, Sra. DeFalco. Isso provavelmente é grosseiro, mas a senhora pode me fazer um pequeno favor?

— Que tipo de *favore*? — perguntei, surpreso.

— Meu querido Hurlbut, meu periquito, morreu há pouco tempo. A senhora pode dizer que o amo? Que sinto saudades?

— *Va bene*, acho que *si*. Direi a ele.

— Obrigada. Quero que a senhora saiba que só saí com o seu filho porque estava triste com a perda do meu bichinho. Não sou uma má pessoa.

— *Io* te perdoo. Só *non* faça mais isso. E *non* diga a Dominic que *io* liguei. *Non* quero que ele se preocupe com *la* pobre *mama*.

— Está bem — respondeu ela.

— *Tenia* um *bon giorno*, Mertice Palmquist.

— Adeus, senhora DeFalco. O nome dele é Hurlbut. Ele é verde e tem a cabeça amarela.

— *Sen* problema. Acho que *estoi* vendo ele *voare* nessa *direcione* agora. Tchau.

— Adeus, Sra. DeFalco. Obrigada por ligar. Tenha um bom-dia.

Depois de desligar, imediatamente liguei para a casa dos DeFalco. Fuzzy atendeu, soando oportunamente desalentado.

— Oi, Nick — disse ele. — E aí?

— Frank, acabo de esmagar a vida amorosa paralela do seu pai. Mertice Palmquist está de volta à dieta sem salame italiano.

— Legal, Nick — disse ele, animando-se. — Como você conseguiu isso?

— Esqueça isso — respondi. — Frank, preciso de um favor.

— Que tipo de favor? — perguntou ele desconfiado.

— Preciso da chave da casa do seu tio.

— Certo, Nick. Devo perguntar pra quê?

— Provavelmente não. Mas não se preocupe. Devolvo logo.

— Certo. Pego a chave e levo aí amanhã. Mas me diga, Nick, você entrou no quarto de armas do meu pai?

— Claro que não, Frank. Por quê?

— Alguém arrombou a porta e entrou lá. Roubaram um fuzil AK-47. Meu pai não ficou nada feliz.

— Ele deu queixa à polícia?

— Não. Não pode. A arma não era registrada. Ele podia entrar numa enrascada. Achei que podia ter sido você.

— Por que eu? — perguntei indignado.

— Bem, é que você sempre faz perguntas sobre armas. Lembra? Fica com um olhar estranho e começa a falar sobre se livrar dos corpos.

**Os diários de Nick Twisp**

— Mas eu não sou ladrão, Frank. Se quisesse uma arma, faria o que qualquer maluco com respeito próprio faria: compraria pelo correio. Eu tenho a grana.

— Tem, Nick? Isso me lembra uma coisa. O dinheiro do meu tio Polly ainda está desaparecido. Você por acaso...

— Opa, preciso ir andando, Frank. Está na hora de colocar o amaciante na máquina. Cara, vocês fizeram um festival nos meus lençóis. Tchau!

As armas estão entre os alvos preferidos dos bandidos. O pai de Fuzzy devia ser mais responsável. Agora temos mais um maníaco homicida por aí com uma arma carregada e más intenções.

14h10. Carlotta acaba de ter uma conversa agradável ao telefone com A Mulher que faz Florescer a Minha Árvore. Não passarei as festas sozinho, afinal de contas. Sheeni me convidou para o jantar da véspera de Natal.

Uma tigela enorme de pipoca está à minha espera na mesa de centro da sala. *Natal branco* começa daqui a 15 minutos na tevê. Apenas eu, Bing e o último copo de vinho vagabundo. Será que alguém, em qualquer lugar deste planeta, planeja lembrar de Nick Twisp com uma pequena prova de sua afeição neste Natal? Não demora para Bing começar a cantar você-sabe-o quê. Prefiro a versão de Frank. O que será que a moçada descolada e antenada ouve nesta época do ano? Será que os Flesheaters lançaram um álbum de canções de Natal?

15h20. ESTOU RICO! Estou incrível, absoluta e totalmente rico! Estou nadando em dinheiro. Estou verde de prosperidade. A indolência é o meu destino, o consumo conspícuo será a grande realização da minha vida. Para que todos saibam: ESTOU RICO!

Tive esta notícia sensacional há pouco, quando liguei para a minha irmã. Ah, por que ela não estava em casa quando liguei antes? Tantas horas desperdiçadas desnecessariamente em cruel e dolorosa pobreza. Acontecimentos estupendos, gloriosos: a falecida mãe espiritual de Carlotta, a Srta. Bertha Ulansky, deixou todo o seu dinheiro para mim!

— Tudo? — perguntei para Joanie, quase sem acreditar.

— Bem, quase tudo, Nick — disse ela. — Tudo menos uma doação de 5 mil dólares para o Retiro dos Artistas e a tevê em cores gigante. Isso, ela deixou para mim. Phillie a arrastou para cá hoje de manhã. Aquela coisa é um monstro. Quer comprá-la, Nick?

— É possível, Joanie. Vou pensar nisso, claro — disse eu, tentando conter a empolgação. — Isso depende. De quanto dinheiro estamos falando?

— Bem, o advogado ainda não sabe ao certo. Ele ainda está levantando extratos bancários e coisas do tipo. A Srta. Ulansky tinha contas por todo lado, ao que parece. Eles encontraram duas mil ações da IBM atrás da geladeira ontem.

Sou acionista da IBM! Devo trocar imediatamente o meu genérico por um computador de verdade.

— Ah, deixe de mistério, Joanie — disse eu, impaciente. — O valor chega a 10 mil dólares?

— Nick, querido, é quase meio milhão. E o apartamento, que já foi quitado, além dos tapetes e dos armários de banheiro de duas portas com pias de azulejo.

— Quanto vale o apartamento? — perguntei embasbacado.

— Bem, é melhor do que o meu — respondeu Joanie, pensativa. — Eu só tenho armários de uma porta com revestimento imitação de mármore. Eu, pessoalmente, não venderia o meu por um centavo abaixo de 200.

— Duzentos? — esforcei-me para falar.

— Duzentos mil dólares, Nick.

— Meu Deus! — disse eu, soltando o ar e me recostando na parede. Duzentos mil dólares por um apartamento com menos espaço do que o casebre de um boia-fria. Devo vendê-lo imediatamente, antes que o mercado imobiliário volte a ter contato com a realidade.

— Eu não entendo, Nick — disse Joanie. — Você só se encontrou com a senhora Ulansky algumas vezes. Por que ela deixou tudo para você? O advogado disse que ela mudou o testamento assim que você foi embora.

— Não faço a menor ideia, Joanie. Acho que ela ficou cativada com a minha personalidade.

— Foi bom eu ter dito que o amigo dela, Frank Dillinger era, na verdade, o meu irmão Nick. Senão, o advogado ainda estaria procurando por esse cara.

— Valeu, Joanie. Você me salvou. E então, quando posso pegar a minha bolada?

— Vai demorar algum tempo, Nick. Sorte sua você ter ligado. O advogado quer que você assine alguns papéis.

— Não posso fazer isso pelo correio?

— Acho que não, Nick. As assinaturas precisam ter firma reconhecida.

— Posso fazer isso aqui, Joanie.

— Bem, vou ver com ele. Nick, onde você está? Estamos tão preocupados.

— Estou... estou por aí. Estou bem.

— Me dê um número de telefone pelo menos. Assim eu posso ligar.

Os diários de Nick Twisp

— Não dá, Joanie. Eu ligo pra você.

— Quando? — indagou ela.

— A cada três ou quatro dias, por aí.

— Nick, você já ligou para a nossa mãe? Ela está muito preocupada.

— Estou trabalhando nisso, Joanie. Vou ligar logo. Bem, obrigado pela ótima notícia.

— Nick, você está rico! Seus problemas acabaram.

Dinheiro! Não compra felicidade, mas certamente dá uma boa entrada.

16h17. Carlotta estava claramente vibrando de entusiasmo quando Fuzzy apareceu com a chave surrupiada.

— Ei, Nick, você tá de férias — disse Fuzzy. — Por que ainda está embonecado de Carlotta?

— Tenho que sair para fazer umas comprinhas de Natal — respondeu Carlotta espirituosa. — Ah, isso me lembra de uma coisa, Frank. Aqui está o seu presente.

— Caramba. Valeu, Carlotta. Posso abrir?

— Por que não, Frank? Ninguém está olhando.

Fuzzy abriu o embrulho numa explosão de papel de presente.

— Caramba, um conjunto de caneta e lapiseira — disse ele sem maior entusiasmo.

— É ouro de verdade — destaquei. — São réplicas de um conjunto presenteado ao presidente McKinley pelo imperador de Constantinopla.

— Uau — disse ele, um pouco mais entusiasmado. — Não precisava, Carlotta.

— O que é isso, Frank. Como estão as coisas em casa?

— Meu pai parece estar um pouco deprimido. Perguntei se ele não ia sair pra comprar uma árvore de Natal e ele me olhou atravessado.

— Ele vai se animar, Frank. Como está a sua mãe?

— Ela passa a maior parte do tempo no quarto em cima da garagem batendo no colchão com a raquete de tênis e gritando. Carlotta, o nome do seu pai é George?

— É, é sim.

— Foi o que eu pensei. Ela grita bastante o nome George.

— Algum sinal de compras de Natal?

— Até agora não, Carlotta. Estou preocupado. Este pode ser o meu único presente esse ano. A não ser pelo de Heather.

— Ah, e o que Heather vai lhe dar?

— Ela já me deu — disse ele. — Uma coisa que eu sempre quis fazer com uma garota.

— E como foi?

— Muito bom, Carlotta. Eu recomendo.

19h15. Carlotta está de volta. Outro momento revigorante gastando o dinheiro arisco de tio Polly. Agora não preciso mais economizar; já era hora de injetar um estímulo fiscal diretamente na jugular do comércio do condado de Mandocino. Carlotta começou as compras numa floricultura, onde encomendou uma dúzia de rosas vermelhas para a mãe de Fuzzy. Assinei o cartão extravagante de papel artesanal: "Do seu marido apaixonado, Dom." Ao mesmo tempo, uma samambaia enorme, bem masculina, foi escolhida para o Sr. DeFalco, acompanhada por um encômio igualmente romântico da esposa que o adora.

Segui, então, para as melhores joalherias da Main Street, a fim de escolher um presente adequadamente caro do playboy Nick Twisp para sua futura Esposa Troféu.

— Gostaria de ver algo de safiras azuis — disse Carlotta, com o nariz empinado.

O vendedor olhou para mim cético.

— Bem, temos esses brincos com pedras de 116 quilates.

— Estava pensando em um colar.

O vendedor sacou uma gargantilha com pedras azuis cintilantes.

— Perfeito — disse Carlotta. — Quanto custa?

— Dois mil e oitocentos dólares — respondeu o vendedor, sem soltar a joia. — Mais impostos.

— Mais impostos, hein? — meditou Carlotta. — É muito bonito. Infelizmente, ainda estou esperando um cheque de dividendos do meu advogado. O senhor tem algo mais barato?

Fiquei com um belo pingente de safira com corrente de ouro. Acondicionado numa caixinha de veludo, embalado e colocado numa prestigiosa sacola prateada, aquele mimo reluzente me custou 593 dólares e 12 centavos. É uma boa coisa que eu tenha ficado rico; adornar o seu amor com joias pode ser algo caro. Para que Carlotta não se sentisse menosprezada, comprei para ela um par de brincos do balcão de descontos. Um belo par de granadas na cor marrom (com um quarto de quilate), para combinar com seus olhos, por 114 dólares e 87 centavos.

Depois, Carlotta caminhou até a Flampert's, que estava lotada, onde fiquei surpreso ao ver outros três clones neomussolinescos. (Uma mulher, contudo, parecia ter mais de 90 anos, então pode ser que ela não conte.) Depois de uma busca prazerosa, comprei um caderno de anotações para o pai de Sheeni (advogados adoram essas coisas) e, para a mãe dela, inspiradores panos de prato estampados com um mapa em cores da Terra Santa. Muito apropriado, e em promoção.

Quando cheguei em casa, contei o maço anoréxico que me restava: 63 dólares e 84 centavos.

Espero que o advogado mande logo o cheque. Posso ter problemas temporários de fluxo de caixa. Para quem posso pedir um empréstimo de curto prazo? Que tal Bruno? Não, acho que não gostaria de pagar o tipo de juros que ele cobra.

21h55. Bem, está tudo resolvido. Mas precisei de mais de uma hora de ligações para cima e para baixo para acertar os detalhes. A Operação Cupido Trovejante começa amanhã às 9h30 da manhã. Parece um horário estranho para a primeira união sexual de alguém, mas, quando somos abençoados com pais indianos caretas, é preciso estar aberto para a oportunidade quando ela surge, por assim dizer.

22h20. Estou assistindo a *A felicidade não se compra* na tevê. Na minha opinião, essa é uma história improvável. Claramente, George Bailey deveria ter fugido de casa aos 14 anos para nunca mais voltar.

QUARTA-FEIRA, 23 de dezembro — 10h05. Carlotta está sentada na recatada cama de solteiro de Apurva, no seu quarto arrumado e virginal, com a porta trancada. Estou conversando, rindo e ouvindo música (alto). Também estou sozinho. Apurva saiu escondida pela janela há 25 minutos com a chave da casa de tio Polly. Como combinado, Trent a encontrou na esquina. Ela deve chegar no máximo às 11h30. Descontado o tempo gasto nos traslados de ida e volta, eles terão cerca de noventa minutos de privacidade para você-sabe-o quê selvagem. Estou tentando refrear o meu ciúme.

Não, não ofereci a minha casa aos amantes. As muitas idas e vindas nas últimas semanas levantaram suspeitas nos meus vizinhos. (O sujeito abelhudo da esquina, em especial, parece estar particularmente intrigado.) Além disso, acabei de lavar os lençóis.

O Sr. Joshi está no trabalho, a Sra. Joshi está assistindo ao programa de Phil Donahue na sala (as paredes são finas, eu consigo ouvir os sons da tevê) e Vijay, o Odioso, está largado no quarto dele, que fica do outro lado do corredor. Apurva me contou que, desde o dia depois do baile, ele está "um tanto devagar". Naturalmente, estou interpretando esses sinais como algo positivo.

11h02. Acabo de tomar um grande susto. A mãe de Apurva bateu na porta e perguntou se queremos chá.

— Não, obrigada, Sra. Joshi — disse Carlotta.

— Apurva, quer que eu traga uma xícara para você? — perguntou ela.

— Não, obrigada — respondi, com a minha melhor imitação de Apurva. Graças a Deus que ela se foi.

Tenho de usar o banheiro, mas não ousarei deixar o quarto: a Sra. Joshi pode voltar. Por que tomei aquela quarta xícara de café com donuts essa manhã?

Tento me distrair bisbilhotando as gavetas. Eu gosto disso. Encontrei algumas fotos interessantes de Apurva com os amigos na Índia. Eles estão sentados em cadeiras de vime em algum tipo de varanda com aparência exótica. É difícil de acreditar que todo um país enorme exista do outro lado do mundo. Enquanto escrevo isso, milhões de pessoas vestidas em roupas estranhas estão circulando por paisagens exóticas, falando línguas estranhas e realizando atividades estrangeiras. Mas uma das garotas na foto segura um gato que não ficaria fora de lugar num quintal americano. E outra delas está tendo um encontro amoroso secreto nos cafundós da Califórnia com um americano fanático por windsurfe. Nós realmente vivemos em um único mundo.

11h32. Onde está Apurva? Ela está dois minutos atrasada. Não consigo mais me segurar. Carlotta acaba de levantar a saia e urinar pela janela. Espero que não haja vizinhos espiando.

Mais passos do outro lado da porta.

— Apurva, abaixe a música — disse Vijay com petulância. — Estou tentando falar com Sheeni ao telefone.

— Está bem — disse eu musicalmente AUMENTANDO o volume.

11h47. Nenhum sinal de Apurva. Vijay está batendo à porta. A Sra. Joshi nos chamará em breve para o almoço. Como me deixei ser convencido a entrar nessa situação?

12h12. Apurva está de volta. Ela está descalça, tem uma contusão feia no rosto, uma abrasão na coxa e está falando incoerentemente sobre banheiras de hidromassagem. Aquele Trent é um monstro! Apurva também parece ter perdido a chave da casa de tio Polly. Ahá, a Sra. Joshi acaba de falar do outro lado da porta que o almoço está servido. Hora de Carlotta cair fora!

13h30. Totalmente em pânico, Carlotta saiu desajeitada pela janela do quarto de Apurva, rasgando o vestido e tragicamente perdendo um disco perfumado. Esgueirando-se pelo beco dos fundos a caminho de casa, fui obrigada a passar por um inesperado corredor polonês de jogadores de futebol americano.

Os diários de Nick Twisp

— Oi, Carly — disse Bruno, carregando o latão de lixo pelo asfalto. — Que tal antecipar o meu presente de Natal, gata?

— Vá se catar — murmurei, dobrando os braços sobre o peito.

— Ei, Carly, está com um decote caprichado hoje, gata. Como rasgou o vestido? Fuzzy pegou pesado com você?

— Não é da sua conta — disparei. — Saia da minha frente!

Bruno recuou.

— Mais tarde eu apareço, gata — arrulhou ele. — Você sabe que quer, por que lutar contra isso?

Carlotta parou onde estava.

— Bruno, querido, você não ouviu as notícias?

— Que notícias? — perguntou ele.

— Mertice Palmquist terminou com o Sr. DeFalco.

— E aí?

— Por que você não liga para ela?

— Não sei — disse ele coçando a cabeça raspada. — Por que você acha que Mertice pode estar interessada em mim?

— Um amigo dela me disse.

— Que amigo?

— Um cara que morava com ela. Um tal de Hurlbut.

— Ele disse mesmo?

— Disse. Ligue para ela. Diga que Hurlbut pediu para você ligar.

— Legal! — disse Bruno, entusiasmado. — Vou ligar!

Assim que entrei em casa, liguei para Trent. Ninguém atendeu. Dois minutos depois, o telefone tocou.

— Carlotta — disse Sheeni, agitada. — Que história foi essa que ouvi sobre você ter espancado Apurva Joshi?

— Quem lhe disse isso? — exigi saber.

— Vijay acaba de me ligar. Ele disse que você foi até lá visitá-la e que a mãe deles encontrou Apurva ensanguentada e histérica no quarto.

— Apurva disse que eu fiz isso? — perguntou Carlotta, sentindo mais uma vez a familiar pontada de dor escrotal.

— Eles ainda não conseguiram extrair uma história coerente dela. Carlotta, você não... você não a atacou, atacou?

— É claro que não, Sheeni. Que tipo de pessoa você pensa que eu sou? Temo que o autor deste ultraje tenha sido o seu velho amigo Trent.

— O quê!? — gritou ela.

— Apurva me convidou para um jogo de majong —, expliquei, dourando ligeiramente a verdade. — Então ela saiu pela janela para encontrar com Trent. Ao que parece ela queria que fosse para lá apenas para afastar suspeitas enquanto estivesse no encontro ilícito. Tentei dissuadi-la, claro. Mas não há nada que se possa fazer para conter aqueles dois. Eles estão muito apaixonados. Ela voltou para casa no estado em que a mãe a encontrou.

— Que interessante! Mas, Carlotta, por que você foi embora tão precipitadamente? Uma partida tão abrupta apenas atraiu as suspeitas para você.

— Eu não sei — confessei. — Acho que a visão de sangue me fez entrar em pânico. E que explicação eu poderia dar à mãe dela?

— Não acredito que Trent tenha feito uma coisa dessas — disse Sheeni.

— Talvez, Sheeni, no final das contas, Apurva tenha recuado — disse eu, lembrando de um episódio prévio de hesitação virginal da parte dela no meu trailer. — Então Trent a agarrou à força.

— Você quer dizer...

— Sim, Sheeni. Estupro. Qual é a outra possibilidade?

— Eu não acredito nisso, Carlotta!

— Talvez exista um lado de Trent que você não conheceu, Sheeni. Um lado violento que vem à tona apenas em situações extremas de paixão e luxúria.

— Isso é muito pouco provável — respondeu Sheeni. — Posso garantir para você que já vi Trent nos seus extremos de paixão e luxúria. Muitas vezes. Mas nunca mais verá, se eu puder evitar!

— Bem, Sheeni, não há sentido em nos perdermos em especulações. Precisaremos esperar que Apurva volte a si.

— Não, não precisamos — disse Sheeni. — Vou ligar para Trent agora. *Clique.*

16h20. Até o momento não recebi uma visita da polícia. Sheeni acaba de ligar.

— Bem, Carlotta, falei com Trent.

— Onde ele estava, Sheeni? Liguei para a casa dele a tarde toda.

— Eu o encontrei no hospital. Ele foi até lá para tirar um raio X do tornozelo.

— Sheeni, o que aconteceu? Eles bateram o carro a caminho de casa?

— Não, Carlotta. Foi a sua delicada amiga Sonya Klummplatz.

— Sonya? — perguntei, surpreso.

— Sim. Ao que parece, ela os seguiu. Ela invadiu a casa e os surpreendeu na banheira.

— Nossa! Eles estavam nus?

— Acredito que estavam amplamente despidos, sim. Eles estavam lendo poesia para entrar no clima para... bem...

— Sim, eu sei.

— Sonya aparentemente ficou um tanto agressiva. Uma discussão se seguiu. O banheiro estava escorregadio. Sonya caiu na banheira. Todos terminaram feridos. Sonya se queimou um pouco. Ela, ao que parece, é muito sensível ao calor. A pele pálida dela, você sabe. Eles tiveram que tirar a roupa molhada dela.

— De quem?

— De Sonya?

— Eles tiraram a roupa de Sonya? E ela não se incomodou?

— Aparentemente, sim. Ela bateu em Apurva com o *Coletânea de poesia inglesa da Oxford.*

— A edição de bolso?

— Não, capa dura.

— Isso explica a contusão no rosto. E então, o que aconteceu?

— Sonya ameaçou afogar Apurva. Ao que parece, ela tem uma fixação bizarra por Trent. Ela deixou diversos bilhetes com o número de telefone dela no quintal dos Preston. Enfim, Trent fez o possível para evitar que ela agredisse Apurva. Os dois se vestiram da melhor forma que conseguiram e saíram de lá.

— Onde está Sonya?

— A última vez que a viram ela estava correndo na rua atrás deles.

— O que ela estava vestindo.

— Não muito.

— Pobre Sonya — falei. — E pobre Apurva. Todo aquele planejamento cuidadoso e mesmo assim ela voltou para casa de mão abanando.

— Sim — suspirou Sheeni. — Tive uma longa conversa com Trent na emergência do hospital. Ele a ama perdidamente.

— Ele disse isso para você?

— Sim, Carlotta. Acho que devo aceitar. O amor da minha infância se foi para sempre.

— E você não se importa? — perguntei, eletrizado além das palavras.

— Dói. Mas posso viver com isso, Carlotta. Acho que devemos fazer o máximo possível para que aqueles dois finalmente fiquem juntos.

— Está falando sério, Sheeni?

— Sim, estou. De certa forma, eu me culpo um pouco pela atual situação deles.

— Ajudá-los seria uma grande prova de generosidade, Sheeni — salientou Carlotta.

— Espero que eu seja uma pessoa generosa — respondeu ela.

— Ah, mas você é — garanti. — Você é!

Depois que Sheeni desligou, Carlotta se lançou numa dança de comemoração selvagem sobre o velho piso de linóleo. Sonya Klummplatz, minha querida amiga desorientada, eu poderia beijá-la!

19h20. Carlotta acaba de voltar do jantar com Fuzzy no seu restaurante preferido, McDanou'se. Fiquei impressionado quando ele pagou a conta.

— É um milagre — disse ele invadido por felicidade, quando sentamos com nossas bandejas no reservado de plástico amarelo. — Nunca vi meus pais tão apaixonados.

— Fico feliz por ouvir isso — exclamou Carlotta.

— Eles ficaram se atracando por horas — confidenciou ele. — Eu sei quando eles estão transando porque minha mãe sempre bota uma fita brega de Frank Sinatra. Eu não ouvia aquilo há meses. Finalmente, eles saíram do quarto, abraçados, meu pai me deu 20 dólares e disse para eu sair para jantar porque eles tinham compras de Natal pra fazer.

— Antes tarde do que nunca — comentou Carlotta, espremendo catchup de um sachê nas minhas batatas fritas. — Vejo que o meu plano funcionou perfeitamente.

— Sou muito grato, Carlotta. Pode ser que eu tenha a minha vida seminormal de volta por algum tempo.

— É bem provável — menti. — E, já que está assim tão grato, Frank, tenho certeza que não vai se importar de eu ter perdido a chave da casa do seu tio.

— O quê?

— Caiu da minha bolsa — menti. — Desculpe.

— O que vou dizer pros meus pais? — perguntou Fuzzy, preocupado.

— Bem, sugiro uma alternativa plausível. Diga que talvez tenha sido o ladrão que roubou a arma.

— É, mentir. Boa ideia. Valeu, Carlotta.

— Não por isso. Mas me diga, Frank, você é capaz de guardar um segredo?

— Sempre, Carlotta. Você sabe disso. Minha boca é um túmulo.

— Frank — sussurrei. — Estou podre de rico.

— Ah, Carlotta, lá vem você de novo.

Depois de descrever os acontecimentos dos últimos dias em detalhes, consegui convencer meu amigo de que não estava alucinando.

**Os diários de Nick Twisp**

— Caramba, Carlotta, isso é incrível! — exclamou ele. — O que você vai fazer com essa grana toda?

— Bem, primeiro quero resolver o meu problema de moradia. Algum lugar onde não precise entrar e sair me esgueirando como um morador de rua criminoso. Frank, você acha que os seus pais alugariam a casa da sua avó pra mim?

— Caramba, não sei — disse ele em dúvida.

— Por que não? Eles não precisam mais dela para o lazer com caras nojentos e piranhas.

— Isso é verdade — admitiu ele. — Bem, acho que posso perguntar pra eles. Quanto você pode pagar?

— O que eles pedirem, desde que seja razoável, claro. Frank, estou cheio da grana.

— Você devia ter dito isso antes de eu pagar os hambúrgueres — observou ele mal-humorado. — Quer me ressarcir?

— Não, obrigado, Frank. Os ricos nunca pagam a conta.

— Isso não me parece justo, Carlotta.

— Frank, você está começando a entender como a vida é de verdade.

21h55. Na falta de uma lareira, pendurei a meia-calça de Carlotta no aquecedor com cuidado e coloquei uma lata de grão de bico em cada perna como um presente de Natal para mim mesmo. Quando o meu primeiro cheque chegar (em breve, espero), pretendo acrescentar outros presentes cuidadosamente selecionados. O Papai Noel será muito generoso esse ano. Até agora, tenho 27 itens na minha lista, isso sem contar o assassino que François quer contratar para dar um jeito em Vijay.

Ele acha que 10 mil dólares devem ser o bastante. Espero que exista um número 0800 em algum lugar que permita contratar os sociopatas de Detroit ou Atlantic City adequados a cada caso. Odiaria ter que colocar um anúncio nos classificados do jornal.

**QUINTA-FEIRA, 24 de dezembro** (véspera de Natal) — 11h20. Estou na cozinha ouvindo música natalina no rádio e fazendo *fudge*. Carlotta disse a Sheeni que eu levaria uma sobremesa hoje. A receita na lata de cacau em pó parece fácil. Não encontrei nozes, então vou usar pistache.

12h40. Nada de o *fudge* endurecer; coloquei a panela no congelador. Nunca deveria ter confiado numa receita que não pede um bocado de amido de milho. Como aqueles cretinos da fábrica de chocolate acham que a receita ia endurecer?

14h28. O *fudge* ficou duro como pedra. Duro demais para cortar com uma faca, então tirei o bloco marrom da panela com um cinzel, enrolei-o com papel-alumínio e amarrei uma fita vermelha. Muito festivo. Carlotta está pronta. Ela está usando os brincos de granada e sombra verde e vermelha nos olhos. Espero que o Sr. Saunders não seja do tipo que gosta de fazer brincadeiras de beijar em baixo de um ramo de visco.

17h45. Ele é. Bigode irritante e um bocado de resíduos carcinógenos de tabaco. Espero não ficar com câncer labial.

Acabamos de jantar um ótimo rosbife, e agora Carlotta e Sheeni estão no quarto dela colocando os diários em dia. Sheeni ficou surpresa e feliz com o fato de Carlotta também manter um diário.

— Você tem que me deixar lê-lo — disse Sheeni, olhando para o caderno de Carlotta.

— Ah, eu não poderia — disse Carlotta. — É íntimo demais. Não faço censuras.

— Eu também não — confessou Sheeni. — Abro a alma e exponho meus segredos mais íntimos... cifrados, claro. À moda de Samuel Pepys.

— Talvez, Sheeni, os seus diários venham a ser decifrados daqui a algumas centenas de anos e causem sensação literária.

— Duvido muito, Carlotta. Imagino que nesta época as minhas passagens mais eróticas serão consideradas contidas demais. E as reflexões filosóficas já terão perdido o brilho.

Isso me faz lembrar que devo ser mais introspectivo e contemplativo na minha escrita. Acredito que o meu diário careça de profundidade filosófica.

Enquanto isso não acontece, voltemos à fofoca mais quente da tarde. Sheeni ouviu de Vijay. Carlotta, fico feliz por registrar, está livre da acusação de agressão. A patologicamente sincera Apurva contou toda a verdade aos pais. Como de costume, o Sr. e a Sra. Joshi estão lívidos e exigem um encontro com os pais de Trent. A reunião acontecerá amanhã à tarde.

— Mas é o dia de Natal — salientou Carlotta.

— Os Joshi insistiram — respondeu Sheeni. — Só espero que os pais de Trent não adotem medidas extremas, como mandar Trent para uma escola em outra cidade.

Isso seria uma lástima. Um golpe e tanto no desenvolvimento filosófico de Apurva.

20h30. O meu *fudge* foi um sucesso. O Sr. Saunders tirou a embalagem gotejante da mesa da copa e despejou seu conteúdo sobre sorvete de creme.

Os diários de Nick Twisp

Todos nós tomamos sundaes de chocolate com cobertura de chantili e salpicos reluzentes (feitos com ouro de verdade, uma verdadeira fixação dos ricos). Uma pena que os pistaches estivessem um pouco velhos; percebi Sheeni catando os dela.

21h47. Alegando cansaço natalino, Sheeni e Carlotta conseguiram escapar do culto de hoje à noite. Assim que os pais saíram, Sheeni serviu taças generosas de xerez para nós e encheu o tabuleiro de Scrabble. Que massacre! Minha rival acaba de soletrar "quatorzena", palavra com uma pontuação total que rivaliza com o montante da dívida pública. Ela me disse que a estrutura dos sonetos é formada por uma quatorzena de versos, ou 14 versos (talvez seja a estrutura poética preferida de Trent). Felizmente, o xerez está ajudando a aplacar o amargor da derrota. E também atrapalha a concentração. Estou resistindo a um impulso quase incontrolável de arrastar você-sabe-quem para baixo do ramo de visco.

23h10. Carlotta vai dormir aqui! A minha anfitriã insiste. A Sra. Saunders disse que assim podemos todos ir à igreja bem cedo amanhã de manhã. Isso me parece razoável. Carlotta dormirá numa cama que fica ao lado da cama virginal dela (idêntica, e com o colchão tão duro quanto). Enquanto escrevo essas linhas, ouço a Minha Amada no banheiro do quarto passando fio dental em seus lindos dentes. Será mesmo verdade que, em breve, estaremos os dois deitados juntos no escuro?

**SEXTA-FEIRA, 25 de dezembro,** Natal — 2h15. Duvido muito, diário, que volte a dormir um dia. Sendo este o caso, acho que devo contar os detalhes das últimas horas.

Quando Sheeni passou serenamente do fio dental para a escova de dentes, Carlotta se aproveitou da sua ausência e vestiu apressada uma camisola de flanela nada diáfana. Para a minha surpresa, esse não é o tipo de roupa de dormir preferida pelo Meu Amor, que emergiu do banheiro vestindo algumas poucas tiras de lingerie preta rendada e um negligê dramaticamente transparente, fechado com fitas de cetim atadas em um laço provocante.

— Meu Deus — disse Carlotta, sentindo um calor súbito —, que negligê fascinante.

— Gostou? — perguntou Sheeni, sentando na coberta de chenile branco para pentear os cabelos castanhos cacheados. — Comprei em Santa Rosa há pouco tempo. Esperava usá-la para o meu amigo Nick, mas acabou não acontecendo.

— É uma pena — disse eu engolindo em seco, e então me enfiei apressado sob as cobertas. — Tenho certeza que ele o teria achado... estimulante.

Sheeni colocou a escova no criado-mudo, cobriu-se, então olhou para mim e sorriu.

— Carlotta, você precisa mesmo ficar assim tão longe? Venha me esquentar. — Engoli em seco outra vez, fiz uma prece secreta e atravessei como um raio o vão atapetado entre as camas. Sheeni aninhou seu corpo divino na minha camisola de flanela fumegante.

— Carlotta, você é tão quente — disse ela. — Fique à vontade para tirar a camisola. Somos apenas garotas aqui.

— Não precisa, Sheeni. Estou bem assim. Sempre fico um pouco febril esta hora da noite.

— Nossa, Carlotta. A mistura dos nossos perfumes não está muito harmoniosa. Temi que isso fosse acontecer. Acho que devo passar um pouco do seu para mascarar o meu. Seduction, não é?

— Ah... é.

— Você pode pegar o frasco na sua bolsa?

— Hã... não, Sheeni. Acho que é melhor eu não fazer isso agora.

— Por que não, Carlotta?

— Prefiro não levantar agora, se você não se incomoda.

— Eu não me incomodo, Carlotta. Gosto de ficar aqui deitada com você.

— Gosta?

— Muito. Não consigo pensar em outra pessoa com quem eu quisesse estar aqui deitada agora.

— Sério?

— A não ser Nick.

— Tenho certeza de que Nick, onde quer que esteja, também desejaria estar aqui deitado com você.

— Nós três juntos, você quer dizer? — perguntou Sheeni inocentemente.

— Não, Sheeni. Nessas circunstâncias, eu, claro, me retiraria.

— Por quê?

— Bem, para que vocês pudessem ficar sozinhos.

— Para fazer o quê?

— Bem, você sabe, fazer amor.

— Então por que não fazemos?

Meu coração parou.

— Co... como? — gaguejei.

Os diários de Nick Twisp

— Por que você não tira essa peruca ridícula e faz amor comigo?

— Sheeni, querida! Você sabe!

— É claro que eu sei, Nick — disse ela tirando minha peruca e a atirando longe. — Pronto. Assim está melhor. Agora esses óculos cafonas.

Pisquei absolutamente surpreso quando ela tirou os óculos enfeitados de Carlotta do meu nariz maquiado com base.

— Sheeni, querida! Você está mesmo sugerindo que façamos aqui, no seu quarto?

— Acho que um quarto é o lugar mais adequado para tais atividades, Nick. Mas estou aberta a sugestões. Acha melhor irmos lá para fora, para o jardim?

— Ah, Sheeni! — disse eu, quase desmaiando ao olhar para a nudez dela coberta pela lingerie transparente.

— Nickie, querido — disse ela, correspondendo ao meu beijo febril. — Antes de começarmos, sugiro que pegue as camisinhas na sua bolsa.

— Como você sabe que tenho camisinhas na bolsa? — perguntei.

— Bisbilhotei nela mais cedo, quando você estava procurando "gargântua" no dicionário. Eu disse que era uma palavra dicionarizada.

— Eu nunca devia ter duvidado de você — falei, agora indiferente à onipresença da minha E.T. na camisola de flanela quando saltei atleticamente da cama para pegar a bolsa de Carlotta.

Sheeni se reclinou placidamente nos travesseiros perfumados.

— Nickie, meu amor, você gostaria de desfazer esse laço?

— Adoraria, meu amor. Isso é o que eu mais quero no mundo!

E então, diário, Sheeni me deu o melhor presente de Natal que um jovem já ganhou.

Fuzzy e Lefty estavam certos. Acontece naturalmente. Claramente as rimas estavam entranhadas no meu DNA, quase como se meus ancestrais estivessem realizando este ato por eras.

Depois, quando estávamos tranquilamente nos braços um do outro, perguntei a Sheeni como eu me saíra.

— Nada mal para um amador desajeitado — respondeu ela. — A segunda vez foi melhor. Meu Deus, Nick, o que é isso no seu peito?

— Apenas um ferimento leve — disse eu. — Nada sério.

— Parece a ponte Golden Gate.

— Ah, Sheeni — suspirei. — Você foi maravilhosa. É impressionante que a humanidade tenha sido capaz de construir civilizações com essa distração monumental ao alcance das mãos.

— Ouvi dizer que o impacto passa com o tempo.

— Não vejo como isso pode acontecer, meu amor. Vamos continuar?

— Quem sabe de manhã, Nick? Não queremos esgotar prematuramente suas limitadas reservas profiláticas.

— Está bem — disse eu, contentando-me com carícias secundárias. — Sheeni, me diga, há quanto tempo você sabe que Carlotta e Nick são a mesma pessoa?

— Desde o nosso primeiro encontro na doceria, amor.

— Mas... mas como você soube?

— Bem, Nick, o seu disfarce estava magistral, mas você negligenciou um detalhe.

— Que detalhe?

— O pedido de Carlotta. Reconheci imediatamente aquela escolha singular e, se me permite, peculiar.

— Claro! Eu devia ter me prevenido com alguns *strudels* de maçã. Odeio *strudel* de maçã. Mas, Sheeni, por que você não disse nada?

— O quê? E perder a performance de Carlotta? Nunca.

Minha mente estava a mil.

— Sheeni, o seu caso com Ed Smith. Você não... você não...

— Claro que não, amor. Aquilo foi puro tédio platônico. Inventei essa história para punir você pela sabotagem da minha carreira acadêmica em Santa Cruz. Quando, apesar da natureza chocante da minha infidelidade confessa, Carlotta ainda continuou buscando a minha companhia, eu percebi, Nick, que você me ama de verdade.

— Você algum dia duvidou disso, Sheeni? Por um minuto que fosse?

— Apenas durante aqueles meses em que você lutou para seduzir Apurva Joshi.

— Desculpe, amor. Acho que deve ter sido um desequilíbrio hormonal temporário

— Hã-hã.

— Sheeni! Então você não ama Vijay!

— Eu nunca poderia amar um republicano, Nick. Eu disse isso a ele depois do baile.

— Mas ele alega ser um liberal convertido — salientei.

— Mas não me enganou, Nick. Por sinal, como você já deve ter percebido, raramente sou enganada.

Uma verdade dolorosa.

**Os diários de Nick Twisp**

— Sheeni! Você sabia que era eu quando estava experimentando aqueles vestidos?

— É claro, Nick. E confesso que sua confusão me divertiu.

— Eu não fiquei confuso, Sheeni. Eu sabia exatamente o que queria fazer. O que aconteceu é que reprimir o impulso quase me matou.

— Eu achei sua reação doce, Nick. O que acontece é que estava começando a me preocupar que você estivesse confortável demais no papel de Carlotta.

— Por falar nisso, Sheeni, por que você insistiu que Carlotta furasse as orelhas? O tormento foi pra lá de excruciante.

— Achei que isso pudesse ajudar você a entrar em contato com o seu lado feminino, Nick. Ajudou?

— Não tenho certeza. É possível. Isso e usar sutiã.

Sheeni bocejou.

— Bem, Nick, você pode continuar a me acariciar se quiser, mas eu vou dormir.

Eu me inclinei e beijei os doces lábios dela.

— Boa-noite, Sheeni. Você me fez muito feliz. Você me ama?

— Amor, já passou da hora de discussões existenciais. Boa-noite. Durma bem. E nada de roncar!

10h15. Carlotta está fazendo algumas anotações rápidas na igreja enquanto o reverendo Glompiphel condena a congregação por chafurdar no pecado. Até agora, ele já condenou quase todos, a não ser o sexo antes do casamento; acho que chegará lá em breve. Por falar nisso, eu e Sheeni usamos a minha última camisinha na nossa comemoração de Natal privada esta manhã. Ela afirmou que o meu desempenho melhora 100% a cada vez que fazemos amor. Traçando a progressão geométrica, calculo que devo superar Casanova tecnicamente em algum momento no final da semana que vem. Depois de ficarmos juntos na cama o máximo que ousamos, levantamos, tomamos banho, nos vestimos e maquiamos juntos. Minha meia-calça tinha um furo, então Sheeni me emprestou uma dela. Ela também me deu algumas dicas para arrumar o penteado da minha peruca. Esse compartilhamento das intimidades é prazeroso demais — é quase como se fôssemos marido e mulher.

A Sra. Saunders acaba de se inclinar ao meu lado e perguntar o que estou fazendo. Respondi que estava fazendo anotações sobre o sermão. Ela sorriu e assentiu em aprovação. Sinto muito se algum dia falei mal daquela nobre mulher.

Devo salientar aqui para Deus que acredito ter um argumento forte quando digo que, na verdade, não pequei no meu coração. As minhas intenções foram claramente honradas. Tivesse eu esse poder, casaria imediatamente com Sheeni, aqui nesta igreja, com Deus como testemunha da pureza e da lealdade do meu amor.

Não posso mais escrever. Hora de dublar alguns movimentos labiais.

14h10. Sheeni e eu estamos "descansando" no quarto dela. A Sra. Saunders sugeriu isso depois do almoço, observando que ambas parecíamos muito cansadas. Concordamos que um cochilo poderia fazer bem. Mas, como não tínhamos camisinhas, tivemos de explorar outras possibilidades deleitosas da diversão sem roupas. Sheeni, por exemplo, transformou meu corpo em sua tela pessoal, criando um trabalho incomum intitulado "Quatro Marcas de Chupão na Ponte Golden Gate".

Depois da igreja, tivemos um agradável café da manhã, então nos reunimos ao redor da árvore para a troca de presentes. Sheeni saiu-se muito bem, confirmando mais uma vez a sabedoria de escolher pais com dinheiro. Ela ganhou dois suéteres de cashmere, uma blusa de lã verde, uma carteira de couro de enguia, um lindo bracelete de ouro, uma bolsa de veludo, quatro CDs de música religiosa inspiradora, chinelos felpudos, uma luminária para leitura, uma escrivaninha *rolltop*, uma mesa de pingue-pongue, uma mountain bike e um caro pingente de safira.

— Oh, Carlotta — emocionou-se ela —, que lindo!

— E a pedra é verdadeira — salientei.

— Carlotta, que extravagância! — disse Sheeni, que se inclinou e sussurrou: — Onde você conseguiu dinheiro para comprar isso?

— Estou rico — sussurrei de volta. — Explico depois.

— Oh, Carlotta, que adoráveis — censurou a mãe de Sheeni ao abrir os Panos de Prato Prometidos.

— Isso certamente será muito útil — acrescentou o Sr. Saunders, mostrando, satisfeito, o bloco de anotações.

— Meu presente é tão simples, Carlotta — desculpou-se Sheeni, colocando um embrulho delicado na minha mão. — Mas espero que goste.

— Com certeza gostarei — respondi, rasgando vorazmente o embrulho.

Era um livro. Por entre olhos subitamente marejados, li o título: *Curso de francês para pessoas pouco dotadas linguisticamente*.

— Oh, Sheeni. Obrigada! — disse eu, com a voz embargada, o coração transbordando.

— Achei que você podia precisar dele, Carlotta — respondeu ela sorrindo. — Em Paris.

**Os diários de Nick Twisp**

— Eu... eu sei. Obrigada. Este é o presente mais atencioso que recebi na vida.

— Então devo concluir, Carlotta, que a sua família é adepta de presentes modestos — observou a Sra. Saunders. — Que apropriado! Sheeni, dê o nosso presente à sua amiga.

— Sim, mãe — respondeu ela, entregando-me um envelope branco comum.

Em vez do cheque polpudo pelo qual ansiava com otimismo, abri o envelope e encontrei uma fotografia em cores desfocada de um rapaz baixinho e magricela usando uma tanga. Meu Deus, que barbárie! Eles estão propondo que Carlotta se envolva em algum tipo de programa transoceânico de namoro. Ou aquele pobre jovem seria meu escravo particular? Que situação delicada para um jovem liberal! Mas não ousei arriscar ofender meus anfitriões.

— Que rapaz bem-apessoado — disse Carlotta, procurando agarrar-se à neutralidade ética.

— Este é Omtu — disse o Sr. Saunders. — Ele é um digno órfão cristão. Nós o adotamos em seu nome este ano.

— Oh, obrigada! — exclamou Carlotta mais do que aliviada. — Que presente generoso e atencioso! Vocês são muito bons comigo.

— Ficamos muito felizes que tenha gostado, Carlotta — respondeu a mãe de Sheeni. — Queremos que se sinta parte da família.

— Ah, mas eu me sinto, Sra. Saunders — disse eu, apertando a mão morna da filha dela. — De verdade!

Sheeni acaba de acrescentar outro chupão turista ao meu peito. Este foi dominado pela depressão de final de ano e se atira para a morte do meio da ponte.

Expliquei ao Meu Amor como me transformei num adolescente rico. Ela acha a história improvável, mas concordou em deixar o ceticismo arraigado de lado até que eu seja capaz de apresentar um saldo bancário à altura do relato.

15h30. Quando os Saunders mais velhos voltam para a igreja (meu Deus, eles são insaciáveis!), Sheeni e Carlotta se esgueiram para fora da casa e vão visitar os solitários Paul e Lacey em seu exílio adúltero no pequeno apartamento em cima da garagem. Encontramos o casal feliz bebendo mai tais e arrumando os pertences em caixas de papelão.

— Feliz Natal — disse Paul, que então apresentou Carlotta à sua bela namorada.

Ligeiramente embriagada, Lacey sorriu e balbuciou um cumprimento amistoso, apertou a mão úmida de Carlotta e, carinhosamente, beijou Sheeni nos lábios. "Que favoritismo grosseiro!", pensei comigo mesmo.

— Sheeni, que bom — observou o irmão dela. — Você parou de torturar Carlotta.

— Não seja besta — bufou Sheeni. — Eu não estava torturando ninguém. Para onde vocês vão?

— Vamos nos mudar para Lois Angeliis — disse Lacey, entregando desequilibrada dois mai tais às visitas. — Vamos ficar famooosos.

— Mas não imediatamente, claro — explicou Paul. — Primeiro preciso arrumar trabalho. Pode demorar uma semana ou duas até eu chegar à capa da *Downbeat* — disse ele, então levantou o copo. — Ao amor jovem.

Um pouco desconfortáveis, sentindo que o brinde era endereçado a elas, Sheeni e Carlotta repetiram o voto e brindaram.

— Sheeni — perguntou Lacey —, você está com um novo naamorado?

— Não, Lacey. Ainda estou com o cansativo de sempre. Carlotta, não me cutuque.

— Você quer dizer Trent? — perguntou Lacey. — Ele é tão-o-o gaaato!

— É, ele é sim — confirmou Sheeni. — Carlotta, eu estou avisando!

— Lacey, minha irmã está apaixonada por Nick Twisp — explicou Paul.

— Niick! Ele está de voolta? — perguntou Lacey com a língua enrolada.

— De certa forma — respondeu Sheeni.

— Aquele Nickie taambém é um gatiinho — disse Lacey. — Muitas noites, eu pensaava em entraar no quarto dele. Mas Sheeeni! Eu nunca entrei!

Droga! Por que um comedimento tão deplorável?

— Obrigada, Lacey — respondeu Sheeni. — Mas imagino que Nick não teria aprovado isso. Você concorda, Carlotta?

— Mas é claro, Sheeni. Nick, como sabemos, é maníaco pela monogamia.

— Sim, maníaco é um termo adequado — concordou Sheeni. — Carlotta, não toque em mim!

Conversando, rindo e virando bebida forte, estávamos sentados em meio a pilhas de caixas e presentes trocados. Sheeni deu ao irmão uma edição de bolso de *Poetas do peiote* e, para Lacey, um par de brincos de prata na forma de tesouras em miniatura.

— Que liiindo! — exclamou nossa anfitriã, lutando em vão para colocá-los.

Paul deu para o Meu Amor um pôster gigante das ruas de Paris e Lacey um aparador de sobrancelhas elétrico — uma recente inovação taiwanesa que

Carlotta inspecionou com interesse na Flampert's alguns dias antes. Para sua surpresa sem graça, eles também tinham um embrulho para ela.

— Mas eu não comprei nada para vocês — protestei, rasgando com selvageria o embrulho colorido. — Meu Deus, o que temos aqui?

— É uma secretária eletrônica — respondeu Lacey, tentando pescar um brinco errante de um copo de mai tai.

— Eu vou embora, Carlotta — explicou Paul. — Então achei que você talvez precise de algo... que lhe dê respostas.

Inspecionei o oráculo eletrônico controlado por microprocessador.

— Obrigada, Paul — exclamei. — Que surpresa! Você não devia ter se incomodado!

19h48. Estou em casa. Que dia maravilhoso, fabuloso. Eu me sinto tão bem que decidi não ligar para a minha mãe, e, em vez disso, liguei para o meu camarada Fuzzy. Ele disse que teve um Natal bem melhor do que a média esse ano, incluindo — acredite ou não — um Ford Falcon 1965 novo em folha e pouco rodado.

— Eles lhe deram o carro da sua avó? — perguntei chocado, quase sem acreditar.

— É. Mas meu pai assinou o documento de transferência. Ele disse que eu só vou receber as chaves quando fizer 16 anos. Mas agora tenho um carro clássico, Nick.

— Tem mesmo — falei com inveja.

— É, Nick. E você provavelmente vai comprar alguma coisa de dar água na boca quando fizer 16.

— Estou pensando num Porsche. Ou numa Ferrari.

— Legal, Nick. Eu gostaria de ter a sua grana.

— Frank, você conversou com os seus pais sobre o aluguel da casa?

— Falei, Nick. Eles compraram a ideia. O diabo da greve tá pegando. Minha mãe agora também quer alugar casa de tio Polly.

— Quanto ela quer por essa casa?

— Ela disse oitocentos dólares por mês.

— Fechado, Frank.

— Bom. Você vai precisar preencher um cadastro. Levo a papelada aí amanhã.

— Ótimo. Ei, Frank. Adivinhe com quem Carlotta dormiu ontem à noite.

— Com quem? Bruno Modjaleski?

— Não, palhaço. Sheeni Saunders!

— Ela sabia que você era um cara?

— Claro que sabia. Frank, nós transamos. Três vezes!

— Como foi?

— Fabuloso, Frank. Absolutamente fabuloso.

— Nick, você é rico. Você é esperto. Você tem uma casa só sua. E uma namorada linda. Cara, você conseguiu!

Ele está certo, claro. Foi uma luta por algum tempo, mas agora a maré mudou. Sem dúvida alguma, a vida está enfim aberta à minha frente.

**SÁBADO, 26 de dezembro** — DESASTRES RECENTES. HORRÍVEIS! PESADELO! Devo discuti-los em ordem de magnitude. De acordo com Joanie, agora temos um meio-irmão. Minha mãe soltou o fruto do útero ontem pela manhã, por volta da mesma hora em que seu filho mais velho se livrava de um fardo bem mais pesado. Naturalmente, deram ao pacote repulsivo o nome Noel Lance Wescott (algo bem castrador, se me perguntar). Pobre criança: preso a uma mãe neurótica, um pai policial fascista, uma irmã solteira e possivelmente grávida e um nome que fará dele o alvo preferido de todos os brigões do pátio da escola. Isso para não falar uma vida ganhando presentes de aniversário errados. Ainda assim, pode ser que eu troque de lugar com ele.

A maior bomba entregue por Joanie: Lance Wescott está em Los Angeles! Ele falou com os advogados da Srta. Ulansky. Ele botou aquelas mãos sujas de policial no meu dinheiro!

— O cara é ainda pior do que eu pensava — disse Joanie. — Por que diabos nossa mãe casou com ele?

— E quem se importa?! — gritei. — E a minha herança?

— Nick, você ainda é menor de idade. Legalmente, você não pode receber a herança. Todo e qualquer bem deixado para você vai para os seus responsáveis.

— Eles estão me roubando!

— É o que parece, Nick. Lance disse ao advogado que você provavelmente está morto. Fiquei com vontade de esmurrar a cara gorda feia dele.

— E por que não esmurrou?

— Bem, ele é um cara grande. E ele estava com a arma de serviço no coldre. Até mesmo Phillie ficou um pouco intimidado. Sinto muito, Nick.

— Você está dizendo que eu não vou receber nada? — perguntei perplexo.

— Bem, você pode ficar com a tevê se quiser. Decidi que não gosto da aparência de Dan Rather com um rosto de 1,5 metro.

Os diários de Nick Twisp

— Venda essa coisa, Joanie — disse desesperado. — E mande o dinheiro pra mim. Rápido.

— Para onde, Nick?

Dei a ela o meu (provavelmente temporário) endereço, mas a fiz prometer que o protegeria com a vida.

— Joanie, você não pode dizer a Lance que sabe onde eu estou. Agora ele tem um incentivo ainda mais forte pra me colocar atrás das grades.

— Oh, Nick. Isso é terrível. É terrível que nossa mãe e aquele bebezinho inocente precisem viver com um monstro como aquele. Até mesmo nosso pai era melhor do que ele.

Por mais improvável que essa afirmação possa parecer, minha irmã está certa.

12h30. A droga da joalheria não quer me devolver o dinheiro dos brincos de granada de Carlotta. Aquele vendedor repulsivo torceu o nariz e apontou para um aviso mínimo afixado na registradora: "Devoluções aceitas apenas no caso de trocas ou crédito para outras compras." Depois de uma discussão acalorada, Carlotta anunciou que levaria a mercadoria para outro lugar e saiu pisando forte. A loja de empenhos se recusou a fazer negócio comigo porque Carlotta é menor de idade. Então, acabei vendendo os meus caros brincos a Ida, a balconista da lanchonete da Flampert's, por miseráveis 40 dólares — uma transação com um prejuízo de 74 dólares e 8 centavos. Pelo menos ela me ofereceu um café com pedaço de torta de ruibarbo por conta da casa. Depois que o meu pedido por um queijo quente como bônus foi negado, fui até a seção de medicamentos e gastei 14 dólares da minha receita com vendas em duas dúzias de preservativos lubrificados. Se me deparar com a escolha entre sexo ou comida neste inverno, imagino que precisarei fazer furos novos no cinto (antes de tirar as calças).

13h10. Fuzzy apareceu vestindo um novo casaco de couro (caro presente de Natal) para me entregar a papelada do meu cadastro e falar sobre o carro. Ele ficou alarmado ao ouvir falar do meu cataclísmico empobrecimento.

— Nick! Isso é terrível! Minha mãe disse que, se o seu cadastro não for dos melhores, ela vai botar um anúncio na seção de aluguéis do jornal amanhã.

— Ela não pode fazer isso, Frank!

— O que eu posso fazer, Nick? Eles precisam do dinheiro. Acabam de gastar 5 mil dólares em presentes de Natal.

— Frank, você ganhou cinco mil em presentes? — perguntei, perplexo com a sorte dele.

— Bem que eu queria. Eles gastaram mais com as coisas que compraram um para o ouro. Nick, acho que você deixou os dois apaixonados demais. Aquela fita de Sinatra não para de tocar. Não aguento mais ouvir aquilo.

— Foi mal, Frank. Meu Deus, o que eu vou fazer?

— Por que não vai morar com Sheeni? Você disse que os pais dela gostam de Carlotta. Terá uma casa legal, comida de graça e todo o sexo que for capaz de aguentar.

— Essa não é uma má ideia, Frank. Mas quero que saiba que o que existe entre mim e Sheeni não é apenas físico. Gosto demais dela.

— Eu sei, Nick — respondeu Fuzzy piscando um olho. — Eu sempre digo que, quanto mais profundo, melhor.

21h45. Para minha surpresa, Sheeni não comprou a ideia. Estávamos deitados sob a colcha com cheiro de mofo da vovó DeFalco no meu quarto. Na mesa de cabeceira, um tubo látex amarrado com um nó aprisionava 200 milhões de espermatozoides órfãos.

— Nickie, você não pode estar falando sério. Morar comigo?

— Por que não, amor? Podemos ficar juntos dia e noite.

— É isso o que me preocupa. E a minha privacidade?

— Sheeni, as pessoas casadas vivem juntas sem privacidade.

— Sim, e é por isso que tantas se separam. Não, acho que isso não vai funcionar.

— Sheeni, vou estar sem um teto daqui a dois dias!

— Isso quer dizer que você quer o pingente de volta?

— Claro que não, amor. Eu o comprei pra você. Quero que fique com ele. Prefiro passar fome a devolvê-lo.

— Bem, Nick, de qualquer forma, eles não devolvem o dinheiro naquela loja.

— Sério? — perguntei. — Não sabia disso. Sheeni, eu tenho uma grande ideia. Por que Carlotta não aluga a quitinete em cima da garagem da sua casa? Afinal, o seu irmão vai se mudar. Podemos ficar juntos e você continuará tendo a sua privacidade.

— Não sei, Nick. Acho que eu sentiria que você está me espionando. E sei que acabaria me ressentindo da sua proximidade invasiva. Vou falar com a minha mãe — disse ela, acomodando-se mais perto de mim. — Talvez alguém da igreja possa alugar um quarto para você.

— Vou ter que viver no esgoto, Sheeni. Eu sei disso. E você não se importa.

— Eu me importo, Nickie. Agora não é hora para desespero.

Os diários de Nick Twisp

— É hora de quê, então? — perguntei.

— Repeteco — respondeu ela, tímida. — Se você já estiver pronto.

Eu estava.

Depois, fiz pipoca e nos permitimos comê-la nus na cama.

— Nickie — disse Sheeni, pegando dois punhados para cada um que eu pegava —, eu já disse que conversei com Trent e Vijay?

— Não, Sheeni — respondi. — Você guardou a informação. Provavelmente, para que não afetasse o meu desempenho sexual.

— Nickie, eu não sei do que você está falando. A notícia é amarga. Os pais de Apurva se encontraram com os de Trent. Eles o coagiram a prometer que nunca mais verá ou falará com ela.

— E se ele não cumprir a promessa?

— Eles botam Apurva no primeiro avião para a Índia. Mas ele não vai fazer isso. Você conhece Trent.

— Bem até demais.

— Odeio pensar no pobre Trent — disse Sheeni mastigando com tristeza —, deprimido, com o coração partido e sozinho.

Não gostei daquilo.

— Ele não precisa ficar sozinho, Sheeni. Ele pode se entender com Janice. Ou Sonya. Tenho certeza absoluta de que ele tem o telefone dela.

— Nickie, às vezes você é tão insensível.

— Está bem, Sheeni. Verei o que posso fazer. Carlotta pode ter mais algumas cartas na manga.

— Obrigada, Nickie. Agora, que tal pedirmos uma pizza?

Fiquei visivelmente branco.

— Eu pago, Nickie!

Ligamos para a pizzaria e então Sheeni ligou para os pais e pediu para dormir na casa de Carlotta. Claro, por estarem enlevados, eles não fizeram objeções.

23h30. Comer pizza de pepperoni com cogumelos na cama ao lado da Mulher Nua dos Seus Sonhos pode ser uma das melhores experiências da vida. Decidi parar de me preocupar e viver apenas o presente.

Neste momento, alguém muito próximo está fazendo algo extremamente erótico com um pedacinho de pepperoni.

**DOMINGO, 27 de dezembro** — Houve um adiamento temporário da minha crise habitacional. A mãe de Fuzzy não vai entrevistar possíveis locatários essa semana. Ela está na cadeia.

A história foi contada com fotografias emocionantes na capa do jornal desta manhã. Havia uma suspeita algemada (Irene, segurando um casaco sobre o rosto); havia uma ameaçadora arma assassina (um fuzil AK-47 roubado); havia um carro crivado de balas (uma BMW financiada); havia a vítima atormentada da tentativa de assassinado frustrada (meu pai, apontando indignado para a têmpora enfaixada, onde a bala fatal passou raspando).

— Nickie, sua família continua a me surpreender! — exclamou Sheeni, bebericando café instantâneo. Estamos comendo donuts e linguiças (precisamos de proteínas) na cama.

— Minha família? A família de Fuzzy, você quer dizer! Meu pai foi vítima de uma agressão hedionda. Sheeni, você está com migalhas de donut nos seus lindos seios.

— Não mude de assunto, Nick. Você sabe muito bem que, se a mãe de Fuzzy foi forçada a recorrer a armas, o seu pai deve ter feito algo inenarrável.

— O que eu sei, Sheeni, é que os seus seios são absolutamente perfeitos.

Sheeni puxou a colcha e me bateu com o jornal.

— Como eu temia, Nick, essas experiências prematuras o transformaram num maníaco sexual. Nunca poderei me perdoar.

— Muito menos eu — falei enfiando o rosto nos seios cheios de migalhas e com cheiro de mofo dela. Meus lábios ávidos encontraram um mamilo morno. Sheeni acariciou a minha orelha e continuou a ler o jornal.

Ela parou de repente.

— Nick, você não tem nada a ver com a Sra. DeFalco atirar no seu pai, tem?

— Claro que não, amor.

— Tem certeza? Assassinar o próprio pai é um impulso edipiano natural dos rapazes, como você deve saber.

— Sheeni, eu não tenho nada a ver com o meu pai. Eu só o vejo na tevê. A Sra. DeFalco deve ter ficado enfurecida porque meu pai a largou por uma mulher mais jovem e bonita. Você sabe, uma mulher desprezada.

— Não seja machista, Nick. A maior parte da violência neste mundo é cometida pelos homens contra as mulheres.

— Ah, se eu não sei disso...! Carlotta quase foi estuprada por Bruno.

— Sério?

— Foi por pouco. E eu acabei sendo forçado a dar um beijo de boa-noite nele.

— Você quer dizer que eu andei beijando os lábios de Bruno Modjaleski?

**Os diários de Nick Twisp**

— Não reclame, Sheeni. Eu andei beijando os lábios que beijaram Bruno Preston.

— Sim, mas o meu Bruno é um amor. Se apenas ele não fosse tão desajeitado na cama. Será que o seu Bruno é melhor nesse departamento?

— Se tivermos sorte, Sheeni, nenhum de nós vai ficar sabendo.

— Nossa, Nick. Se não levantarmos dessa cama agora, vamos nos atrasar para a igreja.

— Sheeni, eu não vou a lugar nenhum onde as roupas não sejam opcionais. Carlotta vai ligar para a sua mãe e se desculpar.

— É bom que seja uma das boas, amor.

E foi. Carlotta disse à Sra. Saunders que estava tentando conseguir um encontro via ligação internacional com Omtu, meu órfão adotado. A telefonista está para passar a ligação, anunciei animado, e então desliguei.

Sheeni e eu ficamos na cama a maior parte da manhã, então tomamos um banho demorado juntos na banheira enorme da Sra. DeFalco. Desculpe, Deus, foi a melhor manhã de domingo da minha vida.

13h15. Fuzzy acaba de aparecer em crise pós-prisão maternal. Carlotta e Sheeni estão de saída para levá-lo a um almoço de conversa terapêutica no Carpa Dourada. Rezo para que Sheeni fique com a conta.

18h42. Estou servindo de babá para Fuzzy. Ele não quer ir para casa ou ficar sozinho. Sheeni beijou Carlotta com paixão (e Fuzzy com carinho) e então foi para casa. Estou feliz que Fuzzy esteja aqui. Agora, sempre que estou longe de Sheeni, sinto um pânico que começa a me preocupar. O arrebatamento que sinto na presença dela é uma droga com alto poder viciador. A abstinência, mesmo que temporária, é uma tortura assustadora.

19h18. Fuzzy e eu estamos assistindo ao telejornal. O âncora Mike Wallace está destruindo um sujeito com imagens de uma câmera oculta. Fuzzy acaba de expressar o desejo de que Wallace "dê um jeito" no meu pai. Meu amigo acha que ele "arruinou para sempre" a sua vida familiar. Continuo a aconselhá-lo a ser otimista.

21h44. Fuzzy está na segunda hora de um telefonema terapêutico para Heather em Santa Cruz. Quem será que vai pagar essa conta? A minha curiosidade é puramente acadêmica, uma vez que imagino que já terei me mudado para um belo canal de esgoto quando a conta chegar. Não me importa o quanto Fuzzy esteja angustiado, espero que ele desligue logo. Carlotta está desesperada para falar com Sheeni. Preciso ouvir a voz doce dela.

22h28. Sheeni está bem e feliz. Ela falou com os pais sobre o problema habitacional de Carlotta e eles prometeram ver o que podem fazer. Minha Amada foi obrigada a contar em detalhes como foi a minha conversa telefônica com Omtu.

— Eu disse que você teve com ele uma conversa animada sobre o papel dos rituais na evocação das graças — disse Sheeni. — Eles pareceram ficar satisfeitos.

— Obrigado, amor — respondi. — O que eu faria sem você?

— Iria à igreja com mais frequência, imagino. Como está Fuzzy?

— Melhor, acho. Heather o animou. Ele está na garagem polindo os para-choques do Falcon. Eu o convidei para dormir aqui hoje.

— Você é um bom amigo, Nick.

— E como sou como amante?

— Não de todo incompetente.

— Sheeni, fiz as contas. Já transamos oito vezes até agora.

— É, dizem que os rapazes são melhores em matemática do que as garotas.

— Queria que fosse você dormindo aqui esta noite.

— E eu queria estar dormindo. Parece que estou com um déficit de sono absurdo provocado por roncos.

— Desculpe, Sheeni. A gente se vê amanhã. Te amo.

— Muitas vezes eu me sinto nem um pouco indiferente por você, Nickie. Boa-noite.

Ela me ama. Eu sinto isso.

23h07. Arrumamos uma cama desconfortável, cheia de calombos, para Fuzzy no sofá. Por precaução, escondi o cinto e os cadarços dele. Precaução nunca é demais com adolescentes emocionalmente perturbados. E agora vou saborear uma das minhas poucas e preciosas noites que me restam numa cama de verdade.

A cama está uma zona. Meus lençóis parecem o terreno de um acampamento de três dias dos escoteiros.

**SEGUNDA-FEIRA, 29 de dezembro** — Depois do café da manhã, Fuzzy exigiu, irado, o cinto e os cadarços de volta, então foi até o centro ver se consegue visitar a mãe.

Ele convidou Carlotta para ir junto, mas — alegando alergia a azul e autoridade — ela recusou. Também me sentindo um tanto intratável, decidi falar com a minha mãe. Ela atendeu no terceiro toque.

— Nick! Onde você está?

— Ah, por aí.

— Por que você mentiu e disse que estava na Índia quando estava o tempo todo na casa da sua irmã? Passei mal de preocupação. Pensamos que você fosse prisioneiro de criminosos.

— Desculpe, mãe. Não estava querendo chamar a atenção. O que me conta de novo?

— Nickie, eu tive o bebê! No dia de Natal! Demos a ele o nome Noel Lance.

— Que legal — disse eu fingindo surpresa. — Como ele está?

— Bem. Voltamos do hospital ontem. O parto mais tranquilo que tive. Só queria que ele não se parecesse tanto com Jerry. Sinto uma pontada sempre que olho para o meu anjinho.

Tentei imaginar um recém-nascido com um rosto como o amante morto sem bunda e inchado de cerveja da minha mãe, mas a minha tela mental permaneceu em branco. A minha imaginação hesitou ante a falta de tato da solicitação.

— E como é Lance com ele?

— Ah, Lance o ama. Ele ainda não o viu, mas falou com Noelzinho duas vezes ao telefone. Nickie, você soube? Uma mulher tentou matar o seu pai!

— É mãe, eu soube. Uma mulher sem pontaria.

— Isso não é terrível? A bala passou raspando. Isso é que é falta de sorte.

— Mãe, onde está Lance?

— Ele... ele está fora. A negócios.

— Mãe — disse eu, chegando ao ponto. — O que vocês vão fazer com o meu dinheiro?

— O dinheiro não é seu, Nick. Você é muito novo. O dinheiro é da família.

— Certo. O que a família vai fazer com o meu dinheiro?

— Vamos nos mudar para uma casa nova no morro, Nick. Não se preocupe, imóveis são um ótimo investimento. E isso será muito melhor para Noelzinho. Não quero que ele cresça neste bairro terrível.

Ah, mas era bom o bastante para o seu outro filho!

— Mãe, você pode me mandar algum dinheiro?

— Não sei, Nick. A casa que vamos comprar é bem cara. E eu tenho que comprar muitas coisas para Noelzinho. Preciso perguntar para Lance.

— E, você sabe dizer — perguntei tentando manter a calma — se o seu marido pensa em me dar uma pequena parte do *meu* dinheiro?

— O dinheiro não é seu, Nick. Além disso, precisamos colocar tudo no nome de Lance.

— O quê?!

— Para o caso de eu ser processada pelos prejuízos que você causou naquele incêndio. Eles não podem encostar no dinheiro se ele estiver na conta de Lance. Nickie, me dê o seu endereço. Vou conversar com Lance e mandar algum dinheiro para você se eu puder.

— Ah, não. É melhor não. Mande o cheque para Joanie pelo correio. Ela cuida disso.

— Desculpe, Nick. Se você não confia na sua mãe para dar um bendito endereço, eu não posso ajudar.

— Você vai me deixar passar fome?

— A decisão é sua. Diga qual é o endereço que eu mando uma passagem de ônibus e você volta para casa esta tarde. Nick, você nem ao menos quer conhecer o seu irmão?

Talvez, mas apenas por curiosidade mórbida.

— É claro que eu quero, mãe. Mas não enquanto o FBI estiver na minha cola. Bem, feliz Natal e um bom ano-novo. Divirta-se com o meu dinheiro. Diga oi para Noel por mim. Espero que ele não fique parecido com Jerry quando crescer.

— Jerry era um homem muito bonito — disparou ela. — Cuidado com essa língua!

Já ouvi isso antes.

12h10. Na volta para casa, depois de compras para lá de econômicas, Carlotta parou na biblioteca para usar a máquina de escrever de aluguel. Vinte minutos de trabalho produziram esta Carta ao Editor, minha primeira investida na democracia participativa:

Ao editor:

O tempo do silêncio se foi. Agora devemos dirigir a luz do escrutínio público às manchas sujas da corrupção, do racismo e da brutalidade que espalham seu ranço putrefato sobre a força policial desta cidade. As minhas não são queixas de um idealista que fala do que não sabe. Eu vi a brutalidade com meus próprios olhos, ouvi epitáfios e piadas racistas, testemunhei subornos de traficantes, cafetões e donos de casas de jogo clandestinas. Sou um policial veterano que acredita que chegou o momento de falar, não, de gritar a verdade. Concidadãos, a sua confiança foi traída!

Hoje, exijo uma imediata e profunda investigação do departamento de polícia desta cidade pela Suprema Corte deste país, pelo Ministério Público, pelo Ministério da Justiça e pelo FBI. Mais especificamente, peço um inquérito para apurar a prisão ilegal de um caminhoneiro chamado Wally Rumpkin.

O tratamento odioso dispensado a esse homem alto e inocente foi uma das inúmeras violações de direitos que presenciei no meu trabalho.

Recentemente, a minha querida esposa deu à luz um bebê adorável a quem demos o nome Noel. Apesar de não ser seu pai biológico, jurei a Noel que faria tudo que estivesse a meu alcance para garantir que cresça numa cidade patrulhada por policiais que sejam decentes, honrados e respeitadores para com os cidadãos de todas as raças, credos, cores e orientações sexuais. Unamos-nos para implodir as barreiras em busca de uma sociedade igualitária. Sejamos irmãos e irmãs juntos. Venham, concidadãos, unam-se a mim nesta grande cruzada. Chegou o momento de discar 190 em busca de verdade e justiça.

Policial Lance Wescott,
Departamento de Polícia de Oakland

Por segurança, Carlotta fez seis cópias da carta e as enviou para os maiores jornais da região. Acredito que Noel sentirá orgulho do protesto escandaloso do papai, você não?

16h38. Novo total: dez vezes. Dez vezes que introduzi o meu corpo vivente no refúgio divino do templo mais sagrado de Sheeni. Em certos momentos, percebi, o estado de separação das nossas existências físicas parece se dissolver — quase como se os pontos de contato, onde termina a minha pele e começa a dela, houvessem se fundido. Apenas uma desconexão macula a perfeição da nossa união: uma fina barreira de látex. Apenas uma vez gostaria de sentir calor contra calor, célula viva contra célula viva, terminação nervosa excitada contra terminação nervosa excitada. Digo, apenas uma vez deixar que as nossas secreções represadas, nossas lubricidades, se fundissem (como quis a natureza) em uma sopa binária comum.

Mas é claro que não ousaremos. Como Sheeni salientou quando levantei este argumento estético, não sou eu quem corre o risco de engravidar.

Estamos passando outra tarde prazerosa colocando nossos diários em dia, nus, sob a colcha com cheiro de mofo da vovó DeFalco. Vez por outra, deslizo minha mão pelo comprimento da colcha sedosa do Meu Amor em busca de inspiração literária. Enrolo meus dedos preguiçosos nos emaranhados de pelos castanhos dela e, sem pressa, levo àquela zona fascinante onde a carne macia se bifurca numa fenda exótica. Ela não parece se incomodar.

Durante a conversa que temos durante o intervalo do nosso amor hoje, Sheeni me informa que os pais encontraram uma solução para o dilema habitacional de Carlotta.

— O reverendo Glompiphel e a esposa precisam de uma babá para cuidar dos gêmeos — anunciou ela.

— Quantos anos eles têm? — perguntei, desconfiado.

— Quase sete.

— Eles não são aqueles monstros gordinhos que estavam aprontando uma zona durante a apresentação do coral na véspera de Natal, são?

— Eles geralmente são mais calmos, Nickie. Minha mãe disse que, na animação do Natal, a Sra. Glompiphel esqueceu de dar Ritalina aos dois.

— Duas pestes piradas. Que usam drogas. Não soa nada bem. O seu pastor não tem mais monstros em casa, tem?

— Não, Nickie. Só os gêmeos. E os coelhos.

— Que coelhos?

— A Sra. Glompiphel cria coelhos atrás da residência paroquial para complementar o salário magro do marido. Ela tem uma criação com duzentos angorás. E espera alguma ajuda de Carlotta — para alimentar os animais, limpar as gaiolas, esse tipo de coisa.

— Com que frequência?

— Todo dia depois da escola. Antes de você sair para pegar os gêmeos na creche.

— Soa como um pesadelo. Quanto eles estão pagando?

— Cama, comida e 100 dólares por mês.

— Sheeni, você quer dizer 100 dólares por semana!

— Sinto muito, Nick. Eu disse que o reverendo Glompiphel ganha pouco. Isso é tudo o que eles podem pagar. Mas você terá um quarto só para você.

— Onde? No porão com os morcegos?

— Não, no porão da casa paroquial. Você também terá privacidade — a não ser nas terças e quintas. Esses são os dias dos grupos de terapia.

— Que grupos de terapia? — perguntei, exaltado.

— Ah, o de sempre. Alcoólatras em recuperação, homens que batem nas esposas, recém-divorciados, pais que abusam dos filhos, recém-desempregados, idosos deprimidos, pessoas que estouram o cartão de crédito, adolescentes problemáticos.

— Talvez eu deva participar desse último grupo, Sheeni. Acho que posso contribuir bastante.

— Carlotta tem uma entrevista com os Glompiphel amanhã pela manhã às 9h30 — prosseguiu Sheeni, ignorando os meus lamentos. — Marcada pela minha mãe. Tente parecer entusiasmado e garanta que seus seios estarão no lugar.

Puxei a colcha que a cobria até o queixo.

— Você pode me dar uma demonstração?

Ela deu.

18h18. Contra os meus desejos expressos, Sheeni vestiu as roupas (todas) e foi pra casa jantar. Carlotta foi convidada para "passear com os cachorros" amanhã depois da minha entrevista para o cargo de escrava. Mal posso esperar.

Será que é Fuzzy que estou ouvindo na varanda?

20h52. Eu me ofereci para preparar para o meu camarada perturbado uma bela caçarola de grão-de-bico, mas, em vez disso, ele ofereceu um jantar para Carlotta na Carpa Dourada. Durante a lauta refeição, Fuzzy me colocou a par dos procedimentos da justiça criminal. A mãe dele foi avaliada pelo psicólogo do condado (um antigo namorado da escola), que a julgou "em contato com a realidade, sinceramente arrependida e absolutamente charmosa". Armado com essa avaliação adulatória em mãos, o pai de Fuzzy e seus advogados esperam conseguir liberá-la sob fiança hoje à noite. Depois de esperar durante toda a manhã, Fuzzy conseguiu um encontro breve com a mãe quando ela estava sendo conduzida por um corredor para o registro da acusação.

— É muito ruim ver a própria mãe algemada — disse ele, engasgando com o sofrimento ou o frango xadrez.

— Tenho certeza de que é — respondeu Carlotta, oferecendo consolo.

Tentei imaginar minha mãe e Lance sendo conduzidos algemados e com grilhões nos pés. Coisa estranha, a imagem foi materializada com facilidade e custo emocional surpreendentemente pequeno. Inclusive, não tive trabalho algum para fechar as algemas mentais nos pulsos do pequeno Noel.

Bem mais tarde, quando nos preparávamos para sair, a porta abriu e lá estava Bruno Modjaleski — de braços dados com uma radiante Mertice Palmquist.

— Oh, Bruno! — chamou Carlotta, acenando com ar coquete.

O feliz casal se desgarrou de Steve, o garçom, e veio na nossa direção.

— Oi, Carly — trovejou Bruno. — Fazendo Fuzz lhe pagar um chop suey, hein? E aí, Fuzzy, valeu a pena, cara? Ela deixou as frescuras pra lá?

— Mais ou menos — disse Fuzzy, corando.

Sorrindo com simpatia, Mertice cutucou Bruno.

— Ei, pessoal, vocês conhecem Mertice? — perguntou ele. — Mertice, minha linda, este é Fuzzy e esta é a minha vizinha, Carly. Foi ela quem me falou sobre Hurlbut.

Mertice apertou a mão úmida de Carlotta e a balançou efusivamente.

— Como você soube que o meu doce Hurlbut queria que eu conhecesse o docinho do Bruno? — perguntou ela.

— Ah, eu acredito que sou médium — respondi. — Um passarinho veio a mim num sonho.

— Como era ele? — perguntou ela com ânsia.

— Deixe-me ver. Ele era verde com a cabeça amarela.

— Hurlbut! — gritou Mertice, assustando os outros clientes. — O que ele disse?

— Ele surpreendeu. Estava bem quieto para um periquito. E disse que queria que você tivesse um relacionamento físico, intenso, com Bruno Modjaleski.

— Bem — disse Mertice apertando o braço musculoso de Bruno —, nós certamente realizamos essa profecia!

— Tenho tanta inveja de você — mentiu Carlotta. — Mas pelo menos tenho o meu precioso Fuzzy.

Apertei a mão peluda dele e segurei com carinho enquanto meu amigo tentava puxá-la.

— O seu nome por acaso é DeFalco? — Mertice perguntou para ele.

Fuzzy fez uma pausa no esforço manual.

— Ahã.

— Acho que fui apresentada ao seu pai — disse ela. — E sinto muito pela sua mãe.

— É, que pontaria terrível — acrescentou Bruno. — Foi você que ensinou ela a atirar, Fuzz?

Com um olhar de raiva, Fuzzy puxou a mão trêmula.

— Hora de irmos, Carlotta — disse ele.

Carlotta pegou o xale, a bolsa, o guarda-chuva e o embrulho com a sobra do jantar e levantou-se do banco com revestimento vinílico.

— Divirtam-se crianças — disse ela. — Ah, e Mertice. Darei notícias se Hurlbut enviar mais mensagens.

Os diários de Nick Twisp

— Oh, posso perguntar uma coisa? — disse Mertice, então se inclinou e sussurrou algo no ouvido de Carlotta, que ficou vermelha como um pimentão.

— O que Mertice queria saber? — perguntou Fuzzy enquanto seguíamos para casa com dificuldade sob a chuva.

— Bruno a convenceu a fazer um *ménage*. Ela quer saber se eu concordo.

— Quem é a outra garota?

— Quem você acha?

— Caramba, Carlotta, é bom você manter as portas trancadas.

— Não estou preocupado, Frank. Acho que Hurlbut vai pisar firme com a patinha em relação a esse comportamento moralmente questionável.

10h05. Quando cheguei em casa, encontrei a seguinte mensagem na secretária eletrônica:

— Carlotta, onde você está? Minha mãe disse que você pode dormir aqui hoje, se quiser. Podemos tomar café e irmos juntas à casa paroquial amanhã. Se você vier, não se esqueça de trazer diversos daqueles pequenos itens utilitários. Tchau. Espero vê-la mais tarde.

Agradeço a Deus por essa preciosa secretária eletrônica. Que tragédia se eu deixasse de receber essa mensagem preciosa!

**TERÇA-FEIRA, 29 de dezembro** — Invadi a privacidade de Sheeni diversas vezes esta manhã — enquanto a casa permanecia imersa numa indiferença estática e pássaros anônimos chilreavam hosanas aviárias para o amanhecer. Curioso, na segunda vez, dei-me conta de que a minha mente vagava para longe do ato em questão. Foi apenas a décima segunda união carnal com Meu Grande e Único Amor e eu passei praticamente metade do tempo especulando sobre o cardápio do café da manhã.

Ao menos a minha atenção foi novamente despertada no final pelo crescendo trovejante. Talvez eu esteja usando os meus recursos hídricos em demasia; talvez seja interessante adotar um plano de conservação. É uma pena que eu não possa reciclá-los — sem dúvida, coletei material suficiente. Sheeni faz Carlotta levá-los para casa na bolsa — vai que entopem o vaso sanitário ou são descobertos pela mãe dela na lixeira do banheiro.

O café da manhã foi suco de laranja feito na hora, torradas com xarope de maple, bacon crocante e um café forte, delicioso. Saboreando minha terceira xícara, Carlotta não podia deixar de ruminar no censurável egoísmo da amiga. Se a situação fosse inversa, eu, sem pestanejar, convidaria Sheeni para morar comigo na minha casinha confortável.

— Carlotta, querida — disse a Sra. Saunders —, ficamos muito tristes ao saber da morte da sua mãe.

— Como? — perguntei, surpreso.

— A morte da sua mãe — disse Sheeni afobada. — O motivo, Carlotta, de você se deparar com a falta de ter onde morar.

— Ah, sim — disse Carlotta com tristeza. — Mamãe morreu de repente. Claro, ela já tinha idade.

— E ela não deixou nada? — trovejou o Sr. Saunders, indignado.

— Quase nada — suspirei. — Apenas memórias maravilhosas.

— Se estiver completamente destituída, minha jovem — aconselhou o advogado —, você deve recorrer ao amparo do Estado.

— Ah, Carlotta é independente demais para isso, pai — disse Sheeni. — Não é, Carlotta?

— Ah, sim! — afirmei. — Odeio dependência. Prefiro trilhar o meu caminho com as minhas próprias forças.

— Que coragem! — exclamou a Sra. Sauders. — Elwyn, ela não é corajosa?

— Sim, querida — estrondou ele. — Cabeça-dura, tola e desinformada, mas, sem sombra de dúvida, corajosa.

— Carlotta — emocionou-se a Sra. Saunders —, você restaurou a minha fé na sua geração. Estava começando a me desesperar. Temia que todos da sua idade fossem tão vis quanto aquele demônio chamado Nick Twisp.

— Nick não é tão mau, mãe — declarou Sheeni.

— Carlotta, o que você me diz dessa blasfêmia? — perguntou incisivamente a mãe de Sheeni.

Nervosa, Carlotta ajeitou o sutiã.

— Acredito... acredito que haja bem em todos nós, Sra. Saunders. Talvez até mesmo em Nick Twisp.

— O meu marido está certo — respondeu ela com severidade. — Minha cara Carlotta, você é desinformada.

Depois do café da manhã, as três seguiram até a igreja no enorme Chrysler verde da Sra. Saunders. Encontramos a minha futura feitora e os capangas gêmeos dela num barracão escuro e malcheiroso atrás da casa paroquial de alvenaria. Aqui e ali, em gaiolas improvisadas enferrujadas, grandes mamíferos peludos beliscavam folhas de alface e fornicavam pecaminosamente. Um coelho adolescente desfrutava de seu lazer de roedor preferido enquanto os capangas — idênticos na aparência, nas roupas e na corpulência juvenil — sacudiam a jaula, um de cada lado.

## Os diários de Nick Twisp

— Dusty! Rusty! Não façam isso, meninos! — gritou a Sra. Glompiphel, uma mulher ossuda e de rosto equino vestida em roupas simples, com cerca de 30 anos. — O Sr. Coelho não está gostando disso.

Os gêmeos largaram a gaiola e passaram a encarar Carlotta com olhares ameaçadores. A mãe de Sheeni fez as apresentações. Todos, exceto os gêmeos, sorriram com sinceridade falsa e trocaram apertos de mão.

— Carlotta — disse a Sra. Gompiphel —, esses são os meus filhos, Dusty e Rusty. Meninos, digam oi para a sua nova amiga Carlotta.

— Por que ela está vestida de preto? — perguntou um deles.

— Porque ela está muito triste, a mãe dela acaba de morrer — explicou a mãe da coisa.

— Por que ela é tão feia? — perguntou o outro.

A Sra. Glompiphel corou.

— Rusty! Olhe os modos!

Depois de uma turnê pela criação de coelhos, pela horta (colheita escrava na próxima primavera!) e pelo pomar (colheita escrava no próximo outono!), a Sra. Glompiphel conduziu as visitas até a casa paroquial desarrumada.

— Sentem-se, senhoras — disse a anfitriã, tirando um autorama quebrado de cima de um sofá surrado sob o protesto ruidoso dos gêmeos. — Desculpem, este lugar está uma bagunça. Uma ajuda para deixar as coisas em ordem será mais do que bem-vinda.

Faxineira escrava o ano todo!

— Dusty, pare de chutar o seu irmão! — gritou a mãe da coisa. — Desculpem, o reverendo foi chamado às pressas. Acredito que ele deva voltar logo. Vocês gostariam de um chá?

— Eca! Eu odeio chá! — disse um.

— Quero um uísque com água com gás! — declarou o outro.

— Eu não sei onde ele ouve essas coisas — desculpou-se a mãe. — Provavelmente na tevê.

— Não, mamãe — respondeu ele. — Isso é o que papai bebe.

— Hã... um chá está ótimo, Sra. Glompiphel — disse Sheeni, fazendo todo o esforço para não encontrar o olhar de Carlotta.

Quando nos apertamos na cozinha fedorenta e suja de manteiga de amendoim, a Sra. Glompiphel preparou um chá fraco de marca vagabunda e então atuou como juíza de uma luta violenta da prole combativa distribuindo beliscões e safanões. Ela serviu o chá, abriu uma embalagem de biscoitos recheados de marca genérica e olhou aliviada quando os filhos declararam uma trégua para se empanturrar de açúcar.

— Agora, Carlotta — disse ela, entregando-me uma xícara engordurada —, fale de você.

Vinte minutos depois, consumido o chá, a vida de Carlotta um livro aberto (ficção, claro), os gêmeos demonstrando sinais de repouso induzido por açúcar, fomos até o porão para conhecer o "meu quarto": macabras paredes nuas de blocos de concreto, piso de concreto, duas janelas cobertas de teias de aranha no alto das paredes úmidas, uma tribo de cadeiras descombinadas num círculo defensivo ao redor de uma lâmpada sem lustre que pendia do teto, as tábuas do piso superior, que passaram a ranger sem parar quando os gêmeos voltaram a se engalfinhar.

— Tenho certeza de que os paroquianos doarão uma cama e um armário — disse a Sra. Glompiphel com otimismo.

— Uma mesa também não faria mal algum — acrescentou Sheeni.

Nada de contato visual até o momento.

— Onde fica o banheiro? — perguntou Carlotta, constrangida.

— Ah, lá em cima — disse a Sra. Glompiphel animada. — No segundo piso.

— Será um ótimo exercício para você, Carlotta — observou a mãe de Sheeni.

— Hã-hã — disse eu.

Inspeção terminada, minha feitora apagou a luz e a seguimos tateando às cegas sob os rangidos de protesto da escada de madeira até a cozinha ameaçadoramente silenciosa.

— É melhor eu ver o que esses meninos estão aprontando — disse a mãe.

Acompanhamos nossa anfitriã até a sala, onde a vimos recuar assustada.

— Dusty! Rusty! — gritou ela. — O que vocês estão fazendo?

— Mamãe, olhe o que encontramos — gritaram os dois em uníssono, levantando as grandes descobertas. Com um choque violento, reconheci — pendendo dos dedos deles — os subprodutos íntimos da concupiscência fruída naquela manhã.

— Deem isso agora mesmo! — gritava a Sra. Glompiphel, tentando agarrar as camisinhas inchadas atadas com nós. — Onde vocês acharam isso?

Os monstros vis apontaram acusadores para você-sabe-quem.

— Na bolsa dela — confessaram com orgulho.

As duas mães olharam desconfiadas para Carlotta, que ficou roxa de tão vermelha. Será que estava tudo acabado?

Os diários de Nick Twisp

— Carlotta — disse Sheeni com serenidade —, onde você encontrou essas coisas?

— Eu... hã...

Será que o meu amor também me trairia?

— Carlotta — insistiu Sheeni. — Eu sei que você tem uma coleção de balões. Agora me diga, onde você encontrou essas coisas?

— Ah... sim... no centro. No beco atrás da Flampert's. Geralmente encontro vários nos sábados pela manhã. São muito interessantes, vocês não acham?

— Carlotta, querida — disse a Sra. Saunders —, antes de morrer, a sua mãe chegou a discutir certos... certos fatos com você?

— Que tipo de fatos? — perguntei, inocente.

— Sobre... homens e mulheres — arriscou a Sra. Glompiphel.

— Não, não que eu lembre — respondeu Carlotta, pensativa. — Por quê? Existe algo que eu deva saber?

— Ai, meu Deus — disse a Sra. Saunders.

— Ai, meu Deus... ai, meu Deus — acrescentou a Sra. Glompiphel.

12h30. De volta à minha agradável casa de invasão. O reverendo Glompiphel não apareceu. Saímos apressados depois que a Sra. Glompiphel prometeu "conversar sobre o assunto" com o marido. Não tenho certeza de que ela esteja convencida de que Carlotta é a pessoa certa para guiar o desenvolvimento moral de seus filhos. Pessoalmente, prefiro morrer de lenta inanição numa bela tubulação de esgoto.

Já no carro a caminho de casa, Sheeni prometeu à mãe que conversaria sobre os fatos da vida com Carlotta aquela tarde.

— Mas querida — protestou a mãe —, você tem certeza de que é competente para discutir esses assuntos?

— Sim, mãe — respondeu Sheeni. — Assisti a diversos filmes sobre o assunto nas aulas de práticas de saúde.

— Sheeni, você não tinha a minha permissão assinada para assistir a esse tipo de filme! Por que eu não fui informada?

— Não sei, mãe — disse Sheeni. — Talvez seja um complô comunista.

— Sheeni! — disparou a Sra. Saunders. — Cuidado com essa língua!

Sheeni e Carlotta trocaram olhares. Já ouvíramos aquilo antes.

16h27. Que forma de passar a tarde — passear com os abomináveis Albert e Jean-Paul enquanto A Mulher dos Meus Sonhos flerta abertamente com Trent. Se eu não estivesse convencido de que Sheeni é uma das garotas mais doces e sinceras que já viveram, eu quase seria capaz de supor que ela tem propensão ao sadismo. E, o mais perturbador, ela alicerçou o flerte enlouquecedor numa divertida defesa da compatibilidade romântica entre Trent e Carlotta.

— Carlotta, querida — provocou Sheeni —, você não admitiu abertamente que Fuzzy a deixa com frio?

— Fuzzy é legal — retorquiu Carlotta. — Ele é muito bom para mim.

— Trent, querido — disse Sheeni —, essa parece a observação de uma mulher apaixonada?

— Eu não tenho motivos para duvidar da sinceridade de Carlotta — respondeu o poeta melancólico.

— Bem, eu tenho alguns motivos para duvidar da sua — disse Sheeni. — Você não confidenciou há pouco tempo para mim na aula de inglês que achou Carlotta "completamente fascinante"?

— Carlotta — disse Trent corando sob o bronzeado —, espero que consiga perdoar, no seu coração, essa minha pressuposição machista.

— Tudo bem — disse eu —, não fiquei ofendida.

— Eu só espero — prosseguiu Sheeni — que não esteja se contendo por algum tipo de lealdade a mim. Eu nunca ficaria no caminho da sua felicidade.

— Você é muito gentil — respondeu Carlotta. — Mas eu sei que o coração de Trent pertence à adorável dona do cachorro que ele está conduzindo.

— Sim, e temo que esta guia de tecido sintético seja agora a minha única ligação com ela — acrescentou ele, imerso em tristeza.

— Mas, por outro lado, pode ser que não — disse Carlotta.

A procissão estancou de modo abrupto e os meus companheiros de passeio passaram a olhar expectantes para Carlotta.

— Você tem um plano? — perguntaram eles ansiosos.

— Sim — admiti —, claro que tenho.

Enquanto Albert e Jean-Paul inspecionavam com os focinhos e desfiguravam trechos do paisagismo mais prestigioso de Ukiah, Carlotta revelou o plano e então rebateu todas as objeções levantadas pelos céticos amigos. Mas, no final das contas, precisaram admitir que era a única solução prática. Trent concordou em deixar de lado os escrúpulos morais; Sheeni concordou em conversar com Vijay para ver se o encontro poderia ser arranjado para amanhã à noite.

— Você tem certeza de que isso vai funcionar? — perguntou Trent, incerto.

— Tenho, se Sheeni for capaz de fazer barulho o bastante — respondeu Carlotta.

— Farei o melhor possível — respondeu o Meu Amor. — Não podemos falhar dessa vez!

Os diários de Nick Twisp

Esperei que fosse sincero o brilho que vi nas frias profundezas azuis dos olhos dela.

Quando voltei para casa, encontrei esta mensagem deprimente na secretária eletrônica:

— Olá, Carlotta, é o reverendo Glompiphel. Gostaria de falar com você pessoalmente sobre juntar-se à nossa família. Passe aqui amanhã pela manhã às 10h30. Estarei no meu escritório na igreja. Por favor, avise se esse não for um horário bom para você. Deus a abençoe.

Mais entrevistas! Mais interrogatórios intrometidos! Mais perguntas desconfiadas! Quando será que eles vão trazer o polígrafo?

20h37. Meu maço de notas murchou para 24 dólares e 53 centavos. Após um jantar magro (restam apenas três latas de grão-de-bico), eu lavei a louça, então Sheeni veio até aqui para discutirmos a origem da vida. Tiramos as roupas e ela complementou a aula com recursos visuais extremamente atraentes. Agora eu já fiz amor o mesmo número de vezes que fiz aniversário. Quatro vezes apenas hoje! No entanto, acredito que, com o estímulo apropriado, é possível outra demonstração esclarecedora.

Sheeni conversou com Vijay e está tudo arranjado. A Operação Filho do Cupido Trovejante terá início amanhã às 20h em ponto.

Meu Amor diz que, para um "travesti estudioso", estou me tornando bastante competente na arte e ciência de fazer amor. O segredo do meu sucesso? Todas aquelas horas em confinamento solitário que passei estudando o tomo ilustrado de técnicas de sexo gourmet do meu antigo chapa Lefty. Ainda estou mantendo de reserva dúzias das posições e manobras mais exóticas. Se, como espero, Sheeni e eu continuarmos engajados nesta atividade pelos próximos setenta ou oitenta anos, não devo esgotar meu vocabulário de amor tão cedo.

21h26. Nenhuma notícia de Fuzzy. Liguei para a casa dele, mas ninguém atendeu. Sheeni e eu comemos nus na cama (sorvete de creme com amendoins e calda de chocolate) e discutimos meus problemas. Ela concordou que o cargo de escravo de Glompiphel não é uma solução, mas acha que pode ser tolerável a "curto prazo".

— Até quando? — reclamei. — Até que eu morra de febre de cocô de coelho? Ou que eu me mate num ataque de tédio religioso?

— Não seja mórbido, Nickie — respondeu ela, mordendo o último amendoim coberto com chocolate. — Algo vai aparecer.

— É mais provável que seja meu corpo cheio de vermes. Espero que eles não chamem você para identificar o corpo, Sheeni.

— Eu também espero que não — comentou ela, torcendo o nariz adorável.

— Vermes me dão ânsia de vômito. Nickie, o docinho do Albert não estava fazendo coisas fofas hoje à tarde?

— Diga uma.

— Bem, que tal quando ele latiu para aquele policial no carro de patrulha e fez com que ele derrubasse o café?

Fiquei atento àquela trama transparente. O cão traidor estava tentando me entregar para a polícia.

22h34. Com minha saliva em seus lábios, meu coração em suas mãos, Minha Adorada acabou de ir para casa. Quinze vezes, diário. Sheeni descobriu o incentivo certo; ela está lendo um antigo livro de Paul sobre massagem holística e concordou em tentar algumas técnicas de relaxamento para principiantes em mim. Acho estranho que cutucar com delicadeza o tornozelo de um homem possa deslocar a tensão do corpo de maneira tão estratégica. Como é misterioso o recipiente de carne e ossos com o qual andamos por aí!

E, afinal, qual é a função do orgasmo? Devo reler Wilheim Reich. Será que tenho coragem de colocar casualmente livros desse tipo na residência paroquial?

QUARTA-FEIRA, 30 de dezembro — Fuzzy ligou hoje cedo com notícias importantíssimas. Um negócio foi fechado. Meu pai se recusou a prestar queixa contra sua antiga paixão adúltera. Em troca, o Sr. DeFalco desistiu do processo vultoso de 3,5 milhões de dólares e concordou em pagar a cara cirurgia plástica na BMW do meu pai para cobrir os buracos dos tiros. Claro, a mãe de Fuzzy ainda vai enfrentar uma acusação criminal por posse de fuzil não registrado.

— Mas isso não é um problemão — disse Fuzzy, contente. — Os advogados dizem que ela provavelmente só vai pagar uma multa. Ou, no máximo, passar alguns meses em liberdade condicional.

— Graças a Deus as autoridades judiciais se recusam a levar nossas leis de armas a sério — observei. — Parece que está dando tudo certo.

— É, Nick. A não ser que meu pai está bem chateado agora que não vai receber todos aqueles milhões do idiota do seu pai. Ele teve de ceder naquela história da greve.

— Teve?

— É, o seu amiguinho comunista deve estar todo feliz. Meu pai se dobrou totalmente às exigências daqueles motoristas gananciosos. Está meio bravo com a minha mãe agora. Ela quer saber onde estão os seus documentos. Eles têm que alugar as casas rapidinho.

— Rapidinho quando, Frank? — perguntei, irritado.

— Tipo amanhã, Nick.

— Droga!

— Desculpe, Nick. Do jeito que eu vejo, é tudo culpa do seu pai.

Ele está certo, claro. Aquele carbúnculo bêbado ainda está destruindo a minha vida!

Silenciosamente, vaguei pela minha pequena casa: quartos escuros e apertados, trânsito impossível, janelas assimétricas, papel de parede realmente horroroso, tapetes revoltantes, piso de madeira riscado, cortinas de dar pesadelos, lustres do inferno. Ainda assim, foi minha primeira casa morando sozinho e eu fui quase feliz aqui. Amanhã alguém poderá estar vivendo nela. E eu? Onde estarei?

10h45. Eu não fui. Meus pés se recusaram a seguir na direção correta. Então, Carlotta acabou na doceria do centro da cidade, onde estou sentando agora, escrevendo esta saga trágica enquanto me empanturro com uma sacola enorme e econômica de maravilhas dormidas. Pela primeira vez na vida, decidi ser ético e me opor contra a hipocrisia. Eu não ligo para o que aconteça, mas não posso morar com aquela família religiosa demente. Simplesmente não posso!

Devo ligar para minha mãe, pedir uma passagem de ônibus e tentar minha sorte com Lance? Será que é tarde demais para cancelar aquela carta enviada ao editor? Ou devo ir até a casa do meu pai e fazer uma surpresa? Ele pode estar de bom humor essa manhã, já que conseguiu escapar daquele processo opressivo e vai ter o carro consertado de graça.

Ah, não, Dwayne. Aquele gordo imbecil acaba de entrar na loja. Espero que não me veja. Droga, ele me viu.

11h15. Acontecimentos extraordinários, diário. Estou tentando manter a calma. Acredite ou não, a conversa relutante de Carlotta com Dwayne se mostrou muito esclarecedora.

Primeiro, com seu "dinheiro de Natal", meu amigo consciencioso pagou para mim uma bem-vinda primeira parcela de 10 dólares pela entrada para ver a briga de cães.

— Teve um bom Natal? — perguntou Carlotta, fingindo interesse enquanto guardava no bolso o presente inesperado.

Com toda a graça de um Godzilla, Dwayne enfiou uma bomba de xarope de maple na boca turbulenta.

— Naumb, caua — mastigou ele. — E vochê?

— Meu Natal foi inesquecível — comentou Carlotta. — Realmente memorável.

— Que che ganhô? — perguntou ele, sacrificando em seguida uma rosquinha inocente.

— Um maravilhoso livro sobre a língua francesa.

Isso me faz lembrar que devo retomar minhas aulas. Espero que os canais do esgoto tenham boa iluminação para leitura.

— Parece chato — observou Dwayne, engolindo. — Ganhei coisa melhor. Ganhei um skate, uma gaita, um porquinho-da-índia, um pula-pula e três jogos de Nintendo, mais esse relógio irado.

Dwayne mostrou o braço gordo e sem pelos. Olhei sem muito interesse, depois senti um choque elétrico ao reconhecê-lo.

— Onde você conseguiu esse relógio? — gritou Carlotta.

Dwayne puxou o pulso flácido rapidamente para si.

— É meu — insistiu ele. — Papai Noel truxe ele no Natal.

— Eu sei que é seu, Dwayne — falou Carlotta, tentando acalmá-lo. — E é um relógio bem legal. Que modelo é esse?

— Cê não sabe? Todo mundo quer um desse. Minha mãe teve que ir até Santa Rosa pra encontrar. É um Relógio Verruga.

— Posso ver de novo?

Dwayne hesitou, mas mostrou o braço. Carlotta se inclinou para examinar o estranho relógio com um entusiasmo que só aumentava. Sim, lá estava o ponteiro rudimentar, coberto por falsas manchas de ferrugem. Lá estava o buraco de bala simulado. Lá estava a correia de plástico cor de pele, marcada com cicatrizes e uma grande e artificial verruga peluda.

— É um relógio bem legal, Dwayne. Você se importa se eu olhar atrás?

— Pra quê? — perguntou ele, desconfiado.

— Eu só queria ver onde ele foi fabricado. Eu olho e devolvo para você.

Ainda desconfiado, Dwayne desatou a fivela e passou seu precioso relógio para Carlotta. Moldada na parte traseira da caixa de plástico barato, estava a inscrição: "Design Americano pela Liberdade Empreendimentos, Malibu, Califórnia. Direitos internacionais reservados. Made in Taiwan."

Então meus amigos empreendedores subiram a escada socioeconômica até a abastada Malibu. Estranho não se terem lembrado de avisar o sócio deles sobre a mudança de endereço!

— Me dá meu relógio de volta — bufou Dwayne, com raiva.

Carlotta devolveu o prêmio dele.

— Um relógio muito interessante, Dwayne. Ele marca as horas direitinho?

— Adianta uns cinco minutos de hora em hora — respondeu ele. — Mas, mesmo assim, eu gosto dele.

Um cliente satisfeito. Esse é o segredo de um negócio bem-sucedido.

11h42. Carlotta chegou em casa bastante afobada e imediatamente ligou para o número de informações. Por milagre, eles tinham o número da Design Americano pela Liberdade Empreendimentos. Não havia sido uma alucinação induzida por consumo excessivo de açúcar, afinal de contas! Liguei para o número vital. Três torturantes toques depois, Kimberly atendeu, tentando soar como uma recepcionista inglesa bem paga.

— Oi, Kimberly — disse com alegria —, aqui é o seu sócio, Nick.

— Quem?

— Nick Twisp, irmão de Joanie. Você sabe, pois está fabricando o relógio que eu projetei.

— Ah, oi, Nick — disse ela sem entusiasmo. — Tudo bom?

— O relógio parece ótimo, Kimberly. Como vão as vendas?

— Terríveis, Nick. Estamos a ponto de falir. É um desastre. Dessa vez, realmente estamos apanhando.

— Vocês não estão tendo lucro? — perguntei, perdendo o bom humor.

— Lucro! Você está sonhando, Nick. Eu talvez tenha que arranjar um emprego como garçonete para poder pagar meu aluguel esse mês.

— Mas... mas eu conheço uma pessoa que comprou um. Ele ama o relógio!

— É, nós vendemos alguns. Mas os custos de produção foram astronômicos. Tudo foi apressado para poder estar pronto até o Natal.

— Isso... isso é uma pena — suspirei.

— Desculpe, Nick. Podemos mandar um relógio de brinde para você, se quiser.

— Não precisa. Acho eles nojentos.

Outra fortuna que foi pelo ralo! Outra fenda no meu Monumento ao Fracasso.

11h58. Ou talvez não. Acabo de ter esta conversa telefônica informativa com Sheeni.

— Nickie, onde você esteve? O reverendo Glompiphel acabou de ligar para a minha mãe, tendo um faniquito. Você não foi à entrevista!

— Eu não vou, Sheeni. Decidi que não vou me tornar um escravo doméstico adolescente. Prefiro morrer de fome.

— Mas, Nickie, o que você vai fazer?

— Sinto muito, não consigo pensar nesse momento. Acabei de ver mais uma ilusória fortuna considerável escorrer pelos dedos.

— Quem morreu dessa vez? — perguntou ela.

Seria sarcasmo na voz da Mulher Que Amo?

Contei a ela sobre a minha oportunidade perdida no mercado de novidades para adolescentes.

— Qual é mesmo o nome do relógio, Nickie?

— Relógio Verruga.

— Relógio Verruga! Tem certeza?

— Então Edison não reconheceu a debulhadora de algodão depois que a inventou? — reclamei.

— Se não me engano a debulhadora de algodão foi criada por Eli Whitney — respondeu Sheeni. — Nickie, acabo de ler sobre esse relógio na revista *Time*. Houve uma confusão em um dos shoppings de Saint Louis. Pisotearam seis pais que tentavam comprar Relógios Verrugas para os filhos!

— Você tá brincando!

— Não. É um sucesso estrondoso. Eles estão sendo vendidos aos milhões!

— Você disse milhões? — perguntei, pasmo.

— Nickie, não faça nada! Eu já chego aí.

Milhões, acho que ouvi alguém mencionar a palavra "milhões".

15h20. Dezesseis vezes, diário. Mas essa foi minha primeira vez como uma pessoa rica. Sheeni foi magnífica. Ela tomou conta de forma magistral dos meus interesses (tanto amorosos quanto comerciais).

Ela começou calmamente pedindo para examinar o contrato de percentual sobre vendas.

— Hum... precisamos mesmo disso? — perguntei, nervoso.

— Você o guardou, espero, Nickie! — respondeu ela, não tão calma.

— Certamente. Está aqui em algum lugar. Tem que estar!

Vinte desesperantes minutos depois, encontrei o precioso documento na contracapa do meu álbum de Ravi Shamar. Sheeni leu, sorriu triunfante e ligou para o número da Design Americano pela Liberdade Empreendimentos. Dessa vez, quem atendeu foi Mario. Eu ouvi a conversa no viva voz da secretária eletrônica.

— Olá, eu me chamo Sheeni Saunders. Sou a advogada que representa o Sr. Nicholas Twisp.

— Oh — disse Mario. Pude perceber que ele estava piscando os olhos rapidamente.

— Liguei para informar ao senhor que entraremos com uma ação contra a sua empresa amanhã pela manhã no tribunal federal em São Francisco, a fim de interromper a distribuição e venda do relógio projetado pelo meu cliente.

— Você não pode fazer isso! — disse Mario, arfando. — Acabamos de receber uma encomenda enorme do Kmart.

— Naturalmente, preferiríamos cooperar para que todas as partes tivessem lucro recíproco. No entanto, pretendemos impor o cumprimento do contrato.

— Nós... nós estávamos tentando encontrar Nick. Não tínhamos o endereço dele!

— Exigimos que sejam enviados imediatamente relatórios de estoque, pedidos, vendas e contas a receber — continuou Sheeni com frieza. — Precisamos deles no meu escritório em Ukiah até as dez da manhã de amanhã. E devemos ter em nosso poder um cheque para o pagamento da primeira parcela de rendimentos do meu cliente.

— Certo — capitulou Mario. — Sem problemas. Eu mandarei pelo correio para que seja entregue até as dez da manhã. Cinco mil dólares é o suficiente?

Cinco mil dólares!

— Certamente que não — respondeu Sheeni. — Faça-o de 25 mil dólares e para ser sacado no meu nome.

— Certo, certo — disse Mario. — A propósito. Será que você poderia mandar por fax uma cópia do suposto contrato? A nossa parece ter sumido dos arquivos.

— Claro — disse Sheeni — temos o contrato assinado bem aqui.

— Isso... é... é bom saber — disse Mario, com uma visível profunda falta de sinceridade. — Bem, diga para Nick que sinto muito pelo que Kimberly disse mais cedo. Ela está um pouco estressada hoje. O "amigo de plástico" dela morreu, se é que você me entende. Eu não consigo entender. E nós fomos sempre cuidadosos.

Sheeni disse que sentia muito pelo infortúnio que lhes acarretava, depois disse o nome completo e endereço de entrega.

— Oh, Sheeni, eu poderia beijar você! — exclamei, quando ela desligou o telefone.

— Bem, quem está impedindo?

Nós nos beijamos com intensidade, em abundância.

— Sheeni — falei, parando para respirar —, só uma pergunta, querida. Por que você pediu para que o cheque fosse feito no seu nome?

— Para poder ser sacado com mais facilidade, meu querido — respondeu ela. — Não se esqueça, Nick Twisp ainda é procurado pelo FBI.

— Ah, verdade. Boa ideia, querida.

— Além disso, amor, essa solução facilita o pagamento dos meus 15%.

— Quinze por cento?

— Sim, Nickie querido. Esse é o meu modesto honorário por atuar como sua representante legal.

— Bom raciocínio, amor.

De repente, eu me vi apaixonado por uma mulher rica. Logo, estava fazendo amor com ela. Para celebrar a ocasião, introduzi com ousadia outra sofisticada técnica amorosa. Sheeni ficou claramente (e audivelmente) impressionada.

16h49. Enquanto Sheeni foi até o escritório do pai dela enviar um fax importante, Carlotta correu até a casa de Fuzzy com o meu cadastro para o aluguel. Encontrei o jovem peludo sozinho em casa, punindo os músculos relutantes com pesos consideráveis.

— Nossa! — exclamou ele. — Eu sou amigo do cara que inventou o Relógio Verruga! Espere só até eu contar para todo mundo na escola.

Alarmado, avisei a meu amigo que ninguém além dele deveria saber.

— Mas por quê, Carlotta? — protestou ele.

— Não posso ter publicidade nenhuma — respondi. — O pessoal do FBI também lê jornal.

— Nossa, Carlotta, você vai acabar se tornando que nem Howard Hughes: um bilionário secreto e bizarro. Mais bizarro, até. Eu não acho que Howard andava por aí vestido de garota.

Eu não me preocupo. A sociedade perdoa as excentricidades dos ricos. As pessoas acham isso charmoso.

18h38. Carlotta jantou num restaurante grego, depois passeou pela Main Street para ver a profusão de bens materiais que agora se tornavam acessíveis a mim. Na vitrine de uma loja de informática, um poderoso laptop em particular sorriu com melancolia e balançou sua pequenina entrada para modem.

## Os diários de Nick Twisp

— Não se desespere, amiguinho — sussurrei. — Você logo terá um bom lar.

Mais à frente na mesma rua, Carlotta viu um cartaz agradável, pintado em cores fluorescentes, na vitrine principal da loja Flampert's: "Relógios Verruga!!! Em breve receberemos uma nova remessa. Faça seu depósito de garantia agora!"

Claramente, a demanda está de longe ultrapassando a oferta. Sendo este o caso, as leis imutáveis da economia exigem que aumentemos os nossos preços imediatamente. Devo avisar isso para os meus parceiros comerciais.

19h30. Carlotta trocou de vestido e retocou a maquiagem. Devo ir andando. Não podemos fazer os amantes esperarem.

22h05. Como um reloginho, diário. Eu realmente deveria estar trabalhando na área de estratégias do Pentágono. Uma mente com raciocínio e lógica tão convincentes como a minha deveria estar formulando os planos de contingência para a Terceira Guerra Mundial.

De forma precisa, a um minuto para as 8h da noite, Carlotta infiltrou-se com sucesso no quintal da família Joshi. Como planejado, o amoroso poeta estava agachado, ansioso e sem livro, atrás da macieira na escuridão fria.

— Carlotta — sussurrou ele. — Eu estou atormentado pela dúvida.

— Contenha-se — rosnei. — Não tem como voltar atrás agora.

Carlotta retirou o cachecol preto do pescoço e o amarrou firme sobre os olhos do poeta.

— Trent, você consegue ver alguma coisa?

— Minha visão foi destruída, Carlotta. Estou cego como Homero.

— Ótimo.

Carlotta tirou um rolo de fita adesiva da bolsa, cortou um pedaço de uns 30cm e o colou sobre a boca do poeta.

— Trent, você consegue falar alguma coisa?

— Nmmmmm — respondeu ele.

— Ótimo. Você trouxe camisinhas?

— Nmmmmm.

Interpretando isso como um sim, Carlotta pegou o expectante Romeu pelo braço e o guiou pelas sombras até a janela escura do quarto de Apurva. Quando chegamos perto, a janela se levantou silenciosamente e o aroma de um perfume sedutor nos envolveu.

— Bem na hora — sussurrou a bela adolescente, debruçando-se na janela, sob a luz do luar como uma visão fenestrada. Uma lástima que o seu amado não podia contemplar as esferas protuberantes acima do corpete transparente. Rímel preto definia seus imensos olhos negros, e suas madeixas escuras — escovadas até que brilhassem como seda rara — caíam em cascatas sedutoras sobre seus ombros nus.

— O jogo já começou? — sussurei.

— Sim, Carlotta. Não consegue escutar? Meus pais, Vijay e Sheeni estão jogando na sala de estar. Eu nunca imaginei que Scrabble fosse um passatempo tão agitado.

— Ele é, quando Sheeni está jogando — comentei.

Apurva abaixou uma de suas belas mãos.

— Aqui, querido. Deixe-me ajudar você.

Com Apurva puxando e Carlotta empurrando, conseguimos impulsionar o poeta cego pela janela.

— Quarenta e cinco minutos, Apurva — sussurrei. — Só isso. Sheeni é uma vencedora rápida. Esperarei aqui.

— Obrigada, Carlotta. Você é uma amiga de verdade.

— Nmmmmm — completou seu sortudo consorte.

Apurva fechou a janela e depois, sem piedade, a cortina. Carlotta encostou-se no frio revestimento de alumínio para uma longa e gelada espera. Cinco minutos depois, com um vento frio gelando a minha meia-calça, eu me assustei ao ouvir o ranger do portão se abrindo. Meu coração começou a bater furiosamente quando um vulto encapado de tamanho colossal surgiu das sombras e caminhou nas pontas do pé até mim. Quando um grito de terror foi silenciosamente abortado no meu diafragma paralisado, o vulto falou.

— Carlotta, é você?

— Sonya?

— Oi, Carlotta.

— Sonya! O que diabos você está fazendo aqui?

— Ele está lá dentro, não está?

— Sim, está. Você o estava seguindo de novo?

— Não o tempo todo. Eu amo Trent, Carlotta. Eu sei que ele é o único homem que eu vou amar para sempre. E não posso desistir desse amor.

— Você... você não vai fazer um escândalo, vai?

— Não, Carlotta. Ficarei quieta. Podemos esperar aqui juntas. Você também o ama, não ama?

— Bem... hã... na verdade...

Os diários de Nick Twisp

— Não tem problema, Carlotta. Eu sei como você se sente, amiga. E se você está disposta a ajudar Trent a ficar com Apurva, então eu também posso ser generosa.

— É isso mesmo, Sonya. Estamos fazendo um sacrifício nobre... nos moldes do nobre Sydney Carton de *Um conto de duas cidades*.

— Desculpe, nunca li esse livro, mas entendo o que você diz. O seu coração está se partindo, Carlotta?

— Acho que sim.

Ela me abraçou e senti a fragrância de lilases.

— Podemos ser irmãs no sofrimento, Carlotta.

— Boa ideia, Sonya.

Se não estávamos dividindo o sentimento, gostei de compartilhar as fagulhas que nos percorreram.

— Será que eles estão fazendo aquilo agora? — sussurrou ela.

— É muito provável — respondi.

— Um punhal está golpeando meu coração, Carlotta.

— O meu também — respondi com tristeza. — Vários, na verdade, sem ponta e enferrujados.

— Devemos tirar nossas vidas juntas, Carlotta?

— Claro que não, Sonya. Nós vamos superar. A adolescência está cheia de traumas passageiros, mas as pessoas sobrevivem a eles. Seremos felizes um dia.

— Você realmente acha isso?

— Eu sei disso. Em algum lugar, em uma cidade qualquer, talvez a milhares de quilômetros daqui, está o rapaz com quem você vai se casar. Mas você não o conhece e ele não conhece você. Você tem que viver, Sonya, para que possam se encontrar.

— Espero que ele não esteja se empanturrando de doces, agora. Ou saindo com outra garota.

— Tenho certeza de que não está, Sonya. Provavelmente está tão sozinho e triste quanto você.

— Não diga isso, Carlotta. Quem quer casar com um idiota sofredor como esse?

Ela estava certa em relação a isso.

Conversamos por outra meia hora e depois, desprendendo-se do nosso abraço tropical, minha amiga disse adeus e foi embora na ponta dos pés em direção à escuridão do amor não correspondido. Momentos depois, a janela se abriu acima da minha cabeça e expeliu dois pés, duas pernas, um tronco masculino, dois braços musculosos e uma divina cabeça bronzeada com os olhos vendados.

— Adeus, querido — falou Apurva, agora com os cabelos provocativamente revoltos. — Sempre terei boas lembranças dessa noite.

— Mnmnmnmn — respondeu o Romeu dela.

— Obrigada, querida Carlotta — completou ela. — Nós nos vemos no mesmo horário na semana que vem?

— Vejamos — respondi. — Vai depender dos seus pais. Eles podem não ficar animados para outra partida de Scrabble tão cedo.

— Eu tentarei convencê-los de que é um jogo educativo — explicou ela, jogando um beijo para o amante, cego e mudo.

Trent acenou com ternura para a garagem, enquanto o guiei pelo portão até a frente da casa. Quando alcançamos a segurança da rua, ele arrancou a venda e a mordaça.

— Como foi? — perguntou Carlotta, com educação.

— Maravilhoso — respondeu ele, sem perceber a grande sombra que se escondia atrás do poste de telefone do outro lado da rua. — Avassalador, Carlotta. A experiência foi ainda mais intensa com um dos sentidos ofuscados. Eu agora sou um homem diferente, Carlotta. Encontrei o sentido da vida.

— É mesmo? — falei, intrigado. — E qual é?

— Uma fusão transcendente com a sua cara-metade.

Acho que o cara quer dizer sexo. Eu poderia ter explicado isso a ele.

Após comer um hambúrguer pós-acasalamento no Burger Hovel (Trent pagou), Carlotta chegou em casa e viu que havia duas mensagens na secretária eletrônica. A primeira era de Fuzzy, informando que a mãe dele estaria na casa amanhã de manhã às 11h30 para mostrar o local para Carlotta, e que eu deveria tirar de vista todas as minhas coisas.

A segunda era do Meu Único e Grande Amor:

— Oi, Carlotta. Espero que você esteja feliz consigo mesma. Não apenas perdi minha paixão de infância, mas também tive que passar por uma humilhação dolorosa jogando Scrabble. O pai de Vijay joga sujo, usando vários indianismos e termos obscuros de computação. Como eu odeio essas máquinas sem coração. Venha aqui em casa amanhã depois do café da manhã e nós podemos esperar juntas o carteiro chegar. A propósito, contei para a minha mãe que você não recebeu o recado telefônico do reverendo Glompiphel e que foi salva da miséria pelo recebimento de uma herança inesperada. Ah, Trent comentou algo sobre o encontro amoroso dele? Estou muito curiosa. Conte tudo amanhã. Tchau.

Embora tivessem sido destinadas para meus ouvidos apenas, as confidências chocantemente íntimas de Trent, feitas na calçada e na mesa do restaurante, serão repetidas palavra por palavra para Sheeni amanhã. Pelo bem dela (e meu), ela deve saber exatamente em que pé Trent está com Apurva (e, mais importante que isso), onde e como ele se deita.

**QUINTA-FEIRA, 31 de dezembro,** Véspera de Ano-novo — Considere, se isso for possível, a ereção matinal. Que maravilhosa metáfora de esperança e renovação! Como pode uma pessoa sucumbir ao desespero quando sua virilha saúda o novo dia com um espetáculo de gala de otimismo fisiológico? E que estímulo anatômico de contemplação filosófica nesse último dia do ano!

Doze meses atrás, eu era um virgem de 13 anos, desamparado e sozinho, que vivia sob o tirânico controle dos meus pais. Hoje, sou um magnata/escritor de quase 15 anos, empreendedor e independente, em um relacionamento intensamente físico e comprometido com A Mulher Que Amo. E minhas espinhas também não estão tão horríveis assim.

09h37. Nada de cheque ainda. Recusando-se a entrar em pânico, Sheeni e Carlotta esperam no pequeno cômodo que dá para o hall de entrada — uma sala aconchegante que possibilita uma vista desimpedida da rua. Na sala de estar, a mãe idosa de Sheeni cantarola hinos e desmonta a árvore de Natal. O Sr. Saunders saiu e está em seu escritório planejando a primeira ação judicial devastadora do ano.

Contei a Sheeni em detalhes o caso Trent-Apurva. Ela naturalmente está angustiada, mas encarando bem. Ela disse que o ciúme que poderia sentir é contrabalançado pela simpatia que sente pelo casal, vítima de forte opressão. Ainda assim, não acho que tenha ficado contente ao ouvir que Trent se comunicou com sua amada traçando mensagens apaixonadas em seus seios.

09h59. Chegou! Um grande pacote cheio de registros financeiros tediosos, dois relógios Verruga de brinde e um cheque estupendo (com todos aqueles zeros magníficos!). Vamos ao banco com o butim.

11h20. Nada como entrar no banco com um cheque de 25 mil dólares para despertar bajulação serviçal num caixa. Como depositantes de grande quantia, fomos incluídos na lista do exclusivo Clube de Prestígio do banco, o que nos dá direito a vários serviços classe A normalmente desfrutados apenas por republicanos de destaque. Abrimos uma conta-conjunta — outro passo importante, acredito, na direção de nossa eventual união matrimonial. Para colocar na carteira, cada um de nós aceitou 2 mil dólares em dinheiro do nosso caixa agradecido.

Na doceria, onde Carlotta comprou 12 donuts variados e dois cafés grandes com uma nota de 100 dólares, os clientes grisalhos, em suas camisas de flanela malpassadas e bonés sujos com propaganda de marcas desconhecidas de serra elétrica, ficaram claramente impressionados. Um imbecil com barba por fazer ofereceu a Sheeni 20 dólares pelo seu relógio Verruga, mas ela recusou educadamente. Menos sentimental, Carlotta fechou o negócio com entusiasmo.

12h10. Fuzzy e sua mãe aguardavam na varanda da vovó DeFalco quando Carlotta e Sheeni chegaram para "conhecer" o local.

— Oh, que fofo! — exclamou Carlotta, seguindo os DeFalco até a sala de estar. — Que papel de parede adorável! Sheeni, não é lindo?

— Impressionante — concordou minha companheira. — É tão pós-guerra.

— Não — corrigi-a —, certamente é pré-guerra.

— De que guerra você está falando? — perguntou Fuzzy. — A Guerra de Secessão?

— Meu amor, quantos anos você tem mesmo? — perguntou a Sra. DeFalco desconfiada.

— Vinte e quatro — respondeu Carlotta, admirando o tecido de chintz bilioso do sofá. Para aumentar a minha idade aparente, peguei emprestado da Sra. Saunders um par de brincos de senhora e uma borrifada de perfume demodê.

— Estes móveis adoráveis estão inclusos?

— Se você quiser — respondeu Irene. — E você trabalha com o que mesmo?

— Está tudo no meu cadastro, Sra. DeFalco. Sou investidora independente e escritora. A cozinha é por aqui?

— Sim. Podemos pintar, se você quiser.

O grupo caminhou em direção à cozinha, onde Carlotta espiou dentro de todos os armários e todas as gavetas.

— Não, essa tinta está em boas condições — menti. — E ela combina muito bem com os azulejos e o linóleo.

— Veja, Carlotta — comentou Sheeni —, o fogão está sem uma mancha.

— De alguma forma, eu sabia que estaria — respondi. — Sra. DeFalco, as panelas, as formas e outros utensílios de cozinha estão inclusos?

— Se você quiser. O que é que você escreve?

— Literatura, basicamente. O banheiro é por aqui?

— Isso.

O grupo de inspeção marchou do banheiro imaculado até o quarto, cenário de contemplação de uma recente ereção auroral.

— Nossa, mas que roupas lindas! — exclamou Carlotta, abrindo as portas do armário. — Elas estão inclusas também?

— Acredito que sim — disse a senhora DeFalco. — Pouparia o trabalho de doar para a caridade. E elas parecem ser meio do seu estilo.

— A casa é perfeita — declarou Carlotta. — Eu adoraria alugá-la.

— Bem, não sei — disse a Sra. DeFalco em dúvida. — Estávamos pensando em alguém com mais idade. Talvez um solteiro aposentado que pudesse cuidar da casa e consertar algumas coisas.

— Carlotta vai pagar os seis primeiros meses de aluguel adiantados — disse Sheeni.

— Negócio fechado! — concordou Irene.

Gosto de proprietárias que agem com impulsividade. Preenchi um cheque de 4.800 dólares e aceitei em troca a chave, com gratidão. Lar, doce (e feio) lar. É meu!

14h47. Adivinhe onde estou digitando isso, diário? No meu novo laptop compatível com IBM e tela LCD colorida de altíssima resolução, 132MB de memória e um HD de titânicos 900MB. Que velocidade! Que poder! Que item fundamental para a expressão criativa!

18h14. Onde foi parar o tempo? Sem pausas, sem jantar e já está escuro lá fora. Sheeni acabou de ligar para avisar que chegou outro pacote de Malibu. Ela já está vindo trazê-lo até aqui. Merda, espero que ela não fique muito tempo. Eu estou bem no meio da instalação do Windows.

19h28. Sheeni deu um faniquito e me fez desligar o computador. Vamos sair de casa para uma "comemoração de Ano-novo decente" (palavras dela). Eu acho que ela só quer exibir o seu novíssimo colar de safiras. Ele é mesmo bem ofuscante.

A caixa misteriosa de Malibu continha seis pares de protótipos de Feetborghinis e um bilhete de Mario, explicando que outra pessoa já tinha os direitos sobre a marca Roadsters. Ele quer que testemos os tênis automotivos e façamos um relato sobre a reação da comunidade. Eu já posso relatar uma reação negativa de uma jovem sofisticada. Ela diz que tênis em formato de carro com lâmpadas na frente e atrás não combinam com uma gargantilha de joias de 2.800 dólares. Então apenas Carlotta e Fuzzy vão iluminar novas tendências da moda essa noite. Meu camarada e locador-júnior concordou em surrupiar as chaves do Falcon e nos levar de carro até o Spotted Owl, a fazenda de confinamento de gado mais luxuosa (e cara) e exclusiva de Ukiah.

23h30. Voltamos. Não posso escrever muito. Há gordura concentrada coagulando em minhas artérias que levam ao cérebro. Sheeni acabou de ligar para casa e conseguiu permissão para passar a noite aqui. Merda, nada de computador hoje à noite. Espero que ela não esteja planejando passar o dia inteiro sem fazer nada aqui amanhã.

Os Feetborghinis criaram comoção no restaurante. Possivelmente um sucesso maior que o Relógio Verruga. Devo conversar com Mario sobre a localização da bateria, no entanto. Atualmente, fios finos cor de pele saem da parte de trás do tênis e sobem pelas pernas até duas baterias amarradas nas coxas com tiras de elástico. Elas fazem um barulho constrangedor quando a pessoa caminha e tendem a machucar as partes íntimas quando a pessoa está sentada. Não apareceram por baixo do vestido de Carlottta, mas Fuzzy, que usava calça, parecia estar sofrendo de um caso de testículos severamente deslocados e inchados em excesso. Talvez a solução seja uma bateria fina e recarregável moldada na sola do tênis.

Devo terminar aqui. Sheeni acabou de sair do banheiro vestindo apenas pedras preciosas de cor azul que valem 2.800 dólares. Feliz ano-novo para mim!

## JANEIRO

**SEXTA-FEIRA, 1º de janeiro** — Dezenove vezes, diário. Duas ontem à noite, enquanto o som de tiros comemorativos ressoava pelo vale, e uma hoje de manhã, com uma salva mais quieta, mas não menos explosiva. Que jeito de começar o ano! É suficiente para desviar a atenção de um cara do seu novo e cativante computador.

Os diários de Nick Twisp

Sentindo-se um pouco faminto após a nossa ginástica na horizontal, Carlotta ligou para o número do meu pai.

— Residência do... Sr. Twisp — falou lentamente uma voz familiar.

— Sra. Crampton?

— Não... é a... Sra. Ferguson.

— Ah, verdade, a senhora se casou com aquele líder sindical inspirador. Sra. Ferguson, aqui é Carlotta Ulansky. Gostaria de contratar a senhora.

— Que bom... Quando?

— Imediatamente. Senhora Ferguson, será que a senhora poderia trazer um café da manhã para duas pessoas?

— É pra... já... bacon e ovos... e batata frita... caseira... biscoitos... e geleia de groselha... caseira... pode ser?

— Ótimo.

— Está bem, Srta. Ulansky... já vou... já.

10h30. Totalmente satisfeita, Meu Amor voltou pra casa, mas prometeu voltar à tarde com "uma surpresa legal". Minha empregada está lavando a louça do café; Carlotta está em seu quarto descansando após um assalto calórico de proporções monumentais. Por falar nisso, como uma pessoa esconde os preservativos usados de seus empregados? Eu me pergunto se existe um número próprio para fornecer conselho e assistência aos novos-ricos em questões de adaptação como essa.

11h45. Enquanto a Sra. Ferguson limpava o papel de parede da sala de estar, Carlotta ligou para Joanie para desejar a ela, ao Dr. Dingy e uma terceira parte em potencial um feliz ano-novo.

— Obrigada, Nick — disse ela. — Por que a sua voz está estranha?

— Como assim?

— Você está com voz de garota.

— Oh, é meu novo telefone que disfarça a voz — menti. — O que há de novo?

— Nick, algo terrível aconteceu com o marido esquisito da nossa mãe. Lance escreveu uma carta ridícula para uns jornais e agora está recebendo ameaças de morte. Ele teve que se esconder!

— Que azar, Joanie! O que nossa mãe disse sobre isso?

— Você a conhece, está histérica. Lance botou a culpa nela. Ele afirma que na verdade foi o antigo namorado da nossa mãe, Wally Rumpkin, que escreveu a carta.

— Aquele patife covarde. Que calúnia!

— É, e tem algo pior ainda, Nick. Lance não está sendo legal com o pequeno Noel. Ele diz que Noel é o bebê mais feio que ele já viu.

— Que blasfêmia! E falar isso de nosso parente de sangue. Você já viu a criança, Joanie?

— Não, pessoalmente, não. Mas nossa mãe me mandou uma foto.

— Como ele é?

— Nick, todos os recém-nascidos são um pouco... bem, malformados — principalmente os prematuros como Noel. Ele é só um bebezinho. Além disso, a foto estava desfocada.

Eu sabia, meu meio-irmão é uma aberração da natureza. Espero que, quando ele crescer, não crie problemas para mim por ser famoso. Ou pior ainda, espere que eu o sustente só porque as pessoas normais o evitam.

13h30. Sheeni acabou de passar aqui com sua surpresa "legal": um cachorro pequeno, preto e feio, a tigela de comida do bicho, osso de roer, escova de pentear, remédio antipulgas e cama suja de xixi.

— Mas, Sheeni — protestou Carlotta —, por que ele não pode continuar vivendo na casa de Trent com seu amiguinho Jean-Paul?

— Carlotta, você me surpreende — exclamou ela. — Esse é o nosso precioso bebê! Eu imaginaria que você o quisesse ao seu lado sempre. Além disso, eu tenho certeza que o querido Albert fica irritado na presença daquele outro cão grosseiro. Eu não poderia em sã consciência deixar que ele permanecesse naquele ambiente estressante nem mais um minuto sequer.

— Oi, Albert — disse Carlotta, de má vontade. — Lembra de mim?

O animal odioso rosnou e mordeu a minha canela, criando um rasgo feio na minha nova e cara meia-calça. A besta irá pagar por essa transgressão.

15h15. Carlotta, com muita generosidade, dispensou a empregada pelo resto do feriado, depois acompanhou Sheeni e o bebê em um passeio a pé pela cidade deserta. Todos estavam em casa assistindo ao jogo de futebol americano e se empanturrando com lanches gordurosos para poder distrair-se do iminente retorno às temidas aulas ou da volta ao detestável trabalho.

Enquanto caminhávamos por aí, Carlotta desejava poder andar de mãos dadas com Sheeni, mas resistiu ao impulso. Ukiah, eu sabia, não estava pronta para uma demonstração pública de afeto lésbico.

— Carlotta — observou Sheeni. — Andei fazendo as contas. Os números são bastante promissores. Você logo estará milionária.

## Os diários de Nick Twisp

— Que legal!

— Você não parece muito entusiasmada.

— Sou grata pela fortuna, Sheeni. Mas é que... é que...

— O quê?

— Sheeni, você percebe que eu talvez tenha que passar o resto da minha adolescência como mulher? Você entende o que isso significa?

— Certamente, Nick. Afinal de contas, é um destino que nós compartilhamos.

— Sim, porém é mais fácil para você. Você está emocional e fisicamente preparada para esse papel. Para mim, é um fardo assombroso.

— Todos nós temos que fazer certas concessões em nossas vidas, Carlotta — respondeu ela. — Tente ser um pouco mais pragmática. Veja com o que eu tive que me conformar.

— Como assim, Sheeni?

— Em viver na triste Ukiah. E ter um namorado obcecado por computadores, que ronca, evita a verdade e usa um sutiã com enchimento por baixo do seu vestido fora de moda.

Como sempre, Meu Único e Grande Amor está certo. Devo seguir o exemplo de Bing e agradecer pelo que possuo. Sou rico, inteligente, saudável, viril, não sou assim tão feio e desfruto da quase inequívoca afeição de uma das Adolescentes mais Notáveis desta ou de qualquer outra época. Devo ser grato pela minha sorte. De modo geral, estou equipado com esplendor para essa grande aventura que chamamos de existência humana.

16h25. Um vá se catar existencial, Bing. Voltei pra casa e encontrei esta mensagem na minha secretária eletrônica:

— Carlotta, aqui é a Srta. Pomdreck. Descobrimos um problema grave no seu atestado médico. A senhorita Arbulash deseja conversar com você no vestiário feminino na segunda de manhã no primeiro horário. Não se atrase! E onde está o seu histórico escolar?

— Merda — suspirei.

Albert rosnou e subiu no sofá.

— Tire esse sorrisinho da cara — disse a ele.

Ele ergueu um canto da boca e me olhou com desdém.

— Aposto que a Srta. Arbulash gostaria de ter um patrocinador generoso para ajudar com as despesas do concurso de Miss Universo — observei. — E quanto a você, Albert, acho que comprarei um doberman enorme para lhe fazer companhia.

Albert voltou a boca ao normal e, rebaixando-se de forma humilhante, tentou lamber a minha mão.

Riqueza: ela é mesmo útil em certas circunstâncias.

# SOBRE O AUTOR

C.D. Payne nasceu em Akron, Ohio. Formado em 1971 em Harvard, é casado e mora na baía de São Francisco. *Os diários de Nick Twisp* é seu primeiro romance.

Este livro foi composto na tipologia Minion Pro,
em corpo 10,5/14,3, e impresso em papel off-white 80g/m²
no Sistema Cameron da Divisão Gráfica da Distribuidora Record.